京师青年教师出版资助基金
JINGSHI QINGNIAN JIAOSHI CHUBAN ZIZHU JIJIN

U0609525

ERSHI SHIJI ZHONGGUO WENXUE DE JIANGLI JIZHI YANJIU

二十世纪中国文学的奖励机制研究

万安伦◎著

北京师范大学出版集团
BEIJING NORMAL UNIVERSITY PUBLISHING GROUP
北京师范大学出版社

图书在版编目(CIP)数据

二十世纪中国文学的奖励机制研究／万安伦著.—北京：北京师范大学出版社，2012.2
（京师青年教师出版资助基金）
ISBN 978-7-303-11905-9

Ⅰ．①二… Ⅱ．①万… Ⅲ．①文学－奖励制度－研究－中国－20世纪 Ⅳ．①I206.6

中国版本图书馆 CIP 数据核字（2010）第 241858 号

营 销 中 心 电 话 　010-58802181 58808006
北师大出版社高等教育分社网 　http://gaojiao.bnup.com.cn
电 子 信 箱 　beishida168@126.com

出版发行：北京师范大学出版社 www.bnup.com.cn
　　　　　北京新街口外大街 19 号
　　　　　邮政编码：100875
印　　刷：北京京师印务有限公司
经　　销：全国新华书店
开　　本：148 mm × 210 mm
印　　张：15
字　　数：420 千字
版　　次：2012 年 2 月第 1 版
印　　次：2012 年 2 月第 1 次印刷
定　　价：39.80 元

策划编辑：马佩林　　　责任编辑：郭 瑜 陈佳宵
美术编辑：毛 佳　　　　装帧设计：毛 佳
责任校对：李 菡　　　　责任印制：李 啸

摘　要

从广泛的意义上讲，对文学创作和文学创作者的鼓励、赞扬、追捧、认同，对文学作品的记录、刊刻、稿酬、选集、传播，其实都是对文学和文学创作者的奖励。本书将要展开讨论的是指狭义的对文学作品和文学创作者的物质或精神奖励，更准确地界定，本书讨论的"20世纪的中国文学奖励"，主要是指发生在20世纪中国大陆及台港澳地区的"有奖征文""文学奖"和"给作家作品授予荣誉称号"活动。在对"文学奖励"的具体研究中，本书更偏重于以"文学奖励"的高级形式——"文学奖"作为重点研究对象。为保持本书的历史连续性和世界关联性，本书还稍及中国近代和当下的文学奖励，及外国华文文学奖和与中国作家发生直接关联的外国文学奖。

文学奖励总的说来是一个从自发到自觉、从随机随意到相对固定相对规范、从评奖标准不确定到评奖标准相对确定并逐渐制度化和仪式化的发展过程。20世纪是中国现代性文学奖励生长发展并走向成熟的阶段。20世纪中国文学的奖励现象和奖励机制有着极其鲜明的历史印痕和时代特点。本书尝试着系统梳理20世纪中国文学奖励的现象，并对20世纪中国文学的奖励机制进行初步的研究和探讨。这是一个较为宏大的论题，在研究和论述过程中，为了条理较为清晰地展开并有利于整体把握，笔者采用了删繁就简的策略，全书除绪论和结语及两个附录外，分四章展开。各章依次展开的逻辑线索是：从第一章的现象论，到第二章的本质论，再到第三章的影响论，最后到第四章的传播接受论。以下是各章的主要内容和观点。

第一章，20世纪中国文学的奖励现象。本章的主要任务是系统地梳理20世纪发生在中国的文学奖励现象。本章分三节，第一节主要梳理近现代时期发生在中国大陆的文学奖励现象，是按近代的文学奖励和现代的文学奖励两段进行梳理的。第二节主要梳理当代发生在中国大陆的文学奖励现象，是按官方文学奖励、专家文学奖励和民间文学奖励三种性质进行分类梳理的。第三节主要梳理海外华文文学奖励及中国作家获外国文学奖励现象，是按台湾文学奖励、香港文学奖励、澳门文学奖励、外国华文文学奖励及中国作家获得外国文学奖励五块进行梳理的。由于20世纪中国文学奖励现象的纷繁复杂，时间跨度长达百年，空间性质还有台湾、香港、澳门这样的特别行政区域，因此很难用某种统一的和唯一的分类方法进行归并，只好采用上述方法对文学奖励进行分类整理，这也是笔者目前所能找到的自认为是最优的梳理办法。

第二章，20世纪中国文学的奖励机制。本章试图结合自己近十年来举办经济人物评奖的实践和心得，希望通过自己的努力，建构起20世纪中国文学奖励机制的理论框架。本章主要从三个方面论述20世纪中国文学的奖励机制。首先探究20世纪中国文学奖励机制生成的特殊语境；其次从文学奖励的评奖宗旨和目的缘起、文学奖励的组织机构和资金来源、文学奖励的评审标准和评委构成及文学奖励的奖项设置和颁奖仪式四个方面探讨20世纪中国文学奖励的运作方式；再次是文学奖励的表现形态，主要讨论"官方文学奖""专家文学奖""民间文学奖"三者之间相互竞争和相互合作。

第三章，文学奖励机制对 20 世纪中国文学的影响。本章重点考察 20 世纪中国的文学奖励机制对该时期文学的特殊性影响。从文学奖励对作家创作、文学批评及文学思潮三方面的影响和互动加以论述。文章认为文学奖励对作家创作心态有较大的影响，面对文学奖励作家的心态不一，态度和反应不完全一样，这里有着比较丰富的思想和情感内涵；同时认为文学奖励除影响作家的个体文学创作外，还对整体的文学思潮的发生发展产生或多或少的影响，文学奖励的评奖标准与时代的审美追求和价值取向之间往往产生深刻的互动关系；文章还认为中国是一个文学批评异常发达，文学奖励相对薄弱的国度，但文学奖励一经出现同样会与对文学批评产生深刻的影响并产生相应的互动关系。

第四章，20 世纪中国文学奖励机制与文学传播。第一节主要谈论的是文学奖励的新闻意义，包括文学奖励的知悉意义和热点效应及文学奖励的新闻传播意义和品牌效应两大方面。第二节重点谈论文学奖励的出版意义，认为文学奖励在社会效益方面具有巨大的出版传播意义，同时文学奖励还在经济意义上给出版社和获奖作家带来重大利好。第三节重点讨论文学奖励的影视意义。

本书结尾，笔者对目前中国真正意义上的"国家文学奖"的缺席提出了自己的思考。

此外，本书最后附有：附录一，中国大陆文学奖励奖项辑录；附录二，中国台港澳地区及世界华文文学奖励奖项辑录。

序 言 一

古人吟诗弄赋是自乐的，因为传播的渠道有限，没有广泛的读者，文字作秀的因素很少。后来的小说家者流，都在社会边缘的地方游走，许多靠说书人的传播，待到识字人增多的时候，影响也随之加大起来。但似乎还没有为得到激励而去写作。那是一种纯粹的表达，至今还令我们神往。功利的色彩出现大概和颂圣、考试制度有关，于是文章的风格就被破坏了。这也波及到戏曲，那些艺术开始都在草根间存活，当士大夫介入其间后，便被台阁化。到了徽班进京，竟成了帝王的宠儿，就有点变调，那是无可奈何的。

我们历数每个时期的文人命运，总有不同的感受。独立的作家不在意褒奖的光环，但一般士大夫为流俗所趋，也导致附庸风雅者的增多，于是伪士出现，文坛成了名利场，名气大的未必有好的作品存在，伪士反倒多了。

白话文学起初并不被看好，而白话文运动只是几个人弄起来的。但因了社会思潮与信仰的多致，写作才成了一道风景，作家也渐渐有了身份，荣誉也随之而来。中国作家在现代以来，是受过评奖的诱惑的。记得丁玲的获得"斯大林文学奖"，声名益著，似乎有了世界的意义。此后国内的茅盾文学奖、鲁迅文学奖，也都有很大的引力，与创作的关系更为密切。这个现象给文坛带来毁誉参半的冲击，想起来很值得深思。

中国的作家是看不上批评家的，但对评奖却很在意。而评价文学的多是批评家和权利机构，于是批评家也得以扬眉吐气。文人的那些东西，可以挣来各种徽号，是现代的进化还是退化呢，真的颇费思量。文学的接收史从来不是纯粹的，因了外在因素的增加，反倒更为复杂了。

这一本书讲的是评奖的机制，让我们看到了社会评价体制建立的过程。作者以理性的眼光梳理历史，给我们诸多资料的展示。有些话题很引人思考，对了解文学史不无意义。评奖一旦是有权威性的，那给获奖者巨大的荣誉。反之则默无声息，沉默就沉默了。但现在的评奖开始泛滥，好的作品反而被遗漏的时候居多。在这个层面看，文坛的变化，与评价体系也有关系。这是进入文学史重要的通道，其间的看法是可以增长见识的。

评价作家的劳作，一是读者，二为所谓的专家。在中国，还有政府的介入，意识形态的评价体系与读者间的感受，成了决定作品传播的一种接受环节。这大概是国情，也可能是现代性的一部分。一切艺术要脱离意识形态，是极为不易的。评奖的研究，构成了中国文化史的链条。

至于海外的文学评价体系，那有另一个话语环境，也能够看出彼此的差异。本书在此都有梳理，可以提供些参照无疑。这样的工作，过去研究者不太注意，现在看到那么多资料，都可说是填补了空白的。

现在网络咨询发达，大有穿越旧的话语体系之势。众声喧哗，视角各异，那些看法有民间的气息，意义也自不待言。问题在于人们的尺度之不同。社会风气与社会心理总是有别的，我们要深处其间，当能够感到中国文化的特点。民间的舆论在挑战文化机构，在今天是一个事实。未来的文学奖项如何定位，也是不能回避的。它与文学生产的复杂关系，都会影响文学的进程。

我前几年参加过作者的论文答辩，对此选题颇感兴趣。现在听说要出版了，很是高兴。翻看这些文字，想起当时几位老师的议论和态度，惶如梦中。老人一点点过去，新人渐渐涌出。我们的生活是这样的，学术也是如此。对新学人的著述的传播，也只有祝福了。

孙　郁

2010 年 11 月 3 日

序 言 二

奖励是伴随着人类活动的一种行为。人们通过奖励，激发彼此的热情和积极性，激励人们的优秀作为，这对于确立美好而崇高的目标，引领个人与时代的风尚起到了积极的作用。而这也在相当程度上体现出人类的一种美好的愿望，奖励的主观愿望是毋庸多言的，但奖励的客观效果并不一定都是积极的，而是很复杂的，适得其反的情形也不乏事例。因此，奖励的效果从来都是多样性的，有些甚至是备受争议的。

应该说，这种情形首先与奖励自身的问题有关，比如：奖励的标准是否公平，奖励是否鼓励以至促进某一行为的单一发展，过度的奖励是否会形成某种浮躁、自大的心理等等。奖励与惩罚作为对立的统一体，虽然形式有所不同，但是事实上它们之间往往并没有严格的界限。过度、失去理性的奖励未尝不是一种惩罚，而适度的惩罚也未尝不会给人以刺激从而修正自身的言行。

奖励本身的复杂性给予了奖励研究巨大的空间，而当奖励形成制度，有了自己独特的运行机制，问题就更为复杂。对于类似文学奖来说，更是复杂加复杂。因为人们对文学这种意识形态很强的东西，从来都是见仁见智，不是有这样的说法吗：一部好的文学作品的标志，就是一半的人喜欢得要死，另一半的人恨得要命。当然，或许类似文学奖励的魅力也就在于此。

单就文学奖励而言，一种权威的文学奖项和一套行之有效的文学奖励机制，对于某类文学的发展与繁荣，对于整个社会文学风尚标准的形成，甚至对于一个城市或国家的发展都会具有重大影响。这种影响是不能用短期的利益来估算的，因为它不仅与文学相关，也与社会文化氛围，甚至与经济、政治密切相关。瑞典的"诺贝尔文学奖"，日本的"芥川奖"，法国的"龚古尔文学奖"、"法兰西学院奖"，美国的"普利策奖"，西班牙的"塞万提斯奖"，英国的"布克小说奖"等，其影响都远远超出了文学本身。

以北京的文学奖励为例，北京作为我国政治文化中心，其文学奖励机制的发展逐渐完善，这既促进了北京文学的发展，又提升了北京的文化品格，同时还推了进北京文化与国际接轨。"北京市文学艺术奖"、"老舍文学奖"暨"老舍散文奖"、"新世纪《北京文学》奖"作为北京三大文学奖，自上世纪90年代设立以来，对推动北京文化及文学的发展起到了一定作用。纵观历届北京文学奖获奖作品，其整体水平较高，大多关注社会现实，反映社会变革中人们的观念更新和情感冲突，对人们的价值观和精神世界进行探索，表现了强烈的责任感和人道情怀，应该说是国内办得较好的文学奖。但是即便如此，北京文学奖在运作机制以及具体的影响方面仍有提高的空间。比如北京文学奖励的社会影响力还不够大，在推动获奖作品的传播方面并没有充分发挥作用。我们看国外的文学奖项，诺贝尔文学奖就不用说了，法国的"龚古尔"文学设立于1903年，奖金只有50法郎，但获奖作品都会因获奖而销量倍增，比如一部普通小说在法国的销量只有几千册，一旦获奖，销量便会达到数十万册。还有关于北京文学奖励的评奖标准也是众说纷纭，不同地域的读者，对文学的阅读兴趣和审美趣味差异颇大。京津地区的读者都比较强调北京文学奖与北京文化的联系，北京读者尤其明显。这也不禁引起我们的思考，地区性的文学奖，在保持自身的地方特色同时，是不是也应该具备相对开阔的胸襟与视野，从而赢得广大读者。

由此来看，文学奖励并不是单一的机制运行，它背后所涉及到的文学创作、文学消费赋予了文学奖励以丰富的内涵。作家、作品、评委、读者、市场这些足以涵盖文学世界的方方面面的因素被无数的文学奖励串联起来，对于文学奖励的研究与分析，无疑将有助于我们重新认识文学。一般来说，文学研究中存在着两种研究模式：一是外部研究，注重从外在环境出发研究文学的影响及功用；二是内部研究，注重从文学内部出发研究文学的内在结构及审美效果。文学奖励机制研究处在这两种研究模式之间，这使得人们对之重视不够。实际上，正由于文学奖励机制研究的独特性，能够在促进社会及文学的发展这两方面都发挥积极作用。

目前，学界关于文学奖励机制的研究还是比较薄弱的，在我们现实的研究中，对于奖励机制人们往往把它看作是一种实践活动，很少从理论的层面加以探讨和思考。这固然有国内各种文学奖的发展状况不理想、奖励制度不健全等原因的影响。但我们不难发现，在这种不理想、不健全的背后恰恰就是理论建设的不足，包括对奖励机制的共识，大家形成的不多，怎么上升到制度，认识得就更不充分了。往往就奖励说奖励，就一次奖励谈论一次奖励，缺乏把奖励上升到高度理性的层面去看待。

而以上所有这些问题都是安伦博士在这本书里思考的重点

和探讨的难点。这本书以深厚的理论功底、鲜明的实际意义对于近代以来的文学奖励进行了梳理和分析，深入地探讨了文学奖励及其机制与当下文学发展的关系。就其具体的贡献而言，我认为本书至少有以下四个方面。

第一，系统地梳理了 20 世纪文学奖励体制，重新审视了以往人们认为是一种一般性机制的文学奖励。近几年来，关于出版与现代文学的关系方面的研究不断问世，取得了丰硕的成果，但是与出版密切相关的文学奖励制度却一直鲜有人研究。安伦以扎实的学术功底对于文学奖励方面的史料进行了整理，从博士论文层面进行分析，不仅将文学奖励研究真正地落实到了实处，而且在学术价值上给予了很高的认可。这本书的资料和梳理工作是很下功夫的，也是很必要的，正是这一点奠定了这本艺术专著的监视的基础。

第二，本书在理论探讨与实践分析两个方面进行，二者之间有着良好的互动，理论性与实践性的高度融合是这本书的最大特色。安伦以理论提升自己的研究视野，同时以大量的珍贵实例举证分析，丰富自己的文章内容，使理论最终回归实践。毕竟文学奖励以实践活动作为自己的表现形式，对于实践研究的回归是一种必然。在这个基础上，本书对当下中国文学界重大的文学奖项给予了评析和解读。在这里特别能见出安伦丰富的阅历和独到的见解。

第三，本书的研究虽以历史性的回顾显示出其重要的一面，然而它的立足点、着眼点却始终关注当下，并展望着未来。以历史客观性研究作为自己的出发点，不以纯历史研究为目的，在具体的研究中延伸至当下乃至未来，这是安伦这本书

4

的另一个重要特色，他始终对于当下文学奖励制度发展的表现出了深切的关怀。我们研究一个问题，不但要看清眼下的路是怎么走的，也要回头看看，以往的路是怎样走过来的，但更要往前看，归根结底，是找到今后发展的道路。一个世纪以来，中国文学的奖励机制制度提供了多方可供借鉴的经验教训，以往我们对于这方面关注得非常不够，甚至在研究范围内无视它们的存在。事实上，安伦的这部著作从历史到当下现实的追述与分析，让我们更清楚地看到当下文学奖励，究竟是什么样的机制，存在哪些问题，以及应该如何改进。

第四，这本书还有一个重要的价值，即合理地把握了文学奖励及其机制和文学发展的关系，包括和文学创作、文学评论、文学思潮等，其实这本身也是写作中的一个难点问题。这个问题，不讨论清楚，文学奖励机制的建设很难有大的突破。可喜的是，作者良好的学术视野，敏锐的学术眼光，扎实的学术功底很好地处理了这方面的问题，层次分明地展开了逐一的论述。这部分集中了本书许多挂彩和片断，这里就不再赘述了。

本书作者从选题到最终完成博士论文，以至现在重新增补出版这部著作，我作为与之长期共同学习、研究并共同处事的导师同志朋友，我真切地看到作者有三个优势：

一是作者本人对奖励制度有着丰富的经验。多年以来，他组织并参与了许多重大的奖项评审，比如十大中华经济英才、中华十大财富人物的评奖，他全权参与其中，细枝末节了然于心，经验十分丰富。虽然这些并不是文学奖励，但作为奖励，安伦对它以及具体的运行机制里面的所有环节都烂熟于心。而这些活动中的甘苦也凝结成了他对文学奖励制度的思考和看法。

二是理论素养提高的自觉。如上所述，安伦是个有心人，或许是因为他缺乏文学奖励的体验，所以他报考了文学方向的博士生，并选择文学奖励制度作为自己的主攻方向和论文题目，在撰写博士论文期间，他阅读了丰富的相关理论著作，查阅了大量的文献资料，积极地进行思考，对以往文学奖励制度研究有了较大的提高。

三是加倍的刻苦和高度的认真。关于这一点我曾安伦前不久出版的另一本书《废墟上的歌哭》序言中已经有了真切的描述。至今让我难以忘怀的一件事情是安伦在写完博士论文后，我有很长时间没怎么见到他，后来才得知他在同仁医院治疗眼睛，因为论文写作过程中用眼过度以至于视网膜严重损伤。这足以说明他的刻苦，其它真的无需多谈了。

在我的感觉中，安伦现在越来越平淡平静了，这种平淡和平静恰恰体现出安伦学术成就的不断成熟。当一个人越来越成熟的时候，人们对他的看法似乎也会越来越平静。固此，本篇序言写的也比较平淡平静没有过多的赞美之辞，都是我实实在在想说的话。

刘　勇
2010 年 11 月 15 日

目　　录

绪　论

一、与文学形影相随的文学奖励

在笔者近 10 年的策划和实施经济人物评奖的实践过程中，偶尔也会思考到"奖励"以及"文学奖励"的一些理论问题。从一般的规律上讲，任何前进的、优秀的和美好的人物或事物得到奖赏和激励都是非常合乎逻辑的。优者奖劣者罚，应该是人类历史和社会发展的两个重大推动力。那么到底什么是"奖励"呢？《现代汉语词典》给出的解释是："给予荣誉或财物来鼓励"。[①] 这是最通俗也是最权威的解释。"奖励"实质上包含表彰和激励两方面内容，具体表现形式分精神奖励和物质奖励两种。无论是物质奖励还是精神奖励，正常情况下，这种表扬和彰显都会使受奖者产生极大的荣誉感、自豪感、满足感和成就感，并由此激发出受奖者甚至其他人的内驱性力量，向着奖项倡导的方向更加努力，这就是所谓的激励。物质奖励和精神奖励的形式各有不同，物质奖励分奖励金钱和奖励实物两种；精神奖励有口头表扬，颁发奖状、奖证、奖杯、奖牌，勒石，立碑，树牌坊等。"奖优罚劣"对于优秀的文学和文学创作者当然也不例外，大多数的文学奖励也是以上述形式进行和表现的，文学奖励在颁发奖杯、奖牌、奖证、奖状等精神奖励的同时，一般也奖给一定数量的奖金和实物。

---

① 《现代汉语词典》2002 年增补本，627 页，北京，商务印书馆，2002。

1

　　文学自其产生之时起，就在人类的情感表达、思想交流和社会生活的各个方面起到不可替代的作用。文学一旦产生，除按其自身的发展规律向前发展外，它还无时不和文学奖励产生深远的互动关系。文学奖励是伴随着文学的产生而产生，并伴随着文学的发展而发展的，它甚至可以被看做文学的影子，与文学形影相随。我们甚至可以断言：文学存在多长时间，文学奖励就会存在多长时间。不管是过去、现在、还是将来，都不可能存在没有文学奖励伴随的文学。从广泛的意义上讲，对文学创作和文学创作者的鼓励、赞扬、追捧、认同，对文学作品的记录、刊刻、发表、稿酬、选集、传播，其实都是对文学和文学创作者的奖励。本书将要展开讨论的是指狭义的对文学作品和文学创作者的物质或精神奖励，更准确地界定，本书讨论的"20 世纪中国文学奖励"，主要是指 20 世纪发生在中国大陆及台港澳地区的"有奖征文""文学奖"和"给作家作品授予荣誉称号"等，其中又以"文学奖"为主体。为保持历史连续性和世界关联性，本书还涉及中国近代和当下的文学奖励，及外国华文文学奖励和与中国作家发生直接关联的外国文学奖励。

　　远古时代，对优秀文学作品和优秀文学创作者的奖励就在以各种各样的形式和方法表现和进行着：掌声、喝彩、夸赞，甚而至于得到他人或部落头领的一条鱼、一只野兔的物质奖励；或者博得异性青睐的目光、缠绵的爱情；更甚或因此从体力劳动大军中被格外优待出来，成为脱产或半脱产的"文人"；还有可能被奖授官职，担任管理工作。这些文学奖励的原始形态与文学的原初形态有着相当程度的互动关系。受到奖励和激励的"吭育吭育派"，为把"吭育吭育"哼得更好，因此更加用

心，更加动脑，文学的细胞和因子被更加激活，文学水平因而
更加高于同伴，这些都是不难理解的。文学有其自身的发展规
律，同时我们也应该看到，文学奖励也有其自身的发展规律。
文学的奖励总的说来是一个从自发到自觉、从随机随意到相对
固定相对规范和仪式化、从评奖标准不确定到评奖标准相对确
定的发展过程。虽然古人因文学创作优秀而得到奖励有某种偶
然性和随机性，甚至是没有固定标准的，但我们认为这种情况
一定很不少。《史记·司马相如列传》载：

> 久居之，蜀人杨得意为狗监，侍上（指汉武帝，
> 笔者注）。上读子虚赋而善之，曰："朕独不得与此人
> 同时哉！"得意曰："臣邑人司马相如自言为此赋。"上
> 惊，乃召问相如。相如曰："有是。然此乃诸侯之事，
> 未足观也。请为天子游猎赋，赋成奏之。"上许，令尚
> 书给笔札。相如以"子虚"，虚言也，为楚称；"乌有
> 先生"者，乌有此事也，为齐难；"无是公"者，无是
> 人也，明天子之义。故空藉此三人为辞，以推天子诸
> 侯之苑囿。其卒章归之于节俭，因以风谏……
>
> 赋奏，天子以为郎。[1]

这则记载，是正史中比较早的记录因文学创作优秀而被奖
授官职的可靠材料。

隋唐以降，随着诗赋取士的科举体系的制度化，优秀文人
因文采和辞章卓越，被直接奖掖为秀才、举人、进士，甚至在
进士科中奖授状元、榜眼、探花的美名，以示前三甲之尊贵。

---

[1] 司马迁：《史记·司马相如列传》（卷一百一十七），见李炳海校
评：《史记》（校勘评点本），691、696 页，长春，吉林文史出版社，2003。

然后再拜受为各品官吏，参与各级各地管理工作。应该说，科举诗赋取士是对文人和文学的最大奖励，也是文人和文学最风光的时期，科举以文取士，可以说是中国古代文学奖励的最高形式。

此外，某人因某诗或某文而被随机封官、拜爵、赐金、奖物更是俯拾皆是。唐代大诗人李白即因诗写得好，受吴筠推荐，被唐玄宗赏识，被授予翰林学士，虽然这个翰林学士有更多文学侍从的味道，但毕竟是皇帝的奖赏，李白还是以此骄傲终生的，甚至受到高力士脱靴、杨贵妃研墨的不寻常待遇。至于因文采卓异，辞章华丽，作品因而被刊刻、传抄、谱曲、传唱、选录，则是另种形式的奖励了。

19世纪下半叶，古老的中国被洋枪洋炮洞开国门，第一批较大规模的西方传教士带着宗教或其他各种目的来华布道传教、创刊办报，其中影响大历时长的当属美国传教士林乐知创办的《万国公报》（1874—1907）。在30多年的办报过程中，为了传播教义、组织稿源、扩大影响，《万国公报》先后组织了多次有奖征文活动，1897年的一次有奖征文活动征文奖金高达六百两白银，对象是直隶、江苏、浙江、福建、广东五省参加科举考试的士子，获奖人数有70人之多，其中重要的获奖作品还在报纸上发表。由此可见活动的参加人数之多，层次之高，影响之大。《万国公报》的有奖征文应该是具有现代意义的文学奖励的标志性事件。另外，1895年5月，傅兰雅以个人名义举办了一次新小说有奖大众竞赛，并在报纸杂志上做了广告，英文广告名叫"有奖中国小说"，中文广告名叫"求著时新小说启"。明确奖额，"首名酬洋五十元，次名三十元，三名二十元，四名十六元，五名十四元，六名十二元，七名八元"。①
1896 年 3 月公布结果，原定 7 名获奖者后扩展至 20 名，总奖
金也由 150 元增至 200 元。这次有奖征文简称"傅兰雅有奖中
国小说"。1907 年，《时报》也举办过一次"小说大悬赏"的有奖
征文。这些都是洋人在中国举办的有奖征文活动。

　　进入 20 世纪，因受西风东渐影响，对文学的奖励变得更
加自觉，更加直接，更加讲程序，更加有标准，也更加有组
织，更加有目的性，有很多文学奖除精神奖励之外，还加重了
物质奖励的分量，其中有相当一部分直接奖授金钱。20 世纪
中国的文学奖励受到诺贝尔文学奖和龚古尔文学奖、普立策奖
金等外国文学奖励机制最直接、最具体的影响，逐渐开始了中
国自己人创办的更高级也是更加完全意义上的现代性文学奖
励——"文学奖"。1937 年的《大公报》文艺奖金》是标志性事
件，它是中国现代文学史上一个有着较大影响的文学奖励活
动。可惜在第一届文学获奖名单公布不到两个月，科学奖名单
公布仅六天，日本全面侵华战争爆发，这个原本打算每年办一
次的文学奖，刚一开头便煞了尾。后来，各种各样的文学奖励
多起来。即便是在战争的环境下，对文学的奖励活动也没有停
止，有些甚至是为反法西斯战争而专设的文学奖励，如抗战期
间，解放区除 1942 年晋察冀根据地举办的"鲁迅文艺奖金"之
外，还有"七七七"文艺奖金、"七七"文艺奖、"五四"文艺奖、
"五四"中国青年节文艺奖、"五月""七月"文艺奖等多种文学奖
励，都和抗战主题密切相关。此外，国统区也有各种形式的文

---

① 　傅兰雅：《求著时新小说启》，载《中国记事》，1895(6)封底。

学奖励，1942 年《野玫瑰》获国民政府教育部三等奖并引起轩然大波；1945 年陪都重庆进步文艺界为庆祝茅盾 50 华诞暨创作 25 周年举办茅盾奖文学征文，是否可算后来"茅盾文学奖"的前身？在沦陷区的北平，1943 年日伪当局还搞过一次伪"华北文艺奖金"。同时，在与国际接轨的过程中，面对国际文学奖励，有拒绝，更有接受。1927 年鲁迅拒绝当年诺贝尔文学奖对他的候选提名，说："诺贝尔赏金，梁启超自然不配，我也不配，要拿这钱，还欠努力。"①1951 年新中国优秀作家丁玲、贺敬之、丁毅，周立波分别因作品《太阳照在桑干河上》、《白毛女》、《暴风骤雨》获得斯大林文艺奖金二、三等奖。不要说是这四位作家感到荣光，连整个新中国都感到荣光。

1951 年，因剧本《龙须沟》歌颂新中国、新北京，北京市政府给老舍颁发了"人民艺术家"的奖状。此后很长时间，文学进入了罚多奖少和以罚代奖的时期，文学大批判"横扫千军如卷席"。偶尔的文学奖励也只颁发给儿童文学，因为也只有这个领域，阶级斗争的色彩会稍微淡一点。"文化大革命"时期除"高大全"和"样板戏"等另类的文学奖励之外，中国少有真正意义上的文学奖励。

新时期之初，文学肩负着思想启蒙的神圣使命，这一点与中世纪文艺复兴时期文艺的角色相类似。这一时期，各种文学体裁都取得了了不起的成就，文学热闹起来，文学奖励也开始如雨后春笋，繁茂起来。政府部门、社会组织、文学机构和报纸杂志对此都表现出极大的热情，一方面，为了鼓励作家、繁

---

① 鲁迅：《书信—270925 致台静农》，见《鲁迅全集》（第 11 卷），580 页，北京，人民文学出版社，1981。

荣创作，举办各种文学评奖；另一方面，也是社会通过文学奖励表达对优秀作家和作品在拨乱反正、思想解放和宣传改革开放过程中所起到的巨大作用的认同和感激。文学奖励呈现泛化趋势，有以文学体裁或报纸杂志名称命名的文学奖励，也有以地域名称或作家、企业家名字命名的文学奖励；有官方的奖励，也有半官方的奖励，甚至纯民间的奖励。花样繁多，不一而足。大到国家级的文学大奖，小到一县一乡、一校一社的文学小奖，一一统计，何止万千。

众多文学奖项的出现既活跃了文学创作，振兴了文坛，但也带来了很多问题。特别是中国全面进入市场经济以后，文学创作和文学奖励更是泥沙俱下。最突出的就是文学奖项的鱼龙混杂、良莠不齐严重影响了作家创作的心态，文坛也开始变得更加浮躁和杂乱无章。如此种种都不得不让人们提出一个大大的疑问：文学奖项多了，中国文学为什么还是不能实现巨大的提升呢？

正确和适宜的文学奖励不仅对作家本人会产生振奋和激励作用，而且还有着激励文学创作、引导文学潮流、繁荣文学事业、塑造文学经典、放大文学影响力等重要的作用。因此，对文学奖励的关注就不应仅仅停留在文学奖励的内容和形式上，还要进一步深入到文学奖励的内核中，探究文学奖励对作家创作、文学潮流、文学传播、文学批评等产生的意义和作用，挖掘文学奖励与整个文学活动之间的辩证关系。文学奖励与文学创作之间的关系是敏感而微妙的，作为文学重要活动之一的文学奖励有着自己一套独特的运行机制。文学的奖励机制如果健康运转，文学就能在正常的轨道上更好更快地运行、更新和提速。好的文学奖励会对整个文学活动产生良性互动；反之，则会对文学创作和文学思潮造成反动。"文化大革命"期间，以国家意识形态面貌出现的"高大全"式的创作模式和"样板戏"式的奖励倡导，造成的是百花凋零的文学大萧条局面。

因此，在津津乐道于层出不穷、应接不暇的各种文学奖项的同时，也到了我们该认真思索、探究文学奖励的机制、影响和作用的时候了。面对文学奖励，我们习惯于重视文学奖励颁给了谁没颁给谁，应该颁给谁不应该颁给谁，指责某个文学奖项存在这样和那样的问题，关心文学奖励是否"公平、公开、公正"这样一些肤浅和表面的问题时，却忽视对文学奖励的系统性的史料梳理和对文学奖励机制和实质的深入研究。回溯整个 20 世纪甚至更久远，令人不解的是，在对文学的研究和耕耘几乎达到方方面面和边边角角的情况下，对文学奖励机制的研究工作却是相当薄弱的，薄弱到连系统的史料梳理都不曾做过。有关 20 世纪文学奖励的许多重大问题都亟待研究和探讨：20 世纪中国文学的历史发展过程中大概有多少种文学奖项？20 世纪中国文学奖励的机制和体制是怎样的？每个阶段的文学奖励具有怎样的特点？每项文学奖励的评选标准如何？文学奖励对作家创作和文坛产生了怎样的互动关系？这种互动和影响到底有多大？文学奖励与文学传播存在怎样的关联？中国台港澳地区及外国华文文学奖励有着怎样的个性特征？中国作家与外国文学奖项之间具有哪些微妙的关系？这些都是本书试图探讨的问题。

面对这些问题，我们一方面可以作史的梳理，将 20 世纪中国文学的奖项按照一定的标准进行整理、划分、归类，从而为文学史料的积累做一点微薄的贡献；另一方面也试图做一些理论的总结和概括，将文学奖励置于大的历史背景下进行考察；并通过深入细致的个案分析，以具体作家或作品为切入点，将文学奖励的机制、影响和作用清晰地展现出来。而这些工作不仅具有常规的学术意义，还具有较强的现实意义。当下文坛面临的问题不仅是文学奖项的混乱和无序，还要面对大众文化和读图、影像热浪的冲击，文学已经开始丧失原先的优势地位，而如何以文学奖励为契机，摆正心态、正视文坛的发展现状也成了值得深入探讨的一个问题。因此，本研究不仅期望能够提供史的借鉴，同时也希望在理论的高度对文学奖励的研究工作作一定程度的推进。

二、20 世纪中国文学奖励的研究历史和现状

虽然文学奖励古已有之，且并不鲜见，但谈论和研究文学奖励现象和机制的文章并不多，而且大多局限在单项文学奖励上。由于对单项文学奖励进行研究的文章最多，几乎占所有研究文学奖励文章的三分之二以上，因此对单项文学奖励的研究梳理细分为史料梳理和综述两大类。所有这些研究文章大致按以下五类进行归并。

1. 从史料梳理的角度对单项文学奖励的研究

谈论文学奖比较早的是著名书评家常风，在"《大公报》文艺奖金"和"良友图书公司文学奖金"公布不久的 1937 年 7 月，他针对获"良友文学奖金"的小说之一，左兵的《天下太平》，开门见山地说："今年我们出版界有两件值得纪念的事：一是大公报的'文艺奖金'；一是良友图书公司的'文学奖金'。大公报

'文艺奖金'范围稍广，而且是从过去一年的创作中选戏剧小说与散文的佳作，良友'文学奖金'则只是征求新的小说创作。大公报的'文艺奖金'业于上月公布。良友的'文学奖金'最近才揭晓，左兵的《天下太平》和陈涉的《像样的人》被选为得奖小说，担任评选者为蔡元培、郁达夫、叶绍钧、王统照、郑伯奇诸氏。"①虽然评委们一致看好这部作品，"据良友的广告，《天下太平》，'是从许多应征文稿中最先也是最后被评判先生认为值得获奖的一部'"，②但常风依然拿出书评家的勇气，认为该小说创作不成功，"十四五万字几乎'只留下个概念'。"③现代文学史似乎也没有给"良友文学奖金"和这两部获奖小说足够的重视和地位。

此后是八年抗日战争，三年解放战争，加上新中国成立至新时期的文艺政策是"罚多奖少"、甚至"以罚代奖"，研究文学奖励的文章很少，偶有谈及，也只是在谈论《谷》《画梦录》《日出》这几部获得"《大公报》文艺奖金"的获奖作品时，提及文艺奖金这么一件事。但从谈论文艺奖金本身的角度较早著文的是萧乾，他写的回忆和史料性短文《大公报文艺奖金》④，全文不足两千字，文章虽短，却谈到了在中国现代文学史上影响甚大的 1936 年 7 月至 1937 年 5 月的"大公报文艺奖金"的缘起、所受影响、奖金分配、奖励情况、颁奖评价等重要问题。文章的突出优点是其弥足珍贵的一手史料，也就是说萧乾是这次文艺

---

① 常风：《左兵：〈天下太平〉》，见袁庆丰、阎佩荣选编：《彷徨中的冷静》，29 页，天津，天津人民出版社，1998。
② 同上。
③ 同上。
④ 萧乾：《大公报文艺奖金》，载《读书》，1979(2)。

奖金活动的策划者和执行人，缺点是没有谈到此次文学奖励的机制和影响等深层次问题。此后，对"大公报文艺奖金"也偶有论及，如王荣的《"大公报文艺奖金"及其他》①，文章既分析了《日出》《画梦录》《谷》这三件获奖作品的京派倾向，但也指出不能简单地把这个奖项看成是京派文学奖。同时也阐释了孙毓棠的《宝马》未能获奖的原因。其实，较早具有现代意义的文学奖励要算是比"大公报文艺奖金"早半个世纪的《万国公报》的有奖征文(1874—1907)，关于这个跨度30多年、次数众多、在当时影响很大的有奖征文，最详细论述的是杨代春的《略论〈万国公报〉的征文》②，文章以5次最有代表性的征文为例系统梳理了《万国公报》有奖征文的具体情况。这篇文章的作者是历史系博士，可贵之处在于其史料性，不足之处在于对"有奖"问题的重视和分析不够，这一点从文章的题目"征文"前未标"有奖"二字也能看出。另一篇是邓绍根的《〈万国公报〉与诺贝尔奖》③，文章充分论证了"《万国公报》是最早报道诺贝尔奖的近代报刊"，但文章没有提及《万国公报》的有奖征文。关于1905—1906年傅兰雅有奖征文，王飙的《传教士文化与中国文学近代化变革的起步》④有一点介绍，不过文章认为"这可能是中国文学史上第一次有奖征文"的判断是错误的。关于1907年，《时

---

① 王荣：《"大公报文艺奖金"及其他》，载《中国现代文学研究丛刊》，2005(4)。
② 杨代春：《略论〈万国公报〉的征文》，载《西南交通大学学报》(社会科学版)，2001(3)。
③ 邓绍根：《〈万国公报〉与诺贝尔奖》，载《新闻爱好者》，2004(3)。
④ 王飙：《传教士文化与中国文学近代化变革的起步》，载《近代中国文学与文化研究》，2005(9)。

报》"小说大悬赏"的有奖征文，李志梅的《〈时报〉1907 年"小说
大悬赏"征文始末及其意义》①有较详细的论述，文章的可贵之
处在于把《时报》"小说大悬赏"与《万国公报》有奖征文、傅兰雅
的"有奖中国小说"作了一些联系，但没有深挖近代中国的这几
次文学奖励的内在机制和外在影响。

　　进入新时期，文学奖励骤然升温，各种层次、各种文
体，各个地区、各个报刊以及以各位作家名字命名的文学奖
项如万斛泉涌，不择地而出。其中影响最大的当数"茅盾文
学奖"，对这一文学奖励现象和机制的研究在国内成千上万
的文学奖励的研究中也最充分。对这一奖项有说好有说坏，
每次评奖结束，都会激起层层涟漪。质疑声较大的应数洪治
纲的《无边的质疑：关于历届"茅盾文学奖"的二十二个设问
和一个设想》②，结论是此奖"公正性受到怀疑，科学性值得
思考，权威性难以首肯"；较刻薄的要算李师江的《茅盾文学
奖：一张文学狗皮膏药》③；而思思在《茅盾文学奖人文话题
知多少》④中则透漏：陈忠实的《白鹿原》获奖，贾平凹就认为
它"给作家有限生命中一次关于人格和文格的正名"；无论是
说好还是说坏，这些文章都为我们挖掘出了许多鲜为人知的
事实和史料，所以归于史料性文学奖励研究之中。而要说最

---

① 李志梅：《〈时报〉1907 年"小说大悬赏"征文始末及其意义》，载
《华东师范大学学报》（哲学社会科学版），2005(3)。
② 洪治纲：《无边的质疑：关于历届"茅盾文学奖"的二十二个设
问和一个设想》，载《当代作家评论》，1999(5)。
③ 李师江：《茅盾文学奖：一张文学狗皮膏药》，载《青年时讯》，
2000-11-22。
④ 思思：《茅盾文学奖人文话题知多少》，载《北京时报》，2000-10-25。

拥挤的单个文学奖项研究，当属诺贝尔文学奖无疑。仅史料性的专著至少有四部：最早一本是《诺贝尔文学奖史话》①，而后来的《诺贝尔文学奖要介》②、《诺贝尔文学奖金库》③和《诺贝尔文学奖内幕》④，这些专著主要还是资料性的，只是越晚的越全面和细致一些。有些还揭示了不少诺奖评选过程中的内幕情况。

2. 从综述性的角度对单项文学奖的研究

综述性的单项文学奖的研究，其实也多集中在茅盾文学奖和诺贝尔文学奖上。对茅盾文学奖的综述性研究有分量的文章有《茅盾文学奖研究综述》⑤，论文内容主要分为对茅盾文学奖的研究和评价、对每一届茅盾文学奖的争议和对获奖作品的批评三大块，文章较为客观较为全面地综述了茅盾文学奖的主要研究成果；除单篇论文外，特别应该重视的是专著《聚焦茅盾文学奖》⑥，文章指出了茅盾文学奖的"获奖作品基本没有进入文学史家们的视野"这一不正常现象，作者认为虽然评奖本身和获奖作品都还存在这样和那样的问题，但"主张辩证地肯定

①　余之：《诺贝尔文学奖史话》，北京，知识出版社，1985。

②　肖涤：《诺贝尔文学奖要介》，哈尔滨，黑龙江人民出版社，1992。

③　彭诗琅等编：《诺贝尔文学奖金库》，北京，中国社会出版社，1998。

④　[瑞典]谢尔·埃斯普马克：《诺贝尔文学奖内幕》，李之义译，桂林，漓江出版社，1996。

⑤　矛戈：《茅盾文学奖研究综述》，载《西南民族大学学报》（人文社科版），2006(7)。

⑥　徐其超、毛克强、邓经武：《聚焦茅盾文学奖》，北京，作家出版社，2005。

茅盾文学奖和获奖作品的史学地位"，因为获奖作品"基本上代表了长篇小说的'高峰走线'"，因此"茅盾文学奖应当在当代文学史上占有一席之地"，该书立论公允，说理充分，是研究茅盾文学奖的集大成之作。诺贝尔文学奖研究综述性专著有《荆棘与花冠——诺贝尔文学奖百年回眸》①，作者回顾了诺贝尔文学奖百年风雨历程，分析指出这条世界文学最高荣誉的花冠之路实际上充满荆棘；需要一提的是薛华栋的《和诺贝尔文学奖较劲》②，文章认为尽管该奖虽然"遗漏"了许多文学大师，但"我们还是应该感谢诺贝尔奖评委会，经过筛选，它还是为我们发现了一大批世界级的文学大师，其数目至少与被漏掉的作家数目不相上下"。单篇论文更多，如肖淑芬的《跨文化语境下的诺贝尔文学奖》③，综合研究认为，"颁奖历程的跨文化演进"、"对作家与文本的跨文化色彩张扬"、"搭建文学跨文化的对话平台"、"引发读者跨文化的阅读热情"及"创建跨文化的独特学术研究对象"共同构成了诺贝尔文学奖的"跨文化语境特质"；赖干坚的《诺贝尔文学奖与中国——世纪末的反思与前瞻》④、张颐武的《宏愿与遗梦：诺贝尔文学奖与中国》⑤、许汝

---

① 陈春生、彭未名：《荆棘与花冠——诺贝尔文学奖百年回眸》，武汉，武汉出版社，2000。

② 薛华栋：《和诺贝尔文学奖较劲》，北京，学林出版社，2002。

③ 肖淑芬：《跨文化语境下的诺贝尔文学奖》，载《当代外国文学》，2006(3)。

④ 赖干坚：《诺贝尔文学奖与中国——世纪末的反思与前瞻》，载《外国文学》，1997(5)。

⑤ 张颐武：《宏愿与遗梦：诺贝尔文学奖与中国》，载《外国文学》，1997(5)。

祉的《对诺贝尔奖评奖的回顾、前瞻与一项改进的建议》①，对诺奖有总结更有反思。我们能从《诺贝尔文学奖的中国遗梦》②、《诺贝尔奖：焦虑之余的思考》③、《论诺贝尔文学奖及其与中国》④，这样比比皆是的题目中沉重而无奈地感受到中国和中国人的"诺奖情结"。

3. 从文学奖励与文学思潮、价值取向等互动关系的角度研究文学奖

在论述文学奖励的文章里，特别应该指出的是郭国昌的《文艺奖金与解放区的文学大众化思潮》⑤，文学奖励到底对文学创作和文学思潮等产生什么样的具体影响？这是学术界长期忽视的问题，这篇文章的价值就在于以翔实的资料、独到的视角和精辟的分析，理清了 20 世纪 40 年代解放区的文学大众化思潮与当时的文艺奖金之间的关系。文章在分析了鲁迅文艺奖金、"七七七"文艺奖金、"七七"文艺奖、"五四"文艺奖、"五四"中国青年节文艺奖、"五月""七月"文艺奖等边区和根据地若干文学奖励之后，总结出 20 世纪 40 年代解放区的文学大众化思潮是在多种因素的影响下形成的，既因为解放区特定的政

---

① 许汝祉：《对诺贝尔奖评奖的回顾、前瞻与一项改进的建议》，载《当代外国文学》，2001(2)。

② 易丹柯：《诺贝尔文学奖的中国遗梦》，载《中国社会导刊》，2005(33)。

③ 张颐武：《诺贝尔奖：焦虑之余的思考》，载《中关村》，2005(11)。

④ 张泉：《论诺贝尔文学奖及其与中国》，载《北京社会科学》，1992(4)。

⑤ 郭国昌：《文艺奖会与解放区的文学大众化思潮》，载《中国现代文学研究丛刊》，2002(4)。

治环境，也因为时代发展的要求，但是作者在这里看到的是另一个容易为人们所忽视的原因，就是文艺奖金的设立。文艺奖金设立的最主要目的就是推动解放区的群众性文学运动的兴起。而文艺奖金的评定标准：政治功利性和体式通俗性，也和文学的大众化思潮有着内在的一致性。所以，文艺奖金的设立可以说成为了文学大众化思潮兴盛的直接动力。这是为数不多的关于文学奖励问题研究的具有史料和理论双重价值的优秀文章，虽然文章论及的仅仅是某一时段某一区域的文艺奖金问题。胡碟、黄念然的《诺贝尔文学奖与文学观念的流变》①指出，"百年诺贝尔文学奖对文学形式和文学技巧的偏爱，不仅反映了西方文学批评从关注文学作品'写什么'转向文学作品'怎样写'的发展趋势，它更揭示了20世纪文学批评对语言与思维、心灵与世界、形式与内容等众多问题的高度关注和深邃反思"。还有张薇的《诺贝尔文学奖评奖标准的嬗变》②，这些论文都从某个方面或某一侧面展开论述，有一定的创新意义。王辽南的《近十年诺贝尔文学奖的评奖取向》③指出，诺贝尔文学奖的评奖标准不是一成不变的，作者根据年代将其划分为"理想主义"正统时期、"创新"时期和"多元化"时期，并指出尽管诺贝尔文学奖的评奖标准在不断地变化，但其评奖取向还是有一些"共识性成分"和"固定的主题"，诸如自由、平等、民

① 胡碟、黄念然：《诺贝尔文学奖与文学观念的流变》，载《粤海风》，2006(6)。

② 张薇：《诺贝尔文学奖评奖标准的嬗变》，载《外国文学动态》，2001(3)。

③ 王辽南：《近十年诺贝尔文学奖的评奖取向》，载《当代外国文学》，2005(4)。

主、和平等。因此，本文在为研究诺贝尔文学奖与中国作家之间的关系时提供了一个宏观的思考视角。朱大可的《诺奖危机与文学失败》①结论是，诺贝尔文学奖使"纯文学的口味遭到破坏"，导致"文学机会主义者"产生。

4. 从文学奖励的内部机制角度研究文学奖

研究文学奖励机制的文章，特别需要重视的是《北京市文学奖励机制的现状分析与前景思考》②，该文主要对北京市的文学奖励及其机制进行了一个梳理和分析，作为研究文学奖励机制的少有的几篇论文之一，虽然研究的目标不是全局性的和整体性的，只是以北京市一个地方的文学奖励为研究对象，但是其研究的价值和意义是不容被忽视的。在一定程度上，北京市是当下中国文学奖励机制的缩影。北京市的文学奖励具有代表性，不仅仅因为北京作为政治和文化的中心，对全国范围的文学制度和文学奖励等都产生了重要的影响，同时北京市的文学奖励还与在京的诸多文学奖励产生了一定的互动竞争态势。所以说，对北京市文学奖励机制的研究，能够相当程度地折射20世纪中国文学奖励机制的基本面貌。该文主要从北京市的三大主要文学奖：老舍文学奖、北京市文学艺术奖、新世纪《北京文学》奖为出发点，分别概述了各自的总体情况，进而将研究的视角转向获奖作品的共同特点，为相关领域的研究打开了一个新的窗口，也得出了新颖的结论，并指出北京市文学奖还存在着影响力不够大等问题。针对这些问题以及当下文学发

---

① 朱大可：《诺奖危机与文学失败》，载《南风窗》，2003(11 下)。

② 刘勇、杨志：《北京市文学奖励机制的现状分析与前景思考》，载《北京师范大学学报》(社会科学版)，2006(6)。

展的整体形势，作者提出了自己对于今后北京市文学奖励机制发展的四点建议。总体上，这篇论文突出了研究文学奖励机制的重要性，为今后这一领域的研究开辟了道路。而范国英的《历史题材获奖作品与茅盾文学奖的生产机制》①以文学场域理论为切入点，揭示了历史题材作品与茅盾文学奖的生产机制之间的关系。这篇论文的价值就在于从理论的高度，看到了文学奖励机制对文学创作的巨大影响，并以茅盾文学奖为个案进行了深入的剖析和阐释。在文学奖励的内部机制研究方面，有两部专著的个别章节有所涉及，《倾斜的文学场：当代文学生产机制的市场化转型》②第三章"文学评奖与批评'象征资本'的颁发和转化"，主要论及政府"三大奖"与宽泛主旋律，"官方专家奖"受到的挑战及现实主义审美领导权的危机，以及各种"民间奖"的设立及其颁奖原则的市场化倾向。文章对新时期的文学奖项进行了一些梳理。《中国现代文学制度研究》③第七章"文学的审查与评奖"，虽有一部分论及"文学的奖励机制"，但理论性并不强，文章认为"现代文学还建立了一种独特的奖励机制，那就是为作家办生日"，尚有新意。

5. 从文学制度的角度研究文学奖

这类研究文章的代表性作品是《茅盾文学奖的文学制度

---

① 范国英：《历史题材获奖作品与茅盾文学奖的生产机制》，载《廊坊师范学院学报》，2007(2)。

② 邵燕君：《倾斜的文学场：当代文学生产机制的市场化转型》，南京，江苏人民出版社，2003。

③ 王本朝：《中国现代文学制度研究》，重庆，西南师范大学出版社，2002。

研究》①，该文提出诸多崭新的观点，诸如，茅盾文学奖是
1978 年文学奖制度化的必然要求，从历史的大语境中看到了
文学观和价值观对文学奖项的制约和规范。该文的重要意义还
在于没有将目光仅仅停留在茅盾文学奖上，而是从文学制度的
角度对"文学评奖"这一基本范畴作出了一种历史性的思考，提
出，"就作为文学制度的一个面向的文学评奖来说，'制度'和
'文学'的关系以及'评奖'与'文学'的关系必然会投射于文学评
奖上，并形成文学评奖及评奖策略上相应的某种特点。所以，
文学奖项的作用如何以及具有的作用会受到不同历史阶段文学
场域的影响和制约"。该文既有个案分析，更有理论的总结，
是研究文学奖励方面不可多得的论文。此外，还有两篇研究文
学制度的文章涉及文学奖励制度的问题，一篇是《论中国现代
文学制度的生成背景》②，文章主张：文学制度是文学的生产、
传播和接受体制，它制约、规定着文学的意义和形式。而文学
奖励机制也是文学制度中的一个方面，要研究 20 世纪中国文
学奖励机制，必然要将其置于文学制度的大背景下，不如此，
就会失去研究的客观性和全面性。因此，非常有必要熟悉和了
解文学制度。该文比较系统地研究了中国现代文学生成的背景
和原因，提出新式教育、大众传媒和都市空间为现代文学制度
的形成提供了坚实的社会文化基础，推动了现代作家的职业化
和文学传播的大众化体制的建立，而这些为研究文学奖励机制

---

①　范国英：《茅盾文学奖的文学制度研究》，四川大学博士论文，
2006。

②　王本朝：《论中国现代文学制度的生成背景》，载《西南师范大学
学报》(人文社会科学版)，2003(6)。

提供了全新的视角。所以，此文对于 20 世纪中国文学奖励机制的研究不仅是背景性的知识介绍，同时也是为研究提供了新的方式。另一篇是《从"毛泽东时代"到"后毛泽东时代"——简论当代文学制度的变革及对文学创作的影响》①，主要观点是：文学制度是文学生产的条件和社会结构，也是文学生产的结果，所以对文学产生着制约和引导作用。而文学奖励制度又是文学制度中至关重要的一个方面。该文从年代上将中国当代文学划分为"毛泽东时代"和"后毛泽东时代"，时间分别为 20 世纪 50 年代至 70 年代末和 20 世纪后 20 年。在文中，作者将两个时代的文学制度的特征、内容等作了比较全面的对比。通过对比可以看出，"毛泽东时代"的文学制度是政治与文学一体化的，注重文学作品的政治性和意识形态特征，尤其是获奖者和获奖作品更是成为宣传马列主义的急先锋和桥头堡。所以，这一时期的文学制度政治性强，实行规范化操作，多以官方面目出现。而"后毛泽东时代"的文学制度开始由高度官方化开始向半商业化转移，文学制度随着政治体制的改变发生了巨大的变化。尤其是市场经济大潮的汹涌澎湃，更加冲击了固有的文学制度。文学在政治和市场之间左右逢源。而文学奖励制度也开始向民间和社会转移，开始向市场经济靠拢。文学奖励的标准、内容等都发生了巨大的变化，突出地表现为文学奖项剧增，文学奖项的设置也开始多元化。因此，该文在梳理 20 世纪后半期的文学制度上有独到之处，对研究处于整体大环境下 20 世纪文学奖励制度来说，是有益的借鉴。

---

① 刘学明：《从"毛泽东时代"到"后毛泽东时代"——简论当代文学制度的变革及对文学创作的影响》，载《云南师范大学学报》，2007(1)。

三、作品的研究价值与研究思路

中国文学的各个领域多被数以万计的研究大军精耕细作无数遍，而恰恰对文学奖励的系统研究却显得相当匮乏，这就给本文对 20 世纪中国文学奖励的现象梳理和理论建构都留下了宏大空间，同时也提出了巨大挑战。这是本书的研究价值所在，也是本书需要克服的困难之处和难点所在。本书将沿着从 20 世纪文学奖励的现象到探讨 20 世纪文学奖励的本质，再到文学奖励的影响和传播的基本思路展开研究工作。

1．作品的研究价值

这本论著的研究价值主要体现在对 20 世纪中国文学奖励系统性的材料梳理、探索性的理论建构及对当下和今后的中国文学奖励提供一定意义的参考和参照三个方面。

第一，本书试图站在宏观的视野上对 20 世纪中国文学奖励现象进行较为系统和完整的整理。20 世纪中国文学奖励史上的文学奖项种目繁多，且每个时期都有着各自不同的特点。而作为一种重要的文学现象，却至今没人进行过系统的梳理。过去关于文学奖项的整理只局限于一个时期或一个奖项，学术参考价值有限，而把整个 20 世纪的中国文学奖励集中起来进行梳理，就会显示出其更高的学术价值，它不仅成为宝贵的文学史料，更会为相关研究者提供更加开阔的视野。

第二，本书试图对 20 世纪中国文学的奖励机制研究进行探索性的理论建构。由于这项研究工作目前还处在很不系统很不全面很不深入的境况中，此前的理论探讨和建构相当缺乏，因此本书试图从 20 世纪中国文学奖励的现象、本质、影响及传播等方面进行较为深入的理论探讨和建构。除探讨文学奖励的内在机制和外在作用以外，还将考证文学奖励与其他文学活动之间的互动关系。文学奖励与文学创作、文学思潮、文学批评、文学传播以及作家心理、社会心态等之间有着微妙而密切的关系。如何从理论的高度来论述这些关系，剖析其中的规律是一个极具学术价值的研究课题。然而，长期以来研究者们多将目光集中于个别奖项如茅盾文学奖、诺贝尔文学奖等进行具体的个案分析，这样的研究固然有价值，但因其研究缺乏宏观的视角，因而视野并不开阔。这样的研究就某一单个文学奖项来说是必要的甚至是充分的，但整体性、宏观性、系统性和理论性都不可能很高。而本书不仅坚持整体性，坚持理论性，还将史料与理论紧密结合，力求最大程度上将文学奖励的现象和机制及其作用和影响阐释出来。

第三，本书试图通过对 20 世纪中国的文学奖励的梳理和研究与中国当下的文学奖励构成一种对话关系。在视野上不仅将中国台港澳地区和外国华文文学奖励与中国大陆文学奖励进行对比，归纳出属于它们自己的特点，还将国外文学奖励与中国作家之间的关系作为一个重要的组成部分，这样既丰富和完善了 20 世纪中国文学奖励研究的内容，又将 20 世纪中国文学奖励的研究放置在一个开放的场域中，从而可以寻找到更多有价值的东西。在时间上也延及近代和当下，作者更看重论著的当下性特征，希望走出纯案头的研究模式与中国当下的文学奖励构成一种对话关系，为中国当下和今后文学奖励的实践活动提供一点有意义的参考和参照，这是本书作者真心希望的。

总体上看，对文学奖励的研究仍停留在一个并不开阔的视野上，局限于对具体问题的具体分析，而缺乏整体上的系统认知，更谈不上完整的梳理和全面的研究。因此，这一课题具有极大的挖掘空间，研究意义重大。本书试图在该领域作一定的探索性研究，待以后条件成熟，可写一本《中国文学奖励史》。

2. 作品的基本研究思路

从上面梳理的研究文学奖励的基本情况不难看出，学界对文学奖励的研究缺乏史料性、系统性、全面性和整体性的梳理和关照。一句话，学术界对中国文学的奖励现象和奖励机制的宏观研究相当薄弱，微观研究也很不够。这就是这一课题的基本研究现状。其存在的问题突出表现在以下三个不平衡性上。

其一，对单个文学奖项的研究与对整个文学奖励现象和机制的研究具有不平衡性。目前国内对文学奖励研究的突出特点就是：局限于对单个文学奖项、单个作家作品的研究，对文学奖励的现象和机制缺乏整体性的整合研究。对一些较为重要的文学奖项，一般都有或多或少或深或浅的研究，而对文学奖励现象和机制的整体研究很少见到。

其二，对单个文学奖项本身的研究表现的不平衡性也十分明显。目前对国内文学奖项的研究多集中在茅盾文学奖上，对国外文学奖项的研究多集中在诺贝尔文学奖上，而对其他大量的同样重要或相当重要的文学奖项则研究少而浅，甚或没有研究，反映出了研究者在这一领域视野的狭窄和盲目跟风。茅盾文学奖作为中国官方性质的长篇小说的最高奖项，以及诺贝尔文学奖作为国际文学界的最高荣誉，受到较多的关注自然无可厚非。从研究的成果看，不仅有大量的论文，还产生了诸多专著，诸如《聚焦茅盾文学奖》《和诺贝尔文学奖较劲》等。其中对诺贝尔文学奖研究的专著和论文是所有奖项中数量最多的，反映了国人浓重的"诺奖情结"。

其三，对获奖作家作品的本体的研究与该文学奖对作家创作、文学潮流、文学传播、文学批评等互动性研究具有不平衡性。多数研究集中于获奖作家作品的内部研究，重视对作品的审美分析、作家意识形态和创作心态的解剖，此类论文不胜枚举。但该文学奖项到底对作家本人的创作和整体的文学潮流是否产生过这样那样的影响？影响的程度到底有多大？对文学的传播和接受产生过怎样的影响？与文学批评是否存在一定的互动关系？这些研究都十分薄弱。

基于以上的三个不平衡性，本书在研究框架和研究思路上不可能走非常轻巧的研究路线，这是本论题和该领域的研究现状所决定的。

面对这个堪称厚重的研究课题，在研究思路上，本书的基本研究方法是将史料整理与理论阐述、整体关照与个案剖析紧密结合，既有纵向的梳理，又有横向的关照，二者互为条件，互相支撑，力争做到史料成为理论阐述的坚实基础，理论阐述和总结使论文摆脱简单的史料整理，走向理论的高度。本书从文学奖励的起源引出，重点梳理和研究 20 世纪中国文学奖励，但为了保持其史的连续性，将近代的文学奖励和当下的文学奖励也纳入研究的视野。在横向参照方面，不但责无旁贷地把中国台港澳地区的文学奖励纳入研究范畴，还将外国华文文学奖励及中国作家获得外国文学奖励也加以观照，同时还涉及少数外国的对中国影响巨大的文学奖励。这样就使得 20 世纪中国的文学奖励研究处在一个较为系统和开放的场域中。

20 世纪中国文学的奖励机制研究是一个较为宏大的论题，

在研究和论述过程中，为了条理较为清晰地展开论著并有利于整体把握，笔者采用了删繁就简的策略，全书除绪论和结语及两个附录外，正文分四章展开。各章依次展开的逻辑线索是：第一章是20世纪中国文学奖励的现象梳理，属于现象论的范畴；第二章是20世纪中国文学奖励的机制研究，属于本质论的范畴；第三章是文学奖励机制对20世纪中国文学的影响方面的研究，属于影响论的范畴；第四章的20世纪中国文学奖励与文学传播，属于传播接受论的范畴。此外，在本书正文之后辑录了两个附录，以便整体呈现20世纪中国文学奖励的基本风貌。

第一章　20世纪中国文学的
奖励现象

　　本章的主要任务是梳理和归纳20世纪中国文学的奖励现象。要把20世纪形形色色万万千千发生在中国大陆和台港澳地区的文学奖励现象包括外国华文文学奖励事件进行有序的归纳和整理，其实是一件比最初想象的要困难许多的事情，其困难不仅仅表现在资料的难以搜集和寻找方面，还很大程度上表现在对于这些搜集和寻找到的文学奖励现象要进行归类整理方面。笔者进行了多种尝试，想要寻求一种统一的分类方式加以归并几乎是不可能的。既没有办法完全按近代、现代、当代的文学奖励现象发生的时间顺序一统到底，也没有办法完全按中国大陆、中国台港澳地区及外国这样空间顺序进行彻底的归类，更不能全部按官方文学奖励、专家文学奖励、民间文学奖励这样文学奖励的性质来归并。因此就出现了本书将时间、地域和性质交叉运用的情况。第一节是将中国大陆的文学奖励按近代文学奖励和现代文学奖励这两个大的时间概念展开的；第二节是将中国大陆当代的文学奖励按官方文学奖励、专家文学奖励和民间文学奖励这样文学奖励的性质来归类的；第三节主要考虑的是地域性因素，如果硬要找出第三节五个目次之间共同性的东西，那只能是"海外性"。而这三节之间，第一节和第二节是按时间顺序推进的，主要梳理的是中国大陆的文学奖励。第三节主要是按空间顺序展开的，考虑到台港澳的特殊地域属性及外国华文文学奖励和中国作家获外国文学奖励同有

"海外性"特征，因此放在一起来梳理。这样的归类方式是笔者
目前所能找到自认为最优的梳理方式。

第一节　中国大陆近现代的文学奖励

在中国大陆近现代文学史上，"《万国公报》有奖征文""傅
兰雅有奖中国小说""《时报》小说大悬赏""《大公报》文艺奖金"
"良友文学奖金"等是影响比较大的文学奖励事件。在这些文学
奖励事件中，近代文学奖励和现代文学奖励，在性质上没有根
本差别，都具有目的明确、组织严密、注重策划和评奖标准、
讲究程序性和仪式性的现代性文学奖励的特征，但却存在着程
度上和层级上的差别。近代文学奖励通常采用的是"有奖征文"
的形式，这种形式是现代性文学奖励的初级阶段，而从近代文
学奖励发展到现代文学奖励，除了初级形态的有奖征文以外，
还出现了现代性文学奖励的高级形式——"文学奖"。两者分别
都有特别值得中国文学奖励史予以铭记的代表性事件：中国近
代文学奖励的代表性事件是"《万国公报》有奖征文"。《万国公
报》的多次有奖征文，是中国的文学奖励从古代性向现代性嬗
变的初级阶段和初级状态，具有开启中国现代性文学奖励先河
之意义，不足之处是仅采用了"有奖征文"这种现代性文学奖励
的初级形式；而中国现代文学奖励的代表性事件是"《大公报》
文艺奖金"。"《大公报》文艺奖金"是完全意义上的现代性文学
奖励，是现代性文学奖励的高级阶段的标志，它已经具备了现
代性文学奖励高级形式——"文学奖"的一切要素。这就是为什
么"《大公报》文艺奖金"虽然只是一家报刊创办的文学奖励，而

且仅仅办了一届就停办了，但却影响深远，因为它使得中国现代性的文学奖励从"有奖征文"的初级阶段上升到了"文学奖"的高级阶段，它是 20 世纪中国文学奖励史甚至是整个中国文学奖励史上具有里程碑意义的事件。

一、近代的文学奖励

在中国近代的文学奖励事件中，影响较大的有"《万国公报》有奖征文""傅兰雅有奖中国小说"和"《时报》小说大悬赏"等，其中时间最早、规模最大、历时最长、标志性最突出、影响最深远的是"《万国公报》有奖征文"。"《万国公报》有奖征文"在中国文学奖励史上具有划时代的意义，标志着中国的文学奖励从古代形态向现代形态的根本性嬗变。这种现代性文学奖励的基本要素主要包括：一、设奖的目的明晰、奖励的目标明确，具有现代性的文学奖励，一般都是要经过精心策划的，设奖的目的很明晰，同时奖励的对象也很明确，就是直接针对文学创作或者是具有较好文学性的文章及其作者；二、有具体的文学奖励的组织者和评审者，并有一定的评奖标准和评审过程，有些还有颁奖辞或评语论定；三、组织严密、注重策划，讲究评奖的程序性和颁奖的仪式性；四、直接给获奖作者和作品颁发荣誉标识（奖状、奖证、奖牌、奖杯等）和一定数额的奖金和实物；五、文学奖励前期有广告宣传，后期有新闻和出版传播，使得这些文学奖励事件具有影响大、传播远的现代属性。"《万国公报》有奖征文"等文学奖励的主要目的一方面是为了传播教义和宣传主张；另一方面是为了给当时的报刊征求到高质量的稿件，以充实版面，改变相对比较单一的稿件来源方式。当然我们应该清醒地看到中国近代的文学奖励虽然已经具

有了现代性文学奖励的本质特征，但还基本上是比较初级的有
奖征文形式。

1.《万国公报》有奖征文

《万国公报》是美国监理会来华传教士林乐知（Young John
Allen，1836—1907）创办并主持的一份刊物，以内容多、时间
长、影响大而彰名于当时。康有为曾在1883年自费订阅《万国
公报》，可以想见其在士大夫中的影响。在中国文学奖励史上，
《万国公报》的有奖征文因其时间较早，次数较多，组织较好，
奖金较巨，范围较广，层次较高，因而影响较大。康有为还曾
参加过《万国公报》1894年举行的有奖征文活动，并获六等奖。

《万国公报》的有奖征文大致分为两类，一类是以个人名义
举行的；另一类则是以团体名义举行的。

其中以《万国公报》主笔李提摩太个人名义举办的有奖征文
共有3次：第一次的题目是《英国浸会教士李提摩太启》①，主
题是用鼓儿词腔阐释《圣经》，要求是"但愿发明主恩，不为辩
驳之词，似宜婉为劝道，使人乐闻确信"；第二次的题目是《请
作圣书两启》②，主题是多引佛经典故发明圣道，要求"不要伤
世，不要辩驳，不要毁谤佛教，篇幅约4000字上下"；第三次
的题目是《拟题乞文告白》③，主题开始社会化和多元化：论治
心，论道原，论祷告，论报应，论神像，论戒烟，要求"惟愿

---

① 《万国公报》第365卷，1875年12月4日，1968年版台湾华文书
局影印合订本第1788页。

② 《万国公报》第573卷，1880年8月7日，1968年版台湾华文书
局影印合订本第6987页。

③ 《万国公报》第601卷，1880年8月7日，1968年版台湾华文书
局影印合订本第7484页。

发明天道，勿论时文、古文，不拘款式，务要与题目贯通，意理明澈，劝善惩恶，足以警人"。以《万国公报》创办人林乐知名义举办的有奖征文 1 次：题目是《请问儒书所称天、所称上帝如何区别》。此外以郑雨人、仲均安、李修善、傅兰雅个人名义举办的有奖征文各 1 次，而以傅兰雅个人名义征文的目的是"求著时新小说"。

除以个人名义举办有奖征文外，还以团体名义举行有奖征文。以《万国公报》馆名义举办过两次，第一次题目是《拟题乞文小启》①，主题是"富国要策、风水辟谬、中西相交之益、崇事偶像之害、耶稣圣教中国所不可缺"；第二次题目是《拟题乞论小启》②，主题是"格致之学泰西与中国有无异同、泰西算术何者较中法为精"。以广学会的名义举办过一次，题目为《拟广学新题征著作以裨时局启》③，主题是"开筑铁路、鼓铸银钱、整顿邮政为振兴中国之大纲论；维持丝茶议；江海新关考；禁烟檄；中西敦睦策"。以天足会的名义也举办过一次，题目是《天足会征文启》④，主题很单一，就是论"缠足之害"。

李提摩太的《拟题乞文告白》于 1880 年 8 月 7 日登载在《万国公报》上。这次征文资金的提供者为赫德，目的在于鼓励中

---

① 《万国公报》第 633 卷，1881 年 4 月 2 日，1968 年版台湾华文书局影印合订本第 7985～7986 页。

② 《万国公报》第 7 册，1889 年 8 月，1968 年版台湾华文书局影印合订本第 10527～10528 页。

③ 《万国公报》第 67 册，1894 年 7 月，1968 年版台湾华文书局影印合订本第 14591～14594 页。

④ 《万国公报》第 77 册，1895 年 7 月，1968 年版台湾华文书局影印合订本第 15310 页。

国学生阅读有关西方文明和宗教的书籍，对象为山西省参加科举考试的士人。奖金等级分别为白银 20 两（第一名）、10 两（第二名）、5 两（第三名）。征文告白登出以后，陆续收到应征文章 100 余篇。经过评审，山西平阳府考生席子直为第一名。其获奖征文登载于《万国公报》第 601～606 卷中，后附有艾约瑟的评论。

《万国公报》规模最大的一次征文当数广学会于 1894 年举行的《拟广学新题征著作以裨时局启》。这次征文活动由英国商人汉璧理捐赠白银 600 两作为奖金（其中 100 两为征文评阅者的润笔费），对象为直隶、江苏、浙江、广东及福建五省参加科举考试的士子。经过大量宣传，这次活动共收到应征文章 172 篇。后由沈毓桂、王韬、蔡尔康共同评定。直隶张国淦等 14 人、江苏殷履亨等 14 人、浙江许渠析等 14 人、广东康长素（康有为）等 14 人、福建卢元璋等 13 人共 69 人获奖。优秀的获奖文章刊载于《万国公报》，有些还附蔡尔康等所写的评语。

以上所述表明，《万国公报》通过有奖征文活动确实吸引了不少中国人，除信教的教徒及书院和学堂的学生外，还有参加科举考试的士子和饱读诗书的儒生。通过征文吸引中国人关注基督福音，是晚清寓华传教士经常采用的一种方法。《万国公报》的前身《教会新报》就登载过不少的征文告白，内容全为基督教的教义。及至 1874 年 9 月 5 日更名为《万国公报》之后沿袭了这一方式，但范围更广，除单纯的基督教教义外，还涉及通商、西学、富国要策、中国文化、缠足、禁烟等内容。这些有奖征文构成了《万国公报》稿件的重要来源，也是《万国公报》

在晚清社会具有重要影响的表现。

2. 傅兰雅有奖中国小说

近代文学奖励另一较有影响的事件是傅兰雅的"有奖中国小说"。英国人傅兰雅(John Fryer 1839—1928)是一个翻译家和实业家。他在中国自 1868 年至 1896 年 28 年间，担任江南制造局翻译馆主管，与中国同事一起，翻译了大量著作，大部分是科学与工程课本。在将 19 世纪西方科学引入中国方面，他的成就超过其他任何人。傅兰雅还是一个不知疲倦的天才企业家，大力支持其他科学教育的各种事业：他自从 1874 年格致书院创办以来，就一直担任该院名誉书记；从 1877 年开始，他担任益智书会的总编辑，该会资助出版教材；1876 年，他创办了一份通俗科学杂志《格致汇编》；1884 年，他在上海创办了自己的书店和出版社，即格致书室，后来在其他城市建立了分店。

同时傅兰雅还是新小说的倡导者。鸦片、时文和缠足，是他眼中的中国社会的"三弊"，他举办有奖小说竞赛，将精力放在中国新小说的发展方面，以改革"时文"。1895 年 5 月，他发表公告，举办了一次新小说有奖竞赛，并在报纸杂志上作了有奖征文广告，英文广告题为"有奖中国小说"，中文广告题为"求著时新小说启"，在《申报》上刊登了 5 次，还刊登在《万国公报》上。在《中国记事》6 月号杂志封底，傅兰雅将中英文广告同版登出，与英文启事登在一起，称"首名酬洋五十元，次名三十元，三名二十元，四名十六元，五名十四元，六名十二元，七名八元"。①

---

① 傅兰雅：《求著时新小说启》，载《中国记事》，1895(6)。

应征者很踊跃，有些稿件书法漂亮，装帧考究，甚至附有插图。"从学生或村学究写的寥寥数页到长达四卷或六卷的动人心魄的故事，更充之以诗歌，为专业小说家的作品。"有两篇"的确有伤风化，被退回给作者，他们看来是文如其人"。

1896年3月，最终报告出来了。由于应征人数较多，则获奖人数增加到20名，总奖金又增加了50元，达到200元。获奖者名单在《申报》上公布，参加征文的162名作者的全表加上一篇说明也被送往《万国公报》和《中西教会报》发表。

直到1902年，梁启超才在日本横滨创办《新小说》杂志，应该看到傅兰雅对中国新小说的呼唤比梁启超早了7年，而且傅兰雅用奖励的手段鼓励和倡导新小说的创作，这对中国新小说的萌芽和产生起到了一定的推动作用，是可以肯定的。

3.《时报》小说大悬赏

1907年，《时报》也举办了一次"小说大悬赏"的有奖征文，具有一定影响。《时报》于1904年6月12日（光绪三十年四月二十九日）在上海创刊。为防止清政府阻挠，创刊时挂日商招牌，由日本人宗方小太郎出面担任名义上的发行人，实际由狄楚青主持，罗教高为总主笔，梁启超参与筹办和撰稿，并手拟发刊"缘起"和体例。发刊词标榜其言论"以公为主，不徇一党之私见"。该报主张君主立宪，创办初期在新闻业务上锐意革新，注重新闻时效和时事评论，创设了时评、论说、小说、纪事、中央新闻、报界舆论、外论撷华、译丛、来稿、商务、商情报告表、插图等。1912年冬全部报馆产业盘给黄伯惠后，《时报》开始着重社会新闻和体育新闻。1927年夏首创我国套色印报。该报后期主笔为蔡行素。抗日战争时期，接受日占领军检查，继续在沪出版。1939 年 9 月 1 日停刊。历时 35 年，创造了多个中国报业第一。

为了鼓励更多的人参与到小说的创作中来，打破《时报》小说作者的单一性倾向，《时报》面向社会悬赏小说。1907 年 3 月 29 日，在"小说"栏后登"小说大悬赏"广告："本报现在悬赏小说，无论长篇短篇，是译是作，苟已当选登载本报者，本报当分三等酬金。第一等每千字十元，第二等每千字七元，第三等每千字五元，不当选者原件送还。第一次期限，自三月十六日始至四月十五日止。本馆敬启。"①

经过两个多月的收稿和评选，1907 年 6 月 2 日，悬赏小说揭晓："本馆前有小说大悬赏广告一则，原定四月十五截止，不幸适罹灾祸，诸事纷扰，又以著译诸君子寄稿甚多，不敢草草拜读，以至延至今日，不胜歉疚。兹自今日起将所选诸稿依次登载本报，所有未及入选之稿亦即一一寄还。特此布告。"②悬赏征稿结果是，《双泪碑》(吴梅)和《雌蝶影》(李涵秋)入选，分别获得二等和三等奖酬。两部小说不但在《时报》上连载，1908 年，《时报》馆还出版了这两部小说的单行本。

这些入选的悬赏小说在当时的文艺界就产生了一定的影响，小说界评价颇高。伺生在《小说丛话》中谈到："《雌蝶影》，时报馆出版，前年悬赏所得者也。书中所叙事物，且似迻译，然合全书省之，是书必为吾国人杜撰无疑。书中有一二处，颇碍于理，且结果过于美满，不免书生识见。惟末章收束处，能于水尽山穷之时，异峰忽现，新小说结局之佳，无过此者。友

---

① "小说"栏后广告"小说大悬赏"，《时报》，1907-03-29。
② "特此布告"，《时报》，1907-06-02。

人言此书为李涵秋作，署包某名，别有他故。""《双泪碑》，亦时报馆出版，篇幅甚短，寓意却深。时报馆诸小说，此为第一。"①"《时报》小说大悬赏"与此前 1895 年"傅兰雅有奖中国小说"和 1902 年梁启超在日本横滨创办《新小说》杂志并刊登小说征文相比，在对待自著和翻译小说，以及内容题材方面等的要求有着很大的进步，显示了当时小说界的趋势和特征。

　　无论是"《万国公报》有奖征文"，还是"傅兰雅有奖中国小说"和"《时报》小说大悬赏"，这些文学奖励活动基本上还处于现代性文学奖励的起步和初级阶段，也就是有奖征文形式的阶段。但这些初级阶段的文学奖励活动和现象，对推动新思想新观念的传播，促进新文学内容和形式的创新，特别是直接推动中国旧小说从内容到语言向新小说的嬗变贡献不凡，最终促生新小说这种新的文学样式的诞生，文学奖励事件于此可谓劳苦有功。

二、现代的文学奖励

　　说到文学奖励，人们了解和关注较多的是《大公报》的文艺奖金。以"《大公报》文艺奖金"为标志，中国的文学奖励出现了更加具有现代意义的规范性的文学奖。有组织机构、有广告公示、有评审委员、有评选标准、有评语论定、有奖金奖证、有发表出版、有的还有颁奖仪式，这些都是现代性文学奖励的构建要素。1936 年 7 月至 1937 年 5 月，学习美国哥伦比亚大学普利策奖金的办法，《大公报》举办的文艺奖金基本上就符合这

---

　　①　侗生：《小说丛话》，《小说月报》辛亥年三月（1911 年第 3 期）上海商务印书馆印行。

些要素。除"《大公报》文艺奖金"外，具有一定影响的还有良友图书公司"良友文学奖金""《西风》悬赏征文""国民政府教育部学术奖"及"边区和根据地的文学奖励"等现代文学奖励。这些文学奖励活动有高级形式的文学奖，如"《大公报》文艺奖金""国民政府教育部学术奖"；也有初级形式的有奖征文，如"良友文学奖金""边区和根据地的文学奖励"等。

1.《大公报》文艺奖金

《大公报》原是天津天主教人英敛之于 1902 年（光绪二十八年）创办的。1926 年吴鼎昌把它盘过来，成立了一个新记公司。1936 年 9 月是这家公司接办的 10 周年。萧乾是在 1935 年 7 月进的《大公报》，职务是文艺副刊编辑，"《大公报》文艺奖金"是由他策划实施的。

1936 年 9 月 1 日《大公报》首次刊登启事，称："自前清二十八年创刊，中间曾于民国十四年底起停刊数月，至十五年九月一日适为复刊满十周年之期，兹为纪念起见，特举办科学及文艺奖金，定名为大公报科学及大公报文学奖金。"①此后连续多日，此启事在《大公报》头版头条位置广而告之。关于这次活动，据当事人萧乾回忆，经过是这样的："一九三六年七月间，报社胡霖社长一天把我找去，说想搞一次全国征文作为纪念十周年的——其实，是想利用这个机会作一次广告。他问起我的意见。搞征文我感到确实困难。首先是来稿数量必然太大，不好掌握。征文裁判者总得请知名的作家，大家都很忙，不可能去逐篇地看，意见更难协调统一。最初我建议采用当时开明书

---

① 《本报复刊十周年纪念举办科学及文艺奖金启事》，载《大公报》（天津），1936-09-01。

店的办法。一九三六年恰巧也是开明创业十周年，他们以较高的稿酬特约了一些作家写文，出了两本纪念集，即《十年》和《十年续集》。他摇头说，人家那么搞了，咱们再去仿效不大好——事实上后来还是请林徽因编了一本《大公报小说选》，但那不是征文或约稿，而是从已刊登过的作品中选的。最后，我谈起美国哥伦比亚大学一年一度的普立兹奖金（一般译作"普利策"奖金，笔者注），办法是奖给已有定评的作品，这比较容易掌握。胡社长听了颇以为然，要我立即着手拟定办法并开列评选人名单——后来他又请动物学家秉志先生同时搞起一种'科学奖'。这种奖金原定每年评选一次，由报社每年拿出三千元来，以一千元充文艺奖金（奖给一至三人），以两千元充科学奖金（奖给一至四人）。"①

"文艺奖金"的评审委员请的主要是平津两地与《大公报》文艺副刊关系较密切的 10 位先辈作家：杨振声、朱自清、朱光潜、叶圣陶、巴金、靳以、李健吾、林徽因、沈从文和武汉的凌叔华。由于成员分散，这个裁判委员会并没开过会，意见是由萧乾来沟通协调的。"最初，小说方面考虑的是晖萧军，的《八月的乡村》"②，"但萧军认为自己是左翼作家，拒绝接受有自由主义倾向的《大公报》的奖励。"③经过长达半年多的酝酿、评选和沟通，1937 年 5 月 15 日，揭晓了首届"大公报文艺奖金"获奖者，芦焚的小说集《谷》、曹禺的戏剧《日出》、何其芳

---

① 萧乾：《大公报文艺奖金》，载《读书》，1979(2)。

② 同上。

③ 王本朝：《中国现代文学制度研究》，125 页，重庆，西南师范大学出版社，2002。

的散文集《画梦录》获奖。各种文艺体裁之间本无高低之分，所以并未搞一等奖二等奖，一千元由三位获奖人平分。

1937年7月1日，"大公报科学奖金"经过由秉志、胡先骕、孙镛、严济慈、曾昭抡、杨钟健、胡焕庸、刘咸组成的评审委员会评定后获奖名单公布，数学、化学、动物学、植物学及气象学奖项分别授予了王熙强、刘福远、苗久镛、倪达书、梁其瑾、魏元恒，以及"荣誉入选"论文获奖人华罗庚。[①]

文学奖揭晓1个多月、科学奖揭晓仅6天，日本全面侵华，平津相继沦陷，《大公报》先后迁址汉口、重庆等地，国破家亡，颠沛流离。"这种奖金原定每年评选一次"，由于战争的原因，这一在当时的文坛和中国现代文学史上影响很大的文学创举只举办了一次，就偃旗息鼓了，这是很惋惜的事情。如果不是战争的原因，这个奖项能否办成中国的诺贝尔奖也未可知。

2. 良友文学奖金

1936年至1937年，几乎和《大公报》文艺奖金筹办同时，良友图书公司也举办了一次文学奖励活动，史称"良友文学奖金"。此次"良友文学奖金"目的是征集优秀的小说稿件，以繁荣出版和"奖励新的小说创作"。1937年6月，良友图书公司公布了历时近一年的"文学奖金"获奖名单，获奖的是两部长篇小说：左兵的《天下太平》和陈涉的《像样的人》。和《大公报》文艺奖金不同的是，良友文学奖金奖励的不是已经出版并有较高社会影响的定评之作，而是新人新作，有鼓励原创之意，更是

---

① 《本报科学奖金征文揭晓》，载《大公报》（天津），1937-07-01。

想为出版社募集到好的稿件，也是为获奖后即将推向市场的新的长篇小说做广告热身。这次文学奖金评选活动，评委丝毫不逊色于《大公报》的文艺奖金评委，他们是蔡元培、郁达夫、叶绍钧、王统照、郑伯奇等学界和文坛大家。赵家璧甚至还曾邀请鲁迅任"文学奖金"评委，被鲁迅拒绝："至于要我做文学奖金的评判员，那是我无论如何决不来做的。"①从这封信中可以推断出"良友文学奖金"至迟在 1936 年 7 月已启动，并开始邀请评委的工作，启动比《大公报》文艺奖金"略早。只是"良友文学奖金"奖励的是新的小说创作，有"有奖征文"和"推新人"的意思，而"《大公报》文艺奖金"奖励的是已出版和"已有定评"的小说、散文、剧本。

　　著名书评家常风在该奖公布不久，马上写了一篇题为《左兵：〈天下太平〉》的书评，对这次评奖和获奖的《天下太平》做了实事求是的评价和分析："今年我们出版界有两件值得纪念的事：一是大公报的'文艺奖金'，一是良友图书公司的'文学奖金'。……据良友的广告，《天下太平》，'是从许多应征文稿中最先也是最后被评判先生认为值得获奖的一部'……这部小说的作者是第一次写长篇小说。我们尊重良友的文学奖金和作者，我们愿拿一般创作的水准来衡量这部得奖小说。……十四五万字几乎'只留下个概念'。更令我们为作者惋惜的，在这部以五卅到十六年北伐一段时期取材的长篇小说中，'五卅'仅是一个阴影。"②由于小说是新人新

① 鲁迅：《书信—360715 致赵家璧》，见《鲁迅全集》（第 13 卷），395 页，北京，人民文学出版社，1981。

② 常风：《左兵：〈天下太平〉》，见袁庆丰、阎佩荣选编：《彷徨中的冷静》，29 页，天津，天津人民出版社，1998。

作，两位作者本人在文坛没有什么影响，加上《天下太平》和《像样的人》这两部小说自身存在故事情节概念化和人物形象简单化的缺点，而且获奖不久抗战爆发，对于小说获奖及小说本身提及的人就很少了，"良友文学奖金"因而远没有"《大公报》文艺奖金"知名。

3.《西风》悬赏征文

《西风》杂志，上海西风月刊社发行，1936年9月创刊，1945年5月终刊，共出刊118期。该刊由林语堂倡议创刊，黄嘉德、黄嘉音兄弟任主编兼发行。《西风》，顾名思义，以"译述西洋杂志精华，介绍欧美人生社会"为宗旨，多登欧美杂志译文以开阔视野，让国人了解国外情况，接触西方文化。《西风》是民间营业刊物，上海西风月刊社属民间私营出版社性质，在孤岛属于中间状态的出版物。1939年9月，适逢《西风》杂志出刊3周年（即已出版36期），为资纪念，从1939年9月1日出版的《西风》第37期开始，连续五期刊出《（西风）月刊三周年纪念现金百元悬赏征文启事》，指定题目为《我的……》，字数要求5000字以内。奖金分配：第一名现金50元，第二名现金30元，第三名现金20元，第四名至第十名除稿费外，并赠《西风》或《西风》副刊全年一份，其余录取文字概赠稿费。此次悬赏征文共收到应征作品685篇，可谓佳作纷呈。1940年4月，悬赏征文评选揭晓，共有13人获奖，前10名是名次奖，后3名是荣誉奖。获奖作品名单如下：第一名，《断了的琴弦（我的亡妻）》，作者水沫；第二名，《误点的火车（我的嫂嫂）》，作者梅子；第三名，《会享福的人（我的嫂嫂）》，作者若汗；第四名，《谁杀害了姐姐（我的姐姐）》，作者绿波；第五名，《残恶的交响曲(我的妹妹)》，作者家怀；第六名，《淘气的小妮子(我的同窗)》，作者鲁美音；第七名，《无边的黑暗(我的回忆)》，作者方菲；第八名，《结婚第一年(我的妻子)》，作者吴讷孙；第九名，《我做舞女(我的职业生活)》，作者凌茵；第十名，《孤寂的小灵魂(我的妹妹)》，作者连德。另设3名名誉奖：第一名，《困苦中的奋斗(我的苦学生活)》，作者维特；第二名，《我的第一篇小说(我的小说)》，作者南郭南山；第三名，《天才梦(我的天才梦)》，作者张爱玲。

《我的天才梦》是张爱玲本人认可的中文创作处女作，作为《西风》悬赏征文最后一名获奖者的张爱玲在事隔54年后的1994年12月，首次对《西风》评奖做出公开回应，对《西风》评奖十分"怨愤"。1994年12月，张爱玲以散文集《对照记》获得台北第十七届《中国时报》文学奖特别成就奖，张爱玲为此写了获奖感言《忆〈西风〉》，这篇文章是张爱玲的"绝笔"，文中旧事重提，明确地表示对当年《西风》评奖结果的强烈不满。张爱玲回忆说，她当时在香港大学求学，"写了篇短文《我的天才梦》，寄到已经是孤岛的上海应征，没稿费，用普通信笺，只好点数字数，受五百字的限制，改了又改，一遍遍数得头昏脑涨。务必要删成四百九十多个字，少了也不甘心。我收到杂志社通知说我得了首奖，就像买彩票中了头奖一样。……不久我又收到全部得奖名单。首奖题作《我的妻》，作者姓名我不记得了。我排在末尾，仿佛名义是'特别奖'，也就等于西方所谓'有荣誉地提及'。我记不清楚是否有二十五元可拿，反正比五百字的稿酬多。……《西风》从来没有片纸只字向我解释。我不过是个大学一年生。征文结集出版就用我的题目《天才梦》。五十多年后，有关人物大概只有我还在，由得我一个人自说自话，片面之词即使可信，也嫌小器，这些年了还记恨？当然事过境迁早已淡忘了，不过十几岁的人感情最剧烈，得奖这件事成了一只神经死了的蛀牙，所以现在得奖也一点感觉都没有。隔了半世纪还剥夺我应有的喜悦，难免怨愤。现在此地的文艺奖这样公开评审，我说了出来也让与赛者有个比较"。① 其实这次评奖还是比较公正和规范的，是张爱玲自己误把获奖通知当做首奖通知，特别让张爱玲至死也不明白的是她自己粗心地把征文字数 5000 字的限制错成了 500 字，还以为别人是违规获奖。从另一角度看，一个大一学生以短短 500 字获奖，而且《西风》结集出版获奖征文时就用了张爱玲的应征题目《天才梦》，可见张爱玲的文字天份和编辑对这篇短文的喜爱。

4. 国民政府教育部学术奖等

抗日战争期间，国民政府迁都重庆，国民政府教育部在部长陈立夫的领导和推动下，创立"国民政府教育部学术奖"。1939 年 7 月国民政府教育部设立学术审查委员会，其《章程》规定的任务中有"建议学术研究之促进与奖励事项"，成为审查年度学术奖的专门评审机构。从 1941 年该奖首颁，至 1947 年共颁发了 6 届（1946 年与 1947 年合为第 6 届），自然科学和人文社科获奖项目总计 272 项，另还有 26 项为等外"给奖助者"。其中人文社会科学类获奖项目总共 130 项，另有 6 项为等外"给奖助者"，占总数的 47.4％。其中文学 34 项，等外"给奖助者"5 项；哲学 12 项；古代经籍研究 29 项；社会科学 55

---

① 张爱玲：《忆〈西风〉——第十七届时报文学奖特别成就奖得奖感言》，载《中国时报》，1994-12-03。

项，等外"给奖助者"1项。获奖名单中有华罗庚、冯友兰、金岳霖、杨树达、沈从文、陈寅恪、闻一多、费孝通、邓广铭等。朱光潜的《诗论》曾获文学二等奖，曹禺的《北京人》、陈铨的《野玫瑰》、王力的《中国语法理论》曾获文学三等奖。《野玫瑰》的获奖还曾掀起轩然大波。该奖后因内战原因停办。1955年国民党退居台湾后重新启动"国民政府教育部学术奖"评奖活动，届别单记。"国民政府教育部学术奖"是民国年间最重要的奖项之一。

为鼓励抗战，讴歌抗战中的隐蔽英雄，西南联大外国语文系德文教授陈铨撰写了四幕话剧《野玫瑰》，1941年6月至8月，该剧本在《文史知识》6、7、8卷连载。《野玫瑰》的剧情并不复杂，描写的是一个具有坚定民族主义意识的国民党"天字十五号"女特工夏艳华深入沦陷区铲除大汉奸王立民的故事。剧中的女特工夏艳华在国难当头之际，为了国家和民族可以牺牲爱情、家庭乃至生命，她所有的行动都是为了民族解放。该剧宣扬"国家至上民族至上"主义。1941年8月3日该剧被民国剧社搬上舞台，在昆明云南大戏院首演成功。后到重庆演出获得更大成功，在陪都总共演出16场，观众达到了万人以上。据《野玫瑰》的主演秦怡回忆说，有一次国民党的一些空军官兵也来看戏，但戏票已经一抢而空，军人买不到票，竟然在剧场门口架起了机关枪，坚持要入场看戏。

陈铨因此剧获得了前所未有的声誉，也引起了官方的重视，1942年4月，国民政府教育部学术审查委员会颁发年度学术奖，包括自然科学和人文社科的杰出成就都受到奖励，陈铨的《野玫瑰》和曹禺的《北京人》名列三等奖，并上报国民政府教育部复核。1942 年 4 月 18 日,《中央日报》《新华日报》和《大众报》均报道了"学人之光"学术审查委员会授予《野玫瑰》三等奖的消息。消息甫一传出,立即引起轩然大波。5 月 13 日,渝戏剧界同人二百余人联名致函全国戏剧界抗敌协会,要求转函教育部撤销奖励。信中说:"《野玫瑰》曲解人生哲学,有为汉奸叛逆制造理论根据之嫌。"①面对来自"左翼"的猛烈抨击,国民政府几位重要的文化官员如教育部部长陈立夫、中央图书杂志委员会主席潘公展、中央文化运动委员会主席张道藩等都在公开场合表示支持《野玫瑰》。陈立夫说:"审议会奖励《野玫瑰》及投票结果给予三等奖,并非认为最佳者,不过聊示提倡而已"②,嘴上说"聊示提倡",但态度很明朗,就是支持学术审查委员会,力挺《野玫瑰》。中央图书杂志委员会主席潘公展表示:《野玫瑰》不应禁演,反应提倡,倒是《屈原》剧本"成问题",这时候不应"鼓吹爆炸"。不管"左翼"如何施压,结果是仍然按学术审查委员会上报的名单复核同意,公告给奖:"查民国三十年度申请奖励之著作发明及美术品前交由本部学术审议委员会审议应予给奖之作品计二十九种业经本部覆核均照案分别给予奖励除分知外兹将获奖人姓名作品通告如后……华罗庚(《堆垒素数论》)、冯友兰(《新理学》)二人获一等奖,各获奖金一万元;金岳霖(《论道》)、杨树达(《春秋大义述》)、沈从文(《漆器》)等十人获二等奖,各获奖金 5000 元;陈铨(《野玫

① 艾克恩编:《延安文艺运动纪盛》,352 页,文化艺术出版社,1987。

② 陈立夫:《陈立夫部长讲话》,载《中央日报》,1942-05-16。

瑰》)、曹禺(《北京人》)等十七人获得三等奖，各获奖金 2500
元。"①一、二等奖没有文学类著作，《野玫瑰》和《北京人》应该
算是当年政府文学奖励的最高奖。

《北京人》获奖，提及的人很少，包括作者本人以后也不怎
么提这件事，所以知道的人很少。而《野玫瑰》获奖的风波当时
闹得很大，据说都惊动了蒋介石。这场风波折射的是"皖南事
变"后国共两党对包括意识形态控制权在内的各种权力的争夺。
作为一名大学教授，本来与现实权力和现实政治没有直接关系
的陈铨，不论其创作《野玫瑰》的初衷如何，就这样身不由己地
卷入了名为文艺实为政治的纠葛中。其影响不仅在当时，而且
波及此后的半个多世纪，文学史一直把陈铨、林同济为代表的
"战国策派"打入"法西斯文学"的另策，直至 20 世纪结束，这
个文学流派还没有得到完全平反。这可能是中国现代文学史上
最晚翻案的文学流派和作家群。一直以来笔者对此就非常疑
惑：一个反法西斯的国家，怎么就产生了法西斯文学流派？一
个自由知识分子的大学教授怎么就成了法西斯文学的作家？

应该一提的还有《万象》"学生文艺奖金征文"及伪"华北文
艺奖金"。《万象》是 1941 年 7 月，在即将沦陷的"孤岛"上海诞
生的一本综合趣味性刊物，创办人是琼瑶的公爹平襟亚，主编
前后分别为陈蝶衣和柯灵。从 1941 年 7 月到 1945 年 6 月，历
时 4 年，出刊 43 期，号外 1 期。很多作家都是在《万象》这个
创作园地中成长起来的，如宛宛(黄裳)、施济美、张爱玲、郑
定文、柳枝(陈钦源)、晓芒(何为)、徐翊(徐开垒)、林莽(王

---

① 《教育部通告》，载《中央日报》，1942-06-13、14、15。

殊）等。《万象》在创刊号中就设立了"学生文艺奖金征文"活动，就是为了鼓励学生致力于文艺创作，发掘新生力量。后来，由于连续出现了两次抄袭行为，一怒之下，陈蝶衣才取消了这个栏目。《万象》"学生文艺奖金征文"对于激励当时青少年学生文学创作起到了一定的推动作用。

　　1943 年日伪当局在北平搞过一次伪"华北文艺奖金"。当时的中国四分五裂，一块国土多种政权并存，除重庆陪都的国民党蒋介石政府以外，东北有伪满洲国、华北有亲日政权、南京有汪精卫的汉奸政权、西北有中共边区政府，各个政权为了巩固统治的目的，也都对不利于自己统治的文学作品和作者给予限制和打击，对有利于自己统治的文学作品和作家给予支持和奖励。1943 年春，日伪当局在北平搞了一次伪"华北文艺奖金"，该活动是由 1942 年 9 月 13 日在北平北京饭店宣告成立的伪华北作家协会主办的，周作人、俞平伯等担任评审委员，由于此事对于不少评委和作者都是不得已的违心之事，因此积极性不是很高，这次活动效果也不大，而且草草办了一届就停办了。

5. 边区和根据地若干文学奖励

　　全面抗战爆发后，各个解放区根据形势的发展先后制定了相关的文艺奖励政策。例如，晋冀鲁豫地区公布了《文化奖励暂行条例》，对群众文艺活动作出成绩者予以奖励；中共晋察冀中央局作出决定，要"奖励优秀文艺作品"；晋察冀军区政治部在《关于开展部队文艺工作的决定》中规定，对于优秀文艺作品要"酌量给以奖励"；中共西北局也通过决议，要求在艺术活动中"奖励其中最有成绩者"。正是由于文艺奖励政策的制定，为解放区的文艺奖金的设立奠定了政策基础。从 1941 年开始，各个解放区先后设立了一系列的文艺奖金，以鼓励抗战，倡导中国共产党的政治主张。文艺奖金的设立也起到了直接推动解放区的文学大众化思潮的重大作用，由于文艺奖金的有力推动，解放区的群众性文学运动迅速兴起，先后出现了秧歌剧运动、街头诗运动、"穷人乐"话剧运动等创作和演出活动。在解放区设立的文艺奖金中，有长期的，也有短期的；有文艺部门组织的，也有个人赞助的。政治性和通俗性是评奖的两大主要标准。"离开了政治性和通俗性，解放区的文艺奖金也就失去了存在的意义，而文学大众化也就丧失了发展的动力。"①

　　在这些文艺奖励中，鲁迅文艺奖金和"七七七"文艺奖金是当时解放区影响和成就比较大的文艺奖励活动。鲁迅文艺奖金的设立时间是 1942 年初，活动主办单位是晋察冀边区文学艺术界联合会鲁迅文艺奖金委员会，魏巍创作的长诗《黎明的风景》因成功地表现了抗日斗争的生活而获奖。这项活动虽然与此后的鲁迅文学奖没有直接的关系，但毕竟同是用鲁迅的名字作为奖项的名字命名的，也可以把它看做是半个世纪后中国作协鲁迅文学奖的先声或尝试。解放区的文学奖励活动另一个有较大影响的是"七七七"文艺奖金，1944 年，为纪念"七七"抗战七周年，晋西北文艺界成立"七七七"文艺奖金委员会，这一奖金的"评判标准"是："第一，是政治内容，即是否正确反映当前晋绥边区的三大任务(三大任务是指：'对敌斗争、减租生产、防奸自卫'，笔者注)和实际生活；第二，是否能够普及；第三，技

---

　　①　郭图昌：《文艺奖金与解放区的文学大众化思潮》，载《中国现代文学研究丛刊》，2002(4)

术的好坏"。① 该文艺奖金委员会共收到各类创作 123 篇，其中
获奖作品 29 篇。其奖项设立和获奖情况为：戏剧类，获奖作品
共 12 篇，其中话剧 2 篇，秧歌剧 4 篇，其他各类旧剧 6 篇。散
文类，获奖作品共 5 篇，包括小说、通俗故事、报告文学、速
写和童话各一篇。图画类，获奖作品共 6 篇，其中年画和连环
画各 3 幅(套)。歌曲类获奖作品共 6 篇，全为反映现实生活的
歌曲。其中，严寄洲的话剧《甄家庄战斗》、秧歌剧《开荒一日》，
马烽的《张初元的故事》，文菲的《订计划》等是获奖代表作。

此外，解放区的文学奖励活动还有 1941 年 6 月在陕甘宁
边区由中华全国文艺界抗敌协会延安分会设立的"五四"中国青
年节文艺奖、1941 年 6 月在晋冀鲁豫解放区由《新华日报》(华
北版)副刊"新华增刊"设立的"七七"文艺奖、1943 年 5 月在山
东解放区由"五四"文学艺术评奖委员会设立的"五四"文艺奖和
1943 年 5 月在山东解放区由中华全国文艺界抗敌协会山东分
会设立的"五月""七月"文艺奖等。

解放区的文艺奖励活动一般采取有奖征文方式进行。这是
因为，与国统区相比，抗战时期解放区的文艺创作确实要匮乏
得多。要想从已经发表的文艺作品中评选优秀之作，不仅作品
的数量有限，而且也达不到发动民众、宣传抗战、推动文学大
众化的目的。因此，采取公开的"征文启事"方式对解放区的读
者和作者来说是比较适宜的。在征文以前，文艺奖金的组织者
通常要拟定"征文启事"公诸报端。例如，《新华日报》(华北版)
在 1941 年 6 月 5 日登载《本刊发起"七七"征文启事》；《群众

---

① 《"七七七"文艺奖金缘起及办法》，载《抗战日报》，1944-03-02。

报》在 1944 年 5 月 24 日的副刊《新地》第二期上公布《李议长文艺奖金征稿启事》；"七七七"文艺奖金委员会也在 1944 年 3 月 2 日的《抗战日报》上刊登《"七七七"文艺奖金缘起及办法》，等等。文艺奖金的"征文启事"一般都具体规定了应征作品的内容和题材要求，它不仅要求参与者创作什么，而且也要求参与者如何创作，实际上就是一种评奖标准。政治的功利性，这是解放区文艺奖金的首要标准，其他的一切都要以此为前提。因为，在解放区，只有在政治的保证下，文学才能发挥通过群众喜闻乐见的艺术的形式，把政策向民众做有效的宣传的现实功利目的。要求这些作品"无论表现技术好坏，却都有政治中心。"①

除边区根据地的文学奖励之外，国统区进步文化界也举办过一些文学奖励活动，这些活动往往以庆祝作家生日等形式出现。比较有代表性的是 1945 年陪都重庆进步文艺界为庆祝茅盾 50 华诞暨创作 25 周年举办的茅盾奖文学征文。1945 年 6 月 24 日，郭沫若、叶圣陶、巴金等联名发起庆祝茅盾 50 寿辰及创作 25 周年。同日，《给茅盾兄祝寿》发表于《大公报》。8 月 3 日，《新华日报》刊载消息：茅盾文艺奖金开始征文，老舍、靳以、冯雪峰等 7 人为评选委员。这与后来"茅盾文学奖"的设立应该存在一定的关联。因为，茅盾文学奖是 1981 年根据茅盾先生生前遗嘱设立的，36 年前的"茅盾奖文学征文"应该在作家心里是有印记的，这次有奖征文是否也可以看做是日后茅盾文学奖的预演和试验？

① 卢梦：《对于〈大家好〉的批评》，载《抗战日报》，1944-12-07。

第二节　中国大陆当代的文学奖励

中国共产党历来非常重视意识形态领域的领导权和规范工作，一手抓"枪杆子"，一手抓"笔杆子"。这一点从前文对边区和根据地文学艺术的倡导和奖励中已见端倪。新中国成立后，共产党成为执政党，更是全面加强了对文学艺术的领导和掌控。文学的处罚和奖励机制以新时期为界，非常鲜明地分为两个时期，新中国成立至新时期以来，政府对文学和文学家的奖励非常吝啬，而处罚却不遗余力。1951年，北京满族作家老舍因成功创作话剧《龙须沟》，歌颂新中国，赞美新北京，被北京市政府颁发"人民艺术家"奖状，新中国成立至新时期以来，像这样奖励作家的情况并不很多。1953年，新中国还举办过一次全国少年儿童文学创作评奖活动，著名儿童文学作家严文井《蚯蚓和蜜蜂的故事》等获奖。可能是因为儿童文学的政治性和阶级斗争色彩较淡，评奖起来稍好把握一些，即使如此，也仅仅办了一届就停办了，再办第二届已经是26年后的1979年了。还有两次是沾了电影评奖的光，1962年、1963年《大众电影》两次"百花奖"评选，夏衍的《革命家庭》和李准《李双双》等获得"最佳编剧奖"。此奖中断17年后，1980年复评第三届，现已评选30届。1981年后"百花奖"瘦身，不再设立"最佳编剧奖"。

除此之外，剩下的基本上都是对文学的批判和惩罚。从批评电影《武训传》开始，文艺大批判的序幕就徐徐拉开了。中国从此走上了20多年的"以罚代奖"的文艺大批判和文学大浩劫的时代。政府对文学的奖励和倡导，主要是通过"高大全人物形象"的普及和"样板戏创作模式"的推广来实现的，但由于这种奖励和倡导违背了文学创作的基本规律，确实对作家创作和文艺思潮产生了深远的不良影响。

而新时期以来，各种各样的文学奖励如万斛泉涌，不择地而出，甚至有泛滥成灾之嫌。为便于梳理，本节将当代形形色色的文学奖励按官方文学奖励、专家文学奖励、民间文学奖励三大块归类，其中有些奖项可能存在归类上的困难。比如有些专家奖励其实就是政府主导的，包括有些民间奖励也有比较浓厚的政府色彩，这是中国国情决定的。还有一些政府和民间组织的文学奖励，结果却是由专家评出的。所以本书对文学奖励的分类依据，只能采用简单和粗暴的方式进行。官方文学奖励，是指由各级党政机关和党政部门组织举办的文学奖励活动；专家文学奖励，是指由专业协会和专家团体组织举办的文学奖励活动；民间文学奖励，是指由民间团体、报纸杂志、基金（会）、企业等组织举办的文学奖励活动。

一、官方文学奖励

当代中国的文学奖励，其中最能体现政府目的和意图的，当属由各级党政机关和政府部门直接组织举办的文学奖励活动。而其中最权威、最有代表性的官方文学奖励当属"五个一工程"奖、国家图书奖和中国图书奖，这三项奖励被习惯称之为"政府三大奖"，在"政府三大奖"所奖励的作品中，有一部分是文学类作品。除此之外，还有各系统、各地方、各级别党委政府主办的文学奖，都属于官方文学奖励的范围。

1. "政府三大奖"

在官方文学奖励活动中,中共中央宣传部主办的"五个一工程"奖、国家新闻出版署(现为总署)设立"国家图书奖"及由中宣部和新闻出版署直接领导、中国出版协会主办、中国图书评论学会承办的中国图书奖,被习惯称之为"政府三大奖"。"政府三大奖"是目前包括文学在内的中国人文社科及图书出版方面的最高奖项,有着较强的政策导向性和主流意识形态性。

"五个一工程"奖(1991年至今,11届),1991年1月,中共中央宣传部确定设立"五个一工程"评奖,1992年5月,在纪念《延安文艺座谈会上的讲话》发表50周年之际,首届(1991年度)评奖揭晓。这是党和政府组织的最高规格的精神文明建设评选活动,要求各省、自治区、直辖市和中央部分部委,以及解放军总政治部等单位组织生产、推荐申报精神产品中五个方面的精品佳作。这五个方面是:一部好的电影作品,一部好的戏剧作品,一部好的电视剧(片)作品,一部好的图书(限社会科学方面),一部好的理论文章(限社会科学方面)。并对组织这些精神产品生产成绩突出的省、自治区、直辖市党委宣传部和部队有关部门,授予组织工作奖。对获奖单位与入选作品,颁发获奖证书与奖金。1995年度起,将一首好歌和一部好的广播剧列入评选范围,"五个一工程"的名称不变。至今已连续举办11届。"五个一工程"奖评选,坚持"以科学的理论武装人、以正确的舆论引导人、以高尚的精神塑造人、以优秀的作品鼓舞人"①,贯彻文艺"双为"方向和"双百"的方针,弘扬主旋律,提倡多样

---

① 江泽民:《在全国宣传思想工作会议上的讲话》(1994年1月24日),见《十四大以来重要文献选编》(上),北京:人民出版社,1996。

化，对繁荣社会主义文艺创作，促进富有鲜明时代精神和浓郁生活气息、思想性与艺术性完美结合、为广大人民群众喜闻乐见的文艺精品的问世，起到了有力的推动作用。周梅森的《人间正道》、田广文的《车间主任》、张平的《抉择》、霍达的《补天裂》、向本贵的《苍山如海》、陆天明的《省委书记》等倡导主旋律的优秀文学作品名列获奖榜单。"五个一工程"奖是党和政府倡导的主旋律的标志性奖项。

　　国家图书奖（1992—2003年，6届），为了鼓励和表彰优秀图书的出版，国家新闻出版署（现为总署）于1992年10月10日决定设立"国家图书奖"。国家图书奖是全国图书评奖中的最高奖励，每两年举办一次。每次授奖额度为30个，不分档次，另设提名奖50个。该奖分哲学社会科学、文学、艺术、科学技术（含科普读物）、古籍整理、少儿、教育、辞书工具书和民族文版图书九大门类，奖项设置分为国家图书奖荣誉奖、国家图书奖和国家图书奖提名奖三种奖项。获奖图书应符合以下条件之一：对于中华民族的科学文化的发展有重要贡献的；对于宣传马克思主义及党和国家的重大方针政策有重要贡献的；对于国民经济、国防建设有重要贡献的；对于出版事业的发展有重要贡献的；有重要思想价值、科学价值、文化艺术价值或在思想界、学术界及社会上产生重大影响的。自1994年1月颁发首届国家图书奖以来，该奖项至今已成功颁发了6届。6届国家图书奖共评选出获奖图书700余种，其中荣誉58种，国家图书奖205种，提名奖493种。这700种获奖图书是20多年（第一届参评图书的时限为1978—1992年）我国出版的100多万种新书中的优秀代表，是精品中的精品，其中有许多图书都是集国内众多专家学者才得以完成的国家级重点项目，如《中国大百科全书》《中国美术全集》《辞源》《辞海》《中国军事百科全书》《中国农业百科全书》《当代中国丛书》。巴金的《随想录》、曹文轩的《草房子》、陆天明的《大雪无痕》、二月河的《乾隆皇帝》、张洁的《无字》等一大批优秀文学作品都曾获此奖项。

　　中国图书奖(1987年至今，14届)，由中宣部和新闻出版署(现为总署)直接领导、中国图书评论学会承办的中国图书奖创办于1987年，现已举办14届。前10届是每年一届，从第11届开始，改由中宣部、新闻出版署直接领导，中国出版协会主办，中国图书评论学会承办，时间为每两年举办一次，与每两年举行一次的国家图书奖评选交替进行。其奖励的侧重是出版单位和编辑人员。该奖项的指导思想是坚持以邓小平理论和"三个代表"重要思想以及党的基本路线为指导，坚持"为人民服务，为社会主义服务"的方向和"百花齐放，百家争鸣"的方针，弘扬主旋律，提倡多样化，把社会效益放在首位，为全党全国工作大局服务。整个评选活动还致力于提高其科学性、权威性和群众性，以期更好地发挥正确的导向和示范作用。评选范围为全国各出版社在本届别内出版的各类新书(包括翻译作品)。每家出版社可从两年内出版的本版书中推荐不超过3种图书参加评选，门类不限，丛书出齐后可作为一种参加评选，也可选择丛书中的一本作为单本书参加评选，限公开发行的图书。已获国家图书奖和中宣部"五个一工程"奖的图书不再重复评奖；由于"三大奖"各有侧重，曾申报而未获"五个一工程"奖、国家图书奖的图书仍可参评。中国图书奖的奖励以荣誉奖为主，主要奖励出版单位和责任编辑，对获奖的出版社颁发"中国图书奖奖牌"，对获奖图书的责任编辑和作者颁发获奖证书。评委会不发奖金，由各出版单位和主管部门对获奖编辑自行奖励。至今已连续举办 14 届，该奖项对于贯彻党的出版方针，推动多出人才、多出好书，繁荣社会主义出版事业，发挥了重要的示范作用、促进作用。周梅森的《至高利益》、姚雪垠的《李自成》、张平的《十面埋伏》等多部优秀文学作品曾获此奖。"中国图书奖"与"五个一工程奖""国家图书奖"并列为中国图书政府"三大奖"。

2. 各系统主办的官方文学奖励

除国家级的政府三大奖外，各系统各部门也根据自己系统和部门的实际开展对文学的奖励活动。较有代表性的有国家民委、军队、公安、共青团系统的文学奖励活动。文广系统的电影"华表奖"虽然不是单纯针对文学创作，但其中"最佳编剧"奖对电影文学创作还是起了一定的示范和推动作用，应属文学奖范畴。

全国少数民族文学创作奖——骏马奖（1981 年至今，9届），由国家民族事务委员会联合中国作家协会共同主办。该奖项创办于 1981 年，旨在鼓励我国少数民族优秀的长篇小说、中篇小说、短篇小说、报告文学、诗歌、散文、儿童文学、文学理论和评论的创作，鼓励优秀少数民族文学作品的翻译，促进各民族文学共同繁荣发展。这一奖项的设立，体现了党的民族政策，体现了中华各民族的大团结，体现了各民族文学交流互补，共同繁荣的盛世气象，对我国的改革开放和祖国的统一将发挥积极的推动作用。该奖项每三年举办一届，目前已成功举办了 9 届，共有 200 余部作品获奖，成功推出了一大批少数民族作家和作品，如张承志的《骑手为什么歌唱母亲》，穆青的《为了周总理的嘱托》，寒风的《淮海大战》，黄永玉的《曾经有过那种时候》，晓雪的《大黑天神》，吉狄马加的《自画像及其它》，霍达的《穆斯林的葬礼》、《补天裂》，扎拉嘎胡的《嘎达梅林传奇》，阿来的《尘埃落定》，向本贵的《苍山如海》，关仁山的《天高地厚》等。该奖项是新时期中国文学奖中发起较早，影响较大，历时较长，至今仍在扎扎实实进行的文学奖项之一。

中国电影华表奖最佳编剧奖（1957—1997 年，此后并入"夏衍电影文学奖"，12 届），中国电影华表奖是中国电影的最高荣誉奖，其奖杯采用的是北京天安门城楼前的华表造型，每年由广播电影电视总局对前一年度完成的各种影片进行评选。华表奖的前身是文化部优秀影片奖，始评于 1957 年，中断了 22 年后，从 1979 年继续进行评奖活动，一年一届。1985 年文化部电影局整建制划归广播电影电视部后，更名为广播电影电视部优秀影片奖。除 1986 年与 1987 年、1989 年与 1990 年合并评外，仍为一年一届，1994 年开始启用现名。中国电影华表奖是中国电影政府奖，体现党和国家对电影事业的热情鼓励和大力扶持。华表奖共设优秀故事片奖、优秀戏曲片奖、优秀纪录片奖、优秀导演奖、优秀男女演员奖等 17 个奖项。该奖共举办 12 届。其中，一大批作家曾获得"最佳编剧奖"，如刘恒、张笑天、何庆魁、赵德发等。中国电影华表奖"最佳编剧奖"1997 年归并入"夏衍电影文学奖"。

夏衍电影文学奖（1997 年至今，14 届），优秀电影文学剧本奇缺一度成为影响我国电影走向繁荣的主要问题之一，几乎所有的电影制片厂都曾遇到过"无米下锅、等米下锅、找米下锅"的尴尬局面。鉴此，1997年，为延续举办多年的全国优秀电影剧本征集评选活动，并纪念中国电影的先驱者夏衍，经中宣部批准，广播电影电视部（现为总局）决定设立"夏衍电影文学奖"，由广电部电影局、夏衍电影学会承办。"夏衍电影文学奖"属国家一级奖，是中国电影文学的最高奖项。该奖每年评选1次。其中设一等奖1名，奖励人民币10万元；二等奖3名，各奖人民币5万元；三等奖6名，各奖人民币3万元；鼓励奖10名，各奖人民币1万元。该奖是目前中国奖金最高的文学奖项之一。获奖剧本将由广电部颁发证书，给予奖励，并推荐给各电影制片厂尽早投入拍摄，并出版获奖剧本专辑。2002年，为加重"夏衍电影文学奖"的分量，撤销"华表奖"、"铜牛奖"中关于电影文学剧本的奖项，归入"夏衍电影文学奖"评奖，到2005年为止，该奖项已举办8届，百余部作品获奖，并且有相当一批作品被搬上屏幕，成为脍炙人口的影视作品，如《西南凯歌》（陆柱国）、《离开雷锋的日子》（王兴东）、《马兰草》（彭继超、陈怀国）、《法兰西岁月》（赵葆华）、《公安部长》（施建中、邸国强、刘星）等。2006年起，改名"夏衍杯"电影剧本征集活动，又办6届，总计14届。

中国电视剧飞天奖优秀编剧奖（1981年至今，28届），由广播电影电视部（现为总局）主办，是中国电视剧最高规格的"政府奖"。1981年首届颁奖，此后每年举办一届，从2005年开始改为两年一届，至今已举办28届。1981年和1982年称为"全国优秀电视剧奖"；1983年，定名为"全国电视剧飞天奖"；1992年改为现名"中国电视剧飞天奖"。参评作品为上一年度由广播电视行政主管部门批准设立的电视制作单位摄制的、在全国地市级（含）以上电视台播出的电视节目，经过各省、自治区、直辖市有关艺术领导部门推荐选送。颁奖典礼暨文艺晚会，除第17届（1997）在广州举行，第19届（1999）在长沙举行之外，其他各届都在北京举办。按"飞天奖"惯例，由该年度获奖最多、影响最大的电视剧制作单位所在地政府承办颁奖典礼暨文艺晚会。设长、中、短篇电视剧奖、少儿连续剧奖、译制片奖，以及"优秀编剧奖""优秀导演奖"等单项奖。刘恒的《贫嘴张大民的幸福生活》，王朝柱的《延安颂》，都梁、江奇涛的《亮剑》，蒋晓勤、姚远、邓海南的《历史的天空》，邹静之的《五月槐花香》，盛和煜、黄晖的《恰同学少年》等获优秀编剧奖。

中国广播文艺奖（1993年至今，15届），又称中国广播文艺政府奖，1993年创办，主办单位是国家广播电影电视总局。该奖是中国广播文艺界的国家级政府奖，每年评选一次，以表彰在过去一年中涌现出的广播文艺精品，旨在繁荣广播文艺创作，推动广播电视事业的发展。分设音乐节目奖、文学节目奖、戏曲·曲艺节目奖、长篇连播奖、综艺节目奖、十佳栏目奖、中国原创歌曲奖、全国听众喜爱的歌手"金号"奖8项，每届获奖大致在130个左右。《梨园千秋剧》《九州方圆九州情》《大拜年》《突出重围》等获奖。至今已颁发15届。一般与中国广播电视新闻奖、中国广播剧奖及中国播音与主持作品奖（十佳主持人奖）一起颁发。

中国人民解放军文艺奖（1983—2004年，12届），"中国人民解放军文艺奖"，是由中国人民解放军总政治部颁发的，对象征着全军最成功的文艺作品进行的一种奖励。旨在健全完善军队文艺工作的激励机制，规范全军文艺评奖工作。该奖项创立于1983年，每两年评选一次，评选范围包括文学作品、戏剧作品、影视作品、音乐作品、美术作品。1983—2004年成功举办了12届，包括《突出重围》《壮志凌云》《导弹旅长》《DA师》等一大批优秀的文学、影视作品都曾获奖。该奖项自举办以来未曾有较大的变动，办得较为扎实。

此外，办得较为稳定也有一定影响的还有公安部金盾文学奖、共青团精神文明建设"五个一工程"奖等，这些都属于各系统主办的政府文学奖。

3. 地方官方文学奖励

除中央政府及其职能部门组织举办的文学奖励外，各级地方政府为配合自己的中心工作、繁荣当地文艺创作也组织和主办一些文学奖励活动，各级各地的文学的奖励活动，在大的评选原则方面基本相同，那就是必须贯彻落实党的文艺思想和文艺方针，但在具体评选细节方面却各有侧重，体现出较为明显的地域色彩。

北京市文学艺术奖(1998年至今，6届)，是北京市文学艺术界最高奖项。奖项设立于1998年，每两年评选一次，由北京市委、市政府对优秀文艺作品进行表彰奖励。优秀作品授予"北京市文学艺术奖"称号，先进个人授予突出贡献奖。评选坚持少而精、宁缺毋滥的原则，每届获奖作品一般不超过15部，以作家名义获奖的不超过4人。此奖涵盖电影、电视剧、动画片、戏剧、广播剧、音乐作品、文学作品等艺术门类。要求以邓小平理论和"三个代表"重要思想为指导，坚持"二为"方向，弘扬主旋律，符合以科学的理论武装人，以正确的舆论引导人，以高尚的精神塑造人，以优秀的作品鼓舞人的要求。参选作品应为：北京市属文艺单位、出版单位创作发表或出版的文艺作品；北京市属艺术表演团体演出的戏剧、曲艺、歌舞、杂技、音乐等作品；北京市属广播电视单位创作的电影、电视剧、电视片、广播剧等样式的作品；北京市属各文艺家协会会员创作的文艺作品。参评个人应符合如下条件：市属文艺、出版单位从事文艺作品创作、编辑和经营管理的个人；市属广播电视单位从事电影、电视剧（片）、广播剧创作和经营管理的个人；长期支持北京市文化艺术事业建设的个人。至今已连续举办6届。毕淑敏的《红处方》、史铁生的《老屋小记》、刘恒的《贫嘴张大民的幸福生活》、张洁的《无字》、刘庆邦的《红煤》、周大新的《湖光山色》等曾先后荣获"北京市文学艺术奖"小说奖。

上海文学艺术奖（1991—2002年，5届，现已停办），由上海市人民政府批准设立的上海文学艺术奖是上海市文学艺术界的最高荣誉奖，原定两年一届，设"杰出贡献奖"和"优秀成果奖"两大类，旨在表彰和奖励为促进和繁荣上海文学艺术事业作出突出贡献的个人和作品，推动上海文学艺术事业的繁荣和发展。"上海文学艺术奖"始办于1988年，是由上海市文联自发主办的。1991年经上海市人民政府批准以后，正式定名为"上海文学艺术奖"，仍由上海市文联主办，并从这一届开始算作第一届。1991年、1993年、1995年分别举办了前3届，1998年和2002年断续举办了第4届和第5届。目前此奖项已停办6年。巴金、柯灵、贺绿汀、王元化、施蛰存、谢晋、程十发、朱屺瞻、周小燕等曾获"杰出贡献奖"，《文化苦旅》《长恨歌》《贞观盛世》《生死抉择》《金舞银饰》《中国文学批评通史》等曾获"优秀成果奖"。2008年1月上海"两会"上，市政协委员江海洋、李小林、宗福先、张建亚等联名提出《关于恢复上海文学艺术奖的建议》的提案，认为"不论以什么理由，不论存有多大的困难，中断'上海文学艺术奖'，是上海文化发展的一大憾事"，希望尽快恢复"上海文学艺术奖"。

安徽文学奖(1992—2002年，5届，现已停办)，1992年，经安徽省委省政府批准设立，由安徽省人民政府主持颁发，曾成功举办5届。分小说奖、诗歌奖、散文奖等类别。1993年、1994年、1995年每年一届，为综合评奖。从1996年起改为每3年举办一届，第4届(评选1996—1998年作品)2000年5月颁奖。第5届(评选1999—2001年作品)2002年12月颁奖，别出心裁的是，第5届奖分年度和文体评选：1999年评选小说类作品，2000年评选影视剧类作品，2001年评选诗歌、散文、杂文、报告文学、民间文学、理论评论、曲艺类作品。崔莫愁的《走入枫香地》、尹曙生的《时代悲歌》、余国松的《半醒人语》等获奖。目前，该奖项已停办。

此外，还有其他各地、各级地方党委政府主办的文学奖。

二、专家文学奖励

我们把诸如中国作协这样一类的专业协会和专家团体组织举办的文学奖励活动称之为专家文学奖励。此类的专业协会和团体组织在中国最有代表性的是中国作家协会。中国作家协会属于中国作家和创作的专业机构，在举办文学奖励的活动中，其组织委员会和评奖委员会的构成人员基本上是文学界的专家学者，因此我们将作协举办的相关文学奖项包括中国作协五大奖、鲁迅文学奖、茅盾文学奖以及中国文联与中国剧协联办的曹禺戏剧奖、宋庆龄基金会与中国作协联办的宋庆龄儿童文学奖等奖项归为专家奖励的范畴。当然，这些奖项的政府色彩非常浓厚，中国的专家文学奖励严格意义上说都应该是政府主导下的专家文学奖励。中国很难找到纯粹意义上的专家文学奖励。

1. 中国作协五大奖

伴随着真理标准的大讨论和思想解放的大潮涌，各种"左"的禁锢逐渐被打破，文学出现了史无前例的大繁荣。笔者曾不揣浅陋，把改革开放三十年划分成"文学(感性)启蒙(1976—1986年)""理性启蒙(1986—1992年)""市场经济(1992年至今)"三大时期，文学启蒙是思想启蒙运动的第一阶段，曾担负着打破精神枷锁并为改革开放鼓与呼的重要角色，宋宝琦、陈焕生、乔光朴等一系列的人物形象，为我们开启了思想启蒙的大门，朦胧诗、伤痕文学、改革文学共同构成了文学(感性)启蒙的大潮。数量庞大的文学爱好者和文学创作者队伍，构成了改革开放初期的一大景观和独特现象。这一时期，文学地位空前提高，创作队伍空前壮大，文学创作空前繁荣。为了更好地总结文学创作经验，鼓励文学创作活动，奖掖优秀作家作品，中国作协党组决定于1978年开始设立新时期第一个文学奖项——中国作协全国优秀短篇小说奖，评奖对象为1976—1978年间在全国公开发表的短篇小说，该奖项赢得了方方面面的赞许和认同。由于连续两届的短篇小说奖带来的巨大社会效应和文学效应，中国作协开始筹办对其他文学样式的奖励活动。1981年3月茅盾临终遗言捐资25万元稿费委托作协设立

长篇小说奖，该奖 1982 年首颁。因此中国作协集中精力筹办
中篇小说、报告文学、新诗的评奖活动。1981 年 5 月 25 日，
全国优秀中篇小说奖、全国优秀报告文学奖和全国中青年诗人
优秀新诗三项评奖的发奖大会在北京举行，谌容的《人到中年》
等 15 篇作品获中篇小说奖，徐迟的《哥德巴赫猜想》等 10 篇作
品获报告文学奖，张万舒的《八万里风云录》等 34 首诗作获新
诗奖。再加上 1989 年颁发的全国优秀散文(集)、杂文(集)奖，
这就是当代文学史上作用和影响都很大的"中国作协五大奖"，
由于新诗奖和散文杂文奖分别举办了 3 届和 1 届，成绩和影响
都不如短篇小说、中篇小说和报告文学奖，因此也有很多人只
提"作协三大奖"。"中国作协五大奖"在 1989 年后全部停办，
直到 1998 年"鲁迅文学奖"首颁，这五大文学奖的功能才得到
部分的接续。

　　中国作协全国优秀短篇小说奖(1978—1989 年，9 届，现
已停办)，随着"拨乱反正"的深入进行，短篇小说是各种文学
样式中，最先取得突出实绩的，为奖励先进，鼓励来者，1978
年中国作协开始筹办对全国优秀短篇小说的奖励活动，首届是
评选 1976 年 10 月至 1978 年 12 月的短篇小说创作，颁奖于
1979 年 3 月举行。前 7 届是每年一届，后两届是两年一届，
到 1989 年共举办 9 届。除 1978 年第一届由《人民文学》杂志主
办，1983 年第六届委托《小说选刊》主办外，其余各届均由中
国作协自办。全国优秀短篇小说奖评选了大批优秀的作家作
品，其中既有刘心武的《班主任》、卢新华的《伤痕》、张洁的
《从森林里来的孩子》等这些具有反思色彩的作品，也包括蒋子
龙的《乔厂长上任记》这样反映改革开放现状的作品，更有高晓

声的《李顺大造屋》、徐怀中的《西线轶事》、古华的《爬满青藤的木屋》、铁凝的《哦，香雪》、史铁生的《我的清平湾》、刘恒的《狗日的粮食》等一大批新人新作。评奖既肯定了当时中国文坛短篇小说的成就，又扩大了这些小说在社会上的影响，并且鼓舞了更多作家投身写作事业。该奖项是新时期举办最早的文学大奖，同时也是影响较大、历时较长的文学奖项，除推动短篇小说本身的发展之外，甚至对新时期的思想解放运动也产生了较大的影响。该奖项停办 9 年后部分功能被"鲁迅文学奖"接续。

中国作协全国优秀中篇小说奖（1981—1989 年，5 届，现已停办），1981 年开始由中国作协主办，1989 年评选出1987—1988 两年度的优秀中篇小说后停办。评选范围为本届别内发表在全国各大文学期刊上的中篇小说。每两年一届，共举办 5 届。第一届参选作品为 1977 年至 1980 年，由中国作协委托《文艺报》主办。5 届评选基本涵盖了这一时期里最优秀的中篇小说。首届一等奖 5 篇获奖作品除第 5 名王蒙的《蝴蝶》稍弱外，其余 4 篇都堪称真正的优秀。它们分别是：谌容的《人到中年》，叶蔚林的《在没有航标的河流上》，鲁彦周的《天云山传奇》，张一弓的《犯人李铜钟的故事》。此后，李存葆的《高山下的花环》、《山中，那十九座坟茔》，路遥的《人生》，蒋子龙的《赤橙黄绿青蓝紫》，张承志的《黑骏马》，陆文夫的《美食家》，阿城的《棋王》，张贤亮的《绿化树》，莫言的《红高粱》，以及池莉的《烦恼人生》等都曾榜上有名。该奖项对繁荣新时期中篇小说创作起到了很大的推动作用。1998 年该奖项停办 9 年后部分功能也被"鲁迅文学奖"接续。

中国作协全国优秀报告文学奖(1981—1989 年,此后又办 3 届,到 1997 年完全停办,共办 8 届),1981 年开始由中国作协主办,1989 年举办第 5 届后停办。此后接办第 6 届,至 1997 年评选出最后一届即第 8 届后该奖项完全停办。历时 16 年,每两年一届,共举办 8 届,其中第 5 届评选名称改为:"中国潮"报告文学征文,第 7 届评选名称又改为"505 杯"中国报告文学奖。评选范围为本届别内发表在全国各大文学期刊上的报告文学作品。首届参选作品为 1977 年至 1980 年间发表的报告文学,徐迟的《哥德巴赫猜想》、黄宗英的《大雁情》、理由的《扬眉剑出鞘》等优秀作品获奖。而后,陶斯亮的《一封终于发出的信》、穆青等的《为了周总理的嘱托》、鲁光的《中国姑娘》、刘亚洲的《恶魔导演的战争》、李延国的《中国农民大趋势》、钱钢的《唐山大地震》等大批具有强烈社会关怀色彩的作品获奖。1998 年后,该奖项部分功能也被"鲁迅文学奖"接续。该奖中国作协官方只统计到 1989 年的第 5 届止。

中国作协全国优秀新诗(集)奖(1981 年为新诗奖,1983 年和 1987 年 2 届为新诗集奖,共 3 届,现已停办),由中国作协主办。1981 年 5 月,全国中、青年诗人优秀新诗评奖揭晓,张万舒的《八万里风云录》、李发模的《呼声》、公刘的《沉思》、白桦的《春潮在望》、舒婷的《祖国啊,我亲爱的祖国》、雷抒雁的《小草在歌唱》等 34 首诗作获新诗奖。此次是评选单篇诗作,后来,考虑到单篇诗作体量太轻,便于 1983 年改为评选优秀新诗集,届别另计,首届评选范围为 1977 年至 1982 年全国各大出版社出版的诗集,艾青《归来的歌》、公刘的《仙人掌》、邵燕祥的《在远方》等 10 部诗集获奖。第 2 届 1987 年举办,评选范围为 1983 年至 1986 年，李瑛的《春的笑容》、牛汉的《温泉》、北岛的《北岛诗选》等 30 余部作品获奖。此后停办。1998 年后，该奖项部分功能也被"鲁迅文学奖"接续。

中国作协全国优秀散文(集)、杂文(集)奖(1989 年，1 届，现已停办)，由中国作协主办。首届 1989 年举办，评选范围为 1977 年至 1986 年间各大出版社正式出版的散文集、杂文集。获奖的作家作品既包括巴金的《随想录》、杨绛的《干校六记》、孙犁的《孙犁散文集》、萧乾的《北京城杂忆》等一大批新中国成立前就卓有成就的老作家的新作品，还有贾平凹的《爱的踪迹》、宗璞的《丁香结》、赵丽宏的《诗魂》、姜德明的《相思一片林》、邵燕祥的《忧乐百篇》、蓝翎的《金台集》等多名新生代作家的优秀作品。该奖项为新时期以来的散文、杂文创作、发展、繁荣作出了一定的贡献，遗憾的是仅举办一届即停办。1998 年后，该奖项部分功能也被"鲁迅文学奖"接续。

2. 鲁迅文学奖(1997 年至今，5 届)

"鲁迅文学奖"以中国新文化运动的伟大旗手鲁迅先生命名，是我国具有最高荣誉的文学大奖之一。由中国作协于 1995 年开始筹办，1997 年启动首届评奖，1998 年首届颁奖。旨在鼓励中国优秀的中、短篇小说、报告文学、诗歌、散文、杂文、文学理论和评论作品的创作，鼓励优秀的中外文学作品的翻译，推动社会主义文学事业的繁荣与发展。

"鲁迅文学奖"每 3 年评选一次。奖项分为全国优秀中篇小说奖，全国优秀短篇小说奖，全国优秀报告文学奖，全国优秀诗歌奖，全国优秀散文、杂文奖，全国优秀文学理论、文学评论奖，全国优秀文学翻译奖。对获奖作品，颁发奖牌和奖金。

对出版、刊登获奖作品的出版社、杂志社及其现任编辑颁发证
书。鲁迅文学奖评选活动经费由国家拨款以及吸收社会赞助的
方式解决。

评选范围为：（1）凡属评奖年度内在国家批准出版发行的
报纸、刊物、出版社发表和出版的上述文学体裁、门类的作
品，均可参加评选（单篇作品以首次发表的时间为准，书籍以
版权页标明的第一次出版时间为准）。（2）鉴于评选工作的语言
限制，凡是用少数民族文字创作的作品，要求以汉文译作参加
评选。用少数民族文字创作的作品，可参加中国作协有关少数
民族文学奖项的评奖。（3）诗歌和散文、杂文作品，以出版的
诗集、散文、杂文集参评。文学理论和文学评论著述，单篇作
品和理论评论专著，均可参评。

评选标准为：（1）坚持思想性与艺术性统一的原则。所选
作品应有利于倡导爱国主义、集体主义、社会主义的思想和精
神，有利于倡导改革开放和现代化建设的思想和精神，有利于
倡导民族团结、社会进步、人民幸福的思想和精神，有利于倡
导用诚实劳动争取美好生活的思想和精神。对体现时代精神和
历史发展趋势、反映现实生活，塑造社会主义新人形象的催人
奋进、给人鼓舞的优秀作品，应重点关注。要兼顾题材、主
题、风格的多样化。（2）重视作品的艺术品位。鼓励在继承我
国优秀文学传统和借鉴外国优秀文化基础上的探索和创新，尤
其鼓励那些具有中国作风和中国气派，为人民群众所喜闻乐见
的富有艺术感染力的作品。（3）重视作品的社会影响力。各奖项
评委会，可根据本条例的要求，结合该文学体裁门类的特点，
听取读者意见，提出具体要求。作品获得不少于评委总数的 2/3

的票数,方可当选。(4)实行评委名单公开、投票过程公开及评委会评语公开的"三公开制度"和本人及亲属回避制度。

该奖项目前已举办 5 届,获奖者中既有冰心、季羡林等一批老作家,也有史铁生、贾平凹、池莉、王安忆、阎连科、蒋韵、范小青、毕飞宇等正活跃于当代文坛的著名作家,"鲁迅文学奖"在功能上部分接续了中国作协主办的有些已停办多年的文学项奖,奖项设置也是以鲁迅七方面的文学成就为依据的,覆盖面较宽,而且,该奖项早在延安时期曾经设立过,各方面确实应该下大力气办好它。

3. 茅盾文学奖(1981 年至今,8 届)

根据茅盾先生生前遗愿,中国作家协会于 1981 年 10 月正式启动"茅盾文学奖",茅盾捐资 25 万元稿费作为该项文学奖励的基金,一、二、三届奖金为每人 3000 元人民币,从第四届起提高为 1 万元。当时决定由巴金担任评委会主任,首届评选在 1982 年进行。评选范围限于 1977 年至 1981 年的长篇小说。"茅盾文学奖"也是新时期第一次设立的以个人名字命名的文学奖,每 4 年评选一次,参与上次评选而未获奖的作品,在下一届以至将来历届评选中仍可获奖。迄今已举办 8 届。此奖项的设立旨在推出和褒奖长篇小说作家和作品,是我国目前具有最高荣誉的文学大奖之一。评选范围为:(1)凡评选年度内在我国大陆地区公开发表与出版的由中国籍作家创作的,能体现长篇小说艺术构思与创作要求,字数 13 万以上的作品,均可参评。评选年度以前发表或出版的、经过时间考验的优秀之作,也可由有关单位慎重推荐参评,通过初选审读组筛选认同并以无记名投票方式获得评委会半数以上委员的赞同后,亦可

列入评委会备选书目。(2)多卷本长篇小说,应在全书完成后
参加评选。(3)鉴于评选工作所受的语言限制和其他困难,凡
用少数民族语言创作的长篇小说,以汉文的译本出版后参加评
选。评选标准为:(1)坚持思想性与艺术性完美统一的原则。
所选作品应有利于倡导爱国主义、集体主义、社会主义的思想
和精神;有利于倡导改革开放和现代化建设的思想和精神;有
利于倡导民族团结、社会进步、人民幸福的思想和精神;有利
于倡导用诚实劳动争取美好生活的思想和精神。对于深刻反映
现实生活,较好地体现时代精神和历史发展趋势,塑造社会主
义新人形象的作品,尤应重点关注。要兼顾题材、主题、风格
的多样化。(2)要重视作品的艺术品位。鼓励在继承我国优秀
传统文化和借鉴外国优秀文化基础上的探索和创新,鼓励那些
具有中国作风和中国气派,为人民大众所喜闻乐见,具有艺术
感染力的佳作。

　　第一届"茅盾文学奖"获奖作品 6 部,分别是:周克芹的
《许茂和他的女儿们》、魏巍的《东方》、姚雪垠的《李自成》(第
二卷),莫应丰的《将军吟》,李国文的《冬天里的春天》,古华
的《芙蓉镇》;第二届获奖作品 3 部,分别是:李准的《黄河东
流去》,张洁的《沉重的翅膀》(1984 年修订本),刘心武的《钟
鼓楼》;第三届获奖作品 5 部,分别是:路遥的《平凡的世界》,
刘白羽的《第二个太阳》,霍达的《穆斯林的葬礼》,凌力的《少
年天子》,孙力、余小惠的《都市风流》,另有萧克的《浴血罗
霄》和徐兴业的《金瓯缺》获荣誉奖;第四届获奖作品 4 部,分
别是:陈忠实的《白鹿原》(修订本),王火的《战争和人》(一、
二、三、四),刘斯奋的《白门柳》(一、二),刘玉民的《骚动之

秋》；第五届获奖作品 4 部，分别是：阿来的《尘埃落定》，王
安忆的《长恨歌》，张平的《抉择》，王旭烽的《茶人三部曲》；第
六届获奖作品 5 部，分别是：熊召政的《张居正》，张洁的《无
字》，徐贵祥的《历史的天空》，柳建伟的《英雄时代》，宗璞的
《东藏记》；第七届获奖作品 4 部，分别是：贾平凹的《秦腔》，
迟子建的《额尔古纳河右岸》，周大新的《湖光山色》，麦家的
《暗算》。第八届获奖作品 5 部，分别是：张炜的《你在高原》、
刘醒龙的《天行者》、莫言的《蛙》、毕飞宇的《推拿》、刘震云的
《一句顶一万句》。

　　虽然，对"茅盾文学奖"一直质疑甚多，但我们从上列的获
奖名单中不难看出，大部分的获奖作品还是经得起时间和历史
检验的。由此也不难看出"茅盾文学奖"对鼓励和推动中国的长
篇小说创作和繁荣确实起到了相当大的积极作用。

　　4. 四大儿童文学奖

　　在 1953 年第一次全国少年儿童文学创作评奖活动中断 26
年后，1979 年 5 月，全面启动第二届全国少年儿童文学创作
评奖活动，该活动由中国人民保卫儿童全国委员会、共青团中
央、中国作家协会、教育部、文化部、国家出版局 6 部委联合
主办，评奖跨度为 1954 年 1 月至 1979 年 12 月总计 26 年间的
少儿作品，康克清为评奖委员会主任，李季、胡德华、严文
井、陈伯翰、吴全衡、高士其为副主任，1980 年六一儿童节
在北京颁奖，孙幼军的《小布头奇遇记》等获奖。这是一次规格
很高、影响很大的少儿文学奖。这一奖项的部分功能 7 年后被
"全国优秀儿童文学奖"和同时创办的"宋庆龄儿童文学奖"接
续。"全国优秀儿童文学奖""宋庆龄儿童文学奖""冰心奖"和

"陈伯吹儿童文学奖"并称中国四大儿童文学奖。现在中国作协的"全国优秀儿童文学奖"已并入其中"宋庆龄儿童文学奖","这两个奖都是全国性的;"冰心奖"是国际性的;"陈伯吹儿童文学奖"是上海地区的。

全国优秀儿童文学奖(1986 年创办,2000 年起与宋庆龄儿童文学奖合并,8 届),该奖是我国具有最高荣誉的文学大奖之一,1986 年由中国作家协会创办,每 3 年评选一次。评选的体裁包括:小说、诗歌(含散文诗)、童话、寓言、散文、报告文学(含纪实文学、传记文学)、科学文艺、幼儿文学等。目前为止,全国优秀儿童文学奖已举办 8 届(后三届是与宋庆龄儿童文学奖合并颁发的)。这项大奖自启动以来,不断地向社会和广大的少年儿童推介精品力作,几乎涵盖了 20 世纪 80 年代以来老中青三代作家创作的所有优秀之作。在长长的获奖名单上,有郭风、鲁兵、柯岩、郑文光等一大批老作家的名字,他们倾其一生专心致志地为孩子们写作,始终保持着高昂的创作势头。还有郑渊洁、秦文君、曹文轩、郑春华等这些当年的文学新人,今天,他们已经成长为儿童文坛的中坚力量,他们中许多人多次获得该奖。此外,许多获奖作品受到了影视界的关注,《寻找回来的世界》(柯岩)、《黑猫警长》(诸志祥)、《大头儿子和小头爸爸》(郑春华)、《草房子》(曹文轩)等作品已经改编成电影、电视剧或动画片。

宋庆龄儿童文学奖(1986—2003 年,6 届),为继承国家名誉主席宋庆龄"要关心少年儿童健康成长"的遗愿,中国宋庆龄基金会于 1986 设立"宋庆龄儿童文学奖",并联合共青团中央、广播电影电视总局、教育部、全国妇联、文化部、中国科协、中国作协等共同主办，是当今儿童文学评选中最高规模的奖项之一。每两年一届。2000 年起，"宋庆龄儿童文学奖"和由中国作协主办的"全国优秀儿童文学奖"合并为一个儿童文学奖，全称为"宋庆龄全国优秀儿童文学奖"，简称为"宋庆龄儿童文学奖"，其宗旨为以宋庆龄益善、益智、益美的儿童教育思想为指导方针。奖项分大奖和提名奖两类。以评选作品为主，从第 5 届开始，特别设立"新人奖"。第 6 届增设"特殊贡献奖"。6 届共有 50 余部作品获奖。值得注意的是该奖项设立所宣称的"宁缺毋滥"原则，在第 1 届和第 2 届都得到了较为明显的体现，一等奖 1、2 届均为空缺，只到第 3 届一等奖才为曹文轩的《山羊不吃天堂草》捧走。郑渊洁、曹文轩、孙幼军、彭学军、秦文君等新老儿童文学作家曾获此奖项。该奖项举办 6 届后现已停办。

冰心奖(1990 年至今，21 届)，1990 年为庆祝冰心 90 寿辰，著名作家韩素音倡导创办了冰心奖，并得到国内外文学、出版各界包括雷洁琼、宗璞、舒乙、葛翠琳等人士大力支援。十几年来，它由最初的单一儿童图书奖，发展为包括图书、新作、艺术等奖项的综合性大奖，是我国唯一的国际华人儿童文学艺术大奖，分为冰心儿童图书奖、冰心儿童文学新作奖、冰心艺术奖、冰心摄影文学奖 4 个奖项，历届获奖者不仅有台港澳地区的作家，还包括美国、瑞士、新西兰、新加坡的华人作家。2005 年起，又增设"冰心作文奖"。到目前为止，冰心奖已连续举办了 21 届，在社会各界和海内外都产生了较大影响。

陈伯吹儿童文学奖(1981 年至今，24 届)，陈伯吹儿童文学奖是由著名儿童文学家陈伯吹先生 1981 年捐资设立，旨在促进上海地区儿童文学创作发展，是中国儿童文学界四大奖项之一。

设大奖和优秀作品奖，从 2003 年第 20 届起，增设杰出贡献奖，专门奖励终身从事儿童文学事业并作出突出贡献的德高望重的老作家。至今已举办 24 届。陈伯吹儿童文学奖是我国目前起步时间较早、连续运行时间最长的文学奖项之一，对鼓励和促进儿童文学的创作、培养儿童文学作家起到了极大作用。

5．其他文学奖

除上述的文学奖励属于专家性质的文学奖励外，还有中国电影金鸡奖最佳编剧奖、曹禺戏剧文学奖、冯牧文学奖、徐迟报告文学奖、姚雪垠长篇历史小说奖等也属于专家文学奖的范畴。

中国电影金鸡奖最佳编剧奖(1981 年至今，28 届)，中国电影金鸡奖由中国电影家协会主办，创始于 1981 年，当年是中国农历鸡年，又因金鸡啼晓象征百家争鸣，同时也包含着激励中国电影事业艺术家闻鸡起舞、努力创新、奋发向上的意义，并以昂首啼晓之金鸡雕像为奖杯，故名"中国电影金鸡奖"，简称"金鸡奖"。邀请中国国内最具权威的电影艺术家、电影评论家和电影事业家组成评奖委员会，通过充分讨论、民主协商，选出最佳故事片、科教片，最佳编剧、导演、演员等 20 余个奖项。由于金鸡奖评委会组成的权威性，评选程序严密性和评奖标准的学术性，因此被称之为"专家奖"。1992 年，经中央宣传部批准，将中国电影金鸡奖和中国电影百花奖双奖颁奖活动改为"中国金鸡百花电影节"。经初评和终评，获奖结果在"中国金鸡百花电影节"颁奖典礼上现场揭晓。金鸡奖原为每年举办一届，从 2005 年起改为每两年举办一届，逢单年举办。目前已举办 28 届。一批优秀的作家曾在金鸡奖中获得最佳编剧奖，如张弦（《被爱情遗忘的角落》）、李存葆（《高山下的花环》）、曹禺（《日出》）、刘醒龙（《凤凰琴》）、曹文轩（《草房子》）、刘恒（《张思德》）、程晓玲（《岁岁清明》）等。

曹禺戏剧文学奖（1980年创办，1994年至今改现名，16届），由中国文联、中国戏剧家协会主办，是专就优秀的剧本创作所进行的全国性评奖，代表着我国戏剧创作最高水准。其前身是中国戏剧家协会于1980年创办的全国优秀剧本奖，首届颁奖于1982年，在北京举行。1994年11月11日，更名为"曹禺戏剧文学奖"，是由中宣部批准的唯一的国家级戏剧文学类大奖，获奖剧本（话剧、戏曲、歌剧、儿童剧、滑稽戏）均授予证书、奖牌和奖金，每届获奖剧本总数不超过10个。到目前为止，曹禺戏剧文学奖已举办16届。前15届每年评选一次，第16届起改为每两年举办一次。2005年曹禺戏剧文学奖与梅花奖合并。该奖项曾评选出的《党的女儿》《生死场》《班超》《徽州女人》《香魂女》《死水微澜》等剧本在圈内圈外都博得了赞誉。但近年来，对该奖项负面评价渐多。

此外，其他较有影响的文学奖励活动还有：中华优秀出版物奖，2006年由中国出版工作者协会创办，设"图书奖"50名、"音像、电子和游戏出版物奖"50名、"优秀出版科研论文奖"60名，奖励数额共计160个。每两年评选一次，三个子项奖同时评出，同时颁奖。首届"中华优秀出版物奖"于2006年举办，贾平凹的《秦腔》等获奖。中国戏剧文学奖，是中国戏剧文学学会主办的全国性学会奖，素有"中国戏剧界诺贝尔""纯专家评奖"之称，1999年始办，每两年一届，至今已成功地举办了7届，2010年第7届起，更名为"全国戏剧文化奖"。冯牧文学奖，由冯牧的生前友好和学生筹集资金专门设立的中华文学基金会冯牧文学专项基金理事会创办于 2000 年，宗旨是扶植新人、促进文学事业繁荣发展，设青年批评家奖(40 周岁以内)、文学新人奖(40 周岁以内)和军旅文学创作奖(50 周岁以内)三个奖项。每届每一奖项获奖者均不超过 3 人；每名获奖者的奖金数额为人民币 2 万元。莫言、朱苏进、周大新等作家，以及洪治纲、李敬泽、谢有顺、郜元宝等青年批评家都曾获奖。2000 年至 2002 年每年评选一届，共评 3 届，现已停办。徐迟报告文学奖，2001 年中国报告文学学会与徐迟家乡浙江省湖州市人民政府联手创立了这项报告文学大奖。力图使之成为促进我国报告文学创作繁荣和发展的推进器。该奖每三年评选一次，首届颁奖于 2002 年举行，第二届颁奖于 2004 年举行。2008 年 3 月 3 日，湖北襄樊一家企业与中国报告文学学会签订从 2008 年至 2018 年长达 10 年的合作协议，出资 600 万元赞助该奖，如果真能做到，襄樊将从第 3 届至第 8 届连续6 届举办该奖，第 3 届、第 4 届目前已举办。姚雪垠长篇历史小说奖，2003 年已故著名作家姚雪垠先生的亲属根据其生前夙愿，为鼓励和推动长篇历史小说创作的繁荣和发展，特捐赠姚雪垠的著作稿酬 50 万元人民币作为"姚雪垠长篇历史小说奖励基金"，由中国作家协会和中华文学基金会主办设立"姚雪垠长篇历史小说奖"，每四年评选一届，现已评选 2 届。郭沫若散文随笔奖，2004 年，经与郭沫若先生子女商定，由中国作家协会、中国残疾人福利基金会主办的散文随笔方面最高荣誉奖项，原定每两年评选一次，仅办 1 届就停办了。奖项设置为一等奖、二等奖、三等奖和优秀奖，并为赞助、支持单位颁发

"文学事业繁荣奖"。21 世纪鼎钧双年文学奖，是一个由来自国内著名大学、文学期刊和社科院研究机构包括李洁非、陈晓明、李敬泽等 11 位著名学者、编辑共同发起的专业性文学奖项。评选标准是"其作品在个人创作史上处于高峰状态，对汉语写作有创造性贡献，并表现出人类精神的丰富性和精湛的文学品质。"该奖每两年举办一次。每届颁发给一位至两位中国作家。获奖者年龄须在 40 岁左右。已举办两届，似已停办。第一届于 2003 年举办，获奖者为莫言的《檀香刑》和李洱的《花腔》。第二届于 2005 年举办，获奖者为阎连科的《受活》、格非的《人面桃花》和谷川俊太朗（日本）的《谷川俊太朗诗选》。新诗界国际诗歌奖，由北京大学新诗研究中心、清华大学文学研究所、中国人民大学现代诗学研究所、中国现代文学馆、文化部华夏文化促进会等学术机构联合发起并创立。旨在通过奖掖当代知名诗人，以重振新诗雄风，再创诗歌辉煌；同时提高现代汉语诗歌在世界诗坛的地位和影响，促进中外诗歌的交流与发展。该奖每两年举办一次，设"北斗星奖"和"启明星奖"各 3 名，"北斗星奖"为终身成就奖，获奖对象为 1 位大陆诗人、1 位港澳台及海外华语诗人和 1 位外国诗人，各奖 1.5 万元人民币；"启明星奖"只颁给大陆诗人，各奖 1.2 万元奖金。首届"新诗界国际诗歌奖"于 2004 年揭晓，牛汉、洛夫、特朗斯特落姆（瑞典）获得"北斗星奖"，西川、王小妮、于坚获得"启明星奖"。该奖举办一届，似已停办。

各省、自治区、直辖市一般都设有政府指导、文联或作协主办、其他方面协办的专家文学奖，办得较有声色的有：老舍文学奖，由老舍文艺基金会和北京市文联于 1999 年设立，这是北京具有最高荣誉和权威的文学大奖，每两年评奖一次，奖项分长篇小说奖、中篇小说奖和剧作奖，已评4届，凌力的《梦断关河》、刘恒的《贫嘴张大民的幸福生活》、铁凝的《永远有多远》、王兴东的《离开雷锋的日子》、张洁的《无字》、陈健秋的《宰相刘罗锅》）、阎连科的《受活》等优秀作品获此奖项。赵树理文学奖，于1981年首次设立，1985年后由于种种原因停办。2004年，山西省作协重新恢复这一奖项。设立作品奖、文学新人奖、优秀编辑奖、荣誉奖四大奖项，该奖项每三年评选一次。目前已颁3届。2005年，恢复后的首届"赵树理文学奖"揭晓，成一的《白银谷》、李锐的《银城故事》与齐国宝、王鹰的《天地民心》夺得了长篇小说奖。王祥夫的《顾长根的最后生活》、高芸香的《吴成荫买分》获得中篇小说奖，其他奖项也都名花有主。四川省作协主办的四川文学奖设立于1981年，是代表四川省文学创作水平的最高奖项，现确定每三年一届。至今已成功举办6届，先后有300多件作品获奖，其中不乏在全国产生重大影响的精品力作。毛泽东文学奖，报请湖南省委、省政府批准，由湖南省作协主办的该省文学作品最高成就奖，该奖项设立于1997年，其奖励基金是由白沙集团捐资150万元，香港实业家李阳先生捐资25万元组成的。迄今评奖4届。第一届于1999年评出，陶少鸿、蔡测海、凌宇等6位作家的作品获奖，报告文学奖空缺。第二届于2004年评出，阎真、聂鑫森等获奖。每人奖1万元。2007年12月揭晓第三届，何立伟《像那八九点钟的太阳》、向启军《南方》等获奖，散文集和文评集奖空缺。2011年评出第4届，贺晓彤的《钢铁是这样炼成的》等获奖。齐鲁文学奖，由山东省作协主办，设文学创作奖、文学评论奖、文学编辑奖和特别奖四个奖项，每三年评选一次，第一届于 2002 年举办，第二届于 2006 年揭晓，张炜的《外省书》、赵德发的《君子梦》等获文学创作奖，韩青等获优秀文学编辑奖。

还有各地、市、县、乡、校举办的专家文学奖更是形形色色、不胜枚举，这些文学奖对推动当地的作家创作繁荣地方文艺事业都有一定的贡献。

三、民间文学奖励

我们把由报纸杂志、出版社、网络媒体、基金会、民间团体、企业等民间色彩比较浓厚的单位和个人组织举办的文学奖励活动称之为民间文学奖励。"群众性"和"民间立场"是这类文学奖励活动的最突出的特点。当然我们也应该看到在中国即使是本书中称为民间文学奖励的相关活动，也会不同程度地受到官方文学奖励的影响并自觉接受政府文学政策的领导和指导，更何况中国的出版社和报纸杂志社基本上是体制内的。同时，我们也应该看到，中国的民间文学奖励也有浓重的专家色彩，很多是以专家评审为依据的。无论是官方文学奖励、还是专家文学奖励及民间文学奖励，都不是那么纯粹的。

1.《大众电影》百花奖最佳编剧奖（1962 年、1963 年，1980 年，三届，现已取消）

《大众电影》百花奖最初由《大众电影》杂志举办。现在由中国电影家协会和中国城市影院发展协会合作主办。它以票房成绩和观众反映为主要依据推举候选名单，在《大众电影》杂志上刊发选票，组织读者、观众投票，从 2004 年起由单一的信函投票改为信函投票和短信投票两种方式，短信投票截至颁奖典

礼现场揭晓时为止。《大众电影》百花奖设最佳故事片、最佳男
演员奖、最佳女演员奖、最佳编剧、最佳导演五个奖项，后来
又增加了最佳男配角奖、最佳女配角奖、最佳摄影奖等奖项。
《大众电影》百花奖是中国大陆参与人数最多的群众性电影评奖
活动。百花奖评奖始于1962年，但在1963年第二届后中断了
17年，直到1980年才恢复并举行了第三届评奖，此后每年举
办一次。1992年，经中央宣传部批准，将中国电影金鸡奖和
中国电影百花奖双奖颁奖活动改为"中国金鸡百花电影节"。从
2005年起改为每两年举办一届，逢双年举办。百花奖以盛开
的百花取名，象征影坛百花齐放、春色满园，鼓舞电影艺术家
创作出更多为中国老百姓所喜闻乐见的好影片。百花奖以百花
女神雕像作为自己的奖杯。至今已举办30届。2010年10月
在江阴颁发第30届中国电影"百花奖"（即第19届"中国金鸡百
花电影节"，本次电影节因逢双年，只评选"百花奖"）。"百花
奖"只在1962年、1963年和1980年三届中设立了"最佳编剧
奖"，1981年以后，"百花奖"瘦身，不再设立"最佳编剧奖"。
"最佳编剧奖"属文学奖范畴，夏衍和水华（《革命家庭》）、李准
（《李双双》）、陈立德（《吉鸿昌》）曾获此奖项。"百花奖"主要反
映了广大观众对电影的评价和喜好，因而被称为"群众奖"，本
书把"百花奖"最佳编剧奖归入"民间文学奖"之列。

2. 人民文学出版社三奖项

新时期以来，在纯文学的出版领域，人民文学出版社担负
着非常重要的任务和角色。为更好地繁荣文学创作，该出版社
曾先后举办过3个文学奖项。最早的是人民文学奖，1986年
首次评奖，至今已举办12届，在文学界和广大读者中有较大

的影响，评奖对象为该社出版的创作文学图书，以长篇小说为主，兼有长篇纪实文学，诗集和散文集。魏巍的《东方》、莫应丰的《将军吟》、李国文的《冬天里的春天》、古华的《芙蓉镇》、张洁的《沉重的翅膀》、刘心武的《钟鼓楼》、王蒙的《青春万岁》、阿来的《尘埃落定》、徐贵祥的《历史的天空》都曾获此奖项。2003年起，茅台集团与人民文学出版社联合主办这一评选，并更名为"茅台杯"人民文学奖。另一个是当代文学拉力赛，该奖原为"当代文学奖"，每年举行一届，曾成功推出了长篇小说《芙蓉镇》《白鹿原》等一批当代文学名著。自2000年起，该奖项改为"拉力赛"式，即每两个月评出1篇作品作为一个分站的"拉力赛"冠军，年终从6个分站冠军中评出年度冠军，奖金10万。但在2004年改为"零奖金、全透明"的评奖机制。主办方表示这是强调奖项的"口碑含金量"而非"商业含金量"。王蒙的《狂欢的季节》、阎真的《沧浪之水》以及宁肯的《蒙面之城》等曾获奖。目前，拉力赛已举办到"第11站"。春天文学奖，2000年1月，著名作家王蒙先生当场将获得首届"《当代》文学拉力赛"的10万元大奖捐给人民文学出版社，倡议设立30岁以下的文学新人奖——"春天文学奖"，在文艺界和社会上引起了极大的反响。每年奖励一至两位30岁以下的文学创作成就显著的青年作者，在次年的新春颁奖同时出版"春天丛书"，专门出版该年度得奖和获提名的青年作者的作品集。它是中国文坛上第一个专门鼓励与表扬30岁以下作家的文学新人奖。2002年首次颁奖以来，已举办5届，目前似已停办。戴来、李修文、了一容和周瑾、彭扬和徐则臣、张悦然和苏瓷瓷分别折桂。

3. 企业(家)和专业机构合办的文学奖

庄重文文学奖(1987年至今，12届)，它是1987年庄重文倡议并出资，由中华文学基金会主办的一项青年文学奖（最初是为了资助在学校就读的青年作家）。庄重文是香港庄士集团的创办人、香港工业界杰出的领袖、中华文学基金会顾问，他是中国内地及台、港、澳诸多企业家中较少见过鲁迅先生的企业家。早在1926年，庄重文与同学一起，乘坐小火轮，跨海去接鲁迅先生到他们读书的集美学校讲演。航渡中，大文豪鲁迅和风华正茂的少年庄重文进行过亲切的交谈。正因为这段历史渊源，多年来，庄重文对中华文学一直情有独钟，他对中国的作家怀有特殊感情。他还与中国文学大师郭沫若、巴金、夏衍、冰心、艾青等都建立了深厚的友情。庄重文先生1993年逝世后，其子庄士集团继承人庄绍绥先生谨遵庄重文先生遗愿，继续赞助"庄重文文学奖"。该奖主要奖励在文学创作、文学评论中取得优异成绩的年轻作家、评论家（40岁以内）及优秀的青年文学刊物。自1988年首届颁发以来，每两年举办一次，已连续举办12届，从未中断过。已有包括贾平凹、王安忆、舒婷、史铁生、苏童、铁凝、梁晓声、毕淑敏、高洪波、陈建功、吉狄马加、扎西达娃、张抗抗、刘恒、余华、池莉、方方、邱华栋、周晓枫、戴来、谢有顺等青年作家获此奖项。这些获奖作家，正处在创作的旺盛时期，他们年富力强，是中华文学大军的"青年突击队"。荣获该奖的文学期刊有：《青年文学》《青春》《萌芽》。获奖的文学书籍有《小说界文库·长篇小说系列》等6部优秀文学书籍。"庄重文文学奖"自设立以来，引起社会各界的普遍关注，受到中国共产党和中国政府及有关部门领导的高度重视、指导与支持，在中国内地和海外产生了广泛的影响。它对推动中华文学事业的繁荣和发展，特别是在鼓励、推进青年文学的创作方面,是有相当贡献的。

中坤杯·艾青诗歌奖(2004年,1届,似已停办),为纪念诗人艾青,中国诗歌学会与中坤投资集团联合于2003年设立该奖。评奖标准内容与形式兼重,重视艺术质量和美学品位,鼓励继承我国诗歌的优秀传统和吸收外国诗歌的艺术经验,鼓励艺术探索,体现审美个性。评奖坚持公正性、权威性。参赛作者不限地区、年龄、性别,包括港、澳、台和旅居海外的中国诗人,均有资格由省市作协、出版社推荐和自荐方式参赛。奖金为1万元人民币。此奖面向海内外所有中国诗人。每两年举行一届。评出用中文书写并出版的新诗作品集6~8部。首届于2004年9月颁发,获奖者为苗强的《沉重的睡眠》、郑玲的《郑玲短诗选》、冉冉的《空隙之地》、郭新民的《花开的姿势》、李松涛的《黄之河》、沙白的《独享寂寞》。第二届于2005年2月公告启动评选,定于当年11~12月颁奖,未果。估计该奖项现已停办。

4. 企业与报刊合办的文学奖

随着市场经济在中国的全面深入,企业作为市场经济的主体,在社会上的功能和作用越来越显著。由于企业广告和宣传的需要,也有些企业出于企业文化建设的需要,参与相关媒体的文学评奖活动中。企业与报刊联合举办文学奖成为近年来文学奖励活动的一个相当普遍的现象。较早的是"红河·大家文学奖"。

红河·大家文学奖(1995年创办,共举办4届,现已停办),由《大家》杂志与云南红河卷烟厂合办。《大家》在1994年1月的创刊号上就刊登出要设立"中国第一文学大奖"——"《大家》文学奖"的启事，以诺贝尔文学奖获得者"虔诚仰视文学殿堂的肖像"为封面，以"寻找大家、造就大家"为口号，再加上10万元的巨额奖金，"《大家》文学奖"曾被视作中国的"小诺贝尔文学奖"，在文坛激起不大不小的涟漪。作为以市场方式运作的纯文学期刊，该奖的创立还有另一重目的，这就是在纯文学普遍低迷的状态下，为"横空出世"的《大家》打造知名度，吸引优秀作家以精心之作支持新刊物。云南红河卷烟厂在获知《大家》的意图后之所以能够立刻决定（据说只用了10分钟的时间）主动捐助，也是由于在文学领域树立红河品牌的文化形象是该企业的既定宣传策略。该奖每两年评选一次，每届只评选一部作品获得"大奖"，颁奖典礼地点为人民大会堂。1995年底，首届"红河·大家文学奖"揭晓，莫言的《丰乳肥臀》获奖。1998年初，第二届大奖宣布"空缺"。而第三届评选则因种种原因一再推迟。2002年1月，第三届、第四届同时揭晓。第三届大奖再度宣布空缺，第四届大奖最终授予了作家池莉的中篇小说《看麦娘》。该奖好像没有再办下去。

中国作家大红鹰杯文学奖（2001—2003年，共举办3届，现已停办），2001年《中国作家》杂志与宁波大红鹰烟草经营有限公司联合设立这一奖项。此奖的评选范围以长、中篇小说、报告文学为主，兼及其他种类。要求作品语言凝练、构思新颖，反映新时期时代特征，别具风格。每届评出优秀作品5～8篇，并设最佳友刊奖2～3篇，以奖励同期在兄弟刊物发表之优秀作品。每年一届，只评单篇篇目。此奖考虑到了与鲁迅文学奖、茅盾文学奖和冯牧文学奖的区别与互补，在一定程度上体现权威性、公正性和导向性，争取成为鲁迅奖、茅盾奖和冯牧奖的准备与补遗。范稳、高嵩、赵德发、孙春平、魏微等一批卓有成就的中青年作家获奖。至2003年,连续举办3届,现已停办。

《人民文学》利群(阳光文化传播)杯文学奖(2007年至今,1届),"《人民文学》奖",最早可以上溯到1978年的第一届"全国优秀短篇小说奖"。其直接源头是1994年45年刊庆时,有3家企业出资赞助该刊办奖:昌达环球有限公司赞助的"'昌达杯'小说新人佳作奖",银磊企业总公司赞助的"'银磊杯'优秀报告文学奖",零凌卷烟厂赞助的"'红豆杯'优秀散文奖"。1999年50年刊庆,新疆伊力特实业股份有限公司赞助设立"'伊力特'杯中短篇小说奖"。都是有始无终。2006年人民文学杂志社联合浙江利群阳光文化传播公司共同设立人民文学利群(阳光文化传播)杯文学奖,旨在推动中国文学在新世纪的发展和创新,发现和褒扬中国文学的新生力量,展现《人民文学》作为中国领先文学期刊的锐气和活力。设小说、散文、诗歌奖。每单项奖下设大奖1名,奖金2万元,新浪潮奖2名,奖金1万元。小说大奖、散文大奖、诗歌大奖的获得者,应是自2001年第1期到2007年第3期期间,曾在《人民文学》发表重要作品,其作品发表时年龄不超过40岁,作品在各自文类中体现了新世纪文学创作的重要趋向,在读者和文学界曾产生广泛影响。首届人民文学利群杯文学奖于2007年5月揭晓,毕飞宇、周晓枫、娜夜分别摘得小说大奖、散文大奖和诗歌大奖;乔叶和海飞获新浪潮小说奖;夏榆和郑小琼获新浪潮散文奖;哨兵和扶桑获新浪潮诗歌奖。

诗探索奖(2007年至今,1届),由中国天问文化传播有限公司与《诗探索》编辑部联合设立的一个面向全国诗歌界的综合性诗歌奖项，由《诗探索》编辑部承办，意在倡导诗歌创作中勇于探索的精神，表彰在诗歌和相关作品中体现了深切的人文关怀和精湛技艺的中年骨干诗人。"诗探索奖"每年春天举办一届。每届"诗探索奖"评选出1名获奖诗人。奖金金额为每位获奖者15 000元人民币。首届"诗探索奖"于2007年揭晓，梁小斌获此殊荣。

5．报刊自办的文学奖

报刊等媒体举办的文学奖一般都宣称其民间立场，较有影响的有："华语文学传媒大奖"（2003年至今，9届），在相继成功推出影响广泛的"华语电影传媒大奖""华语音乐传媒大奖""华语广告传媒大奖"之后，年营业额过8亿的《南方都市报》又联合《新京报》于2003年正式斥资设立"华语文学传媒大奖"，继续打造"华语传媒大奖"这一文化品牌。设"年度杰出成就奖"1名，奖金10万元，"年度小说家""年度诗人""年度散文家""年度文学评论家""年度最具潜力新人"各1名，奖金各2万元。这是目前中国奖金较高的纯文学奖项之一。关于这一奖项的缘起，时任《南方都市报》总编辑程益中称："我们要办中国文化界的'诺贝尔奖'"，副主编陈朝华说，想"恢复对纯粹汉语文字的敬畏之心"，其宗旨概括为："以专业的眼光，做公正的事情"。① 该奖推荐评委由海内外30位重要文学期刊及专业报纸负责人组成，以鲜明的民间立场、透明的评奖规则而备受瞩目，奖项坚持艺术质量和社会影响并重，赢得了华语文学界的

---

① 参见《文学之巅——鉴证首届华语文学传媒大奖》，24、3、6页及封底，广州，南方日报出版社，2003。

普遍赞同与尊重。该活动已举办 8 届，史铁生、韩少功、于坚、李国文、陈晓明、莫言、王小妮、余光中、格非、贾平凹、北村、张炜等人获得奖励。2005 年两报又联合推出"华语图书传媒大奖"，以"公共立场、独立思想、专业品格、现实情怀"①为宗旨，退休大夫高耀洁反映中国农村艾滋病现状的《一万封信》等获奖。2003 年，《诗选刊》设立"中国年度最佳诗歌奖"和"中国年度先锋诗歌奖"（2003 年至今，8 届），奖掖当年在诗歌创作上成就卓著的诗人和诗作，每年评选一届，现已颁发 8 届，为终身一次性奖励，诗人不重复获奖。前者每年评出获奖诗人 1～2 名，奖金各 5 000 元，颁发奖牌和证书，赠阅 3 年《诗选刊》杂志，评奖标准为：（1）诗人的创造力、影响力；（2）作品的价值和个性；（3）持续的作品生命力和恒久感；（4）诗中展示的诗人的境界和尊严。后者每年评出获奖诗人 2 名，奖金各 2 000 元，颁发奖牌和证书，评奖标准为：（1）作品的价值和个性；（2）作品的探索精神和先锋精神；（3）作品当年的影响；（4）青年诗人。孙磊、严力、水晶珠链、张力、苏浅、王寅等曾获此荣誉。

此外，由《诗刊》社主办的《诗刊》年度奖，被誉为中国年度诗歌奖最高荣誉，评选范围为本年度内发表在《诗刊》上的作品。李瑛组诗《垂落的眼泪》、李双组诗《李双的诗》、雷抒雁组诗《杂花生树》曾荣登榜首。由《剑麻诗刊》《银松文学》和剑麻文学论坛主办的剑麻诗歌奖，是中国首个民间军旅诗歌奖。参评作品为反映军事题材的诗歌作品，评选对象为现役军旅诗人。

---

① 《首届"华语图书传媒大奖"启动》，载《中国文化报》，2005-01-24。

首届剑麻诗歌奖于 2006 年 12 月揭晓，王久辛荣膺剑麻诗歌奖特别荣誉奖，郭宗忠荣膺剑麻诗歌大奖，大兵、宁明、周启垠、黄恩鹏、温青同获入围奖。

　　值得一提的还有"新概念作文大赛"（1998 年至今，13 届），1998 年由《萌芽》杂志社率先发起，联合北京大学、复旦大学、华东师范大学、南京大学、南开大学、山东大学、厦门大学 7 所全国重点大学共同主办。首届即提出"教育怎么办?"的严峻问题。而后清华大学、浙江大学、中山大学、北京师范大学、武汉大学、中国人民大学也先后加入了联合主办单位队伍。这个面向高中学生的作文大奖，旨在提倡："新思维""新概念""新表达""真体验"。面向新世纪、培养新人才。大赛聘请国内一流的文学家、编辑和人文学者担任评委。参赛者要求在 30 岁以下。以一篇 5000 字以内的作文撞开名牌大学的校门，这是自恢复高考制度以来高校招生中所没有过的，所以，它一度成为高校"直通车"。参赛人数已经从最初的每届 4 千人次，逐年递增至 7 万人次。该活动现已举办第 13 届，并冠名"特莱米雅杯"。韩寒、郭敬明、张悦然等一大批"新概念"培养的作者已跃升为"80 后"的领军人物，获得了文学与商业的两重丰收。该活动在青年学生中影响很大。还有一个在青少年学子中有一定影响的是鲁迅青少年文学奖（2005 年至今，3 届），该奖由鲁迅独子周海婴创办的鲁迅嫡长孙周令飞任主任的上海鲁迅文化发展中心于 2005 年创设，分设"立人奖"和"文学奖"，前者奖励对象为"善于独立思考、自觉培养韧性、公德心显著、事业心初露者"；后者奖励对象为"尊重母语、善学语文、勤于创作，文才初露者"。目前已颁发 3 届。其奖励范围为大陆、海外 20 所以上学校的大、中小学生。奖励方式为奖状和奖品。奖励经费由中心下辖的鲁迅立人基金承担,基金以为青少年提供更多人格发展机会、培养青少年人格成长、人格独立、精神健康发展为宗旨,基金由中心在有关部门监督下实施管理。中心和基金同时开设鲁迅社会公益网站(www. luxun. cc)。

6. 网络文学奖

笔者曾按人生的几大阶段将媒体分类:"广播媒体是传媒的暮年阶段,虽曾红极一时,因只能传播声音,已被电视媒体边缘化,但交通广播可能一枝独秀;平面媒体是传媒的老年阶段,虽老却不失尊贵,但终将老去;电视媒体是传媒的青壮年阶段,正如日中天,光焰万丈;网络媒体是传媒的婴幼年阶段,眼下虽力量有限,但很快会成长壮大,并将顶天立地。"①随着信息时代的来临和网络媒体的日益普及,为扩大影响、征集独家优秀稿件并鼓励创作,各门户网站往往采用自办或联办的形式组织文学奖励活动。虽然这些文学奖励活动还像互联网自身一样在整个媒体中的地位处在"婴幼年阶段",但新生事物的生命力和前景是任何人都不敢忽视的。2000 年网易曾创办中国网络文学奖,首届获小说金奖的是蓝冰的《相约九九》,获散文金奖的是 AIMING 的《石像的忆述》,获诗歌金奖的是余力的《疯子》,遗憾的是该奖项办了一届就偃旗息鼓了。2005 年,凤凰网络文学大赛由汕头大学出版社和台湾城邦商周出版主办,Tom 网和鲜橙文化公司协办,目的是征集两岸具有实力的青少年言情网络原创长篇小说,首奖 10 万元人民币为杨露的《蜘蛛

① 万安伦:《三论经济英才》,见《第四届十大中华经济英才》,2 页,北京,作家出版社,2007。

之寻》夺得，二等奖3万元为台湾贾小静的《熙若》捧走，三等奖
获得者是张芊的《独走钢丝》，获奖金2万元，该奖项也只办了
一届。可喜的是2003年新浪网创办"新浪原创文学大赛"，宗旨
是"反映时代特色、挖掘文学新人、张扬多媒体与文字艺术完美
流畅结合的魅力"。迄今已成功举办7届，每届奖金不等，第三
届总奖金高达30万元人民币，铸剑的《合法婚姻》、阿闻的《纸
门》、景旭枫的《天眼》、薇络的《情系契丹王》等获奖。该奖项有
越办越大越办越好之趋势。海外网络文学和网络文学奖都较国
内成熟，2001年由美国PSI留学生服务公司和《新语丝》联合主
办以海外华人留学生活为主题内容的"PSI—新语丝"网络文学
奖，每年评选一次，至今已举办10届，成绩较大。

第三节　中国台港澳地区及外国华文文学奖励

一、台湾文学奖励

在祖国大陆以外，有形形色色、种类繁多的华文文学奖
励，其中数量较大、范围较广、质量较高、历时较长的当属台
湾文学奖励。而台湾文学奖励的最为明显的特色是各级政府对
文学和文学奖励活动的重视和支持。有很多文学奖项都是有政
府部门直接主办的。因此，在梳理台湾文学奖时，采用"官方
主导的文学奖励"和"民间主导的文学奖励"两分法。

1. 台湾官方主导的文学奖励（岛级和县市级）

台湾官方主导文学奖励是相当普遍的一种现象。大到全岛
范围内的文学奖励活动，高到号称"国家"级别的文学奖励，还
有各市县地方政府举办的文学奖励，这些官方举办的文学奖

励，一方面是为了繁荣台湾和当地的文学创作；另一方面也是为了对文学活动进行有效的规范和引导。体现台湾当局较为强烈的意识形态色彩。

中华文艺奖金委员会奖金（1950—1957 年，6 届，现已停办），中华文艺奖金委员会成立于 1950 年 3 月 1 日，简称"文奖会"，由张道藩、程天放、陈雪屏、狄膺、罗家伦、张其昀、胡建中、陈纪滢、李曼瑰 9 位委员组成，每年分两次即 5 月 4 日及 11 月 12 日对外公开征稿，经评审定为优良者，给予较高稿酬或奖金，征稿范围包括诗歌、曲谱、小说、文艺理论、话剧、平剧、漫画及木刻等。中华文艺奖金委员会至 1957 年 7 月结束。曾设"五四文艺奖金""五四奖金""元旦奖金""国父诞辰纪念奖金""双十节奖金"5 个不同的奖项。最长的"五四奖金"共举办 6 届。其他奖项曾举办 1～5 届不等。这是蒋介石政府退守台湾早期较有影响的文艺奖项。

"国家"文艺奖（1974 年至今，37 届），该奖由"国家"文艺基金管理委员会举办。"国家"文艺基金会成立于 1974 年，是台湾当局为奖助优良文艺创作及各项文艺活动所特设的基金会；除设置"国家"文艺奖外，其职责还包括奖助文艺作品翻译、文艺活动、文艺人才、文艺事业及国际文艺交流等工作。奖励种类分为文艺理论、诗歌、小说、散文、新闻文学、传记文学、儿童文学、美术、音乐、舞蹈、戏剧、演艺等；每类奖励最优创作各 1～2 种，奖励总额每年以 10 名为限，除赠奖章外，并各给奖金。1994 年，"国家"文艺奖在经过 21 年后，由"国家文化艺术基金会文艺奖"取而代之，至 1997 年，该奖连续举办 4 届。自 1998 第 5 届（总第 26 届）起正式更名为"国家文艺奖"。其目的是为了奖励具有累积性成就的杰出文艺工作者，全面提升文艺水平。奖项分为文学、美术、表演艺术三项，每年 3 月于各大媒体上公告收件，6～8 月评审，9 月颁奖。现已举办 37 届。

"中国"文艺协会文艺奖章（1960 年至今，52 届），由"中国"文艺协会于 1960 年起颁发，以奖励对文艺工作有影响力或文艺作品有特殊贡献者。文艺奖章采推荐制，而且奖项不固定，有散文、小说创作奖，亦有翻译奖、论评奖、报导文学奖、海外文艺工作奖及其他（音乐、舞蹈等艺术项目），每年五四文艺节颁发。先后有文学作家、画家、摄影家、戏剧家、舞蹈家等超过 500 人获得该项荣誉。自 1981 年起，"中国"文艺协会为奖励海内外有优异表现之文艺工作者，特另设置"荣誉文艺奖章"，其赠予对象为岛内外从事文艺教育或文艺工作者，对于"国际"文艺交流有重大贡献者以及对"中国"文艺协会工作给予特别支持或赞助者。迄今已有翟君石、王静芝、赵琦彬、黄友棣、柯叔宝、何家骅、郎静山、苏雪林、黄君璧等近百人获奖。每年一届，至今，已举办 52 届。

中山文艺创作奖（1966 年至今，45 届），由"中华民国"中山学术文化基金会创办于 1966 年，其目的在于奖助有关国父——孙中山思想的文艺创作，奖助项目包括文艺理论、批评、小说、散文、新诗、传记文学、报导文学及其他艺术项目等。申请者需由国内外文艺学术团体或公私立大专院校推荐，个别申请不予受理。每年一届，已举办 45 届。

此类奖项影响较大的还有："教育部"文艺创作奖，由"台湾教育部"及中华文化复兴运动总会主办，"国立"台湾艺术教育馆承办，设立于 1982 年。每年一届，迄今已举办 28 届；由台湾文学馆主办、台湾"行政院"文化建设委员会指导的台湾文学奖，自 1997 年起设立，评奖种类分长篇小说（含历史小说）、散文、新诗三种类别，每年一届，至今已逾 13 届；"'国军'文艺金像奖"，由台湾"国防部"自 1965 年开始设置，旨在倡导"国军"新文艺运动，并鼓励"国军"及军眷创作风气，发掘及培植文艺人才，每年一届，自创办之日，无有中断，已举办 45 届。其他如五四奖、中兴文艺奖章、文艺金环奖、青年文艺奖金、台湾省文学奖、寻找心中的圣山征文大赛等官方主导的色彩也是非常浓厚的。

值得注意的是，台湾当局还非常重视用文学奖励的形式，对儿童和青少年的文学活动进行奖掖、示范和导向。有些奖项直接由政府部门主办，如小太阳奖，由台湾"行政院新闻局"主办，设立于 1996 年，每年一届，共办 6 届，2001 年后停办。目的是为儿童与青少年的读物建立标杆，奖项设置包括"最佳创作""最佳编辑""最佳插图""最佳美术设计""最佳翻译"五项个人奖；1997 年起又增设"图画故事类""科学奖""人文类""文学语文类""丛书—工具书类""漫画类""杂志类"七个团体奖。"小太阳"三个字选材自台湾作家林良作品《小太阳》，取其在青少年成长过程中，如太阳般温暖、光明的意象，而希望下一代能有着和谐、快乐的人生观；有些奖项还层层升格，如台湾省儿童文学创作奖经数次转换主办单位，便升格为全岛性的儿童文学创作奖，前者创立于 1988 年，至 2001 年共举办 14 届。1988 年至 1997 年由台湾省政府教育厅主办，1998 年至 1999 年转由台湾省政府文化处主办，2000 年再转为台湾"行政院"

文化建设委员会主办，至 2001 年起则更名为"儿童文学创作奖"。征文作品以童话、少年小说为主，采用两年童话、两年少年小说的方式轮流办理。取首奖一名、优等二名、佳作三名，各项名额视作品水平作增减。聘请专家学者组成评审委员会评审，采初审、复审、决审三阶段。获奖作品由主办单位委托台湾书店出版、发行，提供台湾地区各国民中小学及社教文化机构教学、推广及演出之用。另外，此类奖项还有 1996 年由财团法人彦棻文教基金会与"中华民国"儿童文学学会联合主办的中华儿童文学奖，每年一届，以奖励台湾优秀儿童文学工作者。

特别值得注意的是，台湾岛内县市级官方文学奖几乎覆盖了台湾的每个县市，有些县市甚至还不止一个官方文学奖。

首开地方政府办理地方性文学奖之风的应属台南县的南瀛文学奖，1993 年，台南县文化局及财团法人台南县文化基金会为鼓励文学创作，倡导地方文学风气，设立"南瀛文学奖"，首开地方政府办理地方性文学奖的风气。征选奖项分为文学奖、新人奖、创作奖。体裁分为现代诗、散文、小说、儿童文学等四项，每项各选出第一名、第二名各一名，佳作两名。从第十四届起又增加了长篇小说奖、剧本奖及文学部落奖三项大奖。每年一届，现已举办 18 届。该奖项历时较长，影响较大。而高雄市文艺奖，原本是一个民间奖，创办于 1981 年，由财团法人高雄市文化基金会设立，每年一届，共办 18 届。从 2000 年开始，转由高雄市政府文化局主办、财团法人高雄市文化基金会协办的方式，变成了地道的官方奖。评奖类别有文学、美术、音乐、舞蹈、戏剧、建筑、电影及民俗等。每两年

举办一次，现又举办 6 届，共计 24 届。1998 年前后，台湾各
地方政府相继举办文学评奖活动，一时间，蔚成风气。台中市
政府于 1997 年创办大墩文学奖；台北市政府于 1998 年创办台
北文学奖；苗栗县政府于 1998 年创办梦花文学奖；屏东县政
府于 1998 年创办大武山文学奖；澎湖县政府 1998 年创办菊岛
文学奖；1999 年台中县政府创办台中县文学奖；南投县政府
文化局于 1999 年设置首届"南投县文学奖"，2002 年更名为
"玉山文学奖"；1999 年，花莲县政府创办"花莲文学奖"。

几年间，台湾各县市相继创办了自己的官方文学奖，有的
直接以本县市名称命名，有的以本县市山水名胜命名。这些奖
项基本上都是年度文学奖，每年一届，每每评奖结束，还结集
出版获奖作品专集，效果和影响都很好。这些评奖活动既有政
府支持，又有财团相助，目前大都办得有声有色。

2. 台湾民间主导的文学奖励(媒体和民间组织及个人)

与如火如荼的台湾官方文学奖相对应，台湾民间主导的文
学奖也丰茂异常，有的以文学家和报人的名字命名，如梁实秋
文学奖、彭邦桢诗奖、陈秀喜诗奖、吴三连文艺奖、吴鲁芹散
文奖、吴浊流文学奖、巫永福奖、林荣三文学奖、洪醒夫小说
奖、洪建全儿童文学奖等；有的以报纸杂志、文学社团或基金
组织命名，如"中央"日报文学奖、自立晚报百万小说奖、时报
文学奖、时报文学百万小说奖、皇冠大众小说奖、联合文学小
说新人奖、伊比伊甸园新诗奖、九歌现代儿童文学奖、凤凰树
文学奖等；有的以评奖的主旨类别命名，如宗教文学奖、劳工
文学奖、忠义文学奖、海外华文创作奖等，形形色色，不一
而足。

　　台湾民间主导的文学奖，影响和代表性较强的有以下几
个：吴浊流文学奖，由《台湾文艺》创办人吴浊流捐出养老金
10 万元成立"吴浊流文学奖基金会"，自 1970 年颁赠吴浊流文
学奖，经各方捐输，基金计有 18 万元，吴氏以此款购置台湾
水泥公司股票，每年奖金即以股利充之。吴浊流文学奖：设立
的宗旨为鼓励文学创作，振兴文运，分小说奖及新诗奖两项，
以每年发表在《台湾文艺》上的创作小说及创作新诗为主要对
象，后扩及《笠》诗刊等报纸杂志，经评选委员评定后选出正奖
及佳作奖，于次年《台湾文艺》公布发表，并给予奖金及奖牌，
至今已举办 41 届。梁实秋文学奖，由《中华日报》与"行政院"
文化建设委员会于 1988 年联合主办，目的为纪念文学大师梁
实秋对散文及翻译之贡献，鼓励散文创作、发掘翻译人才。征
文类别包括散文创作奖及翻译奖（分译诗及译文两组），每年一
届，至今已举办 24 届。彭邦桢诗奖，由彭邦桢诗奖执行小组
主办。为纪念已故诗人彭邦桢，激励华文新诗创作，传扬现代
诗风，奖掖诗坛后进，2003 年，由彭夫人梅茵女士（Dr. Mar-
ion E. Darrel Peng）提供奖金，每年奖励 3 人，第一名奖金新
台币 10000 元，第二名奖金新台币 6000 元，第三名奖金新台
币 4000 元，每人奖牌一座。须为未公开发表之作品，海内外
1965 年（含）以后出生的青年创作者均可参选。此奖目前已办 4
届。联合报文学奖，《联合报》于 1976 年 9 月纪念创刊 25 周年
时，举办第一届小说奖活动，并决定每年举办一次，第一至三
届仅设短篇小说奖、第四届起增加中长篇、极短篇奖、推荐奖
及特别贡献奖，第八届、第九届附设散文奖，第十届起设置
"大陆地区短篇小说推荐奖"，第十二届起设报导文学奖，第十

四届又附设新诗奖、报导文学奖，同时接受吴鲁芹纪念基金会委托颁发"吴鲁芹散文奖"。第一届至第十五届称为"联合报小说奖"，第十六届（1994年）起改称为"联合报文学奖"。每年一届，至今已举办33届。该奖是台湾地区质量较高、影响较大的媒体文学奖。"中央日报"文学奖，1988年《"中央"日报》创刊60周年，为资纪念，该报联合世华银行文化基金会创办"中央"日报文学奖，征文种类包括小说类、散文类、新诗类等，第二届则有报导文学类，第三届则有探亲文学类、学生文学类，第四届另设有千字方块奖。每年一届，至今，已举办19届。台湾曾有两个奖金百万元的文学奖，一个是自立晚报百万小说奖，该报为庆祝创刊35周年，决定以新台币一百万元，举办"百万元长篇小说征文"，征求长篇小说一部，以鼓励文艺创作，发掘优良作品。共举办3届，分别为1982年、1984年、1987年，现已停办；另一个是时报文学百万小说奖，《"中国"时报》有鉴于时下文坛趋向轻薄短小，文学空间萎缩、长篇小说式微之现象，乃在时报文学奖征文之外，以新台币百万元增辟时报文学百万小说奖，甄选5万～20万字之间的优秀长篇小说，希望能鼓舞更多人从事长篇创作。此奖项设立于1993年，1994年6月揭晓第一届得主，1998年和2000年揭晓第二届、第三届得主。该奖也已停办。"全国"学生文学奖，由《明道》文艺杂志社与《"中央"日报》联合主办，以鼓舞全国学生写作风气，发掘优异创作人才为宗旨。自1981年起，每年分大专小说、大专散文、大专新诗、高中散文四组征文，至今已举办29届。忠义文学奖，由社团法人中华桃园明圣经推广学会主办，宗旨为弘扬关圣帝君忠孝节义之精神，以促使人们恪遵五伦八德、四维纲常之文化古礼，己立立人、己达达人，期社会安和乐利，世界太平。征文主题为关公忠孝节义精神与社会安定的密切关系。奖项设置分社会组和学生组。其中，社会组第一名奖金 10 万元，第二名奖金 5 万元，第三名奖金 2 万元。学生组第一名奖金 6 万元，第二名奖金 3 万元；第三名奖金 1 万元。2005 年至今已举办 7 届。

二、香港文学奖励

香港由于曾有英国百年殖民统治，汉语不是唯一通用语言，因此华文文学奖没有台湾那么繁盛。除香港中文文学双年奖，原由香港市政局公共图书馆主办，现改由香港康乐及文化事务署与香港艺术发展局联合主办，有一定的官方色彩外，其他文学奖一般表现出较为鲜明的学院性和民间性。香港回归后，各种类型的华文文学奖有逐渐增多之趋势。

1. 香港官方文学奖励

香港中文文学双年奖(1991 年至今，11 届)，1991 年首次由市政局公共图书馆主办，隔年举行，每两年举办一次。旨在表扬香港作家的杰出成就，鼓励他们继续创作优秀的中文文学作品，以及推动香港出版商出版香港作家的优秀文学著作。后由香港康乐及文化事务署与香港艺术发展局联合主办。香港中文文学双年奖是颁发给由香港作家撰写及在港初次出版的最佳中文文学作品。组别分新诗、散文、小说、文学评论和儿童少年文学五组，每组设一个奖项颁给作家，每名奖金 5 万元港币。此外，评审委员会因应情况而提名优异作品获推荐奖。而评判团皆由本地及海外资深有名学者、作家及出版界专才组成。至今已举办 11 届。

2. 香港学院文学奖励

香港青年文学奖(1972年至今，38届)，1972年，香港大学学生会为庆祝成立60周年，举办了"文化节"，其中一个项目是全港性的征文比赛，名为"青年文学奖"。第二届文学奖开始由香港中文大学、香港大学学生会合办。每年由"香港大学学生会青年文学奖协会"及"香港中文大学青年文学奖协会"派出干事组成"青年文学奖协会"，具体负责举办文学奖比赛及出版文集。以致力推动文学，鼓励年青人提起笔杆，积极参与文学活动为宗旨。在30多年的历程中，曾因各种原因停办数次。但现在仍在坚持。目前已举办38届。是香港学院文学奖起步较早、坚持较长的文学奖项。新纪元全球华文青年文学奖，由香港中文大学文学院创办于2000年，并邀请国内外多所高校协办，目的是使大专青年、文学界与全球其他地区华族社会能互相接轨，共建全球性的华文文学网络，为21世纪宏观的世界新思潮及全球华族村创造丰富多姿的文学作品。评选对象为全日制高校在校本科生及专科生(不含研究生)。奖项分散文(以8000字为限)、短篇小说(以20000字为限)及文学翻译(外文中译)三种文类；每种文类组别设冠、亚、季军各一名，另一等优秀奖三名及二等优秀奖七名。冠亚季军分别获奖金港币20000元、15000元及10000元，另有丰富奖品以资鼓励。每两年举办一次，至今已举办4届。是华语世界授奖范围较广、奖金较高、最为世人瞩目的青年文学奖项。红楼梦：世界华文长篇小说奖，2006年，由香港浸会大学文学院主办，每两年一届，现已举办3届。设有港币30万元的全球同类奖项较高奖金。奖项以"红楼梦"为名，是希望各地华文长篇小说作者以

《红楼梦》的水准为创作目标，写出千锤百炼的杰作，借以鼓励、推动21世纪的华文长篇小说创作。此奖面向全球所有年龄组别华文作者，奖励已出版的8万字以上的单本长篇小说。首届"红楼梦奖"内地作家贾平凹以《秦腔》夺魁。

3. 香港其他文学奖励

中华文化杯优秀文学奖，2003年，由香港文化总会、香港文学促进协会、香港文学报社共同主办，是"香港有史以来最大型的文学颁奖活动"。举办的契机是香港文学促进协会创会18周年(2003年)。该奖仅办1届。获奖作品是从香港18年来出版的近500篇长篇小说、散文、诗歌、报告文学、儿童文学、传记文学、文学评论及翻译等作品形式中检阅评选出的74项优秀作品。曼亚洲文学奖，2006年，受英国"曼布克小说奖"启发，由香港国际文学节及英国投资公司"曼集团"联合创办于2006年。作品要求为"未发表英文版的亚洲小说"，即包括已发表的亚洲小说，可附带未付梓的英文译本，以及未发表的英文原作，奖金为1万美元。目标是希望提高亚洲作品的知名度，推动将亚洲文学翻译成英语，及鼓励更多亚洲文学作品以英语出版。首届"曼亚洲文学奖"于2007年颁发。大陆作家姜戎的《狼图腾》及苏童的《河岸》等获奖。现已颁发4届。此外，由《明报月刊》等单位联合主办的世界华文报告文学征文奖，由新青学社创办的工人文学奖和由《八方》文艺丛刊编委会设立的八方文学创作奖，也有一定影响。

三、澳门文学奖励

澳门在葡萄牙统治时期，葡语和英语是主要官方语言，汉语被边缘化，加之人口较少，因此澳门的华文文学奖在回归前几乎没有。随着回归，华文文学奖励虽也有渐多之势，但仍属薄弱。包括 2001 年创办的澳门文学奖在内，其基本上都是较初级的大赛等有奖征文形式。这也是与澳门华文文学的创作实际相符合的。

澳门文学奖（1993 年至今，9 届），1993 年，由澳门基金会、澳门笔会合办，每两年举办一次，旨在繁荣澳门文学，鼓励写作。参加者须持有澳门居民身份证，作品须以现代汉语书写。比赛类别设有小说、散文、诗歌、戏剧 4 类。参加者不限参加类别，每类别限交一份作品，不接受曾公开发表的作品。每类别奖励冠军一名，奖金 15 000（澳门元，下同）；亚军一名，10 000 元；季军一名，6 000 元；优秀奖数名，视参赛人数及作品水平而定，每名奖金 2 000 元。获奖作品将收入文学杂志《澳门笔汇》，以"澳门文学奖获奖作品专辑"出版。澳门文学奖已成功举办 9 届。

"我心中的澳门"散文大赛（2006 年至今，4 届），为庆祝澳门回归祖国，由澳门基金会与百花文艺出版社《散文海外版》杂志共同举办。凡在海内外各种华文报刊刊发的抒写澳门现实和历史题材的散文作品均可参赛。征文作品应充满自我生命的体悟，涌动着感情的力量，蕴涵着人生的况味，有助于民族的统一、团结，具有艺术创造力和创造性思维。稿件字数以 2000～4000 字为宜。2004 年举办了第一届，2006 年举办了第二届，2009 年第三届颁奖。2011 年，第 4 届颁奖。

"澳门"华文同题诗大奖赛（2004 年，1 届），2004 年，为庆祝澳门回归祖国五周年，加强众人对澳门的认识，繁荣中国当代诗歌创作，澳门基金会和中国作家协会诗刊社联合主办、澳门日报协办"澳门"华文同题诗大奖赛，向全世界以中文写作的诗歌爱好者征集诗歌作品。作品要求以"澳门"为主题，以新诗为体裁，组诗和单首诗均可，单首诗不超过一百行，用现代汉语写作。一等奖一名，奖金 20 000 元；二等奖两名，奖金各 10 000 元；三等奖三名，奖金各 5 000 元；优秀奖十五名，奖金各 2 000 元。仅 2004 年举办过一届。

此外，还举办过青年类的征文比赛，如澳门青年诗歌大赛和澳门青年文学奖征文比赛，也产生过一定影响。

四、外国华文文学奖励

随着中国的改革开放和向海外的移民大潮，海外华文文学逐渐形成规模。现在，有一种观点认为，"凡有井水饮处，即有华人"。有华人，即会有华文文学。有华文文学，便会有华文文学的奖励活动。除中国的文学奖励外，外国华文文学奖虽然不在本书的论题之内，但由于其与本书关联度较大，因此也略加关注。由于大多数外国华人社会身份的非主流性，因此，民间性是外国华文文学奖励的最突出特征。

东南亚历史上就是华人的首选移居之地，有不少华文文学的奖励活动，其中最有影响的当属马来西亚的《花踪》世界华文文学奖，它是《星洲日报》在原有《花踪》文学奖的基础上创办的，自从 1991 年创办以来，一直是世界华文文坛的焦点之一，1993 年第二届时增设《花踪》世界华文小说奖，2001 年第 6 届时又增设"世界华文文学奖"。渐有"华文世界的诺贝尔文学奖"和"大马奥斯卡文学奖"之美誉。每两年一届，设首奖一名，奖金为 1 万美元及陈瑞献"花踪"铜雕一座；佳作奖三名，每名奖金 3 千美元及陈瑞献"花踪"锡雕一座。评奖方式与诺贝尔文学奖相似，评审委员会由 18 位全球知名的文学评论家和学者组成，评审委员为终身制。大陆作家王安忆、西飐、张国擎等曾获奖项。目前，这一奖项已举办 10 届。此外，由新加坡南洋理工大学中文学会、新加坡国立大学中文学会以及新加坡福建会馆联合主办的新加坡大专文学奖，其前身是南大中文学会的云南园文学奖和国大的肯特岗奖，后为了更有效地推广华文创作，两所大学的中文学会决定联合起来举办，并把新加坡大专文学奖列为常年活动，此奖于 1998 年创办，其宗旨为提高新加坡高等学府的中文文学创作水平、促进高等学府的中文写作风气，该国高校学生均可参加；1996 年新加坡文艺协会创办的亚细安文学奖主要针对新加坡、泰国、马来西亚、菲律宾、文莱、印尼六国华文文学创作征奖；1975 年和 1980 年，泰国《新中原报》与八属会馆两度联合主办泰华金笔奖文艺比赛，分甲组和乙组两类，甲类范围较宽，属一般的文艺创作，即短篇小说、散文、诗歌，乙类为响应侨社的守时节约运动，内容应与守时、节约有关；泰国《新中原报》还曾举办 83 文艺征文比赛、泰华短篇小说奖、散文征文大赛等。

北美大陆，是新时期以来华人最热烈向往的地方。随着华人人数的不断增加，近年来，华文文学和华文文学的奖励活动有方兴未艾之势。新世纪之初，北美最大的华文报纸《世界日报》副刊主办新世纪华文文学奖，宗旨为鼓励海外华文文学创作，发掘新人，并反映海外华人社会文化。首奖一名，奖金1200 美元；二奖一名，奖金 1000 美元；三奖一名，奖金 700美元；佳作三名，奖金各 300 美元。限海外华人参加，须以中文写作，应征作品必须未在任何报刊、杂志、网站以任何形式发表出版。以海外华人留学生活为主题内容的"PSI—新语丝"网络文学奖，2001年由PSI留学生服务公司和新语丝联合主办。每年评选一次，至今已举办10届。每次评出一等奖一篇，奖励1000美元；二等奖二篇，每篇奖500美元；三等奖十篇，每篇奖励200美元。值得一提的还有加拿大的袁惠松文学奖，该奖以加拿大证券学院院士袁惠松先生名字命名，2005年出资设立"袁惠松文学基金"，每两年左右奖励一名具有突出成就的海外华文作家，奖金5000美元，是目前为止海外华人个人出资金额较高的文学奖项之一。女作家张翎凭借3部著名华文小说《上海小姐》《交错的彼岸》《邮购新娘》获首届袁惠松文学奖。

澳洲近年来华人聚居渐多，华文文学和华文文学评奖活动也相继出现。1995年，澳大利亚《自立快报》创办澳洲华文文学创作奖，分优秀佳作奖和佳作奖，主要奖励短篇小说、散文两类创作。此类奖项还有悉尼华文作协举办的澳洲华文杰出青年作家奖等。

对于宣传中国的优秀国际人士和优秀的海外华文文学创作进行奖励，近年来也进入了中国大陆文化视野。1991年，中华文学基金会和中国作家协会创办的理解与友谊国际文学奖，首开中国文学奖奖励外国作家先河。该奖不定期颁发给那些以文学的方式表现中国、宣传中国、传播中国文化而功绩卓著的外国人士，获奖者不受国籍、种族、意识形态、宗教信仰和语言文体的限制，每届限奖一人，首届于1991年9月授予美国著名女记者作家海伦·F.斯诺；第二届于1994年9月授予英籍华人女作家韩素音；第三届于2001年8月授予泰王国诗琳通公主；第四届于 2003 年 11 月授予日本作家池田大佐。2001年，由中国文联主办、昆明盘龙房地产经营开发公司承办的世界华文文学优秀作品"盘房奖"是有一定影响的大陆华文文学奖，面向中国大陆以外的全球华文作家，旨在弘扬中华民族的优秀文化，推动海外华文创作。2003 年第二届时，主办单位改为中国作家协会台港澳暨海外华文文学联络委员会。第一届"盘房奖"奖励了 15 位海外华文作家的 15 篇优秀小说，第二届"盘房奖"奖励的是 10 位优秀的海外散文作者。该奖现已停办。

五、中国作家获外国文学奖励

还有一种情况，也不在本书的范围之类，但也与本论题有较大关联，那就是，在现当代中国作家中曾有不少作家获得过各种各样的外国文学的奖励，在此也简加列及。

1. 丁玲等获斯大林文艺奖金

1951 年，苏联国家文学奖"斯大林文学奖金"，奖励了新中国的三部作品：丁玲的《太阳照在桑干河上》、贺敬之和丁毅的《白毛女》及周立波的《暴风骤雨》，前两部作品获得斯大林文艺奖金二等奖，后一部作品获得斯大林文艺奖金三等奖。不要说是这四位作家感到荣光，连整个新中国都感到荣光。对这一文学奖励，现代文学史给予的提及和重视是超过其他任何文学奖项的。可能是因为这是中国作家首次获得外国文学大奖，更由于这个奖项很长时间以来代表着马列主义文艺的最高荣誉和最高成就。

2. 巴金等老作家获外国文学奖

除丁玲等获斯大林文艺奖金外，还有一些中国作家分获不同的外国文学奖，有的作家曾获多国多项奖励。胡万春，1958

年,《骨肉》获国际文艺竞赛奖;巴金,1982 年获意大利但丁学会"国际荣誉奖"和意大利卡森蒂诺研究院"但丁国际奖",1983 年获法国荣誉军团勋章,1985 年被授予美国文学艺术研究院外国名誉院士,1990 年获日本福冈亚洲文化创设特别奖,1990 年获苏联人民友谊勋章等;冯至,1983 年获联邦德国歌德学院"歌德奖章",1985 年,获民主德国 1985 年度"格林兄弟"奖金;艾青,1985 年法国驻华大使代表法国总统和文化部长授予"法国文学艺术最高勋章";杨绛,1986 年获西班牙"智慧国王阿方索十世勋章"。

3. 王蒙等中青年作家获外国文学奖

除一些老作家获得外国文学奖励外,近年来,还有不少中青年作家分获不同的外国文学奖项。王蒙,1987 年获日本"创价学会和平文化奖",1987 年获"意大利蒙德罗国际文学特别奖",2000 年至 2003 年王蒙连续四年获诺贝尔文学奖提名;冯骥才,1987 年《感谢生活》获法国全法图书馆协会"女巫奖"一等奖,并获全法青年读物书店"青年读物奖"一等奖,1993 年获瑞士"蓝色眼镜蛇奖";贾平凹,1988 年《浮躁》荣获美孚"飞马文学奖";张洁,1989 年获意大利"马拉帕蒂国际文学奖",1992 年被美国文学艺术院选为荣誉院士;王安忆,1993 年获马来西亚"花踪文学奖"首奖;西飏,1994 年获马来西亚"花踪文学奖"首奖,1996 年获意大利蒙德罗国际文学特别奖;张国擎,1994 年获马来西亚"花踪文学奖"首奖;晓雪,1996 年获意大利"蒙德罗国际文学特别奖";陈丹燕,1996 年获"奥地利国家青少年图书奖""德国国家青少年图书奖"及"德国青少年评委金色书虫奖"三项奖励,1997 年 4 月获联合国教科文组织颁发的"全球青少年倡导宽容文学奖";莫言,2006 年获日本福冈亚洲文化奖。

4. "诺奖情结"

值得注意的是，在所有的外国文学奖中，中国作家最梦寐以求的是诺贝尔文学奖。从 1904 年，《万国公报》第一次向中国介绍 1903 年的诺贝尔奖获奖情况起，100 多年来，诺贝尔奖，特别是诺贝尔文学奖慢慢变成了中国文学的集体伤痛和全民期盼。不但因为诺贝尔文学奖是代表世界文学最高成就的文学奖，同时还因为同样是亚洲国家的印度和日本都有无可争辩的伟大作家获此奖项。而作为以文学和文化大国自居而又极爱面子的东方大国却做不到这一点，当然是感到很失面子的事。诺贝尔文学奖颁行百年来，曾有几个中国作家与其发生了或深或浅的关系：鲁迅、老舍、王蒙、李敖等，最早的当属鲁迅。1927 年春，瑞典人斯文赫定来到中国物色当年诺贝尔文学奖的提名人选，他通过关系找到刘半农，刘半农提议并举荐鲁迅，刘半农通过鲁迅最信任的台静农致信鲁迅，问其态度，鲁迅拒绝了这个动议。1927 年 9 月 25 日，他在给台静农的回信中明确说：

> 静农兄：
>
> 九月十七日来信收到了。请你转致半农先生，我感谢他的好意，为我，为中国。但我很抱歉，我不愿意如此。
>
> 诺贝尔赏金，梁启超自然不配，我也不配，要拿这钱，还欠努力。世界上比我好的作家何限，他们得不到。你看我译的那本《小约翰》，我哪里做得出来，然而这作者就没有得到。
>
> 或者我所便的，是我是中国人，靠着"中国"两个

字罢,那么,与陈焕章在美国做《孔门理财学》而得博士无异了,自己也觉得好笑。

我觉得中国实在还没有可得诺贝尔赏金的人,瑞典最好不要理我们,谁也不给。倘因为黄色脸皮人,格外优待从宽,反足以长中国人的虚荣心,以为真可以与别国大作家比肩了,结果将很坏。

我眼前所见的依然黑暗,有些疲倦,有些颓唐,此后能否创作,尚在不可知之数。倘这事成功而从此不再动笔,对不起人;倘再写,也许变了翰林文字,一无可观了。还是照旧的没有名誉而穷之为好罢……

迅上 九月二十五日①

据舒乙披露,1968年老舍在许多诺贝尔文学奖提名人中过关斩将,进入前五名,经过评委秘密投票结果第一名是老舍,但老舍已于1966年8月24日投太平湖自尽,诺贝尔文学奖规定不颁授已故作家,才转而把当年的文学奖授予同属东方的日本作家川端康成。当然也有人对此提出质疑,说不是老舍是沈从文。2001年法籍华人高行健虽然获奖,却又掺杂了太多的政治因素。不管怎么说,诺贝尔文学奖的确是中国和中国文学的集体伤痛。中国的"诺奖情结"仍然剪不断理还乱。除诺奖外,法国的"龚古尔文学奖"、西班牙的"塞万提斯文学奖"等在中国作家心里也都有举足轻重的地位。

---

① 鲁迅:《书信—270925致台静农》,见《鲁迅全集》第11卷,580页,北京,人民文学出版社,1981。

第二章　20 世纪中国文学的
奖励机制

　　20 世纪是人类历史上多灾多难的世纪，两次世界级的战争把人类的物质世界和精神世界都打得百孔千疮，幸而有文学慰藉人们的心灵。文学的本质是一种审美意识形态，如果不让它附载更多其他内容的话，它应该是一种纯审美的心灵活动。但从古至今，文学实际上没有"纯粹"过，它都附载了太多的本不属于自己的内容，曹丕把文学抬高到"千古之大业，不朽之盛世"的高度，就有让文学为其政治统治服务的成分，文学为政治服务在毛泽东时代达到登峰造极的程度。新时期以来，特别是中国全面进入市场经济以后，文学为经济服务的要求变得突出起来，为经济人物和经济活动树碑立传的纪实文学一时兴盛。总之，用文学奖励手段来"为了繁荣文学创作"，往往变得似是而非，深究之，"为了繁荣文学创作"，其实并不是文学奖励的终极目的，它实际上也是手段的角色担当，而"为政治"或者"为经济"或者"为其他"才是深层目的。在 20 世纪中国文学的奖励机制研究中，撇开"政治"和"经济"谈文学奖励将会缘木求鱼，特别是"政治"，在20 世纪中国文学奖励的生产机制中，附载了太多的政治因素和色彩。这一点会在本章的论述中试图给以解析。

第一节　20 世纪中国文学奖励的特殊语境

　　有人曾形象地把世间形形色色的人生道路归纳成"红道"

"黄道"和"黑道"三条，"红道"是指红顶子，即官道；"黄道"是指黄金、金钱，即商道；"黑道"是指博士帽，即学道。细想，确有道理。"红道""黑道"和"黄道"分别代表着政治、经济和文化三大主要的社会方面和社会力量。这三大支柱性的社会力量，是一个社会稳定和发展鼎足而三的中坚力量。但这三支力量在每个社会形态中的权利分配和生长空间是彼此消长的。20世纪的世界，发生了两次世界大战，第一次世界大战，第二次世界大战；20世纪的中国，出现了三次社会形态的大变革，即由半殖民地半封建性质的清王朝，转型到半封建、半资产阶级性质的蒋家王朝，再转型到社会主义初级阶段性质的新中国。这三次社会转型都是以战争而不是以和平的方式完成的。整个20世纪的中国有几乎一半的时间在战争，其中有清王朝与外国列强的战争，如甲午中日战争；有清王朝与内部人民的战争，如义和团运动及其被镇压；有推翻清王朝的战争，如武昌起义和辛亥革命；有张勋的辫子军复辟和袁世凯称帝，也有反复辟战争和反袁护国战争。此后是长达十余年的军阀混战，直到1928年张学良"东北易帜"，蒋介石和国民党才算名义上基本完成政权的统一，但此前一年中国共产党领导的"八一南昌起义"，及随后建立的工农武装割据的红色政权，其间国共之间有5次围剿和反围剿的战争和红军长征途中的血腥战争。1931年的"九一八"事变和1937年的"七七"卢沟桥事变，中国又被迫进行长达8年的反法西斯抗战，抗日战争胜利不久，又进行了3年国共内战。可以说20世纪前半叶，中国基本上在打仗；20世纪后半叶，新中国成立之初打了3年的抗美援朝战争，不久后进入"文化大革命"，和短暂的对苏、对印、对越自卫反击战。因此说20

世纪的中国至少有一半的时间是在战争中度过的，绝不为过。

　　战争带给我们的不仅仅是杀戮、死亡和社会财富的极大损毁，更给执政者带来了战争思维和战时状态的统治方式。这种战时状态的统治方式和战争思维使得原本应该鼎足而三的政治、经济、文化的权利空间极度向政治倾斜，政治成了压倒一切的社会力量，其他各种的社会力量都被挤压到最小的空间，被极度边缘化。代表政治权利的党派和政府，代表经济力量的市场、企业家和代表文化力量的作家、学者，这三种力量的博弈，只有到了新时期才呈现出新的不同的风貌，但政治的力量始终是 20 世纪中国文学奖励机制中最深刻和最巨大的力量。在考察 20 世纪中国文学的奖励机制时，首先要考察其特殊的生成语境，而这种特殊的生成语境最重要的表现就是以战争、斗争和专政为主要内容的政治语境。这种特殊的政治语境，对文学和文学奖励机制的影响是巨大而深刻的。20 世纪中国各个时期的意识形态的斗争是相当激烈的，文学和文学评奖活动作为意识形态的重要组成部分，从一开始就受党派意识形态和特殊政治语境的影响和左右。在 20 世纪的文学奖励活动中，明显地体现着 20 世纪特殊的政治因素，这些政治因素在文学奖励活动中有着深浅不一、形色各异的表现和反应。

一、20 世纪中国文学奖励的政治因素

　　"政治标准第一"首次出现在解放区的文艺奖励标准中。党和政府的文艺基本方针，包括对于文学的奖励和惩罚的一系列奖惩政策，并不是在新中国成立后才开始制定和实施的，早在延安时期就基本奠定了当时及此后文学奖励和处罚的大致风貌。1942 年，毛泽东的《在延安文艺座谈会上的讲话》发表，

"文艺为政治服务"就成了文学和艺术第一乃至唯一的任务和目的。根据中国共产党的政治需要，在意识形态领域文学惩罚和文学奖励双管齐下，对丁玲的《三八节有感》的批判，对王实味的《野百合花》的批判及至对作家从肉体上消灭，文学惩罚的力度和广度都达到了史无前例的水平。在文学惩罚的同时也进行了一系列的文学奖励活动。各个解放区根据中央的要求和形势的需要先后制定了相关的文艺奖励政策。例如，晋冀鲁豫解放区在 1942 年第 1 卷第 3 期《华北文艺》上公布了《文化奖励暂行条例》，对文艺活动作出成绩者予以奖励；1944 年 4 月 23 日《解放日报》刊登《西北局开会决定边区文化建设》消息，报道中共西北局通过的决议，在艺术活动中"奖励其中最有成绩者"；1946 年5 月 26 日《抗敌三刊》公布晋察冀军区政治部《关于开展部队文艺工作的决定》中规定，对于优秀文艺作品要"酌量给以奖励"；1947 年第 7 期《晋察冀日报增刊》发表《中共晋察冀中央局开展边区文艺创作的决定》，中共晋察冀中央局作出决定，要"奖励优秀文艺作品"。正是由于这些文艺奖励政策的制定，为解放区的各项文艺奖金的设立奠定了政策基础和政治基础。从 1941 年开始，各个解放区先后设立了一系列的文艺奖金，以鼓励抗战，倡导中国共产党的政治主张。一时间，中国共产党领导的边区和根据地出现了为数众多的文学奖励活动。鲁迅文艺奖金、"七七七"文艺奖金、"五四"中国青年节文艺奖、"七七"文艺奖、"五四"文艺奖和"五月""七月"文艺奖等先后出台。

在所有的文艺奖金的评审过程中，"文艺为政治服务"的要求总是被摆在第一的位置上。"七七七"文艺奖金的"评判标准"明确规定："第一，是政治内容"；"第二，是否能够普及"；

"第三，技术的好坏"。"七七七"文艺奖金的三条评奖标准，非常具有代表性，边区根据地其他的文学奖励要求和标准基本上和"七七七"文艺奖金差不多。从中我们可以清晰地看到该文学奖励的三个标准中，"政治内容"已经上升为首要的标准，这是"文艺为政治服务"在文学评奖活动中的较早表现。此外由于解放区人民文化水平普遍较低，"文艺大众化"成为当时解放区文艺思潮的时代主潮，因此评奖的第二条标准要看"是否能够普及"。第三条标准才是"技术的好坏"，也就是文学本身的属性要求，即文学性的好坏问题。"政治标准第一"首次出现在解放区的文艺奖励标准中，并且不断得到强化，演进到后来成为"政治标准唯一"。

深受政治影响的孤岛和国统区文学奖励。政治因素影响文学奖励，这一点除在解放区文学奖励活动中表现比较突出外，在国统区为数不多的文学奖励活动中也体现出了政治文化的深刻影响。其实，文学领域的意识形态影响，并不单单表现在20世纪，但在20世纪确实表现得比较鲜明和突出，早在二三十年代"创造社""太阳社"及"左翼"文学运动时期，文学领域的意识形态之争已经比较突出了，包括以自由知识分子面貌出现的1936年的"《大公报》文艺奖金"也确实受了政治因素的影响，获奖小说最初考虑的是萧军的《八月的乡村》，但编辑部与作者联系时，萧军表示不愿意接受该奖项，原因是《大公报》的自由主义立场与萧军"左翼"立场相矛盾，"萧军认为自己是'左翼'作家，拒绝接受有自由主义倾向的《大公报》的奖励"。① 《大公

---

① 王本朝：《中国现代文学制度研究》，125页，重庆，西南师范大学出版社，2002。

报》及相关评委于是又把目光投向了政治色彩不是很浓厚的田园作家卢焚（师陀）农村题材的小说集《谷》上，卢焚最终因"和农村有着深厚的关系。用那管糅合了纤细与简约的笔，他生动地描出这时代的种种骚动。他的题材大都鲜明亲切，不发凡俗，的确创造了不少真挚确切的人型"，获得"《大公报》文艺奖金"小说奖。这次评奖的政治风波，不是来自于中国共产党的组织和命令，是出自于作家自己的内心自觉，对左翼思想和左翼文学的认同和遵从，对非左翼思想和非左翼文学的拒绝和排斥。大公报文学奖的组织者和评委会，实际上也是对获奖者有所选择和偏向的。孙毓堂的诗作《宝马》究竟最终是否获奖，现在文学史界还存在争议。

　　20世纪40年代发生在陪都重庆和西南昆明的一次文学和科学奖励活动也惹起了一场很大的政治风波。陈铨《野玫瑰》因为在作品中宣传了"国家至上"和"民族至上"主义，弘扬了国民党女特工"野玫瑰"夏艳华为了国家和民族利益，"牺牲儿女私情，尽忠国家民族"，宁愿牺牲爱情乃至生命的高尚境界，而左翼作家认为"《野玫瑰》曲解人生哲学，有为汉奸叛逆制造理论根据之嫌。如此包含毒素之作品，则不仅对于当前学术思想无功勋，且于抗战建国宣传政策相违，危害非浅。同人等就戏剧工作者之立场，本诸良心，深以此剧之得奖为耻。抗战剧运正待开展，岂容有此欠妥之措施"。① 重庆进步文化界两百多人联名上书中华全国抗敌协会，要求转函国民党教育部撤销对《野玫瑰》的三等奖励。抛开剧本本身的问题不说，当时陈铨之

---

　　① 艾克恩编：《延安文艺运动纪盛》，352 页，北京，文化艺术出版社，1987。

所以成为"左翼"攻击的对象，是与他和林同济、雷海宗等倡导的"战国精神"（"战国策派"的名称由来）有关，"我们的理想是恢复战国以上文武并重的文化"。① "战国策派"学人由于深受德国思想家尼采、斯宾格勒等人的影响，推崇近代"尚力"主义思潮，认为他们所处的时代只是"战国时代之重演"，要想使中国在列国之激烈竞争中获得独立和生存之地位，就必须强调国家、民族利益，强调民族精神的"力"，因而被认为有"法西斯主义"倾向。"竞争力的单位，最主要的，最不可缺的，最有效的，是国家；而不是个人，家庭，也不是教会或阶级……换言之，最主要的竞争是国力与国力的竞争。"② "战国策派"在抗战中提出的"国家至上""民族至上"，被认为是与国民党的集权体制相呼应，是"反对民主"。因此受到来自延安的《解放日报》、重庆的《新华日报》和《新华日报》的一个周刊《群众》的相当激烈的批判，这种批判一直延续到了 1949 年之后，甚至一直持续到 20 世纪 90 年代。只是在近 10 年来该学派的历史本来面貌才得以还原，逐渐摘除套在其头上的"法西斯主义文学流派"的帽子。可以说"战国策派"是中国现代文学史上较晚一个得到"平反"的文学流派。从以上所述中我们就不难理解为什么陈铨《野玫瑰》获奖会闹出那样的轩然大波，据说都惊动了蒋介石。在左翼如此强烈的反对下，国民政府教育部部长陈立夫、国民

① 雷海宗：《建国——在望的第三国文化》，见《中国文化与中国的兵》，52 页，长沙，岳麓书社，1989。
② 林同济：《大政治时代的伦理——一个关于忠孝问题的讨论》，载温儒敏、丁晓萍编：《时代之波——战国策派文化论著辑要》，169 页，北京，中国广播电视出版社，1995。

党中央图书杂志审查委员会主席潘公展、国民党中央文化运动委员会主席张道藩等国民政府及国民党几位非常重要的文化官员都站出来为《野玫瑰》说话。据说该剧"甚至得到蒋介石赞赏"。① 一个剧本获奖与否，本不是什么大事，但其中折射的政治意识形态却是耐人寻味的。《野玫瑰》获奖风波看似偶然，其实正透出皖南事变后国共两党对意识形态控制权的争夺。国民党一方希望通过对文艺的管理和统制，拒绝价值分歧，提升文艺界人士和公众对"国家"的认同，而在当时的语境中，"国家"的具象就是作为执政党的国民党。作为在野党的中共，当然对这种企图充满了警惕。本来一直与现实权力和现实政治没有什么瓜葛的陈铨，不论其创作《野玫瑰》的初衷如何，就这样身不由己地卷入了名为文艺实为政治的纠葛中。"《野玫瑰》在政治观念上，宣扬了'国家主义'、'民族主义'，美化了国民党政府的特工人员，非常切合当时国民党政府的意识形态宣传需要，剧本一发表立即受到当时政府的青睐，组织公演、巡展并授奖，但这并不意味着陈铨是国民党政府的御用文人，直到今天也没有多少资料证明陈铨及'战国策派'在政治方面与国民党政府有多少联系。'战国策派'的这一批教授学者应该还是属于自由主义知识分子，他们通过文化研讨阐发自己的观点，通过创作诠释和实践自己的主张，说'战国策派理论是近年来在中国大后方出现的一种法西斯理论'，说他们'歌颂对内独裁、对外侵略的法西斯主义'、'是法西斯的走卒'，'为希特勒、墨索里尼、东条英机歌功颂德'；说'《野玫瑰》是抗战以来最坏的一

---

① 杨武能：《"图书管理员"陈铨》，载《文化读书周报》，2006-01-06。

部剧作。——在意识形态上，它传播汉奸理论。在戏剧艺术方面，它助长了颓废主义、伤感的、浪漫蒂克的恶劣倾向……是最有毒害的一部剧本'，是'糖衣毒药'。通过前文对《野玫瑰》及涉及的文化美学思考的分析和论证，应该承认上面的说法是不能成立的。"①直到今天，笔者也仍然坚定地认为，"战国策派"不应该也不可能是法西斯的文学流派，说德国、日本这些法西斯国家产生法西斯文学流派我信，说反法西斯的中国产生法西斯文学流派我不信；说法西斯政府和军队组织中产生法西斯文学流派我信，说西南联大这样的教学单位和学术组织中产生法西斯文学流派我不信；说法西斯的御用文人圈和文化智囊团中产生法西斯文学流派我信，说大学教授队伍中产生了法西斯文学流派我不信。客观地说，"战国策派"的"法西斯"命运与《野玫瑰》获国民党教育部文学奖励及因此掀起的轩然大波关系绝大。一个文学奖励促成一个文学流派的政治定性，这多少也算是中国特色吧。

二、"以罚代奖"或"罚多奖少"的文艺奖惩政策

　　等同于政治奖励的文学奖励。把文学奖励当做政治奖励和政治事件甚至政治定性，是 20 世纪中国文学奖励机制中的特殊风貌，而这一特殊风貌最突出、最鲜明地表现在新中国成立到"文革"的文学奖励的活动中，其中最具代表性的是中国作家获"斯大林文艺奖金"和老舍被授予"人民艺术家"奖状。"斯大林文艺奖金"是根据 1939 年 12 月苏联人民委员会决议设立的

---

　　①　万安伦：《陈铨〈野玫瑰〉浅议》，载《中国现代文学研究丛刊》，1998(4)。

一项奖金，旨在鼓励科学技术发明和文学艺术创作。从 1941
年起开始颁发，一年一次。由有关单位和各方面的著名人士组
成委员会，对已提出的候选人进行评选，在十月革命节时颁
发。其中一等奖 10 万卢布，二等奖 5 万卢布，三等奖 2.5 万
卢布。1953 年斯大林逝世，这项奖金随之停止。1966 年 4 月，
苏共中央和苏联部长会议作出决定，将斯大林奖金改名为苏联
国家奖金。阿·托尔斯泰的历史小说《彼得大帝》、肖洛霍夫的
长篇小说《静静的顿河》曾获该奖。

　　1952 年 3 月，苏联斯大林奖金委员会决定将 1951 年度的
斯大林奖金这项荣誉颁发给中国作家，丁玲的小说《太阳照在
桑干河上》和贺敬之、丁毅的歌剧《白毛女》同获二等奖，周立
波的小说《暴风骤雨》获三等奖。1952 年 6 月 7 日，苏联驻华
大使馆代表斯大林奖金委员会在北京举行授奖典礼，向获奖的
中国作家颁奖。苏联大使罗申说："得奖的作品在苏联都很出
名，苏联人民从这些作品中认识了中国历史上的进展。"文化部
副部长周扬说："丁玲同志等的得奖作品，以艺术的力量，描
述了中国农民在工人阶级领导之下对封建地主阶级的胜利斗
争。这些作品的得奖，不仅是作者的最大光荣，同时也是我国
文艺界和我国人民的光荣。这个光荣的获得应该感谢中国共产
党和毛泽东同志的正确领导，感谢先进的苏联文艺和伟大的苏
联人民的帮助。"①周立波此前一年还获过一次"斯大林文艺奖
金"，是中国唯一获得过两次"斯大林文艺奖金"的作家，第一
次是"一九五一年七月，周立波因参与摄制彩色文献纪录片《解

---

　　① 《苏联大使馆代表斯大林奖金委员会授予丁玲等斯大林奖金》，载
《文艺报》，1952 年第 11、第 12 号合刊，总第 64、第 65 期，1952-06-25。

放了的中国》而荣获斯大林奖金。这部影片和同时拍摄的另一部影片《中国人民的胜利》，同获苏联颁发的斯大林文艺奖金一等奖。周立波将所获得的一千五百万元奖金（旧币）全部捐献出来，给文艺界做购买'鲁迅号'飞机之用，以支援抗美援朝"。①这4位作家获外国文学大奖，一时间引起了中国政治界和文化界的巨大轰动。《人民日报》等主流媒体连篇累牍进行报道，组织获奖作家到苏联参观考察。丁玲在荣获1951年斯大林文艺奖金后，1952年3月出访苏联时对苏联记者说："我是一个很渺小的人，只做了很少很少的一点工作，从来不敢有什么幻想。我爱斯大林，我爱毛泽东。当我工作的时候，我心里常常想到他们，好像他们站在我的面前一样。这样，我就尽力按照他们的思想，他们所喜欢、所憎恶的意思去工作，就怕把工作做坏。但是，我从来连做梦也不敢想到斯大林的名字、毛泽东的名字能和我丁玲这两个字连在一起。而今天，文学方面这个光荣是多么想不到地落在我的头上。这个意外的光荣是多么震动了我。我欢喜，却又带着巨大的不安：我无法形容现在的复杂心情。我要重复这句话：我是一个很渺小的人，只做了很少很少的一点工作。可是我却得到无数次和无法计算的从人民那里来的报酬和鼓励。尤其使我感动的，是苏联人民对于我的鼓励和帮助。我的书在苏联被译出后，印了五十万普及本，陆续得到各方面来的鼓励，现在更承苏联部长会议宣布授予斯大林奖金。这个光荣是中国所有作家的，是中国人民的。这是对全体中国人民和作家的鼓励。一切光荣归于中国人民，归于中国

---

① 胡光凡：《周立波评传》，255页，长沙，湖南文艺出版社，1986。

人民的伟大领袖毛泽东。我衷心感激苏联人民、苏联部长会议给我这个极大的荣誉和鼓励。我一定要更加努力，为中国人民的建设、为世界和平尽所有的力量，并提高工作效率，以无愧于斯大林奖金的获得，无愧于毛泽东主席给我的教育。"①从"我爱斯大林，我爱毛泽东。当我工作的时候，我常常想到他们，好像他们站在我的面前一样"这样的表述里读者不难揣测丁玲自己这番话最想让谁听到，这个文艺奖金，无论是在当时的苏联还是当时的中国，无论是授奖者还是获奖人，更多的是把它当做政治荣誉而非单纯的文学荣誉。丁玲的《太阳照在桑干河上》写成后，1948 年 9 月东北光华书店在哈尔滨出版单行本。1949 年初，《太阳照在桑干河上》被苏联女汉学家波慈德聂耶娃译成俄文，获评"斯大林文艺奖金奖"后，该书产生了广泛的世界影响。

　　值得一提的是为老舍赢得"人民艺术家"光荣称号的《龙须沟》创作与获奖。龙须沟是北京天桥附近的一条臭水沟，1950 年夏，北京市人民政府在经济极为困难的状况下，拨款修治了这条曾给附近居民带来痛苦和死亡的臭水沟。时任北京市文联主席的老舍以巨大的创作热情一气呵成完成了三幕六场话剧《龙须沟》，剧本发表于 1950 年 9 月 10 日《北京文艺》创刊号上，1951 年剧本被搬上舞台，演出获得极大成功。《龙须沟》是一曲社会主义新北京、新中国的颂歌，它以主人公程疯子在旧社会由艺人变成"疯子"，新中国成立后又从"疯子"变为艺人的故事，反映了中国人民解放前后的不同命运以及他们对党对

---

　　① 《女作家丁玲荣获斯大林奖金》，载《新中国妇女》5、6 月合刊，1952-06-01。

政府的拥护和热爱。剧本构思独特新颖，不同于一般戏剧，它没有一个贯穿全剧的集中的故事，而是以人和沟的矛盾为戏剧冲突来展开，作者把改造臭水沟与医治人们的精神创伤紧密结合起来，以沟的变化和人的变化来反映社会的变化，从而令人信服地揭示出只有共产党才能领导人民翻身解放，只有社会主义才能救中国这一真理。结尾写到北京市委书记到龙须沟现场出席庆祝大会并倡议立记功碑。1951 年 12 月 21 日，中共北京市委书记兼北京市市长的彭真以北京市政府的名义给老舍颁发了"人民艺术家"奖状。这次授奖虽然不是全国性的，但影响很大，也是新中国至新时期为数极少的政府对文学的奖励活动。

"以罚代奖"的文艺大批判时代。不算丁玲等获斯大林文艺奖金，从新中国成立到新时期，除北京市政府给老舍颁发"人民艺术家"奖状，及在 1953 年举办过一次全国儿童文学评奖活动，张天翼的《罗文应的故事》、严文井的《蚯蚓和蜜蜂的故事》等获奖，1962 年、1963 年还颁发过"《大众电影》百花奖最佳编剧奖"，此外新中国就没有更多的对文学的奖励活动了。从 1951 年对电影《武训传》的批判开始，更早的可以上溯到 1942 年对丁玲的《三八节有感》和王实味的《野百合花》的批判，"以罚代奖"的文艺大批判时代直到"文化大革命"结束整整进行了 25 年。1951 年 5 月 20 日，《人民日报》发表毛泽东写的社论《应当重视电影〈武训传〉的讨论》，电影《武训传》受到批判。电影《武训传》出品单位是昆仑影业公司，1950 年 10 月拍摄完成，1951 年初上映。编剧和导演是孙瑜，主要演员是赵丹、黄宗英。它描写和歌颂了清末武训行乞兴学的事迹。武训是清

末山东邑县人，生于 1838 年，死于 1896 年。据传他出身贫
寒，青年时因苦于不识字而受人欺骗，决心行乞兴学，以便让
穷人的孩子都能读书识字，免受有钱人的欺压，过上好日子。
武训经过 30 年的乞讨，积累了一些钱，在他 50 岁以后陆续在
堂邑柳林集、馆陶、临清办起了 3 所义学，而他自己仍然乞讨
过活，直至死去。武训的行乞兴学活动，受到当时统治阶级的
赞扬，清末山东巡抚张曜曾奏准光绪帝给予"建坊施表"。武训
死后，其事迹"宣付史馆"，被尊为"义乞""乞圣"。《武训传》上
映后，引起了两种截然相反意见的争论。赞扬者认为，这"是
一部富有教育意义的好电影"，武训是"永垂不朽值得学习的榜
样"。批评者认为，电影《武训传》是一种"缺乏思想性有严重错
误的作品""武训不足为训"。这本是文艺界不同意见的正常争
论。而毛泽东却认为，电影《武训传》宣传了反历史唯物主义的
反动思想，必须严肃批判。他严厉地指出：《武训传》所提出的
问题带有根本的性质。承认或者容忍对它的歌颂，"就是承认
或者容忍污蔑农民革命斗争，污蔑中国历史，污蔑中国民族的
反动宣传为正当的宣传"。他说，"一些号称学好了马克思主义
的共产党员……竟至向这种反动思想投降"，并由此得出"资产
阶级思想侵入了战斗的共产党"的严重结论。[①]《武训传》的讨
论很快变成了全国性的政治大批判，批判持续一年多。这一批
判严重地混淆了文学艺术和政治思想问题的界限，使著名的编
导孙瑜受到沉重的打击，40 多位同志受到牵连，给此后的新
中国文艺事业的发展带来严重的不良影响。4 年后，1955 年

---

　　① 毛泽东：《应当重视电影〈武训传〉的讨论》，载《人民日报》社论，
1951-05-20。

"丁玲、陈企霞反党集团"被定性，中国文坛受到极大震荡；再两年，1957年艾青等一大批作家被划为右派，新中国脆弱的文坛生态遭受毁灭性打击，很多作家封笔或写点不疼不痒的文字，甚或写一些违心之作；1965年11月，姚文元发表《评新编历史剧〈海瑞罢官〉》，指责吴晗的《海瑞罢官》是反党反社会主义的"一株毒草"，是在"为彭德怀翻案"，诬陷吴晗"攻击毛主席""反党反社会主义"，等等；接着，1966年3月28日至30日，毛泽东同康生等人谈话中点名批评了邓拓、吴晗、廖沫沙的《三家村札记》和邓拓的《燕山夜话》，很快蔚成全国性的大批判。1966年5月16日，"文化大革命"全面爆发，而且浩劫10年之久，这10年，上到国家主席，下到平民百姓被整死冤死的万万千千，其中文艺界又是重灾区，包括老舍、郭小川、李广田等一大批作家丢了性命，这10年是文艺的严酷冬天。纵观新中国成立到"文化大革命"结束，中国共产党和中国政府实际上执行的是一条"以罚代奖"或"罚多奖少"的文艺奖惩政策，奖励是象征的，惩罚是严厉的。这是新中国成立至"文化大革命"结束文学奖惩的基本风貌。

"高大全"的倡导和"样板戏"的一枝独秀。在大规模的文学批判的同时，为了让文艺界有所遵循，有所规范，以江青为代表的"左"倾文艺路线制造者，大力倡行"高大全"的创作模式和"三突出"的创作原则，并花大力气打磨出8个"样板戏"。

新中国的文学史上，有一句顺口溜叫"三红一创，山青林保"，外加一条"金光大道"，指的是当代文学中产生过较大影响的9部长篇小说：《红岩》《红日》《红旗谱》《创业史》《山乡巨变》《青春之歌》《林海雪原》《保卫延安》和《金光大道》。特别是

《金光大道》的主人公的名字直接就叫"高大泉"，意喻人物的"高""大""全"。这些作品的主人公都是没有缺点的或缺点甚少的高大的正面人物形象，主人公必须形象高大，模样英俊，胸怀宽广，全心全意为人民服务，是没有缺点的完人。这种创作模式史称"高大全"的创作模式。"高大全"的创作模式要求文艺作品要遵循"三突出"的创作原则，即"在所有人物中突出正面人物来，在正面人物中突出主要英雄人物来，在主要英雄人物中突出最主要的即中心人物来"。① "高大全"的创作模式和"三突出"的创作原则是主观主义的产物，是江青等人为其政治目的服务的，导致了文艺的概念化、脸谱化和类同化，对当代文艺造成了重大的损害和严重的不良影响。

"文化大革命"第2年，1967年5月9日至6月15日，经江青亲自审定的"革命文艺的优秀样板"的"八个样板戏"同时在北京上演，它包括京剧《红灯记》《海港》《智取威虎山》《奇袭白虎团》《沙家浜》，舞剧《白毛女》《红色娘子军》和交响乐《沙家浜》。② 一时间对"样板戏"的宣传登峰造极。及至稍后的京剧《杜鹃山》《龙江颂》《平原作战》《磐石湾》和舞剧《草原英雄小姐妹》等，也被泛包在"八个样板戏"内。"文化大革命"10年，在中国当代文学史中含义无穷的"八个样板戏"一直独霸戏曲舞台，而且红遍神州大地。上至中央院团，下至各地县乡文工团，排演"样板戏"是10年中不变的任务。或是赶往正规的影剧院，或是挤在临时搭就的露天土台下看"样板戏"，则是从那

① 于会泳：《让文艺界永远成为宣传毛泽东思想的阵地》，载《文汇报》，1968-05-23。

② 《革命文艺的优秀样板》，载《人民日报》，1967-05-31。

个年代走过来人的共同记忆。这 10 年，传统戏曲和其他优秀
文艺作品遭受史无前例的厄运，许多的剧目和作品被当做"毒
草"铲除，许多的著名演员和优秀作家被当做"牛鬼蛇神"无情
批斗。"八亿人民八个戏"，"百花凋零、一枝独秀"，是中国戏
曲乃至中国文艺界当时的真实写照，在其他文艺形式和文艺作
品极度枯竭的情况下，"样板戏"中的曲调唱词被全国人民唱遍
中国的每一个角落，而且时至今日还被怀旧的人时常唱起，这
不能不说是中国戏曲史乃至中国文学史上的一个奇特现象。

　　无论是"高大全"还是"样板戏"，客观地说，其作品都存在
一定的艺术价值和历史意义，有些作品还堪称经典，文学史家
和读者公众指责更多的不是这些作品本身"好不好"的问题，而
是这几个小说和戏曲样板"少不少"以及多样性的文艺生态被破
坏到极致的问题。本书关心和讨论的是中国五千年文学和文化
史上最为独特也是最为极致形态的另类形式的文学奖励现象和
奖励机制，其独特和另类的程度达到了象征最高权力和代表最
权威声音的地步，更有甚者是达到了作品和作家都必须遵从的
"顺我者昌，逆我者亡"的最高极限。"高大全"和"样板戏"是 20
世纪中国文学奖励现象和奖励机制最发人深省的历史教训，无
论我们奖励什么提倡什么，都要给其他更多的文学形式、文学
类别和文学作品生存权和发展权，更不用说作家们的生存权和
发展权了。文学奖励应该做文学的营养剂而不是文学的绞肉机。

三、新时期文学评奖政治标准的高度同一

　　像世间的万事万物一样，进入新时期，长时间被压制和扭
曲的文学，需要舒展和奖掖，以补偿它们在此前饱受的苦难和
不幸，因此新时期的文学奖励从一开始就注定要走上泛化甚至

泛滥的宿命之路。从本书第一章梳理的新时期各个层面、各种规格、各形各色的文学奖励上不难得出这样的结论，新时期的文学奖励，一方面是真正的国家文学奖的缺席；另一方面是各种低水平的文学奖大有泛滥成灾之趋势。从 1978 年中国作协筹办第一届"全国优秀短篇小说奖"开始，就表现出短视和窄视的巨大缺点，没有国际化和前瞻性的视野，没有系统性和全局性的安排，因此出现的局面是 1978 年筹办全国优秀短篇小说奖，1981 年筹办全国优秀长篇小说奖、中篇小说奖、全国优秀报告文学奖、全国优秀新诗（集）奖和茅盾文学奖这 5 项文学奖，1989 年又开始筹办全国优秀散文（集）杂文（集）奖，1995 年开始筹办鲁迅文学奖并着手归并自身较为混乱的文学奖项。此外 1980 年中国戏剧家协会又筹办了全国优秀剧本奖，该奖 1994 年改由中国文联和中国剧协联办的"曹禺戏剧奖"，凡此种种，不一而足。仅儿童文学领域就有：1986 年中国作协创办的"全国优秀儿童文学奖"，1986 年宋庆龄基金会创办的"宋庆龄儿童文学奖"，1990 年韩素音等倡议创办的"冰心奖"及 1981 年著名儿童文学作家陈伯吹捐资创办的"陈伯吹儿童文学奖"4 个影响较大的儿童文学奖。各系统、各地方的文学奖更是名目繁多、千红万紫。一方面是各种各样的文学奖励喧嚣不已；另一方面是经得起时间和历史检验的高质量高水平的文学作品稀缺和能在国际上能立足的文学奖励几乎没有。在文学奖励的国际影响方面，不要说和瑞典的诺贝尔文学奖相比，就是和法国龚古尔文学奖和英国布克文学奖比也相差甚远；此外，世界各国享誉国际的文学奖还有意大利但丁文学奖，苏联列宁奖金、斯大林奖金、苏联国家奖金及俄罗斯国家艺术奖、高尔基文学奖、普希金奖,西班牙的塞万提斯文学奖,丹麦的国际安徒生文学大奖(该奖常被称为"小诺贝尔奖"),智利的聂鲁达文学奖,日本的芥川奖、直木奖、读卖文学奖、川端康成文学奖,加拿大总督文学奖,美国的普利策文学奖、欧·亨利短篇小说奖、纽伯瑞大奖,法国文学艺术最高勋章,马来西亚的《花踪》世界华文文学奖等。这些文学奖卓有成效地鼓励和推动了本国、本区域、更广区域乃至世界范围的文学发展。当然我们应该看到,这些文学奖的国际影响与其国家政治和经济的影响力密不可分,但是我们更应该看到各国政府和相关机构对文学的尊崇和重视,对文学奖励机制体制建设的规范和精心。在诺贝尔文学奖等高水平高质量的国际文学奖的对比下,在全球经济一体化和文学奖励国际化的大趋势下,中国的文学奖励的机制和体制建设任重道远,中国文学奖励的国际化征程更是任重道远。

在新时期文学奖励低水平泛化的同时,是各种文学评奖的标准的类同化和雷同化,特别是文学奖励的评奖宗旨或指导思想即评奖的政治标准或思想标准的庸俗泛化。这也是 20 世纪的政治生态对 20 世纪文学奖励的独特影响。在接下来谈论"文学奖励的评奖宗旨"时我们将看到"茅盾文学奖"和"鲁迅文学奖"的评奖"指导思想"几乎一模一样,评奖标准也大同小异,其他各文学奖的评奖标准也相差不大,特别是评奖的政治标准高度同一。"全国少数民族文学创作奖"的"评奖标准"是:"1. 所选作品应有利于倡导爱国主义、集体主义、社会主义的思想和精神,有利于倡导改革开放和现代化建设的思想和精神,有利于倡导民族团结、社会进步、人民幸福的思想和精神,有利于倡导用诚实劳动争取美好生活的思想和精神。对于体现时代精神和历史发展趋势，反映现实生活，塑造社会主义新人形象，催人奋进、给人鼓舞的优秀作品，应重点关注。同时兼顾题材和主题内容多样化。2. 重视作品的艺术品位。鼓励在继承我国优秀文学传统和借鉴外国优秀文化基础上的探索和创新，尤其鼓励那些弘扬民族优秀文化，具有中国作风和中国气派，为人民群众所喜闻乐见的富有艺术感染力的作品。同时兼顾艺术风格、流派。3. 注重作品的民族特色和多样性。中华民族的历史文化，是我国各个民族在长期的历史中共同创造丰富的整体文化。所选作品，应在继承各民族的优秀历史文化，反映各民族多姿多彩的生活方面具有较强的特色，特别关注那些反映各民族在改革开放后的新生活、新变化的作品。4. 民族文学翻译奖人选，应在翻译当代少数民族文学作品中具有一定的创造性，数量、质量均有突出成果。"[1] "老舍文学奖"的"评奖宗旨"是："老舍文学奖的评选工作将全面贯彻党的文艺方针，鼓励作家树立精品意识，关注现实生活，体现时代精神，遵循文艺'为人民服务、为社会主义服务'方向，创作出更多的优秀文学艺术作品"。连"全国优秀儿童文学奖"的评奖宗旨和评奖标准都大同小异，其"评奖宗旨"是："鼓励优秀儿童文学创作，推动我国儿童文学的发展、繁荣，为我国三亿多少年儿童提供更多更好的精神食粮。""评选标准"是："1. 坚持思想性与艺术性完美统一的原则，推出鼓舞少年儿童奋发向上、艺术精湛的佳作。2. 所选作品应有利于倡导爱国主义、

---

① "全国少数民族文学创作骏马奖"，参见中国作协官方网站"中国作家网"(www. chinawriter. com. cn)。

集体主义、社会主义的思想和精神；有利于倡导改革开放和现代化建设的思想和精神；有利于提高新一代精神素质、文化素质和审美情趣。对体现时代精神、塑造少年儿童新人形象、为广大少年儿童所喜闻乐见的作品，尤应重点关注。同时兼顾题材、风格的多样化。3. 在保证质量的前提下，兼顾儿童文学中幼儿、儿童、少年三个层次。"①

强调评奖的政治性和思想性，官方和半官方的文学奖励活动概莫能外，甚至许多民间的文学奖励活动也是如此，包括有海外背景的"庄重文文学奖"和市场化倾向极高的"红河·大家文学奖"也不例外。"庄重文文学奖"的"评选标准"："1. 以思想与艺术完美统一为原则，入选者应是近年来在文学创作和文学评论中成绩特别优异者。2. 入选者的创作实绩应有利于倡导爱国主义、集体主义、社会主义的思想和精神，有利于倡导改革开放和现代化建设的思想和精神，有利于倡导民族团结、社会进步、人民幸福的思想和精神，有利于倡导用诚实劳动争取美好生活的思想和精神；在艺术上有相当品位或有所创新。3. 入选者应具备进一步发展、提高的潜质。4. 已经获得过庄重文文学奖者不在候选范围。""红河·大家文学奖"的"评奖原则"是："坚持主旋律与多样化结合的评奖原则"。稍微另类一点的是自称坚守"民间立场"的"华语文学传媒大奖"，它宣称自己的"评奖宗旨和目的"是："反抗遮蔽，崇尚创造，追求自由，维护公正"，"恢复人们对纯粹的汉语文字的敬畏之心"。

庸俗泛化的政治标准几乎涵盖了 20 世纪中国大陆所有的

---

① "全国优秀儿童文学奖"，参见中国作协官方网站"中国作家网"（www. chinawriter. com. cn）。

文学评奖活动，大到国家级的文学大奖，小到一乡一校的文学评奖都要开宗明义地强调其评奖宗旨和评奖标准的政治倾向性和思想原则性。

第二节　20 世纪中国文学奖励的运作方式

20 世纪的中国文学，是从以文言文为承载手段的古典文学嬗变到以白话文为承载手段的现当代文学的大变革时代，也是文学奖励从单体性、随机性、粗放性嬗变到组织精密化、目标明确化、机制程式化、颁奖仪式化的现代性的文学奖励的大变革时代。文学奖励有其一定的运作方式。总体来说，20 世纪中国文学奖励的运作方式与古代中国文学奖励的运作确实存在着较大的差别和不同。文学奖励不同于作家的文学创作，文学创作更多地属于作家个体的精神劳动，而文学奖励更多地属于一种集体的社会性活动。20 世纪的文学奖励，一般都包含文学奖励的目的缘起、文学奖励的组织机构、文学奖励的评委构成、文学奖励的评审标准、文学奖励的资金来源、文学奖励的颁奖仪式等程式和机制。其中包括为什么要设奖？奖励什么人？有谁来组织实施奖励？邀请谁当评审委员？评奖的标准是什么？活动组织的经费和奖励资金从哪里来？颁奖仪式邀请什么级别和规格的领导？及颁奖地点如何选择等，这些文学奖励最基本的要素，决定着该文学奖项的基本走向和大致风貌。

20 世纪中国文学奖励的主要形式有有奖征文和文学奖两大类型，个别情况还有给作家授予荣誉称号及给作家过生日。

有奖征文、给作家授予荣誉称号及给作家过生日等属于现代性
的文学奖励的初级阶段和低级形态，一般都是为了某一个非常
具体的纪念或征稿需要或配合性的文学活动，而文学奖较之有
奖征文等在奖励的机制体制上则更规范、更具长效性和代表
性。文学奖励的运作方式很大方面体现在评奖活动的组织程序
中，一般都包含评奖宗旨及缘起，奖项设置，评奖标准，评奖
范围，活动主办单位、承办单位、协办单位，组织委员会，评
审委员会，评审时间，揭晓或颁奖日期，奖金来源，颁奖标
准，颁奖嘉宾，获奖理由或颁奖辞，作品获奖后的发表、出
版、宣传等一系列内容，这些都是 20 世纪中国文学奖励的具
体运作方式。下面将按四个方面讨论文学奖励的运作方式
问题。

一、文学奖励的评奖宗旨和目的缘起

"评奖宗旨"或称"指导思想"，一般是文学评奖活动目的缘
起的政治化或升格化，也是该评奖活动在某一时期必须遵守的
总的规则和规范，即当时政府对文艺的总体要求。新时期中国
大陆成百上千、大小不一的评奖活动的宗旨差不多都是一样
的。"茅盾文学奖"的评奖宗旨即指导思想是："以马列主义、
毛泽东思想、邓小平理论和'三个代表'重要思想为指导，深入
贯彻科学发展观，遵循文艺'为人民服务、为社会主义服务'的
方向，贯彻'百花齐放、百家争鸣'的方针，弘扬主旋律，提倡
多样化，鼓励贴近实际、贴近生活、贴近群众、体现时代精神
的创作，坚持导向性、权威性、公正性、群众性，坚持少而
精、宁缺毋滥的原则，推出具有深刻思想内容和丰厚审美意蕴

的长篇小说。"①"鲁迅文学奖"评选宗旨即指导思想是："以马列主义、毛泽东思想、邓小平理论和'三个代表'重要思想为指导，深入贯彻科学发展观，遵循文艺'为人民服务、为社会主义服务'的方向，贯彻'百花齐放、百家争鸣'的方针，弘扬主旋律，提倡多样化，鼓励贴近实际、贴近生活、贴近群众，体现时代精神，坚持导向性、权威性、公正性，坚持少而精、宁缺毋滥的原则，评选出思想性、艺术性俱佳的优秀作品。"②"全国少数民族文学创作骏马奖"的评选宗旨即指导思想是："高举邓小平理论伟大旗帜，以马列主义、毛泽东思想和邓小平理论为指针，坚持四项基本原则，维护祖国的统一，民族的团结，贯彻'百花齐放，百家争鸣'的方针，弘扬主旋律，提倡多样化，鼓励和倡导关注现实生活、体现时代精神，反映少数民族新的精神风貌的好作品。坚持导向性、权威性、公正性，扶植人口较少民族文学出新人新作。评选出思想性、艺术性、民族多样性都完美统一的优秀作品。"③冯牧文学奖的评奖宗旨是："为纪念中国文学界的卓越组织者、文学评论家、散文家冯牧，完成其扶植新人、促进文学事业繁荣发展之遗愿而设。冯牧文学奖坚持文学'为人民服务，为社会主义服务'的方向，'百花齐放、百家争鸣'的方针，尊重文学创作规律，以'公开、

---

① 《茅盾文学奖评奖条例》（修订稿）（2007年12月6日由中国作家协会书记处会议通过，2007年12月11日发布），见中国作协官方网站"中国作家网"（www. chinawriter. com. cn）"茅盾文学奖"条。

② 《鲁迅文学奖评奖试行系列》（2007年9月18日修订），见中国作协官方网站"中国作家网"（www. chinawriter. com. cn）。

③ "全国少数民族文学创作骏马奖"，参见中国作协官方网站"中国作家网"（www. chinawriter. com. cn）。

公平、公正'的原则，按不同的奖项，遴选富于创见的青年批评家、潜质优秀的文学新人以及对军旅文学发展有突出贡献的中青年作家予以奖励，以体现冯牧生前对此类文学工作的突出关注，为繁荣社会主义文学作出应有的贡献。"①

"为人民服务，为社会主义服务"方向；"百花齐放，百家争鸣"方针；"弘扬主旋律，提倡多样化"原则；"思想性艺术性统一"标准，几乎无例外地标现于各级各地的文学奖评奖方案的开篇首要位置，这也算是中国特色社会主义文学奖的一个带有普遍性的特色，这是值得注意的。但特别值得注意的则是各个文学奖的评选细则和该文学奖发起的目的缘起，因为它更接近该文学奖设置的本质和核心。

文学奖励的缘起和目的，虽然和文学奖励的宗旨同属于解答"为什么要设奖"的问题，但一个是微观层面的一个是宏观层面的。在文学奖励的机制中，文学奖励的缘起和目的是关系到该文学奖励的首要问题，它比文学奖励宗旨更切实。任何文学奖励都有目的缘起，目的缘起是一个文学奖项设置的内在动因，也是该文学奖项受孕成胎的第一要素。文学奖励的目的缘起，一般不外乎以下几种情况：政治的需要；时代的召唤；纪念某人某事；激励和鼓舞；引导和规范；征集优秀稿件；广告宣传效应。有些文学奖励的目的缘起比较单一和纯粹，但大多数时候是以上所列文学奖励的目的缘起几个或多个混杂在一起的，若干显在和潜在的目的缘起共同推动着某项文学奖励的孕育和诞生。下面我们来分析一些具体情况。

---

① "冯牧文学奖"，参见中国作协官方网站"中国作家网"（www. chinawriter. com. cn）。

　　有奖征文的缘起目的一般比较明确。大多数分两种情况，一种情况是为了报刊出版社征集优秀稿件：如《万国公报》有奖征文、良友文学奖金等。另一种是纪念和配合某一事件、某一活动、某一日子(如作家生日等)，如 2004 年，为庆祝澳门回归祖国五周年的澳门华文同题诗大奖赛，1945 年，为纪念茅盾 50 寿辰的茅盾奖文学征文等。1895 年 5 月，傅兰雅的"有奖中国小说"活动，目的是"求著时新小说"，这一点在其中文广告题目《求著时新小说启》上表达的明确而具体。这次有奖征文的活动，目的不是报纸杂志为征集优秀稿件充实版面，而是傅兰雅本人为了推动"时新小说"在中国的根植和生长所作的一次创新性努力和尝试，这是为了配合一种新文体的衍生而采取的一种手段，这是一次纯文学目的的文学奖，在众多文学奖励事件中是应该特别一提的。

　　除少数文学奖设置的目的缘起比较单一外，大多数情况较为复杂，往往是多种原因共同催生。

　　先说"纪念"。1936 年至 1937 年的"《大公报》文艺奖金"最直接的目的就是"纪念"该报复刊 10 周年。这一点 1936 年 9 月 1 日《大公报》首次刊登评奖活动启事说得很明白："九月一日适为复刊满十周年之期，兹为纪念起见，特举办科学及文艺奖金，定名为大公报科学及大公报文学奖金。"①还有一层用意就是："其实，是想利用这个机会作一次广告"，"大公报当时每年年终给职工也发奖金，高层骨干另外再发给报馆股票。记得三六年发年终奖金时，馆内传说(因为根本不向职工公开)该年

————————————

　　① 《本报复刊十周年纪念举办科学及文艺奖金启事》，载《大公报》，1936-09-01。

的利润仿佛是十六万元。因此，三千元也只不过是拔了一根毫毛，而文艺则只占这根毫毛的一小截儿而已！"①成本不高，又能达到纪念和广告的双重目的，当然算是很好的创意，意想不到的是这一因"纪念"而设的科学和文艺奖金，特别是文艺奖金，居然会成为中国现代文学史上的重要文学事件。纪念事件性的文学奖是一方面，而纪念人物性的文学奖基本上占纪念性文学奖的80％以上。几乎所有的以人物名字命名的文学奖都有纪念该人物之意。茅盾文学奖、鲁迅文学奖、老舍文学奖、夏衍文学奖都包含着对这些文学大家的纪念和崇敬之意。茅盾文学奖的缘起是这样的，1981年3月27日，时任中国文联名誉主席、中国作协主席的茅盾先生逝世，3月14日他让儿子韦韬笔录他的口述，给中国作家协会书记处致信："亲爱的同志们：为了繁荣长篇小说的创作，我将我的稿费二十五万元捐献给作协，作为设立一个长篇小说文艺奖金的基金，以奖励每年最优秀的长篇小说。我自知病将不起，我衷心地祝福，愿我国社会主义文学事业繁荣昌盛。致最崇高地敬礼！"②茅盾倡议设立中国优秀长篇小说奖，并且这种倡议是用临终遗言的形式提出，显得庄严和神圣，而且在那个"万元户"就是大款代名词的年代，茅盾无偿捐献稿费25万元，应该算是巨款了。中国作协根据茅盾先生临终遗愿，为表达对倡立者茅盾先生的纪念和崇敬，最终将该奖项定名为"茅盾文学奖"。茅盾先生的本意是激励当代优秀的长篇小说创作，而中国作协又在此基础上加一层纪念之意即用作家的名字来命名该奖项。而冯牧文学奖则

① 萧乾：《大公报文艺奖金》，载《读书》，1979(2)。
② 钟桂松：《茅盾传》，325页，北京，东方出版社，1996。

是由冯牧先生的生前友好和学生筹集资金专门设立中华文学基金会冯牧文学专项基金创办。目的就是"为纪念中国文学界的卓越组织者、文学评论家、散文家冯牧,完成其扶植新人、促进文学事业繁荣发展之遗愿。"

政治的需要和时代的召唤,也是文学奖励设置的主要动因之一。如边区根据地的若干文学奖、政府组织的相关文学奖、新时期中国作协组织的五大文学奖等,政治和时代的色彩都非常浓厚,这些文学奖一般都既切近又切实地承载着相关政府的政治和统治意图。抗日战争时期出现在边区根据地的文学奖励很具有代表性。当时民族矛盾是社会的主要矛盾,因此所有参赛作品在内容上的要求都很明确,那就是必须正确反应当时根据地的三大中心任务:"对敌斗争、减租生产、防奸自卫",激励民众、宣传抗战既是中国共产党的政治主张,也是那个时代的召唤。这些文学奖的政治功利性是第一位的,文学的艺术性是第二位甚至是第三位的。我们可以从"七七七"文艺奖金的评判标准中清晰地看到这一点,该奖金"评判标准"是:"第一,是政治内容","第二,是否能够普及","第三,技术的好坏"①,首先是政治内容必须过关;其次是要符合中共倡导的文艺大众化要求;最后才是艺术性的要求即"技术的好坏"。满足政治需要和适应时代召唤,并不是中国共产党的独家专利,台湾文学奖也不乏这种情况,为了配合和服务于台湾国民党当局"反共救国、反攻大陆"的政治需要,台湾青年反共救国团和"中央日报社",于 1965 年、1966 年连续两届举办"青年文艺

---

① 《"七七七"文艺奖金缘起及办法》,载《抗战日报》,1944-03-02。

奖金",表彰和激励"反共救国、反攻大陆"的台湾青年文艺作家。新时期相关政府部门组织举办的文学奖包括属于专家文学奖的范畴的中国作协五大奖等,"讲政治"也是首要条件,但同时也是时代的呼唤,再加上某些具体的动因,最后催生了该文学奖。

在任何类型的文学奖励活动中,"激励和鼓舞"的用意都是不能例外的。在因政治需要和时代召唤而设立的文学奖中"引导和规范"的意义一般都比较突出。而为了广告效应等经济目的而设立的文学奖一般是在企业和企业家参与的文学奖中表现比较突出,有些报刊出版社设立的文学奖也暗藏着一定的广告意图。在企业或企业家参与的文学奖中,有一些现象特别值得注意,那就是,企业冠名的文学奖一般有始无终的居多,如1995年扬言要办成"中国第一文学大奖"的"红河·大家文学奖",1995年至2002年间,只办了4届就停办了,其实只办了三届,因为第三届、第四届是合并颁奖的。2001年至2003年"中国作家·大红鹰杯文学奖"共举办3届,现也已停办。而"中坤杯·艾青诗歌奖"2004年沸沸扬扬办了第一届,第二届于2005年2月已经公告启动评选,并称将于当年11月至12月颁奖,却胎死腹中,这一奖项也流产了。而企业家冠名的文学奖却往往表现得更加坚韧和持久,如大陆"庄重文文学奖"1987年颁发以来,每两年举办一次,已连续颁发12届,其间庄重文先生去世其子庄绍绥谨遵父亲遗愿,继续资助"庄重文文学奖";台湾"吴浊流文学奖"1970年至2007年,每年一届已举办40届。这些文学奖起初有比较明显的广告意图和商业功利目的,但越到后来,文学奖励的本质目标越清晰突出,成为众多文学奖项中一道持久亮丽的风景。为什么企业冠名的文学奖往往昙花一现，究其原因，因为很多不确定的因素都会导致该奖项中途夭折，如企业领导人事变动、企业经营出现困难、企业广告策略呈现变化等。毕竟，一个文学奖的设立和运行需要最终的物质条件，一些办不下去的文学奖，有很多是财政的原因，当然也有其他原因的情况。

二、文学奖励的组织机构和资金来源

在文学奖励的机制中，文学奖励的组织机构和资金来源是最为重要的，组织机构解决的是"谁来举办"的问题，文学奖并不是谁想办就可以办的，这里也有一个资质问题。关于文学奖应该由什么样的单位和个人来主办，虽然没有成文的法律规则，但还是有一些约定俗成要求的。文学奖的组织机构有如下几种形式：独家主办式；多家单位平行性联合主办式；多家单位有层次的联合举办式，即分主办单位、承办单位和协办单位；委托主办式等。资金来源解决的是"钱从何来"的问题。组织机构和资金来源这两个问题在文学奖励活动中都是第一性的问题，因为它是物质的，在唯物主义的词典里物质永远是决定意识的。一个文学奖能否孕育成型，能否健康成长，最主要的取决于组织机构和资金来源两项。

拿茅盾文学奖来说，当年茅盾如果不拿出自己的 25 万元稿费作为中国当代长篇小说的奖励基金，倡议设立茅盾文学奖估计是很难实现的，即使实现也一定是不能长久的。但是光有钱还不行，必须要有一定的组织机构。官方文学奖的组织机构必须是官方机构，专家文学奖组织机构必须是行业协会和专业团体，民间文学奖的组织机构则较为复杂，主要以媒体为主。

在中国即使以作家名字命名的文学奖，也都有一定的组织机构，讲究名正言顺和相信组织的力量是中国的国情。茅盾临终遗言将稿费捐赠给中国作协，以中国作协名义举办长篇小说的奖励活动，这既解决了该文学奖的资金问题，又解决了该文学奖的组织机构问题。这个文学奖从一开始就拥有比其他文学奖更强的抵抗风雨的能力。在中国作协举办的其他文学样式的文学奖项相继夭折的情况下，茅盾文学奖直到今天还在扎扎实实地举办着。由此可以看出茅盾先生当年的深谋远虑。当时他可以有三种选择，一是出主意不出钱，二是自己出钱自己家办，三是自己出钱以中国作协的名义办。第一种情况，根据茅盾当时的职务、地位和影响，加上当时的时代潮流，他如果提出要办一个长篇小说奖，中国作协可能也会同意，但能否用茅盾名字命名就不一定了，但有一点可以肯定，该奖不可能办到今天，因为中国作协举办的短篇小说奖、中篇小说奖、报告文学奖、新诗奖、散文杂文奖中途都夭折了。第二种情况，茅盾可以拿出自己的稿费作为长篇小说的奖励基金，以茅盾基金会的名义举办茅盾文学奖，由自己的家属亲友来操办，一是这样的基金会不挂靠在作协下面很难批下来；二是即使批下来该文学奖的规格和影响力也不可能达到现在的水平。第三种情况就是现在这种情况，文学奖励的资金问题和组织机构得到了较好的统一。中国作协作为中国作家的专业组织，其权威性和影响力都是最适合作为中国文学奖励的主办单位的。冯牧文学奖的组织形式采用的是在中国作协下属的中华文学基金会下设立冯牧文学专项基金，该专项基金是由冯牧先生的家属、生前友好和学生共同筹集资金创立的，其影响力和生命力比茅盾文学奖

弱，现在已停办。用这种专项基金的形式创立文学奖，能较好
地实现了文学奖设立的组织机构和资金来源的有机统一问题，
是一种较为常见的文学奖设置模式。

在现阶段的文学奖励活动中，愈来愈多的情况是采用多家
联合的形式举办。宋庆龄儿童文学奖（全国优秀儿童文学奖）是
由中国宋庆龄基金会联合共青团中央、广播电影电视总局、教
育部、全国妇联、文化部、中国科协、中国作协等共同主办
的。这种基金组织联合专业机构和政府部门的文学奖机构组成
模式，达到了"资金＋权利＋专业"三者统一，是生命力和抗震
性比较强的一种组织模式。但这种模式有一个弊端需要克服，
那就是多头协调问题，必须有一至两个最核心、最坚定的、中
流砥柱性质的单位甚至个人，这样才能团结和协调多部门多单
位多渠道的力量共同完成既定目标。宋庆龄儿童文学奖若干主
办单位中，虽然有共青团中央、教育部、文化部等多家政府行
政部门，但我们在奖项分类时仍然把它划分成专家文学奖而不
是政府文学奖，是因为这个奖项最核心的两个单位是宋庆龄基
金会和中国作协。特别是2000年以后，原来由中国作协主办
的全国优秀儿童文学奖合并到宋庆龄儿童文学奖中，称为"宋
庆龄全国优秀儿童文学奖"，简称"宋庆龄儿童文学奖"，这个
奖项的专家色彩更浓了。可以说这个奖项的前途和命运主要是
由这8家主办单位中的一头一尾两家单位决定的。这种多家单
位联手举办文学奖励活动的模式可以最大限度地发挥各自优
势，达到优势互补的效果，但是这一两家牵头单位的中坚力量
是必须保证的。由于国家统一调整和规范文学评奖，该奖项举
办6届后于2003年停办了，这是很惋惜的事情。多家联合是

时代发展的需要，全国道德模范评选走的是政府部门与媒体（中央电视台）联合的路子，政府部门可以确保活动的权威和高度，媒体可以有效地扩大活动的影响力。联合媒体单位共同举办文学奖不是当下的新创举，早在1962年，中国电影家协会就联合《大众电影》举办电影"百花奖"评选，在《大众电影》杂志上刊发选票，组织读者、观众投票评选。各媒体之间的联合也是一种新趋势，2003年，"华语文学传媒大奖"由《南方都市报》和《新京报》联合主办，1996年，台湾《中国时报》副刊与《山海杂志》联合举办"山海文学奖"，鼓励台湾少数民族文学。企业与相关专业协会和媒体合作联办文学奖这种组织形式在中国全面市场经济的大环境下，曾经热闹一时，它可以部分解决文学奖的资金来源问题，但往往昙花一现，这种模式应该加以改革和创新。为防止因企业人事变动、经营效益下滑、广告战略调整等对已启动的文学奖项的影响，是否可以在某一文学奖项创办之初，就从体制和机制上考虑其可持续发展问题，比如成立以企业名称或产品名称命名的文学奖励基金，从组织结构和长效资金两方面来确保某一文学奖不至于虎头蛇尾。媒体和出版机构创办文学奖有其独特的优势，其一，新闻出版单位具有专业背景，比如有的是文学类的报刊，有的有文学类的节目和版面，这可以解决设奖的专业资质问题；其二，新闻出版业也是文化产业，有自己独立的经济支撑，而且文学奖励和有奖征稿既能扩大影响又能丰富稿源；其三，媒体创办文学奖还有最为独特的优势，那就是传媒的影响力。这样我们就可以理解为什么从"《万国公报》有奖征文"到"《大公报》文艺奖金"和"良友文学奖金"再到"华语文学传媒大奖"，无论是大陆还是台港澳，包括世界其他地方，媒体和出版机构举办的文学奖相对较多较长久。随着网络媒体的日益发展壮大，网络媒体自办或者合办文学奖的情况也越来越多，网络文学奖虽然还因为网络文学创作的不够成熟、创作队伍的过于年轻及在文坛的影响力有限等原因，这种形式的文学奖质量和水平还有待提高，但毕竟网络文学和网络文学奖都是时代的新生儿，各界都应给予关注和扶持。

除《大公报》文艺奖金等大量独家主办的文学奖外，联合举办的文学奖，其联合组织形式也有细微的差别，上面讨论的基本上属于平行式的联合举办形式，即各家单位无论实际作用大小如何，至少在名义上或表面上都是平行的主办单位，比如前文提到的宋庆龄儿童文学奖 8 家主办单位就属于平行的部级联办单位。在多家联合举办文学奖的组织形式中，还有一种情况是主办、承办和协办的构成形式，这种形式各家联办单位之间是有层级的，有些在主办单位之上还有领导或指导单位，如1987 年创办的"中国图书奖"，即由中宣部和新闻出版总署直接领导，中国出版协会主办，中国图书评论学会承办，现已举办 14 届，前 10 届是每年一届，从第 11 届开始时间改为每两年举办一次，与每两年举行一次的"国家图书奖"评选交替进行。委托举办也属于一种实质上的联办形式，一般委托单位和被委托单位之间有高度信任之关系，有很多直接属于上下级关系。虽然已委托下级或某个其他单位举办，但委托单位对评选过程和结果仍然需要全面负责，评选结果一般仍以委托单位的名义发布，如中国作协全国优秀短篇小说奖，1978 年的第 1届和 1983 年的第 6 届，中国作协分别委托《人民文学》杂志和委托《小说选刊》杂志举办，其余 7 届由中国作协自己举办。

　　一个文学奖励活动能否创办，创办后能否坚持较长时间，是否能产生相当的影响，除组织机构至关重要外，经济的基础性作用也不容忽视。以上分析了文学奖各种不同的组织形式，下面谈一谈文学奖的资金来源问题。举办某种文学奖励活动，一般需要两个方面的费用，一是奖金；二是组织费。文学奖金数额的大小，往往具有直接和强大的感觉冲击力，不能说诺贝尔奖的巨大影响力与该奖百万美元的巨额奖金毫无关系。当年，"红河·大家文学奖"之所以敢宣称要创办"中国第一文学大奖"，甚至被炒作为"中国的小诺贝尔奖"，与财大气粗关系绝大，背靠红河烟厂这棵经济大树，单奖金额敢喊到 10 万元，确实开大陆高额文学奖金之先河，感觉冲击力极大。文学奖励所需资金除直接用于奖励的文学奖金外，活动组织费也是很大的一块，其中包括组织委员会的人员工资和车马劳务费、评审委员会的评审费、活动场地费、版面宣传费、食宿费、影像和纪念品费等一系列费用。这些组织费用一般也需要从文学奖励活动的总的资金预算中给出。

　　文学奖励的资金来源主要有政府拨款、企业赞助、个人捐资三种形式。

　　目前，中国的文学奖励资金除政府三大奖和各级各地的政府文学奖由政府直接财政拨款外，其他文学奖的经费来源一般都是拼盘，除有少量财政拨款外，个人捐资和企业赞助占很大比重。茅盾文学奖、冯牧文学奖等基本上属于个人捐资形成文学奖励的专项基金，这一点很像国外的诺贝尔奖。每届奖励活动的费用由该基金产生的利息或股息中支付。海外成功的文学奖，多数也是走基金会的形式，1970 年，《台湾文艺》创办人吴浊流捐出养老金 10 万元成立"吴浊流文学奖基金会"，颁赠吴浊流文学奖，后经各方捐输，基金计有 18 万元，吴氏以此款购置台湾水泥公司股票，股息收入每年作为文学奖励的费用。由于在奖励资金这一文学奖励机制的根本性问题上得到了很好的解决，诺贝尔奖办了百届，吴浊流文学奖至今也举办了 41 届，目前都没有停办的迹象。研究发现，很多文学奖"中道猝死"，究其原因财政困难占很大比重。反之办得较好的文学奖或者生命力较长的文学奖，一般都比较好地解决了文学奖励机制中资金机制的问题。诺贝尔奖是最为成功的范例。

　　不论是政府拨款还是个人捐资或企业赞助，中国要想创办自己的具有国际影响的文学奖，必须在奖励活动的资金机制上得到根本的保证和解决，而不是为了一时一事的新闻炒作和广告宣传。1994 年，云南红河卷烟厂捐助 20 万元，决定与刚刚创刊的《大家》杂志一起打造"中国第一文学大奖"——"红河·大家文学奖"，10 万元的巨额奖金，加上"寻找大家、造就大家"口号，该文学奖当时被视作"中国的小诺贝尔文学奖"，令不少文坛人士为之振奋。结果是轰轰烈烈的第一届、平平淡淡的第二、三届、草草收场的第四届。企业赞助的文学奖大多逃不出此类规律，其实并不是企业舍不得花钱，或者企业花钱太少。而是在文学奖项设立之初没有很好地解决该文学奖资金保证的长效机制问题。如果当时设立一个该文学奖的专项基金，那么，就在资金的体制和机制上得到较好的保证，就不会因为企业领导更迭、企业效益下滑或企业广告战略转变而产生对某一文学奖项的生存和发展的致命影响，从这一点上，笔者比较看好茅盾文学奖。

　　值得忧虑的是鲁迅文学奖的长效资金体制和机制也没有完全建立起来。在鲁迅文学奖评选章程的第八条评奖经费后只简单地写了一句话："鲁迅文学奖评选活动经费由国家拨款以及吸收社会赞助的方式解决"。①"国家拨款以及吸收社会赞助"对鲁迅文学奖的资金来源来说可以起到双重保证作用，这里的社会赞助包括个人捐资和企业赞助两方面，这是一种开门办文学奖的良好方式，但无论是"国家拨款"还是"吸收社会赞助"，都缺乏长效的体制和机制的保证，一有风吹草动，很难说这个文学奖会不受影响，中国作协应该设立鲁迅文学奖奖励基金，以国家拨款为基础，同时吸纳个人捐资和企业赞助，建立起长效的而不是临时的该奖项的财政保障体制和机制。只有这样中国作协主办的这个唯一的综合性的国家级文学大奖才能从根子上打下良好的基础。鲁迅文学奖1995年筹办，1997年启动第一届评选，1998年首届(资产新闻杯)颁奖，目前办了5届。原定三年一届，并没有严格地执行，其实是各届间隔时间长短不一。第一届颁奖三年后的2001年9月，在浙江绍兴进行第二届颁奖，4年后的2005年6月，在广东深圳举办第三届颁奖典礼，然后是2007年10月和2010年10月第四届第五届又回到绍兴。从不能按时颁奖和首届冠名"资产新闻杯"，第二、三、四五届由地方政府协办等情况综合看来，鲁迅文学奖其实并没有从根本上解决资金问题。这个文学奖有7个单项奖，几乎接续了新时期之初中国作协先后创办又先后停办的若干文学

———————

　　① 《鲁迅文学奖评奖试行条列》(2007年9月18日修订)，见中国作协官方网站"中国作家网"(www.chinawriter.com.cn)"鲁迅文学奖"条。

奖项，如果再出问题的话，影响就比某个单项文学奖停办要大很多，我们希望中国作协的领导乃至党和政府主管意识形态的相关领导和部门能高度重视这个以中国新文化旗手名字命名的、覆盖 7 大文学形式的综合性国家级文学大奖，尽快、尽早、尽好地建立鲁迅文学奖的长效资金机制和体制，以确保这一奖项不会因为缺钱而断断续续或搞钱奖交易。

三、文学奖励的评审标准和评委构成

任何文学奖励活动都是有评奖标准的，没有标准的评奖是不存在的。通过文学奖的评奖标准，评奖单位、组织者、评审者期望达到某种目的、或倡导某种风格、或规范某种思潮、或推进某种运动。傅兰雅的有奖中国小说，是为了促进新小说的创作和繁荣。诺贝尔文学奖是为了授予"最近一年来""在文学方面创作出具有理想倾向的最佳作品的人"，该评奖标准 1990 年经瑞典国王批准，改为授予"近年来创作的或近年来才显示出其意义的具有文学价值的作品"。

评奖标准一般分为原则和细则两方面。近代的中国文学奖励活动的"万国公报有奖征文"每次也都明确标明评奖要求，前期，因该报主要是教会报纸，因此以其主笔李提摩太个人名义举办的几次有奖征文评审的标准和要求是"用鼓儿词腔阐释《圣经》"，"但愿发明主恩，不为辩驳之词，似宜婉为劝道，使人乐闻确信"；"多引佛经典故发明圣道"，"不要伤世，不要辩驳，不要毁谤佛教"。后来该报办成了社会性的报纸，有奖征文的主题和标准也社会化和多元化：论治心、论道原、论祷告、论报应、论神像、论戒烟、论缠足之害，"富国要策、风水辟谬、中西相交之益、崇事偶像之害、耶稣圣教中国所不可缺";"开筑铁路、鼓铸银钱、整顿邮政为振兴中国之大纲论；维持丝茶议；江海新关考；禁烟橄；中西敦睦考","惟愿发明天道，勿论时文、古文，不拘款式，务要与题目贯通，意理明澈，劝善惩恶，足以警人"；这些内容和形式上的要求，基本构成了这些有奖征文的题材、体裁、主题等方面的评审标准和要求。"七七七"文艺奖金的评审标准是："第一，是政治内容，即是否正确反映当前晋绥边区的三大任务和实际生活；第二，是否能够普及；第三，技术的好坏。"这样的评审标准的确定是由当时边区的政治任务和文艺方向决定的。

新时期以来中国大陆文学奖的原则性评奖标准是"双为"方向和"双百"方针，在此原则之下，每个文学奖的评奖细则也各有差别。"鲁迅文学奖"的评选标准有四条，第一条是原则性标准："坚持思想性与艺术性统一的原则，所选作品应有利于倡导爱国主义、集体主义、社会主义的思想和精神，有利于倡导改革开放和现代化建设的思想和精神，有利于倡导民族团结、社会进步、人民幸福的思想和精神，有利于倡导用诚实劳动争取美好生活的思想和精神。对体现时代精神和历史发展趋势、反映现实生活，塑造社会主义新人形象的催人奋进、给人鼓舞的优秀作品，应重点关注。要兼顾题材、主题、风格的多样化。"第二条和第三条是两个重视，即"重视作品的艺术品位"和"重视作品的社会影响力"，属于细则上的标准和要求。此外，细则上标准和要求还有：实行评委名单公开、投票过程公开及评委会评语公开的"三公开制度"和本人及亲属回避制度，及"作品获得不少于评委总数的2/3的票数，方可当选"。

茅盾文学奖的评审原则与鲁迅文学奖几乎完全一样，只是

在评选细则上稍有不同，"凡评选年度内在我国大陆地区公开
发表与出版的由中国籍作家创作的，能体现长篇小说艺术构思
与创作要求，字数13万以上的作品，均可参评。评选年度以
前发表或出版的、经过时间考验的优秀之作，也可由有关单位
慎重推荐参评，通过初选审读组筛选认同并以无记名投票方式
获得评委会半数以上委员的赞同后，亦可列入评委会备选书
目"，"多卷本长篇小说，应在全书完成后参加评选"，"少数民
族语言创作的长篇小说，以汉文的译本出版后参加评选"。"冯
牧文学奖"，目的是"扶植新人"，其基本奖项，要求作家和评
论家年龄在40周岁以内。春天文学奖，奖励的对象更年轻，
为30岁以下的文学青年作者，这个奖严格意义上应该是中国
大陆文坛上第一个文学新人奖。

　　评审委员是评奖标准的具体执行人，为公正起见，一般评
奖机制中，组织委员会与评审委员会是相对独立的。政府奖和
专家奖的评审委员会的构成人员一般都有两部分人员构成，一
部分是相关领域和部门的官员；另一部分是该领域的专家，两
者权重和决定力量的大小以政府色彩的轻重而稍有区别。政府
的色彩越浓，专家的决定权越小，特别是级别较高的文学奖评
选活动，更是如此。评审委员会的构成人员称评审委员会委
员，简称评委。评委一般由组织委员会负责安排或邀请。这里
就有很多值得注意的东西。安排谁不安排谁，邀请谁不邀请
谁，都是有学问的。获奖者是荣誉，评委和颁奖者更是身份的
象征。评委构成越是豪华，越显得该评奖的规格高和权威性
大。"诺贝尔文学奖"的评选单位为瑞典文学院，评委由瑞典文
学院院士组成。差不多同时进行的《大公报》文艺奖金和"良

友文学奖金"评选活动评委都是超豪华的，前者邀请的是杨振声、朱自清、朱光潜、叶圣陶、巴金、靳以、李健吾、林徽因、沈从文和凌叔华10位先辈作家任评委；后者邀请的评委是蔡元培、郁达夫、叶绍钧、王统照、郑伯奇等学界和文坛大家，赵家璧甚至还致信鲁迅邀请他任"良友文学奖金"评委，被鲁迅拒绝。这两个奖项的组织者和评审者也是分开的，但应该看到，组织者对评委是有一定的影响和协调力量的，《大公报》文艺奖金评审过程主要组织者萧乾说"由于成员分散，这个裁判委员会并没开过会，意见是由我来沟通协调的"①，有些奖项组织委员会和评审委员会有部分重叠的，"华语文学传媒大奖"组织委员会中陈朝华和谢有顺是核心人物，在评审委员会中也是终审评委，其评委分推荐评委和终审评委两类，推荐评委基本上是各文学类媒体负责人，首届如《诗刊》主编高洪波、《小说选刊》主编贺绍俊等26人都是推荐评委，终审评委5人，除林建法、陈朝华、谢有顺3人是媒体负责人外，另有程文超（中山大学）和马原（同济大学）两位大学中文系教授。可以说，五人终审评委中主办单位《南方都市报》占两人，陈朝华是该报副主编，谢有顺虽从该报转职广东省作协创研部，但仍与该报藕断丝连。谢有顺同时还是评委会秘书长。陈朝华、谢有顺应该说是该奖项的两个核心人物。这样的评委构成应该非常有利于主办者按照自己的意图遴选获奖者。还有奖项组织委员会与评审委员会混在一起的。"茅盾文学奖"创立之初，当时的文坛泰斗巴金任评委会主任，每届评委构成，都在《文艺报》上公

---

① 萧屹：《大公报文艺奖金》，载《读书》，1979(2)。

示，评奖工作的全面启动往往是以评委会组建成立为标志的，其评委构成一般由中国作协党组最后确认通过。无论是哪种情况，主办方和组织者的意见，评委会一般是给予尊重的，这是常情，因此在历次评奖活动中，领导、熟人通过组委会向评委会打招呼、递条子这样的事情并不鲜见。

除政府评委和专家评委外，还有一种大众评委的形式。从政府奖和专家奖到大众奖，是新时期以来中国大陆包括文学奖在内的各种奖项逐渐呈现出一种新的时代趋势。就拿电影文学奖来说，"夏衍电影文学奖"和"中国电影金鸡奖"一个是政府奖、一个是专家奖，而"中国电影百花奖"则是大众奖。早在1962年和1963年《大众电影》就举办的以观众反应和大众投票为评选依据的"中国电影百花奖——最佳编剧奖"的评选，"百花奖"寄意电影艺术家们在文艺的百花园中创作出更多为老百姓所喜闻乐见的好影片、好剧本。该奖中断了17年后，直到1980年才恢复并举行了第三届评奖，此后每年举办一次，从2005年起改为每两年举办一届，逢双年举办，在《大众电影》杂志上刊发选票，组织读者、观众投票评选，从2004年起由单一的信函投票改为信函投票和短信投票两种方式，短信投票截至颁奖典礼现场揭晓时为止。报纸杂志投票、手机短信投票和网络在线投票三种形式是目前群众性评奖的三种主要投票形式，后两种方式有日益壮大之趋势。愈来愈多的包括文学奖在内的各种奖励除设有传统的政府奖和专家奖外，还另设大众奖或群众奖，让读者、观众、听众等受众们每个人都来当评委，都来投一票，以鼓励更多的群众参与，并最大限度地扩大活动的影响，当然这里一般也有商业炒作的成分。央视很多收视率高的节目像《非常 6＋1》《幸运 52》评委观众化已成时尚。全民评委实际上体现的是一种集体狂欢的时代情绪。

四、文学奖励的奖项设置和颁奖仪式

奖项设置是否科学适当，一方面体现该奖项的权威性和公信力；另一方面也体现创办和组织该奖项的单位和个人的办奖意图。突出什么？限制什么？奖励什么？一般都可以从设奖名称和奖项设置上看出端倪。

"茅盾文学奖"，是中国当代长篇小说的最高奖项，在中国新文学的长篇小说创作上，茅盾是无可争辩的最高成就取得者之一，因此，用"茅盾文学奖"来作为当代优秀的长篇小说的国家级奖的名称无可厚非。"鲁迅文学奖"的奖项设置也是较为科学和合理的，奖项分为全国优秀中篇小说奖、全国优秀短篇小说奖、全国优秀报告文学奖、全国优秀诗歌奖、全国优秀散文杂文奖、全国优秀文学理论文学评论奖、全国优秀文学翻译奖七大类，除报告文学奖稍显牵强外，其他六大类是以鲁迅的文学成就为依据的。特别是中短篇小说和散文杂文，鲁迅迄今仍是不可逾越的高峰。但也有些奖项设立的不很科学甚至很不科学，湖南省作协主办的"毛泽东文学奖"，就有点名实不符，毛泽东虽然在文学方面主要是在古典诗词方面取得了一定的成就，但他最重要的还是政治和军事成就，仅用这个名称来奖励文学，多少有点帽子太大，脑袋顶不起来之感。而且，虽然毛泽东是湖南人，但他毕竟是新中国的开国元首，是全国人民爱戴的领袖，只用于湖南一地也显得大而无当。该奖的奖项设置包括长篇小说、中短篇小说集、诗歌集、散文集、报告文学集、文学评论集、儿童文学作品集七大门类，很多文学门类毛泽东根本没有涉及。"郭沫若散文随笔奖",是经与郭沫若先生子女协商,2004年由中国作家协会、中国残疾人福利基金会主办的,原定每两年评选一次,仅办一届就停办了。为什么不是"郭沫若诗歌奖"或者"郭沫若历史剧奖"而是"郭沫若散文随笔奖",有点令人费解,倒是其奖项设置中另设为赞助支持散文随笔创作出版的单位颁发"文学事业繁荣奖",和"为他人作嫁衣裳"的散文随笔编辑颁发"优秀编辑奖"较有创意。

　　在20世纪的文学奖励机制中,颁奖的仪式化越来越成为文学奖的一种固定模式,这也可能是所有奖励的共同仪式吧。"全国劳动模范""全国五一劳动奖章获得者",国家每年都召开隆重的发奖仪式,甚至学校给"三好生"发奖也要开发奖大会。颁奖仪式的举办多少有点结婚办喜酒的意味,在农村,领了结婚证不能算真正的结婚,只有办了喜酒,举行了结婚仪式才得到亲朋好友的认可和祝福。颁奖的仪式化,可以很好地达成奖励之目的:鼓舞先进,树立榜样,增强荣誉,激励大众。因此文学奖的仪式化越来越显得重要和突出。比如,第三届"鲁迅文学奖"早在2004年12月已经在报纸和网站上揭晓获奖名单,但是这不算结束,一定要搞一个颁奖仪式,直到2005年6月,找到一个埋单的单位,颁奖活动由深圳市文联承办,承办之意当然是有承担费用之意。这也暗示了"鲁迅文学奖"财政状况的不宽裕,不然也没有必要在获奖名单揭晓半年后才举行颁奖典礼。"红河·大家文学奖"为显示该奖项层次之高、规格之大、仪式之庄严,该奖的三次颁奖地点都选在人民大会堂。"华语文学传媒大奖"的颁奖地点选在现代文学馆,目的是为了强化其评奖目的"民间立场,专业眼光"以及其宣称的"反抗遮蔽(指对文学的遮蔽——笔者注），崇尚创造，追求自由，维护公正"之宗旨。除地点选择意味深长外，颁奖嘉宾也是颁奖典礼的重要环节和规格象征，第二届鲁迅文学奖颁奖典礼在浙江绍兴举办，专门邀请了与文学没有太大关系的全国人大常委会副委员长铁木尔·达瓦买提为获奖者颁奖，"新落成的绍兴市绍剧艺术中心彩旗飞扬，锣鼓喧天，以中国新文化运动的伟大旗手鲁迅先生命名的第二届鲁迅文学奖在这里举行隆重的颁奖典礼。——全国人大常委会副委员长铁木尔·达瓦买提，中国作协党组书记金炳华，中国文联副主席李瑛，中国作协负责人张锲、邓友梅、铁凝、陈建功、高洪波、金坚范、吉狄马加，省人大常委会副主任张友余、省委宣传部部长斯鑫良等出席了今天的颁奖典礼并为获奖者颁奖。"①在颁奖仪式中，除颁发奖金外，一般还要颁发奖杯、奖证、奖牌等，这也是当下文学评奖的颁奖典礼中仪式化的内容之一。

获奖理由或颁奖辞，是获奖仪式中的重要内容，近年来有凸显和强化之趋势。中央电视台感动中国颁奖辞已作为高考内容，"《大公报》文艺奖金"颁奖辞成为现代文学作家作品评论的经典："他和农村有着深厚的关系。用那管糅合了纤细与简约的笔，他生动地描出这时代的种种骚动。他的题材大都鲜明亲切，不发凡俗，的确创造了不少真挚确切的人型。"这是对获奖小说集《谷》、也是对获奖作家芦焚（师陀）的精当评价，被现代文学史家反复引用。好的获奖理由或颁奖辞，一般都能随获奖作品和获奖事件一道流传。诺贝尔文学奖获奖理由也与诺奖一

① 本报讯（记者刘慧、何安丽）：《第二届鲁迅文学奖在绍兴颁奖》，载《浙江日报》，2001-09-24。

样成为经典中的经典，如 1901 年颁给了法国作家普吕多姆，他因《孤独与沉思》等获首届诺贝尔文学奖，瑞典文学院给他的颁奖辞为："是高尚的理想、完美的艺术和罕有的心灵与智慧的实证"；1923 年爱尔兰诗人威廉·叶芝因诗作《丽达与天鹅》等获奖，颁奖辞是："由于他那永远充满着灵感的诗，它们透过高度的艺术形式展现了整个民族的精神"；1953 年英国首相温·丘吉尔因散文《不需要的战争》获奖，瑞典文学院给他的颁奖辞是："由于他在描述历史与传记方面的造诣，同时由于他那捍卫崇高的人的价值的光辉演说"；1968 年日本作家川端康成因小说《雪国·千鹤·古都》等获奖，其颁奖辞为："由于他高超的叙事性作品以非凡的敏锐表现了日本人精神特质。"这些精准生动的颁奖辞为获奖作家和作品增色甚多。2006 年第十届"庄重文文学奖"给获奖者邱华栋的颁奖辞是："在同辈青年作家中，较早把目光投向日新月异的都市生活，热情、敏捷、执著地捕捉城市的变化和发展，以及给年轻一代带来的心灵触动，有效地丰富了当代文学的表现内容，并对更为年轻的作家起到了良好的示范作用。"

第三节　20 世纪中国文学奖励的表现形态

20 世纪的中国文学奖励有多种多样的表现形态。有政府组织的文学奖励，有专家组织的文学奖励，有报纸杂志组织的文学奖励，还有企业和企业家参与的文学奖励，更有政府专家群众等混合举办的文学奖励。20 世纪中国文学奖励的表现形态的复杂性使得我们在第一章梳理 20 世纪的文学奖励现象时，面对着相当程度的困难和挑战。经过研究发现，20世纪形形色色、万万千千的文学奖励，按其性质分最主要的有：官方文学奖励、专家文学奖励和民间文学奖励三种表现形态，分别简称为"官方奖""专家奖"和"民间奖"。在我们冷静分析了20世纪中国文学奖励的特殊语境和运作方式后，本章将重点考察20世纪中国文学奖励的表现形态，并将着力分析三种文学奖励表现形态背后的代表性力量，代表"官方"力量的党政部门及领导，代表"专家"力量的作家、评论家、教授学者，和代表"民间"力量的群众。这三种力量之间的博弈与妥协，能比较准确地反映文学奖励这三种不同的表现形态之间的竞合与互动。

20世纪中国文学奖励的表现形态主要分"官方奖""专家奖"和"民间奖"。"官方奖"，是指由各级党政机关和党政部门组织举办的文学奖励活动；"专家奖"，是指由专业协会和专家团体组织举办的文学奖励活动；"民间奖"，是指由民间团体、报纸杂志、基金企业等组织举办的文学奖励活动。三种表现形态不是绝对纯粹的，有些"专家奖"其实就是政府主导的，包括有些"民间奖"也有比较浓厚的政府色彩，这是中国国情决定的；还有一些"官方奖"和"民间奖"，获奖结果却是由专家评出的，又有相当程度的"专家奖"意味；还有的"官方奖"和"专家奖"也同时采用群众投票的评奖方式并一定程度地吸收群众投票的结果，表现出"群众奖"的某些特征。

一、新时期以来首次文学评奖的独特意义

1978年9月20日《人民文学》公开发布举办"1978年全国短篇小说评选"活动的启事，开始了新时期以来文学评奖史上的首次评选工作，当时他们也许没有意识到这次短篇小说

评选工作，不仅是对短篇小说创作的提高和繁荣开辟了一条
蹊径，而且开始了20世纪中国文学奖励史上机制和体制的
全面建设的新阶段。其首创之功应载入史册。中国近现代文
学奖励的机制和体制建设处于初创阶段，不是非常规范和完
善，新中国成立到新时期以前，文学和文学奖励都被最大限
度地边缘化，文学奖励的机制和体制建设更是无从谈起。以
往，我国文学工作习惯两种领导方式，一是行政方式；一是
评论方式。行政方式一向受到某些人的推崇，也受到另一些
人的睥睨，但在中国国情中，仍然不失是一种可行的方式。
评论方式虽好，但并非能看出直接的效果。采取政府领导、
群众推荐、专家评选相结合的方式，评选出当年最优秀的短
篇小说，并以此来推动小说创作的繁荣，正是符合了政府、
群众与专家评选三方面的优势。

关于1978年新时期第一次文学评奖活动，时任《人民文
学》杂志社评论组组长的文学评论家和民间文学专家的刘锡诚，
作为这次活动的亲历者和重要组织者之一，为我们留下了一些
非常珍贵的史料，他有一本名为《在文坛边缘上：编辑手记》的
专著，意思是自己没有走上真正的"文坛"，所以叫"在文坛的
边缘上"，该书以一个"编辑手记"的形式，为我们保留了很多
很珍贵的文坛一手资料，特别是新时期之初文学奖励活动的一
些内幕史料。具象而清晰地呈现20世纪特别是新时期第一次
文学评奖活动即当时名为"1978年全国优秀短篇小说评选"的
活动组织情况，及新时期文学奖励的生产过程和以中国作协为
代表的国家文学奖励机制初步形成的基本面貌。

《举办1978年全国优秀短篇小说评选启事》(1978年9月

20日），连续刊登在《人民文学》1978年第10、第11、第12期上。在刘锡诚的收藏中，还有一份较这份文件早13天的一份同样名称的文件，签署日期是1978年9月7日。更珍贵的是作为9月7日这份《评选启事》文件的附件，还有一篇专供领导参考的《1978年全国优秀短篇小说评选的初步设想》，内容比公开发布的《评选启事》翔实。《评选启事》易见，《初步设想》难睹。所以笔者把刘锡诚先生保存的原始文件转录如下：

附《1978年全国优秀短篇小说评选的初步设想》

（此件仅供领导参考，不公开发表）

《人民文学》遵照英明领袖华主席给本刊题词的精神，为了贯彻"百花齐放"的方针，繁荣社会主义文艺创作，准备从1978年起对全国优秀短篇小说逐年进行评选。有关评选范围办法的初步设想如下：

一、评选范围：

1978年的评选，从1976年10月至1978年12月止（以后每年一评），在此期间全国发表过的优秀短篇小说均在评选之内。

二、评选标准：

(1)提倡反映当前现实斗争生活的作品，反映革命历史斗争的佳作也可入选；

(2)提倡题材风格的多样化；

(3)提倡篇幅短、生活新、思想深而又富有独创性的作品；

(4)提倡革命现实主义和革命浪漫主义相结合的较好的作品；

（5）主要是推荐新人作品，有老作家的短篇佳作也可入选。

三、评选办法：

采取专家与群众相结合的方法。请各地文艺刊物、出版社、和报社文艺副刊推荐并发消息；在《人民文学》上发启事。（在本刊 10 月号上登"启事"，并附《评审意见表》）发动广大群众推荐。

《人民文学》要安排专人负责初选，提出初步篇目，交评委会审定。初步设想每年选出优秀短篇小说二十篇左右，按质量分别为一、二、三等。在明年 3 月号《人民文学》上公布评选结果，并酌情给当选者精神上和物质上的奖励。

评选委员会由《人民文学》邀请作家，评论家 5 人组成（拟请茅盾、张光年同志主持）负责审定，选出当选的优秀作品。

四、奖励办法：

（1）一等奖作品如未在《人民文学》上发表过的，可予转载；全部获奖作品建议由人民文学出版社出单行本；

（2）请获奖作者到北京来开座谈会，请领导同志接见；

（3）获奖作品每人发给纪念性的奖状或纪念册；

（4）获奖作品按一、二、三等奖，分别给予 100 元、80 元、60 元的奖金或书籍及其他纪念品；

（5）设想奖金预算 2 000 元。一等 3 篇 300 元；

二等 5 篇 400 元；三等 12 篇 720 元。做纪念章或纪
念册 600 元左右。[①]

刘锡诚说："群众推荐与专家评选相结合，是这次评选的
一个突出特点。这一举措，得到了广大读者的热烈反响，纷纷
投票推荐自己认为优秀的短篇小说作品，到 1979 年 2 月 10
日，编辑部总共受到群众来信 10 751 封，投票 20 838 张，推
荐作品 1 285 篇。真可谓盛况空前。群众投票得票多的作品，
编辑部在初选时，优先考虑。但也顾及到了读者意见会出现某
种片面性的可能，如地区和读者文化水平的差异有可能导致确
属优秀的作品而在群众中得票甚少的情况。编辑部把得票 300
张以上的作品(除《醒来吧，弟弟》外)全部入选，共 12 篇。另
外，又在群众中得票并不很多的优秀作品中选了 8 篇，加起来
共 20 篇。"[②]《人民文学》编辑部把这 20 篇小说作为"优秀小说
初选篇目"送给评委审阅。并于 1979 年 2 月 22 日致信评委，
把初选工作中遇到和想到的一些问题，提出了一些设想，供评
委们在审阅初选作品时参考。信是这样的：

　　××您好！

　　1978 年全国优秀短篇小说评选工作，到 2 月 10
日为止，群众来信已经结束(投票结果见《简报》第三
期)。近日来，我们编辑部全体同志经过多次开会讨
论，拟出了初选作品 20 篇的篇目，今送上，供您在

---

　　① 刘锡诚：《在文坛边缘上：编辑手记》，186～187 页，开封，河
南大学出版社，2004。

　　② 刘锡诚：《在文坛边缘上：编辑手记》，187 页，开封，河南大学
出版社，2004。

评选时做参考。这里，把我们在讨论中接触的一些问题，以及我们对这些问题的想法，向您汇报如下：

选多少篇合适的问题：大多数同志认为，粉碎"四人帮"以来，短篇小说创作日益繁荣，出现的好作品较多，受到社会各阶层特别是青年读者的欢迎和重视，产生了较大的影响。从这个实际情况出发。这次评选出的优秀作品不宜太少。但如果不做应有的严格要求，尺度放的很宽，选出的作品过多，也不能达到推荐优秀作品的目的。因而，认为选15～20篇比较相宜，最多不超过20篇。

如何体现群众推荐和专家评选相结合的问题：我们必须充分重视群众意见，群众投票多的作品应优先考虑。但也要看到读者提意见也会有局限性，例如地方刊物上发表的作品很多读者看不到；由于各种原因，某些优秀作品暂时还不能被广大读者所欣赏等等，因此一些得票虽少而确系优秀的作品也应选入。根据这种认识，这次初选时，我们把得票300张以上的作品（除《醒来吧，弟弟》以外）全部选入，共12篇；另外选入8篇，每篇得票不一定都多，有的甚至是很少的。

对老中青作者的作品是否一视同仁的问题：基本上应该一视同仁。但从实际情况来看，粉碎"四人帮"以来，短篇小说的创作队伍中出现了不少新人，他们的创作，不仅数量多，而且有一定数量的作品质量也高。通过评选，对这样一些新作者给以鼓励、肯定，这对于发展、壮大文学创作队伍，有特别重要的意义。在同一时期内，中年作家的创作也比较活跃，而老作家写得还不很多。因此，大家一致认为：这次评选应偏重中青作者，特别是青年作者。初选篇目中，未选入老作家的作品。

评选工作如何体现"百花齐放"的方针？我们认为，"百花齐放"方针的基本精神，是鼓励作者充分发挥各自的创造性。而初选的 20 篇作品，基本上都是从生活出发，在取材上冲破不少禁区，在风格、手法上也大都各有特点，可以说都有不同程度的独创性。20 篇作品中，写爱情生活的篇数最多，而反映工农业战线斗争生活的篇数较少，直接反映向"四化"进军的作品连一篇也没有。我们考虑，如果在题材上求平衡，降低质量要求，使某些作品入选，这样做是不妥的。

对各少数民族作家的作品应不应该特别加以照顾？我们认为，我国是一个多民族的国家，此次评选工作中，对各兄弟民族的作者的作品应该特别加以注意。但近年来，各兄弟民族作者写的短篇小说不很多，初选篇目中只选了回族作者张承志的《骑手为什么歌唱母亲》(内容写蒙古族人民的斗争生活)。

这一次是粉碎"四人帮"以来的短篇小说评选，而初选的 20 篇作品中，1978 年的作品入选较多(17篇)，1977 年的作品入选较少(3 篇)，是否适宜？讨论中大家认为：1978 年的短篇小说创作比 1977 年有显著进展，因此 1978 年的当选作品比 1977 年多，是符合实际情况的。应该考虑到 1977 年的有些作品在当时的历史条件下所起的作用，在选取标准上可以适当放宽一点，但不宜放得太宽。

初选的20篇作品，仅仅是从6种刊物和一种报纸副刊上选出的，而《人民文学》上发表的作品又占了较大的比例，这样做是否合适？我们经过反复讨论，认为如果在这问题上考虑过多，势必影响入选作品的质量。因此对初选篇目没有再做调整。

在初选篇目中，刘心武同志的作品占了两篇(《班主任》和《爱情的位置》)，是否合适？我们认为从作品质量、社会影响以及群众投票的情况来看，这样做比较合适。

当选的作品要不要分等级？我们觉得以不分等级为宜，但可以按作品质量排出先后顺序，在颁发奖金时，发给前5名的奖金数目可以高一些。

以上考虑和意见若有不当，请予指正。

我们计划在3月中旬全部完成此次评选工作，因此建议在3月5日举行评选委员会会议，正式进行评选，确定当选篇目。望您于3月5日前翻阅有关作品，届时出席讨论。

此致

敬礼！

《人民文学》杂志社

1979年2月22日 ①

---

① 刘锡诚：《在文坛边缘上：编辑手记》，187～190页，开封，河南大学出版社，2004。

  1979 年 3 月 5 日，"1978 年全国短篇小说评选"评选委员会会议如期举行。评委们对《人民文学》编辑部提供的初选篇目和在信件中提出的设想进行了讨论，提出了一些意见，根据评委会讨论意见，《人民文学》编辑部对"优秀短篇小说初选篇目"做了修订调整。修订后的篇目共 25 篇——原篇目中去掉《虎皮斑纹贝》，增加 4 篇（《满月儿》《抱玉岩》《"不称心"的姐夫》《最宝贵的》）。《虎皮斑纹贝》是《人民文学》刊登的，内容又是写青年爱情生活的，而此类题材的作品过多，因此去掉了。增加的 4 篇都是地方刊物上登载的；其中《最宝贵的》由于特别短小、精炼，根据会后某些同志的一再建议，选入了。此外，对排列顺序也作了调整，把《窗口》和《湘江一夜》置于前五篇中，把《顶凌下种》置于第七篇的地位（因得票只有 22 张，似不宜再提前）。《足迹》是描绘周总理形象的，写得也还精炼，因此置于第六篇的地位。

  评委会后，《人民文学》编辑部又于 3 月 7 日致信各位评委，征求评委对"新篇目"的最后意见。经过三次调整篇目，并经评委会最终审定，最后确定并公布获得"1977—1978 年全国优秀短篇小说评奖获奖作品"25 篇篇目及顺序为：刘心武的《班主任》，王亚平的《神圣的使命》，莫伸的《窗口》，邓友梅的《我们的军长》，周立波的《湘江一夜》，王愿坚的《足迹》，成一的《顶凌下种》，李陀的《愿你听到这支歌》，宗璞的《弦上的梦》，卢新华的《伤痕》，张洁的《从森林里来的孩子》，张承志的《骑手为什么歌唱母亲》，张有德的《辣椒》，贾大山的《取经》，贾平凹的《满月儿》，王蒙的《最宝贵的》，陆文夫的《献身》，萧平的《墓地与鲜花》，刘富道的《眼镜》，孔捷生的《姻缘》，祝兴义的《抱玉岩》，关庚寅的《"不称心"的姐夫》，齐平的《看守日记》，于土的《芙瑞达》，童恩正的《珊瑚岛上的死光》。

刘锡诚认为这次评奖意义有三："举办短篇小说评奖，在我国，是新时期文学初期出现的新事物，'文化大革命'前的17 年，从来没有进行过类似的评奖。这次评选的收获是多方面的，以笔者看，其一，也是最大的收获是，使一些有才能的青年作家脱颖而出，得到了公众的公认；其二，25 篇作品的评出，标志着我们的新时期文学已经走出了'四人帮'文学教条影响的阴影，逐渐向着文学的本义回归；其三，以'伤痕文学'为开路先锋的新时期文学横空出世，开了一代文学新风。"①

笔者认为，这次评奖意义重大而且原始材料珍贵，原因有三。

第一，这次评奖在新时期是开创性的，原始资料稀少，而且从上文引用的几则材料中，可以清晰完整地展现新时期中国首次文学奖励的全过程及国家文学奖励机制的初步形成和基本风貌；

第二，此后的作协五大奖基本没有跳出这次评奖的大框框。此奖第二年升格为中国作协主办，"全国优秀××××奖"最终成为一种标志性名称和典型范式；

第三，这些原始材料里包含了极其丰富的历史信息，特别是蕴含着文学奖励活动中"政府""专家"和"大众"三种力量的竞合与互动，博弈与妥协。在这则材料里，作为"政府"力量代称的"领导"虽然没有正面出场，我们不难从"仅供领导参考"的

---

① 刘锡诚：《在文坛边缘上：编辑手记》，191～192 页，开封，河南大学出版社，2004。

《初步设想》及附件的行文中推断出这份报告是打给《人民文学》杂志社上级单位的，因为报告中还提到"全部获奖作品建议由人民文学出版社出单行本"的事情，这样跨部门跨单位的事情，最低也应该是中国作协才能协调的，因此这份报告最有可能是打给其直接领导中国作协的，也有可能同时抄报上级领导中国文联和中宣部。虽然按照我们的划分该奖项应该属于"专家奖"，但不管怎样，这里"政治"和"政府"的力量都是不可小视和忽视的，作协党组、文联党组、中宣部甚至分管意识形态的党和国家领导同志会有什么想法，按照活动程序还有"请领导同志接见"的安排，评奖的作品符不符合当时的方向政策，组织者和评奖专家是不能不考虑的。在这次评奖活动中直接出现的力量是两支："专家"和"群众"，但实际上应该是三支，在这次奖励中，"政府"的力量主要是以作协党组的面貌出现的。

这次评奖的评委会正式开会时间是 1979 年 3 月 5 日，地点在北京新侨饭店。到会评委有：沙汀、草明、唐弢、袁鹰、罗荪、孙犁、冰心、冯牧、林默涵等。唐弢说："当前短篇小说篇幅太长，这种偏向应指出来"；袁鹰说："张洁的《从森林里来的孩子》，写得好，风格朴素，主题开掘得深"；孙犁说："刘心武的《班主任》政治上很好，但艺术上不成熟，写得枝枝蔓蔓。《伤痕》文字好，我很喜欢"；草明说："现在的青年喜欢'伤痕文学'，我看成一的《顶凌下种》写得不错，我意应提前到第四位"；冯牧说："《珊瑚岛上的死光》是另类题材，别具一格"；林默涵说："四次文代会上要提出，能否设立鲁迅文学奖金，评奖要群众、专家、领导三结合。单纯搞群众评奖不合适。既不能长官说了算，也不能评论家说了算，要几方面结合起来。这样才能准确。评奖是选择好作品的手段，没有评上的，也不见得不好，必然有遗漏的"；冰心说："我的意见是这样排列：《班主任》(刘心武)、《我们的军长》(邓友梅)、《愿你听到这支歌》(李陀)、《从森林里来的孩子》(张洁)、《窗口》(莫伸)、《眼镜》(刘富道)、《爱情的位置》(刘心武)、《顶凌下种》(成一)、《骑手为什么歌唱母亲》(张承志)、《珊瑚岛上的死光》(童恩正)、《伤痕》(卢新华)、《神圣的使命》(王亚平)、《最宝贵的》(王蒙)、《墓地与鲜花》(萧平)、《虎皮斑纹贝》(张士敏，这篇小说环境写得不错，后面写得不好，用日记来写，也不协调)、《芙瑞达》(于土)。"①根据"群众"推荐，刘心武的小说有三篇票数在 300 票之上，这三篇分别是《班主任》《爱情的位置》《醒来吧，弟弟》，可见刘心武当年的短篇小说的成就和读者基础，《人民文学》在第一次上报评委时考虑到一人上报三篇太多，去掉了《醒来吧，弟弟》，上报两篇，并加以说明"我们认为从作品质量、社会影响以及群众投票的情况来看，这样做比较合适。"但最后评委综合意见还是把《爱情的位置》拿掉了，笔者认为评委的做法是正确的，第一次全国性的短篇小说评奖，一个作者上两篇是不太合适的，况且该作者已经拔了头筹。最终公布的获奖名单的确是"群众""专家"和"政府"三支力量竞合的结果。

二、"专家奖"的半官方形态及专家的特殊角色扮演

"专家奖"一马当先。前文谈到了 20 世纪的主要时段中国

---

①　刘锡诚：《在文坛边缘上：编辑手记》，215～217 页，开封，河南大学出版社，2004。

社会的三种基本社会力量：政治、经济、文化之间的博弈结果是政治力量无限伸扩，经济和文化力量被最大限度地边缘化。这一点反应到文学奖励上，是无论"官方奖"还是"专家奖"甚至"民间奖"，都最大限度地打上了政治的鲜明烙印。这种局面只是到了"真理标准大讨论"及十一届三中全会召开的1978年和邓小平发表"南方讲话"1992年才得到了两次较大程度的改变。1978年是注定要被载入历史史册的，"实事求是"思想路线的最终确立，为文艺解开了政治和思想的双重镣铐，把文艺从政治的附属物中解放出来，特别是把文艺从最深重的文字狱中解救出来，成为新时期之初文艺工作的最大任务。党和政府的文艺政策从"罚多奖少"甚至"以罚代奖"，开始转向"有奖有罚"，"奖多罚少"或"明奖暗罚"，一方面，戴厚英的《人，啊人》、高行健的《车站》等"自由化"的作品被处被禁；另一方面，一大批优秀的文艺作品和文艺工作者被授予荣誉和奖励，从1978年到1988年10年间，是整个20世纪文学奖励最集中的10年。这一阶段的文学奖励主要表现为"专家文学奖"，其中中国作协主办的文学五大奖励及"茅盾文学奖"都办得各有特色，特别是新时期最早创办的"全国优秀短篇小说奖"和针对当代长篇小说创作的"茅盾文学奖"意义和影响最大。前者有开风气之先的创新意义，在文艺被全面挤压和处罚近20年后，代表党和政府对文学和文学工作者进行管理和规范的专业文学组织中国作协及其文艺阵地《人民文学》杂志社，首次立场坚定旗帜鲜明地对新时期的作家和作品进行文学的奖励，1978年9月开始筹办，1979年3月在京颁奖的第一届"全国优秀短篇小说奖"是中国作协委托《人民文学》杂志社举办的，但它确实产生了石破天惊的轰动效应，刘心武的《班主任》等一大批优秀的短篇小说获奖，中国作协在短篇小说第一届评奖成功的基础上，第二届开始中国作协自己亲自操刀，又成功地举办了第二届，这两届连续成功给中国作协很大的信心，同时其他各种文学类别和体裁也都对要求评奖呼声很高。1981年，中国作协在继续成功举办第三届短篇小说奖的同时，同年又举办了"全国优秀中篇小说奖"和"全国优秀报告文学奖"，本年度又根据茅盾临终遗嘱，以茅公名字命名了当代长篇小说创作奖，此后1982年又创办"全国优秀新诗（集）奖"，1986年又创办"全国优秀儿童文学奖"，1988年又最后创办"全国优秀散文（集）杂文（集）奖"，该奖1989年首届颁奖，仅办一届就停办了。再加上1980年中国剧协创办的"全国优秀剧本奖"和1981年中国影协续办的电影"金鸡奖""百花奖"的最佳编剧奖，及1981年与国家民委合办的"全国少数民族文学创作奖——骏马奖"（1981年至今），至1988年，中国作协基本上完成了各种文学体裁和类别的文学奖励的设置和创办工作。这也是新时期中国作协贡献最为突出、创新最为不俗、影响最为巨大的10年。我们还可以从各种文学奖的设置先后顺序中，体察到各种文学样式在新时期最初10年的成绩和影响大小之别。成绩和影响最大的当属短篇小说的创作；其次是中篇小说和报告文学；再次是新诗和长篇小说。至今我们还能回想起那些为我们启蒙给我们启示并感动我们很久的许多优秀篇章：刘心武的《班主任》、卢新华的《伤痕》，谌容的《人到中年》、张贤亮的《绿化树》，徐迟的《哥德巴赫猜想》、陶斯亮的《一封终于发出的信》，舒婷的《祖国啊，我亲爱的祖国》、雷抒雁的《小草在歌唱》，周克芹的《许茂和他的女儿们》、古华的《芙蓉镇》及巴金的《随想录》，这些我们耳熟能详的当代文学的优秀华章，差不多在各自的文学奖项中都获得相应的文学大奖。

值得注意的是在新时期的最初阶段，随着文学创作的繁荣一时，各种文学奖励风起云涌，但这一时期最为突出和醒目的当属"专家文学奖"。"专家奖一马当先"是新时期文学奖励活动的真实写照，这中间中国作协功莫大焉、善莫大焉。中国作协创办的这些专家文学奖一方面极大地激励了几十年来被严重打压和边缘化的中国作家群；另一方面也极大地鼓励和刺激了新时期的文学创作活动。

"专家奖"的半官方形态。中国作家协会是隶属于中国文学艺术界联合会的专业协会，虽然不像中宣部、文化部等是党政部门，但行政级别上也属于部级建制，中国作协主席和党组书记都是部级干部，都是由中共中央组织部直接任命的。这体现了中国共产党在管好"枪杆子"的同时，也要坚决地管好"笔杆子"。中国作家协会的浓重的官方色彩和半官方性质从根本上决定了中国作协举办的由专家投票评选出的各个文学奖励浓重的官方色彩和半官方性质，因此有很多人把包括"茅盾文学奖"在内的中国作协举办的各种文学奖划为"官方文学奖"，也是有一定道理的。但笔者认为中国作协毕竟绝大部分是由创作家和评论家等专家构成的专业协会组织，它毕竟不同于中共中央宣传部、文化部、国家广电总局、新闻出版总署等党政机关，因此笔者在对文学奖励进行划分时，仍然把作协举办的文学奖归入"专家奖"的范围内。但我们不能因此就认为中国的"专家奖"体现和表达的都是"专家意志"，就像五千年来以专家为代表的中国知识分子很少有完全独立的意识形态和社会地位一样，在与政治力量和经济力量博弈的过程中往往表现出浓重的依附性和巨大的软弱性，这一点在20世纪的文学奖励活动中也时有表现。

下面我们从实例来具体探讨中国文学"专家奖"的半官方形态。我们把以"茅盾文学奖""鲁迅文学奖"为代表的中国作协举办的一系列文学奖项及由相关专业组织和专家团体创办的文学奖项划归"专家文学奖"，依据之一是这些奖项的主办单位是专业背景很强的中国作家协会和类似的团体组织；依据之二是这些奖项的每次评奖开始之初，先要组成"以专业为背景以专家为主体"的"评委会"，而且专家评审的意见在评奖过程中占有相当大的分量和权重。因此不能把这些专业机构和专家团体举办的文学奖与党政机关举办的文学奖完全等同看待。虽然"茅盾文学奖""鲁迅文学奖"等奖项的官方和政府色彩都很重，但最多也只是半官方形态。这一点从一些评奖的组织程序中也可以看出端倪。首届"茅盾文学奖"评奖的组织程序还有许多瑕疵，到第二届就基本完善了，评委的名单也进行了公示："（本报讯）第二届茅盾文学奖评委会已经组成。主任委员巴金；副主任委员张光年，冯牧；评委（按姓氏笔画为序）丁玲、乌热尔图、刘白羽、许觉民、朱赛、陆文夫、陈荒煤、林默涵、胡彩、柳杜、唐达成、唐因、顾马襄、黄秋耘、康濯、谢永旺、宗白华。评委现已开始阅读长篇小说。"①把评委名单公布于众，一是显示评委阵容的强大；二是接受社会公众的监督。从

---

① 本报讯：《第二届茅盾文学奖评委组成》，载《文艺报》，1985-07-06。

这份 20 人的评委名单中，我们发现当时健在的文坛巨匠几乎都在列。这份名单的专业性和专家性是毋庸置疑的。在当时担任高级别文学奖的评委是一项很光荣的荣誉，酝酿这份评委名单是作协书记处很费脑子的一项工作。就拿"第二届少数民族文学创作奖"评委构成来说，1985 年 7 月 13 日《文艺报》二版以《第二届少数民族文学创作奖评选委员会组成》为题，公布了冯牧、任英为主任委员，铁衣甫江（维）、马拉沁夫（蒙）、贾春回（回）、乌热图尔（鄂温克族）为副主任委员，晓雪（白）、阎纲等 15 人为委员的评委会组成名单，耐人寻味的是，20 天之后的 8 月 3 日，《文艺报》二版又登出一个《补正》声明："殷海山为副主任委员，另有评委陆地（壮）、符盛松（满）"。可见评委会的组成酝酿工作的政策性和复杂性。这两份评委名单的人员构成有着大致相同的脉络走向，一是专家，二是具有一定专业背景堪称准专家的相关领导。这样的评委评出的文学奖应该具有较强的专业色彩和专业水准，同时也保证其政策性和方向性。中国的"专家文学奖"，往往具有半官方性质，这类评奖的专家委员会的构成中一般都会有相关领导，这样既显得奖项权威又显得领导重视，专家和官员在这一点上达成双赢。而且中国作协这样的专业协会毕竟不是完全意义上的学术团体，而是政治色彩很浓的半官方的组织机构。上列的两个评委会的名单构成，都是作协书记处草拟，上报作协党组讨论修改后，最后由作协党组拍板决定的。后者评委更要国家民委行政会议通过，后来增补的殷海山副主委时任国家民委文化司司长。不但评委组成由作协党组决定，专家评审出获奖作品的大名单后，最终获奖榜单也是要上报作协党组甚至中宣部，并由作协党组审定后公布于众的。由此我们不难看出在中国完全意义的"专家奖"是不存在的。以中国作协为代表的文学"专家奖"其实是半官方形态的。

"专家"的特殊角色扮演。在20世纪文学奖励活动中,"专家"作为三类奖项之一的主体人物,扮演着自己特殊的角色。"专家"作为知识分子的高级代表,在中国历史上一直是"非官非民""亦官亦民"的角色,当统治者需要专家的智力支持时,有时候会将一定的权力授予"专家"行使,会让内行去领导外行,让专家享受到专业和行业的权力,而当感到"专家"和统治者分歧较多矛盾突出时,统治者又会将授予"专家"的有限权力收回并极力打压其社会地位和生存空间,这个时代往往表现为"外行领导内行"的时代。"学而优则仕"的时代,"专家"的地位较高,日子好过,在社会的整体位置中处中上水平,有时甚至俨然是个官;在"七娼八丐九儒"的时代,"专家"则是想当平民而不得。专家在古代属于"士"的阶层,一直是徘徊于"庙堂"和"江湖"之间的独特的人物群体。这个群体在社会矛盾突出的时代,分化的也就比较严重。对政治和经济的强烈依附性是"专家"为代表的知识分子群体在任何时代都具有的共同属性,对前者的依附表现为"为生命谋"、对后者的依附表现为"为稻粱谋"。对政治的抵抗会带来杀身之祸,对经济的漠视会造成饥寒的窘境,这些都是现实的生存和发展问题,因此规定了在与这两种社会力量的博弈过程中,其力量的软弱性,但唯其软弱,在博弈之中,又表现出坚韧的一面,这就是文化的坚韧性和传承性。权力可以被剥夺、财富可以被罚没,但文化知识一旦被掌握,特别是被转化成智慧和能力后,便能够落地生根、随瓶赋形。在政治、经济和文化的三角力量消长过程中，"政治"以权力和专政领跑，"经济"以物质和金钱为本，"文化"以和谐和绵韧见长。

20 世纪上半叶，阶级矛盾、民族矛盾及无休止的战争，使得以"专家"为代表的文化知识分子分成四大派别，分别依附于不同的政治力量之上，依附于国民党的右翼专家，如胡适等；依附于共产党的"左翼"专家，如周扬等；依附于日伪政权的"汉奸"专家，如周作人等；其他自称"自由主义"的文化知识分子，希望成为一种独立的政治力量，为中国探索出"第三条道路"，但终不能实现，最后也逐渐分野出各自不同的政治倾向。表现在文学奖励活动中的政治斗争一直没有停止过，任何政治力量都会极力拉拢属于自己的文化力量，同时也会打压和改造属于异己的其他文化力量。抗战前夕的"大公报文艺奖金"，按本书的分法应该属于媒体举办的"民间奖"，1942 年，国民政府教育部奖励《野玫瑰》、《日出》应该属于"政府奖"，解放区若干文学奖励一般是以专业协会为主办单位大多属于"专家奖"。在这几个文学奖励活动中，"大公报文艺奖金"的评审委员请的主要是平津两地与《大公报》文艺副刊关系较密切的10 位先辈作家：杨振声、朱自清、朱光潜、叶圣陶、巴金、靳以、李健吾、林徽因、沈从文和武汉的凌叔华。从专家的构成上可以看到，组织方尽量希望不左不右，甚至没有邀请当时的文坛泰斗鲁迅作为评委，而同时启动的"良友小说奖"则邀请鲁迅作为评委，这也许是《大公报》的自由主义立场使然，这也难怪自命"左翼"作家的萧军会拒绝接受有自由主义倾向的《大公报》的奖励，当主办单位和这些专家重新讨论小说奖的授予人选时，应该感到"做人难"，做"自由人"也难。国民政府教育部复核同意其下属的学术审查委员会颁发年度学术奖，文学类一二等奖空缺，授予陈铨的《野玫瑰》和曹禺的《北京人》三等奖，这个当时的官方奖极大地促成了以陈铨为代表的"战国策派"此后长达半个多世纪的悲剧命运。这种结局可能是那些投票给《野玫瑰》的专家们做梦也想不到的。而在中国的西北角，有一群向往光明的专家把获奖的票投给了政治内容第一，能否普及第二，技术好坏第三的通俗文艺。同样是文艺和文学的专门家，在不同的政权要求下，艺术性和审美性原则会发生扭曲甚至颠覆。这种情况从新中国成立到新时期前愈演愈烈，"专家"代党派发声代政府立言，被看做是天经地义之事，被看做有无党性、合否民心的试金石。这段时间，文学奖励等同于政治奖励，因此没有真正意义上的"专家奖"。

进入新时期，由于"拨乱反正"和"解放思想"的需要，中国经历了文学启蒙和理性启蒙两大阶段，暂时解除了政治镣铐的文化知识分子的自我主体意识空前膨胀，体现在文学奖励的机制体制建设上和文学奖励的专家意志上，都毫无例外地要组建由专家为主体的评奖委员会，无论是"专家奖"还是"政府奖"或者"民间奖"，没有专家投票选举的文学奖是不可以想象的。这种无限膨胀的"专家意识"或者叫"精英意识"很快就受到挤压和控制。1992年，小平同志南方谈话，中国全面进入市场经济，与此同时，报刊传媒也全面走向市场，过去写小说写诗写文章，报刊社出版社有稿费，渐渐发展到没有稿费，送点书刊充稿费，再进一步发展到收取版面费成本费，经济对文化的制约性越来越凸显。发表文章要缴费，出书要自费，这极大地挫伤了许多作家的自尊心和自信心。另外，纯文学刊物阵地纷纷失守，纯文学创作大量萎缩。应运而生的是表现经济人物的传记文学和描写经营单位的报告文学。"专家"在政治和经济的双重挤压下，又变得面目模糊起来。好在这种挤压不是以消灭文学和文学创作者生命为目的的，而且"上帝关上了一扇门，同时又会开启一扇窗"，许多有经营头脑的作家，纷纷下海搞起文化产业，余秋雨、张贤亮、韩寒等就是其中的优秀代表。

三、"官方奖"的导向性特征及"民间奖"的市场化倾向

"官方奖"的导向性特征及遭遇的挑战。"官方奖"具有非常明确的导向性特征。1987年前，党和政府都是通过制定文艺政策并要求和委托自己领导和管理的专业协会等据此政策来进行文学奖励的颁行和表彰的。包括延安时期，根据地的文艺奖励多是一些专业组织创办的；"七七七"文艺奖金，是晋西北文艺界设立的"七七七"文艺奖金委员会组织实施的；此外，中华全国文艺界抗敌协会延安分会设立了"五四"中国青年节文艺奖、山东分会设立了"五月""七月"文艺奖等。由此我们看出，此时，党和政府还只是通过文艺政策来规范和引导文学奖励。1987年由中宣部和新闻出版署（现为总署）直接领导、中国图书评论学会承办的"中国图书奖"创立，它标志着党和政府直接对优秀的文化作品进行奖励，现已举办14届，周梅森的《至高利益》、姚雪垠的《李自成》、张平的《十面埋伏》等多部优秀文学作品曾获此奖。5年后的1992年，另外两大政府奖"五个一工程"奖和国家图书奖在京创办。前者直接由中共中央宣传部主办，后者直接由国家新闻出版署（现为总署）主办。这被称为"政府三大奖"的精神文化奖励活动，最能体现政府目的和意

图，而其中最权威、最有代表性的官方精神文明奖当属"五个一工程"奖。"五个一工程"奖堪称党和政府倡导的主旋律的标志性奖项，1992年至今，该奖项已连续举办11届。

　　早在全国性的精神文明奖励活动之前，各系统的政府性文学奖励活动均有开展，最早的是1957年的文化部优秀影片奖。1979年复评，不久由广电部接办并改名为"中国电影华表奖"，取得中国电影政府奖的位置。刘恒等一大批作家曾获得"最佳编剧奖"，中国电影华表奖"最佳编剧奖"现已归并入"夏衍电影文学奖"。新时期国家民委联合中国作协创办的"骏马奖"，公安部创办的"金盾文学奖"，中国人民解放军总政治部创办的"中国人民解放军文艺奖"，这些各官方系统主办的政府文学奖，为政府三大奖的陆续出炉奠定了基础。政府三大奖虽然不是单纯的文学奖，但对文学的奖励占了相当的分量和比重。其奖励标准的制定与茅盾文学奖等专家文学奖有很大的互动关系。"五个一工程"奖中"以科学的理论武装人、以正确的舆论引导人、以高尚的精神塑造人、以优秀的作品鼓舞人"，贯彻文艺"双为"方向和"双百"的方针，"弘扬主旋律，提倡多样化"等评奖原则，既有对诸如茅盾文学奖"要兼顾题材、主题、风格的多样化"等标准的吸收，又有更多的创新内容。"五个一工程奖"的评奖标准一出，此后的文学奖励活动甚至所有的意识形态活动都将此标准作为自己的标准，"弘扬主旋律，提倡多样化"成为时代音符。这也是"政府奖"对"专家奖"和"民间奖"的导向作用。

　　作为国家级别的"政府三大奖"，主要承担着引导精神文明产品的方向性的示范导向作用。"政府三大奖"集中体现着对

"主旋律"的倡导和鼓励,"主旋律"文艺代表的是爱国主义、集体主义、社会主义、改革开放、民族团结、社会进步、人民幸福的主体思想和时代精神,是我国社会主义初级阶段正统的价值取向,是在意识形态上拥有绝对话语权的权力话语。江泽民在 1994 年 1 月 24 日的全国宣传思想工作会议上对此做了集中阐释:"弘扬主旋律,就是要在建设有中国特色社会主义的理论和党的基本路线指导下,大力倡导一切有利于爱国主义、集体主义、社会主义的思想和精神,大力倡导一切有利于改革开放和现代化建设的思想和精神,大力倡导一切用诚实劳动争取美好生活的思想和精神。……这是发展宣传文化事业,繁荣社会主义文化市场的主题。"①"主旋律"在市场经济的大潮下,受到了来自现实经济的巨大挑战,与计划经济时期显著不同的是,文化单位和文化生产从由政府统一拨款大部分转型为"自负盈亏","主旋律"作品如果一旦缺失了艺术性和可读性,就很难被市场接受,长期担负这样的"主旋律"作品出版发行的出版社、图书音像公司就会面临巨大的生存压力。同时这类作品也会相应地面临受众减少、影响力降低的问题。这是包括文学评奖活动在内的政府领导和指导所有文艺活动必须面对的挑战,有论者认为:"在'市场化'的环境下,'主旋律'文艺如要继续有效地发挥作用,在整个社会的文化系统中居于实质性的中心作用,就必须在保持自身的严肃性和纯正性的同时,对其他的艺术原则和审美趣味,尤其是'广大人民群众所喜闻乐见的'大众文艺的形式有所吸纳。换句话说,只有文艺市场上大

---

① 江泽民:《在全国宣传思想工作会议上的讲话》,见《十四大以来重要文献选编》(上),北京,人民出版社,1996。

多数受众的审美诉求乃至一定程度的政治诉求得到较好的满足，'主旋律'文艺才能不仅保持其在政治上不可撼动的权威性，并且真正能在文化市场众声喧哗的大合唱中居于'领唱'地位。"①为了应对新问题，迎接新挑战，在文艺奖励方面，明显有顺应市场和靠近大众审美的趋势。2007年9月，全国第十届精神文明建设"五个一工程"奖评选揭晓，对参选作品在思想性、艺术性、观赏性三方面都有较高的要求，这次评选试图展示近年来文艺出版领域大团结、大繁荣、大发展的生动局面。中宣部召开了表彰座谈会，与以往不同的是颁奖典礼是在中央电视台一号演播大厅举行的，是用晚会的形式举办的颁奖盛典，现场直播，热闹非凡。这本身就是一种与大众文化的竞合与互动，更是面临挑战的正统官方奖走向通俗审美和大众文化的新探索和新尝试。有8种文艺类图书《笨花》《张居正》《长征》《青铜葵花》《山高水长：回忆父亲聂荣臻》《国家干部》《护士长日记：写在抗非典的日子里》《藏獒》获优秀作品奖。官方评价是"弘扬主旋律，体现多样化，浓墨重彩反映以爱国主义为核心的民族精神，讴歌以改革开放为核心的时代精神，记录民族复兴足音，社会前进步伐，是近年来优秀文艺作品最为鲜明的特征。"②这8部作品中，《长征》和《山高水长：回忆父亲聂荣臻》是革命历史题材的作品，属正宗的主旋律作品；《国家干部》和《护士长日记：写在抗非典的日子里》前者是反腐倡廉的

---

① 邵燕君：《倾斜的文学场：当代文学生产机制的市场化转型》，194页，南京，江苏人民出版社，2003。

② 新华社北京9月18日电（记者廖翊）：《文艺创作大繁荣，精品工程结硕果》，载《文艺报》头版头条，2007-09-20。

力作，后者是讴歌"抗击非典"英雄的，这里面有党意也有民心；《张居正》曾获第六届"茅盾文学奖"，既是"官方奖"与"专家奖"的共识，也算是"官方奖"向"专家奖"的示好，毕竟"茅盾文学奖"在先。杨志军的《藏獒》是继《狼图腾》后宣扬的"狼文化"的又一力作，基于对社会对现实中诚信和见义勇为的呼唤，作者在藏獒身上寄托了人类的理想原则，并试图建立起一种对应的文化符号，一种比狼更厉害、更勇敢，但却不像狼一样为了生存不顾一切，而是要讲究规则和秩序、忠诚和信仰的文化符号。本小说自发行起，一直热销，屡屡上各种图书排行榜，还被中国小说学会排定为 2005 年度长篇小说排行榜榜首，群众呼声一直很高。第十届"五个一工程"奖授予《藏獒》，是官方意识形态向大众审美倾向的有意靠拢。特别值得一说的是由人民文学出版社出版的中国作协现任主席铁凝的近作《笨花》获本项首奖。该书封面对书题作解："笨花、洋花都是棉花，笨花产自本土，洋花由海外传来，有个村子叫笨花。"作者一改以往作品中关注女性命运、专注个人情感世界的基调，而是截取了清末民国初至 20 世纪 40 年代中期（特别是抗日战争）近五十年的那个历史断面，以冀中平原的一个小乡村笨花村的生活为蓝本，以向氏家族为主线，用现实主义的手法，以朴素机智的叙事风格，将中国那段变幻莫测、跌宕起伏、难以把握的历史巧妙地融于"凡人凡事"之中。《笨花》把一个巨大的题材放到一个微小的群体里来演绎，作者侧写抗战，却一样让人感觉到了战争的残酷和对中国人民造成的伤害。笨花村和村民在战争中的遭遇相比其他敌占区的村庄实在是太小了，没有大屠杀、没有血洗、没有发生战斗，作者只是通过两个家族中几个人琐事的叙述，就描绘出了这一巨大的历史事件。八年抗战中笨花村只死了5个人，向西死于救人和自救、取灯死于革命、小袄子死于被革命、瞎话死于良知、梅阁死于信仰，五个人五种不同的死法全景概括了那个时代全部中国人的思想和行动。取灯的死是全书的点睛之笔，升华了主题，骤然间把读者的思绪从小村庄中拉到了大世界里。《笨花》的写作，应该不算是标准的主流意识形态写作，作者试图大众化和平民化的努力是明显的，作为当下文学界最高长官，身在庙堂，心忧江湖，铁凝的这种努力本身是难能可贵的。但也应该看到，该书市场反响一般，属"叫好不叫座"的情况。《笨花》的获奖也是主流意识形态向大众审美倾向的示好。对于该书的获奖，有热烈拥护的，也有批评和质疑的。另外，《笨花》的题材选择和叙事风格很符合"茅盾文学奖"的审美范畴，可以预言，按铁凝现在的文坛位置和《笨花》获官方大奖的基础，下一届获"茅盾文学奖"当在预料之中，除非个人刻意回避。从对第十届"五个一工程"奖的文艺类获奖作品分析看，主旋律仍然是高扬的大旗，但已经不是"只看官长、不讲市场"的计划经济时代的唯我独尊了。

"民间奖"的市场化倾向及集体狂欢情绪。近年来，随着党和政府对新闻舆论的进一步放开，政府和社会对文学奖励的无形限制和潜规则逐渐被打破，出现了一大批被称为"民间奖"的文学奖项。此前，文学设奖的主体是政府部门，或文联、作协此类的半官方机构，最多是政府部门和文联、作协的机关报刊，这是约定俗成的，并没有哪个主管领导或权威部门发话或发文给以明确的规定。1992年以后，中国全面进入市场经济，各种民间奖如雨后春笋般地不择地而出而且表现出极为鲜明的市场化倾向和集体狂欢的情绪。众多"民间奖"设立主要原因，有人认为："一方面，主流审美原则受到的挑战公开化，使'官方奖'的权威性受到削弱。另一方面，体制的转轨、'市场化'的深入，使挑战不再只停留在理论层面，而是直接以设立不同标准奖项的方式表现出来。"①

　　新中国成立以前的民间文学奖，代表性的当属"《大公报》文艺奖金"和"良友小说奖"，这两个奖项属于报刊出版机构创办的。新中国成立至新时期，"官方文学奖"、官方领导的"专家文学奖"和"民间文学奖"都少之又少。在对文艺和文艺工作者进行大规模批判的大气候下，各种文艺奖都没有更多的生存空间。最早的民间奖应该是1962年、1963年仅办了两届就停办了的"《大众电影》百花奖最佳编剧奖"的评选。电影作为新型的文艺形式，为广大老百姓所喜闻乐见，《大众电影》采取群众投票的形式评选演员、导演、编剧，初步表现出全民狂欢的情绪，群众互动参与，必然会增大刊物的发行量，在扩大影响的同时，也会有一定的经济效应。但是，由于"意识形态一元化"的更高要求，"百花奖"和"金鸡奖"很快就停办了。进入新时期，文学领域"政府领导的专家奖"一马当先，并且声势颇壮，但随着改革的深入和开放的扩大，特别是社会主义市场经济的全面推行，经济力量逐渐上涨为仅次于政治力量，甚至与政治力量相抗衡的社会力量。并且随着政治、经济体制改革和机构精简的呼声日渐高涨，像文联、作协这一类的官不官民不民的机构都被大幅度压缩人员和经费，生存空间日渐狭小。相反，

---

　　① 邵燕君：《倾斜的文学场：当代文学生产机制的市场化转型》，217页，南京，江苏人民出版社，2003。

一些经济实体和经济组织开始逐渐介入各类文艺活动，包括文学奖励，成为"官方奖"和"专家奖"必要的和有益的补充，甚至有与这两类文学奖一比高低的趋势，但毕竟由于缺乏统一组织和权威运作，特别是没有很好地解决该项文学奖的深层机制和体制问题，往往虎头蛇尾，热闹一时不能持久。

作为体制内的新闻出版机构，人民文学出版社目前举办有三个奖项，一个是1986年创办的"人民文学奖"；二个是"当代文学拉力赛"；三个是"春天文学奖"。这三个奖办得要比《人民文学》杂志社举办的"《人民文学》奖"命运要好很多。原因很简单，这三个奖经费问题不是很大，出版社要比杂志社经济实力强很多，而且"当代文学拉力赛"已改为"零奖金"，"春天文学奖"奖金是王蒙捐献的。而"《人民文学》奖"仅是冠名就已经有"昌达杯""银磊杯""红豆杯""利群（阳光文化传播）杯"等让人眼花缭乱的名目了。企业赞助文艺和文学活动，往往追求的是广告效应。如果不在设奖之初考虑好该奖的长效机制问题，并且用文学奖励基金的形式固定下来，就很难保证该奖项不会受企业宣传方向、企业人事变动、企业效益下滑等多重因素影响。值得敬重的是"庄重文文学奖"，庄氏父子前赴后继，24年持续支持这一文学奖项，这与大陆许多抱着"似是而非"目的的企业和企业家相比高下立判。虽然很多"民间奖"开始和初衷也都是扛着为了繁荣"纯文学"的大旗，但实际上是有着或明或暗的市场化倾向的。报纸、杂志、出版社、电视、广播、网络，都有广告宣传和新闻炒作的需要。高扬着"纯文学"大旗的"红河·大家文学奖"就是突出的范例，声称要创办"中国第一文学大奖"，加上10万元的巨额奖金，在当时文坛激起层层的涟漪。而且刻意把奖授给被"茅盾文学奖"冷落的莫言的《丰乳肥臀》。第一届应该说是动静很大。第二届第三届大奖空缺。第四届相中池莉的《看麦娘》。与"红河·大家文学奖"稍有不同的是，公然宣称其"民间立场"的"华语文学传媒大奖"宗旨是"反抗遮蔽，崇尚创造，追求自由，维护公正"，这里的"遮蔽"意思是指包括政治经济在内的各种东西等对文学的"遮蔽"。该奖的"市场化"倾向突出，除设一名大奖"年度杰出成就奖"奖金10万元外，还另设"年度小说家""年度诗人""年度散文家""年度文学评论家""年度最具潜力新人"奖各一名，奖金各2万元。总奖金达到20万元，是目前中国奖金最高的纯文学奖项之一。其"民间立场"期望通过评委的民间化来实现。在2003年第一届"华语文学传媒大奖"26位推荐评委中，有25名是包括《诗刊》《文艺报》《人民文学》《作家》《文学评论》等文学界的主要媒体负责人构成，5名终审评委是：程文超（著名学者，中山大学中文系教授），马原（著名小说家，同济大学中文系教授），林建法（著名编辑家，《当代作家评论》主编），陈朝华（《南方都市报》副主编，诗人），谢有顺（广东省作家协会，文学评论家）。可以看出这基本上是媒体人拉上个别学者组成的评审队伍。该奖的"民间性"和"市场化"倾向引起社会的广泛关注。

　　稍后兴起的网络文学奖，更是集中表现出"民间奖"的"市场化"倾向和集体狂欢色彩。因为网络是所有媒体中民间性最强的传媒，而且传播力量超过了其他类型的传媒。网络文学和网络文学奖虽然还没有成为主流，但发展趋势应值得关注。

　　"主流意识形态""纯文学""市场化"之间的竞合与互动所

形成的张力，造成"主旋律倾向原则""纯文学审美原则"和"大
众流行趣味"之间的相互竞争甚至斗争，同时也造成"官方奖"
"专家奖""民间奖"的合作甚至合并。像"冯牧文学奖"虽然我们
把它划入"专家奖"的范围内，但该奖项也有很浓厚的"民间奖"
色彩，因为这个奖是由冯牧的生前友好和学生筹集资金专门设
立的冯牧文学专项基金创办的，该专项基金挂靠在中华文学基
金会下，主要是奖掖文学新人、青年批评家和军旅文学创作。
每位获奖者的奖金数额为2万元。近年来，包括"官方奖"在内
的许多文学奖，也广泛采用读者投票、网民点击、短信互动等
形式，一方面，扩大评奖活动的影响；另一方面，也调动全民
参与的热情和积极性，达到与民同乐、集体狂欢的目的，共同
构建和谐社会。特别是像电视和网络等大众传媒的深度参与，
以及颁奖典礼与歌舞艺术的结合，更是把"文学奖"的市场化倾
向和集体狂欢意识推向高潮。

第三章 文学奖励机制对 20 世纪中国文学的影响

20 世纪的文学奖励进入新时期以来，应该是进入机制和体制的全面创设过程之中，如果说前 70 多年基本属于零星和偶然行为，那么，从 1978 年全国优秀短篇小说评奖开始，逐渐变成了一种国家的文学制度。关于这一论点，可以找到一些佐证：孟繁华认为"1978 年短篇小说奖的设立，其意义也许不在于评选了多少作品，更重要的是，它首次以制度化的形式确立了文学奖项"。① 在《人民文学》成功举办"全国优秀短篇小说奖"评选后，1980 年，中国作协下属的报纸杂志，开始了其他文学体裁和文学样式的评奖筹划工作，《文艺报》筹办的是 1977—1980 年中篇的小说评奖，一开始是自发的。刘锡诚的《在文坛边缘上》披露："《文艺报》主办'1977—1980 年中篇小说评奖'最初是以《文艺报》的名义，并在《文艺报》上登了一则《启事》。我们的积极性特高，并且对于中篇小说的创作很有自信，因此，初始决定举办奖项，编辑部说了就定下来了，没有向中国作协党组申报。稍后，中国作家协会党组感到各个杂志社各自为政，各搞一套，于文学事业不利，便加以规范，改成统一由中国作协主持，短篇小说评奖委托《人民文学》杂志社主办，中篇小说评奖委托《文艺报》主办，新诗评奖委托《诗刊》社

---

① 孟繁华：《百年中国文学总系——1978：激情岁月》，240 页，济南，山东教育出版社，1998。

主办，报告文学评奖委托《文艺报》和《人民文学》联合主办。"①
可见是《人民文学》、《文艺报》、《诗刊》这些报刊顺应时代潮流
和文艺发展要求的大胆创新行动，最后催生出中国作协以政府
和专家的双重身份出面组织和协调各种文学体裁的文学奖励
活动。

　　从上面资料中我们看出，在 1978 年至 1980 年，全国性的
"短篇小说奖""中篇小说奖""报告文学奖""新诗奖"已经或办成
或启动了，到 1981 年 3 月，茅盾临终遗愿并捐献稿费"设立一
个长篇小说文艺奖金的基金，以奖励每年最优秀的长篇小说"
的举动和行为就有了时代和现实的依据。可以这样说，即使没
有茅盾先生的遗嘱，在当时大面积文学评奖的时代要求下，以
及文学评奖逐步演进成国家文学制度的趋势下，中国优秀长篇
小说的评奖也是势所必然的。仅 1981 年就有中篇小说、报告
文学、新诗和儿童文学、长篇小说五项全国性的文学奖创设并
首次颁奖，加上已颁发两届的全国短篇小说奖总共是六大奖
项。1981 年应该是国家级奖项创办和颁奖最为集中的一年，
这一年在中宣部领导下，中国作协基本完成了国家文学奖励制
度的大部分的建设工作。"千呼万唤始出来"的是"中国作协全
国优秀散文(集)、杂文(集)奖"，这个奖项是 1986 年才开始筹
办的，考虑到单篇分量太轻，首届设奖的范围是 1977 年到
1986 年的全国优秀散文集和杂文集，本应该在 1987 年颁奖
的，但该奖直到 1989 年才颁发，而且是"刚一开头就煞了尾"。
1989 年以后，除"茅盾文学奖""报告文学奖"和"儿童文学奖"

---

　　①　刘锡诚：《在文坛边缘上：编辑手记》，537 页，开封，河南大学
出版社，2004。

外，其他文学奖项基本停办。这种情况到 1997 年开始出现转机。中国作协有鉴于各奖项水平不一、名目太多，给外界参差混乱之感，加上创办真正意义上的"国家文学大奖"的呼声不但高涨，经作协党组研究决定并报中宣部同意，开始筹办综合性的国家级文学奖"鲁迅文学奖"。除长篇小说由作协单设"茅盾文学奖"和戏剧文学由中国文联与中国剧协单设"曹禺戏剧奖"之外，"鲁迅文学奖"接续了已停办多年的短篇小说奖、中篇小说奖、报告文学奖、诗歌奖、散文杂文奖，还另设了文学理论评论奖和文学翻译奖。而且这七大文学类别鲁迅都有较高的文学成就。从这一点说奖励名称和奖项类别的设置应该说是说得过去的。文学界和社会各界都对这个以 20 世纪文学泰斗鲁迅名字命名的文学奖抱有极大的期待和热情。至此，"茅盾文学奖""鲁迅文学奖""曹禺戏剧奖"鼎足而三的中国"国家级文学奖"的基本格局初步形成。中国作协算是完成了层次较高、覆盖较为全面的文学奖的创设工作。多年前包括诗人李瑛、作家王蒙在内的许多专家对当前中国的文学奖励机制建设提出过很好的建议："对于我国文学奖的设置，李瑛认为应分为三个层次，最高为国家奖，中国作协次之，此外，各期刊和出版社还可以根据各自的情况评奖。"①，这些建议是很有见地的，但直到今天"国家科学大奖"已颁发数届，而中国仍然没有形成真正意义上的"国家文学大奖"，上面说到的文学奖最多只能算是"国家级文学奖"或"准国家级"的。但无论如何，这些"国家级"和"准国家级"以及其他各级各类的文学奖项的设立和颁行，并

---

① 本报讯（记者应红）：《建议尽快设立国家文学奖》，载《文艺报》，1986-05-17。

且日渐形成规范和制度，成为国家文学制度的重要构成部分，就必然会对作家创作、甚至文学思潮产生一定的影响。

王本朝说："文学奖励是一项文化政策，它也是文学生长、发展的制度性力量，也会对文学产生激励机制。"[①]文学奖励作为一种文化政策，一种文学生长和发展的制度性力量，必然会最终作用和影响到作家个体创作及社会文艺思潮，并对文学批评构成互动。由于是对文学的奖励，那么其激励和鼓励的作用当然是最主要的，也是最直接的，这种作用和影响是积极的和正面的。除此之外，我们还应该看到，文学奖励也还存在着明显的消极的和负面的影响和作用。其一，在我们奖励和激励了某一作家作品、某种创作范式、某些风格倾向时，同时也会对不符合该时期文学奖励标准和规范的文学创作及文学活动产生实际上的抑制作用，特别是当这种奖励受到更多非文学的因素影响时，更是会伤及积极健康的真正文学因子的生长和发展；其二，不科学、不公正、不严谨的文学奖励，会对某一时期的文学的生长发展带来负面影响；其三，文学奖励太多太滥会对文坛的浮躁起到推波助澜的作用。下面将从文学奖励对作家个体创作、文学批评、文学思潮的影响和互动三方面来具体论述。

第一节　文学奖励对作家创作的影响及互动

文学奖励，是由某一级政府或部门、某一个相关单位或组织、某一家或几家相关媒体、至少是某一些专业人士或若干同

---

① 王本朝：《中国现代文学制度研究》，124～125 页，重庆，西南师范大学出版社，2002。

仁，对作家个体和具体作品的有针对性地进行褒奖和表彰。因此一般它对于作家来说首先是巨大的荣誉感，是一种劳动成果被社会、组织、他人承认和彰显的荣耀和光彩。这在生理和心理上，首先表现出的是一种愉悦和快乐的正面情绪和情感，这是正常的文学奖励和正常的人之间应有的一种因果关系，不要说是有组织仪式化的文学奖励，即便是随便一个人说一句"这人不错"，都会在你心里产生正面的情绪反应，相反则会产生负面的情绪反应，这是人之常情，也是由人的社会属性所决定的，这是社会基本道德框架得以建立的基础和保证。个体的人和集体的人类社会如果失去了基本的"荣耻"感，那么整个人类社会又将退回到动物社会中去了，当下党和政府进行的"八荣""八耻"教育，实际上是从基本道德层面对人性所作的规范。因此，任何与自己有关联的关涉"荣誉"和"羞耻"的人、事、物都会在我们的内心激起或大或小的波澜或涟漪，文学奖励当然不能例外。

一、文学奖励对作家创作心态的影响

1978 年，《人民文学》开风气之先，举办首次"全国优秀短篇小说奖"的评选，《班主任》《神圣的使命》等 25 篇作品榜上有名。"伤痕文学"构成获奖作品的主要内容。孟繁华说："这次评奖也使一批作家确立了自己在文学上的地位，王蒙、张承志、贾平凹、张洁、李托、陆文夫、刘心武等，成为'文化大革命'后文学界最为活跃的作家，他们的创作给文坛以深刻的影响，并构成这一时代文学成就的一部分。应该说，首届评奖的入选，在不同程度上也给这些作家的创作带来了影响，社会的承认和举荐，带来荣誉的同时，也无形地规约和左右了他们未来的选择。"①应该说这一判断是正确的。文学奖励影响获奖作家的创作，不仅是首届短篇小说奖如此，其他有影响的文学奖都会"在不同程度上也给这些作家的创作带来影响"，这种影响或大或小，或深或浅。文学奖励给作家带来荣誉的同时，有时的确会"无形地规约和左右了他们未来的选择"。

　　有些作家获奖就此奠定创作方向。关于文学奖励对作家创作心态的影响，可以在刘心武的自传《我是刘心武》中找到依据，在这本书中，刘心武回忆并谈到了"作为特殊历史时期里，以小说这种形式，承载民间诉求的功能"的《班主任》的创作、发表和获奖情况，特别是谈到了小说获奖由此奠定他的"承载民间诉求"的创作方向和"民间站位"的创作立场。"1989 年（应为 1979 年之误，笔者注），复苏的文学界第一次评选全国优秀小说，《班主任》获第一名。当时茅盾在世，我从他手中接过了奖状，同时有多篇'伤痕文学'一起获奖。1981 年，党的十一届六中全会通过了《关于建国以来若干历史问题的决议》，正式彻底否定了'文化大革命'，它被指为是一场浩劫。紧跟着，改革、开放的势头风起云涌，呈难以逆转之势。说实话，这时候我才觉得悬在《班主任》上面的政治性利剑被彻底地取走了。——进入 20 世纪 80 年代，想再靠这样的创作路数和文本一鸣惊人，获得荣誉，是越来越难了。自《班主任》以后，我笔耕不辍，一方面，坚守社会责任感，越来越自觉地保持民间站位，不放弃以作品抒发浸润于我胸臆的民间诉求；一方面，努力提升自己美学上的修养，努力使自己的小说更是小说，并大

---

　　① 孟繁华：《百年中国文学总系——1978：激情岁月》，240 页，济南，山东教育出版社，1998。

大展拓了以笔驰骋的空间。"①获奖后，刘心武感到荣誉的同时，更加感到的是压力，《班主任》创作的成功是由于"民间站位"的成功，因此，坚守这一点，成了刘心武几十年来的一贯文学自觉，"不放弃以作品抒发浸润于我胸臆的民间诉求"始终贯穿在一直热爱文学的刘心武的创作中，而且更加勤奋。获奖后，刘心武更加注意调动自己的美学潜力并调整自己的文学步伐，沿着《班主任》奠定的"挖掘人性"之路，把文学的目光和追求执著地投向活生生的个人，开掘和探索人性，并刻苦钻研小说的结构技巧与叙述方式，又创作出短篇小说《我爱每一片绿叶》、中篇小说《如意》和《立体交叉桥》。他说："我不希望自己成为'伤痕文学'浪潮一过之后便随之而去的文坛过客，我从小就热爱文学，我希望以作家为终身职业。——我不懈的努力并没有落空，自1980年以后我每年平均出二本到三本新书，林斤澜在读了我的《立体交叉桥》后才正式承认我有写真正的小说的能力。这位我尊为林大哥的作家的这一评价使我深得慰藉。1985年我的长篇小说《钟鼓楼》获得了第二届茅盾文学奖。"②可以说《班主任》的"承载民间诉求"和"民间站位"写作，贯穿着刘心武创作的始终，包括纪实小说《5·19长镜头》《公共汽车咏叹调》也都坚守着这一"承载民间诉求"和"民间站位"的创作思路。

由于首届"全国优秀短篇小说奖"奖励了刘心武的《班主

---

① 刘心武：《关于班主任的回忆》，见《我是刘心武》，164页，天津，天津人民出版社，2006。

② 刘心武：《我与新时期文学》，见《我是刘心武》，151页，天津，天津人民出版社，2006。

任》、王亚平的《神圣的使命》、成一的《顶凌下种》、卢新华的《伤痕》等一大批"伤痕文学"的优秀代表作品，终于使当时还有较大争议而文学史已经证明其突出地位的"伤痕文学"得到名正言顺的褒奖和肯定。一时间"伤痕文学"蔚成潮流。

有些作家获奖从此改变人生命运。这里有一个一次文学奖改变一个作家命运的例子，1980 年 9 月，《文艺报》筹办全国优秀中篇小说评奖，"在研究决定初选名单和进入终评时，既要考虑到政治方面的可容纳性，又要顾及到艺术成就的高下优劣；既要考虑到某些知名作家，又要考虑到某些杂志，故承受着巨大的压力，每一篇都是颇费思量的。"①当时的小说作家张一弓发表在《收获》上的中篇小说《犯人李铜钟的故事》艺术性很高，但碰到了政治方面的问题："第一，小说的背景是 1958 年的信阳事件，因浮夸风、官僚主义而导致大规模饿死人，曾受到中央的通报批评和处理，以文学手法表现出来，写得令人震撼，但要加以奖励，有没有问题，是要考虑的问题。第二，张一弓在'文化大革命'中是《河南日报》的造反派，全省的知名人物。'四人帮'垮台后，被下放到登封县文化馆劳动，具体劳动地点在卢店。鉴于这种情况，在当时情况下，河南省组织部门坚决不同意作者获奖。"②《文艺报》编辑部抱着搞清事实情况、鉴定矛盾性质、爱护和保护人才的态度，派高洪波到河南省和登封县去做调查和政审，并见到了正在拉车运水劳动中的张一

① 刘锡诚：《在文坛边缘上：编辑手记》，541 页，开封，河南大学出版社，2004。

② 刘锡诚：《在文坛边缘上：编辑手记》，541 页，开封，河南大学出版社，2004。

弓，也向他本人询问了一些情况。回京后，高洪波向编辑部做了汇报，编辑部听了较为全面的情况汇报后，认为张一弓的矛盾仍然属于人民内部矛盾，《文艺报》编辑部不应该埋没人才，做历史的罪人，坚定不移地将这部小说提交评委会参评。"在评委会上，这部小说得到多数评委的高度评价，秦兆阳、韦君宜都提出，这部小说应列为一等奖第一篇。秦兆阳说，这部小说是最完整的一篇小说，唯一的缺点是，最后一年开了240次会议，而没有写出书记的忏悔。考虑到小说内容的尖锐性，评委会最终还是决定将其放在一等奖的第四位。"①《文艺报》和评委会的做法最终得到作协党组的支持："由于评委会通过的获奖名单，还有一道最后的手续，就是要经中国作协党组批准才能生效和公布，因此，党组书记张光年横下决心批准这部作品获奖，也是冒着很大风险的。"②这次中篇小说评奖最终评出一等奖5名、二等奖10名。谌容的《人到中年》、叶蔚林的《在没有航标的河流上》、鲁彦周的《天云山传奇》、张一弓的《犯人李铜钟的故事》、王蒙的《蝴蝶》获一等奖。刘锡诚事后回忆说："作为主持其事的工作人员，阎纲、晓容和我，经受了锻炼，长了见识，但也得罪了好几位非常渴望得到这个奖项而最终没有如愿的作家。我为这次中篇小说评奖经得起历史的检验，感到宽慰。"③这次《文艺报》组织中篇小说的评奖，如果说读书会

---

① 刘锡诚：《在文坛边缘上：编辑手记》，541页，开封，河南大学出版社，2004。

② 刘锡诚：《在文坛边缘上：编辑手记》，541～542页，开封，河南大学出版社，2004。

③ 刘锡诚：《在文坛边缘上：编辑手记》，542页，开封，河南大学出版社，2004。

初选阶段还相当顺利的话，那么，后半段，则一直伴随着各种各样的矛盾。特别是《文艺报》和中国作协顶着巨大的压力，把一等奖发给了"有政治问题"的张一弓，应该说具有极大的政治勇气和文学良知。

获奖作家张一弓回到河南后，给当时发表评论文章旗帜鲜明地支持和赞扬小说《犯人李铜钟的故事》并大力推动张一弓获奖的《文艺报》文评组长刘锡诚写来一封信，从这封信中，我们能清晰地体察到获奖作家的感激、感念和由此得到的鼓励和希望。

锡诚同志：

您好！

发奖大会后，我遵《北京文学》之命，留京写了两个短篇，临行匆匆，竟未能与您话别，一路上怅然若有所失！

在您的评论文章中。曾多次提到《犯人李铜钟的故事》，给了我极大的温暖和鼓励，感情脆弱的我，读着读着就掉下泪来。大会期间，我曾多次想，应该去看看锡诚同志，应当问一问，我在写作上应该注意些什么呢？还有哪些弱点应该弥补呢？总之，希望从您那儿多获得一些智慧。但当我两次走到您住室门前时，您都在伏案工作。我两次返回，两次想着，您在播种汗水，我却在收获荣誉！

在郑小住数日后。我就要返回卢店了。我是个笨拙的习作者，只会一镢头、一镢头地在生活中挖掘，用镰刀收割，还不会使用康拜因联合收割机。但为了

不辜负您和同志们的鼓励和希望，我将努力耕耘，争
取使自己不断变得稍好一些。

　　此致

敬礼！　　　　　　　　　　　　　　张一弓

1981年6月28日①

刘锡诚说："他本人和他的小说评选过程中的情况，我并
没有向他做任何形式的透漏或暗示，大会期间甚至没有时间交
谈，但从他的简短的来信中，可以看出他不平静的心情。""这
次张一弓的作品获奖，他确实感慨良多，此举对他的处境的改
变起着决定性的作用。对他的处理，不能怪地方上的领导，我
们所处的地位和感受与他们不同，这一点我是理解的。我们，
包括发表他小说的《收获》杂志的主编和编辑，更多的是爱才，
希望不要因某种因素或偏见而造成千古遗恨。当然，我们也不
是无视政策，而是希望在政策允许的条件下尽量宽容。事实证
明我们没有做错。张一弓作为一个有才华的作家，以自己的作
品得到了广大读者的承认。"②

张一弓的情况在当时是相当棘手的，因为他完全不同于在
"文化大革命"中被打倒或被错划为右派的那些当时正在平反或
等待平反的作家们。他是"文化大革命"中《河南日报》的造反
派，粉碎"四人帮"后被作为"三种人"进行处理的。这次中篇小
说获奖，首先奠定的是张一弓的文坛地位，但最重要的是此次

---

　　①　刘锡诚：《在文坛边缘上：编辑手记》，575～576页，开封，河
南大学出版社，2004。
　　②　刘锡诚：《在文坛边缘上：编辑手记》，575～576页，开封，河
南大学出版社，2004。

获奖给张一弓带来的政治生命的解放和人生命运的转向。获奖不久，经作家本人和中国作协努力，河南组织部门重新审查了张一弓的问题，确定为人民内部矛盾，张一弓回到省城郑州，此后又写出《张铁匠的罗曼史》《流星在寻找失去的轨迹》《远去的驿站》等有一定影响的作品。1982 年加入中国作协，并成为河南省文联专业作家。

　　刘锡诚在谈到这次评奖时用"震动性的影响"进行概括，他说："评奖在全国文学界发生了震动性的影响，连一些边缘地区的作家或作者都受到了一定的冲击。"①早在 1961 年就出版长篇小说《玉泉喷绿》并受到韦君宜撰文赞扬的内蒙古作家贺政民 1981 年 6 月 18 日给刘锡诚写来一信，也谈到他对这次评奖的关注和感想，"锡诚兄：《文艺报》开始评奖的时候，许多人担心《人妖之间》等等可能落选。最近一看评奖结果，真是大快人心，人们都说这次评奖的最大特点是公正！您自始至终地参与了这次的评选，人民已经在他们心头为您和您的同事们记了一大功！"②

　　当然，我们也应该看到，文学奖励在给作家带来极大荣誉的同时，也会给作家带来巨大的压力。有些作家在作品获奖后，苦于不能创作出更多超越性的作品而烦恼不已。然而更多的是受到文学奖励的鼓励和激发，在创作的道路上以更加昂扬的姿态和步伐前行。

---

　　①　刘锡诚：《在文坛边缘上：编辑手记》，574 页，开封，河南大学出版社，2004。

　　②　刘锡诚：《在文坛边缘上：编辑手记》，575 页，开封，河南大学出版社，2004。

　　文学奖励也容易使作家的创作心态变得急功近利。趋利避害是人类的本能，也是生命个体的基本属性。文学奖励带来的"利好"分显性和隐形两大块。文学奖励对于作家明显的利好是一般都有一定数额的文学奖金。"诺贝尔文学奖"奖金每次有百万美元之巨，这对于无论是哪个国家的作家都是极大的诱惑。"茅盾文学奖"现在有 1 万元奖金。"红河·大家文学奖"当年是10 万元奖金。"华语文学传媒大奖"设"年度杰出成就奖"1 名奖金 10 万元，及"年度小说家""年度诗人""年度散文家""年度文学评论家""年度最具潜力新人"各 1 名，奖金各 2 万元。文学奖金本身只是利好的一方面，最重要的是获奖者因此获得的"象征资本"很难用具体数字统计。获得著名文学奖给作家带来的除各个级别、各个层面的锦上添花的叠加奖励之外，还会因此巨大的荣誉及知名度和社会影响力的迅速扩大，并进一步带来作品的畅销，并因此获得数量较大的版税。

　　面对如此多"利好"的诱惑，作家对于文学奖励的正常反应是希望和追求。我敢说，达到一定成就和影响的中国作家，每个人心中或显在、或潜在都会有一个梦，那就是如果有一天能够获得"诺贝尔文学奖"那将是一件多么幸福的事情，哪怕是一分钱奖金不给或者是悄悄地倒贴一点钱都是非常乐意的。估计王朔也不会说"你不要害我"了。

　　"茅盾文学奖"在前几届颁发的时候，确实牵动着当时绝大部分中国最优秀长篇小说创作者的敏感神经。刘心武创作《钟鼓楼》就是奔着第二届茅盾文学奖去的。"《钟鼓楼》写完已经是 1984 年夏天，一直关注我这部长篇处女作的某文学双月刊告诉我他们只能跨年度分两期连载，我心里怎么也迈不过这个坎儿，我找到《当代》杂志，求他们在 1984 年内全文刊出，因为第二届茅盾文学奖的评定范围限定在那一年的年底前。我憋着要拿这个奖，因为开设这个奖的人曾经那样地看重过我，我如愿以偿。"①

为获第四届"茅盾文学奖"，陈忠实对《白鹿原》作了少量修改。"茅盾文学奖"的获奖榜单上清晰地标着"《白鹿原》(修订本)"字样。1992 年陈忠实的《白鹿原》在《当代》1992 年第 6 期和 1993 年第 1 期分两期刊出。1993 年 6 月人民文学出版社也出版了单行本。《白鹿原》出版后，得到了广大读者的喜爱，在文学评论界也引起了巨大反响和争论。在相当长的时间里，遭受着不公正的待遇。在启动第四届"茅盾文学奖"评选活动中，《白鹿原》一开始并未进入候选之列。最后，老评论家陈涌的明确支持，为这部作品的最后入围起到了关键性的作用，但最终当选，评委会意见是最好能对作品作出一些修改。当时评委会负责人打电话给陈忠实，转述一些评委要求他进一步修改作品的意见。这些意见主要认为："作品中儒家文化的体现者朱先生这个人物关于政治斗争'翻鏊子'的评说，以及与此有关的若干描写可能引出误解，应当以适当的方式予以廓清。另外，一些与表现思想主题无关的较直露的性描写应加以删改。"②对此，陈忠实做出了适当妥协，对《白鹿原》删改了两三千字，并于 1997 年 11 月底把修订稿寄到人民文学出版社。几个月后推出修本。1998 年 4 月 20 日，陈忠实登上第四届"茅盾文学

---

① 刘心武：《感念茅盾》，见《我是刘心武》，206 页，天津，天津人民出版社，2006。

② 参见《文艺报》"本报讯"，1997-12-25。

奖"的领奖台。事后陈忠实对记者说："当时已经确定了获奖，投票已经结束，当时这个负责人是商量的口吻，说你愿意修改就修改，我给你转达一下评委的意见，如果你不同意修改就过去了。……我之所以愿意修改，是因为我能够理解评委会的担心。哪怕我只改了一句话，他们对上面也好交代，其实上面最后也未必看了这个所谓的修订本。"①但不管怎么说，修改《白鹿原》的直接原因的确是因为"茅盾文学奖"评选的事。

文学奖励的巨大现实功利性，很容易让作家比较从容的创作心态受到影响，从而变得急功近利起来，特别是该文学奖励的影响力越大，本人自感距离该文学奖越近时，这种受影响的心态会表现得越突出。如果不是因为刘心武"憋着要拿这个奖"，那么作家本人完全可以把作品打磨得更精致一些，也就更没有必要到处寻找当年能全文载完该小说的刊物。如果不是为了获奖，陈忠实也完全没有必要对自己信心满满的作品《白鹿原》进行修改，以致因此受到许多批评和指责。

二、作家对文学奖励的态度和反应

"怀着愉快的感谢的心情接受荣誉"。"怀着愉快的感谢的心情接受荣誉"是获奖者的常规心态。作家巴金1983年在接受"法国荣誉军团勋章"时的获奖感言说："感谢总统阁下充满热情和友谊的讲话。作为一个中国作家，我的作品被译成法文，得到读者喜爱，这就是对我很大的荣誉了。我的第一部作品是在法国写成的，从此我走了文学的道路。五十年过去了，今天

---

① 张英、徐卓君：《十三年了，陈忠实还在"炼钢"》，载《南方周末》，2006-08-03。

总统阁下光临上海，在我病中给我授勋，我认为，并不是我个人有什么成就，这是总统阁下对我们社会主义祖国的尊重，对历史悠久的中国文化的尊重，这也是法国人民对中国人民的友好象征。我怀着愉快的、感谢的心情，接受这个荣誉。今后我将为我们两国人民的友谊的发展和文化交流，作出更大的努力。"①"怀着愉快的、感谢的心情，接受这个荣誉"，的确是大部分作家在接受文学奖励时的普遍心理和正常反应。巴金在接受 1990 年"日本福冈亚洲文化奖特别奖"也说了大致相同的话："首先，请允许我对于福冈市政府决定授予我 1990 年度福冈亚洲文化奖的创立特别奖，表示由衷的感谢。我对亚洲文化的发展并没有什么杰出的贡献，得此殊荣，我知道这不是由于我个人的成就，这是福冈市政府和福冈市人民对于有着悠久历史、源远流长的中国文化的尊重，是对中国人民友好的表示。因此，我怀着愉快的心情，接受这项荣誉。"②

　　下面，我们再看一则获奖感言。1947 年 11 月，78 岁的法国诗人、小说家安德烈·纪德因小说《田园交响曲》获得"诺贝尔文学奖"，瑞典文学院写给他的获奖理由是："为了他广包性的与有艺术质地的著作，在这些著作中，他以无所畏惧的对真理的热爱，并以敏锐的心理学洞察力，呈现了人性的种种问题与处境。"1947 年应该说是他的荣誉年，四个月前，他刚刚获得英国剑桥大学荣誉博士称号。纪德由于身体的原因不能亲自

---

①　巴金：《中国国外获奖作家作品集：巴金卷》，19 页，昆明，云南人民出版社，2003。

②　巴金：《中国国外获奖作家作品集：巴金卷》，12～13 页，昆明，云南人民出版社，2003。

到场领奖，获此奖四年后的 1951 年去世。他的《受奖演说》由法国驻瑞典斯德哥尔摩大使克布利艾尔·比欧代为宣读：

> 我迫不得已放弃了这次期待已久的愉快而有意义的旅行，无法亲自参加这一庄严的典礼，也无法亲自用我的声音来表达感激之情，我的懊恼和遗憾无需多言。如大家所知，我始终与荣誉无缘，尤其是那些由法国颁发的，我作为法国人可以期待获得的荣誉。突然获得一个作家所能期望的最高荣誉，不禁令我有些头晕目眩。许多年来，我好似在沙漠中自言自语，后来我也只是对少数人说话。但今天你们向我证明了，虽然是少数人的信念，但我对他们的信任是正确的，少数人的信念成为胜利者。诸位先生，在我看来，你们投的赞成票并不完全是投给我的作品，而是投给那些使作品有勃勃生命力的独立精神，这种精神在我们这个时代受到了各方面的攻击。你们从我身上看到了这种精神。你们认为有必要赞许它，支持它，这使我充满了信心，内心感到极大的满足。然而我情不自禁地想到今日之法国，还有另外一位人士，这种精神在他身上表现的比我更充分，他就是保尔·瓦莱里。在我与他长达半个世纪的交往中，我对他的崇敬与友情是同时增长的，只是因为他的去世才阻止了你们选他。我常常非常友善地表达我对他天才十分折服的心情，他的天才是无与伦比的，在这天才面前，我总感到自己是"平凡，太平凡了"。愿对他的回忆充满颁奖典礼的会场，而这回忆越是在黑暗之中越显出光彩。

你们希望自由的精神获得胜利，你们通过这一象征性
的奖励——它不分国界，不顾及任何派系纷争——给
予了这种精神大放光明的意想不到的机会。①

这篇获奖感言记载了纪德获奖后的真实感受。他认为去领
奖是"愉快而有意义的旅行"，而且"突然获得一个作家所能期望
的最高荣誉，不禁令我有些头晕目眩"，对纪德这样当时已经赢
得世界声誉的作家来说，这样的表述有他谦虚和对"诺奖"客气
的成分，但更多的是他发自心底的感谢和感受。从这篇获奖感
言中，我们能体察到纪德当时在本国主流意识形态和各种本该
获得的荣誉中被边缘化："如大家所知，我始终与荣誉无缘，尤
其是那些由法国颁发的，我作为法国人可以期待获得的荣誉。"

纪德和巴金两位文坛泰斗都把获奖看做是"愉快"的。张洁
在领取 1989 年度意大利"马拉帕蒂奖"致《获奖答谢词》时说：
"作为 1989 年 MALAPARTE 国际文学奖的得主，我感到非常
荣幸，在此，请允许我向评奖委员会以及这一文学奖的创建人
表示衷心的感谢。……我不但把这个奖看做是对我文学创作的
奖励，要把它看做是对我奋斗不息的一生的奖励。我从社会底
层，走到今天这个领奖台上所经过的道路，其艰难曲折、坎
坷，是你们当中的任何人难以想象的。从这一点来说，女士
们、先生们，你们是值得把这个奖，给予这个在艰难、曲折、
坎坷不平的道路上坚决走到底的人的。"②在获奖作家张洁"感到

---

①　[法]纪德：《田园交响曲》附录 2《受奖演说》，李玉民译，293
页，北京，作家出版社，2006。

②　张洁：《中国国外获奖作家作品集：张洁卷》，9～10 页，昆明，
云南人民出版社，2001。

非常荣幸"的同时，她更愿意把这个文学奖项看做是人生奖项，是对她艰难人生道路的褒奖。这更是超越文学意义的对文学奖励的一种回应。

"为了获奖的写作"和"你不要害我呀"。有没有"为了获奖的写作"，回答是肯定的，这里面一般有两种情况，一种情况是，当某个文学奖项，成为一种时代文学思潮的代表和象征巨大荣誉时；另一种情况是，作家与该文学奖项有着这样和那样的关联，而且这种关联度越高，"为了获奖的写作"的可能性就越大。刘心武就是一个具体的例子，他的《钟鼓楼》的写作，某种程度上可以说就是奔着第二届"茅盾文学奖"去的，这里有他自己的话为证："我承认自己当年写《班主任》时，文思里有许多的'茅盾因子'。这也许是他读了《班主任》后竭力鼓励，并且对我以后的创作寄予厚望的根本原因。……最难忘的是颁奖前一个多月……那天他在讨论中忽然问主持座谈会的严文井：'刘心武在吧？'我赶紧从座位上站起来，严文井说：'就是他。'我永远不会忘记那一刻茅盾眼里朝我喷溢而出的鼓励与期望。人在一生中，得到这般注视的机会是不多的。我得承认，《钟鼓楼》的整个写作过程里，茅盾的那股目光一直投注在我的心里，是我发奋撰著的原动力。《钟鼓楼》写完已经是 1984 年夏天，一直关注我这部长篇处女作的某文学双月刊告诉我他们只能跨年度分两期连载，我心里怎么也迈不过这个坎儿，我找到《当代》杂志，求他们在 1984 年内全文刊出，因为第二届茅盾文学奖的评定范围限定在那一年的年底前。我憋着要拿这个奖，因为开设这个奖的人曾经那样地看重过我，我如愿以偿。我觉得自己是以符合茅盾文学奖理念的作品得到这个奖的，那理念的核心就是作家要拥抱时代、关注社会，要具有使命感，要使自己的艺术想象具有诠释人生、改进社会的功能性。"①1985 年第二届茅盾文学奖揭晓，张洁的《沉重的翅膀》，刘心武的《钟鼓楼》，李准《黄河东流去》(上，下)获奖。6 年前刘心武从茅盾手上接过首届全国短篇小说头奖的奖状，6 年后"憋着要拿这个奖"的刘心武又如愿以偿地拿到第二届"茅盾文学奖"。这种为了获某个文学奖的创作，作家一般都是认真研究该文学奖的评奖规则和审美原则，用一种迎合的姿态进行创作。比如"茅盾文学奖"一般看重的是历史题材的现实性观照，《钟鼓楼》无论是题材选取主题开掘还是叙事角度和叙事风格都是符合这些规范和要求的。

　　对于在褒贬不一中已走过 30 年历程、评定 8 届共 38 部作品的"茅盾文学奖"，作家中不仅是刘心武一人看重，整个长篇小说作家群体中大部分作家都是比较看重的。这一点，对该项文学奖励有深入研究且持论较为公允的《聚焦茅盾文学奖》在导言有明确表述："对于这一以茅盾先生名字命名的文学大奖，作家群体是看重的。他们中的很多人把能否获得茅盾奖与荣誉和成就的认可联系起来，有些作家得知自己获奖消息后表现出欣喜，甚至'意外的惊喜'。有的很有成就和影响的作家自己与茅盾文学奖无缘，得知同行获奖后由衷地表示祝贺，感到高兴。据思思在《茅盾文学奖人文话题知多少》一文透露：陈忠实的《白鹿原》获奖，贾平凹就认为它'给作家有限生命中一次关于人格和文格的正名，从而使生存的

---

　　① 刘心武：《感念茅盾》，见《我是刘心武》，205～206 页，天津，天津人民出版社，2006。

空间得以扩大'。"①无论是"给作家有限生命中一次关于人格和文格的正名",还是"使生存的空间得以扩大",都反映了"茅盾文学奖"在中国当代文学和当代作家中的地位和影响。

但任何事物都不会是绝对的,在大多数作家对"茅盾文学奖"表示敬意和仰慕的同时,也有一些较有影响的作家和评论家对"茅盾文学奖"表示了极度的不屑和极大的质疑。《聚焦茅盾文学奖》的导言随后就写道:"也有部分作家对茅盾文学奖表现得不冷不热,青年作家、先锋作家往往流露出不屑和不满。据说,有人问王朔,你的作品有可能获茅盾文学奖?王朔说,你不要害我呀;而余华则表示中国还有什么文学奖?至于评论界那是褒贬兼有,有时似乎批评多于赞扬,第三届评选之后,尤其意见多多。最有代表性的是批评家洪治纲,他一口气对前四届评奖提出了21个质疑,结论是:'公正性受到怀疑,科学性值得思考,权威性难以首肯'。"②"你不要害我呀"是典型的王朔的表述方式,这种不屑是深入骨髓的。

"为了获奖的写作"和"你不要害我呀"是不同作家对待同一文学奖的两种极致状态。就"茅盾文学奖"来说,到目前为止,应该说有七分成绩,三分遗憾。成绩主要表现在它"基本上代表了长篇小说的'高峰走线'"③。另外,由于该奖项对新历史主义和先锋小说的排斥,致使诸如《九月预言》(张炜)、《马桥

---

① 徐其超、毛克强、邓经武:《聚焦茅盾文学奖》,1页,北京,作家出版社,2005。

② 徐其超、毛克强、邓经武:《聚焦茅盾文学奖》,1～2页,北京,作家出版社,2005。

③ 徐其超、毛克强、邓经武:《聚焦茅盾文学奖》,6页,北京,作家出版社,2005。

词典》(韩少功)、《许三观卖血记》(余华)、《檀香刑》(莫言)、
《活动变人形》(王蒙)等较为成熟的"当年最优秀"的探索性作品
被遗珠,直接影响了这一文学大奖的权威性和影响力。但最为
严重的还是当代文学史家对"茅盾文学奖"的漠视,除极少数文
学史教材外,绝大多数的当代文学史教材"都极少甚至根本没
有提及茅盾文学奖和这一奖项的获奖作品。茅盾文学奖进不了
当代文学史家的视野就难能进入大学课堂,从而堵塞了学术传
播的重要渠道。"①当然,作家对文学奖励态度的不一而足,不
单单是表现在对待中国的诸如"茅盾文学奖"上,包括对代表世
界文学最高荣誉的"诺贝尔文学奖",也不是个个作家都趋之若
鹜。"诺贝尔文学奖……不过事实上并非每个获奖者都感到幸
运,比如法国的萨特,他宣称'拒绝来自资产阶级的一个荣誉'
而拒绝领奖。也有的对此并不热心,更不趋之若鹜,如我国的
鲁迅,当有人拟为其推荐,他则声称:他并不想成为'钦定'的
作家,那样他就不再有生命力了。"②萨特拒领诺贝尔文学奖有
很浓重的意识形态色彩,而作为 20 世纪中国最有希望获得诺
贝尔文学奖的第一人的鲁迅,拒绝诺奖对他的提名,觉得自己
不够资格,细想鲁迅的拒绝也是有道理的,因为鲁迅的思想更
多的是怀疑和绝望,与诺奖倡导的"理想主义倾向"是有相当差
距的,由此我们能看出鲁迅的清醒和对荣誉的态度。当然,换
个作家,不一定会拒绝尝试。

---

① 徐其超、毛克强、邓经武:《聚焦茅盾文学奖》,2 页,北京,作
家出版社,2005。

② 薛华栋主编:《和诺贝尔文学奖较劲》尾声,233 页;北京,学林
出版社,2002。

　　前面我们分析了作家对获奖的态度和反应，那么落选和不获奖又有什么样的压力和心态呢？姑且不论单个作家的反应，仅就中国"剪不断，理还乱"的"诺奖情结"，及每年诺奖揭晓时中国全民关注的程度，早已超出了一个文学奖所应该具有的狭义范围了，更表现成为一种全民的集体无意识和社会巨大的公共事件。中国对诺贝尔文学奖的关注和研究可以说超过了世界任何一个国家，甚至包括举办这一文学奖项的国家瑞典，虽然已历经百年的该奖项至今也没有一位真正的中国作家得到过这个荣誉。这一点从"和诺贝尔文学奖较劲""诺贝尔文学奖内幕""诺贝尔文学奖百年回眸"、"诺贝尔文学奖与中国——世纪末的反思与前瞻"这样一些意味深长的话题和专著中可见一斑。

　　获外国文学奖极大地增强了中国作家的自信心。历史现象从来都不是孤独的。20世纪中国的文学奖励机制，像其他各类文学现象一样，究其来源也无非是两大来源。一方面来自中国五千年的文化和文学传统；另一方面来自于西风东渐。文学奖励机制在受西风东渐影响方面，有三种基本情况，其一是像"《万国公报》有奖征文"和"傅兰雅有奖中国小说"这种，由热爱中国文化和热衷中西方文化交流的洋人，直接把当时西方比较常用的诸如有奖征文等文学奖励机制移植到中国；其二是像"《大公报》文艺奖金"，由富有创新精神和世界视野的中国文人和报人，学习和借鉴西方某些成熟的文学奖励形式和机制如美国哥伦比亚大学的普利策奖金办法，创办中国特色的文学奖；其三是外国文学奖直接奖励中国作家。

　　中国作家获得外国文学奖，特别是有影响的文学大奖，一方面是作家本人的荣誉和光彩；另一方面也是国人的荣誉和光彩。它极大地增强中国作家和中华文学的荣誉感和国际影响力。在中国作家获得外国文学奖的名列里，迄今为止影响最大的仍属 1952 年丁玲、贺敬之和丁毅、周立波获得的"斯大林文艺奖金"，这里除文学本身的因素外，政治的因素是很重要的原因。而后是上海工人作家胡万春的 1956 年发表在《文艺月报》上的短篇小说《骨肉》，1958 年该小说被推荐到世界青年联欢节参加比赛，获得"国际文艺竞赛奖"，胡万春的这次获奖在当时也曾影响很大。改革开放之后，中国和国际的交往空前高涨，中国文化和文学的国际交流空前繁盛，许多卓有成绩的中国作家和作品被广泛翻译成世界各国文字，有些作家和作品还获得了名目不一的外国文学奖励。巴金等一些跨越时代的优秀作家，在新时期创作热情空前焕发，并频繁获得世界各国的荣誉和奖励：1982 年获意大利但丁学会"国际荣誉奖"和意大利卡森蒂诺研究院"但丁国际奖"，1983 年获法国荣誉军团勋章，1985 年获美国文学艺术研究院外国名誉院士，1990 年获日本福冈亚洲文化创设特别奖，1990 年获苏联人民友谊勋章等；冯至 1983 年获联邦德国歌德学院"歌德奖章"，1985 年获民主德国年度"格林兄弟"奖金；艾青，1985 年获法国驻华大使代表总统和文化部长授予"法国文学艺术最高勋章"；杨绛，1986 年获西班牙"智慧国王阿方索十世勋章"；王蒙，1987 年获日本"创价学会和平文化奖"，1987 年获"意大利蒙德罗国际文学特别奖"，2000 年至 2003 年，王蒙连续四年获"诺贝尔文学奖"提名。

此外还有一些朝气蓬勃的青年作家和后起之秀也频频在国际文学奖励中获奖。冯骥才的 1987 年《感谢生活》获法国全法图书馆协会"女巫奖"一等奖并获全法青年读物书店"青年读物奖"一等奖，1993 年获瑞士"蓝色眼镜蛇奖"；贾平凹的 1988 年《浮躁》荣获美孚"飞马文学奖"；张洁的 1989 年获意大利"马拉帕蒂国际文学奖"，1992 年被美国文学艺术院选为荣誉院士；西飏的 1994 年获马来西亚"花踪文学奖"首奖，1996 年获意大利"蒙德罗国际文学特别奖"；张国擎的 1994 年获马来西亚"花踪文学奖"佳作奖；晓雪的 1996 年获意大利"蒙德罗国际文学特别奖"；陈丹燕的 1996 年获"奥地利国家青少年图书奖""德国国家青少年图书奖"和"德国青少年评委金色书虫奖"三项奖励，1997 年 4 月又获联合国教科文组织颁发的"全球青少年倡导宽容文学奖"。

这些国际文学荣誉的获得确实既对作家本人鼓舞甚大，同时也让中国文学和文化界感到光荣，更重要的是也有利于扩大中华文化和文学甚至是中国国家的国际影响力。但毋庸讳言，这些国际文学奖有些可以说是大奖，但还不是顶级的国际文学奖。瑞典皇家学院设立的"诺贝尔文学奖"，法国龚古尔文学奖评选委员会设立的"龚古尔文学奖"，英国跨国大企业布克·麦康奈尔公司设立的布克文学奖，西班牙文化部设立的"塞万提斯文学奖"，美国哥伦比亚大学创办的"普利策奖"，这些世界顶尖级的文学大奖尚与中国作家无缘。特别是剪不断理还乱的"诺贝尔文学奖"情结，更是每年一次地准点敲击着中国作家和文坛甚至是全体国民的脆弱神经，从 1904 年《万国公报》首次向中国介绍 1903 年的诺贝尔奖获奖情况算起，一百多年来，诺贝尔奖，特别是诺贝尔文学奖，慢慢变成了中国文学的集体伤痛和全民期盼。人们常常会发问为什么以东方文化和文学老大自居的中国文学就获不了这个破奖呢？印度有一位泰戈尔，日本竟然有川端康成和大江健三郎两位获奖，说不定哪天韩国的作家爆出个冷门，那才真会让中国作家发疯，这也没有什么不可能的，现在的联合国秘书长不就是韩国人吗？1988 年韩国汉城（现在的首尔）办奥运会的时候，中国还在非常吃力地筹办亚运会，2008 年北京奥运会比别人晚了 5 届，整整 20 年。这 20 年其实就是我们的差距。而且今天的北京也未必就能比得上 20 年前的汉城。据说北京奥运会很多运动员宁愿不辞辛劳地下榻首尔而不愿住在北京。中国作家为什么获不了"诺贝尔文学奖"，笔者认为，这里既有中国文学的实力问题，也有中国国力和国际影响力的问题，看不到这一点，就文学谈文学，只能是隔靴搔痒，不得要领。30 多年的改革开放使我们的国力和综合实力包括文化和文学的影响力大有增长，但还是应该看到我们与世界发达国家和地区的差距仍是很大的，盲目自大和盲目乐观，总认为自己了不起，认为自己的文化和文学理所当然应该获得全世界最高文学荣誉的"诺贝尔文学奖"，这是幼稚的。即使照这样平稳快速的发展速度（绝对不能折腾），按小平同志的预言，到 2050 年中国才能"达到中等发达国家水平"，笔者妄加揣摸，到那时中国作家获诺奖应该是时候了。

　　无论是已经获得的国际文学奖，还是暂时没有获得的国际文学最高荣誉，我们都应该看到这是文学奖励的积极作用。中国文学也要像中国经济一样以全球为参照系，面对世界各国优秀文化和文学的挑战，在碰撞交融中扬长避短、浴火重生，才有可能在实现中华民族伟大复兴的同时，实现中华文学的伟大复兴。

第二节　文学奖励对文学批评的影响及互动

　　奖励和批评是管理学中最基本的两大刺激手段。文学奖励和文学批评，犹如文学铁路上的两条钢轨，共同承载着文学创作这列高速行驶的列车呼啸向前，同时还担负着为这列火车导引目标、修正方向的作用。文学奖励和文学批评都是对文学作品和创作者的价值评判和优劣认定，二者共同构成文学评价的价值体系和刺激机制。它们的作用和分量应该是同等轻重的。但令人百思不得其解的是，在中国五千年的文化和文学史中，文学批评的功能异常发达，其机制和体制不但发育历史相当悠久，而且发育得完全充分。而文学奖励的机制体制始终是"犹抱琵琶半遮面"，半遮半掩，欲说还羞，发育得很不健康、很不完善。直到19世纪后期，才出现真正具有现代意义的文学奖励，即使到了新时期，文学奖励虽然数量不少，机制和功能也日见完善和规范，但文学奖励仍然远远没有文学批评发达和深入人心。文学奖励的现象和机制被文学界特别是被文学理论界严重忽视。这不知道是不是因为我们这个民族具有特别的批评偏好，或者特别喜欢用"批评"这个词，包括对作家、作品的表扬和赞许文字有时也喜欢用文学批评来概括。更准确地说，在中国的文学评论和文学评价体系中，"文学批评"的影响和范围远远超过文学奖励。换句话说，中国的"文学批评"，同时还承担着相当一部分的文学表扬和奖励的功能。这种"文学批评"与本文论及的以"有奖征文"和"文学奖"为主体的"文学奖励"，既相互独立，又相互补充；既相互支持，又相互监视；既互成体系，又相互影响。文学奖励对于文学批评的影响，也是文学奖励机制对于 20 世纪中国文学一个重要的影响方面。

　　同时，文学批评之于文学奖励也相应地存在互动的关系。文学批评不但可以对文学本身进行观照和评说，而且还经常对文学奖励活动及获奖作家作品进行道德评判和价值判断。文学奖励由于其新闻价值突出，往往吸引文学批评的广泛介入。越是影响大的文学奖励，文学批评的参与者和参与度就会越多越深。每年一度的诺贝尔文学奖，在全球引来的文学批评远远超出了对文学奖励本身及获奖作家作品的批评和评论范畴。对文学奖励的优秀文学批评有时会和文学奖励一道，成为文坛一道亮丽的风景线。

一、文学奖励对文学批评广泛介入的吸引

　　文学奖励在文学活动中，一般都属于比较大型的文学活动，加上文学奖励设奖机构的相对权威性、评奖程序的相对复杂性、评奖结果的相对保密性及颁奖仪式的相对规格性，使得文学奖励的新闻性得到不同程度的产生和放大。这样就很自然地引起社会公众的关注，当然也会引起文学界的关注，特别是吸引社会批评和文学批评的广泛介入。我们一般把对于文学奖励的事件性批评叫做社会批评，而把深入到获奖作家和作品的带有审美性和研究性的批评叫做文学批评。

　　"良友文学奖金"因常风的文学批评而引起更多关注。1936年至 1937 年间，与"《大公报》文艺奖金"同时筹办的"良友文学奖金"，是赵家璧领导的良友图书公司为征集优秀长篇小说原创稿件而举办的一次文学奖励活动。目的是繁荣出版和"奖励新的小说创作"。最终由蔡元培、郁达夫、叶绍钧、王统照、

　　郑伯奇等学界和文坛大家组成的文艺奖金评委们评选出的两部获奖长篇小说是左兵的《天下太平》和陈涉的《像样的人》。1937年6月，良友图书公司公布了这项历时近一年的"良友文学奖金"的评奖结果。左兵的《天下太平》，在宣布获奖前的1937年4月30日，由上海良友出版发行公司初版印行，首印2000册。左兵是位不见经传的无名作家，《天下太平》是一部反映1925年"五卅"运动至1927年"大革命"失败这一个时期里知识青年的理想和追求，及"五卅"前后中国农村凋敝情形的长篇小说，小说共14万字，参加"良友文学奖金"征文比赛，是最初也是最终被看好的作品。作者本身是位生长于农村的教师，对农民生活有深入认识，他在《天下太平·题记》中说："我本打算从五卅写到目前，以20万字（那自然是受征文限制）描绘农村在内忧外患交相煎迫之中陷于破溃之形相；并传出革命势力相乘地在大众心里蔓延生根"①的情况，可惜因为时间不足，在工作之余硬挤出了五百个工作小时，完成了这部他自己并不满意，只视为初稿的作品。他把《天下太平》视为第一分册，"以后预备从'二七'年代到'三一'年代的'九一八'，写第二分册；'九一八'后则写第三分册。"②非常令人惋惜的是，获奖消息公布仅一个月，日本全面侵华，左兵自《天下太平》以后，估计失去了写作的一些基本条件，他原本打算接着续写的"第二分册"和"第三分册"最终未能完成。

---

　　① 左兵：《题记》，见《天下太平》，2～3页，上海，上海良友图书印刷公司印行，1937。

　　② 左兵：《题记》，见《天下太平》，3页，上海，上海良友图书印刷公司印行，1937。

1936 年 7 月，获奖消息公布不久，著名编辑家、书评家常风就在《文学杂志》上发表了题为《左兵：〈天下太平〉》的书评，对"良友文学奖金"的评奖事件和左兵的获奖小说《天下太平》做了相当中肯的分析和批评：

> 今年我们出版界有两件值得纪念的事：一是大公报的"文艺奖金"；一是良友图书公司的"文学奖金"。大公报"文艺奖金"范围稍广，而且是从过去一年的创作中选戏剧小说与散文的佳作，良友"文学奖金"则只是征求新的小说创作。大公报的"文艺奖金"业于上月公布。良友的"文学奖金"最近才揭晓，左兵的《天下太平》和陈涉的《像样的人》被选为得奖小说，担任评选者为蔡元培、郁达夫、叶绍钧、王统照、郑伯奇诸氏。
>
> 据良友的广告，《天下太平》，"是从许多应征文稿中最先也是最后被评判先生认为值得获奖的一部"。作者"挑了中国近代史上最乱的一个时间（五卅——二七)把素称富饶平安的江南农村，用了最亲密的笔调，描写了他们的真面目。"全书以一个农村出身的青年柯大福为整个故事的中心人物，故事的展开是在柯大福的家里，全家都在急切地关心着大福从师范毕业了就事的事。随后，作者给我们展开大福在学校里的生活，他的朋友。他的一位同学是国民党，劝大福入党，大福犹疑不决。大福找事，处处碰壁。最后，走投无路，投了党，秘密工作，领生活费。革命成功了，大福回县办党，后来清党了，他又逃亡，在上海

马路上发传单，"总有一天他会再回到家里来"，他的父亲以此安慰了，这样就结束了这部小说。

这部小说的作者是第一次写长篇小说。我们尊重良友的文学奖金和作者，我们愿拿一般创作的水准来衡量这部得奖小说。柯大福是全书的中心人物，但是可怜的很，他入国民党完全为了生活无着，他不曾想到更庄严的使命与更重大的意义。他虽曾碰过无数次壁，但是完全为了找一个小学教师的位置或投稿，并不是"抱了崇高的理想"（如广告所说）。他最后因清党逃亡了，并不是"到将近实现他的理想时，又如彗星般没入黑暗中去了"，在书中我们只看到柯大福为吃饭而彷徨无路，却不曾见他有什么理想与抱负。拿这样一个人物作这样一部小说的主人公似乎过嫌单薄。作者似乎想把柯大福造成一个足以左右全部故事开展的人物，但是他并未在书中给他安排必需的衬托，而且他也不曾着力来写这个人物。作者的挑选很好，他挑选中国近代史上一个重要的时期，从五卅惨案到民国十六年的北伐。作者说："我本打算从五卅写到目前，以二十万字描绘农村在内忧外患交相煎迫之中陷于破溃之形相；并传出革命势力相乘地在大众心里蔓延生根。只因为那点事情我太熟习了，一闭下眼来，那点人物的活动，叫我这枝笔左右逢源的写不尽，所以写了十四万字模样，还只写到'二七'年代的革命大流，流到了一个新的阶段。就这样写，也已经太经济了，有许多地方还只留下概念。"的确，以十四五万字

写那样一个时代不能算不经济。不过，那十四五万字
要有效果。所以在作者认为很经济了，我们从另一方
面看来却已经很不经济。十四五万字几乎"只留下个
概念"。更令我们为作者惋惜的，在这部以五卅到十
六年北伐一段时期取材的长篇小说中，"五卅"仅是一
个阴影。①

　　应该说常风的批评态度是严正客观的，持论也是诚恳公允
的，并没有因为这次评奖的评委们是当时文坛上享有盛名的大
家就一味附和夸赞。尽管良友图书公司广告称《天下太平》"是
从许多应征文稿中最先也是最后被评判先生认为值得获奖的一
部"，但常风仍然坚持了一个批评家应有的独立品格，敏锐而
客观地指出："在这部以五卅到十六年北伐一段时期取材的长
篇小说中，'五卅'仅是一个阴影"；批评小说没有着力刻画人
物，"主人公似乎过嫌单薄""十四五万字几乎'只留下个概
念'"。"概念化"写作也的确是这部小说本身存在的问题。这表
现了批评家的真知灼见和铮铮风骨。常风文章开头特意将"良
友文学奖金"与《大公报》文艺奖金"相提并论，一贬一褒，寓
意明显。常风的文学批评，非常有利于读者在阅读和接受文本
时有所导引有所指向，同时也有所凭借有所依傍。更重要的
是，正是常风这篇文学批评性的书评，才使得"良友文学奖金"
引起包括文学史界在内的更多关注，也使得我们在文学奖励的
史海钩沉中少走了很多弯路。

　　"鲁迅文学奖"的批评之声。2007 年 10 月 25 日，由中国

---

　　①　常风：《左兵：〈天下太平〉》，见袁庆丰、阎佩荣选编：《彷徨中
的冷静》，29～30 页，天津，天津人民出版社，1998。

作家协会主办的第四届"鲁迅文学奖"揭晓，32 部作品分为中篇小说、短篇小说、报告文学、诗歌、散文杂文、文学理论评论和外国文学翻译七个奖项。蒋韵的《心爱的树》、田耳的《一个人张灯结彩》、葛水平的《喊山》、迟子建的《世界上所有的夜晚》、晓航的《师兄的透镜》获全国优秀中篇小说奖；范小青的《城乡简史》、郭文斌的《吉祥如意》、潘向黎的《白水青菜》、李浩的《将军的部队》、邵丽的《明惠的圣诞》获全国优秀短篇小说奖；朱晓军的《天使在作战》、何建明的《部长与国家》、党益民的《用胸膛行走西藏》、王宏甲的《中国新教育风暴》、王树增的《长征》获全国优秀报告文学奖；田禾的《喊故乡》、荣荣的《看见》、黄亚洲的《行吟长征路》、林雪的《大地葵花》、于坚的《只有大海苍茫如幕》获全国优秀诗歌奖；韩少功的《山南水北》、南帆的《辛亥年的枪声》、刘家科的《乡村记忆》、裘山山的《遥远的天堂》获优秀全国散文杂文奖；李敬泽的《见证一千零一夜——21 世纪初的文学生活》、陈晓明的《无边的挑战——中国先锋文学的后现代性》（修订本）、欧阳友权的《数字化语境中的文艺学》、雷达的《当前文学创作症候分析》、洪治纲的《困顿中的挣扎——贾平凹论》获全国优秀文学理论评论奖；许金龙译的《别了，我的书》（大江健三郎著，日文）、王东亮译的《笑忘录》（米兰·昆德拉著，法文）、李之义译的《斯特林堡文集》（斯特林堡著，瑞典文）获全国优秀文学翻译奖。这次评奖是对 2004 年至 2006 年当代中国文坛除戏剧和长篇小说之外其他文学样式的集中检阅和褒奖，获奖的 32 部作品是从 1113 件有效参评作品中评选出来的。

纵观"鲁迅文学奖"，已历 5 届。第一届"资产新闻杯"评选

的是 1995 年至 1996 年 2 年间的作品，获奖作品和人次最多，
共有 95 部（篇）作品获奖，数量庞大。设奖也不规范，"全国优
秀散文杂文奖"一项，分拆成"全国优秀散文杂文荣誉奖""全国
优秀散文奖"和"全国优秀杂文奖"三项，翻译奖也拆分成"全国
优秀文学翻译彩虹奖荣誉奖"和"全国优秀文学翻译彩虹奖"两
项；从第二届开始七个子项不再分拆，设奖基本固定下来，评
选的篇数也大致固定在每个子项不超过 5 部（篇）。第二届评选
的是 1997 年至 2000 年 4 年间的作品，比较平均和规范，七个
子项每个子项获奖人数和篇数都是 5 个，共有 35 部（篇）作品
获奖；第三届评选的是 2001 年至 2003 年 3 年间的作品，前五
个子奖都是 5 部（篇）作品获奖，文评奖和翻译奖稍少，分别是
4 个和 2 个，总共 29 部（篇）获奖；第四届评选的是 2004 年至
2006 年 3 年间的作品，除散文杂文奖 4 部（篇）、翻译奖 3 部
（篇）外，其他分别为 5 部（篇），总共 32 部（篇）作品获奖。第
五届评选的是 2007 年至 2009 年 3 年间的作品，中篇小说、短
篇小说、诗歌、散文杂文、文学理论评论均为 5 部（篇），报告
文学 7 部（篇），文学翻译空缺，共 32 部（篇）作品获奖。五届
总计有 200 部（篇）作品获奖，加上第一届 25 部（篇）"全国优秀
文学翻译彩虹奖荣誉奖"获得者，总共是 225 部（篇）作品获奖，
"鲁迅文学奖"五届获奖数超过了"庄重文文学奖"12 届 177 位
获奖数，远远超过 8 届"茅盾文学奖"总共 38 部作品的总数量，
更比百年"诺贝尔文学奖"获奖总数多两倍多。奖励的范围和人
次不能说不广泛，但真正给读者留下深刻印象的获奖作家和作
品并不是很多。这是鲁迅文学奖最值得反思的地方。

　　第四届"鲁迅文学奖"评奖揭晓一周时间，陈亮在《中国教

育报》上发表对第四届"鲁迅文学奖"的批评文章，题为《鲁迅文学奖：集体的突围还是整体的衰落？》，文章指出："诺贝尔文学奖之后，国内以表彰中短篇小说、诗歌、文学理论和翻译为主的鲁迅文学奖新鲜出炉。看看获奖名单，认识的不认识的，老的新的，足足有 32 人之多。蒋韵、葛水平和迟子建之于中篇小说，范小青、潘向黎和邵丽之于短篇小说，荣荣、林雪之于诗歌，巾帼不让须眉，在莱辛以 88 岁高龄捧得诺贝尔文学奖之后，中国女作家们更是'全线突围'。男性作家们则似乎平稳一些，获奖不多。一时间众人为女性叫好，得出结论：中国的女性写作又开始达到一个高峰。这正好也和时下因诺贝尔奖获得者莱辛而兴起的女性主义大潮相互呼应，应了个景儿，赶了个时髦。……女性占据五分之三的席位，仿佛成了一个很有看头的话题，引发好事者的讨论。……以中国新文化运动伟大旗手鲁迅命名的鲁迅文学奖却迟迟找不到它的精神命名。什么是好作品，判断好作品的标准何在？标准不全是条条框框，可也不能少了条条框框。如果一直用大话来定位鲁迅文学奖，那'鲁奖'的价值何在？再次要问的是，'鲁奖'和鲁迅先生的精神关联何在？难道仅仅是因为鲁迅先生在小说上曾创作过短篇吗？如果没有明确答案，以鲁迅先生的名字冠名的资格何在？'鲁奖'，只能是形同虚设。'鲁奖'成为行业内的自我狂欢。"①

除此篇文学批评之外，对第四届"鲁迅文学奖"，网上的批判之声也是不绝于耳。再加上坊间对于其他四届"鲁迅文学奖"的指责和抨击，应该说对"鲁迅文学奖"的批评质疑声是在当下

---

① 陈亮：《鲁迅文学奖：集体的突围还是整体的衰落？》，载《中国教育报》，2007-11-03。

文学奖励中较为突出和尖锐的。第一届"鲁迅文学奖"揭晓后有人认为是"完全失败";第二届揭晓有人在网上发表《为第二届鲁迅文学奖而呕吐》的长文;第三届揭晓又有人撰写《鲁迅文学奖值多少钱?》的文章在网上广为传播,更有激愤者发表《中国作协为何封杀"鲁迅文学奖"》的质疑和抨击。第四届"鲁迅文学奖"也是批评之声大于赞许之声。第五届对于"羊羔体"获奖的责骂和嘲讽。这些批评的基本态度是认为"鲁迅文学奖与'鲁迅'无关","暗箱操作","自我狂欢",基本上"失去了权威性,失去了社会关注性,甚至失去了合法性"。

这些对于文学奖励的文学批评和社会批评,虽然有些比较刻薄,甚至谩骂,但在客观上也从反面某种程度地促进了"鲁迅文学奖"及获奖作家作品在市场经济条件下文学被严重边缘化后的大众审美接受。

对于这些文学批评和社会批评,我们应该以开放和宽阔的胸怀对待,这毕竟比什么声音也没有的"两间余一卒,荷戟独彷徨"的死寂要好很多。文学批评广泛介入文学奖励,共同承担对文学价值及意义的鉴定和品评,共同构成对文学质量的判断和度量,也共同承担对文学和文学风尚潮流的规范和导引。这样,有利于构建文学内部的价值评价体系和外部的导向规范机制。文学奖励因为其明显突出的"知悉意义"而吸引新闻出版和文学批评的大剂量投入,这本身就是文学奖励对于文学的影响和贡献。

大诗人庞德说过,文学是使新闻永远成为新闻的新闻。总而言之,文学奖励在促进文学传播和文学接受方面,特别是使获奖作家及作品"永远成为新闻"方面有着明显和突出的作用。这也是文学奖励对于文学甚至社会的突出影响和贡献。

二、文学奖励与文学批评相互竞合

"《大公报》文艺奖金"颁奖辞是二者良性互动的世纪经典。文学奖励和文学批评的互动关系，最明显的表现就是相互影响的关系。1936年9月1日至1937年5月15日，历时8个半月，"《大公报》文学奖金"终于评出，这个文学奖虽然只是某一家报刊自办的文学奖，但它在中国现代文学史上的地位和影响都是巨大的，并且已成为20世纪文学奖励史上的经典案例。这一点告诉我们，文学奖的地位和影响主要不是靠主办单位的级别和权力来确定的，而是要看文学奖评选者的眼光和判断能力，是不是真正评选出了"最优秀"的作品。文学奖是要和被评选出的"最优秀"的作品一起相互光耀着才能名垂青史的。从这一点上看，75年后我们回头检视"大公报文艺奖金"，《日出》《谷》《画梦录》确实是当时"最优秀"的作品，除小说《谷》稍稍逊色当时的《八月的乡村》外，戏剧、散文肯定是代表当年最高成就的。正因为如此，该奖项才为人们久久乐道。

人们在津津乐道三位作家和三部获奖作品之时，还对评审委员会给予这三部获奖作品及其作者的颁奖评价抱有无比敬意。评审委员会给予获奖的三部作品的颁奖辞是这样的：

《日出》(曹禺的戏剧)："他由我们这腐烂的社会层里雕塑出那么些有血有肉的人物，贬责继之以抚爱，直像我们这个时代突然来了一位摄魂者。在题材的选择、剧情的支配以及背景的运用上，都显示着他浩大的气魄。这一切都因为他是一位自觉的艺术者，不尚热闹，却精于调遣，能透视舞台的效果。"①

---

① 《本报文艺奖金的获得人》，载《大公报》(天津)，1937-05-15。

《谷》(芦焚的小说)："他和农村有着深厚的关系。用那管揉合了纤细与简约的笔，他生动地描出这时代的种种骚动。他的题材大都鲜明亲切，不发凡俗，的确创造了不少真挚确切的人型。"①

《画梦录》(何其芳的散文集)："在过去，混杂于幽默小品中间，散文一向给我们的印象多是顺手拈来的即景文章而已。在市场上虽曾走过红运，在文学部门中，却常为人轻视。《画梦录》是一种独立的艺术制作，有它超达深渊的情趣。作者生长在四川。读过他的《还乡杂记》当能知道不少他的幼年生活。更真切的说明是他那篇自述，《论梦中的道路》。"②

"这些评价非常精炼、准确，偏重于对作家和作品艺术性的审美分析。这与评委们的思想倾向和审美爱好是一致的，也合乎《大公报》的自由主义思想立场。"③的确，这些颁奖辞是真正的文学批评和艺术鉴赏，笔者敢说，这些颁奖辞堪与 20 世纪文学批评史上最优秀最出色的文学批评文字相媲美。它们本身就是最优秀最出色的文学批评的经典话语。在评价这三位现代作家和这三部作品时这几句颁奖辞几乎是绕不过去的神咒。这就是文学奖励对于后来的文学批评的最直接影响。

当然，另一方面，我们也应该看到，在这次文学奖金的评审活动中，此前的文学批评对于此次文学奖励的影响一定不小。萧乾回忆这次评奖的缘起时说："最后，我谈起美国哥伦比亚大学一年一度的普利策奖金，办法是奖给已有定评的作

---

① 《本报文艺奖金的获得人》，载《大公报》(天津)，1937-05-15。

② 同上。

③ 王本朝：《中国现代文学制度研究》，126 页，重庆，西南师范大学出版社，2002。

品，这比较容易掌握。胡社长听了颇以为然，要我立即着手拟定办法并开列评选人名单。"①萧乾这段话明白地告诉我们，"《大公报》文艺奖金"是学习"普利策奖"的办法："奖给已有定评的作品"，这样"比较好容易掌握"。也就是说，评奖委员会在评审、酝酿和筛选的过程中，一定是认真参考了当时文坛上对于这三部作品的各方面的反应和评价的，而且一定是特别认真地参考了评论界的看法和评价的。对此，文学奖励的组织者和评审者一般都不回避，他们把这叫"倾听呼声"，实际上这就是文学奖励和文学批评之间的良性互动。

与文学批评相伴随的"茅盾文学奖"。文学批评界对于文学奖励的批评和关注，较为集中地主要表现在对外国的"诺贝尔文学奖"和对国内的"茅盾文学奖"的批评和研究上。可以说每届"茅盾文学奖"揭晓，国内都会掀起新一轮的批评和评价。国内的文学奖励，真正自始至终有文学批评相伴随的，毫无疑问排在第一位置的应该是"茅盾文学奖"。对"茅盾文学奖"的文学批评比较有代表性、比较有分量的文章和专著有：洪治纲的《无边的质疑：关于历届"茅盾文学奖"的二十二个设问和一个设想》，思思的《茅盾文学奖人文话题知多少》，范国英的《历史题材获奖作品与茅盾文学奖的生产机制》，及徐其超、毛克强、邓经武的《聚焦茅盾文学奖》。这些文章和专著从各个不同的角度和层面对茅盾文学奖进行了卓有见地的分析和批评。洪治纲得出的结论是："公正性受到怀疑，科学性值得思考，权威性难以首肯"；而徐其超等人的结论是："基本上代表了长篇小说

---

① 萧乾：《大公报文艺奖金》，载《读书》，1979(2)。

的高峰走线"。这些文学批评和评价为我们认识和了解"茅盾文学奖"以及获奖的作家和作品都起到了很好的引导的作用。

纵观"茅盾文学奖"，第一届和第二届应该说为该奖赢得了巨大的文学口碑和社会声誉，大家普遍认为，"大致上接近于按照茅盾生前的遗愿拔优选萃"。首届获奖的六部作品：魏巍的《东方》、周克芹的《许茂和他的女儿们》、姚雪垠的《李自成》（第二卷）、莫应丰的《将军吟》、李国文的《冬天里的春天》、古华的《芙蓉镇》，及第二届获奖的三部作品：张洁的《沉重的翅膀》、刘心武的《钟鼓楼》、李准的《黄河东流去》（上，下），以上 9 部作品，直到今天，都还是经得起时间和历史检验的。从第三届开始，此后的 6 届评选，每一届评奖都有异议较大的作品获奖，当然也就有呼声很高的作品落选。第三届评奖，路遥的《平凡的世界》，凌力的《少年天子》及霍达的《穆斯林的葬礼》问题不大，而孙力、余小惠的《都市风浪》和刘白羽的《第二个太阳》则质疑较多，这两部作品与同时期的王蒙的《活动变人形》、张炜的《古船》相比，可以看出不小的水平差距。此后的每届评奖也都有这种情况发生。这严重地损害了"茅盾文学奖"的文学地位和社会声望，批评界和社会各界对"茅盾文学奖"的负面评价和质疑之声愈来愈大。连认为"茅盾文学奖"获奖作品家族"基本上代表了长篇小说的'高峰走线'"的《聚焦茅盾文学奖》也承认这一点："'当年最优秀'被'当年一般优秀'挤占的情况也偶有发生。如张炜的《九月预言》、韩少功的《马桥词典》、余华的《许三观卖血记》和莫言的《檀香刑》等本来是不应也不易绕过去的，结果还是被主旋律突出而艺术特色不鲜明的《骚动的秋》《都市风流》和《英雄时代》取代了。忽视艺术创新、有欠客观的评奖。当然不能真实地反映特定时段长篇小说所达到的艺术境界，批评界为《活动变人形》《九月预言》《马桥词典》《许三观卖血记》《檀香刑》等鸣不平是有道理的。"①

按照《茅盾文学奖评奖试行条例》的规定，"茅盾文学奖"的评选工作由"茅盾文学奖评奖委员会"承担。通常先由评奖办公室聘请熟悉长篇小说创作的若干评论家、作家和编辑家组成审读小组，对推荐作品在广泛阅读、讨论的基础上，进行筛选，提出适当数量的作品，作为提供给评委会审读备选的书目。经由三名以上评委联名提议，可在审读小组推荐的书目以外，增添备选书目。评委会在认真阅读全部备选书目的基础上，经充分的协商与讨论，可选择用记名投票方式或不记名投票方式产生获奖作品。作品获得不少于评委总数的 2/3 的票数，方可当选。每一届评委会根据本届别长篇小说创作的实际状况确定该届评选的获奖数量。一般情况下获奖作品 3 到 5 部。

从已经评选的 8 届 38 部获奖作品来看，正如论者普遍指出的，"茅盾文学奖"的特点之一，是注重文学与时代的关系。茅盾生前就关注文学作品的现实意义，这种文学观无形中延续到"茅盾文学奖"的评选上。参与评奖的许多作家、批评家，也均是主张文学是生活的反映，提倡要有强烈时代精神的。"茅盾文学奖"定位在现实主义的传统上，特别是史诗性的现实主义力作是"茅盾文学奖"的偏爱，这已是不争的事实，因此现代主义和一些先锋写作自然很难与之相容。加上评委们大都年龄较大、资格较老，评委中年轻一代的作家、评论家所占比例甚

---

① 徐其超、毛克强、邓经武：《聚焦茅盾文学奖》，5～6 页，北京，作家出版社，2005。

少甚至缺席，一些颇有冲击力的学者王晓明、陈思和等也进不了评审的圈子。这就难怪一些读者喜爱的当红作家如莫言、余华、刘震云等在评选中往往落选。对以往"茅盾文学奖"的判断，看来只能从现实主义以及左翼文学以来形成的文学传统来对待，超越这个标准，离"茅盾文学奖"就远了。这也难怪许多作家对茅盾文学奖的评奖态度褒贬不一。

对"茅盾文学奖"影响较大的文学批评，茅盾文学奖的组织者和评委们一般是能够看到的，对于意见比较集中的某些方面，也在适当做些调整。如果说从评委不允许参加评奖的回避制度的建立，到防止权奖交易、钱奖交易的严格纪律规定，更多的是吸收社会批评的成果，那么近年来我们看到"茅盾文学奖"试图走出"史诗情结"的努力，这显然是接受文学批评的成果。可以肯定的是，批评界对于"茅盾文学奖"的文学批评，对于这个当代中国最高规格的长篇小说的文学奖励已经产生了并将继续产生积极的影响。这是文学批评与文学奖励本就应该具有的良性互动关系。人们期待着未来的"茅盾文学奖"能以更加开阔的胸怀和更加开放的态度对待具有不同审美倾向和不同审美追求的现实主义、浪漫主义、现代主义及各种先锋写作的作家和作品，使得"茅盾文学奖"真正达到茅盾临终遗言所说的评选标准和高度："奖励每年最优秀的长篇小说"。

《丰乳肥臀》获奖和挨批并行不悖。20 世纪 90 年代中期，作家莫言连续创作了《丰乳肥臀》《天堂蒜苔之歌》《檀香刑》等长篇小说，引起了文坛不大不小的轰动。对于作家莫言的这一时期的创作，不像对于他早期创作《红高粱》和《高粱酒》那样几乎得到的是较为一致的好评与喝彩，特别是《丰乳肥臀》批评和质疑的声音是较为明显和突出的，甚至可以说是批评声大于喝彩声。先不说内容，单是这个小说的题目就太扎眼，不符合温柔敦厚的中国文学的传统和诗意。小说出版不久就被来自官方的审查和来自理论界的批评双重包围。对此有记者采访莫言，莫言说："怎么说呢？这部作品(指《丰乳肥臀》)受到了很多批评，有些很激烈，我需要反思、消化。"

在挨批的同时，莫言又获得来自民间文学奖励的热捧。莫言的创作，曾获过不少文学奖励。1987年莫言首次获得文学奖，其《红高粱》获第四届全国优秀中篇小说奖，根据小说改编的莫言并参加编剧的同名电影获第38届柏林电影节金熊奖，名动一时；1996年《丰乳肥臀》获首届"红河·大家文学奖"，获得奖金10万元；2002年，《檀香刑》获民间色彩较浓的专家文学奖——首届"21世纪鼎钧双年文学奖"；2004年《丰乳肥臀》又获第二届"华语文学传媒大奖"年度杰出成就奖；此外，莫言还获得一些海外文学奖：1988年《白狗秋千架》获得台湾"联合文学奖"；2004年莫言本人获得"法兰西文化艺术骑士勋章"。

当代作家中，很少有像莫言这样，一方面，受到官方和主流意识形态的激烈批评甚至批判。另一方面，却又受到来自民间文学奖励几乎是狂热的追捧。1996年喧嚣一时的"红河·大家文学奖"把当年唯一的大奖10万元奖金毫不吝啬地颁给了《丰乳肥臀》。而此后的第二届、第三届则宣布大奖空缺。2002年、2004年又获得以民间立场自居的"21世纪鼎钧双年文学奖"和第二届"华语文学传媒大奖"的年度杰出成就奖。而几乎在获第二届"华语文学传媒大奖"的同时，2004年的2月23日，中共中央宣传部、新闻出版总署联合召开在京出版单位综合通气会，新闻出版总署领导作了关于《坚决制止炒作出版已经被查禁图书》的讲话，讲话严肃批评了一些违规操作的出版社："为了追求市场效益……还有的出版社正在策划安排出版一些过去因为种种原因被查禁被批评的作品，如《废都》《丰乳肥臀》《左宗棠传》《查泰莱夫人的情人》等。"2 月 24 日，新闻出版总署即以红头文件的形式向全国新闻出版单位发出《坚决制止炒作出版已经被查禁图书的紧急通知》。这说明《丰乳肥臀》至少在 2004 年，官方还是把它看做是"问题小说"的。

获奖与挨批并行不悖，应该说并不是 20 世纪中国文学奖励史上的独特景观，不同的时代、不同的国家都会发生这样的情况，这里既有意识形态的分野问题，也有审美趣味的差别问题。莫言的获奖和挨批并行不悖，某种程度反映了政府代表的主流意识形态和媒体的民间立场之间的矛盾，同时也表明"官方奖""专家奖"与"民间奖"在审美趋向上的偏差。一方面，来自官方和主流的批评对作家心里产生了一定的压力，这一点我们从莫言对记者的谈话中应该看得很清楚。另一方面，"红河·大家文学奖"等一系列的文学奖励，又在相当程度上消解了这种压力和包围。如果不是这样的文学奖励让作家感到自己并不孤单，同时得到较大的奖励和鼓舞，作家能否长期坚持这种创新的姿态和前卫的锐气，就很难说了。《丰乳肥臀》之后也可能就会迷茫很长时间。从这个角度上说，文学评奖是对文学批评的良性互动，至少是没有构成一边倒的批判格局。这对于保留文坛的个性声音、激励和鼓舞作家的探索，特别是对于构成一种对文学批评和行政批判的制衡，都是有积极作用的。

第三节　文学奖励对文学思潮的影响及互动

在分析和考察了文学奖励与作家创作的影响和互动，及文学奖励和文学批评的影响和互动之后，本节将重点考察和文学奖励与文艺思潮的影响和互动关系，以便我们更清晰和更准确地把握文学奖励机制在整个 20 世纪文学活动中的特殊影响和意义。

"文学奖励制度是鼓励文学艺术创作发展繁荣的重要机制之一，也是意识形态按照自己的意图，以权威的形式对文学艺术的导引和召唤。因此，文学艺术的奖励制度具有明确的意识形态性，权力话语以隐蔽的方式与此发生联系，它毫不掩饰地表达着主流意识形态的意图和标准，它通过奖励制度喻示着自己的主张和原则。"①正是由于文学奖励机制明确的意识形态性及其与权力话语的深刻联系，因此符合和有利于统治者的主流意识形态的文艺创作，一般都会得到提倡和奖励，反之则会被抑制甚至打压。小到一个文学奖项的创立，大到一项文学奖励制度的设立，必定深深地烙印着某个时期创立和设立该文学奖或文学奖励机制的机构和组织甚至政权的意图。这些机构、组织、政权期望通过该文学奖项和文学奖励制度达到统一思想统一意志的目的，虽然这种倡导和统一更多地通过规范审美意识形态来实现的。而一旦某一文学奖项和文学奖励机制被建立起来，它反过来不但会对单个作家的创作产生

---

① 孟繁华：《百年中国文学总系——1978：激情岁月》，238 页，济南，山东教育出版社，1998。

积极的影响，同时也会对当时的文坛和整体文学创作产生极大的影响，甚至会蔚成风气，形成潮流，推动某种文学思潮的产生和壮大。对此，孟繁华认为："'诺贝尔奖'、'奥斯卡奖'等重大国际奖项，对 20 世纪文学艺术的发展所起到的巨大推动作用是不能忽略的。……它是以仪式的形式为人类的精神奇迹举行的庆典。"①我们在肯定文艺奖励机制对 20 世纪全球性文学艺术的整体推动作用的同时，更要看到产生于中国和世界的文学奖励机制对于 20 世纪中国的文学思潮的影响也是巨大而深刻的。

一、文学奖励机制对文学思潮发展的推动

在我们分阶段地分析和考察 20 世纪文学奖励机制与作家创作和整体文学潮流的相互关联时，我们吃惊地发现某些影响巨大的文学奖和文学奖励制度对当时乃至此后较长时间的作家创作和整体文学思潮是有着极大推动作用的。

"有奖中国小说"促进新小说文体的生成与发展。英国人傅兰雅是对中国新小说的兴起和发展有突出贡献的人，这一点文学史注意的很不够。他是中国新小说的最早倡导者之一。在他眼中，19 世纪末期的中国社会有三大时弊：那就是"鸦片""缠足"和"时文"，而尤以"时文"为烈。他把改革"时文"当做头等大事来做，将精力放在中国新小说的发展方面，他运用当时西方刚刚开始流行的有奖征文的现代形式，并借鉴了《万国公报》的成功经验，开始用这种创新的文学奖励手段来为倡导和促生

---

① 孟繁华：《百年中国文学总系——1978：激情岁月》，239 页，济南，山东教育出版社，1998。

一种新式文体鼓与呼。1895 年 5 月，他发表公告，举办了一次新小说有奖竞赛，并在《申报》《万国公报》《中国记事》等报纸杂志上做了有奖征文广告，英文广告题为"有奖中国小说"，中文广告题为"求著时新小说启"。中文广告如下："窃以感动人心，变易风俗，莫如小说。推行广速，传之不久辄能家喻户晓。气息不难为之一变。今中华积弊最重大者，计有三端：一鸦片，一时文，一缠足。若不设法更改，终非富强之兆。兹欲请中华人士愿本国兴盛者，撰著新趣小说，合显此三事之大害，并祛各弊之妙法，立案演说，结构成编，贯穿为部，使人阅之心为感动，力为革除。辞句以浅明为要，语意以趣雅为综，虽妇人幼子皆能得而明之。述事务取近今易有，切莫抄袭旧套。立意毋尚稀奇古怪，免使骇目惊心。限七月底满期收齐，细心评取。首名酬洋 50 元，次名 30 元，三名 20 元，四名 16 元，五名 14 元，六名 12 元，七名 8 元。果有嘉作足劝人心，亦当印行问世，并拟请其常撰同类之书，以为恒业。凡撰成者，包好弥封，外填名姓，送至上海三马路格致书室。收入发给收条，出案发洋亦在斯处。英国儒士傅兰雅谨启。"[1]新小说的征文要求："辞句浅明"，"语意趣雅"，"述事近今易有"，"立意毋尚稀奇古怪"，这些要求和限制已基本符合现代新小说的要素。1896 年 3 月，最终报告出来了。参加征文的有 162 名作者，比预想的要多，质量也让傅兰雅满意，因此将获奖人数增加到 20 名，总奖金又增加了 50 元，达到 200 元。获奖者名单及说明在《申报》《万国公报》《中西教会报》上公布，

---

① 傅兰雅：《求著时新小说启》，载《中国记事》，1895(6)封底。

少数优秀作品还相继发表。傅兰雅是早期中国新小说的倡导者和呼唤人，直到 1902 年，梁启超才在日本横滨创办《新小说》杂志，傅兰雅对中国新小说的呼唤比梁启超整整早了 7 年，而且标准明确具体。傅兰雅用文学奖励的手段鼓励和倡导新小说的创作，极大地调动了国人对中国新小说创作的热情，一时间形成小小的热潮。傅兰雅的"有奖中国小说"有力地促进中国新小说的文体的生成与发展，同时也有力地推动着旧文学向新文学的嬗变。

　　解放区的文学奖励制度推动了文艺大众化思潮的形成和普及。郭国昌在《文艺奖金与解放区的文学大众化思潮》一文中着重论述了文艺奖金与解放区文学大众化思潮之间的因果关系。他认为"作为一种文学思潮，文学大众化只是 40 年代前后才开始在解放区得到全方位的繁荣和发展。究其原因，除了解放区特定的政治环境有利于文学和大众的结合以外，文艺奖金的设立也是其中非常重要的一个方面"。并指出，"文艺奖金的设立成为解放区的群众性文学运动的直接推动力。在奖金的引导下，解放区的群众性文学运动迅速兴起，先后出现了秧歌剧运动、街头诗运动、'穷人乐'话剧运动等创作和演出活动"。在分析得出文艺奖金与解放区文学大众化思潮的内在必然联系之后，郭文进一步指出，"政治性和通俗性不仅是解放区文艺奖金的主要标准，而且也是整个解放区文学大众化思潮的主要特点。只有以政治性和通俗性为标准，解放区的文艺奖金才能推动文艺大众化思潮的进程。而离开了政治性和通俗性，解放区的文艺奖金也就失去了存在的意义，而文学大众化思潮也就丧失了发展的动力"。① 应该说，郭文关于解放区的文艺奖金制度有力地推动了解放区文学大众化思潮的形成和普及的立论是科学的，论证也是合理的。正是因为"鲁迅文艺奖金""七七七"文艺奖金、"五四"中国青年节文艺奖、"七七"文艺奖、"五四"文艺奖和"五月""七月"文艺奖等一系列解放区文艺奖项和文艺奖金制度的先后出台，才更加有力地促进了惠及广大文化水平不高的根据地军民的文学大众化思潮如汹涌的春潮，迅速地遍及并深入到解放区文艺活动的角角落落和方方面面。

新时期之初的文学奖励机制促进了启蒙文学思潮的形成和发展。粉碎"四人帮"后，特别是"真理标准的大讨论"，使得各条战线上的"拨乱反正"如火如荼。在这个史无前例的社会大变革时期，文学担负起了神圣的"文学启蒙"和"解放思想"的历史角色。最终形成了以"伤痕文学""反思文学"和"改革文学"为主要内容的新时期之初的启蒙文学思潮。在"启蒙文学思潮"的形成和发展过程中，新时期的逐渐制度化的文学奖励机制起到了极大的引导和推动作用。特别是有开风气之先的 1978 年的首届"全国优秀短篇小说奖"揭晓的刘心武《班主任》、卢新华的《伤痕》、工亚平的《神圣的使命》、成一的《顶凌下种》等一大批"伤痕文学"的优秀作品得到表彰和奖励，极大地鼓舞和促进了新时期启蒙文学思潮中最早出现的一支文学流派"伤痕文学"的形成和发展。刘锡诚在总结首届"全国短篇小说评奖"的意义时认为："举办短篇小说评奖，在我国，是新时期文学初期出现的新事物，'"文化大革命"'前的 17 年，从来没有进行过类似

---

① 郭国昌：《文艺奖金与解放区的文学大众化思潮》，载《中国现代文学研究丛刊》，2002(4)。

的评奖。这次评选的收获是多方面的，以笔者看，其一，也是
最大的收获是，使一些有才能的青年作家脱颖而出，得到了公
众的公认；其二，25 篇作品的评出，标志着我们的新时期文
学已经走出了'四人帮'文学教条影响的阴影，逐渐向着文学的
本义回归；其三，以'伤痕文学'为开路先锋的新时期文学横空
出世，开了一代文学新风。"①这次全国性的短篇小说奖三大意
义中明确指出："以'伤痕文学'为开路先锋的新时期文学横空
出世，开了一代文学新风。"此后不久举办的第二届、第三届短
篇小说奖和相继创办的全国中篇小说奖、报告文学奖等，王蒙
的《春之声》、古华的《爬满青藤的木屋》、谌容的《人到中年》、
张一弓的《犯人李铜钟的故事》、蒋子龙的《乔厂长上任记》、舒
婷的《双桅船》等"反思文学""改革文学"和"朦胧诗"得到更多的
褒奖和鼓励。在文学奖励的导引和推动下，这些文学潮流共同
汇成新时期之初"启蒙文学思潮"的壮阔波澜，同时也构成新时
期文学创作的最初也是最新的成果。

　　"茅盾文学奖"偏爱并鼓励了历史题材和史诗情结的长篇小
说创作。"茅盾文学奖"偏爱历史题材的作品已是不争的事实，
对于此方面的偏好，可以说已发展到成为拒斥包括新历史主义
和先锋小说在内的新的探索性文学模式的可怕杀手的程度。在
全部 7 届共 31 部获奖作品中，有 17 部基本上是属于历史题材
的作品，基本占到获奖作品的半数以上。特别是第六届，5 部
获奖作品，熊召政的《张居正》、张洁的《无字》、徐贵祥的《历
史的天空》、柳建伟的《英雄时代》、宗璞的《冬藏记》，除《英雄

---

① 刘锡诚：《在文坛边缘上：编辑手记》，191～192 页，开封，河
南大学出版社，2004。

时代》外其他 4 部都是属于历史题材的。之所以出现历史题材一枝独秀的局面，这和"茅盾文学奖"的审美向度以及这一审美向度在历次"茅盾文学奖"的评审过程中的逐渐被放大有绝大的关系。这一点我们从前文中分析刘心武奔着第二届"茅盾文学奖"创作的《钟鼓楼》已看出端倪。因为该奖项对历史题材类长篇小说的过分偏爱，引导和怂恿了当下文坛上长篇小说创作出现了一边倒的情况，在第六届初评入选的 23 部长篇小说中，历史题材的大概也占到 2/3 的比例。因此最后的历史题材小说五分之四的获奖比例就不难理解了。但已经初评入选本来获奖呼声很高的莫言的《檀香刑》最后名落孙山，确实就比较难以让人理解了。有论者认为这是由于"茅盾文学奖"是不太鼓励艺术创新的[①]原因所致。对此孔庆东说："今天《子夜》和'茅盾文学奖'成为长篇小说家追求的最高目标，不能不说是中国文学的悲哀。"[②]话虽然说得比较偏激，但却涉及了很值得深思的当代长篇小说创作方向性和审美导向性的根本问题。第五届获奖呼声同样极高的余华的《许三观卖血记》最终落选也是因为其不符合"茅盾文学奖"的审美偏好。

除题材方面对历史题材的特别偏好以外，在艺术风格上，"茅盾文学奖"的偏好还表现在对小说结构的史诗性偏执和小说风格的传统现实主义的偏爱。对于前一点，王彬彬曾用《茅盾奖：史诗情结的阴魂不散》为题加以系统批评。而对于茅盾文学奖在艺术风格上对传统现实主义的偏爱这一点，确实影响了

---

① 毛克强：《茅盾文学奖，新时代的文学坐标?》，载《西南民族大学学报》(人文社科版)，2006(2)。

② 孔庆东：《脚铐与舞姿》，载《文艺理论与批评》，2005(1)。

"茅盾文学奖"作为中国国家级长篇小说的宽广胸怀和兼蓄精神。对很多具有探索性、先锋性、现代性特质和风格的较为成熟和成功的长篇小说表现出的狭隘性和排斥性,确是目前该奖项最为人诟病的硬伤。

综上所述,我们发现包括"茅盾文学奖"在内的影响较大的文学奖项和一定时期的文学奖励机制,确实对某一时期的文学思潮的形成和发展具有较为鲜明和突出的推动和促进作用。

茂盛的台湾文学奖促进了岛内纯文学的发展和繁荣。台湾文学奖,是海外华文文学奖中数量多、质量高、奖龄长,并且得到政府支持和鼓励力度大的文学奖。有很多文学奖项都是由政府部门直接主办的。自 1949 年国民党蒋介石逃到台湾至今 62 年。在这 62 年中,台湾文学奖明显分为两大阶段。前 31 年台湾当局方主导的文学奖占主要地位,后 31 年,台湾民间主导的文学奖占优势地位,近 10 年来,台湾各县市政府和文化主管部门主办的县市级官方文学奖如火如荼,每个县市至少有一个这样的政府主导的文学奖。从中我们看到,在 20 世纪 50、60、70年代,可能与长期养成的战争思维有关,初退台湾的国民党蒋介石当局是非常重视对文学的规范和掌控的,并把文学奖励机制纳入意识形态的管理范围。退守台湾立足未稳、百废未兴,蒋介石就指示张道藩于 1950 年 3 月 1 日成立了"中华文艺奖金委员会",下设五个奖项,集中全岛文艺和文化名人组成 9 人评委会,每年分两次征选优秀文艺作品并评审颁发较高奖金,对优秀的文艺作品和文艺创作者进行奖励和鼓励。这与大陆从 1949年至新时期的文艺处罚政策恰好形成了鲜明的对照。1960 年台湾"中国"文艺协会创办"中国"文艺协会文艺奖章,以奖励本岛

　　优秀的文艺作品和贡献突出的文艺工作者。特别难能可贵的是，这个奖项自颁行起每年一届，52 年从未间断。此外，台湾岛级文学奖中还有一个以国父名字命名的"中山文艺创作奖"，该奖项由"中华民国"中山学术文化基金会创办于 1966 年，每年一届，已举办 45 届。这两个奖都逾 40 届，是目前台湾历时最长的文学奖。在台湾，奖龄在 30 年(届)以上的有更多，如由台湾"国家"文艺基金管理委员会 1974 年举办的"国家"文艺奖，目前已举办 37 届；由台湾"国防部"自 1965 年创设的"国军"文艺金像奖，旨在倡导"国军"新文艺运动，并鼓励"国军"及军眷创作风气，发掘及培植文艺人才，每年一届，目前已举办 45 届。除官方主导的文学奖历时较长外，台湾许多民间文学奖也生命力极强，台湾报人吴浊流自 1970 年创设吴浊流文学奖，也已成功举办 41 届。至于奖龄 20 年(届)以上更是不胜枚举。而大陆文学奖"茅盾文学奖"仅办 8 届，"鲁迅文学奖"刚办 5 届，新时期初期创办的文学奖基本已停办。最长的当属附身于电影"金鸡奖"的"最佳编剧奖"，举办了 28 届。对比中我们不难看出，台湾的文学奖的命运相对大陆要好很多。

　　在台湾文学奖中，除早期意识形态色彩比较浓重之外，一般来说无论是"官方主导的文学奖"还是"民间主导的文学奖"，其鼓励和发展纯文学的目的相对于大陆诸多文学奖来说比较单一和纯粹一些。1961 年起颁发的"中国"文艺协会文艺奖章，已先后有文学作家、画家、摄影家、戏剧家、舞蹈家等超过五百人获得该项荣誉，近年来为了表扬岛内外的文坛先进，特又颁"荣誉文艺奖章"，自 1981 年起迄今已有翟君石、王静芝、赵琦彬、黄友棣、柯叔宝、何家骅、郎静山、苏雪林、黄君璧等 70 余人获奖，这些文学奖励活动极大地促进了台湾岛内文学的发展和繁荣及全岛文学风气的盛行。台湾的许多著名作家，在创作之初，往往是因为得到了某项文学奖励的鼓励和鞭策，就更加坚定地走在文学创作的道路上。著名诗人余光中1962 年首获"'中国'文艺协会文艺奖章"之新诗奖，这个奖对于刚刚走上诗坛不久的余光中来说是极大的鼓励和荣誉，极大地激励和焕发了青年诗人的创作热情，获奖后他更是笔耕不辍，勤奋有加，诗歌创作犹如井喷，并因此又先后于 1982 年和 1984 年两度获得台北市新闻局"金鼎歌词奖"；1984 年获"吴三连文学奖"；1989 年获"'国家'文艺奖"；1999 年获吴鲁芹散文奖；2000 年获高雄市文艺奖。余光中始终保持着旺盛的诗歌创作的生命力，这不能说和台湾的文学奖励机制没有一点关系。此外台湾优秀作家白先勇、叶嘉莹、痖弦、杨牧等也或多或少地在台湾文学奖励机制下受到激励和鼓舞，努力创作出更加优秀的文学作品。余光中、痖弦、杨牧等曾同获"吴鲁芹散文奖"，该奖项是在 1983 年吴鲁芹逝世后创办的奖励散文创作的文学奖项，由《联合报》和《"中国"时报》轮流主办，至今已举办 19 届。白先勇曾获第七届台湾"'国家'文艺奖"；叶嘉莹 1988 年曾获第 11 届"《"中国"时报》文学奖"推理小说奖。

　　在台湾文学的奖励机制中，有 3 个需要特别值得注意的地方。第一个特别值得注意的现象，那就是台湾当局比较重视对儿童文学的关注和奖励，借此来对儿童和青少年的文学活动进行示范和导向。有很多少年儿童的文学奖项直接由政府部门主办，如"小太阳奖"，就是由台湾"行政院新闻局"主办的，设立于 1996 年，每年 1 届，目的是为儿童与青少年的读物建立标竿，奖项设置包括"最佳创作""最佳编辑"等 5 项个人奖，和"科学奖""人文类"等 7 个团体奖。"小太阳"3 个字出自台湾作家林良作品《小太阳》。取青少年在成长过程中，如太阳般温暖光明的意象。特别值得注意的是台湾省儿童文学创作奖原本是台湾省政府教育厅主办的文学奖，经数次转换主办单位，层层升格，现已由台湾"行政院"文化建设委员会主办，成为全岛性的儿童文学创作奖。另一个特别值得注意的是，台湾岛内县市级官方文学奖几乎覆盖了台湾的每个县市，有些县市甚至还有好几个同级别的官方文学奖。台北市、台南市、高雄市这些中心县市自不必说，像澎湖县、玉山县、南投县这样的小县，文学奖也都办得不含糊。因为这些评奖活动将政府的主导性、财团的积极性和群众的参与性整合统一在一起，效果很好。此外，群众主导的台湾文学奖也有一个明显的体制和机制上的优势，那就是"文学奖基金制"，这是一条非常成功的经验，值得大陆文学奖组织者和创办者认真学习。

繁盛的台湾文学奖极大地促进了台湾纯文学思潮的发展和繁荣。在大陆知名度和人气较旺的台湾当代作家林清玄，其代表性作品有《莲花开落》《温一壶月光下的酒》《冷月钟笛》《白雪少年》等。他从 1979 年起连续 7 次获得台湾影响较大的文学奖："时报文学奖""散文优秀奖""报导文学优秀奖""台湾报刊副刊专栏金鼎奖"等。应该说这些文学奖对林清玄迅速当红台湾文坛作用不可低估，奠定了其散文在台湾的文学地位。琼瑶的当红也与获台湾文学大奖有关，她曾获"时报文学奖"小说首奖及时报文学奖百万小说最佳人气奖。余光中、白先勇、叶嘉莹、三毛、琼瑶、李敖、侯文咏、林清玄这样一些作家的涌现并赢得全球性声誉，或多或少都受到文学奖励的激励和鼓舞。这些光彩照人的名字，共同构成了台湾现代纯文学画廊的靓丽风景。

　　台湾文学纯度较高的繁盛的文学奖励，从文化政策和文学制度上为纯文学的发展和繁荣奠定了基础，铺平了道路，使得两千多万台湾同胞中仍有相当多的人特别是青年，热爱中华文学和中国文化，这是台湾文学的主潮，是两岸同根同源的文化血脉的标志，也是国家统一的文化基础。

二、评奖标准与时代价值取向的互动

　　文学奖励对文艺思潮的影响和推动更具体地表现在评奖标准的制定上。这里有一个双向互动的关系，文学奖励机制中评奖标准是最核心的内容之一，一方面评奖标准的制定和推广在一定程度上会对某一时期的文学的审美追求和价值取向产生积极的影响。另一方面某一时期的业已形成的文学价值取向和审美追求又会反过来对该时期的文学奖励机制中的评奖标准的制定产生不可抗拒的影响。二者的双向互动共同推动某一时期文艺思潮的发生和发展。

　　"理想倾向"的诺奖标准及其影响。在中国文化人甚至普通百姓的心里，国内国际的所有文学奖加在一起，分量和知名度恐怕也顶不上瑞典文学院颁发的"诺贝尔文学奖"。该奖项是瑞典化学家阿尔弗雷德·B. 诺贝尔 1895 年临终遗嘱设立的 5 大奖励领域之一。根据诺贝尔的遗嘱，文学奖奖金应该授予"写出具有理想倾向的最佳作品"的人。诺贝尔文学奖的奖金大约为 100 万美元，世界上任何作家都觉得这笔奖金是巨款。首届文学奖于 1901 年颁发，得主是法国诗人普吕多姆(Sully Prudhomme)（1839—1907）因《孤独与沉思》等作品"是高尚的理想、完美的艺术和罕有的心灵与智慧的实证"而获奖。历史上罗曼·罗兰、萧伯纳、海明威等著名作家均获得过此奖。在 110 年的颁奖历史中，因世界大战停办数年和有几名作家重复获奖，全部获奖作家共 100 名，其中欧洲作家占了绝大多数，共有 76 人。其他，美国作家 11 人、中南美洲作家 5 人、亚洲作家 4 人、非洲作家 3 人、澳洲作家 1 人。其提名体制是，各国文学院院士、大学和其他高等学校的文学史和语文教授、历年的诺贝尔奖金获得者和各国作家协会主席才有权推荐候选人。该奖项不接受本人申请，不颁授已故作家。在百年诺奖的选颁过程中，至今仍没有严格意义上的中国作家获奖。鲁迅、老舍、沈从文、王蒙、李敖等都因为这样和那样的原因，与诺奖失之交臂。诺贝尔文学奖已成为国人的伤痛和情结。2000 年 10 月法籍华人作家高行健因小说《灵山》获奖，颁奖辞称："其作品的普遍价值，刻骨铭心的洞察力和语言的丰富机智，为中文小说和艺术戏剧开辟了新的道路。"但由于在高行健身上掺杂了太多的政治因素，加之高行健已加入法国国籍，因此对高的获奖褒贬不一。

"理想倾向"作为诺贝尔文学奖的评奖标准，确实是瑞典文学院百年来严谨遵循的。由此评奖标准延伸出来的价值取向和审美追求，构成了诺奖获奖作品百年来昂扬向上的基本精神风貌，同时也成就了一长串光辉灿烂于世界文坛的名字：海明威、肖洛霍夫、马尔克斯、罗曼·罗兰、帕斯捷尔纳克、萨特、贝克特、福克纳、托马斯·曼、川端康成、叶芝、加缪、罗素、泰戈尔、黑塞、艾略特、萧伯纳、索尔仁尼琴、聂鲁达、蒲宁。但也正是"理想倾向"这四字标准，也将另外一些同样光辉灿烂的名字遗漏了：托尔斯泰、卡夫卡、乔伊斯、哈代、昆德拉、博尔赫斯、易卜生、契诃夫、里尔克、高尔基、左拉等。下面我们具体考察几个没能获奖的确系伟大的作家。托尔斯泰、左拉等优秀作家为何被诺奖抛弃，都是因为作品表现的精神与"理想倾向"相矛盾。瑞典皇家文学院院士、诺贝尔文学奖评奖委员会委员、斯德哥尔摩大学文学史系教授谢尔·埃斯帕马克（Kjell Espmark，1930—　），应邀于 1987 年 5 月对中国友好访问时，在北京大学作了题为《诺贝尔文学奖：评奖原则及鉴赏趣味的变化和发展》的学术报告。埃斯帕马克说："托尔斯泰在一些作品中，表现出了'一个无政府主义'的倾向"；同时指出法国自然主义文学大师左拉和他们本国最伟大的作家斯特林堡也是被"理想倾向"4 个字挡在诺贝尔文学奖的颁奖大厅之外的，"左拉和斯特林堡的情况也大致如此。左拉是一位'自然主义者'，缺乏'理想倾向'，斯特林堡虽是本世纪瑞典最伟大的作家，但他的创新被认为是'走极端'。"①此外易卜生落选是因为其"否定主义"；哈代是因其女主人公"缺乏宗教伦理基础"。对于这些解释，有相当数量的论者认为："这些理由显然是牵强的。"②

　　但笔者认为，诺贝尔文学奖的确是在真诚而严谨地坚守一

---

　　①　王宁：《瑞典皇家文学院院士埃斯帕马克谈诺贝尔文学奖》，载《文艺报》，1987-07-18。王宁根据演讲者的讲演报告并与其进一步讨论后整理形成此文。

　　②　王宁：《瑞典皇家文学院院士埃斯帕马克谈诺贝尔文学奖》，载《文艺报》，1987-07-18。王宁根据演讲者的讲演报告并与其进一步讨论后整理形成此文。

些东西，真诚而严谨地坚守诺奖创立者的文学遗愿和理想追求，正是因为百年来持续不断地坚守这样的价值取向和审美追求，才使得这种"理想倾向"在我们的星球上光大发扬，甚至20世纪两次世界级的战争也没能摧毁人们心中最神圣最美好的向往和憧憬，以及文学对这种向往和憧憬的描摹和叙说。当然我们也应该看到，诺贝尔文学奖"理想倾向"的评奖标准在与各个社会、各个国家、各个时代、各个民族及各种宗教的价值判断和审美评价的碰撞融通中构成良性互动，对"理想倾向"的理解和把握也在演进和发展。因而诺奖的评选视野和鉴赏趣味也从"十分保守"和"恪守旧习"的旧"理想倾向"逐步转向阔大和开放的新"理想倾向"，这种转向和发展，为诺奖赢得进一步巨大的国际声誉，诺奖也因此加强了与世界级文学大师更广泛的内在联系，由于评奖委员会的鉴赏趣味趋向开放，先后有托马斯·曼、聂鲁达、辛格等大师获了奖。1990年，这个坚守了近一个世纪的诺奖标准终于有了松动，经瑞典国王批准，诺贝尔文学奖的评选标准从授予"在文学方面创作出具有理想倾向的最佳作品"，改为授予"近年来创作的或近年来才显示出其意义的具有文学价值的作品"。这个改变标志着"诺贝尔文学奖"从对作品狭义的创作风格和精神指向的要求，转向对宽泛的"文学价值"的根本回归。

新时期"多样性"的审美追求和价值取向。在考察新时期文学奖励机制，特别是微观考察新时期文学奖励的评奖标准时我们惊奇地发现"多样性"或"多样化"几乎在每个文学奖的评奖标准中都被强调或被提及。"茅盾文学奖"和"鲁迅文学奖"的评奖标准大同小异，第一条都是"坚持思想性与艺术性统一的原则", 包括该条的最后一句话都完全相同: "要兼顾题材、主题、风格的多样化"; "政府三大奖"的评奖标准是: 坚持"二为"方向和"双百"方针, "弘扬主旋律, 提倡多样化"。

　　"兼顾多样化""提倡多样化"是对文学作品的个性化要求, 文学创作原本就是每个作家非常私人化的写作, 而不是大集体劳动, 创作出来的作品理论上说完全应该是"多样化"的、具有鲜明个性色彩的东西。这一点本来是不应该成为问题的, 更不应该成为评奖标准的。但恰恰是这些不应该成为问题的问题, 一直以来都是困扰中国文学的最要命的问题。新中国成立之初, 党和政府就把五千年来非常私人化的自由创作和自主写作的作家, 纳入了政治管理和经济保养的政权体制中, 用中宣部、文化部和各级宣传文化部门以及各级文联、作协等组织容纳和统领作家、作者。这种对文学的强力管理和规范在"文化大革命"中达到极致。因此从新中国成立到新时期, 作家作者的脑力劳动很难称为"创作", 充其量只能算是"写作", 因为基本上都是同质化的作品, 很少有真正意义上的作家创造性的和完全个性化的写作, 因为这是不被允许的。如果要评选同质化程度最高的文学时期, 那么"文化大革命"时期应该当仁不让。由于长期的禁锢和打压, 使得我们的作家作者多少有点像碾道上被蒙着眼睛的拉磨驴, 长期的惯性步伐和对皮鞭深入骨髓的恐惧, 让作家作者不敢进行充满个性色彩的"多样化"创作。评奖标准上明文规定, 一方面是正面对作家作者鼓励和提倡, 让他们解放思想、放下包袱, 发挥想象力和创造性; 另一方面是防止评委以僵化的条条框框来套作品, 把一些具有创新性、前瞻性和探索性的优秀文学作品选掉了。对"多样化"的特别强调，实际上是对此前"单一化""样板化"的"拨乱反正"。我们看到这个评奖标准至今还在被强调，原因是这一点仍然没有被很好很完全地落实。

新时期文学评奖中的"提倡多样化"的评奖标准，是与整个社会时代的大的价值取向背景和审美追求相一致的。如果说开放之初还多少有些心有余悸的话，那么到1981年中国作协全面铺开对各种文学体裁的奖励之时，"多样化"文学创作的审美需要和多样化服装的审美要求一样，一时间成为时代的必然。虽然像喇叭裤这样的服装在创新性的同时也多少有些怪诞性，但并不妨碍它成为时尚和潮流。这一时期的文学奖的获奖作品，真正有"百花齐放，百家争鸣"的态势。小说上的"伤痕文学""反思文学""改革文学""三无小说"；诗歌上的"朦胧诗派""非非主义"等被广泛论争之后得到确认。特别是这样一些带有探索性的"多样性"作品的获奖为新时期文学的多样发展开辟了道路，并且确立了新的标杆，虽然这种主流意识形态对多样化的认同和支持还是相当有限度的。但对于此种的意义孟繁华仍然给予了热切的称赞和高度的评价："这样的看法虽然引起过广泛的争议，但它作为已然的文学实践，不仅标示了文学对人的内心世界开掘的关注，同时也表达了文学对于中心的疏离，它有了更为丰富的、可以表现的第二世界，它为文学走向常态提供了必要的断裂性过渡。因此，1978年代的文学，也为它的自由做了最大的努力和争取。《春之声》《大淖记事》《爬满青藤的木屋》《种包谷老人》《条件尚未成熟》《祸起萧墙》《哥德巴赫猜想》《关于入党动机》《呼声》《请举起森林般的手》《你不可改变我》《继续操练》《塔铺》等作品的获奖，表明了文学主流意识形

244

态对多样化的有限度的认同与支持，对于文学来说，这毕竟是值得庆幸的。"①

这种"文学主流意识形态对多样化的有限度的认同与支持"在首届新诗评奖中就有较为激烈的表现。部队青年诗人叶文福的《将军，不能这样做》将批判的矛头直接指向军队的高级将领，诗前小序中说："历史，总是艰难地解答一个又一个新的课题而前进的。据说，一位遭'四人帮'残酷迫害的高级将领，重新走上领导岗位后，竟下令拆掉幼儿园，为自己盖楼房；全部现代化设备，耗用了几十万元外汇。"诗人用大量篇幅历数将军的丰功伟绩："你大瞪着/布满血丝的眼睛/驳壳枪/往腰间/猛地一掖，/一声呼啸/似万钧雷霆，/挟带着雄风/冲进了/中国革命丨英雄的史册！"但面对将军的变化，叶文福问："难道大渡河水都无法吞没的/井冈山火种，/竟要熄灭在/你的/茅台酒杯之中？/难道能让南湖风雨中，/驰来的红船，/在你的安乐椅上/搁浅、/停泊。"诗人对批判对象的热爱之情溢于言表，他没有从根本上否定将军，而是劝导他"不能这样做"！这首得票最高的诗最终没能获奖。关于《将军，不能这样做》的"评奖风波"，刘锡诚用《新诗评奖：〈诗刊〉拒绝刘白羽的信》为题回忆了这次风波："中国作协委托《诗刊》编辑部举办'1979—1980年全国中、青年优秀诗歌评奖'活动，在编辑部送交评委会的初选名单中，一度有过很大争论的部队青年诗人叶文福的政治抒情诗《将军，不能这样做》(《诗刊》1979 年第 8 期)被列入。而在评委会讨论时，却发生了严重的分歧。刘白羽给评委会写

---

　　① 　孟繁华：《百年中国文学总系——1978：激情岁月》，247～248页，山东教育出版社，1998。

了一封信。我们编辑部(指《文艺报》)于 5 月 15 日接到了兄弟
编辑部(指《诗刊》)送给我们的一封长信的副本。这封信是写给
作协党组的,汇报(说'申述'更准确)他们编辑部关于叶文福
《将军,不能这样做》的意见,他们拒绝接受刘白羽的评价。信
是这样的:……"①这封信主要是逐条驳斥刘白羽对此诗的批
判,"同志们普遍认为信中对叶诗的批判是站不住脚的,尤其
对引用叶文福的文章时断章取义,做了明显歪曲十分不满。大
家一致要求《诗刊》领导将编辑部的意见,如实向作协领导反
应。……基于以上看法,我们认为《将军,不能这样做》是应该
评奖的。"②但出于政治上的稳妥考虑,"叶文福的《将军,不能
这样做》最终并没有列入获奖名单"。③ 从中我们看到刘白羽为
代表的"主流意识形态"和《诗刊》为代表的"多样化"斗争还是相
当激烈的。当这两种力量出现矛盾和斗争时,结果当然是不言
而喻的。但不管怎么说《诗刊》敢于公开拒绝刘白羽的信,无论
如何都表明"多样化"的文学思潮已汹涌澎湃。正是新时期以来
文学奖评奖标准中"多样化"的引导和促进,才使得新时期的文
学呈现如火如荼的繁盛景象。

近年来精英文学奖励对市场文学潮流的妥协。一般说来,
比较大的文学奖的设立和较有影响的文学奖励机制的创建,都
是由于相应的社会潮流特别是其中的文艺思潮的勃兴和推动的

---

① 刘锡诚:《在文坛边缘上:编辑手记》,564~565 页,开封,河
南大学出版社,2003。

② 刘锡诚:《在文坛边缘上:编辑手记》,565、569 页,开封,河
南大学出版社,2003。

③ 刘锡诚:《在文坛边缘上:编辑手记》,570 页,开封,河南大学
出版社,2003。

结果。由于文学奖励带有最为鲜明的小结性或总结性的鼓励和倡导色彩，因此，文学奖励一般都承担着"继往开来"和"发扬光大"的作用，也就是说文学奖励与文学思潮之间存在着较为明显的因果互动关系。文学奖励与文学潮流相互博弈的结果，往往是既相互竞合又相互妥协。新时期以来的文学以 1992 年为标志，明显分为 1992 年前的以精英审美原则为代表的抒情文学和 1992 年后以大众审美原则为代表的市场通俗文学，标志性事件的出现是 1992 年底歌手李春波《一封家书》的歌唱言说方式："亲爱的爸爸妈妈，你们好吗？现在工作很忙吧，身体好吗？我在这里挺好的，爸爸妈妈不要太牵挂，虽然我很少写信，可是我很想家。"完全的大实话和大白话，彻底颠覆了文学精英们一贯奉为圭臬的抒情甚至矫情的表述方式，这与《妈妈的吻》中："在那遥远的小山村，小呀小山村，我那亲爱的妈妈已白发鬓鬓。妈妈的吻，甜蜜的吻，叫我思念到如今"已恍如隔世了。可以说《一封家书》标志着一个文学时代的终结，同时也标志另一个文学时代的开始。雅致的文人抒情文学逐渐将中心和主潮位置让位给了"人民群众喜闻乐见"的市场通俗文学。这一点并不难理解。因为此刻，整个社会大潮也都让位给了社会主义市场经济了。

面对这突如其来的变故，作家文人并没有做好充分的准备，大多数显得较为被动和无奈。审美领导权的丧失和对市场经济的陌生恐惧，在一个又一个纯文学阵地的丢失和一片又一片纯文学市场的大面积萎缩中变得更加鲜明和焦虑起来。已经建立起来并且曾经红极一时的文学奖励机制受到了极大的挑战。全国优秀短篇小说奖、中篇小说奖、新诗奖、散文杂文奖全部停办，包括"茅盾文学奖"也出现延宕的局面。文学和文学奖一时间都"找不着北"了。特别是过去一直代表精英文学审美倾向的文学奖励几乎失去了合理的生存空间。中国作家群和中国作协受到了市场的空前挤压。这种情况直接影响到一系列文学奖励的生存和发展。经过几年的痛苦和迷惘，精英文学奖励终于慢慢在唯一没有停办的纪实性报告文学奖身上找到了答案，开始对市场和市场文学潮流的委身性妥协。各种文学奖分别被冠以"某某杯"的形式。而且在评奖机制中全面引入"市场杠杆"。1995年前文学奖颁发的基本上是象征资本，颁发的对象也基本上是精英文学和雅文学，而到1995年，文学奖颁发开始直接转向货币资本，而且颁奖对象也转向在市场上卖相好的市场文学和俗文学了。标志性的事件，应该是"红河·大家文学奖"的横空出世。这项1995年由《大家》杂志与云南红河卷烟厂联合创办的市场文学大奖，首次将文学奖金提高到10万元的巨额程度，而此前的"茅盾文学奖"奖金只有区区几千元。特别意味深长的是该奖将其唯一的名额颁给了被"茅盾文学奖"摒弃的莫言的《丰乳肥臀》。这是精英文学奖励对市场文学潮流的巨大妥协。而随着中国市场化程度的越来越高，文学奖励机制中的市场要素也会越来越浓。这是文学奖励与市场潮流博弈的必然结果。

值得注意的是，也是在1995年，中国作协开始筹办包罗多项的"鲁迅文学奖"，"鲁迅文学奖"的评奖章程中有一句非常关键的、时代特征极为明显的话，那就是："鲁迅文学奖评选活动经费由国家拨款以及吸收社会赞助的方式解决"，这句话意味着鲁迅文学奖不是国家的财政奖，很多时候是要靠化缘来解决经费问题的。即使如此，"鲁迅文学奖"也一度给被市场冲击得步履维艰的文坛以巨大的期待和期望，因为它承接了若干个已经停办数年的全国性文学大奖。但这个以文学大师鲁迅名字命名的国家级综合性文学大奖几乎从一开始就让人们有太多的不满和失望。"鲁迅文学奖"目前仅办了 5 届，但每届都要找别人埋单：第一届在北京颁奖，但被冠以"资产新闻杯"；第二届移师绍兴，让绍兴政府埋单；第三届转到深圳，由广东和深圳的有关单位出钱；第四届和第五届又回到绍兴，仍然让绍兴政府出钱出力。打一枪换一个地方，原定 3 年的届期也得不到保证。这个文学奖确实有很多值得我们担忧的地方，但最值得担忧的关键和核心问题还不完全是经费问题。"鲁迅文学奖"已经办了 5 届，但它评选出的作品却没有给人留下太多的印象和记忆，在这一点上，它远比不上"茅盾文学奖"，"茅盾文学奖"哪怕是质疑再多，杂音再大，它毕竟还让人们知道大概有哪些作品获奖了，当然长篇小说的分量重是一方面的原因，但最根本的原因还是评选本身的问题。"鲁迅文学奖"本来子项就多，共有 7 个子项，而且每个子项的获奖者又甚多，一般都在 6 到十几个之间，各个奖项加起来每次都有好几十人，一长串的名单人们根本记不住。笔者认为"鲁迅文学奖"每个子奖最多不能超过 2 名获奖者，用控制数量的办法来保证评奖质量，以确保该奖项的权威和分量，同时还可以提高获奖者的奖金数额。但最重要的是要评选出实至名归的获奖者，否则就只有挨骂的份。"鲁迅文学奖"是在市场经济大环境下建立起来的综合性文学奖，在经济条件上对社会市场大潮的依赖和妥协，往往会加大其被市场所左右的风险。精英的文学评奖可以与通俗的市场文学潮流达成某种妥协和谅解,比如可以在文学评奖过程中充分考虑作品的大众接受度和市场效果、版税价值。但绝对不能出现暗箱操作、权奖交易甚至钱奖交易。如果在文学评奖的过程中出现暗箱操作、权奖交易、钱奖交易,那么也就意味着文学评奖的末路。一个硬币有正反两个面,任何事物都是双刃剑。在承认文学奖励正面作用和积极意义的时候,我们也不能把这一观点推向极端。其实文学奖励的负面作用和消极意义还是有的,有时甚至相当地突出和明显。主要体现在三个方面:其一是,泥沙俱下混乱的文学奖励给人以良莠不齐之感,严重影响文学奖励的应有的公信力;其二是,与获奖高度关联的写作严重影响作家的创作心态,使其变得急功近利;其三是,文学奖的繁盛并不一定意味着文学的繁荣,但确实能使得文坛更加浮躁。混乱、炒作和虎头蛇尾是当下文学奖励的主要病症。

当下文学奖励的主要病症是混乱、炒作、虎头蛇尾。要谈论文学奖励的负面影响和消极作用,首先要认清文学奖励自身存在的问题和病症。王本朝说"现代中国对文学的奖励机制还没有建立起来,既不成型也不完善。"①的确,中国近现代文学中还没有真正建立起完善的文学奖励机制;新中国成立至新时期前文学奖励机制又受到最大限度的压制;直到新时期,文学奖励机制才得以建立和完善,1981年是文学奖励机制的成功建设的标志年。此后几年得到进一步的巩固和完善。但是好景不长,很快,刚刚确立的文学奖励机制先是受到来自政治的干扰,接着是经济的挤压。前者主要表现为"定调子""打招呼"

---

① 王本朝:《中国现代文学制度研究》,125页,重庆,西南师范大学出版社,2002。

"写条子"，后者主要表现为"赞助单位的指定性干预"及"吃请送"和"包红包"。文学奖励机制受到前所未有的挑战。当下的文学奖励机制由于政治和经济的双重挤压和诱惑，再加上人情世故的传统影响，一时间变得混乱和短视起来，泥沙俱下、良莠不齐、虎头蛇尾的文学奖励，严重影响了文学奖励应有的公信力。

众声喧哗是我们这个时代文学的整体特征，这本身并没有什么问题，但作为对时代优秀文学进行鼓励性评判的文学奖励，无论是政府奖、专家奖、还是民间奖，首先应该具备的品格就是清醒，任何蓄意的炒作和违背文学的其他要素的参与和掺杂，都会严重影响文学奖励本身所应该具备的发现力、公正性和公信力。近年来，企业和企业家参与文学奖励机制中来，这原本是好事，有助于解决文学奖励首要的资金问题，一方面应该很好地解决文学奖励和企业宣传二者目标的差异性；另一方面应该很好地在建立长效机制上下工夫，如果这两个问题解决不好，我们就不要热衷于创建新的文学奖，否则，结局好的是虎头蛇尾、有的甚至是有今儿没明儿，像当时炒得沸沸扬扬的"红河·大家文学奖"实际上只办成 3 届，而且越办越差；《中国作家》杂志与宁波大红鹰烟草经营有限公司联合设立的"中国作家大红鹰杯文学奖"，此奖的评选范围以长、中篇小说和报告文学为主，2001 年、2002 年、2003 年，共举办 3 届，也已停办，是虎头蛇尾的典型；"中坤杯·艾青诗歌奖"仅办了 1 届就停办了，2005 年 2 月第二届公告评选的启动都登出去了，原定于当年 11 月到 12 月颁奖的，结果是中途流产。最有代表性的是"《人民文学》奖"，《人民文学》杂志先后与若干家企业合作办文学奖，并分别被冠以"昌达杯""银磊杯""红豆杯""伊力特杯"等，令人眼花缭乱。2006年《人民文学》杂志社又联合浙江利群阳光文化传播公司共同设立"人民文学利群（阳光文化传播）杯文学奖"，2007年5月首届揭晓，影响不大，第二届迟迟办不出来，好像也停办了。

要解决文学奖励的长效机制问题，就必须在设立某项文学奖励之初就成立该项文学奖励的专项基金，这个专项基金的基本资金数量必须能够办5届以上的文学奖，在此基础上再充补其他资金。这样就不会因为企业人事变动、经营效益和广告战略的变化使得该文学奖项受到根本性影响。需要"谋在当下，虑及长远"的，除资金问题外，还要建立评奖的组织性保证，必须有专门的机构和人员把这项工作当做自己的事业，至少是一部分的事业。第三是订立评奖制度，只有制度化的机制才有可能成为长效的机制。"诺贝尔奖"的模式是世界上最科学最完善也是最成功的文学和科学奖励模式，非常值得借鉴。

要解决文学奖励本身与企业、企业家之间的目标差异问题，首先要解决出资人的动机和胸怀问题。企业、企业家及其他社会团体和个人，应该把捐资文学奖当做捐资社会公益事业来看待，不能把企业的目的和利益放在首位，更不能直接干预文学奖励的实际操作。否则就会冲淡甚至改变文学奖励的奖掖优秀的作家作品、鼓励作家创作和繁荣文学事业的终极目标。设想一下，如果诺贝尔或者他的后人抱着私心杂念，直接插手到该项奖励的评审过程中，诺奖一定不会走到今天，即使勉强走到今天也绝不可能有今天这样的世界影响力。当然要做到这一点，是需要出资人为文学奉献的良好动机和宽广胸怀的。

　　值得敬重的是"庄重文文学奖"。自 1987 年庄重文先生倡议并出资，由中华文学基金会出面主办这项青年文学奖到现在，24 年过去了，其间还发生了最重大的人事变故，庄重文先生 1993 年去世，临终嘱咐其子庄士集团继承人庄绍绥一如既往地支持该文学奖，庄绍绥谨遵其父遗愿，继续全力支持"庄重文文学奖"的举办。而且，无论是庄重文还是庄绍绥，从来没有干预过每次具体评奖的过程和结果。自 1988 年首届颁发以来，每两年举办一次，已连续举办 12 届，从未中断过。"庄重文文学奖"对推动中华文学事业的繁荣和发展，特别是在鼓励、推进青年文学的创作方面，是有相当贡献的。它成功地评选和推出了贾平凹、王安忆、舒婷、史铁生、苏童、铁凝、梁晓声、毕淑敏、高洪波、陈建功、吉狄马加、扎西达娃、张抗抗、刘恒、余华、池莉、方方、邱华栋等当代最为优秀的青年作家。在中国内地和海外均产生了广泛的影响。"庄重文文学奖"是企业和企业家参与和支持文学奖创办的优秀典范。

　　文学奖励的权威性和影响力并不完全取决于评奖的组织机构和评审委员的权威性和影响力，最重要的还是取决于评奖本身是否评选出了经得起时间考验的某一时期某一年代"最优秀的"文学作品。"《大公报》文艺奖金"和"良友文学奖金"，论组织者的实力影响，后者并不比前者差，良友能组织编撰名满天下的《新文学大系》，组织能力和经济实力当不在《大公报》之下，甚至是有过之无不及。但两项奖励的命运却天壤有别。"《大公报》文艺奖金"堪称 20 世纪中国文学奖励史上的经典手笔，而"良友文学奖金"连同其评选出的获奖者：左兵的《天下太平》和陈涉的《像样的人》，却都迅速湮灭在历史的烟尘中，几乎连研究现代文学的专家学者都少有人知道这个当年曾惊动过鲁迅的文学奖励事件。

面对当下文学奖励的混乱、炒作、虎头蛇尾等病症，以及由此给作家创作和当下文坛带来的消极影响，文学界、企业界、领导文艺事业的党政机关以及社会各界的有识之士，应该到了认真反思整理文学奖励的机制和体制的时候了，建立起长效科学的"国家文学奖"（政府奖）、"作协文学奖"（专家奖）和"媒体企业文学奖"（群众奖）三种力量、三个层次互动互补的当下中国的文学奖励机制，必要而迫切。

文学奖励的低水平泛滥对文坛的浮躁推波助澜。文学奖励的消极和负面作用除对作家个体的创作心态产生不良影响外，严重起来，可以对原本就浮躁不已的文坛起到相当大的推波助澜的作用。老作家孙犁说过："作家宜散不宜聚"。文学创作是作家的个体精神劳动，需要的绝对不是一般意义上的静，当然作家在积累素材体验生活时可以闹一点，但还是应该给他们相对安静地思考时间和空间。文学创作的繁荣与否，与适度的文学奖励有一定关系，但绝对不是文学奖励愈多，文学创作就愈好。现在的情况是，真正一心一意搞文学创作的人是越来越少了，而热衷于办文学奖励活动的人是越来越多了。政府部门办、作协办、媒体办、基金会办、研究机构办，并且拉着企业和企业家一起办。一方面是文学奖的奖项和名目无比丰富繁多；另一方面是中国目前办得好的文学奖不多，文学奖整体水平偏低。当下中国文学奖励低水平的泛滥助长了文坛的浮躁情绪。有些作家到处拿奖，贾平凹就被称为"拿奖专业户"，有些作品获各种名目的奖项，如被政府批判的莫言的《丰乳肥臀》却获得"红河·大家文学奖"和"华语文学传媒大奖"等多项奖励。

一些文坛恩怨甚至文坛矛盾由文学评奖引起。"我参与组织中篇小说评奖的感想是，如果说读书会初选阶段还相对顺利的话，那么，后半段，则一直伴随着各种各样的矛盾和斗争。一种是认识和思想的；一种是人事上和关系上的。"①刘锡诚没有过多地指明具体有哪些矛盾斗争，但我们可以想象的是专家评委不是生活在真空中的，都是文坛的重要组成部分，哪些作品上，哪些作品下，除了认识和思想上的，"人事上和关系上"也多有牵绊。刘锡诚自己坦承在首届"全国中篇小说评奖"过程中"也得罪了好几位非常渴望得到这个奖项而最终没有如愿的作家"②。在首届新诗评奖过程中，部队青年诗人叶文福的《将军，不能这样做》群众投票最高，刘白羽致信评委会，"上纲上线"地严厉批判了这部作品，并要求不予评奖。而《诗刊》社作为该奖项的承办单位，顶着刘白羽的意见，坚决要求评上《将军，不能这样做》。斗争的结果是刘白羽胜利，但从此也结下了《诗刊》社及作者与刘白羽的矛盾。这段评奖公案至今仍是人们常提常新的话题。

"茅盾文学奖"和"诺贝尔文学奖"是文坛比较关注的国内和国际文学奖项。每次评选的结果一公示，立即引来方方面面的议论和嘈杂不堪的声音。"一石激起千层浪"，仿佛只有在这个时候，人们才明白我们的作家和文坛还是很在乎文学奖的，而

且包括那些公开宣称"不在乎"的作家们。我们可以从《无边的质疑：关于历届"茅盾文学奖"的22个设问和一个设想》（洪志纲）、《茅盾文学奖：一张文学狗皮膏药》（李师江）、《茅盾文学奖人文话题知多少》（思思）、《茅盾文学奖背后的矛盾》（徐林正）、《我所知道的中国茅盾文学奖》（顾骧）、《茅盾奖：史诗情结的阴魂不散》（王彬彬）等这些多少都带有一定情绪的文章题目上可以看出文坛的骚动和激愤。"诺贝尔文学奖"更是文坛甚至国人心中难以愈合的伤痛，定期的伤口撕裂留给当代中国文坛的是遗憾加叹息。

对"鲁迅文学奖"的议论和评价更是负面多多，第二届颁奖刚结束，网民就发出《为第二届鲁迅文学奖而呕吐》的帖子。第三届"鲁迅文学奖"刚揭晓更是引来最多的批评，一篇《中国作协为何封杀"鲁迅文学奖"》（萧夏林）的网上文章广为传播，用语极其尖酸刻薄："鲁迅文学奖进行了3届，第一届彻底失败，第二、第三届有所改善，但是，评奖过程一直暗箱操作，政治交易权钱交易长官意志哥们意志一直通过小道消息传出来，笼罩着鲁迅文学奖。因为暗箱操作，因为不公开，必然就没有公平公正可言，当然更没有什么权威。鲁迅文学奖成为中国作协几个哥们既得集团的分赃大会。今年你，明年我，你评我，我评你，鲁奖轮流转，今年到我家，明年到你家，家家有鲁奖。所以，看一看几乎所有评委都得奖的评委阵容，你就知道鲁迅文学奖（其他奖都是一样）多么荒唐。所以，鲁迅文学奖一直没有取得文坛内外的信任。当然，也不可能取得信任，因为事实摆在那里。从中国作协的态度来看，他们对于媒体的批评也不屑一顾，他们完全不在乎公众媒体的质疑，你批评也阻挡不住我们分赃的脚步。腐败中国黑箱评奖，他们只是其中之一。你批评，我分赃，各得其所。"骂到痛快处，连"茅盾文学奖"一起骂："中国文学的丑闻主要集中在'鲁迅文学奖'和'茅盾文学奖'，也可以说'鲁迅文学奖'和'茅盾文学奖'就是中国文学的丑闻，甚至最大的丑闻。因为这两个国家文学大奖已经破产，几乎完全失去了合法性，成为中国文学的国家之耻。中国作协对于'鲁迅文学奖'和'茅盾文学奖'既爱又怕。无论'鲁迅文学奖'还是'茅盾文学奖'，是中国作协及其利益集团的摇钱树，这两个牌子无论冠名权还是颁奖地，都可以卖出几百万元，为官员送礼，为评委送礼，其中的权钱交易又是多少。据说这一届有一个作家拿了 20 万元还是没有获奖。"

这些网上文章，没有太多的事实依据，观点也过于偏激，但他们对于"茅盾文学奖"和"鲁迅文学奖"的失望和指责是代表着相当一部分人的观点和情绪的。

文学奖励本身明显的功利色彩，加上近年来媒体在文学奖励的活动中越来越活跃，一方面参与主办；一方面品头论足，无形中放大了文学奖励的社会影响，更加剧了文学奖励对文坛的影响，使得文学奖励成了原本就浮躁不已的当代文坛的巨大催化剂。

第四章　20世纪中国文学的奖励机制与文学传播

文学奖励对文学传播的极大推动作用是毋庸置疑的，纵观20世纪的文学奖励史，文学奖励诸特性中最为突出的特征之一就是，文学奖励对文学传播呈加速度的推动作用。文学奖励推动文学传播这一点，在过去的文学奖励中也是有不同程度的表现，但远没有以现代新闻传播手段和机器大生产为代表的复制印刷业盛极的现代文明社会表现得那么突出和极端。特别是当下的网络社会，文学奖励更是因为其具有较强的新闻性而呈现极速传播和无边界弥漫的趋势。文学奖励极大地促进文学的传播，这主要表现为新闻意义、出版意义和影视意义等方面。文学奖励在新闻、出版和影视方面都表现出社会和经济两方面的效益。文学奖励的新闻性能有效地缩短读者的审美过程和增强读者的审美愉悦度；而文学奖励的出版意义能给出版社和获奖作家带来较大的经济效益和社会声望；很多文学作品获奖后被改编，进入荧屏、舞台和电波，当然我们也应该看到这种改编对于文学作品本身来说是有得有失的。

第一节　文学奖励的新闻意义

"新闻是新近发生或正在发生的，对公众有知悉意义的事实的陈述"①，这是目前新闻理论界对"新闻"比较通行的学术

---

① 刘建明：《现代新闻理论》，4页，北京，民族出版社，1999。

定义，刘建明在他的近著中进一步指出"这一定义不仅涵盖了报刊，而且囊括了一切电子媒介的各种报道。这一定义揭示了新闻的全部内涵，概括了新闻的基本属性，即人们通常所说的新闻性。它包括满足公众需要、事实的时间性、需知性和转述性几个要点"。① 笔者理解，新闻的"新"字有时间和内容两层意思。讲究时效、迅速及时是新闻时间性的要求；新鲜、新颖、新奇是新闻内容性的要求。有人认为新闻产生于人类天生的好奇心和群居本能。有人甚至说人和动物都有了解外界事物的本能，人类需要新闻就像蚂蚁需要食物一样。文学奖励事件具有明显的新闻性，"对公众有知悉意义"，在内容上也符合新闻的"新"字要求，内容新鲜、新颖、特别，能刺激大众的关心本能和了解欲望。一个有一定规格和级别的文学奖一旦设立和颁发，就会很自然地引起公众的关注和期待：这是一个什么样的奖项？为什么要设立这个奖项？谁获奖了？谁落选了？为什么获奖？为什么落选？评奖是否公正？其中有没有交易？是实至名归还是名实不符？等等问题，都是人们关心和关注的。这就是文学奖励事件的"知悉意义"甚至"热点效应"产生的基础和条件。

一、文学奖励的知悉意义和热点效应

文学奖励的"知悉意义"。文学奖励作为新闻事件，一般都具有比较突出的"知悉意义"。"诺贝尔奖"特别是"诺贝尔文学奖"的最初设立和此后的每一次颁奖，"知悉意义"历久弥新。

---

① 刘建明：《当代新闻学原理》(修订版)，54页，北京，清华大学出版社，2005。

1896 年 12 月 10 日，瑞典大科学家、大发明家和大实验家阿尔弗瑞德·诺贝尔，由于心脏病突然发作而逝世。诺贝尔当时的财产累计达 30 亿瑞典币，是一位名副其实的亿万富翁。但是他与许多富豪截然不同，他一贯轻视金钱和财产。当年他母亲去世时，他就将母亲留给他的遗产全部捐献给了慈善机构，只是留下了母亲的照片，以作为永久的纪念。他说："金钱这东西，只要能够解决个人的生活就够用了，若是多了，它会成为遏制人才的祸害。有儿女的人，父母只要留给他们教育费用就行了，如果给予除教育费用以外的多余的财产，那就是错误的，那就是鼓励懒惰，那会使下一代不能发展个人的独立生活能力和聪明才干。"基于这样的一贯的思想，诺贝尔不顾其他人的劝阻和反对，临终前他留下了惊世遗嘱，在遗嘱中指定把他的全部财产作为一笔基金，每年以其利息作为奖金，颁发给那些在过去一年中对人类做出杰出贡献的人。奖金分成物理学、化学、生物学或医学、文学及支持和平事业 5 份。

为了遵从这位伟大科学家的遗愿，同时很好地纪念这位伟大的发明家，根据他的遗嘱，1900 年 6 月瑞典政府批准设置了诺贝尔基金会，瑞典议会通过了《颁发诺贝尔奖金章程》，并决定于 1901 年诺贝尔逝世 5 周年首次颁发诺贝尔奖，颁奖的日子定在他去世的日子 12 月 10 日，并规定每年颁发诺奖的日子都在这一天。自此以后，除因战争原因中断外，每年的这一天在瑞典首都斯德哥尔摩举行隆重授奖仪式。为让所有获奖者有足够时间来领奖，并规定获奖揭晓时间为每年 10 月的第 2 个星期四，揭晓后立即通知获奖者，此前这项工作是严格保密的。110 年来，坚持不懈的"诺贝尔奖"，忠实地践行着诺贝尔这位伟大科学家的光辉思想和崇高嘱托，越来越成为世界科学、文化和世界和平事业冠军的标志，激励着越来越多的精英豪杰，献身于世界科学、文化及和平事业，极大地促进了世界科学、文化及和平事业的发展和交流。五项奖励中的"诺贝尔文学奖"，甚至成为了全世界所有作家的心中的圣碑和梦想。

　　据目前掌握的资料，诺贝尔奖在颁行仅仅 3 年后，这一伟大的奖项，就传到了中国。当时的中国还处在相对比较闭关和封锁的满清王朝统治时期。由此可以想见，诺贝尔奖由于其全新的创意、高额的奖金、开阔的视野及奖掖对象的伟大（对人类作出最伟大贡献的科学家、文学家、政治家）在世界其他地方受到关注的程度。中国首开报道诺贝尔奖的是《万国公报》。1904 年 10 月，《万国公报》在由林乐知译、范玮述的"格致发明类征"栏目中以"奖赠巨款"为题介绍了诺贝尔奖的设立情况，同时报道了第三届诺贝尔奖即 1903 年度诺奖得主们的情况。据报道，诺贝尔奖 1903 年"地学"奖（即物理学奖）为"百蛤儿"（即贝克勒耳 Antoine-Henri Becquerel）和"古利夫妇"（即居里夫妇 Pierre Curie、Marie Curie），"全体与卫生学"奖（即医学和生理学奖）为丹麦人"芬生里"（即芬森 Niels R. Finsen），"和平奖"为英国人"客灵麦"（即克里默 Sir William Cremer），"化学奖"为瑞典人"阿利尼"（即阿伦尼乌斯 Svante Ar-rhe-nius），"文学奖"为"白乔生"（即比昂松 B. bjornson）。英译汉的名称和名字与现译稍有区别，但获奖人员、获奖项目及获奖原因的报道是完全正确的。1904 年度的诺贝尔奖，《万国公报》没有报道，但在 1906 年 4 月，在 1905 年度颁奖仅 5 个月之隔，《万国公报》就在季理斐译、范玮述的"智丛"栏目中以

"巨金奖励"为题报道了上年度"诺贝尔奖"获奖者们的情况，并对 1901 年至 1905 年五届"诺贝尔奖"得主的国别状况进行了统计和评论。这样的报道实属难能可贵。邓绍根在辨析了上述情况后得出结论："《万国公报》关于诺贝尔奖的报道至少可以说明：诺贝尔奖在中国的传播报道至迟于 1904 年 10 月，而不是 1910 年；较早知道诺贝尔奖的基本状况的中国人不是去欧美的留学生，更跟学位高低无关系，而是中国近代有些报刊的报人（包括来华传教士和秉笔华士）及其报刊读者，他们至迟于 1904 年 10 月就已经注意到了刚刚设立才几年的诺贝尔奖；而且《万国公报》有关诺贝尔奖的报道是比较准确、及时的，影响也比较大，因而具有较高的质量。20 世纪初期，上海《万国公报》报道诺贝尔奖的消息之后，近现代诸多报纸杂志也开始介绍和报道诺贝尔奖的情况。如：《科学》（1916 年 4 月，《努培尔奖金与 1914 年世界伟人之得奖者》）、《大中华杂志》（1916 年 7 月 20 日，《世界大发明家罗伯儿传——世界上最强炸药之发明者》）、《时事新报》（1919 年 1 月，《诺贝尔奖金（Nobel Prize）》）和《东方杂志》（1919 年 5 月，《诺贝尔奖金（Nobel Prize）》）等近代报刊都对诺贝尔奖进行了早期报道；自此之后，《科学》和《东方杂志》两大杂志几乎都对每年诺贝尔奖的情况进行了连续报道。"[1]应该说，以上持论是站得住脚的。

从上述情况看来，包括"诺贝尔文学奖"在内的"诺贝尔奖"，在当时就已经成为了新闻焦点，并且至迟在 1904 年作为新闻事件已开始在中国传播，我们当然不能用今天的新闻时效

---

[1] 邓绍根：《〈万国公报〉与诺贝尔奖》，载《新闻爱好者》，2004(3)。

性来要求一百多年前的新闻传播。从《万国公报》最初两次的报道题目"奖赠巨款"和"巨金奖励"上可以看出，中国最初关注的重点是诺贝尔奖的巨额奖金，"红河·大家文学奖"当年之所以敢于宣称要打造"中国的诺贝尔奖"，原因多少和10万元人民币奖金对于中国作家来说也算得上巨款的原因有关。客观分析，"诺贝尔奖"的新闻点的确是很突出的，具有非常明显的"知悉意义"。原因有四：一是奖金数额巨大，高达百万美元；二是奖励视野的国际性，不只局限瑞典；三是奖励对象的稀少性和奖励标准的严格性，一般都是国际级别的大师才有可能获提名；四是获奖者对人类的重大贡献性，获奖者的创造性劳动的受惠者是人类，站点极高。因此"诺贝尔奖"能成为当之无愧的世界第一大奖。这个奖之所以基本能超越国家、阶级、民族、宗教、语言，与该奖的设立从一开始就远离政治有极大关系。虽然有时诺贝尔奖也会受到一些非正常因素的干扰，但它总能及时调整和摆脱，回到正轨。

　　这也正是"诺贝尔奖"特别是"诺贝尔文学奖"的新闻意义之所在。除巨额的奖金，宽阔的视野，严格的标准，重大的贡献外，"诺贝尔文学奖"还特别在评奖标准方面严上加严，强调"理想倾向"。这种对"理想倾向"的坚守，从一开始就奠定了基础。1901年法国诗人苏利·普吕多姆（1839—1907）首次获得诺贝尔文学奖，主要诗作有《命运》，散文《诗之遗嘱》和《论美术》等，其获奖理由："是高尚的理想、完美的艺术和罕有的心灵与智慧的实证"；1902年德国历史学家特奥多尔·蒙森（1817—1903）获奖，主要著作有五卷本《罗马史》等，并主编16卷《拉丁铭文大全》，其获奖理由："今世最伟大的纂史巨匠,此点于其巨著《罗马史》中表露无遗";1903 年挪威戏剧家、诗人、小说家比昂斯滕·比昂松(1832—1910)获奖,主要作品有剧作《皇帝》《挑战的手套》,诗集《诗与歌》等,获奖理由是"他以诗人鲜活的灵感和难得的赤子之心,把作品写得雍容、华丽而又缤纷";1904 年有两位作家获奖,一位是法国诗人弗·米斯特拉尔(1830—1914),主要作品《金岛》,获奖理由:"他的诗作蕴涵之清新创造性与真正的感召力,它忠实地反映了他民族的质朴精神",另一位是西班牙戏剧家、诗人何塞·埃切加赖(1832—1916),主要作品有《伟大的牵线人》《不是精神失常就是品德圣洁》等,获奖理由:"由于它那独特和原始风格的丰富又杰出,作品恢复了西班牙喜剧的伟大传统"。"高尚的理想""难得的赤子之心""蕴涵之清新创造性与真正的感召力""喜剧的伟大传统"等都是"理想倾向"的代名词。标准严格也在某种程度上更加成就了"诺贝尔文学奖"的"知悉意义",使得诺奖变得神秘莫测。

在当时信息传递还相对不太发达的 20 世纪初叶,以上几位获奖作家获奖不久,很快就获得更大的国际文学声望,应该说这与诺贝尔文学奖励的知悉意义和新闻传播关系绝大。由于获得"诺贝尔文学奖",有些当时还只是在一定国家和区域范围内有较大影响的文学家很快获得世界声誉,成为全球尽知的最伟大的文学家,这样的例子举不胜举。

"国际视野"是其新闻意义最突出的特点。即使是在刚刚开始草创的初期,"诺贝尔文学奖"国际视野也是名副其实的。前八届诺贝尔文学奖都没有瑞典自己国家的作家获奖,直到1909 年,第九届颁奖,瑞典女作家拉格洛夫(1858—1940)才因小说《骑鹅旅行记》获奖，获奖理由是："由于她作品中特有的高贵的理想主义。丰饶的想象力、平易而优美的风格"，至今只有8位瑞典籍作家获此殊荣，每十多年才有一位自己国家的作家获此殊荣，由此我们可以看到"诺贝尔文学奖"和诺贝尔其他奖项一样具有高度国际化的视野，而不是狭隘的国家主义和民族主义。试想，如果"诺贝尔文学奖"颁奖的视野仅只局限在瑞典或者斯堪的那维亚半岛，甚至仅扩大到欧洲，那么这个奖项还会有今天这样的影响吗？肯定不会有。原因很简单，人们总是更关心与自己关系密切的人、事、物。"诺贝尔文学奖"正因为没有国界，才与全世界所有人发生着更紧密的联系，才更加具有"知悉意义"，这也正是"诺贝尔奖"的新闻意义之一。

最让"诺贝尔文学奖"的"知悉意义"充满期待的是，文学奖不同于科学奖与和平奖，它具有更加广泛和深刻的大众互动性。无论是物理奖、化学奖、生物学或医学奖、还是和平奖，这类对科学和科学家的奖励，由于专业性的限制，普通大众很难更深地参与其中并形成互动，有些科学家获奖前之于社会大众简直就是一无所知。获奖后，除知道有这么个人这么回事儿外，一般就很难了解更多了，能记住名字就很不容易了，除非是世界闻名的大科学家、大政治家。这就不难理解为什么在诺贝尔奖的五大奖项中，文学奖每次掀起的波浪最大，影响最久远。因为文学奖不同于其他奖项，包括和平奖，虽然政治家也有一定的公众知名度，但文学家除或多或少地拥有一定数量的读者群和社会知名度外，最具"知悉意义"的是，获奖作家无论是获奖前的作品还是获奖后的作品，读者都可以深度参与阅读并形成互动，而且这种参与和互动的条件并不苛刻，只要具备初等阅读能力的人都可以达到。可以阅读，可以言说，可以评论，可以预测，甚至可以用自己的经验对作家和作品加以解释。因此我们可以说，文学奖、影视奖、体育奖有条件比其他奖项办得更具影响，因为其群众基础较之科学奖、新闻奖等更加宽厚和牢固。因此现在在国际上叫得响的奖励除"诺贝尔文学奖"外，"奥斯卡电影奖"和"奥运会体育奖"的"知悉意义"也毫不逊色。

文学奖励的热点效应。时下演艺界有句名言，叫做："演得好不好，先要混个脸熟"，"唱得好不好，先得混个耳熟"。这就是所谓的"眼球效应"和"耳鼓效应"，进一步衍生成为"眼球经济"和"耳鼓经济"，这就是所谓的热点效应。所以很多艺人在出道之初，要承受许多潜规则的压力，以便能多上镜头，多发唱片，与观众和听众混个脸熟和耳热，慢慢被观众和听众熟悉起来，一旦被认可，这样就会产生巨大的"眼球经济"和"耳鼓经济"，这是人们的跟风习惯和从众心理使然。如果渐成热点、形成气候、蔚成潮流，很快就会功成名就，就可以漫天要价，大把赚钱，那就什么规则也没有了，吸毒、假唱、耍大牌、玩弄他人，为所欲为。这也就是为什么时下演艺界许多艺员不愿在真正的艺术上下工夫，而更愿意走"捷径"，为混脸熟和混耳熟，不计身体、不计成本，拼命炒作自己。因为一旦炒红，成为热点，经济和社会效益将呈几何级数增长，现在中国的一线艺人出场费要价动辄十几万、几十万甚至上百万。这样的投入和产出关系当然让人眼热心动。这远远要比投资读书赚钱更多更快更容易，投资读博士，除至少要花费 28 年（按大学本科毕业平均年龄 22 岁算）的时间和青春外，还要花费不菲的金钱，毕业后到高校和科研院所工作，一年挣的钱很可能没有当艺人的小学或初中同学一天挣得钱多，这样的经济账艺人及艺人的家长当然是算得出的。无论是"眼球效应"和"耳鼓效应"，还是"眼球经济"和"耳鼓经济"，都是当下社会浮躁的重要原因。人人忙于出名，个个忙于推销自己，不愿静心修炼内功，包括学界也不同程度地存在这种现象。

落脚到文学奖励，"眼球效应""耳鼓效应"和"眼球经济""耳鼓经济"的表现也是很突出的，只不过文学奖励的热点效应形成往往与艺员的热点效益形成有分别，当下艺员的热点形成大多是主动炒作刻意为之，而文学奖励中的作家获奖并形成热点大部分是被动的和无为的。当然世界上的万事万物都不能绝对化，艺员中也有不炒作、不操作完全凭真功夫走红的，文学奖励中也不乏交易和暗箱操作者。毕竟，一次获奖有可能给获奖者带来巨大的社会效益和经济效益。有时文学奖励的热点效应还会进一步产生轰动效应，这就是热点效应的更高级状态。

文学奖励的"知悉意义"如果成为社会关注的热点和焦点问题，就会产生轰动效应。新时期第一次全国范围内的短篇小说评奖、中篇小说评奖和新诗评奖，包括第一、第二届茅盾文学奖，都产生了这样的社会效应。这是因为这几次文学评奖，是顺应时代召唤，顺应党心民心，顺应文学潮流的文学盛事。王蒙在《王蒙自传》中引用了冯牧的一句名言："十一届三中全会以来，当代文学的脚步与党的意图是同步的。"并加以阐发，论证了新时期之初的文学"万众一心，同仇敌忾"的情况。王蒙说："我记得冯牧的一句名言，十一届三中全会以来，当代文学的脚步与党的意图是同步的。开始，确实是一个同步时期。

以邓小平为代表的中央要说的话，差不多正是话剧与小说里说着的话。你要'拨乱反正'吗？《班主任》要'拨乱反正'。你要平反冤案吗？《神圣的使命》就是平反冤案。你要为老干部老领导正名吗？你要为痛悼周恩来总理的事件恢复名誉吗？你要扭转极'左'吗？你要解放思想吗？你要痛骂江青吗？咱们做的都是这个，正是这个。除了少数坚持'文化大革命'那一套的、与客观上利用了'文化大革命'青云直上的几个人情绪别样以外，大家又一次做到了万众一心，同仇敌忾。"①引文中提到的《班主任》《神圣的使命》都是 1978 年第一届全国优秀短篇小说的获奖作品，王蒙也因短篇小说《最宝贵的》获得此次奖励。当时他还在被下放的新疆，没调回北京，在进京领奖后不久，接到奉调回京的调令，调到北京市文联做专业作家。新时期的文学奖励和新时期的文学一样不但"与党的意图是同步的"，而且与群众的意愿也是同步的，最重要的是新时期的文学奖励完全顺应了文学发展的内在要求，所以每次评奖，都会在文学界乃至社会各界引起经久不息的期待和热议。因为那是一个"楼上不小心掉下一根竹竿，打倒的三个人中一定至少有两个以上的文学青年"时代。文学的确是当时的显学。对优秀文学进行奖励，是党心所想，民心所愿，更是社会潮流所向。文学奖励与社会潮流越是合拍，那么其产生轰动效应的可能性和强度就会越大。"文化大革命"前，文学被政治极度边缘化，到了中国全面市场经济时代，文学又被经济一定程度地边缘化了。20 世纪后半叶，文学真正的好日子其实才十多年。文学奖励的轰动效应也

---

① 王蒙：《王蒙自传第二部大块文章》，59～60 页，广州，花城出版社，2007。

就是在这十多年的春光中春意无限。新时期之初，人们谈论的是"茅盾文学奖"什么时候要开始评选了，作品截至的时间是何时，有哪些作品可能会被列入初选名单，获奖揭晓前夕，文坛充满着紧张和期待。现在人们更关心"年度经济人物"花落谁家，这与这家企业广告投入得更多有怎样的联系。这也是符合"各领风骚若干年"的时代波浪起伏之规律的。

但不管怎么说，既然是有组织有策划有仪式的文学奖励，那么它就会在文坛和社会上造成相应的影响和效应。即使不能每次都产生热点效应甚至焦点效应和轰动效应，但文学奖励对文学传播的推动作用是毋庸置疑的。法籍华人高行健在获"诺贝尔文学奖"前，在当代中国文坛上可以说是寂寂无闻的，2000年获诺奖后，一时间沸沸扬扬，连中国政府也被卷入获奖事件之中，中国外交部发言人指出"诺贝尔文学奖"评审委员会把奖项颁发给高行健"有不可告人的政治图谋"。中国作家协会有关负责人说："诺贝尔文学奖此举不是从文学角度评选，而是有其政治标准。这表明，诺贝尔文学奖实质上已被用于政治目的，失去了权威性。"中宣部明确要求对高行健获奖之事"不赞成、不宣传、不炒作"。

客观上说，高行健的获奖在世界范围内产生的不仅仅是文学意义上的热点和焦点效应，也有较多的社会和政治意义上的热点和焦点效应。这也是高行健不被中国政府承认的原因之一。

二、文学奖励的新闻传播和品牌效应

文学奖励的新闻传播意义。文学奖励的新闻意义除知悉意义外，还包括传播意义。这里的"新闻传播意义"的概念是和下

文中的"出版传播意义"概念相对应的。在试图讨论文学奖励的
新闻传播意义的时候，笔者想大致廓清"传播"一词的学术定
义，在翻看了几十部有关传播学的学术论著之后，才查找到两
个笔者认为算是最容易理解的学术定义，其一是外国学者的：
"传播这一术语仍未有统一定义——格伯纳（Gerbner，1967）的
'通过信息而进行的社会互动'的定义已经很难超越"①；另一
个是中国学者的："传播这个词在西文中的拼写是 communica-
tion。在希腊文中，communication 源于两个词根：cum、mu-
nus，其中 cum 是指与别人建立一种关系，munus 意味着产
品、作品、功能、服务、利益等。Communication 的意思就是
共享、共有。古罗马时期的政论家西塞罗（Ciceron）把 commu-
nication 定义为把握一件事情或者是与别人建立一种关系。这
样，拉丁语中的 communication 的意思就是沟通、参与。后来
communication 这个词就意味着一个发送者，一个中介和一个
接受者，从而界定人与人之间的传递关系和交换关系。""传播
是一切社会交往的实质。"②

　　按照上述观点，传播是"共享"与"共有"，是"沟通"与"参
与"，是人与人之间的关系的"传递"与"交换"，是"社会交往的
实质"，总之就是"通过信息而进行的社会互动"。传播无论是
"通过信息而进行的社会互动"还是"人与人之间的传递关系和
交换关系"和"传播是一切社会交往的实质"，都在强调和确认

---

　　① 〔美〕丹尼斯·麦奎尔：《麦奎尔大众传播理论》（第四版），11 页，
北京，清华大学出版社，2006。

　　② 陈卫星：《以传播的名义》，3 页，北京，北京广播学院出版社，
2004。

传播之信息的互动性和社会性。作为具有"知悉意义"的文学奖励并不是仅限于"知悉"本身，而是还具有极强的"传递性"和"交换性"。它与日常生活中每天司空见惯的饮食男女不同，文学奖励具有新鲜、新奇、新颖的个性特质，这就是文学奖励的新闻传播意义之所在。文学奖励值得"知悉"并进一步值得"新闻传播"取决于以下几个因素，其一，文学奖励具有明显的"新、奇、特"的"新闻性"内容属性，符合新闻传播的内在要求；其二，文学奖励具有明显的"优秀性"，文学奖励的获奖人及获奖作品是被专家评委或大众评选和推举出来的"优秀"和"优胜"者，不是平凡之作和平庸之辈；其三，文学奖励一般具有相当的"权威性"，评奖的组织者一般都是专业性较强的行业组织和专业媒体，而邀请的评委一般都是社会影响较大、社会地位较高的专家和专业领导；其四，文学奖励一般在形式上具有"仪式性"的特征，无论是颁奖典礼的地点选择、现场布置、颁奖嘉宾和典礼主持人的安排等，都要和该奖项的荣誉和级别相对等，如"诺贝尔奖"一般邀请瑞典国王颁发。总之，文学奖励的颁奖一般都有极强的仪式性；其五，也是最重要的，文学奖励因为深深植根在文学的现实土壤中，因而也深深植根在大众的现实土壤中，社会大众对文学和文学家的关心程度直接关系到对文学奖励的关注程度，这是文学奖励的"大众性"特征所决定的。"新闻性""优秀性""权威性""仪式性"和"大众性"，所有这一切，都赋予了文学奖励的极大的"新闻传播意义"。

汉武帝因司马相如赋写得好，"赋奏，天子以为郎"，这件具有极大"知悉意义"文学奖励的新闻事件，当时应该传播得很快也很广。因文授奖，从古至今，多不胜举，但至近代评审

化、规范化和仪式化的文学奖励，很多得到了大众传媒的快速
而广泛的新闻传播而名扬天下，按照"一个发送者，一个中介
和一个接受者"的传播理论框架，文学奖励的颁行者，包括组
织者和评审者，应该算作"发送者"，大众传媒应该算作"中
介"，所有获得这一具有"知悉意义"信息的受众就是"接受者"。
现代传媒除克服了古代信息传播速度迟缓的问题，同时也克服
了古代信息传播信息量小、受众面窄、准确率低的缺点。可以
想象的是，司马相如因赋得官的文学获奖事件，最后在坊间流
传的版本不知道会是什么样子，但一定和真实情况有相当距
离了。

随着互联网时代的全面到来，文学奖励的新闻传播因网络
更呈现极速和无边界状态。实际上大众传媒的每一次进步，都
给新闻信息传播带来革命性的发展，印刷和造纸术如此，互联
网更是如此。曼纽尔·卡斯特在《网络社会的崛起》一书中指
出："作为一种历史趋势，信息时代的支配性功能与过程日益
以网络组织起来。网络建构了我们社会的新社会形态，而网络
化逻辑的扩散实质性地改变了生产、经验、权力与文化过程中
的操作和结果。——因此我们可以称这个社会为网络社会(the
network society)，其特征在于社会形态胜于社会行动的优越
性。"①曼纽尔·卡斯特认为我们当前的社会是"网络社会"，网
络"实质性"地改变了我们的"生产""经验""权力"甚至"文化过
程"。100 年前，"诺贝尔文学奖"获奖消息，第一次传到中国
花了近 3 年时间，100 年后，世界任何角落的文学奖励信息，

---

① ［美］曼纽尔·卡斯特：《网络社会的崛起》，夏铸九、王志弘等
译，434 页，北京，社会科学文献出版社，2006。

都能通过网络，瞬间传递到世界各地。极速、无边界和无限量是网络传播的特征。

第三届"鲁迅文学奖"2004年年底刚揭晓时因为在网上公布的时间太短，而遭到媒体和舆论的普遍质疑。有记者撰文称："与茅盾文学奖一样，鲁迅文学奖也是信息'匮乏'的一个奖项。在去年的终评结果公布之前，几乎没有任何消息。中国作家协会的官方网站12月25日毫无声息地出现了鲁迅文学奖公布的消息，但第二天再上去看，该消息不知道为何已经消失得无影无踪，让有些'反应稍慢'的媒体无从找寻获奖名单。"①甚至有网民以《中国作协为何封杀"鲁迅文学奖"》为题对中国作协及"鲁迅文学奖"连带"茅盾文学奖"等大加鞭罚："中国作家网站公布获奖名单后，不到一天又删掉，肯定不是网站工作人员的个人行为，肯定是中国作协的领导下达的紧急命令。中国作协，当然是中国作协的领导害怕什么，他们有什么不可告人的秘密和目的？中国作协虽然严厉封锁消息，但是，他们不能彻底封锁消息，不公布消息，他们也没有办法交代。鲁迅文学奖毕竟是国家级文学大奖。所以，在2004年的最后一两天，只在发行量极少的文学报和文艺报两家专业报上发表第三届鲁迅文学奖的信息，希望将影响降为最低。他们希望不报道不议论不争论，悄悄地评，悄悄地分赃，悄悄地结束，像一潭死水，惊不起半点涟漪"。"大家一致认为，'鲁迅文学奖'暗箱操作，过程黑幕重重，完全失去了国家文学大奖的公正性和权威性。'鲁迅文学奖'基本破产。"这些网民的议论肯定是偏激和过

---

① 陶澜：《文学评奖能否找回失落的权威？》，载《北京青年报》，2005-03-01。

激的，但在日益要求信息对称的网络时代，我们在网络上的任何信息发布、更改，甚至撤销都应该是慎之又慎的。2004年年底，不管中国作协当时出于何种考虑，是怕人议论其公正性，还是希望多一事不如少一事，总之将挂网仅一天的第三届"鲁迅文学奖"获奖消息悄悄撤下的做法确有授人以柄之嫌。这同时也说明，网络的传播力和影响力是何等巨大，文学奖励的新闻宣传和传播完全有能力插上网络的翅膀更快更高地飞翔。

文学奖励有利于作家品牌效应的形成。营销学对品牌的定义为："品牌是用以识别某个销售者或某群销售者的产品或服务，并使之与竞争对手的产品或服务区别开来的商品名称及其标示，通常由文字、标记、符号、图案和颜色等要素或这些要素的组合构成。品牌是一个集合概念，它包括品牌名称(Brand Name)和品牌标识(Brand Mark)两部分。"①而作家的品牌效应表现在品牌名称上当然是指这个作家的名字，其品牌标识则表现在这个作家的肖像、签名、特色动作表情，甚至穿戴上。文学创作虽然从事的是精神产品的生产，但在品牌方面仍具有一般产品的属性，文学奖励非常有利于作家品牌效应的形成，甚至名牌效应的创造。

1913年，印度诗人泰戈尔(1861—1941)，因作品《吉檀枷利》等获得诺贝尔文学奖，其获奖理由是："由于他那至为敏锐、清新与优美的诗；这诗出之于高超的技巧，并由于他自己用英文表达出来，使他那充满诗意的思想业已成为西方文学的一部分"。从获奖理由中可以看出其中所表达出的"西方中心主

---

① 吴健安主编：《市场营销学》，211页，北京，高等教育出版社，2000。

义"，但更重要的是泰戈尔获奖以后很快在世界范围内形成的泰戈尔热，这股热浪经久不息。11 年后的 1924 年，泰戈尔第一次成功访华，在与印度同样古老的东方大国中国将"品牌泰戈尔"的热浪推到高潮。他第二次访华是在 1929 年，泰戈尔去美国和日本讲演时绕道上海，在徐志摩家住了数日，属朋友间的私人拜访，影响没有第一次那么大。"他的第一次访华轰动中国大江南北，是中国文化界的大盛事。"①泰戈尔一行 6 人于 1924 年 3 月 21 日从加尔各答启程，途径仰光、槟城、吉隆坡和香港，于 4 月 12 日上午 9 时 15 分到达上海，受到了徐志摩、潘公弼、张君劢、瞿士英、郑振铎等的热烈欢迎。在此后长达 48 天的游历讲学过程中，泰戈尔兴趣盎然地访问了上海、北平、杭州、南京、济南、太原、汉口等城市，会见了中国末代皇帝溥仪，苏联驻华公使加拉罕及中国各界名流沈钧儒、梅兰芳、齐白石、梁启超、胡适等，徐志摩、林徽因被称为"金童玉女"常侍奉左右。作为品牌名称的"泰戈尔"和作为品牌标识的"银须白发"，人们拜倒在他的"银须白发"和思想光芒之下，这位"诺贝尔文学奖"的获得者对于中国现代诗坛的影响是巨大的，徐志摩自不必说，冰心还将泰戈尔《飞鸟集》中的小诗形式，成功地引入中国诗坛。郭沫若是中国最早接触泰戈尔并受其深刻影响的作家，他说："最先对泰戈尔接近的，在中国恐怕我是第一个，当民国三年左右即已看过他的东西，而且什么作品都看"，并且毫不讳言受泰戈尔的影响之深，"但在仔细研究过泰戈尔的人，他可以知道那儿所表示着的泰戈尔的影响

---

① 唐仁虎等：《泰戈尔文学作品研究》，57 页，北京，昆仑出版社，2003。

是怎样的深刻".① 民国三年(1914年)，是泰戈尔获得"诺贝尔文学奖"第2年，泰戈尔正如一轮冉冉升起的东方文学的朝阳，光芒四射，影响日隆。我们虽然不能说没有"诺贝尔文学奖"就没有泰戈尔，但我们至少可以说，如果没有"诺贝尔文学奖"，泰戈尔的世界性文学品牌的亮度肯定会逊色很多，至少在中国这个特别讲究"正名"的国度的影响会小很多。有资料证明，泰戈尔在中国的影响仅次于在他的祖国印度，有研究者说："据印度学者统计，泰戈尔的作品除印度外，在中国的发行量最大，泰戈尔是在中国影响最大的外国作家之一，也是最受欢迎的作家之一，中国人民一直都把他视为自己诚挚的朋友。1961年我国隆重纪念了他的百年诞辰，1981年中国各界又先后隆重地纪念了他的120年诞辰。2001年我国出版了《泰戈尔全集》以纪念他140年诞辰和60年忌辰。"②诞辰100年、120年、140年，都有纪念的形式，这对于一个外国作家来说，不能说不是一种殊荣和特例。

此外，与中国一衣带水的近邻日本有两位获得"诺贝尔文学奖"的作家，一位是川端康成；另一位是大江健三郎，他们也是在获得"诺贝尔文学奖"后在世界范围内迅速形成更大的国际影响，特别是在中国，快速形成文学品牌。他们的作品在获奖后被大量译介到中国来，成为中国读者最为熟悉的外国作家。

---

① 郭沫若：《郭沫若文集》第7卷，58页，北京，人民文学出版社，1958。

② 唐仁虎等：《泰戈尔文学作品研究》，38～39页，北京，昆仑出版社，2003。

不仅是获得"诺贝尔文学奖"可以快速形成获奖作家和作品的巨大品牌效应，获得其他有影响的文学奖也会有同样的效果，只不过是在程度上存在一定差别而已。第一届"茅盾文学奖"获奖的作家作品分别是：魏巍的《东方》，周克芹的《许茂和他的女儿们》，姚雪垠的《李自成》(第二卷)，莫应丰的《将军吟》，李国文的《冬天里的春天》，古华的《芙蓉镇》。不论是老作家魏巍和姚雪垠，还是中青年作家周克芹、莫应丰、李国文和古华，他们都因为获得"茅盾文学奖"而名声大震。特别是古华，这个曾让《爬满青藤的木屋》的青藤一直缠绕在笔者心底的人，是我最敬重和看好的当代作家，他的《芙蓉镇》获首届"茅盾文学奖"不久，就被改编成电影，成为中国当代电影史上的里程碑性的作品，虽然实际上古华在获"茅盾文学奖"前，已是新时期卓有成就的文坛新星了，但不管怎么说，"茅盾文学奖"的确给古华在中国当代文坛带来了巨大的文学声誉和极高的文学地位，也的确给外界一夜之间声名鹊起的印象。后来，古华旅居加拿大，在大陆文坛古华的名字很少见到了，我个人认为古华这个中国当代最有才华的作家更应该属于中国，而很多像古华这样才华横溢的文艺工作者在海外非主流地生存写作着，不为大陆的读者知晓和接受，这是很惋惜的事情。尽管如此，古华小说思想和艺术曾经达到的高度，是无愧于"茅盾文学奖"这个光荣称号的。

三、文学奖励的新闻性能造成强烈的阅读期待

文学奖励能够给读者造成强烈的阅读期待，有效地形成接受美学中的"接受预示"和"期待视野"，并由此缩短读者的接受过程，有时还能增强读者的审美愉悦度。当然读者审美愉悦度

的产生，归根到底还要取决于作品本身，这也就是为什么一些依靠其他因素获奖的作品，最终不能为读者接受的原因。

"接受预示"是指读者在进入文学鉴赏之前，从作品的文体、题目、内容提要，以及文学史和文学评论等方面获得有关作者、作品的预示和提示性信息。文学奖励在宣传文学奖励事件和获奖作家作品时，一般先会向社会大众简单介绍一些关于文学奖项、获奖作家及获奖作品的概括性和导读性的内容，这些简介非常有利于普通读者的阅读和鉴赏，而且由于各种不同的媒体出于各自宣传角度的需要，对于文学奖励和获奖作家及作品的介绍也会各不相同。因此我们在正式阅读和欣赏获奖作家的获奖作品或者相关作品前，能获得更多的"接受预示"，这非常有利于我们理解和接受文本所传达的信息和思想。而更重要的是文学奖励还会有力地促进读者"期待视野"的形成。所谓"期待视野"是指对作品的某种"先入之见"，是读者在进入欣赏过程之前已有的对即将阅读作品的预先估计和期待，是一种预先存在的阅读意向。"期待视野"是读者在已有的生活经验和文化修养、审美趣味和审美经验以及当下的"接收预示"的综合作用下形成的，特别是当下的"接受预示"对"期待视野"的形成产生最直接的影响。一般来说，优秀的获奖作品与读者的"期待视野"常常表现出顺逆结合的关系：一方面，作品中所表达出的生活逻辑、诗意逻辑与读者的"期待视野"相吻合；另一方面，又不单纯地迎合读者的"期待视野"，而是以其艺术的独创性和新颖性来不时地打破读者的期待惯性，以出其不意的人物、情节或意境来调动读者的想象，改变和超越自己的"期待视野"，获得审美等方面的快感。

　　由于文学奖励具有突出的新闻知悉意义和传播意义，作为新闻事件在人们传播和接受的过程中，往往有一种审美放大和增强的功效。目前接受美学的一种较为普遍的观点认为，作品的意义并不是固有地隐藏在作品之中，而是存在于读者对作品的阅读活动之中，是从具体化的阅读活动中生成的，是读者与作品相互作用的结果。接受美学的创始人姚斯说："一部文学作品，并不是一个自身独立、向每一时代的每一读者均提供同样的观点的客体。它不是一尊纪念碑形而上学地展示其超时代的本质。它更多地像一部管弦乐谱，在其演奏中不断获得读者新的反响，使本文从词的物质形态中解放出来，成为一种当代的存在。"①他进一步指出文学接受的性质特点和复杂过程："正是由于接受者的中介，作品才得以进入具有延续性的、不断变更的经验视野，而在这种延续性中则不断进行着从简单的吸收到批判的理解，从消极的接受到积极的接受，从无可争议的美学标准到超越这个标准的新的生产转化。文学的历史性和文学的交流特点，是以作品、读者和新的作品之间一种对话的关系为前提的，这种关系既可以在讲述和接受人的联系中，也可以在提问与回答、问题与答案的联系中去把握。"②文学奖励的确非常有利于读者通过多种阅读方式与获奖作家及其作品进行对话和交流，并从新闻的相关介绍中，获得解读的钥匙，并进一步产生对获奖作家和作品的强烈阅读期待和阅读渴望。

---

　　① 姚斯、霍拉勃主编：《接受美国与接受理论》，周宁、金元浦译，26页，沈阳，辽宁人民出版社，1987。

　　② 姚斯、霍拉勃主编：《接受美国与接受理论》，周宁、金元浦译，24页，沈阳，辽宁人民出版社，1987。

文学接受作为一种审美接受，是一种双向互动的文化行为，有研究者指出："任何一种接受都不是在白纸上写字，即使在看似最简单的对西方现代主义文学的'转述'的层面，也不是一种机械的对'他者'的复述，而是复杂的深具选择性意蕴的双向互动的文化行为，在这双向互动的文化行为中，接受影响者并非将自己先行具有的'前理解'及'接受'视野消弭干净，而是必然受到被民族的、时代的审美心理控制下的接受主体的内在心理的制约。"①文学奖励也是在这种双向互动的文化行为中，读者逐渐增加对获奖作家的感知和认同，有时还能增强读者的审美愉悦度。

2008 年 3 月 20 日，第 11 届庄重文文学奖颁奖典礼在北京饭店隆重颁发，经过 17 名评委初评和终评两次无记名投票于 2008 年 1 月份评选出的周晓枫(北京)、戴来(河南)、谢有顺(广东)、温亚军(解放军)、石舒清(宁夏)、郑小琼(广东)、张者(重庆)7 位青年作家 2 个月后登上了领奖台并分别获得 2 万元奖金。高洪波、金炳华、王蒙、张锲、楼志豪等专家和领导及"庄重文文学奖"评奖委员会主任庄重文先生的长女庄秀霞、长孙庄家彬等出席典礼，再次彰显该奖项的巨大荣誉和影响。2009 年 10 月 27 日，第 12 届颁奖，乔叶、徐则臣等 8 位作家获奖。自 1987 年起，历时 24 年共成功举办 12 届的"庄重文文学奖"，共有 177 位年龄在 40 岁以内的青年作家获奖。当代文坛上卓有实绩的青壮年作家高洪波、贾平凹、王安忆、舒婷、陈建功、史

---

① 赵小琪：《中国现代文学对西方现代主义的接受与过滤》，见王兆鹏、尚永亮主编：《文学传播与文学接受论丛》，381 页，北京，中华书局，2006。

铁生、铁凝、池莉、毕飞宇、邱华栋等都曾获此殊荣。这个奖项由于资金来源比较稳固，办得一直比较规范和干净，"公正性"和"原则性"比较好，是大陆诸多文学奖励中受诟病最少的文学奖项之一，也是大陆最有权威的青年文学奖之一。

　　文学奖励的新闻属性确实非常有利于给读者造成强烈的阅读渴望和阅读期待。笔者想以获得第11届"庄重文文学奖"的郑小琼为例加以评说。这次"庄奖"有两个新闻亮点，一个是首奖获得者北京散文作家周晓枫，她此前曾获第3届"冯牧文学奖"文学新人奖，并得到："周晓枫的散文冰清玉洁。她的写作承续了散文的人文传统，将沉静、深微的生命体验溶于广博的知识背景，在自然、文化和人生之间，发现复杂的、常常是富于智慧的意义联系"的较高评语；此次再获"庄重文文学奖"时坦言："庄重文文学奖旨在奖励青年作家，而写作也要求作家始终对生活保持一种青春激情、怀疑和战斗力。写作不像体育运动那么短暂，谁能把梦想保持到晚年，谁才是真正的英雄。我希望自己在老年时还有一份童真，让童年和老年相遇。"另一个新闻亮点是80后东莞打工女诗人郑小琼。她1980年出生，四川南充人，毕业于南充卫校，2001年来到广东东莞东坑黄麻岭打工并写作，有多篇诗歌散文发表于《诗刊》《山花》《诗选刊》《星星》《散文选刊》等报刊，作品多次入选年度最佳等选本，曾参加第3届全国散文诗笔会、诗刊第21届青春诗会。与韩寒、邢荣勤、春树等一同入选"中国80后作家实力榜"。代表作有诗歌《黄麻岭》《铁》《内心的坡度》等，出版散文集《夜晚的深度》、诗集《黄麻岭》等。曾获"华语文学传媒大奖·2005年度最具潜力新人"提名；2007年因散文《铁·塑料厂》"正面进入打工和生活现场，真实地再现了一次敏锐的打工者置身现代工业操作车间的感悟"，获得"利群杯·人民文学奖"新浪潮散文奖。该奖使得郑小琼一举成名。并于 2007 年 12 月当选广东省人大代表。郑小琼自言："获奖对我的生活和创作没有太大影响，我还在从事以前的五金行业"。

近来，中国的文艺界出现了"南郑北王""一文一艺"的农民工文艺现象，南方的打工妹诗人郑小琼与北方的打工仔艺员王宝强遥相呼应。王宝强在《天下无贼》《士兵突击》中均有上佳表现，并在强手林立的央视春节联欢晚会上一个人上了两个节目，堪称奇迹。王宝强的一夜大红，郑小琼连连获奖并当选省级人大代表，这当然与中央政府关注弱势群体、重视农民工的政治环境相关，但也应该看到"文穷而后工"这个古训的真理性，现在大多数的作家、艺术家生活太安逸了，很难有郑小琼、王宝强这样的生活和艺术体验了，因而创作出来的作品就缺乏那种生命的挣扎感和厚重感。

郑小琼屡次获奖，就引起笔者强烈阅读期待。找来她的诗，细读之后，确实得到了较大的情感冲击并获得较强的审美愉悦。代表作《黄麻岭》："黄昏中，点亮的灯火照耀 / 这个南方的村庄，点点滴滴的路灯 / 温暖着异乡人一颗在风中抖瑟的心 / 我说的爱，铁片，疼，乡音，它们 / 潜伏在我的脚步声里，荔枝叶间它们 / 起伏着，战栗着，摇晃着，/ 像那个疲倦的外乡人，小心而胆怯 / 你从来没有见过这么胆小的人 / 像躲在浓荫下的灯光一样 / 我爱着的尘世生活，忙碌而庸常的黄麻岭 / 风张开翅膀，轻轻吹过五金厂；毛织厂塑料厂 /……一直地吹，吹过冬天开裂的手掌 / 吹过路灯下涌出来

的漂泊者的爱情 / 它们的情话让我在缭乱的生活中 / 想起闪亮的温情，我缄默的唇间战栗着，那些光，那些生活会漫过 / 我的周身，它在我的肩上拍着 /'热爱着这平静的生活吧！'""热爱着这平静的生活吧！"，这是一句极为普通，极其平静，又极具哲理的诗句，是最哲人的心态和最哲理的生活。其实"路灯"何止是"温暖着异乡人一颗在风中抖瑟的心"，把握不住生命起点和终点的所有生命都是需要温暖的。郑小琼感悟的是生命的真谛。

她的另一首诗《黄昏》："从荔枝林中吹来向晚的风，沙沙的衣衫声 / 一个散学归来的孩子贴着玻璃飞翔 / 卖苹果的河南人在黄昏的光线中微笑，五金厂的铁砧声 / 制衣厂绸质的丝巾光芒闪烁、跳动，像女工光鲜明亮的 / 青春。她们的美丽挽起了黄麻岭的忧伤和眺望/ 我站在窗台上看见风中舞动的树叶，一只滑向 / 远方的鸟。我体内的潮水涌动。我想 / 这时候，在远方一定有一个人将与我相爱 / 他此刻也站在楼台，和我一同倾听黄昏"。这是一首当代打工妹的爱情诗，在一个南方的黄昏，一个向往和憧憬着爱情的女工，站在荔枝林掩映的窗台边，"体内的潮水涌动"着："我想 / 这时候，在远方一定有一个人将与我相爱 / 他此刻也站在楼台，和我一同倾听黄昏"，这样的诗句总能让阅读者温情涌动。

她的诗更有一种直逼灵魂深处的东西，《人行天桥》："在背后我让人骂了一句狗日的北妹/这个玩具化的城市没有穿上内裤/欲望的风把它的裙底飘了起来/它露出的光腚/让我这个北妹想入非非啊！"这样"欲望"的诗句读来让人心惊魄动，但是更让人触目惊心的是："珠江三角洲有 4 万根以上断指，我常想，如果把它们都摆成一条直线会有多长，而我笔下瘦弱的文字却不能将任何一根断指接起来……"①这种真实和血腥，是那些生活在生活表面的作家艺术家们坐在书斋里永远也想象不出来的。

郑小琼这样的生命、生活体察和情绪、情感体悟，的确因为文学奖励所具有的新闻属性而给读者造成阅读期待，并进一步增强审美愉悦和情感冲击。可以想象的是如果不是她连续获得相关的文学奖励，至少笔者这样一位普通读者会更晚也可能终身与这样美丽的诗句擦肩而过。文学奖励既有利于缩短读者的阅读接受过程甚至增强读者的审美愉悦度，这是我们在研究文学奖励时应该注意的。

第二节　文学奖励的出版意义

文学奖励的出版意义，主要表现在社会意义上的出版和经济意义上的出版两方面。文学奖励的出版意义与文学奖励的新闻意义有相同也有不同，相同点主要表现在传播上，传播是新闻和出版所共有的属性，获奖作家和出版获奖作品的出版社都会因传播而带来的巨大社会声望和影响，获得知名度和美誉度；不同点主要表现在经济意义方面，新闻的经济效益主要是通过吸引广告收入获得，是间接的，而出版的经济效益是直接的，表现为获奖作家的获奖作品及其他作品出版发行量因获奖而剧增，在表现出极大的社会效益、为作家赢得巨大的声誉和

---

① 郑延鑫等：《郑小琼：记录流水线上的屈辱与呻吟》，载《南方人物周刊》，2007-16-12。

社会影响的同时，还表现为获奖作家的获奖作品和其他作品因发行量增加而获得相应增加的版税和稿费收入，出版单位因作品发行量大而得到可观的经济收益。法国文学社会学专家罗贝尔·埃斯卡皮认为，文学奖励是一种最常见的、十分经济的"政府资助方式"，他说："奖金的价值在票面上是有限的，然而，得奖作品可以保证得到畅销，作者的收入就此大增。"①关于这一点，邵燕君用"象征资本"进行概括："在文学生产机制的诸环节中，文学评奖与文学批评共同构成评介机制，具有认定评判文学作品价值等级的职能，或者说握有着颁发'象征资本'的权力。"②获得文学奖励的作家除当场获得一定量的现实奖金和实物外，更让作家看重的就是文学奖励握有颁发"象征资本"的能力，而且这种"象征资本"具有在传播过程中不停扩张和放大的特性，其扩张和放大的系数和倍数是与某种文学奖励的影响力成正比例关系的。文学奖励的层次越高、影响力越大，"象征资本"的裂变速度和强度就越快越大。

当然，这种"象征资本"最终需要转化成"现实资本"，对于作家才有实际的经济意义。文学奖励"象征资本"转化成"现实资本"的途径主要是通过完成文学奖励的出版意义来实现的。其转化成"现实资本"是按以下路径运行的：第一步，文学奖励极大提高该作家和作品的社会关注度、知名度和美誉度，最终形成热点和焦点效应，这是文学奖励的新闻意义；第二步文学

---

①　[法]罗贝尔埃·司卡皮：《文学社会学》，王美华、于似沛译，73页，合肥，安徽文艺出版社，1987。

②　邵燕君：《倾斜的文学场：当代文学生产机制的市场化转型》，239页，南京，江苏人民出版社，2003。

奖励在引起该作家作品的热点和焦点效应的同时，获奖作家的获奖作品、其他作品，甚至过去的退稿也成了时鲜货甚至抢手货，其作品将会因为社会的巨大需求和畅销而被大量出版印刷，给出版单位带来巨大经济利益的同时，也给作家自己带来较为丰厚的稿酬和版税回报，这是文学奖励表现在经济方面的出版意义。总之，通过对文学奖励的新闻关注和对获奖作家作品审美接受，最终促成获奖作家作品的一段时间或长时间的出版畅销，文学奖励的"象征资本"逐渐转化成可观的"现实资本"。这就是文学奖励的现实魅力之所在。

一、文学奖励的出版社会意义

文学奖励在出版方面具有社会意义和经济意义的双重意义。在社会意义方面，文学奖励的出版意义与文学奖励的新闻意义是基本相同的。与文学奖励的新闻意义一样，文学奖励在出版方面的社会意义，也主要表现在其巨大的传播意义上。有学者认为："从出版自主性上来认识，传播性是其本质属性。"①由此，我们认识到文学奖励的出版意义本质上就是一种传播意义。获奖是一种荣誉性的传播，它能够在短时间内给作家带来巨大的声望。这就是文学奖励在出版方面的社会效益的集中表现。其影响随着新闻和出版的有力推动，有时会迅速从文坛扩展至社会各界。报纸、杂志、广播、电视、网络及手机媒体的新闻传播，加上以大机器和高科技为特征的现代复制印刷业的出版传播，的确能使文学奖励本身及获奖作家作品（甚至获奖前默默无闻的作家作品）得到快速传播，甚至带来一夜

---

① 师曾志：《现代出版学》，32页，北京，北京大学出版社，2006。

成名的可能，高行健就是例子。

现代复制印刷业给获奖作家作品的快速传播带来可能。许嘉璐强调了新闻和出版对于人类文明传承的伟大意义，并认为书籍的出版更能够"传世久远、影响深远"，他说："书籍，是人类传承文明的主要载体；近代兴起了报刊和杂志，于是文明传承又多了一种工具和媒介，从而新闻与出版并称。但是两者在传承文明过程中所起的作用和特点有所不同。报纸杂志的时效性强，内容多样；书籍则传世久远、影响深远。二者相济，既及时反映了即时发生的情况，又引导人们思考过去、现在和未来，于是人类的文明得以播散和流传。"[①]

出版是比新闻更加古老的行业，以高科技为特征的现代复制印刷业也是经历了从古代到现代漫长的发展过程的，现代出版这项人类文明的伟大科技工程是东西方共同创造完成的。在西方古罗马的西塞罗时代（公元前 106 年～前 43 年），已经具有初步的图书出版业，当时出版界有名的人物阿提库斯使用大批受过训练的奴隶，在固定的、规模很大的作坊里从事抄写和制作书籍。这是欧洲古典出版时代的"抄本出版"时代。"而在此期间，地处亚洲大陆东部的中国、朝鲜、日本的出版活动要比西欧先进得多。"[②]公元 105 年，蔡伦总结发明了造纸术。公元 6 世纪前后中国发明雕版印刷术，把出版效率提高了几十倍。11 世纪中叶，毕昇发明泥活字印刷，其制字、排版、印

---

① 许嘉璐：《现代出版产业发展论·总序》，见于友先：《现代出版产业发展论》，1页，苏州，苏州大学出版社，2003。

② 于友先：《现代出版产业发展论》，5页，苏州，苏州大学出版社，2003。

刷的方法已经为现代铅字印刷奠定了理论和实践的基础。1450
年德国人谷登堡基本上完成了金属活字印刷术的发明工作，在
此基础上形成了拣字、组版、填空、齐行、印刷还字五个步骤
组成的完整的活字印刷工艺。引发了出版业"爆炸性"的革命，
结束了欧洲"手抄文化"的历史。"在印刷术传入欧洲各地之前，
欧洲的手抄本不过几万册，而在印刷术发明之后的 100 年里，
即到 1550 年，欧洲图书的数量已超过 900 万册。这实在是'手
抄复制方式'难以企及的。"①此后，这项现代技术逐渐传播到
世界各地，包括印刷术的故乡中国。现代复制印刷业给人类知
识和信息的传播带来了革命性的变革，为记录和传播包括文学
奖励在内的所有人类的精神文化和社会活动创造了物质条件。

因为社会需求量激增，获奖作家作品借助于现代印刷技术
而得到大量的复制和出版，这里一般有三种情况：第一种是获
奖作品作为单行本被大批量地翻印出版；第二种情况是获奖作家
的其他作品被连带大量出版；第三种情况是同时获奖的或获同类
奖项的多位作家的作品被结集出版或作为丛书和系列进行出版；

第一种情况和第二种情况最为常见，在下面谈论获奖作品
发行量时将有进一步的阐释，先从略。这里重点谈一谈第三种
情况，多位作家同时获奖的和先后获同类奖项的，前者往往把
他们的获奖作品结集进行出版，后者往往为获同类奖项的作家
出版系列丛书。

结集出版同时获奖的多位作家的获奖作品是一般颁奖活动
的惯例，也是对获奖者的一项增值服务。从 2003 年第一届"华

①　于友先：《现代出版产业发展论》，5 页，苏州，苏州大学出版
社，2003。

文青年诗人奖"颁奖开始,该奖项由中国作协《诗刊》社主办,每年一评,每奖三人,要求风格鲜明诗艺独特。组委会和评委会由高洪波、吉狄马加、叶延滨、蔡丽双、张诗钊、杨匡满、李小雨、林莽、谢冕、韩作荣、吴思敬、梁平、刘福春、陈超等诗界领导和专家学者组成,目前已举办8届。首届评奖结束后,广西漓江出版社表示愿意出版获奖作品集,于是每年将"华文青年诗人奖"获奖诗人的若干作品连带获奖诗人的简介、诗观、获奖评语及入围诗人等结集出版,编者为活动主办单位《诗刊》社。漓江出版社2004年3月推出《首届华文青年诗人奖获奖作品》集,共收集三位获奖诗人江一郎(浙江)、刘春(广西)、哑石(四川)90首诗作及入围诗人37人37首作品;同年9月又推出《第二届华文青年诗人奖获奖作品》集,共收入获奖诗人江非(山东)、雷平阳(云南)、北野(新疆)三位诗人的57首作品及大奖入围诗人50人50首作品;2006年3月推出《第三届华文青年诗人奖获奖作品》集,共收入山东女诗人路也、广东诗人卢卫平、湖北诗人田禾三位获奖诗人诗作62首及54位入围诗人作品54首;2006年9月出版《第四届华文青年诗人奖获奖作品》集,共收录三位获奖诗人王夫刚(山东)、李小洛(陕西)、牛庆国(甘肃)的51首诗作及44位入围诗人的44首诗作;2007年9月出版《第五届华文青年诗人奖获奖作品》集,共收录浙江青年女诗人荣荣、辽宁青年女诗人李轻松、北京青年诗人苏历铭这三位获奖诗人的诗作48首及30位入围诗人98首作品。这些获奖作品集首印册数在6000册至10000册不等,在当下纯文学作品印数能在5000册以上的,说明市场需求已经是很不错的了。这个奖项办得雷声不大但雨点不小,踏踏实实，特别是获奖诗人的诗作结集出版工作做得较为扎实，既宣传了该奖项和获奖诗人及诗作，又保存了很多可贵的评奖活动资料，而且出版发行的经济效益也相当不错。

值得一提的是台湾文学奖励活动中，很多也将获奖作家的作品或出版单行本进行发行，或者将多位获奖作家的作品结集进行出版，这项工作和文学奖项一样办得有声有色。台南县文化局及财团法人台南县文化基金会创办的南瀛文学奖，高雄市政府文化局主办、财团法人高雄市文化基金会协办的高雄市文艺奖，台北市政府创办台北文学奖，台中市政府创办大墩文学奖，苗栗县政府创办梦花文学奖，屏东县政府创办大武山文学奖，澎湖县政府创办菊岛文学奖，南投县政府文化局创办的"玉山文学奖"，花莲县政府创办的"花莲文学奖"等文学奖项，几乎无一例外地在每届评奖结束后结集出版获奖作品专集，发行量和社会影响与文学奖励相互促进，效果和影响都很好。

为获得同类奖项的作家作品出版系列丛书，也是一些出版单位的大手笔的策划。2001 年，针对中国作家先后获得不同国家不同性质的文学奖项这种新情况，云南人民出版社经过精心策划，出版了一套《中国国外获奖作家作品集》，共有"巴金卷""张洁卷""晓雪卷""西飏卷""陈丹燕卷""冯骥才卷"等，策划组稿是项万和，并邀请季羡林老先生为丛书作序，季老在序言的开篇就高度赞扬了这一策划："云南人民出版社准备推出这样一套丛书，这无疑是一阵及时雨，是别的出版社还从未做过的。他们还准备收集获奖作家的评奖资料和获奖的性质等，并请文学评论家对作家的获奖作品以全新的视角重新进行评介。所有这些做法，都是十分合理的，十分有意义的。这些举动将会受到全国读者的欢迎和感谢，我个人无论如何也抑制不住我的敬佩钦仰之感。"①这套获得外国文学奖的中国作家的系列丛书，可贵之处有三：其一是很好地宣扬和传播了中国这些优秀的作家他们曾经获得过不同奖项、得到过不同程度的国际认可；其二是丛书中收集到了这些获奖作家大量一手的获奖资料，很珍贵；其三是将获奖作家的获奖作品和相关作品以丛书的形式推出，并邀请评论家点评，对读者阅读有极大的帮助。

2006 年 9 月，"鲁迅文学奖获奖作家丛书"，由中国社会出版社策划推出，韩作荣主编，首批包括了获"鲁迅文学奖"的作家的中短篇小说集和散文杂文随笔集共 9 部，时任中国作协党组成员、书记处书记、作协副主席的陈建功为丛书作总序，称："我们的出版社，博采各家，兼容并包，既照顾到读者的娱乐需求，也照顾到读者深化人生体悟提升审美素质的渴望，把类似'鲁迅文学奖'获奖作家丛书之类的佳作推出，应该说是深得人心的善举吧。"②"鲁迅文学奖获奖作家丛书"首批共出版《周涛散文》《李存葆散文》《李国文杂文》《张抗抗随笔》《毕飞宇小说》《陈应松小说》《鬼子小说》《刘庆邦小說》《刘醒龙小说》9种。此次中国社会出版社全部采用小 16 开平装本，朴素大方，定价统一为 25 元人民币，经济实惠，易于消费者接受。虽然

---

① 季羡林：《中国国外获奖作家作品集》，昆明，云南人民出版社，2001。

② 陈建功：《鲁迅文学奖获奖作家丛书》总序，北京，中国社会出版社，2006。

9 种书籍数量不少，但对于已经举办五届共有 225 位作家诗人获奖的"鲁迅文学奖"来说还是显得杯水车薪。

特别值得称道的是，2005 年年初，人民文学出版社决定推出"茅盾文学奖获奖作品全集"，以系列丛书的形式重新出版印刷获此奖项的全部作品，这应该算是一个惊人的出版手笔。当时出版的是第一至第五届"茅盾文学奖"的全部获奖作品共22 种，第六届"茅盾文学奖"评出以后，又将全部 5 部获奖作品集中出版，从而使这一全集扩容为 27 种，27 部作品全部出齐总共只用了一年半的时间。全集完整地展示了我国当代长篇小说创作最高奖项"茅盾文学奖"的丰硕成果。在"茅盾文学奖获奖作品全集"的编辑过程中，出版单位对所有文字进行了认真校勘；个别作品为方便阅读，酌加编者注；一些以部分卷册获奖的作品，此次则将整部作品收入；其中有相当一部分获奖作品原本就是人民文学出版社初版的，此次属于再版重印。另外有一些是其他出版社初版的，这次属于版权转移，需要协调。但这次"茅盾文学奖获奖作品全集"在作者、作者亲属和有关出版单位的大力支持配合下，由人民文学出版社独家成功推出，影响和意义都很大。全集采用国际流行开本，大字排版，装帧典雅庄重，气派大方，暗红色的封面既象征"茅盾文学奖"至高的荣誉，也彰显该奖项及获奖作品厚重的体量。全集的每部书书名、著者、出版社都用烫银字，另有枣红色凸起黑体特号"茅盾文学奖"5 个字，占封面篇幅三分之二以上，突显"茅盾文学奖"。确实达到了"精品精制，完整完美"的艺术效果。应该说，"茅盾文学奖"的获奖作品，有些已成为我国当代长篇小说的经典，在当代文学史上的地位举足轻重，不仅代表了我国当代长篇小说创作的最高水平，而且深入人心，影响甚巨，有数种发行量均过百万册。毫无疑问，这套全集的出版发行，每部作品重印不下万册，获得了极好的市场反响，"情况好得让人惊讶"。这使得"茅盾文学奖"的出版意义再一次得到确认和彰显。"茅盾文学奖获奖作品全集"系列丛书堪称文学奖励出版史上的杰作。

2006年1月至11月，作为出版社的重点工程，作家出版社也推出"诺贝尔文学奖精品书系"，收入了帕斯、希尼、泰戈尔、叶芝、纪德、托马斯·曼、川端康成等20世纪极具影响力和代表性的诺贝尔文学奖获得者的作品集共12种，以其高品位的制作，受到读者和书店的一致好评。分别是泰戈尔（印度，1913年获奖）的《泰戈尔诗文精粹》；叶芝（英国，1923年获奖）的《幻象》；萧伯纳（英国，1925年获奖）的《萧伯纳戏剧选》；安德烈·纪德（法国，1947年获奖）的《田园交响曲》；托马斯·曼（德国，1929年获奖）的《魔山》；辛克莱·刘易斯（美国，1930年获奖）的《巴比特》；蒲宁（苏联，1933年获奖）的《阿尔谢尼耶夫的一生》；川端康成（日本，1968年获奖）的《雪国·古都》；奥克塔维奥·帕斯（墨西哥，1990年获奖）的《帕斯选集（上下卷）》；谢默斯·希尼（英国，1995获奖）的《希尼诗文集》；大江健三郎（日本，1996年获奖）的《万延元年的Football》；凯尔泰斯·伊姆莱（匈牙利，2002年获奖）的《英国旗》12部。这套书系装帧精美，印刷精致，规模宏大，气势不凡，将获得"诺贝尔文学奖"的代表性人物的优秀作品较为集中地进行了规模展示。

总之，无论是结集出版多位获奖作家的作品，还是将同

类奖项的作家作品出版系列丛书，这些出版书籍在出版周期
上往往能根据市场需求作出快速反应。三五周出版一本书已
是常态的速度。这就使得获奖作家作品有可能在新闻影响和
社会热点还没有消退的状态中传到读者手中，能很好地实现
文学奖励的新闻影响和出版影响的叠加和放大。文学奖励在
出版传播意义上的扩大和增长，在很大程度上得益于现代复
制印刷业的发展和高科技的采用，过去，出版一本书往往需
要多至数年少至年余的出版周期，而现在出版一本书最快可
以在不到一周的时间搞定。这确实使得文学奖励在出版意义
上的传播取得了接近新闻意义上传播的速度和效果，并且又
保有了自身书籍出版"传世久远"的功效，应该说文学奖励在
出版传播方面获得的文学和文化的积淀要比在新闻传播意义
上更加扎实也更加厚重。有些出版获奖作品的出版物因编
辑、制作和印刷方面特别精心，还经常获得出版类的奖励，
这也是文学奖励的出版社会意义。

　　获奖作品发行量陡增给出版社和作家都带来巨大的社会影
响。丁玲的长篇小说《太阳照在桑干河上》获"斯大林文艺奖金"
后一再重印，发行量创造了出版界的一次又一次新高。《太阳
照在桑干河上》写成后，1948 年 9 月东北光华书店在哈尔滨出
版单行本，当时的发行量只有五千册。1949 年 5 月中国人民
文艺丛书社决定把该书列为丛书之一，由新华书店出版印行，
易名为《桑干河上》。1950 年 11 月，经作者校订后仍然作为
"中国人民文艺丛书"重新印行，恢复《太阳照在桑干河上》原
名，印行册数也不足万册。1949 年初，《太阳照在桑干河上》
被前苏联女汉学家波慈德聂耶娃译成俄文，传到前苏联，1952

年3月该书获得"斯大林文艺奖金奖"后，社会需求迅速增加，1952年4月，人民文学出版社在这个校订本的基础上又出了一个新的版本，印行所谓的"北京新一版"，作品的发行量迅速攀升。"北京新一版"截至1954年6月，短短两年两个月，该书印刷10次，总印295 400册[1]；1952年冬，丁玲在大连修养期间对作品做了全面修改，1955年10月仍由人民文学出版社出版印行，此所谓"北京新二版"。1979年12月，《太阳照在桑干河上》在绝版20年后，由人民文学出版社根据1955年的版本重新排印，并且改原来的竖排为横排，这就是我们今天大多数读者所见到的版本。"北京新一版"印数近30万册，"北京新二版"，仅在"文化大革命"前至少印刷13次，印数达301 900册，"文化大革命"后的第14次印刷印数从301 901册起[2]。《太阳照在桑干河上》的发行量超过百万肯定是没有问题的，这样的发行量在新中国小说发行史上是相当可观的，这里不能不承认有作品获奖的现实推动力。

获奖后，《太阳照在桑干河上》又先后被译成各国文字在世界范围内广泛出版，影响进一步扩大："半个多世纪以来，《太阳照在桑干河上》已被译成俄文、英文、德文、罗马尼亚文、捷克文、波兰文、匈牙利文、保加利亚文、蒙古文、丹麦文、巴西文、日文、朝鲜文，以及苏联各加盟共和国的多种少数民

---

[1]　参见丁玲：《太阳照在桑干河上》，北京，人民文学出版社，1952年4月北京第一版，1954年6月北京第10次印刷版权页，印数275 401～295 400册。

[2]　参见丁玲：《太阳照在桑干河上》，北京，人民文学出版社，1955年10月北京第二版，1979年12月天津人民出版社印刷厂第14次印刷版权页，印数301 901～351 900册。

族文字，在世界范围内广为流传，产生了深远的国际影响。"①

更创造发行 130 万册奇迹的是陈忠实的小说《白鹿原》："13 年前，《白鹿原》刚一发表就红极一时。获得茅盾文学奖以后，《白鹿原》累计销售 130 万册，还成为教育部'高等学校中文系本科专业阅读书'当代文学唯一入选长篇小说。"②文学奖励带来的不仅有出版传播意义，同时还有话剧和影视意义，这在文学奖励史上已是司空见惯的情况，作品获奖，有的被改编成电影或电视剧，古华的小说《芙蓉镇》获茅盾文学奖不久除单行本发行量剧增外，被改编成同名电影，并且获得巨大成功。莫言的小说《红高粱》获第四届"全国优秀中篇小说奖"后，与他的另一部中篇《高粱酒》合在一起被改编成电影《红高粱》，也获得巨大成功。

从出版意义上看，有些作品在获奖前后简直就有天壤之别。"高行健得奖前，其代表作《灵山》早已在台湾联经出版社出版，但受尽冷落，出版 10 年销量乏善可陈，'联经'曾把《灵山》列入清仓处理品，五折减价，仍卖不出去。但在高行健获奖后短短 4 个月，《灵山》即卖出了 12 万本，可谓'咸鱼翻身'的典型。"③4 个月 12 万册的销量，对于台湾这个只有 2000 多万人口的小岛来说，应该丝毫不逊色于大陆 13 亿人口的 130 万册的销量。同样一部《灵山》，获奖前后的命运如此不同，获

---

① 於可训：《一部书的命运和阐释的历史》，见王兆鹏、尚永亮主编：《文学传播与文学接受论丛》，328 页，北京，中华书局，2006。

② 张英、徐卓君：《十三年了，陈忠实还在炼钢?》，载《南方周末》2006-08-03。

③ 曾慧燕：《诺贝尔文学奖得主高行健的灵山圣水》，载《世界日报·世界周刊》，2007-09-23。

奖前"五折减价，仍卖不出去"，获奖后"4个月卖出了12万本"。高行健获奖后，其获奖作品包括其他许多作品，先后被译成法文、英文、德文、意大利文、匈牙利文、日文和弗拉芒文出版。他的剧作在瑞典、德国、法国、奥地利、英国、美国、南斯拉夫、中国台湾和中国香港等地频频上演。西方报刊对他的报导与评论近200篇。欧洲许多大学中文系也在讲授他的作品。这些都与文学奖励有关。

　　由此可以想见，有影响的文学奖励对于出版社和作家本人的出版发行意义是多么重大。这是因为普通读者的文学判断力和鉴赏能力往往是需要开发和引导的，文学奖励就是在开发读者的文学判断力和鉴赏力上起到巨大的引导和指向作用。因为文学奖励是经过专家认真评选和慎重筛选的文学精品，普通读者更愿意借专家的一双慧眼为自己从浩如烟海的文学作品的中精选出最优秀的时代作品，以便用有限的时间和金钱来获取最有意义的文学阅读。这也就是为什么文学奖励对大众阅读有如此重要的指导意义之所在。另外，文学奖励因为在推动文学思潮等方面也有自己独特的作用，任何事情只要一旦形成潮流，就会有很多追随者和跟风人，这一部分人更多关注的不是获奖作家和作品本身，或者不能算是真正的阅读者，而是赶时髦、怕人说他落伍，买一本获奖作品翻一翻，知道有这么回事儿。这一部分的"准读者"却在实际意义上完成了获奖作品出版意义的极度放大。这也是文学奖励中不可忽视的一种现象。

　　文学奖励一旦成为某个时期的文坛热点和焦点，并进一步发展成为某个时期社会的热点和焦点，获奖作家作品的出版意义就会迅速形成，并且会呈现出极大的社会需求，推动出版社和作家为了社会效益和经济效益，将作品迅速印刷出版，满足社会需求。丁玲的《太阳照在桑干河上》就属于这种情况，获奖前的发行量基本属于正常的状态，但一朝获奖，立即形成巨大的社会需求和市场意义，作品立即成为畅销书。该书1952年3月获奖，立即出现巨大的社会需求，人民文学出版社快速反应，当即就决定出版"北京新一版"，从1952年4月到1954年6月，该书重印10次，差不多是两个多月就重印一次。这一方面说明文学奖励对作品巨大的出版意义；另一方面也说明出版社对该书的社会需求的估计和判断存在偏差，一次重印管不到三个月。但不管怎样这对于出版社和作家来说都应该算作利好消息。

2007年9月，第十届"五个一工程"奖揭晓，共有8部文艺类图书获"优秀作品奖"，他们分别是：铁凝的《笨花》、熊召政的《张居正》、王树增的《长征》、曹文轩的《青铜葵花》、聂力的《山高水长：回忆父亲聂荣臻》、张平的《国家干部》、张积慧的《护士长日记：写在抗非典的日子里》和杨志军《藏獒》。这8部作品由于基调鲜明，主旋律突出，大力弘扬了民族精神和时代精神，注重"三贴近"，有些作品获奖前就得到读者的充分认同，获奖后，由于相关介绍增多，"接受预示"进一步得到强化，"期待视野"更加突显，因此更受到读者的热捧，形成新闻焦点，发行量都呈现急剧上扬势头，《藏獒》已有超过60万册的发行量；《护士长日记：写在抗击非典的日子里》发行也超过20万册；《山高水长：回忆父亲聂荣臻》面世不长，发行量已超8万册。这些数据都说明文学奖励确实能够拉近读者与获奖作家及其作品的距离，给出版社和作家带来巨大的社会效益。

二、文学奖励的出版经济意义

在中国，出版的文化属性和社会属性没有人怀疑，但长期以来，人们过多地看到出版的思想性、革命性、教化性、科学性、计划性等社会属性，而忽视了出版的经济属性。随着市场经济的深入，近年来人们越来越认识到出版还有另外一种属性那就是商业属性。

曾任国家新闻出版署署长的于友先认为："出版产业作为文化知识产业的一个组成部分，从其产业化的历史和现实来看，把文化性和商业性作为出版业的二重属性比较符合现代出版产业实际，并且也得到了大多数国家出版人的认可。美国出版家约翰·德索尔就说过，'图书出版是一项文化活动，又是一项经济活动。书籍是思想的载体、教育的工具、文学的容器，但是书籍的生产和销售又是一种需要投入各种物质、需要富有经验的管理者及企业家参与的经济工作'。……把文化性和商业性作为出版业的二重属性是由出版物的精神文化属性和出版物市场需求这两方面内容决定的。出版业的显著特点就在于它是文化传播与物质生产的统一，一方面，具有符合人类精神需求的文化品格；另一方面，又以实物形式满足市场需求。这样就给出版管理带来了文化上和商业上的双重要求。"①学术界也完全支持这一论点，师曾志说："接受者如果想满足其对信息知识的需求，则需要付出一定的代价，通常情况下，要支付一定的费用，这就体现了出版的另一属性，即获利属性，也

---

① 于友先：《现代出版产业发展论》，75～78页，苏州，苏州大学出版社，2003。

可以将其称为商业属性。"①

既然我们不否认出版的商业属性，那么我们也就可以坦然地谈论在出版方面文学奖励给出版社和获奖作家带来的重大经济意义。

《白鹿原》获"茅盾文学奖"的商业意义。有关文学奖励的商业意义，下面想以陈忠实的《白鹿原》为例来算算出版社和获奖者的经济账。因为在中国长期以来形成的传统是羞于谈钱，这大概与中国古代把"工商之民"作为"五蠹"之一的思想影响有关，这种思想在读书人脑子中更加根深蒂固，即使是在全面市场经济的今天，要想在知识分子口中听到赚多少钱这样的字眼还是很难的。而作为出版社，出版一本获奖作品赚多少钱又属于商业秘密。因此关于文学奖励在经济意义上给出版社和获奖作家带来商业利益的具体数据很难找到。好在我们可以通过目前出版通行的稿酬版税计算方法和出版利润的公式推算出一些大概的数据。

陈忠实在获"茅盾文学奖"之前，曾获得其他不同的文学奖项。《信任》曾获得 1979 年"全国优秀短篇小说奖"；《立身篇》获 1980 年"《飞天》文学奖"；中篇小说《康家小院》获上海首届"《小说界》文学奖"；《初夏》获 1984 年"《当代》文学奖"；《十八岁的哥哥》获 1985 年"《长城》文学奖"；报告文学《渭北高原，关于一个人的记忆》获 1990—1991 年"全国优秀报告文学奖"。是一个地地道道的获奖专业户。但真正给陈忠实带来巨大荣誉和影响的是其长篇小说《白鹿原》及其获得"茅盾文学奖"。《白

---

① 师曾志：《现代出版学》，32 页，北京，北京大学出版社，2006。

鹿原》初刊于人民文学出版社主办的《当代》杂志，该刊 1992 年第 6 期和 1993 年第 1 期分两期刊载了这部作品。1993 年 6 月，人民文学出版社出版了《白鹿原》单行本。全书 496000 字。《白鹿原》在《当代》刚一发表，即引起文坛及广大读者的强烈反响，人民文学出版社第一版第一次印刷有些保守，不敢多印，只印了 14850 册。《白鹿原》于 1997 年底（1997 年 12 月 19 日正式宣布，1998 年 4 月 20 日颁奖）荣获第四届"茅盾文学奖"后，更确立了这部作品的文学地位："获得茅盾文学奖以后，《白鹿原》累计销售 130 万册"。至 2008 年，15 年过去了，《白鹿原》仅在人民文学出版社就出了 7 种版本，内容分"初版本"和"修订本"两种。十多年来，一直处于畅销和常销之中。截至到人民文学出版社 2006 年 12 月底的统计数据，人民文学出版社七种版本的《白鹿原》，累计印数总量已超过 120 万册。加上太白文艺出版社 1996 年出版的五卷本《陈忠实文集》和广州出版社 2004 年出版的七卷本《陈忠实文集》都收有《白鹿原》（这两种文集中的《白鹿原》内容用的都是"初版本"内容）；华夏出版社 1996 年 1 月出版的三卷本《陈忠实小说自选集》和长江文艺出版社 2004 年出版的《陈忠实小说自选集》中也收有《白鹿原》；人民美术出版社 2002 年 10 月第 1 版的上、下册连环画本（石良改编、李志武绘画）。再加上香港和台湾的繁体字本以及外文译本，《白鹿原》的版本总共在 15 种以上。这样，正规出版社出版的印数，不算盗版，《白鹿原》的总印数确实已超过 130 万册。

为了较为准确地推算《白鹿原》的经济效益，有必要把《白鹿原》在人民文学出版社出版的七种版本的基本情况梳理如下：

第一种：人民文学出版社第一版，可名之为"初版本"。1993 年 6 月北京第一版第一次印刷，印数 14850 册，定价：13.95 元，责任编辑是三位：刘会军、高贤均、何启治，封面画：柳成荫。这一版还有一种精装本，1993 年 6 月北京第一版，1994 年 5 月北京第一次印刷，印数是 2000 册，定价：19.50 元，责任编辑：刘会军、高贤均、何启治。"初版本"2005 年又出了一种在原封面上再加一个土黄色封面的版本，版权页上标为：1993 年 6 月北京第 1 版，2005 年 12 月第 13 次印刷，印数 629851～649850，定价：35 元，责任编辑不变，作者像摄影：葛新德，装帧设计：刘静。

第二种：人民文学出版社第二版，即"修订本"。1997 年 12 月北京第二版，此版即为参选"茅盾文学奖"之版本，定价：28 元，责任编辑：刘会军、高贤均、何启治，装帧设计：李吉庆。"修订本"另有一种封面的版本，版权页标为：1993 年 6 月北京第一版，1997 年 12 月北京第 2 版，定价：22.50 元，责任编辑不变，装帧设计：何婷。"修订本"印刷册数在 50 万册以上。

第三种：教育部全国高等学校中文学科教学指导委员会指定书目"大学生必读"系列。人民文学出版社，1993 年 6 月北京第 1 版，1997 年 12 月北京第 2 版，定价：29.80 元，这个版本内容用的是"修订本"内容。

第四种："百年百种优秀中国文学图书"（1900—1999）系列。人民文学出版社 2000 年 7 月北京第一版，2000 年 7 月河北第 1 次印刷，印数 10000，定价：28 元，这个版本未标明责任编辑，装帧设计为李吉庆，这个版本内容用的是"初版本"内容。

第五种："中国文库"系列。中国出版集团、人民文学出版社 2004 年 3 月第一版，2004 年 3 月第一次印刷，印数 15000 册，定价 28 元，这个版本内容用的是"修订本"内容，此版责任编辑为刘会军，整体设计：李梅、胡建斌。此版精装本：2004 年 7 月第一版第一次印刷，印数 500 册，定价 53 元，精装本用的也是"修订本"内容，精装本责任编辑：刘会军、高贤均、何启治，整体设计：胡建斌。

第六种："中国当代名家长篇小说代表作"系列。人民文学出版社，1993 年 6 月北京第一版，2004 年 5 月第一次印刷，印数 20000 册，定价 30 元，责任编辑：刘会军、高贤均、何启治，此套丛书策划编辑：陶良华，杨柳，胡玉萍，李建军，装帧设计：刘静，这个版本内容用的是"初版本"内容。

第七种："茅盾文学奖获奖作品全集"系列。人民文学出版社，1993 年 6 月北京第一版，1997 年 12 月北京第 2 版，2005 年 1 月第 1 次印刷，印数 20000 册，定价：31 元，这个版本内容用的是"修订本"内容，责任编辑：刘会军、高贤均、何启治，策划编辑：陶良华、杨柳、胡玉萍、李建军。

《白鹿原》人民文学出版社 120 万册的印刷发行量基本上以第一种版本和第二种版本为发行主力军。其余五种版本都是某一特定系列的版本，印刷发行量不大。第一种版本定价从 1993 年的 13.95 元到 2005 年的 35 元，取平均价 25 元，65 多万册发行量，按出版社版税公式：版税＝定价×印数×版税率来计算，人民文学出版社的版税率在 7%～15% 之间，陈忠实属于畅销书作家，版税当在 10% 以上，且按 10% 计算，这个版本的《白鹿原》的出版版税收入当在：65万（册）×25（元）×10％＝162.5万元以上。第二种版本定价为28元和22.5元，平均25元多，也按25元计算，50万（册）×25（元）×10％＝125万元。两项合计为287.5万元版税，扣除个人所得税57万元，仅人民文学出版社支付给陈忠实第一种和第二种版本115万册的税后的实际版税当在230万元以上。另外15万册的版税收入应该在30万元左右。

人民文学出版社的经济收入要比作家的版税收入高得多。按出版行业的平均利润为产值的25％计，120万册，25元均价，码洋总值为30000万元，纯利润当在750万元以上。一个作家，一本书就能给一个出版社带来这么大的经济效益。

我们当然不能把这些经济效益全部归功于"茅盾文学奖"，但哪怕是折半计算，即假设由于"茅盾文学奖"的原因，《白鹿原》的发行增加了一倍，这样的估计应该是保守的，那么，《白鹿原》因获"茅盾文学奖"而表现在陈忠实本人和人民文学出版社的商业意义也应该是分别在115万元和375万元之上。陈忠实个人的《白鹿原》其他版本的版税收入还不在计算之内。更没有计算文学奖励的社会意义等。推而广之，整个"茅盾文学奖"给人民文学出版社带来的经济效益就远比一个陈忠实要大许多；视野再开阔一点，人民文学出版社还出版其他文学奖励的书籍，这样经济效益又会更大一些；而其他出版社也会有类似的选题创意，这样，文学奖励给中国乃至世界出版行业带来的利好当会更大。这应该是没有问题的。

获奖作家的其他作品也连带畅销。文学奖励使得获奖作家和包括出版机构得到现实的经济意义，这一点不仅表现在获奖作品的出版商业意义上，还表现在该作家其他作品的连带畅销上。该作家获奖后，名声大振，有些甚至一夜当红，社会影响增大，读者范围扩大，社会受众往往并不满足于仅仅阅读该作家的获奖作品，文坛和文化界、包括社会各界都有进一步了解该作家的要求和希望，这样新闻出版部门就会顺应潮流需求，更加深入更加宽广地向社会大众推介该作家，方法包括出版获奖作家的其他作品。

　　这种顺应市场需求的有针对性的出版，往往会对形成"某某作家热"起到推波助澜的作用，社会大众也表现出对该获奖作家其他作品的极大热情和兴趣，这样就不单单是该作家的获奖作品畅销了，获奖作家的其他作品也被连带着在社会上获得畅销，甚至有些过去报纸杂志和出版社的退稿也会成为时鲜货和抢手货。"《大公报》文艺奖金"小说奖获得者卢焚（师陀），原名王长简，1910年3月出生于河南杞县，1988年10月病逝于上海。少年时期在杞县读私塾，小学，后到开封读中学，其间与同学办过小刊物《金桥》，1931年赴北平，1932年1月，首次使用"卢焚"的笔名在丁玲主编的刊物《北斗》上发表进步短篇小说《请愿正篇》，1932年创办进步刊物《尖锐》，1936年出版短篇小说集《谷》，《谷》1937年5月获"《大公报》文艺奖金"。此后又出版短篇小说集《里门拾记》《落日光》和散文集《黄花苔》。1946年出版《果园城记》，开始改用"师陀"的笔名发表作品。新中国成立后出版短篇小说集《石匠》和散文、历史小说、历史剧合集《山川·历史·人物》。卢焚（师陀）获得"大公报文艺奖金"不但基本奠定并极大提高了作家在现代文学史上的地位，而且还连带此后发表的《果园城记》等小说的热销。《果园城记》是上海出版公司在民国三十五年(1946 年)初版印行的师陀的短篇小说集,集中收录的 18 个短篇,是作者历时 8 年的精心之作。《果园城记》也因此成为师陀"最得意的短篇小说结集",集中体现着他的理想追求和审美感悟。10 年前的那次获奖,使得那时的"卢焚"现在的"师陀"一直处在文坛乃至社会的关注之中,作品一经发表立即引起文坛和社会的新一轮的热点。《果园城记》1946 年作为"文艺复兴丛书第 1 辑"由上海出版公司出版初版本,1958 年师陀修改后由上海新文艺出版社出版了修改本。2000 年解放军文艺出版社出版 2000 年版,人民文学出版社出版 2001 年版等不同版本。2004 年 9 月年河南大学出版社出版发行刘增杰编校的 5 卷 8 本《师陀全集》,作为师陀作品的集大成之书系。无论是单行本的多版本《果园城记》出版印行,还是《师陀全集》的出版发行,其销售或者说较为畅销,应该说与"大公报文艺奖金"的关系较大。

还有一种文学奖励采取的不是奖励某一部具体作品的方法,而是针对某个作家已经创作的全部作品进行的奖励,这种奖励是奖励作家这个人物,而不是具体作品。一些文学奖励设"终身成就奖"和"荣誉奖"也是这个意思。这种情况一般是该作家的某一部或者某几部代表性作品会在社会大众中得到畅销,其作品的分别畅销度是该作家的作品在读者中自然形成的。台湾"中国"文艺协会文艺奖章,是由"中国"文艺协会于 1960 年起开始颁发的,每年五四文艺节颁发。至今已举办 51 届。这个奖项主要是奖励文艺家的。奖章采取推荐制,奖项不固定,有散文、小说创作奖,亦有翻译奖,论评奖,报导文学奖及音乐奖、舞蹈奖等艺术奖项,还包括文艺工作奖。这个奖励范围宽、历时长，在台湾诸多文学奖励中影响较大。近 50 年先后有文学艺术家 500 多人获得该项荣誉。自 1981 年起，"中国"文艺协会为奖励海内外有优异表现之文艺工作者，特另设置"荣誉文艺奖章"，其奖励对象为岛内外从事文艺教育或文艺工作者，对于"国际"文艺交流有重大贡献者，以及对"中国"文艺协会工作，给予特别支持或赞助者。迄今已有翟君石，王静芝，赵琦彬，黄友棣，柯叔宝，何家骅，郎静山，苏雪林，黄君璧等近百人获奖。由于该"文艺奖章"并非针对文学和艺术家的具体作品设奖，而是奖励文艺家本人，这种奖励一般就不会给大众造成获奖作品外这个作家的其他作品大众很陌生的情况。台湾"中国"文艺协会文艺奖章，获奖的文艺家，因为该文学奖励的原因他们的许多作品而非一部作品获得社会大众的认可和青睐，畅销甚至长销不衰。

第三节 文学奖励的影视意义

本节主要讨论的是文学奖励之于电影和电视方面的意义和关系，同时涉及文学奖励与戏剧、广播方面的关系和意义。由于电视和广播是新闻媒体，在本章第一节讨论的文学奖励的新闻意义时，电视和广播是以现代传媒的手段进入论题的。而本节讨论的文学奖励的影视意义，主要是指电影、电视、戏剧、广播的节目内容因为获得文学奖励而得到更为广泛和深入的传播；以及文学作品因为获得文学奖励被改编成电影、电视、戏剧、广播节目等现代艺术形式，从荧屏、舞台和电波中，走上更加大众化的传播方式，走到更加广泛的群众之中。所以在前两节文学奖励的新闻意义和出版意义之外，第三节将文学奖励在电影、电视、戏剧、广播等方面表现出的独特的传播意义独立出来讨论，因此本节的完整标题应该称"文学奖励的电影、电视、戏剧及广播意义"，但为了简洁和语感的需要，加上本节内容上主要讨论的还是文学奖励的电影和电视意义，所以就用了现在的标题作为本节的标题。

一代有一代之文学，远古有神话，先秦有散文，楚有辞，汉有赋，唐有诗，宋有词，元有曲，明清有小说。按这样的逻辑，到底什么是 20 世纪及当下之时代文学的代表性样式，是广播文学？戏剧文学？电影文学？电视文学？还是其他什么文学样式？目前讨论的人较少，更没有什么定论。但无论如何，广播文学、戏剧文学、电影文学、电视文学已经或者正在成为我们这个时代最深刻的记忆之一。对于这些艺术类型和样式中优秀文学成分的奖励也是顺理成章和屡见不鲜的。电影、电视、戏剧、广播都是在声光电等高科技的发明和运用之下，衍生和发展起来的。它们既是新兴的信息传播的方式和手段，也是具有现代性特征的艺术形式，而这些艺术形式与文学之间存在者天然的血缘联系。影、视、剧、播的编导演们借助这些高科技手段将自己创作或改编的文学脚本搬上荧屏和舞台及送进电波之中。这些电影、电视、戏剧、广播的编导们为了吸引受众，有些是新创作的文学脚本，也有一些是改编和再创作的文学脚本。后者是比较讨巧的一个办法，也是成功率相对更高一些的办法。把眼光集中在文学名著上，特别是寻找适合改编成影、视、剧、播作品的获奖文学作品，成为编导们的最爱。这样，影、视、剧、播会因文学奖励而传播更加久远；而很多文学作品获奖后经常被搬上荧屏、舞台及被送进电波。同时，我们也应该清醒地看到，获奖作品被改编成电影、电视、舞台剧、广播节目后，对于原著来说是有得有失的，得到的是借助现代传媒获得的极大传播，失去的往往是文学作品本身的深刻审美意蕴和无限的想象空间，因为直观的大众艺术更接近快餐文化。

一、文学奖励对影、视、剧、播的促进

孔子曰："言之无文，行而不远"，意思是说一个人说话如果不借助于文学、说话没有文采，那么他的话语和思想就不可能被传播得很远。依靠文学的翅膀语言和思想才能飞得更高更远。在对电影、电视、戏剧和广播的奖励活动中，与文学奖励相关的主要有两种具体的情况，一是直接设立该艺术种类的文学奖；二是在若干奖项中设立针对文学创作的最佳编剧奖或文学节目奖。第一种情况比较有代表性的是在电影和戏剧中的夏衍电影文学奖和中国戏剧文学奖、曹禺戏剧文学奖、中国广播剧奖等。而第二种情况有中国电影华表奖最佳编剧奖、中国电影金鸡奖最佳编剧奖、《大众电影》百花奖最佳编剧奖、中国电视剧飞天奖优秀编剧奖、中国戏剧奖曹禺剧本奖、中国广播文艺奖文学节目奖等。这些文学奖励有力地促进了电影、电视、戏剧和广播的更加广泛和深入的传播。

"最佳编剧"是影、视、剧、播成功的基础。好的电影、电视、戏剧、广播节目赖以生存的基础是优秀脚本和最佳编剧。下面用获得《大众电影》百花奖"最佳编剧奖"三部作品来举例说明。《大众电影》百花奖1962年创办，目前已举办30届，仅在1962年、1963年、1980年前三届设有"最佳编剧奖"，夏衍和

水华的《革命家庭》，李准的《李双双》，陈立德的《吉鸿昌》分获三届"最佳编剧奖"。1981 年后，"百花奖"瘦身，不再设立"最佳编剧奖"。电影《革命家庭》是根据陶承的同名小说改编的，编剧是夏衍和水华，水华同时任导演，1960 年由北京电影制片厂拍摄，影片上映后获得较大反响。陶承的小说《革命家庭》由于思想性和文学性较高，被当时的中国电影界文学大师夏衍和导演水华看重，联手改编成同名电影。由于小说基础好，改编的水平高，在 1962 年首届《大众电影》百花奖评选中获得"最佳编剧奖"，这是中国小说对中国电影的重大贡献之一。主要演员有于蓝、孙道临、张亮、刘桂龄、石小满等，故事的主人翁周莲本是农家姑娘，在婚后受丈夫江梅清的影响，逐渐懂得一些革命的道理。北伐战争开始，江梅清参加了北伐军。1927年大革命失败，江梅清被反动派杀害。周莲继承丈夫遗志，毅然参加革命工作，并于 30 年代初期，去了上海的地下党组织。周莲的长子立群留苏归来也加入到革命队伍中，可不久地下党组织被破坏，周莲、立群被捕。为了得到上海地下党组织的人员名单及了解他们与苏区的关系，敌人对周莲威逼利诱、软硬兼施，但始终不能使她就范。敌人甚至又用立群的生命作为得到所需情报的交换条件，周莲仍不开口。为了革命的利益，儿子献出了年轻的生命。抗战开始后，迫于形势，周莲被释放出狱。她和她的儿女小清、小莲，一同被党组织护送去了延安。影片将一个家庭的命运同党的命运、革命事业的命运紧紧交织在一起，深化了本片的思想和情感力度，使之具有更深刻的内涵和更大的艺术魅力。它以简洁凝练、朴素清丽的镜头画面，描述了两代人在白色恐怖年代中默默为革命奉献一切的动人故事，并以母亲为轴心，抒发和渲染了夫妻、母子的挚爱亲情。著名演员于蓝成功地饰演了母亲，她赋予角色鲜明的个性、饱满的激情，并富有分寸感。层次清晰，真实可信，创造了一个深沉感人的银幕形象。《革命家庭》获得第一届大众电影百花奖"最佳编剧奖"后，小说和电影均获得更为广泛和深入的传播。此前的1961年该片主演于蓝还获得原苏联第二届莫斯科国际电影节女演员奖。

第二届大众电影百花奖最佳编剧奖得主是小说家和剧作家李准，他的短篇小说《李双双小传》在1960年第3期《人民文学》上发表后，产生了一定的影响，不久导演鲁韧打算把它搬上荧幕，请李准自己改编成电影文学剧本。上海天马电影制片厂于1962年春拍摄了故事片《李双双》，当年上映后受到广大观众和文艺界的普遍欢迎。1963年荣获第二届《大众电影》百花奖最佳故事片、最佳编剧、最佳女演员、最佳配角四个项奖。"做人要做李双双，看戏要看孙喜旺"，这是电影《李双双》上映后流传于民间的一句顺口溜。影片中妇女队长李双双（张瑞芳饰）爽直、泼辣，敢与自私现象作斗争。丈夫喜旺（仲星火饰）胆小怕事，不支持妻子工作，先后两次离家。后来看到双双领导生产队获得丰收，主动回家团聚，夫妻言归于好。《李双双》是李准编写的一部展示了中国农村妇女崭新精神风貌的优秀影片，其最大成功之处就在于"抓大放小"，即摈弃了常用的阶级斗争和路线斗争的模式，紧紧扣住人物的性格冲突来展开剧情。影片轻喜剧的艺术样式，浓郁的生活气息及生动的性格化语言都在当时的中国银幕上独树一帜！影片编剧上的成功和李双双银幕形象的塑造成为20世纪60年代中国电影创作的两大重要收获。影片一上映就获得广泛赞誉。《人民日报》《中国青年报》《北京日报》《解放日报》《文汇报》等 10 多家报纸都发表了当时公社社员座谈《李双双》的讨论；同时发表在全国各大报刊上的评论文章也有好几十篇，都毫无例外地充分肯定和赞扬了影片的思想内容和教育意义，特别是在受到批判时曾得到周总理的大力支持："1963 年 5 月，第二届电影'百花奖'评奖时，周恩来说：'今年的百花奖，我投《李双双》一票。'由于社会上对《李双双》的广泛支持，公开评奖结果，影片《李双双》获第二届'百花奖'最佳故事片奖，李准获最佳编剧奖，李双双的饰演者张瑞芳获最佳女演员奖。5 月 29 日晚，周恩来与陈毅、郭沫若等出席了颁奖典礼。'文化大革命'中，影片《李双双》受到批判。1973 年 4 月 14 日，周恩来在人民大会堂再次谈到影片《李双双》。他气愤地说：'这片子到底是什么问题？为什么要批判？把我也搞糊涂了！'并当场点名要'四人帮'的亲信回答。周恩来说：'要历史地看这个片子。这影片总的倾向较好。李双双做了许多事情是为公的嘛！只是丈夫思想有点中间。'公开为影片《李双双》恢复名誉。"①《李双双》获奖特别是获得最佳编剧奖有利于该剧及小说原著的广泛传播，同时也为李准赢得巨大的文学声誉。

获得百花奖"最佳编剧奖"的第三位作家是陈立德，他的名声远没有夏衍、李准大，他是中国的职业电影编剧，1935 年 7 月生于湖北天门县皂市镇，自幼家贫，未能受到完整的教育，但在武汉中学读初中时，充分利用图书馆，广泛接触了中国古

---

① 李新之：《周恩来情系〈李双双〉》，载《广州日报》，2003-03-30。

典文学，使他对写作产生了浓厚兴趣。1951年在《湖北文艺》上发表了短篇小说《翻身牛》，从此开始文学创作。1956年，陈立德写了他的电影剧本处女作《北伐先锋》，1958年写了《吉鸿昌》，1961年调入八一电影厂任编剧，1978年，《吉鸿昌》投入拍摄，1980年，影片获第三届百花奖"最佳编剧奖"。陈立德还曾创作电影剧本《黄英姑》《飞行交响乐》，话剧剧本《向井冈》，以及长篇小说《前驱》《翼上》《长城恨》和中篇小说《情仇》等，这是一个较有成绩但当代文学史上重视不够的作家。在塑造吉鸿昌这个民族形象时，陈立德注意人物基调的客观性，准确地把握住吉鸿昌这个人物疾恶如仇，从善如流，刚正不阿、性如烈火的性格。从人物性格出发运用典型化的手法，构思设计细节，丰富人物性格，使之更逼真，生动，影片于展现历史人物的豪迈气势中又做到了细致入微，以小见大。《吉鸿昌》获"最佳编剧奖"使得吉鸿昌这个民族英雄为中国千千万万的普通百姓所接受和喜爱，也为作家本人赢得较大影响和认可。

　　由于故事情节的生动感人，人物语言的精炼机智，矛盾冲突的高潮迭起，《革命家庭》《李双双》和《吉鸿昌》获得《大众电影》百花奖"最佳编剧奖"，这三部影片的优秀编剧的确奠定了这三部作品的成功基础。加上电影天然的群众性，这三部获奖作品更是在群众中生根开花结果，越传越久远。影、视、剧、播的文学奖励确实起到了对电影、电视、戏剧、广播节目的推动作用，同时，影、视、剧、播也反过来促进的文学奖励和获奖文学作品在更加广大的群众中的传播和接受。

　　文学奖励具有潜在的广告意义和较高的票房价值。无论是电影文学奖励、电视文学奖励、戏剧文学奖励、广播文学奖励，一般都具有潜在的有时甚至是就显在的广告意义和较高的票房价值。电视文学奖励和广播文学奖励一般表现为因奖励而凸显市场广告的商业价值；电影文学奖励和戏剧文学奖励更多地表现在票房价值方面。1981年创办的中国电视剧飞天奖，其中的"优秀编剧奖"曾经授予刘恒的《贫嘴张大民的幸福生活》，江奇涛的《亮剑》，蒋晓勤、姚远、邓海南的《历史的天空》，邹静之的《五月槐花香》等优秀电视剧，这样的奖励使得原本就有相当影响的电视剧红极一时，招商广告价位一再攀升。广播剧也是依靠广告招商获得经济效益的，当年刘兰芳播讲的广播剧《岳飞传》，曾造成万人空巷的奇观。广播、电视的广告价值一般都与播放作品的受众收率成正比例关系的。而电影和戏剧的经济收入一般依靠的是票房收入。

文学奖励的票房价值主要是通过接受美学的"接受预示"和"期待视野"来实现的。"接受预示"是指读者在进入文艺鉴赏之前，从作品的文体、题目、内容提要，以及相关评论等方面获得有关者、作品的预示和提示性信息。文学奖励在宣传文学奖励事件和获奖作家作品时，一般先会向社会大众简单介绍一些关于文学奖项、获奖编剧及获奖作品的概括性和导读性的内容，这些简介非常有利于普通观众的观看和鉴赏。因此我们在正式观看和欣赏电影和戏剧之前，能获得更多的"接受预示"，这非常有利于我们理解和接受电影、戏剧所传达的信息和思想。而更重要的是文学奖励还会有力地促进受众群体"期待视野"的形成。所谓"期待视野"是指对作品的某种"先入之见"，是读者在进入欣赏过程之前已有的对即将阅读作品的预先估计和期待，是一种预先存在的阅读意向。"期待视野"是观众在已有的生活经验和文化修养、审美趣味和审美经验以及当下的"接收预示"的综合作用下形成的，特别是当下的"接受预示"对"期待视野"的形成产生最直接的影响。"期待视野"决定着受众对作品的基本态度和评价。文学奖励由于新闻和出版两方面的大力宣传，在读者中造成影响较大的"接受预示"，进而促进受众群体"期待视野"的形成，这是票房价值形成的基础，包括文学奖励在内的其他奖励，往往有利于形成全社会共同的期待，这样就有可能成就非常可观的票房价值。

　　2007 年 10 月 24—27 日，在苏州举办的第 26 届"中国电影金鸡奖"(即第 16 届"中国金鸡百花电影节")颁奖典礼上，本次电影节因逢单年，只评选"金鸡奖"。唐灏的《东京审判》获得最佳编剧奖。《东京审判》的创作过程是漫长而曲折的。作家唐灏 1986 年就着手写作电影文学剧本《中国法官》，2003 年 1 月，出版长篇纪实文学《远东国际大审判》，由上海世纪出版集团(上海人民出版社)出版发行，这本书发行量并不太好。被改变成电影文学剧本最终被拍成电影《东京审判》后，2006 年 8 月 16 日在上海公映，各方好评如潮，各种大奖也接踵而至。2007 年 8 月 26 日至 10 月 27 日短短两个月时间，《东京审判》连续获得三个国家级奖项，8 月 26 日获得广播电影电视总局第 12 届中国电影"华表奖"优秀故事片奖和优秀导演奖；9 月 7 日获得中宣部第 10 届"五个一工程"优秀作品奖；10 月 24—27 日又获得第 26 届"金鸡奖"最佳编剧奖。这三个国家级大奖只有这个"最佳编剧奖"对于作家的唐灏意义最大，虽然这部电影的编剧有四个人之多，分别是唐灏，张思涛、张驰父子及胡坤，但唐灏是名副其实的第一编剧和一直以来的作者。从

1986年算起，唐灏花了21年的时间，终于因获奖而使得"远东国际大审判"走入寻常百姓家，有人说："唐灏等待这只'金鸡'展翅，整整用了20年时间。"

唐灏介绍，这部影片原名就叫《远东国际大审判》，立项也是这个名字，拍摄时也一直用的是这个片名，公映时片方把它改成了《东京审判》，对此导演高群书说："片方认为《东京审判》这个片名更商业，在发行上更有利一些。"该片以1946年东京盟国远东国际军事法庭对28名日本战犯的艰难审判过程为背景，在当时绝大多数法官不同意判处战犯死刑的多国法官会议上，中国法官上演了一场场思辨缜密、撼人心魄的法庭传奇，才艰难扭转了局面，以6票对5票的一票之差，以对战犯的绞刑告慰了战争中死难的冤魂。东京审判有主副两条线索，主线是法庭庭审，法庭庭审被认为是"有史以来最好看的法庭戏"；副线是一个日本家庭的命运，意在展示日本普通家庭对这场世纪审判的态度。无论是《远东国际大审判》的长篇纪实文学，还是《东京审判》的编剧，都是情节起伏跌宕，故事真实感人。电影连获三项大奖以后，由此造成的美学意义上的"接受预示"，并逐步形成全社会巨大的"期待视野"，使电影取得了不菲的票房收入。《东京审判》总投资2100多万元，却获得2800万元的优秀票房，差不多接近了《云水谣》3 000万元的票房水平。据此，广电总局电影局认为《云水谣》和《东京审判》是当年"国产中片"在市场上表现最好的两部，并进而认为："所以中等影片的突破是国产电影全局突破的关键！"，表示电影局将联合影片制作方共同摸索"中片"的市场之道。《东京审判》的优秀票房与该片获奖关系很大。

甚至连出版 4 年并未畅销的《远东国际大审判》在电影多次获奖后也数次重印，销量大增，并多次在新书销售排行榜上列名。

二、文学奖励对改编目光的吸引

回顾中国电影、电视、戏剧、广播的发展历程，不难看出它们与优秀文学作品特别是获奖作品之间难以割舍的关系。文学奖励对改编目光的巨大吸引力是不争的事实。戏剧、电视、电影多是大投资，少则几十万，多则几个亿，投资方一般不敢贸然下注，于是选择一部已经经受过市场检验的文学名著，不失为一种稳妥的选择。有了名著作为底子，影、视、剧、播等一开始就占得先机，吸引各界的眼球也赚得各方的关注度。特别是获奖文学作品，更是多了一层胜算的把握，因此往往成为影、视、剧、播改编的香饽饽。优秀的甚至获奖的文学脚本是影、视、戏、播成功的坚实基础。通过对优秀的电影文学、电视文学、戏剧文学和广播文学的奖励一方面可以达到文学传播的扩大化和深入化；另一方面为电影、电视、戏剧、广播也可以通过文学奖励找到自己有价值的素材和题材，提高各自的艺术水平，从而更加有利于作品的传播。

《芙蓉镇》《红高粱》等获文学奖励后很快被搬上荧幕。古华的长篇小说《芙蓉镇》发表于《当代》1981 年第 1 期，这部小说一发表立即引起强烈的社会反响，并于 1982 年获得首届"茅盾文学奖"，1986 年由上海电影制片厂改编成同名影片在全国上映，获得巨大成功。作家古华没有参与电影文学剧本的改写任务，编剧是由阿城和谢晋共同完成的。在原作的基础上导演谢晋用这样一部反映新中国成立以来多次政治运动中小人物悲欢离合的故事，引发了当时人们对"四清""反右""文化大革命"等历史问题清算的热情，但总的来说它仍然还是一部谢晋式"哀而不怒"的电影，所以虽然关涉政治甚多，最终仍通过审查，修成了正果。影片由刘晓庆、姜文、郑在石、徐松子等主演。较之小说电影情节更加洗练，剧情冲突更加集中。古华的小说已经产生了一定影响，但胡玉音、秦书田、李国香、王秋赦、黎桂桂等荧幕形象更是打动了当时数以亿计的观众。"文化大革命"结束，有"秦疯子"外号的右派分子秦书田与胡玉英牵手，而在"文化大革命"中不可一世的二流子王秋赦已然变成真正的疯子，影片在他敲着破锣嘶哑地叫嚷着"运动了！运动了!"的喊声中意味深长地落幕。8 届"茅盾文学奖"共有 38 部作品获奖，其中被改编成影视剧并且已经广泛上映的有 7 部作品，这 7 部分别是《许茂和他的女儿们》《芙蓉镇》《长恨歌》《抉择》《历史的天空》《暗算》《白鹿原》。占获奖总数的 1/6 以上。7 部作品中改编最成功的就是《芙蓉镇》。

电影《红高粱》是作家莫言根据自己的中篇小说《红高粱》和另一个中篇《高粱酒》改编而成的，以《红高粱》为主，原作发表在《人民文学》并被读者推选为年度"我最喜爱的作品"第一名。1986 年，《红高粱》获得 1985—1986 年度"全国优秀中篇小说获奖"。莫言小说深受魔幻现实主义文学流派影响，意识流结构中时空交织、人生沉浮，说《红高粱》是 20 世纪国内最具"电影感"的文学作品毫不为过!《红高粱》被认为是中国电影在国际崛起的标志，第五代导演由此也开始受到国际影坛更多的关注。而张艺谋的"崛起"又跟莫言有关。

1986 年暑假，还在解放军艺术学院中文系上学的莫言，正在赶写一部中篇小说,中午听到有人在楼道里喊:"莫言!莫言!"莫言出来一看,是一个穿着破汗衫、剃着光头、脸黑得像煤炭(可能当时正在西北拍《老井》晒得),手里提着一只在公共汽车上被踩断了鞋带凉鞋的陌生男子。他对莫言说他是张艺谋,他看好《红高粱》,想让导演把小说拍成电影。两人谈了不到10分钟,就谈成了。实际上后来拍电影时张艺谋又将莫言的另一个中篇小说《高粱酒》一起融进了电影。《红高粱》最初的名字叫《九九青纱口》,总共投资了约70万元。这场合作莫言虽然只拿到800元的稿费,但张、莫之间的合作是积极的,也是愉快的,他们一起在莫言的家乡山东高密种高粱拍电影的故事很能说明当时他们的合作亲密无间。1987年春天,开始筹拍,女演员选了还是中央戏剧学院大二的巩俐,男演员则是刚演完《芙蓉镇》的姜文,摄影是顾长卫。后来,都成为著名电影人。电影情节是这样的:一个少女被迫嫁给麻风病人,接亲途中,新娘被生性彪悍的轿夫吸引。半路突生事端,土匪前来劫财劫色,与新娘眉来眼去的轿夫挺身而出,众人合力打死土匪。在高粱地里野合之后,少女和轿夫就成了"我奶奶""我爷爷"。他们携手对抗封建礼法,和乡亲们一起反抗日本侵略者的压迫……影片的艺术贡献非常突出,富于视觉冲击力的画面造型强劲迸发出厚积薄发的雄心壮志,美术、音乐,无处不有情恋故土惊世骇俗的第五代精神,"颠轿""野合"当年就为评论者津津乐道,今天看来,两个段落的摄影手法以及场面调度仍然无人能及。样片出来后吴天明和莫言都感到了一种震撼。

莫言和张艺谋应该说是相互成全,相互照亮。电影上映,在国内和国际都获得巨大成功。1988年春节过后,莫言从老家回到北京，深夜走在马路上还能听到很多人在高唱"妹妹你大胆地往前走"，莫言感慨道："电影确实是了不得！"

张艺谋的成功更大程度上受惠于文学作品，特别是获奖的文学作品。对此，他毫不避忌，曾经宣称："是文学驮着电影走出了国门，走向了世界，让世界了解我们中国。"张艺谋执导的影视作品，我们大多耳熟能详。1987年完成电影《红高粱》，也是从这部作品起，他开始热衷于对当代小说的影视改编。同时，他也擅长用全新的视角对原著作出改造，在尊重作者创作意图的基础上，使作品显得更丰满，更具电影化魅力。莫言对他是心悦诚服。其后，还有一系列佳作诞生：1992年由刘恒的《伏羲伏羲》改编的《菊豆》，由陈源斌的《万家诉讼》改编的《秋菊打官司》，1994年由余华的同名小说改编的《活着》，以及1999年的《我的父亲母亲》等，都是张艺谋将文学改编成电影的丰厚回报。张艺谋经常在文学作品中提取素材和灵感，他常年订阅《收获》等文学杂志，同时他也非常明白优秀的文学作品对于一部电影来说的非凡价值。对此，电影《活着》的原著余华曾经有过一段有趣的回忆：张艺谋一开始提出的改编费就是一个绝对的高价，过了一阵子，张导又找副导演王斌和余华商量，余华以为他们是想压低价钱，就很不高兴地把他轰了出去。后来他们竟然主动打电话，把价钱提高了一倍。张导出手如此大方，让余华惊讶不已。从中也可以感受到，一个功成名就的大导演对一部好的文学底本的孜孜以求。

《历史的天空》《红高粱》等因获奖被搬上荧屏，并进一步获奖。徐贵祥的《历史的天空》2005年获第六届"茅盾文学奖"，小说被蒋晓勤、姚远、邓海南改编成32集电视连续剧，制片人吴军，导演高希希，张丰毅、李雪健分饰姜大牙、杨庭辉，由上海天视文化传播有限公司、北京小马奔腾影视文化发展公司、中国人民解放军空军电视艺术中心和上海东方卫视联合摄制完成。作品演绎了主人公姜大牙从一介草莽炼造为一代名将的传奇故事，浓缩了从抗日战争到"拨乱反正"近半个世纪的恢宏历史。姜大牙和陈墨涵是凹凸山区蓝桥埠镇的同乡，因为出身不同，参加革命的方式和所走的道路也不同。同是为了抗日，陈墨涵提议去找共产党的游击队，而姜大牙主张投奔国民党的正规军，但是命运却阴差阳错，想投奔国军的姜大牙却碰上了八路军游击队，受到司令员杨庭辉人格的感召和女八路东方闻英气质的吸引，留在了游击队里，开始了他有声有色的战斗生涯，也开始了从一个匪气很重的江湖草莽向自觉的革命者的艰难转变。导演高希希提出"主旋律生活剧"概念，将历史英雄生活化，赋予他们丰满的血肉，用他们个人的情感、生活、命运来撑起整个大的题材。在他手里，主要的正面角色并不是不可置疑的完人，而是一个个平民中的英雄。高希希始终将看点定位在"人"身上，他认为只有连细微处也不放过地去讲好"人的故事"，大的题材才能得到充分的表现。电视片播出后诸多荣誉纷至沓来：第25届飞天奖"长篇电视剧奖一等奖""优秀编剧奖""优秀男演员奖"三项大奖；第23届金鹰奖"长篇电视剧优秀奖"；第5届北京文学艺术奖；第10届精神文明建设"五个一工程"奖及第15届春燕奖"最佳电视剧导演奖"等。这是一个因获文学奖而影视意义彰显，被搬上荧屏后又进一步获大奖的交相辉映的例子。

这样的例子其实并不少。《红高粱》因获"全国优秀中篇小说奖"被张艺谋搬上银幕，此后一路彩虹。1987年底，广电部电影局已确定陈凯歌的《孩子王》参加柏林电影节，但后来陈凯歌放弃了柏林，选择了戛纳电影节。于是，刚刚完成的《红高粱》被推荐"救急"。其实，此前，中国影片《乡情》《血，总是热的》《雅马哈鱼档》等片也曾参加柏林电影节，但评委与电影节观众普遍认为：中国电影政治色彩太重。《红高粱》让外国人看到另外一个中国，一个如此张扬的中国，获得了"金熊大奖"。《红高粱》还在票房上，取得巨大成功。它使电影人开始认识到，电影不仅仅是艺术，还是需要换回经济收益的产品，这让一直信奉艺术至上的第五代导演，有些无所适从。这个时候，《红高粱》在商业上的巨大成功为中国电影趟出了一条新路。那就是，先去国际获奖，再回国内赚票房。这个电影模式一直流行至今，其带来的影响也颇为复杂。

《红高粱》影片获得的荣誉多而且高：1988年获第38届西柏林国际电影节最佳影片金熊大奖；1988年第5届津巴布韦国际电影节最佳影片，最佳导演，故事片真实新颖奖；1988年第35届悉尼国际电影节电影评论奖；1988年摩洛哥第一届马拉什国际电影电视节导演大阿特拉斯金奖；1988年第8届中国电影金鸡奖最佳故事片奖；1988年第11届《大众电影》百花奖最佳故事片奖；1989年第16届布鲁塞尔国际电影节广播电台听众评委会最佳影片奖；1989年法国第5届蒙彼利埃国际电影节银熊猫奖；1989年第8届香港电影金像奖，十大华语片之一；1990年古巴年度发行电影评奖10部最佳故事片之一；1990年民主德国电影家协会年度奖提名奖，等等。这不能不说是个奇迹。2006年莫言本人还因为《红高粱》小说等作品被授予"福冈亚洲文化奖",成为继巴金、张艺谋、费孝通、厉以宁等之后第8个获得该项奖励的中国人。

　　总而言之,文学奖励之于电影、电视、戏剧和广播方面的意义的确是较为突出的。因为获得文学奖励,被搬上荧屏和舞台之上及电波之中是非常顺理成章的。在这些意义之中。包括获得"茅盾文学奖"的陈忠实小说《白鹿原》获奖后也表现出较为突出的影、视、剧、播等多种意义:"今年,《白鹿原》突然又成了文化热点,各种形式的《白鹿原》纷纷面世:北京'人艺'的话剧;西安电影制片厂的电影;首都师大的音乐交响舞剧,北京一家公司与央视正运作的电视剧。"①文学奖励带给我们的不仅有新闻意义和出版意义,同时还有影视等意义,这在文学奖励史上已是司空见惯的情况。

---

　　① 张英、徐卓君:《十三年了,陈忠实还在炼纲?》,载《南方周末》,2006-08-03。

结语 对"国家文学奖"缺席的思考

20世纪的中国文学奖励现象是纷繁复杂的，每个时期的文学奖励机制和体制也不尽相同。20世纪前半叶，由于战争的影响和环境的动荡，文学的奖励机制没有整体上建立起来的基本条件，包括"大公报文艺奖金"及边区和根据地文学奖励在内的零星文学奖励，最终没有形成巨大的气候和影响。新中国成立后的20世纪后半叶，本来应该具备了全面建立文学奖励机制和体制的政权和物质基础，但由于在新时期以前，党和政府的文艺政策是"罚多奖少"甚至"以罚带奖"，知识分子基本上都是"臭老九"，文学、艺术家基本上都是属于"非无产阶级"的"小资产阶级"范畴，高压惩戒是党和政府文艺政策的基本态势和格局。在新时期第一次"全国优秀短篇小说"奖之前，虽然也有个别和零星的文学奖励行为，但是根本谈不上文学奖励的机制和体制建设。

直到"文化大革命"结束，在《人民文学》《文艺报》《诗刊》等一些文学期刊的推动下，中国作协才逐步认识到："各个杂志社各自为政，各搞一套，于文学事业不利，便加以规范，改成统一由中国作协主持，短篇小说评奖委托《人民文学》杂志社主办，中篇小说评奖委托《文艺报》主办，新诗评奖委托《诗刊》社主办，报告文学评奖委托《文艺报》和《人民文学》联合主办。"① 而后改为中国作协直接举办，各文学刊物或承办或配合。再加

---

① 刘锡诚：《在文坛边缘上：编辑手记》，537页，开封，河南大学出版社，2004。

上茅盾等有识之士的推波助澜，在 1981 年前后，中国的国家
级文学奖励机制和体制基本上算是建立起来了。但是好景不
长，不到 10 年，1989 年的政治风波，也波及刚刚建立不久的
国家级文学奖励的机制和体制，除"儿童文学奖"和"茅盾文学
奖"以外，其他文学奖基本停办。这种状况直到 1997 年的综合
性文学奖励"鲁迅文学奖"的启动才有所改变。1998 年首届"鲁
迅文学奖"颁奖，标志着中国国家级文学奖励机制和体制得到
部分重建和恢复，但是文学和文学奖励的大好春光已经不复存
在，文学和文学奖励面对着政治和经济的双重挤压，变得似是
而非起来。好在此时民间文学奖励开始活跃并登上舞台，填补
了官方文学奖励和专家文学奖励的不足和空白，才使得中国的
文学奖励的机制和体制呈现多元竞合格局。进入新世纪，文学
奖励的机制和体制更加显现出众声喧哗的情形和态势，本应该
成为国家级文学奖励建设者和代言者的中国作协，由于种种原
因其主办的"鲁迅文学奖"等诸种文学奖励没有能够达到预想的
影响和效果，因而使得"国家级"文学奖励的机制和体制建设，
受到社会和公众的普遍质疑。迄今为止中国的国家文学奖励机
制和体制建设仍然任重道远。

　　"鲁迅文学奖"最初是希望办成中国最高级别的综合性文学
大奖的，但是 5 届的实践和努力，并没有达到预想的效果，反
而引来众多的质疑和非议。也没能完全承担起重新建立、健全
中国国家级文学奖励机制和体制的历史使命。其社会影响和积
极作用甚至还没有"茅盾文学奖"大。究其原因，除了客观上生
不逢时，创办于经济中心主义而非文学中心主义的时代，但主
观上的原因也是不容忽视的，除论者指出的该奖与鲁迅精神关

联不紧密及评奖标准不具体的问题外，还存在以下值得思考和改进之处：

其一，"鲁迅文学奖"办奖体制的"稳固性"和"最高级性"没有得到根本解决，这是最值得忧虑的。首先是长效的资金体制没有完全建立起来，无论是"国家拨款"还是"吸收社会赞助"，都缺乏长效的体制保证，中国作协应该学习"诺贝尔奖"和"茅盾文学奖"设立奖励基金（会）的办法设立"鲁迅文学奖"奖励基金（会），以国家拨款为基础，同时吸纳个人捐资和企业赞助，建立起长效的而不是临时的该奖项的财政保障体制，单靠中国作协下设立的"鲁迅文学奖"评奖办公室是远远不够的。而"鲁迅文学奖"的"最高级性"不是仅靠中国作协能顶得起来的，相关部门和领导必须向中宣部领导、中央政治局常委中分管意识形态的领导、国务院总理、直至中央总书记充分汇报该奖的意义和作用，请求党和政府要像奖励科学技术一样对文学等人文社会科学实施奖励。将"鲁迅文学奖"升格成真正意义上的国家级文学奖。在国务院或者中宣部下设立"国家文学奖励办公室"领导和协调该项工作，中国作协可以作为承办单位承担具体操作性工作。同时巩固和扩大"鲁迅文学奖"现有的财政支持力度，接受社会赞助以不干扰正常评奖为底线。相关领导和组织要乘着中央政府全力构建和谐社会和大力繁荣哲学社会科学的东风，不怕困难、不惧丢官，本着对党和人民文学事业高度负责的精神，敢于向上建言献策，完全有可能办成这件利在当代功在千秋的文学盛世。

其二，"鲁迅文学奖"征评机制的"科学性"没有得到保证。"鲁迅文学奖"必须拓展征选视野，应该构建"提名""申报"和

"推荐"三大征选体系，组织委员会和评审委员会必须建立科学完善的长效评奖征选制度，像"诺贝尔文学奖"一样，在接受相关组织和专家"推荐"的基础上，还可以安排专门人员全方位搜寻初选对象进行"提名"，并可以比"诺奖"更开放，允许并接受作家自己"申报"。这样就可以建立起自上而下的"提名制"和自下而上的"申报制"及平行的第三方"推荐制"三者相结合的全方位多渠道的征选体系。而现在"茅盾文学奖"和"鲁迅文学奖"的征选体系基本上是沿用过去的相关组织"推荐制"，这是计划经济体制留下的模式，是最需要改革的地方。只有这样，才能使得该将项具有更加广阔的视野和更加博大的胸襟，才有可能避免出现山头主义和行政主义。"科学性"原则要得到保证，还必须改革现行"专家评选""领导审定"制，应将评奖的权重分成"领导意见""专家意见""群众意见"3 份，各占多少比重，探讨并确定三方意见的权重及程序，不能是专家独断或领导独裁，应该让群众广泛参与投票评选，这样既能博采众长又能扩大影响。专家、领导、受众既相互尊重也相互博弈，在竞合中达到最优。这一点，新时期之初的文学奖比当前的文学奖在群众基础方面做得更扎实一些。

　　其三，"鲁迅文学奖"设奖评奖的"最优秀性"原则没有得到体现。5 届 225 部（篇）获奖作品，超过百年"诺奖"总和一倍多，丧失了该奖原本应该具备的"最优秀性"原则。设奖应与创作实绩一致，湖南的"毛泽东文学奖"就是这样。7 个子项的奖项设置数量太大，应该至少归并减少到 4 个，改为小说奖（中短篇，也可以有长篇）、诗歌奖、散文奖（含杂文和报告文学）、文评翻译奖，每个奖项 5 部（篇）获奖数量太多，应该严格控制在 2 部次之内，这样每届获奖总名额控制在 8 人次或部次之内甚或更少，用控制数量的办法来控制质量，以达到评奖的"最优秀性原则"，同时也可以通过减少评奖数量来提高获奖者奖金，每届可以设大奖 1 名，像科技奖那样奖以重金。另外，应该改现行的"作品奖"为"作家奖"，总观该作家近年来的创作实绩和社会影响，这样有利于改革评奖时"只见树木不见森林"的弊端并剔除一些"昙花一现"和用情不专的文学过客。"诺贝尔文学奖"就是奖励作家的，分量当然比单篇作品厚重。

同时还要特别注意，在文学评奖中要充分尊重作家的创作自由和作品的多样性和探索性，不能搞行政命令，更不能搞权奖交易或钱奖交易。只有这样，才有可能把"鲁迅文学奖"真正办成"国家级"甚至是"国家最高"的综合性文学奖项，使得其影响和作用发挥得更加突出和明显，也真正与"鲁迅文学奖"这个巨大的荣誉相称。某种程度上可以说，"鲁迅文学奖"的机制和体制建设好了，当下中国的文学奖励机制和体制就建成了大半。因为毕竟这个文学奖包含的内容太丰厚了。当然，要办好"鲁迅文学奖"，使它成为中国名实相符的第一文学大奖确实还有很长的路要走。

在中国当下的文学奖励中，需要思考和改进的不只是"鲁迅文学奖"，"茅盾文学奖"也有同样的问题。"茅盾文学奖"是奖励当代最优秀长篇小说的，可以评选单部作品，体量和分量的问题不会很大，但其征评系统也同样存在管道单一的问题；更为突出的是"茅盾模式"或称"史诗模式"的框框，严重影响一些探索性和先锋性的长篇小说的入选及获奖；此外，4 年 1 届的"茅盾文学奖"获奖数量最好不要超过每年 1 部的一届 4 部的总数，以确保"最优秀性"原则的贯彻，如果创作实绩平平，甚至每年 1 部也不必强求。其他文学奖励也都应该与时俱进，适应市场经济的新形势，适应"单位人"向"社会人"转变的社会大变革，用更宽广的视野和胸怀，更正直的心态和姿态，更严格的标准和评审，把每一个文学奖励活动努力办到最好，以无愧文学奖励之于文学和社会的作用和意义。

从以上分析中，不难得出这样的结论：中国的"国家文学奖"是缺席的。笔者认为，中国目前没有真正意义的"国家文学奖"。"鲁迅文学奖""茅盾文学奖"等充其量最多只能算作"国家级"的文学奖励，甚至连这样的级别都还勉强。

这里的差别，可以从与目前已颁发 11 届的"国家最高科学技术奖"的对比中很容易看出来。一是体制和机制建设差别较大，"国家最高科学技术奖"的机制和体制建设比较规范，从科技部和中科院抽调精兵强将专门成立"国家科学技术奖励工作办公室"，负责对"创新性""先进性""实用性"的科学技术发明创造进行评审和奖励的日常性工作，而"鲁奖""茅奖"等文学奖励的机制和体制建设更具临时性特征；二是奖励单位级别相差甚远，一是中华人民共和国，级别规格是国家最高级形式，二是中国作协，只是勉强的一个部级建置，前者由国家主席签署获奖证书并颁发奖金，后者是由中国作协颁奖；三是每次颁奖人员的级别和权重有天壤之差，"国家最高科学技术奖"由国家主席胡锦涛同志亲自颁发，党和国家的其他最高领导同志在座，"鲁奖""茅奖"等最多请一个全国人大或全国政协的领导到场颁奖已经算是较为难得了；四是奖金数额相差极大，"国家最高科学技术奖"每位奖金数额为 500 万元人民币，而"鲁奖""茅奖"的奖金每奖仅只有万元左右；五是颁奖地点有分别，前者几乎无一例外地都是在人民大会堂，后者则往往是"打一枪换一个地方"；六是最现实的差别在于财政差别，"国家最高科学技术奖"直接纳入国家财政预算，而"鲁奖""茅奖"等文学奖励基本上要靠"化缘"取得。

1999 年，经中华人民共和国国家主席批准，设立中国"国家最高科学技术奖"。2000 年首次颁发，每年一届，每次颁发人数不超过 2 名，目前已颁发 11 届，共有 18 位科学家获此殊荣。2000 年度获奖者是袁隆平院士和吴文俊院士；2001 年度获奖者是王选院士和黄昆院士；2002 年度获奖这是金怡濂院士；2003 年度获奖者是刘东生院士和王永志院士；2004 年度获奖者或缺；2005 年度获奖者是叶笃正院士和吴孟超院士；2006 年度获奖者是李振声院士；2007 年度获奖者是闵恩泽院士和吴征镒院士；2008 年度是王忠诚院士和徐光宪院士；2009 年度是谷超豪院士和孙家栋院士；2010 年度是师昌绪院士和王振义院士。除此之外，与"国家最高科学技术奖"同时颁发的还有 4 个"国家级"的科技奖："国家自然科学奖"（授予在基础研究和应用基础研究中阐明自然现象、特征和规律，作出重大科学发现的公民）、"国家技术发明奖"（授予运用科学技术知识作出产品、工艺、材料及其系统等重大技术发明的公民）、"国家科学技术进步奖"（授予在应用推广先进科学技术成果，完成重大科学技术工程、计划、项目等方面，作出突出贡献的公民、组织）和"中华人民共和国国际科学技术合作奖"（授予对中国科学技术事业作出重要贡献的外国人和外国组织）。这 4

个奖项也是每年评审一次，是由国务院颁发证书和奖金。五大国家科技奖同时揭晓颁发，构成了中国科学技术国家奖励机制和体制的基本格局。每年的新年伊始，党中央和国务院召开"国家科学技术奖励大会"，表彰上一年度在科学技术方面作出突出贡献的科学家。如果拿中国的国家科学技术奖的级别来比，中国甚至连独立的"国家级"的文学奖励都没有，有的只是全国范围内的中国作协级别的文学奖励，也就是省部级的文学奖励。"五个一工程"奖是中共中央宣传部确定设立的精神文明建设的评奖项目，以表彰优秀的电影、戏剧、电视剧、图书、理论文章，后将一首好歌和一部好的广播剧加入评选，实际上是"七个一工程"奖，该奖项级别虽然可以作为国家级，但由于外延和范围太大，"精神文明"甚至远远超过"人文社科"的概念，文学分散在其中，没有主体性和独立性，因此不能认为有了"五个一工程"奖就有了国家级文学奖。由于中国作协的文学奖励报请了中共中央宣传部同意，因此在本文中也就勉强按惯例把"鲁迅文学奖""茅盾文学奖"等算作"国家级"的文学奖励，但我们应该从与国家科技奖励机制体制建设的对比中看到中国国家文学奖励机制和体制建设的任重道远。

在"国家科技奖"已经颁发多届的今天，特别是在倡导"以人为本""和谐社会"建设的新形势下，国家文学奖励的机制和体制建立健全工作应该提到相关单位和相关领导的议事日程上来。文学是人学，在"以人为本""和谐社会"的建设征程中，更应该重视文学的作用和功能，发挥文学奖励的鼓舞人心和激励士气的作用，为繁荣文艺事业和愉悦人民身心起 到更好的规范和导向作用。设立或将现有的文学奖励升格为真正意义上的

"国家文学奖",建立健全中国国家文学奖励的机制和体制,从政治上、经济上和文学上把文学奖励机制纳入国家政治经济和文化制度建设的轨道,建立长效的和高规格的国家文学奖励制度,这样有利于促进和激励文学的繁荣和发展。同时要注意,这种文学奖励制度的建设不是以牺牲文学的多样性和内在品质为代价的。作家的创作自由必须得到充分保障,真正做到"不抓辫子,不打棍子","百花齐放,百家争鸣",必须充分尊重文学和文学奖励的内在规律,不能把文学和文学奖励当做"为政治"或"为经济"服务的工具,而要真实评选出在文学创新和艺术探索及人类精神思考方面做出杰出贡献的作家作品。

设立"国家文学奖"的呼唤其实一直没有停止过。一些有识之士曾在不同场合以各种不同方式表达过类似的愿望和建议。早在 1985 年 4 月,全国优秀短篇小说奖、中篇小说奖和报告文学奖评奖结束不久,时任中国作协常务副主席的王蒙就在答《文艺报》记者问时谈到设立"国家文学奖"的问题,他说:"首先,评奖对于推广好作品,培养新作者,以及促进新时期文艺事业的繁荣,是起了很好的作用的。……但评奖也有局限性。一是时间短,二是单篇作品获奖,从尺度上说好像低了一点。还有的作品得奖后很快就被人忘记了。我有一个大胆的想法:今后单篇作品的评奖可以交给一些刊物进行,以刊物的名义发奖。作家协会协同有关部门可以筹备高档次的国家奖。对比较能代表一个国家文学成就的某些作家,至少是对某部书颁发国家奖。当然这只是一个愿望,在这愿望的实现之前,评奖还可以按照现在的规格继续进行。"①王蒙"大胆的想法"可以看做是中国文学界有识之士对"国家文学奖"的较早呼唤。此后又有不少文学界人士提出此类建议和呼吁，为回应这类呼请，1986年5月8日，中国作协召开了"改进文学评奖工作座谈会"，与会人员建议尽快设立"国家文学奖"，《文艺报》用《建议尽快设立国家文学奖》这样醒目的标题对此次会议进行了报道："老诗人冯至说：'粉碎'四人帮'后，建立了各种形式的文学奖，但是至今没有一种具有相当权威、高层次国家级奖，这种状况对我们这样一个泱泱文化大国来说，无疑是一重大缺憾。'……对于我国文学奖的设置，李瑛认为应分为三个层次，最高为国家奖，中国作协奖次之，此外，各期刊和出版社还可以根据各自的情况评奖。国家奖和作协奖应体现相当高或较高的水平，而其他的奖则可以是群众性、鼓励性的。……与会许多同志认为……我们可以、而且需要设立一个国家大奖，评出我们认为最好的作品来。同样，在条件成熟的时候，我们也要增设世界性的文学奖，对推动世界文学发展的优秀作家给予奖励，以此来表达我们对人类文明和文化进步的关注。……对于国家文学奖的设置，在座同志提出了许多具体建议。邹狄帆认为，国家级文学奖应授予近年仍有优秀新作问世、成绩卓著的文学家；冯至谈到，在奖金的数目上不可盲目地模仿外国的做法，要考虑到我们国家的具体情况，量力而行。邵燕祥等人还满怀激情地提议，国家和政府应为那些自'五四'以来在中国新文学运动

---

① 向川：《创作自由得到有力保障，作家大可不必揣摸风向——三项评奖之后中国作协常务副主席王蒙答本报记者问》，载《文艺报》（试刊号）头版，1985-04-20。

中作出杰出贡献、至今仍健在的老一辈文学家们颁发荣誉奖，以表彰他们一生在文学事业上的斐然功绩。大家认为国家文学奖应是整个国家文艺奖的重要组成部分。"①

这些关于"国家文学奖"及国家文学奖励机制体制的建设性意见和建议，是有真知灼见的。李瑛的中国文学奖励分三个层次设置的建议具有很强的科学性和合理性。包括中国设立"世界性的文学奖"的畅想都是非常有意义的设想。但是中国的文学奖励和中国的文学一样，幸运的时候总是很少，中国"国家文学奖"畅想了 20 多年，最终也没能实现。虽然在 1997 年创设了中国作协级别的全国范围的综合性文学大奖——"鲁迅文学奖"，实际上仍然没能完成中国"国家文学奖"的建设任务，"鲁迅文学奖""茅盾文学奖"等的级别甚至连"国家级"也经不起推敲。

笔者以为，中国的"国家文学奖"的创设可以有两种方法解决。一种是"重打锣鼓另开张"，直接命名为"中国最高文学奖"或者"中国国家文学奖"，比照中国"国家最高科学技术奖"的设立，经中华人民共和国国家主席批准设立，从中宣部、文化部和中国作协抽调得力人员成立"国家文学奖励工作办公室"，架构在国务院之下，负责每届的"国家文学奖"的组织和评审的日常工作。所需活动经费和文学奖金由国家财政统一划拨。每届获奖人数应不超过 2 名。颁奖规格应该不低于"国家科学技术奖"。颁奖时间或者可以与"国家科技奖"统一在一起，全称为"国家科技和文学奖励大会"，这样可以减轻党和国家最高领导

---

① 应红：《建议尽快设立国家文学奖》，载《文艺报》，1986-05-17。

同志的工作时间和工作压力，同时也可以体现国家对"人文"与"科技"两种精神的不偏不倚。苏联的"斯大林奖金"就是这种情况，"鲁迅文学奖""茅盾文学奖""儿童文学奖"等仍然可以作为中国作协级别的次一等级的文学奖励继续存在，而且可以同时颁发。另一种办法是改造升格，可以把现在的"鲁迅文学奖""茅盾文学奖""儿童文学奖""少数民族文学奖""曹禺戏剧奖""夏衍电影文学奖"等进行适当的归并，或者分出层级。比如，把"鲁迅文学奖"作为"中国国家文学奖"的名称，不限于文学体裁和文学样式，每届评选出最多不超过2位最优秀的作家，像科技奖一样奖励人物而不单是奖励某部（篇）具体作品，"国家文学奖"只能是作家奖而不能是具体的作品奖，否则，分量和体量都太轻。"茅盾文学奖""儿童文学奖""少数民族文学奖""曹禺戏剧奖""夏衍电影文学奖"等仍然作为中国作协的文学奖，属于次一等级的文学奖励，这些文学奖励也可以与属于"国家文学奖"的"鲁迅文学奖"同场颁发，既严格区分等级，也不至于使得"国家文学奖"因人数极少而太显孤寂和冷清。《文艺报》《人民文学》《诗刊》、人民文学出版社等报纸杂志、文学社团和其他新闻媒体也可以设立第三层级的文学奖励以达到拾遗补缺、多样繁荣的目的。这种奖项仍由报纸杂志、新闻媒体、出版机构、文学院所、大专院校等自己自主创办。中国作协文学奖和"中国国家文学奖"可以从中汲取信息和养分。另外，还可以在"中国国家文学奖"中附设"国际奖"，用以奖励世界范围内的最优秀的当代作家，"以此来表达我们对人类文明和文化进步的关注"，这同时也是传播中国的国际影响力的较好方法。

　　还有一种方法是设立中国"国家最高人文社科奖"与中国"国家最高科学技术奖"相对应。在"国家最高人文社科奖"中每届都应该保证有一名文学家获"国家最高人文社科奖"，以体现文学在人文社科领域的较大权重。"国家最高人文社科奖"主要奖励哲学、历史和文学等领域最高成就者。该奖项也不适合颁发给具体作品，而应该是对贡献突出人物的总体成就之褒奖。

　　不管是哪种形式和方法，都应该在文学奖励的长效机制和稳固体制的建设上下工夫，特别是在制度上对于文学奖励的财政保证，比如制度化的国家专项财政拨款，或者设立专门的文学奖励基金会，至少是要设立专项基金的。以保证文学奖励有充分的财政支撑。只有这样，才有在物质基础上确保打造出至少形式上接近"诺贝尔文学奖"的"中国百年文学奖"的可能。也只有这样，中国的"国家文学奖"才有可能建立在较为坚实的地基之上，并最终成为现实。目前，要从根本上解决问题，需要最高领导者从国家奖励和激励制度建设的高度，认同和重视文学奖励的意义和作用。要像国务院评选"全国劳动模范"、全国总工会评选"五一劳动奖章获得者"、全国妇联评选"三八红旗手"、共青团中央评选"十大杰出青年"等一样，文学奖励的机制和体制建设必须走上制度化甚至法制化的轨道。

附录一 中国大陆文学奖励 奖项辑录(161项)

1. 《万国公报》的有奖征文(1874—1907年,多次)

1874年至1907年间,《万国公报》曾多次举办"有奖征文",用奖励白银的方式进行拟题征文活动。目的是组织优秀稿件,丰富报刊内容,传播教义和新思想、新理念。其有奖征文大致分为两类,一类是以报刊创办人林乐知和主笔李提摩太等个人的名义举办;另一类是以《万国公报》报馆、广学会、天足会等团体名义举办。每次征文一般事先拟定题目或者确定主题范围。除传播基督教教义外,还涉及通商、西学、富国要策、中国文化、缠足、禁烟等内容。这些有奖征文构成了《万国公报》稿件的重要来源,也是《万国公报》在晚清社会具有重要影响的表现。《万国公报》的有奖征文是中国文学奖励史上,时间较早、次数较多、组织较好、奖金较巨、范围较广、层次较高的具有现代特征的文学奖励活动。

2. 傅兰雅的"有奖中国小说"(1895年,1次)

1895年5月,英国人来华绅士和实业家及新小说的倡导者傅兰雅,针对他眼中的中国社会"三弊"(鸦片、时文和缠足)之一"时文",进行改革,举办有奖小说竞赛,倡导中国新小说,他发表公告,并在报纸杂志上做了有奖征文广告,英文广告题为"有奖中国小说",中文广告题为"求著时新小说启",优秀者将赠银洋并推荐发表。1896年3月,获奖名单揭晓,获奖人数达到20名,总奖金200银元。获奖者名单及部分获奖作品连同 162 名参赛者名录被送往《申报》《万国公报》和《中西教会报》等报刊发表。傅兰雅的"有奖中国小说"是中国近代具有鲜明文学目的的一次文学奖励活动。

3. 《时报》"小说大悬赏"(1907 年，1 次)

1907 年，《时报》也举办了一次"小说大悬赏"的有奖征文，具有一定影响。为了鼓励更多的人参与到小说的创作中来，打破《时报》小说作者的单一性，1907 年 3 月 29 日，在"小说"栏后登"小说大悬赏"广告："本报现在悬赏小说，无论长篇短篇，是译是作，苟已当选登载本报者，本报当分三等酬金。"1907年 6 月 2 号，悬赏小说揭晓：入选者有《双泪碑》和《雌蝶影》，分别获二等和三等酬金，两部小说不但在《时报》上连载，报馆还于 1908 年 2 月出版了两部小说的单行本。

4. 《大公报》文艺奖金(1937 年，1 次)

1936 年 9 月至 1937 年 5 月，天津大公报馆为纪念《大公报》复刊十周年，设立并举办《大公报》"科学奖金"和"文艺奖金"活动。"《大公报》文艺奖金"总额每年暂定一千元，奖给本届获奖的作家一至三人。评选范围为本年内用本国文字发表的文学作品(单行本及在重要文学刊物登载者)。萧乾是该活动的具体执行人，邀请的评委与《大公报》文艺副刊关系较密切的10 位先辈作家：杨振声、朱自清、朱光潜、叶圣陶、巴金、靳以、李健吾、林徽因、沈从文和凌叔华。第一届获奖者为曹禺的剧本《日出》、芦焚的短篇小说集《谷》、何其芳的散文集《画梦录》。第一届后，因日本侵华战争而停办。

5. 良友文学奖金(1937 年，1 次)

1936 年 7 月至 1937 年 6 月，良友图书公司也举办了一次文学奖励活动,史称"良友文学奖金"。此次"良友文学奖金"目的是征集优秀的小说稿件,以繁荣出版和"奖励新的小说创作"。1937年6月,良友图书公司公布了历时近一年的"文学奖金"获奖名单,获奖的是左兵的《天下太平》和陈涉的《像样的人》两部长篇小说。活动组织和领导者是赵家璧,邀请的评委有蔡元培、郁达夫、叶绍钧、王统照、郑伯奇等学界和文坛大家。"良友文学奖金"目的是发现新人新作,鼓励原创,更是想为出版社募集到好的稿件,也是为获奖后即将推向市场的新的长篇小说作广告热身。有"有奖征文"和"推新人"的意思。这项活动也因战争原因没有续办下去。

6.《西风》悬赏征文(1940年,1次)

1939年9月,是上海孤岛文学杂志《西风》三周年(即已出版36期)纪念之时,从1939年9月1日出版的《西风》第37期开始,连续五期刊出《(西风)月刊三周年纪念现金百元悬赏征文启事》,指定征文题目为《我的……》,字数要求5000字以内。奖金分配:第一名现金五十元,第二名现金三十元,第三名现金二十元,第四名至第十名除稿费外,并赠《西风》或《西风》副刊全年一份,其余录取文字概赠稿费。此次悬赏征文共收到应征作品685篇,可谓佳作纷呈。1940年4月,悬赏征文评选揭晓,共有13人获奖,前十名是名次奖,后三名是名誉奖。第一名,《断了的琴弦(我的亡妻)》,作者水沫;第二名,《误点的火车(我的嫂嫂)》,作者梅子;第三名,《会享福的人(我的嫂嫂)》,作者若汗。张爱玲以500字的短文《天才梦(我的天才梦)》,获得名誉奖第三名,是13名获奖者中的最后一位。

7. 国民政府教育部学术奖（1941—1947年，6届）

抗战期间，国民政府迁都重庆，国民政府教育部在部长陈立夫的领导和推动下，创立"国民政府教育部学术奖"。1939年7月国民政府教育部设立学术审查委员会，是评审年度学术奖的专门机构。从1941年该奖首颁，至1947年共颁发了六届（1946与1947合为第六届），自然科学和人文社科获奖项目总计272项，此外还有26项为等外"给奖助者"。其中文学奖34项，等外"给奖助者"5项。获奖名单中有华罗庚、冯友兰、金岳霖、沈从文、陈寅恪、闻一多、费孝通等。朱光潜《诗论》曾获文学二等奖，曹禺《北京人》、陈铨的《野玫瑰》、王力的《中国语法理论》曾获文学三等奖。《野玫瑰》的获奖还曾掀起轩然大波。该奖后因内战原因停办。国民党退居台湾后1955年重新启动"国民政府教育部学术奖"评奖活动，届别单记。该奖是民国年间最重要的奖项之一。

8. 鲁迅文艺奖金（1942年，1届）

"鲁迅文艺奖金"是解放区影响和成就比较大的文艺奖励活动之一。鲁迅文艺奖金的设立时间是1942年初，活动主办单位是晋察冀边区文学艺术界联合会鲁迅文艺奖金委员会，魏巍创作的长诗《黎明的风景》因成功地表现了抗日斗争的生活而获此奖。这项活动虽然与此后的"鲁迅文学奖"没有直接的关系，但毕竟同是用鲁迅的名字作为奖项的名字命名的，也可以把它看做是半个世纪后中国作协"鲁迅文学奖"的先声或尝试。

9. "七七七"文艺奖金（1944年，1届）

1944年，为纪念"七七"抗战七周年，晋西北文艺界成立"七七七"文艺奖金委员会，1944年3月2日的《抗战日报》上刊登《"七七七"文艺奖金缘起及办法》。这一奖金的"评判标准"是："第一，是政治内容，即是否正确反映当前晋绥边区的三大任务(三大任务是指：对敌斗争、减租生产、防奸自卫)和实际生活；第二，是否能够普及；第三，技术的好坏。"该文艺奖金委员会共收到各类创作123篇，其中获奖作品29篇。获奖作品戏剧类12篇、散文类5篇(包括小说)、图画类6篇、歌曲类6篇。代表作有严寄洲的话剧《甄家庄战斗》、马烽的《张初元的故事》、文菲的《订计划》等。

10. 老舍被北京市政府颁发"人民艺术家"奖状(1951年，1次)

龙须沟是北京天桥附近的一条臭水沟，1950年夏，北京市人民政府在经济极为困难的状况下，拨款修治了这条曾给附近居民带来痛苦和死亡的臭水沟。时任北京市文联主席的老舍以巨大的创作热情一气呵成完成了三幕六场话剧《龙须沟》，剧本发表于1950年9月10日《北京文艺》创刊号上，1951年剧本被搬上舞台，演出获得极大成功。《龙须沟》以主人公程疯子在旧社会由艺人变成"疯子"，新中国成立后又从"疯子"变为艺人的故事，谱写了一曲社会主义新北京、新中国的颂歌。1951年12月21日，中共北京市委书记兼北京市市长的彭真以北京市政府的名义给老舍颁发了"人民艺术家"的奖状。这次授奖虽然不是全国性的，但影响很大，也是较为罕见的。

11. 中国图书奖(1987年至今，14届)

由中宣部和新闻出版署直接领导、中国图书评论学会承办的中国图书奖创办于1987年，现已举办14届，前10届是每年一届，从第11届开始，改由中宣部、新闻出版署直接领导，中国出版协会主办，中国图书评论学会承办，时间为每两年举办一次，与每两年举行一次的国家图书奖评选交替进行。其奖励的侧重是出版单位和编辑人员。已获国家图书奖和中宣部"五个一工程"奖的图书不再重复评奖。至今已连续举办 14 届，该奖项对于贯彻党的出版方针，繁荣社会主义出版事业，发挥了重要的示范作用。周梅森的《至高利益》、姚雪垠的《李自成》、张平的《十面埋伏》等多部优秀文学作品曾获此奖。"中国图书奖"与"五个一工程"奖、"国家图书奖"并列为中国图书政府"三大奖"。

12. 精神文明建设"五个一工程"奖(1991 年至今，11 届)

1991 年 1 月，中共中央宣传部确定设立精神文明建设"五个一工程"评奖，1992 年 5 月，在纪念《延安文艺座谈会上的讲话》发表 50 周年之际，首届(1991 年度)评奖揭晓。这是党和政府组织的最高规格的精神文明建设评选活动，要求各省、自治区、直辖市和中央部分部委，以及解放军总政治部等单位组织生产、推荐申报的精神产品中五个方面的精品佳作。这五个方面是：一部好的电影作品，一部好的戏剧作品，一部好的电视剧(片)作品，一部好的图书，一部好的理论文章。至今已连续举办 11 届。坚持"以科学的理论武装人、以正确的舆论引导人、以高尚的精神塑造人、以优秀的作品鼓舞人。"周梅森的《人间正道》、张平的《抉择》、霍达的《补天裂》、陆天明的《省委书记》等倡导主旋律的优秀文学作品名列榜单。"五个一工程"奖是党和政府倡导的主旋律的标志性奖项。

13. 国家图书奖(1992—2003 年，6 届)

为了鼓励和表彰优秀图书的出版，国家新闻出版署于 1992

年 10 月 10 日决定设立"国家图书奖"。国家图书奖是全国图书评奖中的最高奖励，每两年举办一次。每次授奖额度为 30 个，不分档次。另设提名奖 50 个。该奖分哲学社会科学、文学、艺术、科学技术(含科普读物)、古籍整理、少儿、教育、辞书工具书和民族文版图书九大门类，奖项设置分为国家图书奖荣誉奖、国家图书奖和国家图书奖提名奖三种奖项。自 1994 年 1 月首届颁奖以来，截止 2003 年，已成功颁发了 6 届。共评选出《中国大百科全书》《辞源》《辞海》《中国军事百科全书》，巴金的《随想录》、二月河的《乾隆皇帝》等 700 余种获奖图书。

14. 中华优秀出版物奖(2006 年至今，3 届)

2006 年由中国出版工作者协会创办。弘扬主旋律，提倡多样化，传播和积累有益于提高民族素质、有益于经济发展和社会进步的先进文化。通过评奖，发挥正确的导向和示范作用，促进多出精品，多出人才，繁荣和发展我国出版业。"中华优秀出版物奖"设"图书奖"50 名、"音像、电子和游戏出版物奖"50 名、"优秀出版科研论文奖"60 名，奖励数额共计 160 个。每两年评选一次，三个子项奖同时评出，同时颁奖。首届"中华优秀出版物奖"于 2006 年举办，贾平凹的《秦腔》等获奖目前已举办 3 届。

15. 中国文联文艺评论奖(2000 年至今，7 届)

中国文联文艺评论奖是 2000 年经中宣部批准设立，由中国文联主办的全国性文艺理论评论专奖项，旨在加强全国文联系统文艺理论评论队伍建设、阵地建设，推进文艺理论评论创新和繁荣，促进文艺事业健康发展。内设优秀评论文章奖、优秀理论文章奖(第四届起增设)及组织工作奖和特别奖。每年评选一届，至今已评选 7 届。资华筠的《繁荣中的忧思——对舞蹈创作现状的思考》、南帆的《四重奏：文学、革命、知识分子与大众》、李默然的《对戏剧现状的思考》等获奖。该奖项的设置和评选对促进全国文艺评论的健康发展有相当的促进作用，是我国为数不多的文艺评论专项奖。

16. 全国少数民族文学创作奖——骏马奖(1981 年至今，9 届)

由国家民族事务委员会联合中国作家协会共同主办。该奖项创办于 1981 年，旨在鼓励我国少数民族优秀的文学创作及文学理论和评论、翻译等，以促进各民族文学共同繁荣发展。这一奖项的设立，体现了党的民族政策，体现了中华各民族的大团结，体现了各民族文学交流互补。该奖项每三年举办一届，目前已成功举办了 9 届，共有 200 余部作品获奖，成功推出了一大批如张承志的《骑手为什么歌唱母亲》、穆青的《为了周总理的嘱托》、霍达《穆斯林的葬礼》、阿来的《尘埃落定》等少数民族作家和作品。该奖项是新时期中国文学奖中发起较早，影响较大，历时较长，至今仍在扎扎实实进行的文学奖项之一。

17. 全国当代少数民族文学研究奖(1990 年至今，7 届)

该奖为中国当代文学研究、当代少数民族文学研究会 1990 年创办的全国性评奖。第一届 1990 年在云南昆明颁奖，第二届 1993 年在广西南宁颁奖，第三届 1996 年在海南海口颁奖，第四届 1998 年在甘肃兰州颁奖，第五届 2004 年在广东广州颁奖，第六届 2006 年在云南昆明颁奖，第七届 2009 年在贵州省贞丰县颁奖。阿扎提·苏里坦(维吾尔)等的《20 世纪维吾尔文学史》，关纪新(满)的《老舍评传》，马丽蓉(回)的《20 世纪中国文学与伊斯兰文化》，黄薇(蒙古)的《当代蒙古族小说概论》，罗庆春(彝)的《灵与灵的对话——中国少数民族汉语诗论》等曾获此奖。

18. 中国人民解放军文艺奖(1983—2004 年，12 届)

"中国人民解放军文艺奖"，是由中国人民解放军总政治部颁发的，对象征着全年最成功的文艺作品的一种奖励。旨在健全完善军队文艺工作的激励机制，规范全军文艺评奖工作该奖项。该奖项创立于 1983 年，每两年评选一次，评选范围包括文学作品、戏剧作品、影视作品、音乐作品、美术作品。1983—2004 年成功举办了 12 届，包括《突出重围》、《壮志凌云》、《导弹旅长》、《DA 师》等一大批优秀的文学、影视作品都曾获奖。该奖项自举办以来未曾有较大的变动，办得较为扎实。

19. 公安部金盾文学奖(1988 年至今，10 届)

"金盾文学奖"原是《啄木鸟》编辑部 1985 年 6 月设立的文学奖项，分小说奖、报告文学奖、剧本奖、传记奖(包括回忆录)、散文奖(包括杂文)、诗歌奖、评论奖、译作奖，设一、二、三等奖，评奖方式是专家与群众相结合。1988 年第 1 期，《啄木鸟》刊发易启事，说明由于公安部决定设立部级公安文学奖称"金盾文学奖"，故《啄木鸟》的原"金盾文学奖"改名"啄木鸟文学奖"，评选范围为本届别内发表在《啄木鸟》上的作品。1988 年公安部"金盾文学奖"开始评选，每两年一届，至今已成功举办 10 届。第九届起改名为"金盾文化工程"优秀作品评选。是目前国内最具权威性、公正性和代表性的公安文学奖项。海岩的《便衣警察》，杨佳富的《中国反偷渡》、范东峰的《风雨太平镇》等曾获此奖项。

20. 共青团精神文明建设"五个一工程"奖(1996年至今, 9届)

1996年,由共青团中央创办的共青团精神文明建设"五个一工程"奖,有效地动员团内外力量参与了青少年精神文化产品的创作和推广,在满足青少年精神文化需求,促进青少年全面发展中发挥了重要作用,是共青团组织对青少年文化作品和青年文化人才进行表彰的最高奖。奖项共分文艺类图书、电影、电视剧(片)、戏剧和歌曲五大类。该奖项目前已成功举办9届。《万年草》、《论李向群精神的时代意义》、《冰心儿童文学全集》、《我的法兰西岁月》、《红书包》等曾获此奖项。

21. 中国作协全国优秀短篇小说奖(1978—1989年,9届,现已停办)

1978年开始创办,1989年停办。主办单位是中国作协。每年一届。第一届于1978年举办,到1988年共举办9届。除1978年第一届由《人民文学》杂志主办,1983年第六届委托《小说选刊》主办外,其余各界均由中国作协主办。评选出刘心武的《班主任》、卢新华的《伤痕》、蒋子龙的《乔厂长上任记》、高晓声的《李顺大造屋》、古华的《爬满青藤的木屋》等一大批优秀作家作品。该奖项是新时期创办最早的全国性文学大奖,同时也是影响较大、历时较长的文学奖项,除推动短片小说本身的发展之外,甚至对新时期的思想解放运动也产生了较大的影响。该奖项停办9年后部分功能被"鲁迅文学奖"接续。

22. 中国作协全国优秀中篇小说奖(1981—1989年,5届,现已停办)

1981年开始由中国作协主办,1989年后停办。每两年一届，共举办 5 届。第一届参选作品为 1977 年至 1980 年，由中国作协委托《文艺报》主办。五届评选基本涵盖了这一时期里最优秀的中篇小说。评选出湛容的《人到中年》、叶蔚林的《在没有航标的河流上》、鲁彦周的《天云山传奇》、张一弓的《犯人李铜钟的故事》、李存葆的《高山下的花环》、路遥的《人生》，蒋子龙的《赤橙黄绿青蓝紫》、张承志的《黑骏马》、张贤亮的《绿化树》、莫言的《红高粱》等优秀作家作品。该奖项对繁荣新时期中篇小说创作和解放思想起到了很大的推动作用。该奖项停办 9 年后部分功能也被"鲁迅文学奖"接续。

23. 中国作协全国优秀报告文学奖(1981—1997 年，8 届，现已停办。该奖中国作协官方只统计到 1989 年的第五届止)

1981 年开始由中国作协主办，1997 年评选出最后一届后该奖项停办。历时 16 年，每两年一届，共举办 8 届，其中第五届评选名称改为："中国潮"报告文学征文，第七届评选名称又改为"505 杯"中国报告文学奖。徐迟的《哥德巴赫猜想》、黄宗英的《大雁情》、理由的《扬眉剑出鞘》、陶斯亮的《一封终于发出的信》、穆青等的《为了周总理的嘱托》、钱钢的《唐山大地震》等大批具有强烈社会关怀色彩的作品获奖。1997 年后，该奖项部分功能也被"鲁迅文学奖"接续。

24. 中国作协全国优秀新诗(集)奖(1981 年为新诗奖，1983 年、1987 年 2 届为新诗集奖，共 3 届，现已停办)

由中国作协主办。1981 年 5 月，全国中、青年诗人优秀新诗评奖揭晓，张万舒的《八万里风云录》、公刘的《沉思》、舒婷的《祖国啊，我亲爱的祖国》、雷抒雁的《小草在歌唱》等 34 首诗作获新诗奖。此次是评选单篇诗作，后来，考虑到单篇诗作体量太轻，便于 1983 年改为评选优秀新诗集，届别另计，首届评选范围为 1977 年至 1982 年全国各大出版社出版的诗集，艾青《归来的歌》、公刘的《仙人掌》、邵燕祥的《在远方》等 10 部诗集获奖。第二届 1987 年举办，评选范围为 1983 至 1986 年，李瑛的《春的笑容》、牛汉的《温泉》、北岛的《北岛诗选》等 30 余部作品获奖。此后停办。1997 年后，该奖项部分功能也被"鲁迅文学奖"接续。

25. 中国作协全国优秀散文（集）、杂文（集）奖（1989 年，1 届，现已停办）

由中国作协主办。1988 年开始筹办，首届颁奖 1989 年举行，评选范围为 1977 年至 1986 年间各大出版社正式出版的散文集、杂文集。获奖的作家作品既包括巴金的《随想录》、杨绛的《干校六记》、孙犁的《孙犁散文集》、萧乾的《北京城杂忆》等一大批新中国成立前就卓有成就的老作家的新作品，还有贾平凹的《爱的踪迹》、宗璞的《丁香结》、赵丽宏的《诗魂》、姜德明的《相思一片林》、邵燕祥的《忧乐百篇》、蓝翎的《金台集》等多名新生代作家的优秀作品。该奖项为新时期以来的散文、杂文创作、发展、繁荣作出了一定的贡献，遗憾的是仅举办一届即停办。1997 年后，该奖项部分功能也被"鲁迅文学奖"接续。

26. 茅盾文学奖（1981 年至今，8 届）

1981 年 3 月茅盾临终前，捐献 25 万元稿费作为奖励当代最优秀长篇小说的文学奖励的基金，根据茅盾先生生前遗愿，中国作家协会于 1981 年 10 月正式启动"茅盾文学奖"，首届评选在 1982 年进行，评选范围限于 1977 年至 1981 年的长篇小说。每 4 年评选一次，目前已评选 8 届共 38 部作品。周克芹的《许茂和他的女儿们》、李准的《黄河东流去》、路遥的《平凡的世界》、陈忠实的《白鹿原》(修订本)、阿来的《尘埃落定》、熊召政的《张居正》、贾平凹的《秦腔》、张炜的《你在高原》等获此奖项。是我国目前具有最高荣誉的文学大奖之一。

27. 鲁迅文学奖(1997年至今，5届)

"鲁迅文学奖"以中国新文化运动的伟大旗手鲁迅先生命名。是我国具有最高荣誉的文学大奖之一。由中国作协于1995年开始筹办，1997年启动首届评奖，1998年首次颁奖。设中篇小说、短篇小说、报告文学、诗歌、散文杂文、文学理论和评论、翻译七个子奖项。"鲁迅文学奖"某种程度上接续了1989年前后先后停办的中国作协的若干文学奖项的部分功能。每三年评选一次。目前已举办5届。获奖者中既有冰心、季羡林等一批老作家，也有史铁生、贾平凹、池莉、王安忆、阎连科、铁凝、蒋韵、范小青、毕飞宇等正活跃于当代文坛的青壮年作家。

28. 庄重文文学奖(1987年至今，12届)

它是1987年香港庄士集团的创办人庄重文倡议并出资，由中华文学基金会主办一项青年文学奖。庄重文先生1993年逝世后，其子庄士集团继承人庄绍绥谨遵父亲遗愿，继续颁发"庄重文文学奖"。该奖主要奖励在文学创作、文学评论中取得优异成绩的年青作家、评论家(40岁以内)及优秀的青年文学刊物。自1988年首届颁发以来，每两年举办一次，已连续举办12届，从未中断过。已有包括贾平凹、王安忆、舒婷、史铁生、铁凝、梁晓声、毕淑敏、刘恒、余华、池莉、邱华栋、周晓枫、戴来在内的青年作家获此奖项。荣获该奖的文学期刊有《青年文学》《青春》《萌芽》。该奖在海内外产生了广泛的影响。

29. 曹禺戏剧文学奖（1980 年创办，1994 年至今改现名，16 届）

是由中宣部批准的唯一的国家级戏剧文学类大奖。由中国文联、中国戏剧家协会主办，是专就优秀的剧本创作所进行的全国性最高水准评奖。其前身是中国戏剧家协会于 1980 年创办的全国优秀剧本奖，包括话剧、戏曲、歌剧、儿童剧、滑稽戏。首届颁奖于 1982 年在京举行。1994 年 11 月 11 日，更名为戏剧大师曹禺之名的"曹禺戏剧文学奖"。每届获奖剧本总数不超过 10 个，提名奖也能不超过 10 个。目前为止，已举办 16 届。前 15 届每年评选一次，第 16 届起改为每两年举办一次。2005 年曹禺戏剧文学奖与梅花奖合并。《党的女儿》《生死场》《徽州女人》《死水微澜》等剧本曾获奖。

30. 中国戏剧文学奖（1999 年至今，7 届）

是中国戏剧文学学会主办的全国性学会奖，素有"中国戏剧界诺贝尔""纯专家评奖"之称，旨在表彰大中华地区近年来在电影界、戏剧界之评论、导演、表演、理论上获得突出造诣的知名人士。1999 年始办，每两年一届，至今已成功地举办了 7 届。2010 年第 7 届起，更名为"全国戏剧文化奖"。此奖采用自愿参评的原则，作品既可由单位或组织选送，也可由个人直接报送。奖项设三大类：大、中型剧本设金、银、铜奖；小型剧本（含小品）设一、二、三等奖；戏剧论文设一、二、三等奖。一批有创新精神、高质量的舞台剧、电视剧、广播剧优秀剧本和有独立见解的戏剧论文得到奖励。

31. 中国戏剧奖·曹禺剧本奖（2005 年至今，3 届）

是全国性戏剧艺术综合奖项，由中国文联和中国剧协联合主办，每两年举办一次。其前身名为全国优秀剧本奖、曹禺戏剧文学奖、中国曹禺戏剧奖·剧本奖。2005 年，中宣部进行全国性文艺新闻出版评奖整顿后，这一奖项改称为中国戏剧奖·曹禺剧本奖，成为中国戏剧奖的六个子项之一，每两年评选一次。旨在培养优秀戏剧人才、推出优秀戏剧剧目、繁荣戏剧事业。设梅花表演奖、曹禺剧本奖、优秀剧目奖、小戏小品奖、校园戏剧奖、理论评论奖六个子项。每两年评选一次，目前已评 3 届。由中国剧协各团体会员、中直院团、总政宣传部文艺局及有关单位向中国剧协推荐，评奖结果由中国剧协报中国文联审批，并报中宣部备案。

32．中国广播文艺奖(1993 年至今，15 届)

又称中国广播文艺政府奖，1993 年创办，主办单位是国际广播电影电视总局。该奖是中国广播文艺界的国家级政府奖，每年评选一次，以表彰在过去一年中涌现出的广播文艺精品，旨在繁荣广播文艺创作，推动广播电视事业的发展。分设音乐节目奖、文学节目奖、戏曲·曲艺节目奖、长篇连播奖、综艺节目奖、十佳栏目奖、中国原创歌曲奖、全国听众喜爱的歌手"金号"奖 8 项，每届获奖大致在 130 个左右。《梨园千秋剧》、《九州方圆九州情》、《突出重围》、《大拜年》等获奖。至今已颁发 15 届。一般与中国广播电视新闻奖、中国广播剧奖及中国播音与主持作品奖(十佳主持人奖)一起颁发。

33．中国广播剧奖(1982 年至今，26 届)

世界上第一部广播剧诞生于 1923 年，在 80 多年的历程中，广播剧已经发展成为有着自身创作规律和艺术魅力的独立的艺术形式。它是用声音的叙事功能和造型功能来演绎矛盾冲突，通过感知、想象、情感、思维实现视觉转化的听觉艺术和想象艺术，听声赋形，凝想形物。中国广播剧奖由国家广播电影电视总局主办，是国家级政府奖。该奖最初是由1980年成立的中国广播剧研究会在1982年发起创办的，每年评选一次，后改为国家广电总局主办，中国广播剧研究会承办。至今已举办26届。以表彰在过去一年中涌现出的广播剧精品，繁荣的广播剧精品创作，推动广播剧事业的发展。该奖项现将单本剧与短剧合并，由原来的4个子项压缩为单本剧(含短剧)、连续剧、儿童剧3个子项，现在每届获奖数量保持60个左右。

34. 中国电影华表奖最佳编剧奖(1957—1997年，后并入"夏衍电影文学奖"，12届)

中国电影华表奖是中国电影政府奖，属中国电影的最高荣誉奖，其奖杯采用的是北京天安门城楼前的华表造型，每年由广播电影电视总局对前一年度完成的各片种影片进行评选。其前身是文化部优秀影片奖。始评于1957年。中断22年后1979年续评，一年一届。1985年文化部电影局整建制划归广播电影电视部后，更名为广播电影电视部优秀影片奖。除1986年与1987年、1989年与1990年合并评外，仍为一年一届，1994年开始启用现名。共设优秀故事片奖、优秀导演奖、优秀男女演员奖、最佳编剧奖等17个奖项。至今已举办12届。刘恒、张笑天、何庆魁、赵德发等曾获得"最佳编剧奖"。中国电影华表奖"最佳编剧奖"1997年归并入"夏衍电影文学奖"。

35. 夏衍电影文学奖(1997年至今，14届)

1997年，为延续举办多年的全国优秀电影剧本征集评选活动，并纪念中国电影的先驱者夏衍，经中宣部批准，广播电影电视部决定设立"夏衍电影文学奖",由广电部电影局主办,夏衍电影学会承办,属国家一级奖,是中国电影文学的最高奖项。该奖每年评选一次。一等奖奖励人民币 10 万元,是目前中国奖金最高的文学奖项之一。2002 年,为加重"夏衍电影文学奖"的分量,撤销"华表奖""铜牛奖"中关于电影文学剧本的奖项,归入"夏衍电影文学奖"评奖,到 2005 年,该奖项已举办 8 届。2006 年起,改名"夏衍杯"电影剧本征集活动,又办 6 届,总计 14 届。百余部作品获奖,并且有相当一批作品被搬上屏幕,如《西南凯歌》、《离开雷锋的日子》、《公安部长》等。

36. 中国电影金鸡奖最佳编剧奖(1981 年至今,28 届)

中国电影家协会主办,创始于 1981 年,当年是中国农历鸡年,又因金鸡啼晓象征百家争鸣,同时也包含着激励中国电影事业艺术家闻鸡起舞、努力创新、奋发向上的意义,并以昂首啼晓之金鸡雕像为奖杯,故名"中国电影金鸡奖",简称"金鸡奖"。设最佳故事片、科教片,最佳编剧、导演、演员等 20 余个奖项。1992 年,经中宣部批准,将"中国电影金鸡奖"和"中国电影百花奖"双奖颁奖活动改为"中国金鸡百花电影节"。金鸡奖原为每年一届,从 2005 年起改为每两年一届,逢单年举办。现已举办 28 届。张弦(《被爱情遗忘的角落》)、曹禺(《日出》)、刘醒龙(《凤凰琴》)、刘恒(《张思德》)、程晓玲(《岁岁清明》)等曾获最佳编剧奖。

37.《大众电影》百花奖最佳编剧奖(1962 年、1963 年、1980 年。3 届,现已取消)

继续在办的《大众电影》百花奖已办 30 届,仅在 1962 年、1963 年、1980 年三届设有"最佳编剧奖"。夏衍和水华(《革命家庭》)、李准(《李双双》)、陈立德(《吉鸿昌》)获"最佳编剧奖"。1981年后,"百花奖"瘦身,不再设立"最佳编剧奖"。该奖1962年由《大众电影》杂志创办,1963年第二届后中断17年,1980年复评第三届,此后每年一届。1992年,改为"中国金鸡百花电影节"。2005年起改两年一届,双年举办。"百花奖"以盛开的百花取名,象征影坛百花齐放、春色满园。以百花女神雕像作为奖杯。现由中国电影家协会和中国城市影院发展协会合作主办,在《大众电影》上刊发选票,组织读者、观众投票评奖,2004年起增加短信投票方式,设最佳故事片、最佳演员(男、女)、最佳编剧、最佳导演等奖项。

38. 中国电视剧飞天奖优秀编剧奖(1981年至今,28届)

由广播电影电视总局(部)主办,是中国电视剧最高规格的"政府奖"。1981年首届颁奖,此后每年举办一届,2005年,改为两年一届,至今已举办28届。1981年和1982年称"全国优秀电视剧奖";1983年,定名"全国电视剧飞天奖";1992年改现名"中国电视剧飞天奖"。参评作品由各省市推荐选送。设长、中、短篇电视剧奖、少儿连续剧奖、译制片奖以及"优秀编剧奖""优秀导演奖"等单项奖。刘恒的《贫嘴张大民的幸福生活》,王朝柱的《延安颂》,都梁、江奇涛的《亮剑》,蒋晓勤、姚远、邓海南的《历史的天空》,邹静之的《五月槐花香》,盛和煜、黄晖的《恰同学少年》,徐萌的《医者仁心》等获优秀编剧奖。

39. 全国少年儿童文学创作奖(1953年,1980年,2届,现已停办)

1953年,第一届全国少年儿童文学创作奖评选揭晓,著名儿童文学作家严文井《蚯蚓和蜜蜂的故事》等获奖。仅仅办了

一届就停办了，再办第二届已经是 26 年后了。1979 年 5 月，
第二届全国少年儿童文学创作奖评奖活动启动，该活动由中国
人民保卫儿童全国委员会、共青团中央、中国作家协会、教育
部、文化部、国家出版局六部委联合主办，评奖跨度为 1954
年 1 月至 1979 年 12 月总计 26 年间的少儿作品，康克清为评
奖委员会主任，1980 年六一儿童节在京颁奖，孙幼军的《小布
头奇遇记》等获奖。这是一次规格很高、影响很大的少儿文学
奖。这一奖项的部分功能 7 年后被"全国优秀儿童文学奖"和同
时创办的"宋庆龄儿童文学奖"接续。

40. 全国优秀儿童文学奖(1986 年创办，2000 年起与宋庆
龄儿童文学奖合并。8 届)

该奖是我国具有最高荣誉的文学大奖之一，1986 年由中
国作家协会创办，每三年评选一次。评选的体裁包括：小说、
诗歌(含散文诗)、童话、寓言、散文、报告文学(含纪实文学、
传记文学)、科学文艺、幼儿文学等。目前为止，全国优秀儿
童文学奖已举办 8 届(后三届是与宋庆龄儿童文学奖合并颁发
的)，郭风、鲁兵、柯岩、郑文光、郑渊洁、秦文君、曹文轩、
郑春华等新老作家曾获此奖。许多获奖作品受到了影视界的关
注，《寻找回来的世界》(柯岩)、《黑猫警长》(诸志祥)、《大头
儿子和小头爸爸》(郑春华)、《草房子》(曹文轩)等作品已经改
编成电影、电视剧或动画片。

41. 宋庆龄儿童文学奖(1986—2003 年，6 届，现已停办)

1986 年，为继承国家名誉主席宋庆龄"要关心少年儿童健
康成长"的遗愿，中国宋庆龄基金会设立"宋庆龄儿童文学奖"，
并联合团中央、广电总局、教育部、全国妇联、文化部、中国

科协、中国作协等共同主办，宗旨为"益善、益智、益美"。是当今儿童文学评选中最高规模的奖项之一。两年一届，共举办6届。2000年，与"全国优秀儿童文学奖"合并，全称为"宋庆龄全国优秀儿童文学奖"，简称"宋庆龄儿童文学奖"。分大奖和提名奖两类。自五届始，增设"新人奖"，第六届增设"特殊贡献奖"。郑渊洁、曹文轩、孙幼军、彭学军、秦文君等新老作家曾获此奖项。第六届以后该奖项停办。

42. 冰心奖（1990年至今，21届）

1990年为庆祝冰心90寿辰，著名作家韩素音倡导创办了冰心奖，并得到国内外文学、出版各界包括雷洁琼、宗璞、舒乙、葛翠琳等人士大力支援。十几年来，它由最初的单一儿童图书奖，发展为包括图书、新作、艺术等奖项的综合性大奖。是我国唯一的国际华人儿童文学艺术大奖，分冰心儿童图书奖、冰心儿童文学新作奖、冰心艺术奖、冰心摄影文学奖4个奖项，2005年起，增设"冰心作文奖"。获奖者包括美国、瑞士、新西兰、新加坡及港、澳、台地区的华人作家。到目前为止，冰心奖已连续举办了21届，在社会各界和海内外都产生了较大影响。

43. 俊以儿童文学奖（2000年，1届，此后并入"宋庆龄儿童文学奖"）

1999年10月，全国青联常委、著名作家、诗人、优秀青年企业家张俊以为繁荣儿童文学创作、壮大儿童文学作家队伍，出资300万元，在团中央下属的中国少年儿童出版社设立了"俊以儿童文学奖"。"俊以儿童文学奖"下设基金奖和奖学金，专为全国35岁以下的儿童文学青年作家而设，除每年进行一次优秀作品评选活动外，奖励5名到10名青年作家，还资助经济困难的专业、业余青年作家上大学深造。2000 年8 月,首届颁奖,杨老黑、薛涛等获奖。其后捐资设"宋庆龄儿童文学奖俊以基金",此奖并入"宋庆龄儿童文学奖"。

44. 冯牧文学奖(2000—2002 年,3 届,现已停办)

由中华文学基金会冯牧文学专项基金理事会创办于 2000年。该专项基金是冯牧的生前友好和学生筹集资金专门设立的。宗旨为纪念中国文学界的卓越组织者、文学评论家、散文家冯牧,完成其扶植新人、促进文学事业繁荣发展之遗愿。设青年批评家奖(40 周岁以内)、文学新人奖(40 周岁以内)和军旅文学创作奖(50 周岁以内)三个奖项。每届不超过 3 人,奖金 2万元。莫言、朱苏进、周大新等青年作家,洪治纲、李敬泽、谢有顺、郜元宝等青年批评家曾获此奖。2000 年至 2002 年每年评选一届。现已停办。

45. 徐迟报告文学奖(2002 年至今,4 届)

为了纪念作家徐迟,促进报告文学的发展繁荣,2001 年中国报告文学学会与徐迟家乡浙江省湖州市人民政府联手创立了这项报告文学大奖。旨在关注和奖励我国报告文学创作中的优秀作家作品。该奖每 3 年评选一次,首届评选于 2002 年举办,全面回顾了 1978 年至 2000 年正式发表的报告文学作品,评出新时期报告文学最具代表性的佳作 22 部。第二届评选于 2004 年举办,评奖范围是 2001 年至 2003 年的优秀作品,李春雷的《宝山》、何建明的《根本利益》、赵瑜、胡世全合著的《革命百里洲》获奖。2008 年 3 月 3 日,湖北石花酒业有限责任公司与中国报告文学学会签订从 2008 年至 2018 年长达 10 年的合作协议,出资 600 万元赞助该奖,如果真能做到,襄樊将从第三届至第八届连续 6 届举办该奖。目前,第三届、第四届已颁发,张雅文的《生命的呐喊》、赵瑜的《寻找巴金的黛莉》等获奖。

46. 姚雪垠长篇历史小说奖(2003 年至今,2 届)

2003 年,已故作家姚雪垠亲属根据其生前凤愿,为鼓励和推动长篇历史小说创作的繁荣和发展,捐赠姚雪垠稿酬 50 万元作为"姚雪垠长篇历史小说奖励基金",由中国作家协会和中华文学基金会创立"姚雪垠长篇历史小说奖"。题材范围限于辛亥革命以前,单部作品字数不得少于 20 万字。四年一届。评选标准力求以历史科学与小说艺术的有机结合为基准。首届唐浩明的《曾国藩:血祭·野焚·黑雨》、凌力的《梦断关河》、熊召政的《张居正》等获奖。第二届由中华文学基金会与黑河市政府共同举办,冠名"黑河杯",2007 年 8 月揭晓,王梓夫的《漕运码头》、唐浩明的《张之洞》等获奖。

47. 郭沫若散文随笔奖(2004 年,1 届,现已停办)

"郭沫若散文随笔奖",是经与郭沫若先生子女协商,由中国作家协会、中国残疾人福利基金会主办的我国散文随笔方面最高荣誉奖项,奖项设置为一等奖、二等奖、三等奖和优秀奖,并为赞助、支持单位颁发"文学事业繁荣奖"。首届于2004 年颁发。除邓一光、邵燕祥、毛志成、谢冕、周国平等人获奖外,李岚清的《音乐札记》和朱增泉的《彼得堡,沧桑三百年》曾获特别奖。另设优秀编辑奖,奖励为散文随笔的编辑出版作出杰出贡献者,徐怀谦《人民日报》、韩小蕙《光明日报》、陈永春《人民文学》杂志、吴彬《读书》杂志、王小琪《中华读书报》等优秀编辑获此奖项。原定每两年评选一次,首届颁奖后现已停办 4 年。

48.《中篇小说选刊》优秀中篇小说奖(1984年至今,14届)

大型文学双月刊《中篇小说选刊》创刊于1981年6月,该刊从1984年起举办首届优秀中篇小说的评奖活动,张贤亮的《绿化树》等获奖。每两年一届,至今已评选14届,共有获奖优秀中篇小说155部。最近一届,2010年揭晓,经全国读者推荐和有关专家评选的2008—2009年度《中篇小说选刊》优秀中篇小说获奖篇目,共有10位作家的10部作品获奖。《大声呼吸》(荆永鸣)、《双人床》(锦璐)、《尼古丁》(杨少衡)、《未完成的夏天》(钟求是)、《甩鞭》(葛水平)、《守望马其诺防线》(朱晓琳)、《坐一回出租车》(唐镇)、《我们的成长》(罗伟章)、《官道》(杨川庆)、《响马传》(叶广芩)、《琴断口》(方方)、《逆水行舟》(胡学文)等获奖。

49.红河·大家文学奖(1995年创办,共举办4届,实际是3届,现已停办)

由《大家》杂志与云南红河卷烟厂合办。《大家》在1994年1月的创刊号上就刊登出要设立"中国第一文学大奖"的启示,以诺贝尔文学奖获得者"虔诚仰视文学殿堂的肖像"为封面,以"寻找大家、造就大家"口号,再加上10万元的巨额奖金,曾被视作中国的"小诺贝尔文学奖",在文坛激起不大不小的涟漪。两年一评,每届只评一部作品获"大奖",颁奖典礼地点为人民大会堂。1995年底,首届"红河·大家文学奖"揭晓,莫言的《丰乳肥臀》获奖。1998年初,第二届大奖宣布"空缺"。2002年1月,第三届、第四届同时揭晓。第三届大奖再度宣布空缺,第四届大奖最终授予了作家池莉的中篇小说《看麦娘》。多年过去了,该奖好像没有再办下去。

50. 中国作家大红鹰杯文学奖（2001—2003 年，共办 3 届，现已停办）

2001 年《中国作家》杂志与宁波大红鹰烟草经营有限公司联合设立这一奖项。此奖的评选范围以长、中篇小说、报告文学为主，兼及其他种类。要求作品语言凝练、构思新颖，反映新时期时代特征，别具风格。每届评出优秀作品 5～8 篇，并奖设最佳友刊奖 2～3 篇，以奖励同期在兄弟刊物发表之优秀作品。每年一届，只评单篇篇目。此奖考虑到了与鲁迅文学奖、茅盾文学奖和冯牧文学奖的区别与互补，争取成为鲁迅奖、茅盾奖和冯牧奖的准备与补遗。至 2003 年，连续举办三届，范稳、高嵩、赵德发、孙春平、魏微等一批卓有成就的中青年作家获奖。

51. 人民文学奖（1986 年至今，12 届）

新时期以来，在纯文学的出版领域，人民文学出版社担负着非常重要的任务和角色。为更好地繁荣文学创作，该出版社曾先后举办过 3 个文学奖项。最早的是人民文学奖，1986 年首次评奖，1994 年、2001 年，二届、三届颁发。2003 年起，茅台集团与人民文学出版社联合主办这一评选，并更名为"茅台杯"人民文学奖，已办 9 届。至今共办 12 届。在文学界和广大读者中有较大的影响，评奖对象为该社出版的创作文学图书，以长篇小说为主，兼有长篇纪实文学，诗集和散文集。魏巍的《东方》、莫应丰的《将军吟》、李国文的《冬天里的春天》、古华的《芙蓉镇》、张洁的《沉重的翅膀》、刘心武的《钟鼓楼》、王蒙的《青春万岁》、阿来的《尘埃落定》、徐贵祥的《历史的天空》、方方的《武昌城》等曾获此奖项。

52. 当代文学拉力赛(2000年至今，11届)

人民文学出版社另一个是当代文学拉力赛，该奖由人文社与下属的《当代》杂志联合主办。原为"当代文学奖"，每年举行一届，曾成功推出了长篇小说《芙蓉镇》、《白鹿原》等一批当代文学名著。自2000年起，该奖项改为"拉力赛"式，即每两个月评出1篇作品作为一个分站的"拉力赛"冠军，年终从6个分站冠军中评出年度冠军，奖金10万。但在2004年改为"零奖金、全透明"的评奖机制。主办方表示这是强调奖项的"口碑含金量"而非"商业含金量"。王蒙的《狂欢的季节》、阎真的《沧浪之水》以及宁肯的《蒙面之城》等曾获奖。目前拉力赛已举办到"第11届"。

53. 春天文学奖(2002—2006年，共办5届，目前似已停办)

人民文学出版社主办的第三个奖项是"春天文学奖"。2000年1月，著名作家王蒙先生当场将获得首届"《当代》文学拉力赛"的10万元大奖捐给人民文学出版社，倡议设立30岁以下的文学新人奖——"春天文学奖"，2002年首届颁奖，成功举办了5届。目前似已停办。戴来、李修文、了一容和周瑾、彭扬和徐则臣、张悦然和苏瓷瓷分别在5届折桂。在文艺界和社会上引起了极大的反响。每年奖励一位30岁以下的文学创作成就显著的青年作者，在次年的新春颁奖同时出版"春天丛书"，专门出版该年度得奖和获提名的青年作者的作品集。它是中国文坛上第一个专门鼓励与表扬30岁以下作家的文学新人奖。

54. 《人民文学》利群(阳光文化传播)杯文学奖(2007年至今，1届)

"《人民文学》奖"，最早可以上溯到"第一届全国优秀短篇小说奖"，该奖第二届起由中国作协接办。1994 年 45 年刊庆时，有三家企业出资赞助该刊办奖：昌达环球有限公司赞助的"'昌达杯'小说新人佳作奖"，银磊企业总公司赞助的"'银磊杯'优秀报告文学奖"，零凌卷烟厂赞助的"'红豆杯'优秀散文奖"。1999 年 50 年刊庆，新疆伊力特实业股份有限公司赞助设立"'伊力特'杯中短篇小说奖"。都是有始无终。2006 年《人民文学》杂志社联合浙江利群阳光文化传播公司设立此奖，旨在发现和褒扬中国文学的新生力量，展现《人民文学》作为中国领先文学期刊的锐气和活力。设小说、散文、诗歌奖。须是《人民文学》上发表的作品，其作品发表时年龄不超过 40 岁。首届于 2007 年 5 月揭晓，毕飞宇、周晓枫、娜夜等获奖。

55. 华语文学传媒大奖(2003 年至今，9 届)

在相继成功推出影响广泛的"华语电影传媒大奖""华语音乐传媒大奖""华语广告传媒大奖"后，《南方都市报》又联合《新京报》于 2003 年创立"华语文学传媒大奖"，设"年度杰出成就奖"1 名奖金 10 万元，"年度小说家""年度诗人""年度散文家""年度文学评论家""年度最具潜力新人"各 1 名，奖金各 2 万元。这是目前中国奖金较高的纯文学奖项之一。其宗旨为："反抗遮蔽，崇尚创造，追求自由，维护公正"。该奖已办 9 届，史铁生、韩少功、陈晓明、莫言、余光中、贾平凹、张炜等获奖。2005 年两报又联合推出"华语图书传媒大奖"以"公共立场、独立思想、专业品格、现实情怀"为宗旨，退休大夫高耀洁反应中国农村艾滋病现状的《一万封信》等获奖。

56. 鲲鹏文学奖(2004—? 1 届，因未标届期，后续不明)

为活跃打工文化、发掘文学新人，展示进城务工青年勤劳朴实、奋发有为的群体形象，唤起全社会对进城务工青年的理解与关怀，共青团中央、全国青联设立鲲鹏文学奖，《人民文学》杂志社、中国青年出版(总)社、共青团广东省委、新浪网、中青网、打工青年发展网、打工文学联网协办。奖项分散文、诗歌、报道文学、小说四大门类，分别评出一、二、三等奖进行奖励。首届"鲲鹏文学奖"于 2004 年揭晓，共评出四类等级奖 30 篇，优秀奖 67 篇。活动创办之初未明确每届时间跨度，因此不知道是已经停办，还是第二届未启动。

57.　中国小说学会奖(2003 年至今，3 届)

中国小说学会奖是中国小说学会年度排行榜的"榜中榜"，每 3 年举行一次，是在连续 3 年"中国小说排行榜"的基础上，由评委们投票表决产生的。第一届中国小说学会奖获得者是红柯、毕飞宇和杨显惠，2003 年在天津颁奖。第二届中国小说学会奖是在 2003 年度、2004 年度、2005 年度中国小说排行榜的基础之上，从中评选出长篇、中篇、短篇小说的获奖者，于 2006 年 5 月揭晓，刘醒龙(《圣天门口》)获得长篇小说奖、陈应松(《太平狗》)获得中篇小说奖、魏微(《化妆》)获得短篇小说奖。2010 年 5 月第三届颁奖，张翎等获奖。中国小说学会年度排行榜评选突出民间性和学院专家型的特点，坚持历史的厚度、人性的深度和艺术的魅力三重标准。

58.　全国小小说优秀作品奖(1985 年至今，13 届)

"全国小小说优秀作品奖"由《小小说选刊》主办，由中国作家协会、《文艺报》《文学报》《小小说选刊》、国内高校等多家单位的知名作家、评论家、专家学者组成评委会，每两年举办一次，自 1985 年举办第一届以来，目前只举办 13 届。先后有

300 余篇好作品获奖，在读者中广泛流传，多篇被选入大中专教材或改编为电视短剧；百余名获奖作者相继活跃在文坛。

59. 小小说金麻雀奖（2003 年至今，5 届）

为倡导和规范小小说文体，推举名家、扶持新人，2003 年，由《小小说选刊》《百花园》《小小说出版》、郑州小小说学会联合设立"小小说金麻雀奖"。弥补了全国评奖项目中小小说的空白。该奖项以每位作家的 10 篇作品为参评单元，并参照作家整体创作实力进行评奖，该奖目前已成为我国当代文学的重要奖项。首届评奖跨度 17 年，从 1985 年至 2002 年，共有王蒙、林斤澜、冯骥才等 10 位作家获奖；第二届评选的是 2003 年至 2004 年度的作品，邓红卫、宗利华、刘建超等 5 人获奖；第三届评选的是 2005 年至 2006 年度的作品，于德北、谢志强、孙春平等 5 人榜上有名。第四届评选是 2007 年至 2008 年度的作品，沈祖连，申平等 5 人获奖。第五届起，纳入"鲁迅文学奖"评奖范围，本届评选的是 2009 年至 2010 年度的作品，赵新、修祥明等 10 人获奖。

60. 理解与友谊国际文学奖（1991—2003 年，4 届）

由中华文学基金会、中国作家协会于 1991 年起主办的一项国际性文学大奖。旨在促进中外文化交流，传播民族文化，让世界了解中国，加强国际合作和友好往来，塑造中华民族光辉形象。该奖不定期颁发给那些以文学的方式表现中国、宣传中国、传播中国文化而功绩卓著的外国人士。获奖者不受国籍、种族、意识形态、宗教信仰和语言文体的限制，每届限奖一人。首届于 1991 年 9 月授予美国著名女记者、作家海伦·F. 斯诺。第二届于 1994 年 9 月授予英籍华人女作家韩素音。

第三届于 2001 年 8 月授予泰王国诗琳通公主。第四届于 2003 年 11 月授予日本作家池田大作。

61. 世界华文文学优秀作品"盘房奖"（2001 年、2003 年，2 届）

2001 年，由中国文联主办、昆明盘龙房地产经营开发公司承办的世界华文文学优秀作品"盘房奖"是有一定影响的大陆华文文学奖，每两年一届，面向中国大陆以外的全球华文作家，旨在弘扬中华民族的优秀文化，推动海外华文创作。2003 年第二届时，主办单位改为中国作家协会台港澳暨海外华文文学联络委员会。第一届"盘房奖"奖励了 15 位海外华文作家的 15 篇优秀小说，第二届盘房奖奖励的是 10 位优秀的海外散文作者。该奖现已停办。

62. 21 世纪年度最佳外国小说（2001 年至今，10 届）

2001 年人民文学出版社联合中国外国文学学会及各语种文学研究会（学会），开始举办"21 世纪年度最佳外国小说"评选活动。每年年底评选前一年的作品。开启了中国学界和出版界联袂评选出版外国当代文学作家作品的先河。2010 年 12 月，随着"21 世纪年度最佳外国小说·2010 年度"颁奖揭晓，从评选 2001 年度至评选 2010 年度，本活动已成功举办了 10 届，共评出外国优秀长篇小说 60 部。英国作家阿莉·史密斯的《饭店世界》，美国作家拉丽塔·塔德米的《凯恩河》，法国作家马尔克·杜甘的《幸福得如同上帝在法国》，德国作家汉斯·乌尔里希·特莱希尔的《尘世的爱神》，瑞士作家查理斯·莱温斯基的《梅尔尼茨》、爱尔兰作家科伦·麦凯恩的《转吧，这伟大的世界》等获奖。

63. 21 世纪鼎钧双年文学奖（2003 年、2005 年，2 届，似已停办）

21 世纪鼎钧双年文学奖是一个由来自国内著名大学、文学期刊和社科院研究机构包括李洁非、陈晓明、李敬泽等 11 位著名学者、编辑共同发起的专业性文学奖项。评选标准是"其作品在个人创作史上处于高峰状态，对汉语写作有创造性贡献，并表现出人类精神的丰富性和精湛的文学品质。"该奖每两年举办一次。每届颁发给一至两位中国作家。获奖者年龄须在 40 岁左右。到目前为止，已举办两届。第一届于 2003 年举办，获奖者为莫言的《檀香刑》和李洱的《花腔》。第二届于 2005 年举办，获奖者为阎连科的《受活》、格非的《人面桃花》和谷川俊太朗（日本）的《谷川俊太朗诗选》。该奖 2007 年应办第三届，至今未闻启动。

64. 中国女性文学奖（1998 年、2003 年、2008 年，3 届）

由中国作家协会理论批评委员、中国当代文学研究会女性文学委员会、中国出版工作者协会妇女读物委员会联合主办。是中国女性文学最高奖项之一。以表彰广大女作家的卓越贡献，总结女性文艺理论、女性文化建设成果，以及优秀女性文学出版的业绩。评奖范围为本届别内中国内陆出版社首版的小说作品集、散文诗歌集、纪实文学、女性文艺理论与女性理论译著四大类作品。1998 年在京首届授奖，蒋子丹等获奖。第二届 2003 年在哈尔滨颁奖，本届冠名"莱蒂菲杯"，王周生的长篇小说《性别，女》、张洁的长篇小说《无字》等 4 大类 59 部作品获奖。该奖 5 年一届，2008 年举办第三届。

65. 汉语文学"女评委"大奖（2007 年至今，2 届）

该奖设立始于 2006 年 5 月，是芳草杂志社在《芳草》网络文学版、《芳草》少年文学版基础上重新恢复《芳草》原创文学版即《芳草》文学杂志时同期推出的。是具有独特风格新颖别致的国内文学奖，是中国文学界首次面向全球华文文学作品、并全部由女性担任评委的奖项。坚持"汉语神韵，华文风骨"。每年评选一次，目前已举办 2 届。包括 4 个奖项：汉语文学"女评委"大奖，奖金 10 万元；其最佳审美奖、最佳抒情奖、最佳叙事奖，奖金各 1 万元。首届于 2007 年 3 月揭晓，阿来的《达瑟与达戈——〈空山〉(第三卷)》与谢冕的《我的学术叙录》获得汉语文学"女评委"大奖，龙仁青、叶舟、张炯分获三项单奖。2009 年6 月二届颁奖，北代、阎纲等获奖。

66. 爱文文学奖(1995—1997 年，3 届，现已停办)

爱文文学奖设立于 1995 年，是当时国内针对作家整体创作成就设立的，奖金较高的年度性纯民间文学奖项，每年评选一次，只奖一位作家。旨在鼓励作家坚守文学净土，关注人民和民族的命运，探索人生的价值，从而造就一批时代的文学英才。张承志、王蒙、西川等著名作家曾获此奖项。由北京爱文作家文学院主办。中国第一家民办文学院——北京爱文作家文学院和中国第一项民间性质的文学大奖——"爱文文学奖"的创办者为远村，毕业于鲁迅文学院第 13 期研究班。该奖后因资金问题停办。

67. 中华铁人文学奖(1999 年至今，3 届)

是以铁人王进喜的名字命名的，是我国石油、石化行业最高级别的文学大奖，由中石油、中石化和中海油三大集团共同协办，中华文学基金会和铁人文学专项基金管理委员会共同主办。旨在表彰、奖掖在石油工业题材的文学创作方面有突出贡献的作家和有影响的优秀作品，鼓励"用文学塑造不朽的铁人精神"。评奖范围包括：长篇小说、中短篇小说、长篇报告文学、中短篇报告文学、诗歌集、散文集、影视剧本，并设"荣誉奖"和"提名奖"。首届评奖 1999 年进行，新中国成立以来创作发表的 56 部优秀文学作品荣获此奖。2004 年第二届"中华铁人文学奖"有 22 部作品获奖、24 部作品获提名奖、4 位作家获荣誉奖。2009 年第三届颁奖，评选获奖 1 名，提名获奖 3 名，荣誉奖 10 名，大奖 25 名。

68. 中华宝石文学奖（1990 年至今，4 届）

1990 年，由中国矿业作家协会、中国作家协会主办，奖励思想性、艺术性、观赏性相统一的国土资源题材的文学作品。中华宝石文学奖是我国国土资源题材文学作品的最高荣誉奖项。国土资源系统内外的作家、作者均可参加本奖项的评奖活动。1990 年首届评选揭晓，评选范围为 1983 年至 1989 年作品，奚青、文乐然等获奖；第二届评选 1990 年至 1995 年作品，黄世英、施宜民等获奖；第三届评选 1996 年至 2005 年作品，欧阳黔森、李洪斌等获奖，第四届评选 2006 年至 2009 年作品黄虹秀、龙孝明等获奖。原定每 5 年评选一届，未得到严格执行，目前已举办了 4 届。

69. 中国报告文学正泰杯奖（2001 年至今，5 届）

中国报告文学正泰杯奖由中国报告文学学会与中国正泰集团联合举办，于 2001 年设立，每两年举办一届，旨在进一步促进新世纪报告文学事业的发展。评选范围为在全国正式发表和出版的长、中、短篇报告文学作品。至今已举办 5 届，包括凤凰卫视著名战地记者闾丘露薇发表的《闾丘露薇采访手记》、年轻作者左赛春的《中国航天员飞天纪实》等一大批优秀作品都曾获奖。"中国报告文学第三届正泰杯大奖"2004年在京颁奖，加央西热等8位报告文学作家获奖，全国政协副主席周铁农和文学界、新闻界人士出席。2005年第四届颁奖。2008年，第五届颁奖蒋巍、竺飞等16部作品获奖。

70. "四小名旦"青年文学奖(2003—2006年，3届，目前似已停办)

由《芳草网络文学选刊》《广州文艺》《青春》《萌芽》四家杂志社联合举办。从2003年开始四家杂志将同时开辟"四小名旦"特别推荐栏目，集中发表30岁以下的青年作者的文学作品。各家每年推荐5篇作品(小说、诗歌、散文)参评，从中选出年度"四小名旦青年文学特别奖"和"四小名旦青年文学提名奖"。每年一届，至2006年，已举办3届。李澍、温亚君、孟悟等获奖

71. 柔刚诗歌奖(1992年至今，19届)

1992年，福建诗人柔刚创立这一奖项，旨在发现优秀的诗人，推动我国现代汉诗的发展。这是新中国成立以来较早由个人出资组织举办的全国性诗歌大奖。每年评奖一次，评定当年一名优秀诗人，主奖奖金从1992年的2000元至2007年5000元，并评出若干入围奖。参评作品要体现出现代汉语诗歌的尊严和创造精神，展现诗人个体的力量和鲜活的诗歌写作经验。体裁为新诗，长诗或组诗，发表或未发表均可，行数不超过350行。至今，柔刚诗歌奖已举办19届，推出一批具有影响力的诗人，该奖也因之成为中国诗坛重要的民间诗歌奖项。

72. 安高诗歌奖(1999—2002年，2届，现已停办)

安高诗歌奖由美籍华人安·高(Anne Kao)女士出资于1999年创立，旨在奖励当代最优秀的中国诗人，两年一度，

并更新评委，奖金为一万美元。评奖先由每位评委各推荐一位诗人，包括一篇陈述推荐理由的文章和被推荐诗人的 30 首代表作，由安高女士复印后分寄给各位评委，再由各位评委对被提名的诗人进行排名计分，由安高女士统计以后以得分多少确定获奖诗人。首届安高奖由旅居荷兰的诗人多多和旅居德国的诗人张枣获得。第二届获奖者是四川诗人柏桦和江苏诗人朱朱。2002 年，该奖中止，共评 2 届。

73．华文青年诗人奖（2003 年至今，8 届）

是国内最具权威性、公正性和代表性的青年诗歌奖项之一，由《诗刊》社主办，2003 年首届颁奖，一年一评，每奖 3人，目前已举办 8 届。要求风格鲜明诗艺独特。组委会和评委会由高洪波、吉狄马加、叶延滨、杨匡满、林莽、谢冕等专家教授及报人组成。江一郎、刘春、哑石、江非、雷平阳、北野、路也、卢卫平、田禾，王夫刚、李小洛、牛庆国，荣荣、李轻松、苏历铭、阿毛、黑枣等获奖。广西漓江出版社每届结集出版获奖诗人作品集并连带获奖诗人的简介、诗观、获奖评语，同时收录入围诗人每人一首诗作。这个奖项办得雷声不大但雨点不小，踏踏实实，特别是获奖诗人的诗作结集出版工作作得较为扎实。

74．中国年度最佳和先锋诗歌奖（2003 年至今，8 届）

2003 年，《诗选刊》设立"中国年度最佳诗歌奖"和"中国年度先锋诗歌奖"，奖掖当年在诗歌创作上成就卓著的诗人和诗作，每年评选一届，为终身一次性奖励，诗人不重复获奖。前者每年评出 1 至 2 名，标准四条：诗人的创造力、影响力；作品的价值和个性；持续的作品生命力和恒久感；诗中展示的诗人的境界和尊严。后者每年评出2名，标准也是四条：作品的价值和个性；作品的探索精神和先锋精神；作品当年的影响；青年诗人。孙磊、严力、张力、海男、李亚伟、东荡子、马铃薯兄弟、郑小琼、灯灯、李瑛、雷平阳、龚学敏等曾获此荣誉。已连续评选出2003—2010年8届年度的"最佳"和"先锋"诗人，影响较大。

75.《诗刊》年度奖(2003年，1届，现已停办)

由《诗刊》社主办的《诗刊》年度奖，被誉为中国年度诗歌奖最高荣誉，评选范围为本年度内发表在《诗刊》上的作品。2003年度，李瑛组诗《垂落的眼泪》、李双组诗《李双的诗》、雷抒雁组诗《杂花生树》曾荣登榜首。李瑛在向生命本真回归同时，追求的是在有限中获得无限。雷抒雁则以惊人的创造力、深情的目光触及的现实转化为诗歌意象的新芽。青年农民李双则是村庄最后的坚守者。该奖仅评选一届后即停办。

76. 新诗界国际诗歌奖(2004年，1届，似已停办)

是中国内地设立的一个国际性的诗歌奖项。由北京大学新诗研究中心、清华大学文学研究所、中国人民大学现代诗学研究所、中国现代文学馆、文化部华夏文化促进会、《诗歌界》杂志等联合发起创立。旨在通过奖掖当代知名诗人，以重振新诗雄风；提高现代汉语诗歌在世界诗坛的地位和影响。设"北斗星奖"和"启明星奖"各3名，"北斗星奖"为终身成就奖，获奖对象为1位大陆诗人、1位港澳台及海外华语诗人和1位外国诗人，各奖1.5万元人民币；"启明星奖"只颁给大陆诗人，各奖1.2万元奖金。首届2004年揭晓，牛汉、洛夫、特朗斯特落姆(瑞典)获得"北斗星奖"，西川、王小妮、于坚获得"启明星奖"。原定两年一届,目前已停办4年。

77.中坤杯·艾青诗歌奖(2004年,1届,现已停办)

为纪念诗人艾青,繁荣新诗创作,中国诗歌学会与中坤投资集团联合于2003年创立该奖。重视艺术质量和美学品位,鼓励艺术探索,体现审美个性。由省市作协、出版社推荐和自荐方式参赛。奖金为1万元人民币。此奖面向海内外所有中国诗人。每两年举行一届。评出用中文书写并出版的新诗作品集6~8部。首届于2004年9月颁发,获奖者为苗强的《沉重的睡眠》、郑玲的《郑玲短诗选》、冉冉的《空隙之地》、郭新民的《花开的姿势》、李松涛的《黄之河》、沙白的《独享寂寞》。第二届于2005年2月公告启动评选,原定于当年11~12月颁奖,未果。估计该奖项现已停办。

78.国风诗歌奖(2004年,1届,现已停办)

为促进新古体诗、乡土诗、民歌体诗和朗诵诗等多种形式诗体的发展,2004年6月,由中国萧军研究会文学艺术创作委员会和北京宣武区文化馆主办、《新国风》编辑部和宣武区作协共同承办"2004首届中国北京国风诗人端午节大会"。同时,首届"国风诗歌奖"颁奖。《理解戈壁滩》(高平)、《老兵之歌》(易仁寰)、《为祖国歌唱》(卞国福)和《阳光颂》(赵玉华)等诗作以及杨铁光的诗评《乡土诗的美丽品格》等获得首届"国风诗歌奖"。原本希望"此次大奖只是一个开端,国风诗歌奖力争每年举办一次",但实际上仅办一届就停止了。

79."德意杯""青春中国"诗歌大赛(2004年,1届,现已停办)

2004年,为纪念《人民文学》创刊55周年,展示钱江之滨萧山魅力和打造"德意"品牌,《人民文学》杂志社、杭州市萧山区文联、共青团杭州市萧山区委和浙江德意控股集团有限公司决定联合举办"德意杯"首届"青春中国"诗歌大赛。该大赛征集年龄在 45 周年以下诗歌作者未经公开发表的新诗,征集时间为 2004 年 5 月起至 8 月底止。大赛设一、二、三等奖和优秀奖。2004 年 11 月揭晓,河北诗人殷常青的组诗《闪电与花环》、浙江诗人江一郎的组诗《草在枯黄》获一等奖,另有 5 人的作品获二等奖,10 人的作品获三等奖,34 人的作品获优秀奖。目前仅办一届。

80. 未名高校诗歌奖(2005 年至今,7 届)

为展现当下高校诗歌创作的实绩,鼓励高校诗歌写作者和繁荣校园诗歌创作,北京大学五四文学社和北京大学诗歌中心新诗研究所于 2005 年 3 月联合举办了"首届未名高校诗歌奖"。评委将包括谢冕、孙玉石、洪子诚、唐晓渡等一批资深的学者、评论家和诗人组成。本奖设获奖者 10 人,奖金每人 1000 元人民币,面向全中国在校大学生、研究生中的新诗写作者。至今,该诗歌奖已成功举办至第 7 届。范小虎、金勇、范雪、盛华厚、陈泉、安德、刘旭阳等获奖。

81. 新世纪十佳青年女诗人评选(2006 年,1 次)

2006 年 5 月,由中国作协诗刊社、中国妇女报、晋江市人民政府和《都市女报》联合举办"新世纪十佳青年女诗人"评选。本次活动从 2006 年 1 月开始启动,前后历时 4 个月,共有 60 位 45 岁以下的女诗人参加本次活动,由谢冕、舒婷、叶延滨、唐晓渡等 100 名专家评委进行了评选,最终按照得票多少,依次评出了"新世纪十佳青年女诗人",她们分别是:蓝蓝、路也、娜夜、鲁西西、杜涯、李小洛、海男、安琪、荣荣和林雪。评委会认为："她们代表着新世纪以来，女性诗歌写作的最高水平，相信她们的诗歌会流传下来。"

82. 宇龙诗歌奖（2006年至今，3届）

经宇龙家属提议，并征求一些著名诗人、评论家和宇龙生前诗友的意见，于2006年正式设立"宇龙诗歌奖"。"宇龙诗歌奖"每年一届，每年奖励3名优秀诗人，每人奖金5000元人民币。定于每年的12月份颁奖。至今已举办3届。"宇龙诗歌奖"旨在推动中国当代诗歌的发展，奖励那些坚持严肃的诗歌创作，取得了一定的诗歌成就并具有创作发展前景的中青年优秀诗人。"宇龙诗歌奖"由"宇龙诗歌奖"组委会联合中国人民大学文艺思潮研究所具体承担该奖项的日常运作、评选、颁奖与相关事宜。宇向、李建春、杨键、蓝蓝、郑小琼等获奖。

83. 剑麻诗歌奖（2006年至今，1届）

由《剑麻诗刊》、《银松文学》和剑麻文学论坛主办，是中国首个民间军旅诗歌奖。该奖的宗旨是奖掖为军旅诗歌作出突出贡献并创作出重要影响诗歌作品的军旅诗人，以推动军旅诗歌蓬勃健康地发展。参评作品为反映军事题材的诗歌作品，评选对象为现役军旅诗人。首届剑麻诗歌奖于2006年12月揭晓，军旅诗人王久辛荣膺剑麻诗歌奖特别荣誉奖，军旅诗人郭宗忠荣膺剑麻诗歌大奖，军旅诗人大兵、宁明、周启垠、黄恩鹏、温青同获入围奖。

84. 星星年度诗人奖（2007年至今，3届）

由《星星》诗刊与四川师范大学文理学院联合举办。决定每年评选一次。评选对象为本年度在中国诗坛有突出成就的诗人。评选方式通过团体推荐、个人推荐及个人自荐方式进行海选，由评委会最终投票决出优胜者。2008 年 3 月，"2007 中国·星星年度诗人奖"揭晓，叶文福、卢卫平荣获"年度诗人奖"，郁颜获"年度校园诗人奖"，他们的代表作分别是《祖国之恋》《诗 11 首》《郁颜的诗 11 首》。第 3 届(2009 年度)2010 年 5 月揭晓，路也、人邻、易翔等获奖。第 4 届(2010 年度)2011 年 5 月揭晓，大解、张清华等获奖。

85. 诗探索奖(2007 年至今，2 届)

"诗探索奖"是由中国天问文化传播有限公司与《诗探索》编辑部联合设立的一个面向全国诗歌界的综合性诗歌奖项，由《诗探索》编辑部承办，意在倡导诗歌创作中勇于探索的精神，表彰在诗歌和相关作品中体现了深切的人文关怀和精湛技艺的中年骨干诗人。"诗探索奖"每年春天举办一届。每届"诗探索奖"评选出 1 名获奖诗人。奖金金额为每位获奖者 15 000 元人民币。首届"诗探索奖"于 2007 年揭晓，梁小斌获此殊荣。第 2 届于 2009 年 9 月揭晓，王小妮等获奖。

86. 十月诗歌奖(2007 年至今，3 届)

由大型文学期刊《十月》杂志社主办。2007 年 3 月，首届十月诗歌奖("更大国华杯"2006 年度十月诗歌奖)颁奖暨诗歌朗诵会在北京隆重举行，来自全国各地的近百位诗人和评论家参加了本次颁奖和朗诵活动。2010 年度、2011 年度又颁两届年度奖，共 3 届。诗人陈先发的《丹青见》、田禾的《火车从村庄经过》、俞强的《一个人的南方》、冯晏的《诗四首》、张执浩的《反向》等作品获得十月诗歌奖。评委会认为，获奖的这些诗歌关注时代，关注生活，深入当代而不困于当下，工于心灵而不囿于内心，以质朴而典雅的表达，展示了现代诗的气韵。在当下诗坛浮华而喧嚣的今天，无论诗人还是作品本身都难能可贵。

87. "雨花奖"全国中学生作文大赛（1988至今，11届）

"雨花奖"全国中学生作文大赛是由江苏教育出版社、《全国优秀作文选》杂志举办的传统赛事，是一项完全公益性的活动，不收取任何费用。该活动主要对象是中学生。活动每两年举行一次，从1988年至今，已举办11届。通过赛事的举办，鼓舞和培养了一批有志于文学事业的青少年。该活动的重大意义在于开启了11年后对高考招生和新世纪创作具有双重意义的"新概念作文大赛"。该活动在青年学生中有一定影响。

88. 新概念作文大赛（1998年至今，13届）

1998年由《萌芽》杂志社率先发起，联合北京大学、复旦大学、华东师范大学、南京大学、南开大学、山东大学、厦门大学七所全国重点大学共同主办"新概念作文大赛"。提出"教育怎么办?"的严峻问题。而后清华大学、浙江大学、中山大学、北京师范大学、武汉大学、中国人民大学也先后加入了联合主办单位队伍。这个面向高中学生的作文大奖，旨在提倡"新思维""新概念""新表达""真体验"。面向新世纪、培养新人才。大赛聘请国内一流的文学家、编辑和人文学者担任评委。以一篇5000字以内的作文撞开了名牌大学的校门，这是自恢复高考以来高校招生中所没有过的，所以，它一度成为高校"直通车"。参赛人数已经从最初的每届4千人次，逐年递增至7万人次。现已举办13届，并冠名"特莱米雅杯"。韩寒、郭敬明、张悦然等一大批"新概念"培养的作者已跃升为"80后"的领军人物，获得了文学与商业的两重丰收。该活动在青年学生中影响很大。

89. **鲁迅青少年文学奖**(2005 年至今，3 届)

该奖由鲁迅独子周海婴创办鲁迅嫡长孙周令飞任主任的上海鲁迅文化发展中心于 2005 年创设，分设"立人奖"和"文学奖"，前者奖励对象为"善于独立思考、自觉培养韧性、公德心显著、事业心初露者"；后者奖励对象为"尊重母语、善学语文、勤于创作，文才初露者"。目前已举办第 3 届。其奖励范围为大陆、海外 20 所以上学校的大、中小学生。奖励方式为奖状和奖品。奖励经费由中心下辖的鲁迅立人基金承担，基金以为青少年提供更多人格发展机会、培养青少年人格成长、人格独立、精神健康发展为宗旨，基金由中心在有关部门监督下实施管理。中心和基金同时开设鲁迅社会公益网站。

90. **中国网络文学奖**(2000 年，1 届，现已停办)

2000 年网易曾创办"中国网络文学奖"，首届获小说金奖的是蓝冰的《相约九九》，获散文金奖的是 AIMING 的《石像的忆述》，获诗歌金奖的是余力的《疯子》，这是国内较早的网络文学奖项尝试，遗憾的是该奖项办了一届就偃旗息鼓了。

91. **新浪原创文学大赛**(2003 年至今，7 届)

2003 年新浪网创办"新浪原创文学大赛"，宗旨是"反映时代特色、挖掘文学新人、张扬多媒体与文字艺术完美流畅结合的魅力。"迄今已成功举办 6 届，每届奖金不等，第三届总奖金高达 30 万元人民币，铸剑的《合法婚姻》、阿闻的《纸门》、景旭枫的《天眼》、薇络的《情系契丹王》等获奖。2010 年 3 月，第六届揭晓，孟庆严的《一个人的战斗》、韩涛的《秘藏 1937》

等获奖。2011 年 4 月,第七届揭晓,裴新艳的《引魂之庄》获 20 万元大奖。该奖项有越办越大越办越好之趋势。

92. 凤凰网络文学大赛(2005 年,1 届,现已停办)

2005 年,"凤凰网络文学大赛"由汕头民间大学出版社和台湾城邦商周出版主办,TOM 网和鲜橙文化公司协办,目的是征集两岸具有实力的青少年言情网络原创长篇小说,首奖 10 万元人民币为杨露的《蜘蛛之寻》夺得,二等奖 3 万元为台湾贾小静的《熙若》捧走,三等奖获得者是张芊的《独走钢丝》,获奖金 2 万元,该奖项也只办了一届就停办了。

93. 忆石文学奖(2007 年至今,2 届)

忆石文学奖是忆石中文网为实践和实现"推动和奖励中华民族阅读、写作、发表和交流活动"之理念而设立的文学奖项。每 4 年一个循环,第一年度为小小说类奖项,第二年为散文、杂文类奖项,第三年为中、长篇小说类奖项,第四年为诗歌、歌曲类奖项。设一等奖 1 名,二等奖 2 名,三等奖 3 名,优秀奖 30 名。首届忆石文学奖(小小说)于 2007 年举办,要求参赛作品未在传统媒体和互联网正式发表、发布的小小说原创作品,字数在 2500 字以内,注重作品的思想内涵、艺术品格和智慧含量。2008 年举办忆石文学奖(散文奖)。现已办 2 届。评选方式采取注册会员海选和初评评委投票相结合。

94. 北京市文学艺术奖(1998 年至今,6 届)

是北京市文学艺术界最高奖项。创立于 1998 年,每两年评选一次,由北京市委、市政府对为促进和繁荣北京文学艺术事业作出突出贡献的优秀作品和个人进行表彰奖励。优秀作品授予"北京市文学艺术奖"称号,每届获奖作品一般不超过 15

部。先进个人授予突出贡献奖，奖励个人不超过4人。此奖涵盖电影、电视剧、动画片、戏剧、广播剧、音乐作品、文学作品等艺术门类。至今，已连续举办6届。毕淑敏的《红处方》、史铁生的《老屋小记》、刘恒的《贫嘴张大民的幸福生活》、张洁的《无字》、刘庆邦的《红煤》、周大新的《湖光山色》等曾先后荣获"北京市文学艺术奖"小说奖。

95．老舍文学奖(1999年至今，4届)

"京味"作家老舍，是北京市人民政府唯一授予"人民艺术家"荣誉称号的文艺家。他创作的具有浓郁北京地域特色。1999年，由中共北京市委、北京市人民政府批准，老舍文艺基金会和北京市文联设立"老舍文学奖"，这是北京具有最高荣誉和权威的文学大奖之一，2至3年评奖一次，设长篇小说奖、中篇小说奖和剧作奖。凡北京市作家的作品及在北京市属出版社和刊物上出版发表、在京首演首播的外地作家的作品可参选。该奖项已评选4届。包括《梦断关河》(凌力)、《贫嘴张大民的幸福生活》(刘恒)、《永远有多远》(铁凝)、《宰相刘罗锅》(陈健秋)等优秀作品获奖。

96．老舍青年戏剧文学奖(2003年至今，2届)

由《新剧本》杂志与北京老舍文艺基金会、北京市戏剧家协会联合主办。是迄今为止唯一一项专门以推出剧坛新人新作，举荐和发现青年戏剧文学创作人才为宗旨的戏剧文学奖项。该奖项注重参赛人员的年轻化，限定参评者为全国各地(含港澳台地区)45岁以下的专业和业余作者；评选限定参评作品须为本届别内未在全国性刊物发表、未经演出、未获过其他奖项的话剧、戏曲、小品作品。该奖项将包括话剧、戏曲、小戏小品

三个部分。3 年一届。首届于 2003 年举办。第二届于 2006 年
5 月揭晓，苑彬的话剧《琉璃宫》，罗琦、胡叠的戏曲《锦瑟》和
周广伟的独幕剧《禅先生》获得优秀剧本奖。

97.《北京文学》奖(2003 年至今，5 届)

由《北京文学》杂志社主办。评奖对象为本届别内发表在
《北京文学》杂志上的作品。每一奖项设一等奖 1 名，二等奖 2
名，三等奖 3 名。首届于 2003 年揭晓，设中篇小说、短篇小
说、报告文学、散文随笔、诗歌和评论 6 个单项奖，阿来、苏
童、贾平凹、牛汉等获奖。第二届于 2005 年揭晓，此届从体
裁上只分设中篇小说、短篇小说奖和报告文学奖，但却增设了
"新人新作奖""读者最喜欢的 1 篇小说"和"读者最喜欢的 1 篇
报告文学"两个奖项，迟子建、铁凝、方方、毕淑敏等作家获
奖。第三届 2007 年揭晓，蒋韵、叶广岑、毕飞宇等获奖，石
钟山的《狗头金》获读者最喜欢的小说奖。第四届 2009 年揭晓，
韩少功、朱玉等获奖。第五届 2011 年揭晓，李唯、铁凝等
获奖。

98. 上海文学艺术奖(1991—2002 年，5 届，现已停办)

是由上海市人民政府批准设立的上海市文学艺术界的最高
荣誉奖，原定两年一届，设"杰出贡献奖"和"优秀成果奖"两大
类，以表彰和奖励为促进和繁荣上海文学艺术事业作出突出贡
献的个人和作品。始办于 1988 年，是由上海市文联自发创办
的。1991 年经上海市人民政府批准以后，正式定名为"上海文
学艺术奖"，仍由上海市文联主办，届别另计。1991 年、1993
年、1995 年分别举办了前三届，1998 年和 2002 年断续举办了第
四届和第五届。目前此奖项已停办 6 年。巴金、王元化、施蛰

存、谢晋等曾获"杰出贡献奖",《文化苦旅》、《长恨歌》、《中国文学批评通史》等曾获"优秀成果奖"。2008 年 1 月上海"两会"上,市政协委员江海洋、李小林等联名提出《关于恢复上海文学艺术奖的建议》的提案,希望尽快恢复"上海文学艺术奖"。

99. 陈伯吹儿童文学奖(1981 年至今,24 届)

陈伯吹儿童文学奖是由著名儿童文学家陈伯吹先生 1981 年捐资设立,旨在促进上海地区儿童文学创作发展,是中国儿童文学界四大最高奖项之一。设大奖和优秀作品奖,从 2003 年第 20 届起,增设杰出贡献奖,专门奖励终身从事儿童文学事业并作出突出贡献的德高望重的老作家。至今已举办 24 届。陈伯吹儿童奖是我国目前起步时间较早、连续运行时间最长的文学奖项之一,对鼓励和促进儿童文学的创作、培养儿童文学作家起到了极大作用。

100. 上海市作家协会幼儿文学奖(1998 年至今,6 届)

1998 年创办。由上海文学发展基金会与上海市作家协会主办、上海儿童读物基金会承办。凡本届别内出版的个人原创幼儿文学单行本著作都可参与评选。每两年评选一次,现已举办 6 届。秦文君、郑春华等新老作家获此奖项。该奖项对繁荣上海幼儿文学创作起到了一定的推动作用。

101. 文汇天廷文学奖(2006 年,1 届)

2006 年,为真正促进中国新世纪文学的发展,展示在全球范围内具有代表性的汉语言文学创作的最新成果,为新世纪文学创作搭建一个介绍新作、推介新人的平台,文汇新民联合报业集团文汇出版社和南京天廷文化实业有限公司,联合主办"首届文汇·天廷文学奖"大型文学活动,以此推动中国新世纪文学的健康发展。征稿范围为海内外汉语言小说原创作品，即未发表过的原创长篇、中篇、短篇小说(含微型小说)。设最佳长篇小说奖(奖金 12 万)、最佳中篇小说奖(奖金 4 万)、最佳短篇小说奖(奖金 2 万)、最具创作潜力奖(奖金 2 万)、最受读者欢迎奖(奖金 5 万)、最佳读者参与奖(奖金 5 万)。

102. 紫金山文学奖(2000 年至今，4 届)

由江苏省作协于 1999 年启动，是江苏文学的最高奖，每 5 年一届，已举办 4 届。被称为"江苏的鲁迅文学奖和茅盾文学奖"。评选范围为在江苏省工作和生活的作者在本届别期间正式出版发表的文学作品。参评的文学作品体裁上包括长篇小说、中篇小说、短篇小说、散文(散文集、杂文集、随笔集)、诗歌(集)、报告文学、儿童文学、微型小说(集)、文学翻译、文学评论。首届紫金山文学奖于 2000 年揭晓，共评选出 7 项 45 个奖额。其中编辑 6 名，作品 39 部，其中各单位专业作家的作品 12 部，业余作家的作品 27 部。第二届紫金山文学奖于 2005 年揭晓，范小青、苏童、叶兆言、毕飞宇等 42 名作家的作品获奖。第三届 2008 年揭晓，鲁敏、毕飞宇、李晓愚等获奖。第四届 2011 年揭晓，赵本夫、黄蓓佳等获奖。

103. 汪曾祺文学奖(1997 年至今，4 届)

江苏省作家协会、人民文学出版社《中华文学选刊》杂志社、高邮市委、市政府联合举办。1997 年，著名作家汪曾祺逝世，临终遗愿设立"汪曾祺文学奖"以奖励贡献突出的文艺人才。目前共举办 4 届。第三届汪曾祺文学奖的所有参选作品都以怀念汪曾祺先生为主题，作家凸凹以《温暖的汪曾祺》、苏北以《关于汪曾祺的几个片断》并列双双捧走金奖，彭匈、张守仁、李美皆、杨乔、金实秋等来自全国的 10 位作家分获银、铜奖。颁奖同时还举行汪曾祺先生逝世 10 周年系列活动。2010 年第四届揭晓，陈其昌、许伟忠、吴静、周荣池等 13 位作家获奖。

104. 金陵文学奖(1986 年至今，7 届)

由江苏省南京市文联、南京市作协主办，创办于 1986 年，是最早的城市文学奖，也是南京唯一的文学专项奖，每两年举办一次。每届奖励 20 名左右在两年期间发表或出版具有一定品质和影响作品的南京文学作者。设一等奖 2 名、二等奖 4 名、三等奖 8 名，提名奖若干名。已获南京市文学艺术奖、"五个一工程奖"的作品不再参评，可授予荣誉奖。目前，已举办 7 届。

105. 江苏省戏剧文学奖(2001 年至今，9 届)

江苏省唯一的省级戏剧文学类奖项，由江苏省文化厅主办。每年一届，目前已举办 9 届。该奖项旨在为舞台艺术精品工程积累优秀剧本，鼓励并举荐新作，发掘和培养人才。陆伦章、王立信、曹敬辉、杨蓉、罗周沙等获奖。第 2 届至第 8 届一等奖均空缺。第 9 届，一等奖为罗周的昆曲《春江花月夜》夺得。

106. 晨报文学奖(2002 年至今，8 届)

由江苏省徐州市委宣传部、市文联、市作协、《都市晨报》联合主办。自 2002 年举办第一届以来，到 2010 年已进入第 8 届。晨报文学奖旨在倡导纯粹文学，繁荣徐州创作，大力推荐、介绍、展示徐州作家(作者)的创作成果和现状。晨报文学奖以其高知名度、强大的影响力和号召力形成旗帜鲜明、风格独特的阵地，营造了徐州市城市人养眼怡神的一片精神乐土。

107. 朱自清文学奖（2006年至今，1届）

为繁荣文学创作，继承"五四"新文化传统，弘扬朱自清人文精神，展现扬州的历史文化和现代文明，鼓励更多更好的散文作品问世，扬州市自2005年起设立朱自清文学奖（散文）。该奖项由人民文学出版社《中华文学选刊》杂志社和中共扬州市委宣传部共同主办。每年从全国各地报纸杂志上发表的描写、展示、歌颂扬州的散文类作品和扬州作者（含扬州籍和曾在、正在扬州学习、工作、生活的人士）在全国各地报纸杂志上发表的散文作品中评选优秀作品予以奖励。原定每两年举办一届，现只举办1届。首届"朱自清文学奖"于2006年揭晓，《流连西柏坡》等10部参赛作品获奖。而"朱自清散文奖"从2010年开始，现已启动第2届。

108. 徐霞客旅游文学奖（2006年至今，1届）

为推动旅游事业的发展，促进旅游与文学的互动，繁荣旅游文学创作，2006年，南通市人民政府、江苏省作家协会、文汇报社、文汇出版社联合设立的"徐霞客旅游文学奖"首届颁奖。该奖每两年评选一次，分设散文奖、诗歌奖和摄影作品奖。凡在中国大陆及港、澳、台地区正式出版的报纸、刊物上发表的或由出版社出版的，以描写中国大好河山为主题的旅游文学作品，包括散文（篇、集）、诗集（篇、集）、摄影作品等均可参加评选。王志清、米思及、王海兵分获诗歌类一、二、三等奖，王充闾、沙白、曹保明分获散文类一、二、三等奖。

109. 浙江省（作协）优秀文学作品奖（1996年至今，5届）

"浙江省优秀文学作品奖"，是由浙江省作家协会主办的浙江省优秀文学作品奖唯一的省级文学专项奖，1996年首创，时称"浙江省1996年度优秀创作成果奖"。此后，每三年评选一次。"1997—1999年度优秀文学作品奖"包括莫小米的《门后的风铃》等；"2000—2002年度优秀文学作品评奖"获奖作家包括黄亚洲、艾伟、叶文玲、王彪、吴玄等；"2003—2005年度优秀文学作品奖"，共有42部作品获得该奖项，其中包括张廷竹的《大路朝天》、廉声的《长歌行》等。"2006—2008年度优秀文化作品奖"2009年颁发，41部作品获奖。

110."孟郊奖"全球华语散文大赛(2002年至今，2届)

为弘扬中华民族源远流长的孝文化，增进现代社会的人间亲情，激发华夏子孙热爱家乡、热爱祖国的情怀，让更多的海内外朋友了解孟郊故里——德清，北京新浪网、浙江省作家协会、浙江省德清县人民政府、浙江省德清县文学艺术界联合会联合主办"孟郊奖"全球华语散文大赛。作品需为原创，已经发表于互联网，但没有以任何形式在传统媒体上发表过或者被出版过的作品。4年一届。首届大赛于2002年揭晓，征文以母爱为主题，周明的《有了爱，就有了一切》获一等奖；第二届于2006年揭晓，主题为游子情怀，加拿大华人孙丕玟的《沐兰恩》获一等奖。

111.《西湖》文学双年奖(2005年，1届，似已停办)

这是由杭州市委宣传部、杭州市文联、杭州钢铁集团公司主办，杭州市作家协会、《西湖》杂志联合设立的一个全国性的文学奖项。首届于2005年8月揭晓，曾琦琦的《仓前轶事》，获首届《西湖》文学双年奖散文奖。南野的《语词断片》、叶舟的《四个词》、获首届《西湖》文学双年奖散文提名奖。谭延桐的

《诗四首》、获首届《西湖》文学双年奖诗歌奖；梁晓明的长诗《开篇节选》、泉子的《诗十二首》，获首届《西湖》文学双年奖诗歌提名奖。获首届《西湖》文学双年奖小说提名奖的作品共 3 篇，它们是：李浩的《一个国王和他的疆土》；但及的《腐朽的金牙》，俞梁波的《枪手》。该奖似已停办。

112. "萧山杯"新世纪散文奖(2004 年，1 届)

"萧山杯"新世纪散文奖是由中共杭州市萧山区委宣传部、萧山区文联与《人民文学》杂志社联合举办的一次全国性活动。"萧山杯"新世纪散文奖的设立，旨在繁荣中国散文创作，契合打造"实力萧山、活力萧山、魅力萧山"的良好机遇，进行一次经济与文学的联姻，从而达到双赢的目的。首届奖励自 2001 年 1 月起至 2004 年 10 月止在《人民文学》上发表的散文作品及 2004 年 1 月征稿启事后应征作品当中的优秀之作。2004 年 11 月揭晓，李国文、南帆、朝阳获得新世纪散文家奖，陈忠实的《原下的日子》、谢冕的《悲喜人生》、宇向的《蚂蚁的尖叫》、王家新的《不屈不挠的旅人》等 10 名作家的作品获优秀散文奖。

113. 山沟沟旅游文学奖(2004—2006 年，2 届，似已停办)

"山沟沟旅游文学奖"由余杭区作家协会、杭州双溪旅游开发公司于 2004 年年初发起设立，"山沟沟"景区提供全额赞助。"山沟沟旅游文学"作为余杭区作协的常设文学奖项，每年举办一次。"山沟沟"旅游文学奖一年评一次，内容就是写双溪漂流或山沟沟的(也包括电视片、歌曲、报告文学等)，必须公开发表，最后汇总评选。第一届的一等奖奖金是 5000 元，是第二届，没有分级别，每位获奖者奖金 1000 元。

114. 安徽文学奖(1992—2002年，5届，现已停办)

1992年，经安徽省委省政府批准设立，由安徽省人民政府主持颁发，曾成功举办5届。分小说奖、诗歌奖、散文奖等类别。1993年、1994年、1995年每年一届，为综合评奖。从1996年起改为每3年举办一届，第四届(评选1996—1998年作品)2000年5月颁奖。第五届(评选1999—2001年作品)2002年12月颁奖，别出心裁的是，第五届奖分年度和文体评选：1999年评选小说类作品，2000年评选影视剧类作品，2001年评选诗歌、散文、杂文、报告文学、民间文学、理论评论、曲艺类作品。崔莫愁的《走入枫香地》、尹曙生的《时代悲歌》、余国松的《半醒人语》等获奖。目前，该奖项已停办。

115. 北方文学奖(2007年至今，1届)

由安徽省作家协会、人民网·强国博客、北方文学会、公众网联合主办。征稿对象国籍、职业、年龄、学历不限。文体为小说、诗歌、散文、文学评论，必须是原创作品，一律采取网上投稿，作品主题、内容、风格不限。每位作者投稿作品为2篇以下；小说在1万字以下，提倡2000～5000字精短作品(可以节选)；诗歌和散文，每篇1500字以下；文学评论2000字以内。奖项设置为：小说、诗歌、散文一等奖各1名，奖金2000元；小说、诗歌、散文二等奖各2名，奖金500元；小说、诗歌、散文三等奖各3名，奖金200元；最佳文学评论奖6名，奖金200元；以及优秀奖、最佳网络人气奖、最佳网友评论奖。2007年为第一届。

116. 福建优秀文学作品奖(1988年至今，24届)

1988年，由福建省作家协会创办，是福建省文学创作的最高奖项。每年一届，现已成功举办 24 届。1991 年从第 4 届开始到 2004 年第 17 届止，得到著名实业家黄长咸的大力赞助，因此奖项名称模式为："福建省第 17 届优秀文学作品奖暨第 13 届黄长咸文学奖"（2004 年）。从第 18 届（2005 年）到第 24 届（2010 年）因得到菲籍华人实业家、慈善家陈祖昌的赞助改为："福建省第 24 届优秀文学作品奖暨第 6 届陈明玉文学奖"模式。24 年来，福建优秀作品奖，培养和发现了一大批当地优秀作家。特别是北北、杨金远、吴尔芬、南帆、赖妙宽、张宇、叶逢平等文坛新秀因获奖崭露头角。

117. 劲霸文学奖（2007—2008 年，1 届）

《福建文学》杂志社与劲霸（中国）有限公司、晋江市文联联合设立 2007—2008 年度《福建文学》"劲霸文学奖"。单篇作品最高奖金 5 万元，成为福建省文学史上单篇作品奖金最高的文学奖项。凡于 2007 年到 2008 年在《福建文学》上发表的文学作品均为候选篇目，该奖设《福建文学》劲霸文学奖 1 名，奖金 50000 元；提名奖 1 名，奖金 5000 元；编辑奖 1 名，奖金 5000 元，由知名作家、编辑和评论家组成终评委以无记名投票方式产生最终结果。该奖举办 1 届，似已停办。

118. 广东省鲁迅文学艺术奖（1983 年至今，8 届）

广东省鲁迅文学艺术奖由广东省文联主办。分文学艺术两大类。其文学类评奖旨在鼓励广东省优秀长篇小说、中篇小说、短篇小说、报告文学、诗歌、散文、杂文、儿童文学、文学理论和评论作品的创作，为建设广东文化大省，推动社会主义文学事业的繁荣与发展而设立，是广东省最具权威的文学奖。参评对象：广东省籍作家及在广东工作生活一年以上的入粤作家。

凡属评奖年度内公开发表和出版的上述文学体裁、门类的作品均可参加评选。1981 年设立,1983 年第一届评选揭晓,每三年一届,至今已成功举办 8 届。陈国凯、丛飞、倪会英等获奖。

119．广东省新人新作奖(1980—2006 年,15 届)

1980 年,由广东省作家协会创办,至 2006 年已评选 15 届。第 15 届评奖活动是已有 26 年历史的广东省新人新作奖的最后一届,根据广东省有关部门整顿合并评奖活动的要求,"广东省新人新作奖""广东省文学评论奖""广东省儿童文学奖"等省级文学奖将由"广东省鲁迅文学文艺奖"中的各文学奖项所代替。该奖项共评选出野湖川、谢有顺、吴君、张蜀梅等青年作家。

120．伟南文学奖(1999—2003 年,4 届,似已停办)

1999 年,《潮声》杂志社在香港爱国实业家陈伟南鼎力资助下,设"伟南文学奖"。《潮声》杂志是粤东唯一的纯文学刊物。评奖对象为在《潮声》首发的小说、散文、评论,作者所在地及籍贯、年龄、职业不限。设一等奖 1 名,奖金 5 万元;二等奖 3 名,奖金 5000 元;三等奖 5 名,奖金 3000 元;优秀奖 20 名,奖金 500 元。该奖项对于培养本地文学作者,促进潮汕地区和全国文学界的广泛交流方面起到很大的推动作用。原定每年一届,至今已评选了 4 届。许春樵、毕淑敏等著名作家曾获奖。

121．佛山文学奖(2006 年,1 届)

由广东省佛山市作协主办。分设 4 个奖项,包括"佛山荣誉作家"称号、佛山文学成就奖、佛山文学新锐奖和佛山文学创作奖。曾获佛山文学成就奖是评为"佛山荣誉作家"的其中一个条件。佛山文学成就奖是佛山文学奖的主项,必须曾获省鲁迅文艺奖，此外必须同时符合 4 个条件：一是市作协会员中的中国作协会员或至今坚持文学创作 50 年以上且有突出成绩的省作协会员；二是在国家出版社出版个人专著 3 部以上；三是获省级以上文学奖 3 项以上；四是在文学某一领域有突出建树。首届佛山文学奖于 2006 年揭晓，杂文家安文江、水乡诗人郑启谦等 9 人荣获佛山文学成就奖，其他奖项也都各归其主。

122. 东莞文学创作奖金（2005 年至 2010 年）

2005 年，为激励广东省东莞作家的文学创作热情，树立文学创作精品意识，提升该市文学品位和竞争力，东莞市作协携手天力广告公司设立东莞文学创作奖金。自 2005 年 5 月 1 日起，凡东莞市作家协会会员能获得全国"茅盾文学奖"的，东莞市天力广告有限公司奖励 30 万元人民币，获得中国作协"鲁迅文学奖"的，可获奖励 10 万元奖金，有效期为五年。

123. 荷花文学奖（2007 年，3 届）

由桥头镇、东莞市作协等单位主办，是东莞唯一一个纯文学大奖。以"荷花"命名文学奖，一方面，取荷花"出污泥而不染"的品格；另一方面，为扩大桥头荷花节的影响，提升桥头荷花文化的品牌价值。每两年一评，只面向在东莞生活工作一年以上的作者，送评作品必须在评奖的前 2 年已经在省级以上文学期刊或报纸发表。设年度长篇小说奖、年度中篇小说奖、年度短篇小说奖、年度诗歌奖、年度散文奖、年度报告文学奖、年度文学评论奖 8 个奖项，每奖各评 1 名。另设"突出贡献奖"，奖励对东莞文学创作发展贡献突出者。首届荷花文学奖于 2007 年 6 月揭晓，穆肃荣、黄应秋荣、莫树材等获奖。

2009年6月，第二届揭晓，曾明了、王十月等获奖。2011年6月，第三届揭晓，杨双奇、黄运生等获奖。

124．"新乡土文学"征文大赛(2007年，1届)

由《佛山文艺》发起，联合《人民文学》杂志社、《莽原》杂志社和新浪网共同主办。旨在响应党中央提出的"建设社会主义新农村"的方针和号召，更好地让"新乡土文学"的口号尽快落到实处，填补当下乡土文学写作的缺失，促进新时期乡土题材小说的发展。大赛设一名最高奖额为8万元的大奖，另设提名奖若干名。体裁仅限于中短篇小说。首届大赛于2007年揭晓，作家迟子建以小说《花牤子的春天》一举夺得奖金高达8万元的大奖，吕新、范稳等其他10名作者获得大赛提名奖。

125．广西文艺创作铜鼓奖(1989年至今，6届)

1989年，由广西壮族自治区人民政府主办，"振兴广西文艺创作铜鼓奖"，简称"广西文艺创作铜鼓奖"，每4年一届。目前已评选6届。黄书光、刘保元等人著的《瑶族文学史》、东西的《跪下》、常海军的《八月流浪儿》、沈祖连的《男人风景》、黄佩华的《生生长流》、光盘的《王痞子的欲望》、蒋锦璐的《美丽嘉年华》等获得此奖。每届评奖广西壮族自治区人民政府都要向获奖者颁发奖证、奖品和奖金。"铜鼓奖"地效地培养了广西中青年作家，有力地推动了广西新时期的文学创作。

126．壮族文学奖(1991年至今，6届)

壮族文学奖1991年由壮族作家创作促进会组织评选，每隔4年一评，它是代表壮族文学创作最高水平的权威奖项。该奖项要求参评作品蕴涵着这个民族特有的风格，体现作家的创作个性和人文追求。凡本届别内出版的由壮族作家创作的长篇小说、中短篇小说集、散文集、诗集、评论集，均可参加评奖。先后表彰了数十部优秀壮族作家作品。至今已举办 6 届，黄佩华、凡一平、黄伟林、李约热等获奖。第五届起，壮族文学奖里增设了壮文文学奖。

127. 广西戏剧文学奖(1997 年至今，8 届)

"广西戏剧文学奖"是经广西区党委宣传部批准由广西文联和广西戏剧家协会共同实施的一项重要文学评奖活动。1997年 7 月 18 日由广西戏剧家协会在南宁饭店隆重举行为期两天的首届颁奖大会以及获奖剧本座谈会。目前，该奖项已成功举办 8 届。该奖项共推出《歌王》《哪嗬咿嗬嗨》《大海的儿子》《太阳花》《女娲大神》《桂林故事》等优秀戏剧作品，为广西的戏剧艺术创作的繁荣做出了功不可没的成绩。这些作品在全国的赛事中都取得了优异的成绩。这充分地显示了"广西戏剧文学奖"的作用和影响。

128. 青年文学"独秀奖"(1992 年至今，9 届)

青年文学"独秀奖"是为鼓励广西青年作家的文学创作，推动广西文学事业繁荣与发展而设立的唯一的广西青年文学最高奖。该奖规定每两年评选一次(并未严格遵守)，从 1992 年开始至今已评选出 9 届，每届只评奖一名作家，广西籍 40 岁以下的青年作家均可参评。黄佩华、张燕玲、东西、海力洪、凡一平、杨映川等优秀青年作家分别获得过此项奖。

129. 齐鲁文学奖(2002 年至今，2 届)

是经山东省委宣传部批准、由省作家协会主办的山东省最高文学大奖。设文学创作奖、文学评论奖、文学编辑奖和特别奖 4 类，每 3 年评选一次，其中文学创作奖 7 项，另外在每届

"齐鲁文学"奖评选时间内,荣获中国作家协会颁发的茅盾文学奖、鲁迅文学奖、儿童文学奖和少数民族骏马文学奖项的作品,均荣获该奖特别奖。第一届于2002年举办,第二届于2006年揭晓,张炜的《外省书》、赵德发的《君子梦》等获文学创作奖,韩青等获优秀文学编辑奖。

130. 牡丹文学奖(2007年至今,1届)

由山东省菏泽市委宣传部、市人事局、市文学艺术界联合会、市作界协会联合举办。体裁包括小说、散文(含随笔)、诗歌(含古体诗词)、纪实文学四种。凡2000年以来该市作者在全国各级文学期刊及各类报纸、杂志上发表以及出版社正式出版的单篇(部)作品均可参评。每位作者每种体裁限报3篇(部)以内,诗歌限报5首以内。在奖项设置中,中短篇小说、散文、诗歌、短篇纪实文学分别设一、二、三等奖及佳作奖。长篇小说和长篇纪实文学分设优秀奖及佳作奖。该奖为菏泽市文学最高奖,首届评选于2007年举办。

131. 赵树理文学奖(1981年首设,2004年恢复,3届)

"赵树理文学奖"是山西省文坛的最高文学奖,于1981年首次设立,后由于种种原因停办。2004年,山西省作协筹划重新恢复这一奖项。设作品奖、文学新人奖、优秀编辑奖、荣誉奖四大奖项,每3年评选一次。同时面向全国专设了"赵树理文学奖·长篇小说特别奖",此奖项每年评选一次。恢复后的首届"赵树理文学奖"揭晓,成一的《白银谷》、李锐的《银城故事》与齐国宝和王鹰的《天地民心》、王祥夫的《顾长根的最后生活》、高芸香的《吴成荫买分》等获奖。2007年,第三届颁奖,蒋韵的《隐秘盛开》,夏原平的《换届》等获奖。

132. 河南省"五四"文艺奖（2002年至今，8届）

由河南省共青团组织授予青年文艺工作者和优秀文艺作品的青年文学奖。评选由团省委、河南省文学艺术界联合会共同组织开展，将最终评出金、银、铜奖和优秀组织奖；特别优秀作品，将推荐参加共青团精神文明建设"五个一工程"奖和省"五个一工程"奖评选。旨在进一步激励广大青少年文艺工作者和爱好者深入基层、深入青年，创作出更多思想深刻、艺术精湛、青年欢迎的优秀作品，不断丰富青少年的精神文化生活。奖项分文学作品、书法、美术、摄影作品4类。2002年始办，每年一届，目前已成功举办8届。

133. 商丘文学奖（1999年至今，7届）

由商丘市作协主办。从1999年开始举办第一届，到2007年已经举办7届。商丘文学奖评选作品体裁为：长篇小说、报告文学、散文、诗歌等，宣传商丘文学奖报送作品体裁为，作品须发表在省级以上报刊和出版社。第三届商丘文学奖冠名"夏邑杯"、第七届冠名"新城杯"。张兴元的短篇小说集《骂街》、王士敏的小说集《错位》、王念夫的科幻小说集《复仇的两性人》获商丘文学奖。王书生、韩丰的报告文学《留美博士后》等获此奖。

134. 陕西文艺大奖（2007年至今，2届）

2007年，陕西省委、省政府设立的"陕西文艺大奖"，该奖项由陕西省委宣传部组织实施，分设"文学奖""艺术成就奖"和"特别荣誉奖"。每3年评选一次。2007年10月11日，由省委宣传部等主办的第十届精神文明建设"五个一工程"暨首届"陕西文艺大奖"颁奖。首届参评作品涵盖了2000年至2005

年期间公开播出、演出、放映、发表、出版的文学、电影、电视剧、戏剧、音乐作品等门类及艺术成就奖。长篇小说《秦腔》(贾平凹)、《西去的骑手》(红柯)获"文学奖",此外还有电影《美丽的大脚》,电视剧《激情燃烧的岁月》、《郭秀明》,戏剧《迟开的玫瑰》、《张骞》,歌曲《西部扬帆》、《圪梁梁上的二妹妹》等7部作品获奖。陈忠实、贾平凹等7人获"艺术成就奖"。2009年,第二届颁奖,马玉琛的《金石记》等获奖。

135．柳青文学奖(2006年至今,2届)

为弘扬柳青深入生活、关注底层、献身文学的崇高品格和精神,促进陕西文学创作的繁荣和发展,由陕西省作家协会、西安市文学艺术界联合会、西北大学文学院、陕西师范大学文学院、白鹿书院、长安区委区政府联合主办。3年一评。评选范围为本届别内陕西作家及在外陕西籍作家正式出版、发表的长、中、短篇小说。首届于2006年揭晓,方英文、孙见喜、红柯获长篇小说奖,张虹、吴克敬获中篇小说奖,温亚军、李凤杰获短篇小说奖,王晓云、王渊平、寇挥获文学新人奖;陈忠实、贾平凹获得突出成就奖。2010年12月,第二届颁奖,叶广芩、吴克敬、和谷等12获奖。

136．汉中金贤文学基金奖(2004年设立)

2004年12月17日陕西省汉中市镇巴县农民鲜金贤出资100万元设立的"汉中金贤文学基金奖"在汉中市文联第三次代表大会开幕式上,进行了首次颁奖。汉中市作家周竞、李汉荣等15人获奖。鲜金贤20年前到外省矿山打工,历经磨难,创造了可观的业绩。他饱尝文化素质低的苦涩,决心为贫困山区文化事业发展多作贡献。2003年8月　镇巴县文联成立时,他出资 50 万元设立了"镇巴农民文学基金奖",并出资 120 万元新建了镇巴县文联办公大楼。2004 年 3 月,他又出资 100 万元设立了"汉中金贤文学基金奖",奖励汉中优秀文学创作,成为中国较为罕见的普通农民文学基金奖。

137. 毛泽东文学奖(1999 年至今,4 届)

是报请湖南省委、省政府批准的该省文学最高成就奖,创立于 1997 年,奖励基金由白沙集团捐资 150 万元、香港实业家李阳捐资 25 万元组成。湖南省作协主办。奖项包括长篇小说、中短篇小说集、诗歌集、散文集、报告文学集、文学评论集、儿童文学作品集。每门类每届只评一部作品,该门类作品如投票未过半数票时,则可空缺。每奖 1 万元。迄今评奖 4 届。第一届 1999 年评出,共有陶少鸿、蔡测海、凌宇等 6 位作家获奖,报告文学奖空缺。第二届 2004 年评出,阎真的《沧浪之水》(长篇)、聂鑫森的《生死一局》(中篇)、李元洛的《宋词之旅》(散文)获奖,其余 4 项因未过半数空缺。2007 年 12 月揭晓第三届,何立伟《像那八九点钟的太阳》、向启军《南方》等获奖,散文集和文评集奖空缺。2011 年第四届揭晓,贺晓彤《钢铁是这样炼成的》》等获奖。

138. 张天翼儿童文学奖(2006 年至今,2 届)

由湖南省作家协会主办,湖南省作协儿童文学委员会、湖南省寓言童话文学研究会承办。主要奖励湖南籍作家公开出版的童话、寓言、小说、散文、诗歌、故事、评论等各类儿童文学优秀作品。凡本届别内湖南籍作家公开出版的童话、寓言、小说、散文、诗歌、故事、评论等各类儿童文学优秀作品均可参与评选。此奖前身为"张天翼童话寓言奖",2006 年 8 月经中共湖南省委宣传部批准更名为"张天翼儿童文学奖"并进行首次评奖，评奖范围扩大至各类儿童文学作品，每3年一届。首届于2006年9月揭晓，贺晓彤、谢乐军获"特别荣誉奖"，王树槐、汤素兰等获"优秀作品奖"。2011年，第二届揭晓，牧铃的《艰难的归程》等获奖。

139. 湖南省青年文学奖(1983年至今，25届)

由湖南省作协创办于1983年，旨在奖励湖南40周岁以下的青年优秀作家。每年评选一届，每届一人，原则上不得突破一人，奖励成绩最优秀的湖南省青年作家。奖金8000元。目前，已成功举办25届。韩少功、王跃文等都曾获奖。

140. 丁玲文学奖(1987年至今，8届)

1987年原中共常德地委根据常德地区文联的倡议，决定成立丁玲文学创作奖励基金会(2005年更名为丁玲文学创作促进会)，负责颁发"丁玲文学奖"。该奖项原则上每三年颁发一次。其宗旨是扶植文学新人，奖励文学精品。参评作品范围为公开出版的长篇小说、小说集、散文集、诗歌集、报告文学集、文学评论集、民间文学集、戏剧、电影、电视文学集等个人专集。单篇作品不参加评奖。参评范围须是在丁玲故乡湖南常德市工作的作者作品(北大荒对丁玲文学奖给予了较大的支持，每届评奖给予一定名额)。设立一、二、三等奖、纪念奖。24年来，共评出8届获奖作品，培养了大批优秀作家。

141. 九头鸟长篇小说奖(2003—2005年，2届，似已停办)

为促进和繁荣长篇小说创作与出版，长江文艺出版社于2003年设立"九头鸟长篇小说奖"，每2年评选一次。评选采取专家和读者相结合的办法。评选共分 3 轮。第一轮由出版社组织资深编辑评选，第二轮由武汉的评论家、学者评选，第三轮由北京方面的评论家、作家评选。同时，请全国各地读者投票评选心目中的最佳"九头鸟"长篇小说。设一等奖 1 名，二等奖 1 名，三等奖 2 名，一、二、三等奖将分别获得 10 万、3 万、1 万元奖金。首届"九头鸟长篇小说奖"于 2003 年 1 月揭晓，共有 5 部作品胜出，张一弓的《远去的驿站》获一等奖，第二届于 2005 年 1 月揭晓，姜戎凭借《狼图腾》获得大奖。似已停办。

142. 胡风文学奖（2004 年至今，5 届）

湖北蕲春是我国著名诗人、文学评论家胡风的故乡。为繁荣文学创作，激发全县文学爱好者的创作热情，蕲春县决定从 2004 年起设立"胡风文学奖"，每年评选一次，并由县财政拨专款奖励获奖作者。评选对象为湖北蕲春县作者和蕲春籍在外工作人士。体裁包括小说（含通俗文学）、报告文学、文艺评论、诗歌、散文、杂文、戏剧、电影、电视剧、广播剧、小品（电视小品）。设特等奖 1 名，一等奖 1 名，二等奖 2 名，三等奖 3 名，优秀奖若干名。略备奖金，目前已举办 5 届。

143. 四川文学奖（1981 年至今，6 届）

由四川省作协主办，设立于 1981 年，是代表四川省文学创作水平的最高奖项，现确定每 3 年一届。设小说、诗歌、散文、报告文学、文学理论评论、儿童文学、文学翻译、影视剧本（原创）等 8 个奖项，设奖总数 40 个。至今，已成功举办 6 届，先后有 300 多件作品获奖，其中不乏在全国产生重大影响的精品力作。获奖作家中有的不仅成为新时期四川文学的领军人物，而且在当地中国文坛，乃至海外都产生了重要影响。

144．巴金文学院"茅台文学奖"(2004 年至今，7 届)

2004 年，由四川省作协、巴金文学院联合主办。旨在以实际行动实践"三个代表"重要思想，"出精品，出人才"，繁荣文学创作。奖励范围为四川省文学创作中有突出成就的中青年作家。每年评选一次，每次评选出 1 至 3 位。至今已举办 7 届，阿来、裘山山、邓贤、麦家、罗伟章分别获奖。该奖因茅台集团捐资又被称为"茅台文学奖"。巴金文学院另有"诺迪康杯"文学奖，已办 13 届。

145．重庆市文学艺术奖(2001 年至今，5 届)

2000 年，经中共重庆市委常委会研究决定，成立重庆文学艺术奖评奖委员会，具体负责"重庆市文学艺术奖"的评奖工作。该奖项主办单位为重庆市委市政府，由两大办公厅组织协调相关事宜。是重庆市文学艺术的最高奖项。该奖共设文学、音乐、美术、舞蹈、摄影、书法等 13 个奖项。2001 年首次评奖，每 2 年评一次奖，目前已举办 5 届。余德庄、阿蛮、郭继卫、黄济人等曾获此奖。

146．甘肃黄河文学奖(2004 年至今，3 届)

由甘肃省委宣传部批准设立，甘肃省文联、省作协主办的甘肃省文学创作最高文学奖。旨在进一步推动和促进甘肃文学事业的繁荣和发展，实施甘肃省文学创作"精品工程"。每 3 年举办一次，分长篇小说、中篇小说、短篇小说、诗歌、散文、纪实文学(含报告文学)、儿童文学和文学评论 8 个种类，每个种类分设一、二、三等奖若干名，并将酌情设立"新人奖"。获得"茅盾文学奖""鲁迅文学奖""全国少数民族文学骏马奖"和"全国儿童文学奖"的作者授予"特别荣誉奖"。首届黄河文学奖于 2004 年揭晓,以无记名投票方式共评出 39 个等级奖,19个优秀奖。第二届 2008 年 1 月揭晓,共有 71 部作品获奖。第三届 2009 年 12 月揭晓,106 件作品获奖。第四届 2011 年 9 月启动。

147. 青海省优秀作品奖(1984 年至今,6 届)

1984 年 10 月,为了庆祝中华人民共和国建国 35 周年,检阅青海省文学艺术的丰硕成果,调动和鼓励青海省各民族文学艺术工作者的创作积极性,开创青海文学艺术事业的新局面,青海省文联报经省委、省人民政府批准,设立了青海省庆祝建国 35 周年"优秀作品奖"也称"政府奖",包括各种文学艺术门类,获奖者以省人民政府名义颁发获奖证书和资金。每 5 年举办一次评奖活动,延续至今,已连续举办评定了庆祝建国 35 周年、40 周年、45 周年、50 周年、55 周年、60 周年 6 届。

148. 青海省青年文学奖(2000 年至今,5 届)

2000 年,为了发现、培养和奖掖文学新人,繁荣青海的文学创作,青海省作家协会报经省文联、省委宣传部批准,设立了两年一届的"青海省青年文学奖"。凡青海省 40 周岁以下各族青年在《青海湖》文学月刊、《青海日报》副刊以及其他省级以上报刊公开发表、出版的小说、散文、报告文学、诗歌、评论作品,包括用民族语言文字发表出版的作品,均可参加评奖。每次根据参报数量设立奖项若干,所有参评作品不划分体裁、门类、名额,以质取文,保证质量。因参评作品获奖的编辑也同时获得编辑奖。2000年首届颁奖，2002年第二届颁奖，2006年第三届颁奖，2009年第四届颁奖，2011年第五届颁奖。曹建川、扎西东主、多杰才旦等获奖。

149.《青海湖》文学奖(2004年至今，7届)

2004年由《青海湖》文学月刊主办《青海湖》文学奖，曹有云、李成虎、冯积岐、张弓等获此奖项。首届《青海湖》文学奖获得者曹有云，是青海格尔木青年诗人，也是格尔木市文艺沙龙的发起人和核心组织者。2004年至今，每年举办一届，共举办7届。

150.　汗腾格里文学奖(1989年至今，18届)

"汗腾格里文学奖"是对一年内在新疆维吾尔自治区范围内的维吾尔文文学刊物上发表的优秀文学作品进行评选后颁发的文学奖，是新疆维吾尔文学最高奖项。1989年由乌鲁木齐市文联《塔尔塔格》杂志带头的6个维吾尔文文学刊物的自愿组合而设立，从1993年起，"汗腾格里文学奖"颁奖活动在新疆作家协会的统一管理之下进行，由《塔里木》《天尔塔格》《伊犁河》《喀什》《民族文学》《玛依布拉克》《塔里木花朵》《中国民族》《文学译丛》《新疆文艺》《美拉斯》等16家杂志参与该项奖的评比。由这些维吾尔文文学刊物轮流承办。至今已举办18届。

151.　"索龙嘎"文学奖(1984年至今，9届)

1984年由内蒙古自治区政府设立。每3年评选一次，目前已评选9届。旨在表彰和奖励坚持文艺为人民服务、为社会主义服务的方向，体现时代精神，富有艺术成就的文学艺术工作者。表彰代表内蒙古文学创作最高成就的文艺作品，以及为促进和繁荣内蒙古文学事业做出突出贡献的文学创作工作者。凡在内蒙古生活和工作的文学工作者及其在自治区或全国公开发行的报刊和正式出版部门发表、出版的蒙汉文文学作品、文学理论和文学评论均可参加评奖。系内蒙古文学艺术创作最高荣誉奖。敖德斯尔、贡·巴达拉夫、萨仁托娅等获奖。

152. "敖德斯尔"文学奖（1999 年至今，4 届）

敖德斯尔是蒙古族当代著名作家之一，多次获内蒙古最高文学奖，他把获奖全部奖金捐献给内蒙古文学创作基金会，设立"敖德斯尔"文学奖。与"索龙嘎"文学奖同时颁发。1999 年首届颁发，每 3 年评选一次，已评选 4 届。旨在表彰代表内蒙古文学创作最高成就的文艺作品，以及为促进和繁荣内蒙古文学事业作出突出贡献的文学创作工作者。凡在内蒙古生活和工作的文学工作者及其在自治区或全国公开发行的报刊和正式出版部门发表、出版的蒙汉文文学作品、文学理论和文学评论均可参加评奖。季华、白金声、海勒根那等获奖。

153. 明天·额尔古纳中国诗歌双年奖（2004 年至今，2 届）

由《明天》诗刊和内蒙古自治区额尔古纳市联合举办。通过网络公开提名与专家综合评审相结合的方式评选获奖者。试图以其严肃性、纯民间性以及评选过程的公众参与性，以期成为 21 世纪中国诗歌最重要的专业奖项，奖掖对象为 1950 年后出生、健在的中青年诗人。首届于 2004 年举办，伊沙获诗歌双年展大奖，胡续东获诗歌新锐奖，梁平获长诗奖，李少君获最佳诗歌评论奖，而伊沙与西川还获得 200 亩草原私人牧场的奖励。第二届于 2007 年 1 月揭晓，李亚伟获艺术贡献奖，余怒获双年诗人奖，雷平阳获双年新锐奖，沈奇获双年评论奖。

154. 乌江文学奖(2006—2007年，2届)

"乌江文学奖"是贵州省作家协会与贵州思南县委、县政府共同设立的省级文学专项奖。"乌江文学奖"每2年一届，分为"乌江文学奖"和"乌江文学荣誉奖"两项。此外还附设《乌江文学》刊物奖。评选范围为贵州省作家本届别公开出版或发表的作品及其他地区作家反映乌江流域题材的文学作品可参评。思南县是乌江中下游经济文化中心，素有"黔东首郡"之称。乌江文化代表了贵州文化，更代表了思南文化。首届于2006年揭晓，共有王华的《桥溪庄》、安元奎的《行吟乌江》等8部作品获奖。

155. 黑龙江少数民族文学奖(2005年至今，3届)

黑龙江省是多民族聚居的省份，为进一步推进建设边疆文化大省的战略目标，活跃全省少数民族文学创作，黑龙江省设立了"黑龙江省少数民族文学奖"。该奖是由黑龙江省委宣传部、省民族事务委员会、省作家协会联合主办的。每2年一届。首届颁奖2005年举行，朝鲜族作者全勇先的长篇小说《独身行走》等5部作品获一等奖；2007年，第二届评比揭晓，段金林的《奔向太阳》等4部作品获得一等奖。2010年12月，第三届评奖揭晓，陈玉谦的《插树岭》等3部作品获一等奖。该奖项对于培养少数民族文学人才、促进少数民族文学创作将会产生积极而深远的影响。

156. 长白山文艺奖(1985年至今，10届)

长白山文艺奖是由吉林省省委、省政府主办，吉林省委宣传部承办的该省文艺最高奖。每3年一届。目前已举办10届。设"作品奖""成就奖"和"特别奖"3个奖项。"作品奖"主要评选各类优秀文艺作品，包括文学、戏剧、电影、电视剧、广播剧、文艺评论、美术、书法、音乐、舞蹈、杂技、曲艺、摄影和民间文艺等。《瀚海》《家族之疫》《女孩》《站长老谁》《开国大典》《蒲松龄与民间文学》《动迁》等曾获此奖。

157．长春文学奖（2006 年至今，3 届）

长春文学奖是长春市首次设立的一项专业性、权威性的文学奖。由长春市作协主办，每 3 年评选一次。首届长春文学奖于 2006 年 2 月揭晓，金仁顺的中、长篇小说集《绿茶》荣获金奖，肖达的中篇小说集《上邪》等 4 部作品获得银奖，刘庆的长篇小说《长势喜人》等 7 篇作品获得铜奖。2008 年，第二届颁奖，谢顾丰的《气血飞扬》等几部作品获奖。2011 年，第三届颁奖。

158．长白山微型作品奖（2004 年，1 届，现已停办）

为提倡写短文，说短话的文风，以适应快节奏的现代生活，2004 年辽宁省长风律师事务所律师助理姜玉姬出资设立长白山微型作品奖。这一奖分微型小说奖（微型小说作品字数限制在 1500 字以内）和微型随笔奖（微型随笔字数限制在 500 字以内）。获奖者每人将获得 2000 元奖金和纪念品，并为获奖者的作品结集出版。首届长白山微型作品奖于 2004 年举办，有 3 篇微型小说获奖，分别是林元春的《毯子》，朴一的《练歌房里的男士们》，康孝根的《责任》；有 3 篇微型随笔获奖，分别是杨恩姬的《在季节前垂首》，张正一的《在阴天里学会愉悦》，金东振的《爱之手》。现已停办。

159．长白山梦都美文学奖（2000 年至今，7 届）

为帮助解决作者们出书难之苦，吉林《长白山》杂志社与广州梦都美集团于 2000 年联手设立"长白山梦都美文学奖"。奖给每个获奖者出版一部 320 页左右篇幅的个人作品集，长篇作品获奖者不受其篇幅限制。至今，成功举办了 7 届，为 36 个获奖者出版了个人作品集。林元春的长篇小说《伞在雨中泣》，权善子的中篇小说《母亲的大地》，韩春的组诗《2003 年 4 月的冥想》等获此荣誉。

160．辽宁文学奖(1999 年至今，7 届)

"辽宁文学奖"是 1999 年经辽宁省委宣传部批准设立，由辽宁省作家协会主办的省级规范化文学最高奖。辽宁文学奖包括中篇小说奖、短篇小说奖、诗歌奖、散文奖、报告文学奖、文学评论奖、文学翻译奖、青年文学奖共 8 个单项奖。原来单独设立的"辽宁优秀青年作家奖"2005 年经省委宣传部批准，正式并入辽宁文学奖，并更名为"辽宁文学奖——青年作家奖"，旨在表彰该省 40 周岁以下的青年作家的整体创作成绩。本奖项 2 年一届，目前共举办 7 届。孙春平的《放飞的希望》、中夙的《利斧之刃》、李铁的《乡间路上的城市女人》、津子围的《说是讹作》、白天光的《雌月季》、王立春的《骑扁马的扁人》等获奖。

161．曹雪芹长篇小说奖(1996 年至今，11 届)

曹雪芹长篇小说奖是经辽宁省委宣传部批准的由辽宁省作协和辽阳市政府共同设立的辽宁省长篇小说最高奖项。该奖自 1996 年创办至今，每年评选一届，已评选 11 届，总共只评选出 6 部作品，为维护该奖的严肃性和权威性，共有四届空缺，使这一省级文学奖体现出难能可贵的权威性，深受全国文坛好评。2005 年经省委宣传部批准，已由原来设定的年度奖改为与辽宁文学奖其他单项奖同样时限的双年度奖。刘兆林的《不悔录》、翟恩猛的《疯祭》、谢友鄞的《嘶天》曾获此奖。

附录二 中国台港澳地区及世界华文文学奖励奖项辑录(136 项)

(特别说明：由于地域的特殊性，在资料原本匮乏的情况下，加上中国政府管理严格，此附录虽费尽心力，并得到公安部门和一定的海外资料支持，但仍有少数奖项详情难以摸清，只能寄望于今后)

一、台湾文学奖励

1. 中华文艺奖金委员会奖金(1950—1957 年，6 届，现已停办)

中华文艺奖金委员会成立于 1950 年 3 月 1 日，简称"文奖会"，由张道藩、程天放、陈雪屏、狄膺、罗家伦、张其昀、胡建中、陈纪滢、李曼瑰 9 位委员组成，每年分两次即 5 月 4 日及 11 月 12 日对外公开征稿，经评审定为优良者，给予较高稿酬或奖金，征稿范围包括诗歌、曲谱、小说、文艺理论、话剧、平剧、漫画及木刻等。中华文艺奖金委员会至 1957 年 7 月结束。曾设"五四文艺奖金""五四奖金""元旦奖金""国父诞辰纪念奖金""双十节奖金"5 个不同的奖项。最长的"五四奖金"共举办 6 届。其他奖项曾举办一届至五届不等。这是蒋介石政府退守台湾早期较有影响的文艺奖项。

2. "中国"文艺协会文艺奖章(1960 年至今，52 届)

由"中国"文艺协会于 1960 年起颁发。文艺奖章采用推荐制，奖项不固定，有散文、小说创作奖，亦有翻译奖、论评奖、报导文学奖、海外文艺工作奖及其他(音乐、舞蹈等艺术项目），每年五四文艺节颁发。先后有文学作家、画家、摄影家、戏剧家、舞蹈家等超过 500 人获得该项荣誉。自 1981 年起，"中国"文艺协会为奖励海内外有优异表现之文艺工作者，特另设置"荣誉文艺奖章"，其赠予对象为岛内外从事文艺教育或文艺工作者，对于"国际"文艺交流有重大贡献者，以及对"中国"文艺协会工作，给予特别支持或赞助者。每年一届，至今年，已举办 52 届。

3. "国军"文艺金像奖(1965 年至今，45 届)

由台湾"国防部"主办，设立于 1965 年。旨在倡导"国军"新文艺运动，并鼓励"国军"及军眷创作风气，发掘及培植文艺人才。征选作品项目包括文艺理论、小说、散文、诗歌、影剧、及其他美术、广播、音乐、国剧、民俗等类。从创办之日，无有中断，每年一届，至今已举办 45 届，极大地促进了台湾军界文学创作风气的和水平的提高。"'国军'文艺金像奖"是台湾军界官方最权威的文学奖项之一。

4. 青年文艺奖金(1965 年、1966 年，2 届，现已停办)

由台湾青年反共救国团和台湾"中央"日报社主办，设立于 1965 年。旨在表彰和激励"反共救国、反攻大陆"的台湾青年文艺创作，鼓励其创作热情，提高其作品水平。分别于 1965、1966 年举办 2 届。现已停办。

5. 中山文艺创作奖(1966 年至今，45 届)

由"中华民国"中山学术文化基金会创办于 1966 年。旨在奖助有关国父——孙中山思想的文艺创作，奖助项目包括文艺理论、批评、小说、散文、新诗、传记文学、报导文学及其他艺术项目等。申请者需由岛内外文艺学术团体或公私立大专院校推荐，个别申请不予受理。每年一届，现已举办45届。

6. "国家"文艺奖（1974年至今，37届）

由"国家"文艺基金管理委员会主办。"国家"文艺基金会成立于1974年，是台湾当局为奖助优良文艺创作及各项文艺活动所特设的基金会；除设置"国家"文艺奖外，其职掌还包括奖助文艺作品翻译、文艺活动、文艺人才、文艺事业及国际文艺交流等工作。奖励种类分为文艺理论、诗歌、小说、散文、新闻文学、传记文学、儿童文学、美术、音乐、舞蹈、戏剧、演艺等；每类奖励最优创作各一种至二种，奖励总额每年以10名为限。1994年，"'国家'文艺奖"在经过21年后，由"'国家'文化艺术基金会文艺奖"取而代之，至1997年，该奖又连续举办4届（总第25届）。自1998年第五届（总第26届）起正式恢复为"'国家'文艺奖"。奖项分为文学、美术、表演艺术三项。每年一届，现已举办37届。

7. 中兴文艺奖章（1978年至今，33届）

由台湾省文艺作家协会主办，设立于1978年。旨在表扬暨奖励台湾省各地区从事文艺创作工作成绩优良者，借以促进地区文化建设，提高文艺创作功能。分文艺理论、批评、小说、散文、海外文艺、报导文学、儿童文学等奖项。每年一届，现已举办33届。

8. "教育部"文艺创作奖（1982年至今，28届）

由"台湾教育部"及中华文化复兴运动总会主办，"国立"台湾艺术教育馆承办，设立于1982年。旨在鼓励文艺创作，提升国民生活素养。征奖的奖项历届不一，范围颇宽。文学奖项下有短篇小说、散文、儿童文学、新诗、古典诗词；艺术奖项下有国剧剧本、舞台剧剧本、国乐、国画、书法、摄影、油画、水彩、音乐创作。自 2006 年 1 月 1 日起，为提倡学校师生文艺创作，强调台湾主体认识，加强社会关怀面，彰显爱乡爱土的精神，"教育部"修正文艺创作奖参赛资格规定，改为限具"中华民国"国籍的专任教师或在学学生资格者方可参加。参选作品需未在任何一地以任何媒体形式发行过。每年一届，现已举办 28 届。

9. 台湾省儿童文学创作奖(1988—2001 年，14 届，现已停办)

由台湾省政府教育厅主办，创立于 1988 年。1998 年至 1999 年，转由台湾省政府文化处主办。2000 年，再转为台湾"行政院"文化建设委员会主办。2001 年起更名为"儿童文学创作奖"。征文作品以童话、少年小说为主，采用两年童话、两年少年小说的方式轮流办理。取首奖一名、优等二名、佳作三名，各项名额视作品水平作增减。每年一届，至 2001 年共举办 14 届，现已停办。

10. 文艺金环奖(1990—1992 年，3 届，现已停办)

由台湾警备总部及军管区司令部主办，设立于 1990 年。旨在奖励后备军人及眷属文艺创作。奖项包括小说、散文、报导文学、剧本、朗诵诗及其他国画、水彩、书法、摄影等艺术项目。每项分设金环、银环、铜环及佳作奖等。每年一届，共举办 3 届，分别为 1990 年、1991 年、1992 年。现已停办。

11. 小太阳奖(1996—2001 年，6 届，现已停办)

由台湾"行政院"新闻局主办，设立于 1996 年。旨在"为儿童与青少年的读物建立标杆，提升国内儿童与青少年读物的质量，并且增进国人对优良儿童读物的认知及素养。"奖项设置包括最佳创作、最佳编辑、最佳插图、最佳美术设计、最佳翻译五项个人奖；1997年起又增设图画故事类、科学奖、人文类、文学语文类、丛书－工具书类、漫画类、杂志类七个团体奖。"小太阳"三个字选材自作家林良作品《小太阳》，取其在青少年成长过程中，如太阳般温暖、光明的意象，而希望下一代能有着和谐、快乐的人生观。此奖每年一届，至2001年共举办6届。现已停办。

12. 中华儿童文学奖（1996年至今，15届）

由财团法人彦棻文教基金会、"中华民国"儿童文学学会联合主办，设立于1996年。目的是为了奖励台湾优秀儿童文学工作者，表彰年度成绩最杰出人士。现已举办15届。

13. 台湾文学奖（1997年至今，13届）

由台湾"行政院"文化建设委员会指导和台湾文学馆主办的台湾文学奖，设立于1997年。旨在鼓励文学创作，培植发掘文艺人才。征文种类分长篇小说（含历史小说）、散文、新诗三种类别，各项设有首奖、推荐奖以及佳作不等。征文主题风格不限，需用中文书写之未发表或集结成册之作品。参加者需为"中华民国""国籍"者。每年一届，现已举办13届。

14. "五四奖"（1998年至今，12届）

由中国国民党中央文工会主办，《文讯》杂志社承办，设立于1998年。旨在纪念"五四"运动，发扬其省思传统与创新之精神，奖励长期从事文学工作者。1998年，81岁高龄的《城南旧事》作者林海音获得第二届"五四奖""文学贡献奖"。每年一届，现已举办12届。

15. 基隆市海洋文学奖(2003 年至今，9 届)

由基隆市政府、基隆市文化局主办，设立于 2003 年。旨在提倡阅读、聆听海洋，关怀海洋，构筑海洋文学的园地，一抒对海洋的思考。凡与大海有关的文学、电影与艺术等形式，港口与码头见闻，海上旅游，乃至于船员经历、渔夫纪传、渔村生活等，能表达对海洋的思考者都可入文参选。每年一届，现已举办 9 届。

16. 台北文学奖(1998 年至今，14 届)

由台北市政府及财团法人台北市文化基金会主办，于 1998 年设立。旨在让文学走向民众，拉近与民众日常生活的距离。奖项分为文学创作奖、全民写作奖及台北文学年金三类。文学创作奖分为短篇小说、散文、新诗三项，每项各选出首奖一名、评审奖两名，而全民写作奖须以台北为创作题材。每年一届，现已举办 14 届。

17. 台北旅行文学奖(2006 年至今，1 届)

由台北市政府新闻处《台北画刊》、台北捷运公司及联合报共同举办，设立于 2006 年。旨在鼓励曾经或正生活在台北的民众，能对台北进行更深入的体验与观察，进而掌握台北的特质。征文种类限 2000 字以内的散文，题材不拘，需符合台北旅行主题的未发表作品，征稿对象无地域限制，选出 1 名至 3 名、2 名优选、5 名佳作，共计 10 篇作品获奖。现已举办 1 届。

18. 台北县文学奖(2005 年至今，6 届)

由台北县政府主办，台北县政府文化局承办，设立于 2005 年。旨在鼓励台北县文学工作者创作，奖励优良文学作品，倡导文学风气，提升文化素养。奖项分为长篇小说、短篇小说、诗歌、散文四个类别。参赛者须为本籍台北县，或设籍台北县，或在本县居住、就学、就业者。作品内容为反映台北县风土民情者。每年一届，现已举办 6 届。

19. 三重市文学奖（2004 年至今，7 届）

该奖 2004 年创办由三重市公所、三重市民代表会主办，三重市立图书馆承办。旨在鼓励全民写作，提倡创作文学风气，展现三重市之人文特质与风貌，深植地方小区意识。征文种类分为散文、童诗及报导文学三项。凡本籍三重市（报导文学奖不限）、曾设籍三重市一年以上者，或曾于三重市就学、服务一年以上者，以及目前于三重市就学、服务、居住者均可参加。目前已办 7 届。

20. 兰阳文学奖（2004 年至今，4 届）

由宜兰县政府主办、宜兰县政府文化局承办，设立于2004 年。旨在阐扬兰阳人文特色，鼓励文学创作风气。奖项分散文、小说、传统诗等项目。从第二届开始，特别将国内各项文学奖较少举办的"歌仔戏剧本"列为征选项目，主要是为了延续歌仔戏之传统艺术，鼓励歌仔戏剧本创作，让宜兰歌仔戏发展原乡的美誉继续流传下去。各类别录取前三名各一名，佳作三名。每两年举办一次，现已举办 4 届。

21. 竹堑文学奖（1997 年至今，14 届）

由新竹市政府主办、新竹市文化局承办，设立于 1997 年。旨在提升文化风气，鼓励文学创作，奖励对文学有特殊贡献者。奖项分为两大类：文学创作类（包含现代诗、散文、短篇小说、舞台剧本、报导文学、文学评论）以及特殊贡献奖。文

学创作奖各文体取正奖、贰奖各一名，佳作两名；特殊贡献奖
则取一名。每年得奖作品则均结集成书。每年一届，现已举办
14届。

22．吴浊流文艺奖(2001年至今，11届)

由新竹县政府主办，设立于2001年，并将前"竹风文学
奖"并入此奖。旨在纪念新竹县出身的文学大师吴浊流，以及
提升新竹县的文艺水平，希望透过吴浊流对文学的坚持与贡
献，以作为有志投入文艺工作者的典范和鼓励。此奖分为现代
诗、散文、小说、儿童文学四大类，每类分别选出首奖、贰
奖、叁奖、佳作。每年一届，至今，已举办11届。

23．梦花文学奖(1998年至今，14届)

由苗栗县政府主办，苗栗县文化局承办，于1998年起设
立。其宗旨为提倡写作风气，鼓励文学创作，美化心灵，留下
不朽篇章。征文种类包括新诗、散文、短篇小说、报导文学、
张汉文先生文化纪念五项。张汉文先生文化纪念奖择优一名，
其他每项各取首奖一名、优等奖两名、佳作两名。参选作品除
需为中文写作的未发表作品，投稿者需为设籍、居住、就学或
就业于苗栗县者，但如作品内容是书写苗栗县风土民情者，则
不受此限。每年一届，现已举办14届。

24．大墩文学奖(1997年至今，13届)

由台中市文化局主办，设立于1997年。旨在奖励资深作
家长期努力创作及鼓励新人积极从事文学创作，倡导地方文学
风气，提升国民素养。此奖分为文学贡献奖及文学创作新人奖
两类，参加者须为台中市人或在台中市居住五年以上者。每年
一届，现已举办13届。

25. 中县文学奖(1999年至今,12届)

由台中县政府主办,台中县立文化中心承办,设立于1999年。旨在鼓励全民写作,提倡文学风气,展现台中县的人文特质与风貌。奖项分为新诗、散文、短篇小说、报导文学四类,每类皆不分名次,选出多篇优秀作品。"中县文学奖"的评奖方式,不同于其他县市所采取的精英选拔方式,其特色在于给奖名额增多,而且不分名次,让文学得以真正普及化,成为大众反应社会生活、抒发内心情感、表达思想见解的园地。每年一届,现已举办12届。

26. 矿溪文学奖(1999年至今,12届)

由彰化县政府主办,彰化县文化局承办,设立于1999年。彰化古名为"半线",另名"矿溪",因此,彰化县的文学奖定名为"矿溪文学奖"。旨在透过此文学奖,发扬传统的人文精神、确定人生的意义与价值,进而鼓励文学创作、改善艺文环境、提高生活质量。奖项分为新体诗、散文、小说、报导文学四类,每类各取前三名,另佳作四类共取五名。每年一届,现已举办12届。

27. 南投县文学奖(1999—2001年,3届,2002年后改名"玉山文学奖")

由南投县政府文化局主办,于1999年设立。每年一届,共办了3届。旨在发扬南投县特有文化,奖励文学与研究,充实县民精神生活。奖项分为两类:文学贡献奖、文学创作奖(包括短篇小说、散文、新诗)。文学贡献奖是奖励对文学发展具有高度贡献者;文学创作奖则要求以南投县的风土民情为题材来创作,得奖作品须表现该县特色、风貌。文学创作奖各文类分别取正奖、评审奖、佳作奖一名；文学贡献奖则仅取一名。2002 年时，改名为"玉山文学奖"，2006 年起再改名"南投县玉山文学奖"。

28. 南投县玉山文学奖(1999—2001 年，3 届；2002—2005 年，4 届；2006 年至今，6 届。总共举办 13 届)

由南投县政府文化局主办，设立于 2002 年，前身为"南投县文学奖"。以"玉山"为名，希望借此以凸显南投县特殊精神象征，鼓励全岛人士提笔书写南投的风土、人情。从 2006 年起，此文学奖征选活动汇集三届的"南投县文学奖"及四届的"玉山文学奖"，将名称统括修正为"第八届南投县玉山文学奖"。奖项分为两类，文学贡献奖、文学创作奖(包括短篇小说、散文、新诗)。文学贡献奖是奖励对文学发展具有高度贡献者，得奖者仅取一名。文学创作奖则是要求以南投县的风土民情为题材来创作，各文类分别取正奖、评审奖、佳作奖一名。玉山文学奖从 2002 年至 2005 年每年一届共举办 4 届。2006 年后又办 6 届，总共举办 13 届。

29. 花莲文学奖(1999 年至今，12 届)

由花莲县政府主办、花莲县文化局承办、财团法人花莲县文化基金会协办，于 1999 年设立。旨在鼓励文学创作，发掘和培养文学新人，奖励内容精湛、文风纯正具有浓郁的地域文化特色、表现对社会现实的关注和人文关怀，同时兼具审美价值和阅读情趣的作品。征文种类分诗、散文两类，每类各分精英组、新人奖两组，前组取首奖一名、贰奖一名、优选三名，后组取优选三名。应征作品必须是中文，未曾发表，主题内容与花莲有关的创作。每年一届，现已举办 12 届。

30. 桃城文学奖（1998年、2000年，2届，似已停办）

由嘉义市立文化中心主办，设立于1998年。旨在提升文学创作的风气。奖项分为小说、散文、新诗三个种类。据资料显示，该奖项仅于1998年、2000年举办两届，似已停办。

31. 南瀛文学奖（1993年至今，18届）

由台南县文化局及财团法人台南县文化基金会联合主办，设立于1993年。旨在鼓励文学创作，倡导地方文学风气。此奖首开台湾地方政府办理地方性文学奖的风气。奖项分为文学奖、新人奖、创作奖。体裁分为现代诗、散文、小说、儿童文学四项，每项各选出第一名、第二名各一名，佳作两名。从第十四届起又增加了长篇小说奖、剧本奖及文学部落格奖三项大奖。该奖项历时较长，影响较大。每年一届，现已举办18届。

32. 府城文学奖（1995年至今，16届）

由台南市政府主办，台南市立图书馆承办，设立于1995年。旨在推展台湾文学，奖励优良文学创作与对台湾文学发展具特殊贡献者。奖项分为创作及特殊贡献两部分，创作部分分为现代诗、散文、短篇小说、文学评论等奖项，各颁以正奖、二奖及佳作等奖项，特殊贡献奖则颁发给对台湾文学有杰出贡献的人士。每年一届，现已举办16届。

33. 后山文学奖（2003—2005年，3届）

由台东县政府、台东县文化局主办，联合报副刊、台东县后山文化工作协会联合承办，设立于2003年。旨在提升台东文学风气。征文作品须为新诗1首，行数不得超过30行，总字数500字以内，每人限应征一首。无地域限制，但创作主题必须与台东历史文化、风土人情相关。取前三名与优胜奖三名。据现有资料显示，至 2005 年已举办 3 届。此后是否举办，不详。

34．高雄市文艺奖(1981 年至今，24 届)

由财团法人高雄市文化基金会设立于 1981 年，每年一届，共办 18 届。前 18 届属于文艺创作奖。为更加深入文化艺术活动在高雄市的发展，从 2000 年起，转由高雄市政府文化局主办、财团法人高雄市文化基金会协办。征奖对象限定为对高雄市文化艺术发展有贡献或成就者，试图借由鼓励从事文化艺术创作特殊贡献、成就者的方式，来导引市民优质的文化观念，进而提升市民文化水平。评奖类包括文学、美术、音乐、舞蹈、戏剧、建筑、电影及民俗等。每两年举办一次，现又举办 6 届。总共举办 24 届。

35．黑暗之光文学奖(2002 年、2003 年，2 届)

由高雄市政府社会局主办，高雄市政府社会局无障碍之家承办，设立于 2002 年。旨在关怀身心障碍者。"黑暗之光文学奖"分为"一般大众组""身心障碍组"两组。前者凡设籍、就业或就学于南部八县市(嘉义县市、台南县市、高雄县市、屏东县、澎湖县)的台湾人皆可参加；后者除地域资格限制，需领有身心障碍手册。两组征奖项目相同，设有短篇小说、散文、新诗三项，每项各取金、银、铜奖一名，佳作两名。内容创作限以"身心障碍"为主题，或与"关怀身心障碍议题"相关的创作，创作形式不拘。参选者可不限参选一类。2003 年起，由内政部与高雄市政府联合主办，并取消参加者的地域限制，扩大向全岛征文，组别奖项不变。此后资料不详。

36．打狗文学奖(2003 年至今，4 届)

由高雄市政府文化局与财团法人高雄市文化基金会共同主

办，设立于 2003 年。旨在鼓励文学创作、提升文学研究与评论，藉创作主题的发挥，呈现具有高雄特色的海洋文学精神与内涵。征文种类分为长篇小说、短篇小说、散文、新诗四类，总奖金 100 万元，是奖金较高的文学奖。每两年一届，现已举办 4 届。

37. 凤邑文学奖（1994—1996 年为"高县文学奖"，3 届；1997 年至今，7 届）

高雄县政府为倡导文学风气、奖掖优良文学作家及文学工作者，于 1994 年起在财团法人高雄县文化基金会协助下，由高雄县立文化中心开始办理第一届"高县文学奖"，每年一届，历经三届。1997 年起，为进一步鼓励新人创作，奖励优良文学作品，将此奖易名为"凤邑文学奖"（高雄县旧地名），改每两年一届。并新增文学新人奖、文学创作奖等，希望借此吸引更多文学创作者参与。自 2005 年第五届开始，征文类别改为文学贡献奖及文学创作奖两类，分两阶段办理。第一阶段为文学创作奖，征文种类有长篇小说（锺理和纪念奖）、短篇小说（叶石涛奖）。第二阶段为文学贡献奖、文学创作奖，前者文类不拘，后者征文种类为现代诗、散文、现代戏剧剧本，共 3 种。现已举办 7 届。

38. 大武山文学奖（1998 年至今，10 届）

由屏东县政府主办，设立于 1998 年。旨在提升屏东县的文化质量，倡导屏东县文学风气，鼓励文学创作，发掘文坛新秀。此奖以屏东县最高的山脉大武山命名。奖项分为短篇小说、散文、新诗、戏剧四项，每项录取前三名及佳作若干。每年一届，现已举办 10 届。

39. 菊岛文学奖(1998 年至今，14 届)

由澎湖县政府主办、澎湖县文化局承办，设立于 1998 年。旨在发扬本县文化，提倡地方文学创作，培养后起之秀，促使全国民众关注澎湖，将澎湖自然人文景观及风土民情以文字创作的方式呈现，让文学结合文化观光。征文组别分社会、青少年两组，第九届起短篇小说取消，每组仅设现代诗、散文两类，每一奖项各取首奖、优等一名及佳作若干名。凡台湾居民均可参选，投稿主题需为与澎湖自然、人文景观相关，但各类首奖得奖人二届内不得以同类作品再行参选。每年一届，现已举办 14 届。

40. 浯岛文学奖(2004 年至今，8 届)

由金门县文化局主办，设立于 2004 年。旨在推展文化与观光，欲借由全民书写，展现金门地区人文特质与文化风采，让全民在文学中与金门交会。征选类别分散文组和小说组，征稿对象无地域限制，但散文组内容必须与金门有关，以金门旅游印象、金门乡镇书写为主。小说组内容，以金门为书写题材，叙事符合金门当地背景。各类组分别选取前 3 名，佳作 10 名。每年一届，现已举办 8 届。第 9 届起向大陆作家开放。

41. 台湾文学奖(1966—1969 年，4 届，现已停办)

为鼓励文学创作，振兴文运，吴浊流于 1964 年创办《台湾文艺》杂志，并附设"台湾文学奖"，奖励有关台湾本土小说的创作。每年一届，四届后停办，颁发时间为 1966 年至 1969 年。1970 年后吴浊流另创办"吴浊流文学奖基金会"，颁发吴浊流文学奖。现在台湾文建会指导，台湾文学馆承办"台湾文学奖"。

42. 吴浊流文学奖（1970 年至今，41 届）

由《台湾文艺》创办人吴浊流捐出养老金 10 万元成立"吴浊流文学奖基金会"，自 1970 年颁赠吴浊流文学奖，经各方捐输，基金计有 18 万元，吴氏以此款购置台湾水泥公司股票，每年奖金即以股利充之。吴浊流文学奖旨在鼓励文学创作，振兴文运。分小说奖及新诗奖两项。以每年发表在《台湾文艺》上的创作小说及创作新诗为主要对象，后扩及《笠》诗刊等报刊、杂志，经评选委员评定后选出正奖及佳作奖，于次年《台湾文艺》公布发表，并给予奖金及奖牌。每年一届，现已举办 41 届。该奖影响较大。

43. 凤凰树文学奖（1971 年至今，39 届）

由国立成功大学创办，设立于 1971 年。旨在鼓励成大同学创作，在校园中培育文学种子，以期尔后在社会开花结果。此奖项分为中文系及其他系两组，文类则分为现代散文、现代诗、现代小说、剧本、评论、古文、古典诗、词曲 8 项。整个活动由中文系老师指导学生，由策划、征稿、初审到决审，跨越两个学期，每届得奖作品均结集成书。每年一届，现已举办 39 届。

44. 文艺期刊联谊会金笔奖暨主编奖（1975—1980 年，5届，现已停办）

由中华文化复兴运动推行委员会文艺促进委员会举办，设立于 1975 年。旨在奖励优良文艺作品。奖项包括文艺理论、小说、散文、新诗及期刊主编奖。1975 年至 1980 年共举办 5届。此奖项已停办。

45. 洪建全儿童文学奖(1975—1992 年，18 届，似已停办)

由洪建全教育文化基金会主办，设立于 1975 年。旨在让儿童们有更多的读物，提高岛内儿童读物的水平，培养本土儿童文学作家。为台湾最早举办的儿童文学创作奖。奖项包括少年小说、童话、图话故事、儿童诗等。每年一届，据现有资料显示，至 1992 年共举办 18 届。似已停办。

46. 联合报文学奖(1976 年至今，33 届)

由《联合报》于 1976 年 9 月纪念创刊 25 周年时设立，并决定每年举办一次。第一届至第三届仅设短篇小说奖、第四届起增加中长篇、极短篇奖、推荐奖及特别贡献奖，第八、第九届附设散文奖，第十届起设置"大陆地区短篇小说推荐奖"，第十二届起设报导文学奖，第十四届又附设新诗奖、报导文学奖，同时接受吴鲁芹纪念基金会委托颁发"吴鲁芹散文奖"。第一届至第十五届称为"联合报小说奖"，第十六届(1994 年)起改称为"联合报文学奖"。该奖是台湾地区质量较高、影响较大的媒体文学奖。每年一届，现已举办 33 届。

47. 吴三连文艺奖(1978 年至今，33 届)

由"吴三连文艺基金会"创办，设立于 1978 年 11 月 13 日吴三连八十华诞。旨在践履吴三连平素重视文艺的理想。文艺奖包括文学及艺术两种奖别，文学类每年颁给杰出小说或散文、报导文学、戏剧等作家，一名至两名。第一届至第十一届称为"吴三连文艺奖"。从第十二届(1989 年)起，改称为"吴三连奖"，增加人文社会科学奖、医学奖与社会服务奖，"吴三连奖"属于"终身成就奖"，性质是民间性的奖项，以在各奖项领域内有杰出成就，有继续创造潜力，并认同台湾之人士或团体为赠奖对象。该奖每年一届,现已举办33届。

48. 时报文学奖(1978年至今,33届)

由《"中国"时报》社主办,创设于1978年。旨在鼓励当代优秀作品,提升文学创作质量,扩大传统文学领域的精神,并发掘文坛新秀。征文种类分小说类、散文类、报导文学类、叙事诗、新诗类,第七届增设科幻小说奖,第九届则改为附设"张系国科幻小说奖"。每年一届,现已举办33届。

49. 巫永福奖(1979年至今,30届)

由《台湾文艺》发行人巫永福创办,设立于1979年。旨在奖掖有志于文学辩论的人,使文坛能从文学理论的探讨,进而认识正确的文学方针,促进文学发展走上更好、更高的境界。每年得奖作品一件至两件。自第16届(1995年)起,增设文学奖。每年一届,现已举办30届。

50. 耕莘文学奖(1980年至今,31届)

由耕莘文教基金会主办、耕莘青年写作会承办、"行政院"文化建设委员会赞助,设立于1980年。旨在鼓励更多想往创作之路前进,追求自我突破的优秀创作者。自2006年27届开始,"耕莘文学奖"扩大征文奖项,除原设立之短篇小说、新诗、散文外,又增加小区报导文学、创作绘本、短剧剧本等,共六项征文类别。每类奖项,各取特优1名、优等1名、佳作3名。每年一届,现已举办31届。

51. "全国"学生文学奖(1981年至今,29届)

由《明道》文艺杂志社与《"中央"日报》联合主办,设立于1981年。旨在鼓舞全国学生写作风气,发掘优异创作人才。分大专小说、大专散文、大专新诗、高中散文等四组征文。每年一届，现已举办 29 届。

52．自立晚报百万小说奖(1982 年、1984 年、1987 年，3 届)

由《自立晚报》主办，设立于 1982 年。旨在庆祝《自立晚报》创刊 35 周年，鼓励文艺创作，发掘优良作品。奖金为新台币 100 万元，在当时算是奖额较大的奖项。每次奖励长篇小说创作一部。共举办 3 届，分别为 1982 年、1984 年、1987 年。

53．时报文学百万小说奖(1994 年、1998 年、2000 年，3 届)

《"中国"时报》有鉴于时下文坛趋向轻薄短小，文学空间萎缩、长篇小说式微之现象，乃在时报文学奖征文之外，以新台币百万元增辟时报文学百万小说奖，甄选 5 万字至 20 万字之间的优秀长篇小说，希望能鼓舞更多人从事长篇创作。此奖项设立于 1993 年。据现有资料显示，分别于 1994 年、1998 年和 2000 年举办三届。

54．洪醒夫小说奖(1982—2000 年，17 届，现已停办)

为纪念小说家洪醒夫于 1982 年 7 月 31 日因车祸逝世，其生死知友隐地先生在他的尔雅出版社每年编选出版的年度小说选中特设"洪醒夫小说奖"，以纪念洪醒夫并奖掖好小说的创作。此项小说奖不发布新闻，不举行仪式，奖额虽不高，但除赠予得奖人外，又以同一金额赠予洪醒夫子女一直至成年为止，得奖作品亦登于年度短篇小说选内。自 1982 年度开始颁发，每年一名(1982 年度两名)，至 2000 年共举办 17 届。因洪醒夫子女已成年，该奖项停办。

55．吴鲁芹散文奖(1984 年至今，26 届)

吴鲁芹生前致力于推动台湾现代文学，逝世后由友人成立基金会，邀请《联合报》与《"中国"时报》自 1984 年起轮流主办

"吴鲁芹散文奖"。著名作家林清玄是首届获奖者。每年一届，现已举办 26 届。

56．萧毅虹文学创作奖（1984—1987 年，现已停办）

由萧毅虹文学奖基金会及"中国"青年反共救国团总团部学校青年服务组共同主办，设立于 1984 年。旨在纪念已逝世青年作家萧毅虹女士及鼓励青年写作人才，发扬优良文风。分散文、短篇小说、儿童文学、剧本创作等奖项。至 1987 年后停办。

57．萧毅虹文学奖学金（1985—1993 年，8 届，现已停办）

由萧毅虹文学奖学金基金会主办，设立于 1985 年。旨在纪念作家萧毅虹女士，并鼓励写作人才，发扬优良文风。奖学金由基金每年滋息给付，奖励对象为东吴大学中文系及哲学系、东海大学中文系及哲学系、台湾大学中文系及哲学系、中兴大学中文系及哲研所、师范大学国文系（以上每系、所各推荐 1 名，每名奖学金 1 万元）、金门高中（推荐两名，每名奖学金 5000 元），推荐的同学需品学兼优，尤以具备文学写作潜力及爱"国"情操者为最重要。每年一届，从 1985 年至 1993 年共举办 8 届，现已停办。

58．信谊幼儿文学奖（1987 年至今，24 届）

由信谊基金会主办，设立于 1987 年。旨在肯定幼儿文学的重要性，奖励本土幼儿文学创作及培育幼儿文学创作人才，提升国内幼儿文学的创作质量及欣赏水平。征文项目为 0～3 岁图画书创作奖与 3～8 岁图画书创作奖两类，各取首奖 1 名、佳作奖若干名。此奖项征求作品须具原创性，以适合 3～8 岁幼儿阅读，内容、形式、规格则不拘。每年一届，现已举办 24 届。

59．杨唤儿童文学奖(1988—2000 年，11 届，似已停办)

1988 年由台湾一些著名儿童文学家发起成立"杨唤儿童文学奖"，以纪念台湾现代儿童诗的先驱杨唤，奖励海峡两岸卓有成就的儿童文学作家。每年一届，据现有资料显示，至 2000 年已举办 11 届。此后情况不详，似已停办。

60．九歌现代少儿文学奖(1992 年至今，19 届)

由台北市九歌文教基金会主办，九歌出版社有限公司承办，设立于 1992 年。旨在鼓励台湾本土儿童文学的创作，期待能有更多属于台湾儿童的读物，借以提升儿童的鉴赏能力，启发创意。"少年小说"是唯一征文类别，奖项为特别奖、评审奖、推荐奖各一名，以及荣誉奖若干名。自第九届起，首奖称为文建会奖。海内外人华人均可参加，须以白话中文写作。每人应征作品以一篇为限。为鼓励新人及更多作家创作。每年一届，现已举办 19 届。

61．联合文学小说新人奖(1987 年至今，25 届)

由《联合报》文化基金会、《联合报》副刊及《联合文学》共同举办，设立于 1987 年。旨在提倡文学风气，鼓励小说创作，发掘文坛新秀及反映时代精神、肯定人性的优秀作品。征文种类共分短篇小说及中篇小说，各得首奖、推荐奖、佳作奖等。每年一届，现已举办 25 届。

62．"中央日报"文学奖(1988 年至今，19 届)

由《"中央日报"》和世华银行文化基金会联合主办，设立于1988 年《"中央日报"》创刊 60 周年时。征文种类包括小说类、散文类、新诗类等，第二届则有报导文学类，第三届则有探亲文学类、学生文学类，第四届另设有千字方块奖。每年一届，现已举办 19 届。

63. 梁实秋文学奖(1988 年至今,24 届)

由《中华日报》与台湾"行政院"文化建设委员会联合主办,设立于 1988 年。旨在纪念文学大师梁实秋对散文及翻译之贡献,鼓励散文创作、发掘翻译人才。征文类别包括散文创作奖及翻译奖(分译诗及译文两组)。每年一届,现已举办 24 届。

64. 陈秀喜诗奖(1992—2001 年,10 届,似已停办)

为纪念已故的女诗人陈秀喜,其家属于 1992 年设置此奖。旨在鼓励台湾诗人,丰富人类爱、提升善美与真挚情操以及充实台湾文化的努力。每年颁给 1 名台湾诗人,奖金是 5 万元,另奖牌一座。颁奖仪式选择母亲节时际举行,藉资表彰母爱。每年一届,至 2001 年已举办 10 届。此后情况不详,似已停办。

65. 赖和文学奖(1992 年至今,16 届)

由赖和文教基金会主办,设立于 1992 年。旨在鼓励小说创作,发掘新进小说作家。此奖每年评选正奖一名,颁给美金 2000 元及奖牌一座。凡是在台湾地区从事小说创作,已有具体成绩的作者,皆得检具已发表之作品若干篇,由台湾笔会理事或各副刊及文艺刊物主编,向台湾笔会推荐参加评选。历届得主都是男性作家,2002 年第十一届赖和文学奖,终于产生了第一位女性文学奖得主李昂。每年一届,现已举办 16 届。

66. 皇冠大众小说奖(1994 年至今,7 届)

由《皇冠》杂志社主办,设立于 1994 年,旨在推动大众文字。此奖每届选出决选入围作品 5 名,从中评选出首奖作品,首奖奖金新台币 100 万元。征稿文长要求为 8 万字至 15 万字之间的长篇小说作品，参加征文作品故事情节必需完整而独立，不论爱情、奇幻、推理、历史、军事、惊悚等各种类型，均在征稿之列。此奖项之特点为入围作品先行出版，让读者参与赏评与票选，使读者的公断与决审委员选出的首奖相对照。此奖项两年一届，奖额较巨，现已举办 7 届。

67．山海文学奖(1995 年至今)

由《"中国"时报》副刊与《山海杂志》联合举办，设立于 1995 年。旨在尊重族群书写，鼓励多元化相互激荡。分为文学创作、传统文学及母语创作等三类七项，是岛内最具规模的少数民族文学奖。因为经费来源不足，几度停办。1999 年底，山海结合了中华汽车少数民族文教基金会的资源，提出再办少数民族文学奖的构想，2004 年后又因故中断了 3 年，2007 年再度恢复。

68．海外华文创作奖（1995 年、1999 年，2 届，似已停办）

由《"中央"日报》国际版主办，设立于 1995 年。旨在鼓励海外侨胞从事华文创作，并使常年在海外从事创作的华文作家，能有一块园地与故乡的亲朋好友时刻分享。此奖项包括散文、微型小说等。据现有资料显示，分别于 1995 年、1999 年举办过两届。此后似已停办。

69．国语日报儿童文学牧笛奖(1995 年至今，10 届)

由《国语日报》社主办，设立于 1995 年。旨在培养、鼓励儿童文学作家在儿童文学理论、创作、翻译方面所做的贡献，并给予他们应有的荣誉。"牧笛"两个字的意义，代表乡土、耕耘、创作，并为孩子们带来快乐。本奖项共分图画故事组和童话组两项。每两年一届，现已举办 10 届。

70. 罗贯中历史小说创作奖（1996 年、1998 年、2001 年，3 届）

由台湾实学社主办。旨在把历史小说重建结构，扩大视野和内涵。面向世界华文写作者征文。设首奖一名，奖金为 100 万元新台币。每 3 年举办一次，据现有资料显示，分别于 1996 年、1998 年、2001 年举办 3 届。此后情况不详。

71. 陈国政儿童文学奖（1993—2001 年，9 届）

由台湾英文杂志社和"中华民国"儿童文学学会主办，设立于 1996 年。每年一届，据现有资料显示，从 1993 年至 2001 年，共举办 9 届。此后情况不详。

72. 守望东台湾报导文学奖（1997 年——?）

由联合报系文化基金会与联合报副刊共同合办，设立于 1997 年。旨在集合众人的努力，以文字留下对东台湾的纪录，并借此唤起大众对东台湾的进一步认识和再思考。写作主题以有关东台湾的人文、自然等现象为主。此后情况不详。

73. 华航旅行文学奖（1997 年、1998 年、2000 年，3 届，现已停办）

由中华航空、《"中国"时报》主办，设立于 1997 年。旨在为推展旅游休闲活动，提升旅行文化内涵，同时鼓励文学创作，加速社会国际化之目标。征文以岛内外旅行经验、心得为主。1997 年、1998 年、2000 年各举办一届，共举办 3 届。现已停办。

74. "全国"大专学生文学奖（1997—2000 年，3 届）

由台湾大学主办，设立于 1997 年。旨在发掘大专院校文艺创作人才，推展文艺风气，提升校园创作水平，开拓新的文学风貌，创造新的文学传统。此奖项分为小说、散文、新诗、现代文学评论及剧本等奖项，各颁以首奖、二奖、三奖及佳作等奖别。每年一届，据现有资料显示，至 2000 年，共举办 3届。此后情况不详。

75. 劳工文学奖(1998 年，1 届，现已停办)

由《"中央"日报》及"行政院"劳工委员会共同举办。旨在诚恳抒发劳工心声，真实展现劳工生活。此奖注重以劳工为描绘主体，记录台湾社会中劳工朋友面临的变化，如劳动条件劳工福利及劳资关系等各方面的变化，透过文学之笔的描绘，表现劳工深刻的人性，历史的轨迹和活跃的生命。仅 1998 年一届，此后停办。

76. "全国"身心障碍者文艺奖(1998—2000 年，3 届)

由"行政院"文建会、爱盲文教基金会等单位联合举办，设立于 1998 年。旨在鼓励身心障碍者的文学创作，带动社会大众关怀弱势。征文分短篇小说、散文、新诗、词曲、报导文学五项活动。每年一届，共举办 3 届。自第三届起(2000 年)，正式定名为"文荟奖"。

77. 文荟奖(2000 年至今，10 届)

由"行政院"文建会主办，财团法人爱盲文教基金会承办，设立于 2000 年。其前身为"'全国'身心障碍者文艺奖"。旨在透过创作刻画人生不同的境遇，记录人性的爱恨嗔痴，借由文字的抒发，展现身心障碍朋友丰沛的创作动力与感性的内心世界。参加对象为持有身心障碍手册的身心障碍者。征文种类分为短篇小说、新诗、散文、手工绘本等。每年一届，现已举办 10 届。

78. 绿川个人史文学奖（2000—2003 年，4 届）

由财团法人郑顺娘文教公益基金会主办，设立于 2000 年。旨在保存台湾人的生活经验，提升台湾人的人文素养，鼓励台湾人从事文学创作。以个人传记或口述历史为创作主轴，内容应兼及亲身经历之社会事件、自然灾难与生态变故等题材，并描述个人对事件之体会和感想为目标。台湾或岛内外人士，均可参加。每年一届，据现有资料显示，至 2003 年共举办 4 届。此后情况不详。

79. 宝岛文学奖（2001 年至今，8 届）

由台湾文学协会、《"中央"日报》副刊联合主办，设立于2001 年。旨在使现代台湾文学创作更加丰富，期待等着文字的流动与感情的书写，与台湾产生最亲密的联系与互动；更期待借着不同时代的人生经历与时代背景之相融，透过小说的叙述，留住时间无法磨灭的印迹，共同构筑宝岛文学环境的历史与记忆。奖项分首奖、评审奖和佳作奖三类。凡海内外华人均可参加。参赛文章皆须以中文书写。每年一届，已举办 8 届。

80. 乾坤诗奖（2001 年至今，4 届）

由乾坤诗刊、台湾东华大学主办，台湾东华大学学生事务处、台湾东华大学人文社会科学学院承办，台湾现代诗网络联盟、台湾东华大学数字文化中心协办，"行政院"文化建设委员会、大光明科技股份有限公司赞助，于 2001 年设立。征奖类别分现代诗与古典诗两组，每组各取前三名与佳作两名。除乾坤诗社同仁外，所有海内外华人，均可参加。每两年一届，现已举办 4 届。

81. 倪匡科幻奖(2001 年至今，10 届)

由台湾交通大学、《"中国"时报》人间副刊主办，设立于
2001 年。是一个专为中文科幻小说而设立的奖项。旨在表彰
著名科幻小说作家倪匡的终生成就，提倡中文科幻小说创作与
欣赏。参赛者资格不限国家地区，唯规定须以繁体中文写作。
自第四届起与国科会科普奖合办。每年一届，现已举办 10 届。

82. 人狼城推理文学奖(2002 年至今，9 届)

由台湾推理俱乐部举办，设立于 2002 年。旨在鼓励推理
文学创作、推广推理文学阅读。征稿作品以强调逻辑思维、重
视剧情架构，并能兼具小说的文学性与解谜的娱乐性为佳，文
章限制为字数在 15000 字至 30000 字之间的短篇推理小说。作
品需以中文创作，且未在平面媒体公开刊登、出版。取首奖一
名。每年一届，现已举办 5 届。第 6 届起(2007 年)，改名"台
湾推理作家协会征文奖"，又办 4 届，总计 9 届。

83. 宗教文学奖(2002 年至今，8 届)

由财团法人灵鹫山佛教基金会、《联合报》副刊、联合新闻
网、世界宗教博物馆联合主办，于 2002 年设立。征文种类分
为短篇小说、散文、新诗三项，每项各选出首奖、二奖、三奖
各一名。凡以中文写作者均可参加。作品需为未发表创作，每
人每类限投一篇。每年一届，现已举办 8 届。

84. 彭邦桢诗奖(2003 年至今，4 届)

由彭邦桢诗奖执行小组主办，设立于 2003 年。旨在为纪
念已故诗人彭邦桢，激励华文新诗创作，传扬现代诗风，奖掖
诗坛后进。此奖由彭夫人梅茵女士提供奖金，每年奖励 3 人，
第一名奖金新台币 10000 元；第二名奖金新台币 6000 元；第

三名奖金新台币 4000 元，每人奖牌一座。须为未公开发表之作品，海内外 1965 年（含）以后出生的青年创作者均可参选。此奖目前已办 4 届。

85. 台积电青年学生文学奖（2004 年至今，8 届）

由台积电文教基金会与《联合报》共同主办，设立于 2004 年。旨在为提供青年学生专属的文学创作舞台，发掘文坛的明日之星，点燃台湾文学代代薪传之火。奖项种类分短篇小说、新诗两项，每一奖项各取首奖 1 名、二奖 1 名、三奖 1 名、优胜奖 5 名。台湾 16 岁至 20 岁之高中职（含五专前三年）学生均可参加，每人每项以参赛一篇为限，参赛文章必须为用中文写作未发表作品。每年一届，现已举办 8 届。

86. 林荣三文学奖（2005 年至今，6 届）

由林荣三文化公益基金会主办、《自由时报》协办，设立于 2005 年。旨在鼓励以文学表现生命力的作者，激励台湾文学创作。征文的种类分短篇小说、散文、新诗、小品文四项，前三项设有首奖、二奖、三奖各 1 名、佳作 2 名，小品文奖选取得奖者 10 名。参加资格不限，需为中文写作的、未发表过的作品，每人每个项目以应征一篇为限。每年一届，现已举办 6 届。

87. 温世仁武侠小说百万大赏（2005 年至今，7 届）

为发掘优秀武侠小说人才，明日工作室以已故的前英叶达总裁温世仁名义，开办首届"温世仁武侠小说百万大赏"，设立于 2005 年。凡使用华文写作的作者都可以参选。文长 15 万字以上武侠小说，风格不拘，参赛作品限未公开发表过（含网络发表）的作品。每年一届，已举办 7 届。

88. 忠义文学奖(2005 年至今，7 届)

由社团法人中华桃园明圣经推广学会主办、台湾中山大学、台湾中兴大学、台湾政治作战学校协办，设立于 2005 年。旨在弘扬关圣帝君忠孝节义之精神，以促使人们恪遵五伦八德、四维纲常之文化古礼，己立立人、己达达人，期社会安和乐利，世界太平。征文主题为关公忠孝节义精神与社会安定的密切关系。征文文体不拘。奖项设置分社会组和学生组。每年一届，现已举办 7 届。

89. 好诗征选——寻找最 Hito 的诗人(2005 年，1 届)

由台中市文化局主办，台中市书香关怀协会承办，设立于 2005 年。旨在推广诗文化，鼓励创作诗，增加赏诗人口。活动分情诗、童诗、诗话台中三组，以征选、评选、颁奖三阶段进行，各组前三名颁发奖金及奖状，并获诗仙、诗圣、诗王、佳作的殊荣。凡台中市民均可参加。参选作品须以中文书写及未曾得奖或在任何形式媒体发布者。每人以一篇(首)为限，但可同时参加各组。童诗以 20 行内为原则，情诗及诗话台中以 30 行为原则。各组遴选第一、第二、第三各 1 名或从缺，佳作若干名或从缺。仅于 2005 年举办一届。

90. 寻找心中的圣山征文大赛(2006 年，1 届)

由"行政院"文化建设委员会主办，设立于 2006 年。征文主题为：除了传统文化脉络所界定的圣山，每个人因经历及情感认同各异，心中都有一座自己的圣山。这座山可能不够高峻也没有名气，但却是真切深刻地激荡了某个生命的片段。海内外华人均可参加，唯须以中文写作。应征作品必须未在任何一地报刊、杂志、网站发表。奖项分两类，散文奖字数不得超过

5000 字。新诗奖：行数不得超过 40 行（总字数不得超过 600字）。仅于 2006 年举办一次。

91. 荣民与外省族群家书征文大赛（2006 年，1 届）

由外省台湾人协会、台湾民主基金会和退除役官兵辅导委员会共同主办，设立于 2006 年。"荣民与外省族群家书征文"，以家书收藏见证这段家族和民族的悲怆历史。仅于 2006 年举办 1 次。

92. 伊比伊甸园新诗奖（2006 年至今，1 届）

由伊比伊甸园同人社主办、伊比伊甸园文学论坛承办，设立于 2006 年。旨在鼓励伊比伊甸园文学论坛之对文学创作有兴趣的会员，奖励优良文学作品，倡导文学风气，提升文化素养。参选诗歌 60 行以内，限 1 首数。录取前三名各 1 名，颁赠奖金，第一名奖金新台币 1000 元；第二名奖金新台币 500元；第三名奖金新台币 200 元。仅于 2006 年举办一次。

二、香港文学奖励

1. 香港青年文学奖（1972 年至今，38 届）

1972 年，香港大学学生会为庆祝成立 60 周年，举办了"文化节"，其中一个项目是全港性的征文比赛，名为"青年文学奖"，旨在真真正正鲜明地、认真地、持续地提倡文学创作。第二届文奖开始由香港中文大学、香港大学学生会合办。每年由"香港大学学生会青年文学奖协会"及"香港中文大学青年文学奖协会"派出干事组成"青年文学奖协会"，具体负责举办文奖比赛及出版文集。以致力推动文学，鼓励年轻人提起笔杆，积极参与文学活动为宗旨。在 30 多年的历程中，曾因各种原因停办数次，但现在仍在坚持，是香港学院文学奖起步较早坚持较长的文学奖项。现已举办 38 届。

2. 香港中文文学双年奖(1991 年至今，11 届)

由市政局公共图书馆主办，后由香港康乐及文化事务署与香港艺术发展局联合主办，设立于1991年。旨在表扬香港作家的杰出成就，鼓励他们继续创作优秀的中文文学作品，以及推动香港出版商出版香港作家的优秀文学著作。此奖是颁发给由香港作家撰写及在港初次出版的最佳中文文学作品。组别分新诗、散文、小说、文学评论和儿童少年文学五组，每组设一个奖项颁给作家，每名奖金5万元港币。此外，评审委员会因应情况而提名优异作品获推荐奖。而评判团皆由本地及海外资深有名学者、作家及出版界专才组成。每2年一届，现已举办11届。

3. 工人文学奖(1980 年至今，5 届)

由新青学社主办，设立于1980年。旨在意在鼓励工人写作，反映工人生活。接连办了4届以后中断。2010年一些新青学社旧人联合各方好友，成功复办第5届该奖。

4. 八方文学创作奖(1990—?)

由《八方》文艺丛刊编委会主办，设立于1990年。首届获奖者为女作家西西。此后情况不详。

5. 新纪元全球华文青年文学奖(2000 年至今，4 届)

由香港中文大学文学院创办，并邀请国内外多所高校协办，设立于2000年。旨在使大专青年、文学界与全球其他地区华族社会能互相接轨，共建全球性的华文文学网络，为21世纪宏观的世界新思潮及全球华族村创造丰富多彩的文学作品。评选对象为全日制高校在校本科生及专科生(不含研究生)。奖项分散文(以 8000 字为限)、短篇小说(以 20000 字为限)及文学翻译(外文中译)三种文类；每种文类组别设冠、亚、季军各 1 名，另一等优秀奖 3 名及二等优秀奖 7 名。冠亚季军分别获奖金港币 20000 元、15000 元及 10000 元，另有丰富奖品以资鼓励，是华语世界授奖范围较广、奖金较高、最为世人瞩目的青年文学奖项。每两年举办一次，现已举办 4 届。

6. 世界华文报告文学征文奖（2001 年，1 届）

由《明报月刊》、香港作家联会、澳门中华文艺协会、香港文学出版社、明报出版社等联合举办，设立于 2001 年。旨在推动世界华文文学的发展，提倡报告文学这种体裁的创作。仅于 2001 年举办 1 届。

7. 中华文化杯优秀文学奖（2003 年，1 届）

由香港文化总会、香港文学促进协会、香港文学报社共同主办，设立于 2003 年。举办的契机是香港文学促进协会创会 18 周年（2003 年），是"香港有史以来最大型的文学颁奖活动"。获奖作品是从香港 18 年来出版的近 500 篇长篇小说、散文、诗歌、报告文学、儿童文学、传记文学、文学评论及翻译等作品形式中检阅评选出的 74 项优秀作品。仅于 2003 年举办一届。

8. 红楼梦奖：世界华文长篇小说奖（2006 年至今，3 届）

由香港浸会大学文学院主办，设立于 2006 年。奖项以"红楼梦"为名，是希望各地华文长篇小说作者以《红楼梦》的水准为创作目标，写出千锤百炼的杰作，借以鼓励、推动 21 世纪的华文长篇小说创作。此奖面向全球所有年龄组别华文作者，奖励已出版的 8 万字以上的单本长篇小说。设有港币 30 万元的全球同类奖项较高奖金。每两年一届，现举办 3 届。首届"红楼梦奖"大陆作家贾平凹以《秦腔》夺魁。

9. 曼亚洲文学奖(2007 年至今，4 届)

受英国"曼布克小说奖"启发，由香港国际文学节及英国投资公司"曼集团"联合创办，创立于 2007 年。旨在提高亚洲作品的知名度，推动将亚洲文学翻译成英语，及鼓励更多亚洲文学作品以英语出版。作品要求为"未发表英文版的亚洲小说"，即包括已发表的亚洲小说，可附带未付梓的英文译本，以及未发表的英文原作，奖金为 1 万美元。大陆作家姜戎的《狼图腾》及苏童的《河岸》等获奖。2010 年起，只有已经译成英文且公开出版的作品才能参选。2011 年起，奖金从 1 万美元增至 3 万美元。已办 4 届。

三、澳门文学奖励

1. 澳门青年文学奖征文比赛(1988 年，1 届)

1988 年由《华侨报》与澳门学生联合会联合主办"澳门青年文学奖征文比赛"，此次征文对澳门华文文学创作具有一定促进作用。

2. 澳门文学奖(1993 年至今，9 届)

由澳门基金会、澳门笔会合办，设立于 1993 年。旨在繁荣澳门文学，鼓励写作。参加者须持有澳门居民身份证，作品须以现代汉语书写。比赛类别设有小说、散文、诗歌、戏剧 4 类。参加者不限参加类别，每类别限交一份作品，不接受曾公开发表的作品。每类别奖励冠军一名，奖金 15000(澳门元，下同)；亚军一名，10000 元；季军一名，6000 元；优秀奖数名，视参赛人数及作品水平而定，每名奖金 2000 元。获奖作品将收入文学杂志《澳门笔汇》，以"澳门文学奖获奖作品专辑"出版。每两年一届，现已举办 9 届。

3. 澳门青年诗歌大赛(1995年、1997年，2届)

由澳门五月诗社主办。据现有资料显示，分别于1995年、1997年举办两届，对促进澳门华文青年诗歌创作产生一定的影响。

4. "我心中的澳门"散文大赛(2004年至今，4届)

由澳门基金会与百花文艺出版社《散文海外版》杂志共同举办，设立于2004年。旨在庆祝澳门回归祖国。凡在海内外各种华文报刊刊发的抒写澳门现实和历史题材的散文作品均可参赛。征文作品应充满自我生命的体悟，涌动着感情的力量，蕴涵着人生的况味，有助于民族的统一、团结，具有艺术创造力和创造性思维。稿件字数以2000~4000字为宜。2004年举办了第一届，2006年举办了第二届。2009年，第三届颁奖。2011年，第四届颁奖。

5. "澳门"华文同题诗大奖赛(2004年，1届)

由澳门基金会和中国作家协会诗刊社联合主办、《澳门日报》协办，创设于2004年。旨在为庆祝澳门回归祖国5周年，加强众人对澳门的认识，繁荣中国当代诗歌创作。此次大奖赛向全世界以中文写作的诗歌爱好者征集诗歌作品。作品要求以"澳门"为主题，以新诗为体裁，组诗和单首诗均可，单首诗不超过100行，用现代汉语写作。一等奖1名，奖金20000元；二等奖2名，奖金各10000元；三等奖3名，奖金各5000元；优秀奖15名，奖金各2000元。仅于2004年举办过1届。

四、外国华文文学奖励

1. 金狮奖全国文学创作比赛(新加坡)(1981—?)

由《南洋商报》创办于1981年。分小说及散文两种，首奖奖金三千元。第二届比赛由《南洋·星洲联合早报/晚报》主办，增加推荐奖，分小说、散文及报导文学三种体裁。由本地文艺团体、副刊杂志或作家个人推荐。此后情况不详。

2. 青年文艺奖(新加坡)(1982—?)

由新加坡文艺研究会主办，设立于 1982 年。旨在鼓励青年文艺创作，推动新华文艺发展。分诗歌、散文、小说三组进行。此后情况不详。

3. 黄望青剧本小说奖(新加坡)(1982—?)

由新加坡作家协会主办，设立于 1982 年。旨在鼓励亚细安写作者多创作反映亚细安人民生活，特别是新加坡人民生活或人民英勇事迹的作品，以便把这些作品改编成电视剧。该奖共设 3 个名次，首奖 3000 元。此后情况不详。

4. 全国小说创作比赛(新加坡)(1983 年，1 届)

由新加坡文化基金赞助，文化部和各大报章联办，设立于 1983 年。比赛作品可用华、巫、印、英四种语种书写。首奖奖金 2000 元，次奖 1500 元，三奖 1000 元。仅举办 1 届。

5. 亚细安华文文艺营(新加坡)(1988 年至今，从 1996 年起设"亚细安文学奖"，12 届)

亚细安华文文艺营是 1988 年由新加坡文艺协会发起的一个区域性文艺活动。其宗旨是，推动亚细安各国(东南亚地区，包括新加坡、泰国、马来西亚、菲律宾、文莱，后增加印度尼西亚)华文文艺发展，促进文学交流和交换创作经验。1996 年，第五届亚细安华文文艺营举办时，增加了"亚细安文学奖"。这是亚细安华文文艺营的重要活动之一，是亚细安华文学的一项最高荣誉奖。这个奖的设立，提高了亚细安华文文学的形象。由于各种情况不同,"亚细安文学奖"暂时没有推举和颁发一个单一的"亚细安文学奖",而是每一个国家推荐各自的"亚细安文学奖"得奖者。目前已举办 12 届。

6. 亚细安青年文学奖(新加坡)(1991 年、1994 年,2 届)

由新加坡作家协会与台北圆山扶轮社联合举办。据现有资料显示,此奖分别于 1991 年和 1994 年举办 2 届。

7. 新华文学奖(新加坡)(1992—1995 年,2 届)

由新加坡文艺协会主办,设立于 1992 年。每 3 年举办一次。据现有资料显示,此奖分别于 1992 年和 1995 年举办 2 届。

8. 青年文学奖(新加坡)(1992—?)

据现有资料显示,该奖由新加坡狮城扶轮社、新加坡作家协会与台北圆山扶轮社联合主办,设立于 1992 年。

9. 春兰世界华文微型小说比赛(新加坡)(1994 年,1 届,现已停办)

由新加坡作家协会与中国微型小说学会联合发起,与泰国、英国、荷兰、比利时、卢森堡、香港的华文作家协会及春兰集团共同主办。仅于 1994 年举办 1 届,此后停办。

10. 新加坡大专文学奖(新加坡)(1998 年至今,13 届)

由新加坡南洋理工大学中文学会、新加坡国立大学中文学会以及新加坡福建会馆联合主办,设立于 1998 年。旨在提高全国高等学府的中文文学创作水平,发掘有潜质的创作人才和优秀的作品、促进全国高等学府的中文写作风气,加强全国高等学府对华文文学的认知,鼓励全国高等学府的学生接触华文文学,提供一个途径让参赛者尝试投稿,培养参赛者对文学的兴趣。其前身是南大中文学会的云南园文学奖和国大的肯特岗奖，后为了更有效地推广华文创作，两间大学的中文学会决定联合起来举办，并把新加坡大专文学奖列为常年活动。每年一届，现已举办 13 届。

11. 连士升文学奖(新加坡)(2006 年至今，2 届)

由新加坡文艺协会主办，设立于 2006 年。每 3 年一届。旨在纪念著名作家连士升，奖励及表扬在文学上肯写作，有写作，有著作出版，并有成绩表现的作者，希望能在目前一片沉寂的文学氛围中给予作家肯定和鼓励。"连士升文学奖"以作家 3 年内的文学活动及著作表现作为评判标准。现已举办 2 届。

12. 马来西亚华文文学奖(马来西亚)(1988 年至今，11 届)

由吉隆坡暨雪兰莪中华工商总会主办，设立于 1988 年。其宗旨是表扬马来西亚华文作家所作贡献，鼓励文学创作风气，进而提高马来西亚华文文学水平与作家的社会地位。每次录取 1 名，奖金 1 万林吉特。每两年 1 届，现已举办 11 届。

13. 杰出潮青文学奖(马来西亚)(1988—1998 年，5 届)

由马潮联会主办，设立于 1988 年。旨在鼓励在文学创作方面有突出表现的潮籍青年，并促进华文文学的发展。该奖接受作者自我推荐，以及各文化团体、潮州会馆和公会推荐。每两年举办一届。10 年间，共举办 5 届。

14. 《花踪》文学奖(马来西亚)(1991 年至今，10 届)

由马来西亚《星洲日报》主办，设立于 1991 年。自从创办以来，一直是世界华文文坛的焦点之一，有"大马奥斯卡文学奖"的美誉。奖项分报告文学奖、马华小说奖、散文奖、新诗奖、推荐奖及儿童文学奖等。1993 年增设《花踪》世界华文小说奖,以开拓国际视野,提升文学风气,传承文化薪火为宗旨,设首奖 1 名,奖金为 1 万美元及陈瑞献《花踪》铜雕一座,佳作奖 3 名,每名奖金美金 3000 元及陈瑞献《花踪》锡雕一座。两年一届,现已举办 10 届。

15. 《花踪》世界华文文学奖(马来西亚)(2001 年至今,5 届)

由马来西亚《星洲日报》主办,设立于 2001 年,是在原有《花踪》文学奖的基础上举办的,被海外华文媒体誉为"华文世界的诺贝尔文学奖"。旨在推动华文文学发展,奖励优秀作家,树立艺术典范。此奖在全球范围内评选出一名最杰出的华文作家,奖金为一万美元及陈瑞献"花踪"铜雕一座。世界华文文学奖评审委员的组成和评奖方式与诺贝尔文学奖相似,评审委员为终身制,由 18 位全球知名的文学评论家和学者组成。他们每两年一次进行评审工作,每位评委须推荐一位作家及他一部近 10 年出版的代表作品,并提呈一份有关受推荐者背景资料和文学表现的赞词。全球的中文写作人,包括非华人,均符合被推荐的资格。大陆作家王安忆获得首届奖项,香港作家西西在第三届夺魁。每两年一届,已举办 5 届。

16. 星云文学奖(马来西亚)(2007 年至今,3 届)

由《普门》杂志、《星洲日报》主办,佛光山东禅佛教学院协办,国际佛光会世界总会赞助。旨在鼓励华文创作者以写作来帮助自己洞察生活,使自己心神清澄,发挥文学的力量,安顿人心,找回社会逐渐褪色的伦理价值。征求内容须为触动心灵,感动生命的作品。奖项分短篇小说(3000 字以内)、散文(2000 字以内)、儿童故事(1500 字以内)、摄影作品。征文组别分新秀组、公开组。现已举办 3 届。

17. 泰华青年文艺金牌奖(泰国)(1960 年、1961 年，2 届)

由《世界日报》文艺版主办，于 1960 年、1961 年连续举办两届。此后情况不详。

18.《新中原报》奖(泰国)(1974—1990 年，5 次，名称各异)

《新中原报》是泰国华人创办的影响最大的华文报纸，在华人圈中具有较高威望。自 1974 年创办以来，为鼓励华文写作，其文艺副刊《大众文艺》举办过多次文艺创作比赛。首次是 1975 年与八属会馆联合主办"泰华金笔奖文艺比赛"，"给沉睡的泰华文坛吹响了黎明前的号角"。该报曾多次举办文学奖和有奖征文比赛。第二次是 1980 年的"泰华短篇小说创作金笔奖"，奖励华文小说创作；第三次是 1983 年《新中原报》与泰华写作人协会联合主办"83 文艺征文比赛"，影响较大；第四次是 1988 年再次举办泰华短篇小说奖，同年还为纪念该报创刊金禧之年举办"88 年泰华短篇小说创作金牌奖征文比赛"，活动均较为成功；第五次是 1990 年《新中原报》与泰国作协合作创办"散文征文大赛"，影响及效果都比较好。泰国《新中原报》通过文学奖和有奖征文等文学奖励活动，一方面扩大了报纸的发行量和影响，同时也为报纸征得了优秀的稿件，丰富了版面内容。

19. 泰华短篇小说金牌征文比赛(泰国)(1989 年、1995 年，2 届，现已停办)

由《星暹日报》与暨南大学泰国校友会联合主办，分别于 1989 年、1995 年举办 2 届。

20. 2003 年泰华短篇小说征文比赛(泰国)(2003 年，1 届)

由泰国华文作家协会与《新中原报》联合主办，设立于

2003 年。旨在鼓起泰华文坛的文艺创作热潮，促进泰华短篇小说繁荣发展。参赛者须为泰籍公民及永久居民，或创作该参赛作品时人在泰国的短暂居留者。作品着重地方特色，内容以泰国社会为主题。仅于 2003 年举办 1 届。

21. 王国栋文艺基金（菲律宾）（1986 年、1989 年，2 届，现已停办）

由耕园文艺社主办，以已故的社长王国栋的名字命名，鼓励在新诗、散文、短篇小说、剧本创作以及文艺工作方面有突出表现的作家或文艺活动家。据现有资料显示，此奖分别于 1986 年和 1989 年举办两届，此后停办。

22. 汉新文学奖（美国）（1992 年至今，19 届）

由美国新泽西州《汉新月刊》主办，设立于 1992 年。旨在为中国文学开辟更佳美的园地，发掘更多优秀的作家。奖项分为小说组（4000～6000 字）、散文组（1500～3000 字）、新诗组（20～30 行之内）、自由体，不拘一格。各组主题自定，鼓励自由创作。每年一届，现已举办 19 届。

23. "PSI—新语丝"华人留学生网络文学奖（美国）（2001 年至今，10 届）

由 PSI 留学生服务公司和新语丝联合主办，设立于 2001 年。参加评选的作品内容必须与海外华人留学生生活有关（包括留学准备、留学生涯、海外定居或归国，等等），体裁和篇幅不限。新创作和已在网络上发表的稿件均可参加评选。评出一等奖 1 篇，每篇奖励 1000 美元；二等奖 2 篇，每篇奖励 500 美元；三等奖 10 篇，每篇奖励 200 美元。每年一届，现已举办 10 届。

24．五大道文学奖(美国)(2005—?)

由北美最大《中文日报》之一《侨报》与美国文学社团"火凤凰文化协会"共同主办，设立于2005年。旨在提倡文学风气，鼓励海外中文创作，发掘文坛新秀及反映北美华裔真实生活。征文分为三个类别：小说、散文、纪实文学。作品内容要求反映华人在北美的求学\工作和生活情况。凡居住在北美地区的华人均可参加，年龄不限。参加甄选作品以未在任何报刊、杂志发表或在各文学网站张贴者为限。据现有资料显示2005年为第一届，此后情况不详。

25．新世纪华文文学奖(美国)(2005年、2006年，2届，似已停办)

由北美最大的华文报纸《世界日报》副刊主办，设立于2005年。旨在鼓励海外华文文学创作，发掘新人，并反映海外华人社会文化。首届征文以"记忆文学"为主题，字数以4500字以内为限，从个人经历、亲朋故友、怀旧餐厅到家族历史、国家仪式，甚至是跨国的文化活动均可。限海外华人参加(不含台湾、中国大陆)，须以中文写作。分别于2005年、2006年举办2届。

26．2008达城文华征文比赛(美国)(2008年至今，1届)

由北德州文友社、《世界日报》副刊主办，设立于2008年。旨在鼓励海外华文文学创作及阅读风气，发掘文坛新秀，反映华人社会时代精神。征文类别限散文。海外人士皆可参加(不含中国台湾、中国大陆、港澳地区)，唯须以中文写作。应征作品以未曾在海内外报刊、杂志、网络上发表过，且未出版的作品为限。每人参赛以一篇为限。首奖1

名，奖金 800 美元；二奖 1 名，奖金 600 美元；三奖 1 名，奖金 400 美元；佳作 3 名，奖金各 200 美元。目前为止，于 2008 年举办 1 届。

27.《我爱加拿大》征文比赛（加拿大）（1990 年，1 届）

1990 年由中华文化中心、枫桥出版社、加华作协及华公学会主办。旨在提倡中文写作风气，提高华裔对加拿大的归属感。凡加拿大公民、永久居民或在加学校就读的留学生，皆可参加。参赛作品可以是散文、诗歌、小说或戏剧创作，形式、字数不拘。作品内容可涉及加拿大的政治制度、社会福祉、山川人物、人情礼俗等方面。举办 1 届。

28. 袁惠松文学奖（加拿大）（2005 年至今，2 届）

"袁惠松文学奖"是以加拿大证券学院院士袁惠松先生名字命名，于 2005 年年初决定出资设立"袁惠松文学基金"，每两年左右奖励一名具有突出成就的海外华文作家。该奖作为华文文学大奖，是目前为止海外华人个人出资金额（5000 元）最高的文学奖项。目前用以表彰加拿大境内在华语文学创作和翻译等方面有突出成就的人士，以后将逐渐推向欧美地区华文文学界。女作家张翎凭借 3 部著名华文小说《上海小姐》《交错的彼岸》及《邮购新娘》获首届袁惠松文学奖。目前举办两届。

29. 海外纪实作品大奖赛（加拿大）（2005 年至今，2 届）

由加拿大星星文化传媒集团属下的《星星生活报》、星网主办，并联合今周刊等北美媒体共同展开，设立于 2005 年。以在全球范围内征集移民故事、留学故事，以力图全景式、全方位、多层次、多角度地再现移民生活、留学生活，从而打造华人移民、华人留学生的新型群像。所有来稿必须是呈现海外华人生活的，具有角度、选材、写作等方面的创意与极具可读性，且是从未发表过的、非虚构的纪实作品。每两年一届，2005 年为第一届，2007 年为第二届。

30. 澳洲华文杰出青年作家奖(澳大利亚)(1994—?)

由悉尼华文作家协会举办，设立于 1994 年。奖项分文艺理论、新诗、报告文学、小说、散文、编剧、专栏荣誉奖 7 个奖项。1994 年为首届，朱大可等获奖。据现有资料显示，此后情况不详。

31. 澳洲华文文学创作奖(澳大利亚)(1995—?)

由《自立快报》创办，设立于 1995 年。分短篇小说、散文两类，奖项为优秀佳作奖和佳作奖。此后情况不详。

参考文献

一、主要参考论文

1. 傅兰雅：《求著时新小说启》，载《中国记事》，1895 年 6 月号封底。

2. 常风：《左兵：〈天下太平〉》，见常风著，袁庆丰、阎佩荣选编：《彷徨中的冷静》，29～30 页，天津，天津人民出版社，1998。

3. 萧乾：《大公报文艺奖金》，载《读书》，1979(2)。

4. 王荣：《"大公报文艺奖金"及其他》，载《中国现代文学研究丛刊》，2005(4)。

5. 杨代春：《略论〈万国公报〉的征文》，载《西南交通大学学报》(社会科学版)，2001(9)，第 2 卷第 3 期。

6. 邓绍根：《〈万国公报〉与诺贝尔奖》，载《新闻爱好者》，2004(3)。

7. 王飙：《传教士文化与中国文学近代化变革的起步》，载《近代中国文学与文化研究》，2005(9)。

8. 李志梅：《〈时报〉1907 年"小说大悬赏"征文始末及其意义》，载《华东师范大学学报》(哲学社会科学版)，2005(3)。

9. 洪治纲：《无边的质疑：关于历届"茅盾文学奖"的二十二个设问和一个设想》，载《当代作家评论》，1999(5)。

10. 李师江：《茅盾文学奖：一张文学狗皮膏药》，载《青年时讯》，2000-11-22。

11. 思思：《茅盾文学奖人文话题知多少》，载《北京时报》，2000-10-25。

12. 矛戈：《茅盾文学奖研究综述》，载《西南民族大学学报》（人文社科版），2006(7)。

13. 肖淑芬：《跨文化语境下的诺贝尔文学奖》，载《当代外国文学》，2006(3)。

14. 赖干坚：《诺贝尔文学奖与中国——世纪末的反思与前瞻》，载《外国文学》，1997(5)。

15. 张颐武：《宏愿与遗梦：诺贝尔文学奖与中国》，载《外国文学》，1997(5)。

16. 许汝祉：《对诺贝尔奖评奖的回顾、前瞻与一项改进的建议》，载《当代外国文学》，2001(2)。

17. 易丹柯：《诺贝尔文学奖的中国遗梦》，载《中国社会导刊》，2005(33)。

18. 张颐武：《诺贝尔奖：焦虑之余的思考》，载《中关村》，2005(11)。

19. 张泉：《论诺贝尔文学奖及其与中国》，载《北京社会科学》，1992(4)。

20. 郭国昌：《文艺奖金与解放区的文学大众化思潮》，载《中国现代文学研究丛刊》，2002(4)。

21. 胡碟、黄念然：《诺贝尔文学奖与文学观念的流变》，载《粤海风》，2006(6)。

22. 张薇：《诺贝尔文学奖评奖标准的嬗变》，载《外国文学动态》，2001(3)。

23. 王辽南：《近十年诺贝尔文学奖的评奖取向》，载《当代外国文学》，2005(4)。

24. 朱大可：《诺奖危机与文学失败》，载《南风窗》，2003(11)下。

25. 刘勇、杨志：《北京市文学奖励机制的现状分析与前景思考》，载《北京师范大学学报》(社会科学版)，2006(6)。

26. 鲁迅：《书信—270925 致台静农》，见《鲁迅全集》，第 11卷，580 页，北京，人民文学出版社，1981。

27. 鲁迅：《书信—360715 致赵家璧》，见《鲁迅全集》，第 13卷，395 页，北京，人民文学出版社，1981。

28. 范国英：《历史题材获奖作品与茅盾文学奖的生产机制》，载《廊坊师范学院学报》，2007(2)。

29. 王本朝：《论中国现代文学制度的生成背景》，载《西南师范大学学报》(人文社会科学版)，2003(6)。

30. 范国英：《茅盾文学奖的文学制度研究》，四川大学博士论文，2006。

31. 刘学明：《从"毛泽东时代"到"后毛泽东时代"——简论当代文学制度的变革及对文学创作的影响》，载《云南师范大学学报》，2007(1)。

32. 张爱玲：《忆〈西风〉——第十七届时报文学奖特别成就奖得奖感言》，载台北《中国时报》，1994-12-03。

33. 侗生：《小说丛话》，载《小说月报》辛亥年三月(1911 年第3 期)，上海商务印书馆印行。

34. 陈立夫：《陈立夫部长讲话》，载《中央日报》，1942-05-16。

35. 卢梦：《对于〈大家好〉的批评》，载《抗战日报》，1944-12-07。

36. 江泽民：《在全国宣传思想工作会议上的讲话》（1994 年 1 月 24 日），见《十四大以来重要文献选编》（上），北京，人民出版社，1996。

37.《首届"华语图书传媒大奖"启动》，载《中国文化报》，2005-01-24。

38. 万安伦：《三论经济英才》，见《第四届十大中华经济英才·前言》，北京，作家出版社，2007。

39. 刘慧、何安丽：《第二届鲁迅文学奖在绍兴颁奖》，载《浙江日报》，2001-09-24。

40. 雷海宗：《建国——在望的第三国文化》，见《中国文化与中国的兵》，长沙，岳麓书社，1989。

41. 林同济：《大政治时代的伦理——一个关于忠孝问题的讨论》，见温儒敏、丁晓萍编：《时代之波——战国策派文化论著辑要》，169 页，北京，中国广播电视出版社，1995。

42. 杨武能：《"图书管理员"陈铨》，载《文化读书周报》，2006-01-06。

43. 万安伦：《陈铨〈野玫瑰〉浅议》，载《中国现代文学研究丛刊》，1998(4)。

44.《苏联大使馆代表斯大林奖金委员会授予丁玲等斯大林奖金》，载《文艺报》1952 年第 11、第 12 号合刊，总第 64、第 65 期。

45. 毛泽东：《应当重视电影〈武训传〉的讨论》，载《人民日报》，1951-05-20。

46. 于会泳：《让文艺界永远成为宣传毛泽东思想的阵地》，载《文汇报》，1968-05-23。

47.《革命文艺的优秀样板》，载《人民日报》，1967-05-31。

48. 廖翊：《文艺创作大繁荣，精品工程结硕果》，载《文艺报》，2007-09-20。

49. 应红：《建议尽快设立国家文学奖》，载《文艺报》，1986-05-17。

50. 毛克强：《茅盾文学奖，新时代的文学坐标?》，载《西南民族大学学报》(人文社科版)，2006(2)，总第174期。

51. 孔庆东：《脚铐与舞姿》，载《文艺理论与批评》，2005(1)。

52. 王彬彬：《茅盾奖：史诗情结的阴魂不散》，载《钟山》，2001(4)。

53. 王宁：《瑞典皇家文学院院士埃斯帕马克谈诺贝尔文学奖》，载《文艺报》，1987-07-18。

54. 许嘉璐：《现代出版产业发展论·总序》，见《现代出版产业发展论》，苏州，苏州大学出版社，2003。

55. 季羡林：《"中国国外获奖作家作品集"序》，昆明，云南人民出版社，2001。

56. 陈建功：《"鲁迅文学奖获奖作家丛书"总序》，北京，中国社会出版社，2006。

57. 张英、徐卓君：《十三年了，陈忠实还在"炼钢"》，载《南方周末》，2006-08-03。

58. 邓绍根：《〈万国公报〉与诺贝尔奖》，载《新闻爱好者》，2004(3)。

59. 陶澜：《文学评奖能否找回失落的权威》，载《北京青年报》，2005-03-01。

60. 於可训：《一部书的命运和阐释的历史》，见王兆鹏、尚永亮主编：《文学传播与文学接受论丛》，北京，中华书局，2006。

61. 赵小琪：《中国现代文学对西方现代主义的接受与过滤》，见王兆鹏、尚永亮主编：《文学传播与文学接受论丛》，北京，中华书局，2006。

62. 左兵：《题记》，见《天下太平》，上海，上海良友出版发行公司印行，1937。

63. 曾慧燕：《诺贝尔文学奖得主高行健的灵山圣水》，载《世界日报》《世界周刊》，2007-09-23。

64. 郑廷鑫等：《郑小琼：记录流水线上的屈辱与呻吟》，载《南方人物周刊》，2007-06-12。

65. 陈亮：《鲁迅文学奖：集体的突围还是整体的衰落?》，载《中国教育报》，2007-11-03。

66. 向川：《创作自由得到有力保障，作家大可不必揣摸风向——三项评奖之后中国作协常务副主席王蒙答本报记者问》，载《文艺报》，1985-04-20。

二、主要参考论著

1. 司马迁，校评李炳海：《史记(卷一百一十七). 司马相如列传第五十七》，见《史记(校勘评点本)》，长春，吉林文史出版社，2003。

2. 余之：《诺贝尔文学奖史话》，北京，知识出版社，1985。

3. 肖涤：《诺贝尔文学奖要介》，哈尔滨，黑龙江出版社，1992。

4. 彭诗琅等编：《诺贝尔文学奖金库》，北京，中国社会出版社，1998。

5. ［瑞典］谢尔·埃斯普马克：《诺贝尔文学奖内幕》，李之义译，桂林，漓江出版社，1996。

6. 徐其超、毛克强、邓经武：《聚焦茅盾文学奖》，北京，作家出版社，2005。

7. 陈春生、彭未名：《荆棘与花冠——诺贝尔文学奖百年回眸》，武汉，武汉出版社，2000。

8. 薛华栋：《和诺贝尔文学奖较劲》，上海，学林出版社，2002。

9. 王本朝：《中国现代文学制度研究》，重庆，西南师范大学出版社，2002。

10. 孙涛编：《文学之巅——鉴证首届华语文学传媒大奖》，广东，南方日报出版社，2003。

11. 钟桂松：《茅盾传》，北京，东方出版社，1996。

12. 艾克恩编：《延安文艺运动纪盛》，北京，文化艺术出版社，1987。

13. 胡光凡：《周立波评传》，长沙，湖南文艺出版社，1986。

14. 鲁迅：《鲁迅全集》，北京，人民文学出版社，1981。

15. 刘锡诚：《在文坛边缘上：编辑手记》，开封，河南大学出版社，2004。

16. 邵燕君：《倾斜的文学场——当代文学生产机制的市场化转型》，南京，江苏人民出版社，2003。

17. 谢冕、孟繁华主编：《百年中国文学总系》，济南，山东教育出版社，1998。

18. 孟繁华：《百年中国文学总系——1978：激情岁月》，济南，山东教育出版社，1998。

19. ［法国］纪德：《田园交响曲》，李玉民译，北京，作家出版社，2006。

20. 巴金：《中国国外获奖作家作品集：巴金卷》，昆明，云南人民出版社，2001。

21. 张洁：《中国国外获奖作家作品集：张洁卷》，昆明，云南人民出版社，2001。

22. 冯骥才：《中国国外获奖作家作品集：冯骥才卷》，昆明，云南人民出版社，2001。

23. 西飏：《中国国外获奖作家作品集：西飏卷》，昆明，云南人民出版社，2003。

24. 晓雪：《中国国外获奖作家作品集：晓雪卷》，昆明，云南人民出版社，2003。

25. 薛华栋：《和诺贝尔文学奖较劲》，北京，学林出版社，2002。

26. 韩作荣主编：《鲁迅文学奖获奖作家丛书》（首批有《周涛散文》《李存葆散文》《李国文散文》《张抗抗随笔》《毕飞宇小说》《陈应松小说》《鬼子小说》《刘庆邦小说》《刘醒龙小说》九种），北京，中国社会出版社，2006。

27. 刘建明：《现代新闻理论》，北京，民族出版社，1999。

28. 刘建明：《当代新闻学原理》（修订版），北京，清华大学出版社，2005。

29. 王蒙：《王蒙自传》，广东，花城出版社，2007。

30. 刘心武：《我是刘心武》，天津，天津人民出版社，2006。

31. ［美］丹尼斯·麦奎尔：《麦奎尔大众传播理论》(第四版)，崔保国、李琨译，北京，清华大学出版社，2006。

32. 陈卫星：《以传播的名义》，北京，北京广播学院出版社，2004。

33. ［美］曼纽尔·卡斯特：《网络社会的崛起》，夏铸久、王志弘等译，北京，社会科学文献出版社，2006。

34. 吴健安主编：《市场营销学》，北京，高等教育出版社，2000。

35. 唐仁虎等：《泰戈尔文学作品研究》，北京，昆仑出版社，2003。

36. 郭沫若：《郭沫若文集》第 7 卷，北京，人民文学出版社，1958。

37. ［法］罗贝尔·埃斯卡皮：《文学社会学》，王美华、于沛译，合肥，安徽文艺出版社，1987。

38. 师曾志：《现代出版学》，北京，北京大学出版社，2006。

39. 邓小平：《邓小平文选》，第 1 卷，北京，人民出版社，1994。

40. 邓小平：《邓小平文选》，第 2 卷，北京，人民出版社，1994。

41. 邓小平：《邓小平文选》，第 3 卷，北京，人民出版社，1993。

42. 于友先：《现代出版产业发展论》，苏州，苏州大学出版社，2003。

43. 丁玲：《太阳照在桑干河上》，北京，人民文学出版社，1952。

44. 丁玲：《太阳照在桑干河上》，北京，人民文学出版社，1955。

45. 姚斯、霍拉勃主编：《接受美学与接受理论》，周宁、金元浦译，沈阳，辽宁人民出版社，1987。

46. 左兵：《天下太平》，上海，上海良友图书印刷公司印行，1937。

47. 刘斯奋：《白门柳》，北京，人民文学出版社，2004。

48. 丁景唐等：《我与人民文学出版社》，北京，人民文学出版社，2001。

49. 於可训：《当代文学：建构与阐释》，武汉，武汉大学出版社，2005。

50. 田建荣：《中国考试思想史》，北京，商务印书馆，2004。

51. 傅璇琮：《唐代科举与文学》，西安，陕西人民出版社，2003。

52. 欧阳光：《宋元试射研究丛稿》，广州，广东高等教育出版社，1996。

53. 钱理群：《我的精神自传》，桂林，广西师范大学出版社，2007。

54. 刘勇：《中国现代文学的心理学研究》，北京，北京大学出版社，2006。

55. 子通、亦清主编：《张爱玲评说六十年》，北京，中国华侨出版社，2001。

56. 胡兰成：《今生今世》，北京，中国社会科学出版社，2003。

57. 温儒敏、丁晓萍编：《时代之波——战国策派文化论著辑要》，北京，中国广播电视出版社，1995。

58. 李欧梵：《中国现代作家的浪漫一代》，北京，新星出版社，2005。

59. 黄瑚：《中国新闻事业发展史》，上海，复旦大学出版社，2002。

60. 朱光潜：《谈文学》，桂林，广西师范大学出版社，2004。

后　记

本书是 2009 年度中央高校基本科研业务费专项资金资助"文科重点"项目："中国文学奖励史研究"（项目号：2009AB-12）及 2010 年教育部人文社科规划基金："20 世纪中外文学奖励机制的比较研究"（项目号：10YA751070）的阶段性成果。"

在给自己书稿写后记的特殊时刻，心中涌动的是无法抑制的感恩和感激之情。我要把最真诚的感谢敬献给我的博士生导师刘勇先生，多年来他给予我思想、学业及生活等多方面的指导、提升、关爱和激励，将是我终身不能忘怀的最美好记忆。我的生命中如果没有他，能在不惑之年鼓足勇气攻读博士学位及完成此部书稿都是不可想象的。其实，早在十多年前，我在北师大攻读硕士学位期间，我已经在心里把他当做自己的导师了，在仅仅只有 457 个字的硕士论文后记《写在论文之后》中就有这样的文字表述："还有一位不是导师也是导师的刘勇老师，他也把无私的关爱、教诲、和激励给予我很多。从他本人身上和从他讲义里我学到了许多有益和有价值的东西。这是我应该特别感谢的。"具体到这部书稿，从选题确定到材料收集，从书稿的框架到细节字句，他所给予的全方位的、坚强的教诲和指导，让我少走了许多弯路，我应该特别感谢。

我还要特别感谢袁贵仁老师，多年来我一直走在他关怀的目光中。他在公务异常繁忙的情况下，还多次对我的学业和论文撰写予以关心和指导。特别是 2007 年 9 月，他曾花费较长时间对本书稿的写作从哲学的高度给予了高屋建瓴的具体指示，使我受益匪浅。

我还要感谢我的硕士导师李岫先生，她仍然以慈母和严师的双重身份给予我的学业和该书稿许多有益的指导和建议。我还要感谢对于本书稿写作给予了许多具体指导和意见的孙郁老师、高旭东老师、邹红老师、钱振纲老师、李怡老师。他们的指导和意见对于本书稿的写作是弥足珍贵的。

另外要感谢任翔、杨润秋、邵先山、冯俊杰、毛夫国、万秋梦等给予本书稿写作的关心、支持和帮助。特别是万秋梦给予的海外资料的帮助。

应该说感谢的人和事还有很多。我会在今后的工作、学习和生活中记住他们的给予和奉献，并用自己加倍的努力和辛勤做力所能及的回报。

万安伦

2010 年 9 月 27 日